Fantasy

Herausgegeben von Friedel Wahren

Von dem Autorengespann
LARRY NIVEN & JERRY POURNELLE erschienen in der Reihe
HEYNE SCIENCE FICTION & FANTASY:

Luzifers Hammer · 06/3700
Todos Santos · 06/4072
Gefallene Engel · 06/5926 (mit Michael Flynn)
Stadt des Feuers · 06/9133

SPLITTER ZYKLUS
Der Splitter im Auge Gottes · 06/3531
Der Ring um das Auge Gottes · 06/5180

Von LARRY NIVEN:
Der Flug des Pferdes · 06/3817

Von LARRY NIVEN & DAVID GERROLD:
Die fliegenden Zauberer · 06/3489
auch in der BIBLIOTHEK DER SCIENCE FICTION
LITERATUR · 06/8
sowie als Aktionstitel in WARP 7 · 06/7022

Larry Niven
Jerry Pournelle

STADT DES FEUERS

Roman

Deutsche Erstausgabe

WILHELM HEYNE VERLAG
MÜNCHEN

HEYNE SCIENCE FICTION & FANTASY
Band 06/9133

Titel der Originalausgabe
THE BURNING CITY
Übersetzung aus dem amerikanischen Englisch
von Christian Jentzsch
Das Umschlagbild malte Luis Royo/Norma

Umwelthinweis:
Dieses Buch wurde auf chlor- und
säurefreiem Papier gedruckt.

Deutsche Erstausgabe 5/2001
Redaktion: F. Stanya
Copyright © 2000 by Larry Niven & Jerry Pournelle
Erstausgabe bei POCKET BOOKS,
a division of Simon & Schuster Inc., New York
Copyright © 2001 der deutschsprachigen Ausgabe
by Wilhelm Heyne Verlag GmbH & Co. KG, München
http://www.heyne.de
Printed in Germany 2001
Umschlaggestaltung: Nele Schütz Design, München
Technische Betreuung: M. Spinola
Satz: Schaber Satz- und Datentechnik, Wels
Druck und Bindung: Elsnerdruck, Berlin

ISBN 3-453-18801-2

INHALT

Vorwort
9

ERSTES BUCH

Whandall Ortsfeste
11

TEIL EINS · Kindheit
13

TEIL ZWEI · Jugend
131

TEIL DREI · Brennen
205

TEIL VIER · Die Rückkehr
243

TEIL FÜNF · Das letzte Brennen
267

TEIL SECHS · Der Bison-Stamm
323

ZWEITES BUCH

Whandall Federschlange
Zweiundzwanzig Jahre später ...
417

TEIL EINS · Der Rabe
419

TEIL ZWEI · Goldfieber
527

TEIL DREI · Das Jahr der zwei Brennen
565

TEIL VIER · Helden und Mythen
627

TEIL FÜNF · Federschlange
657

Nachwort
677

Handelnde Personen
681

Für Roberta und Marilyn

»Es ist nicht Gott, der die Kinder tötet.
Nicht das Schicksal, das sie abschlachtet,
oder die Bestimmung,
die sie den Wölfen zum Fraß vorwirft.
Wir sind es. Wir ganz allein.«

Aus *Wachmänner* von Alan Moore

Vorwort

Es gab schon vor der Ankunft des Feuergottes Feuer auf der Erde. Es hat schon immer Feuer gegeben. Was Yangin-Atep der Menschheit gab, war Wahnsinn. Yangin-Ateps Kinder spielen selbst dann noch mit dem Feuer, nachdem sie sich die Finger verbrannt haben.

Es war nur Yangin-Ateps Scherz, damals und auch eine unmessbare Zeit danach. Doch ein größerer Gott rief die große Kälte hernieder und Yangin-Ateps Scherz kam zu seinem Recht. Im eisigen Norden konnten die Menschen nur überleben, wenn einer aus ihren Reihen in der Gunst des Feuergottes stand.

Vorsichtige Männer und Frauen verbrannten sich niemals zweimal. Aber ihre Angehörigen erfroren. In jenen furchtbaren Wintern musste sich jemand um das Feuer kümmern. Zwölftausend Jahre vor der Geburt Christi, als die meisten Götter nur noch Legenden waren und die Magie langsam aus der Welt wich, gab es Yangin-Ateps Geschenk noch immer.

Erstes Buch

Whandall Ortsfeste

Teil Eins · Kindheit

1. Kapitel

Sie verbrannten die Stadt, als Whandall Ortsfeste zwei Jahre alt war, und dann noch einmal, als er sieben war.

Mit sieben sah und verstand er mehr. Die Frauen warteten mit den Kindern einen Tag, eine Nacht und einen weiteren Tag lang im Hof. Der Taghimmel war schwarz und rot. Der Nachthimmel leuchtete rot und orange, absonderlich und strahlend schön. Auf der anderen Straßenseite brannte ein Kornspeicher wie eine riesige Fackel. Fremde, die das Feuer zu bekämpfen versuchten, zeichneten Schattenbilder.

Die Männer der Ortsfeste kamen mit den eingesammelten Dingen heim: Muscheln, Kleidung, Geschirr, Möbeln, Schmuck, magischen Gegenständen, einem Kessel, der sich von allein erhitzte. Die Erregung war ansteckend. Männer und Frauen paarten sich und kämpften um die Paarungen.

Und Pothefit zog noch einmal mit Resalet los, aber nur Resalet kehrte zurück.

Als alles vorbei war, ging Whandall mit den anderen Jungen, um den Holzfällern beim Umlegen der Rothölzer für den Wiederaufbau zuzusehen.

Der Wald umschloss Teps Stadt wie eine Hand. Es gab Geschichten, aber niemand konnte Whandall erzählen, was hinter dem Wald lag, wo die Säulen der Rothölzer groß genug waren, um den Himmel zu stützen, groß genug, um ein Dutzend Häuser zu ersetzen. Die hohen Bäume standen weit auseinander und jeder bewachte sein Revier. Kleinere Pflanzen sammelten sich um den Stamm jeden Rotholzes wie Kriegsheere.

Diese Heere hatten viele Waffen. Manche Pflanzen strotzten vor Dornen. Andere hatten Bohrer, um Samen in Haaren oder Haut zu versenken. Wieder andere sonderten Gift ab. Einige würden einem Kind mit ihren Zweigen das Gesicht peitschen.

Holzfäller trugen Äxte und lange Stangen mit Klingen an den Enden. Lederrüstungen und Holzmasken erschwerten es, in ihnen Menschen zu erkennen. Mit den Stangen konnten sie die Wurzeln der stacheligen und giftigen niedrigen Pflanzen durchschneiden und beiseite schieben, bis ein hohes Rotholz schutzlos vor ihnen stand.

Sie verbeugten sich vor ihm.

Dann hackten sie auf den Stamm ein, bis das Rotholz mit kolossaler Erhabenheit und einem Bersten fiel, als wäre das Ende der Welt gekommen.

Sie schienen nie zu bemerken, dass sie heimlich von einem Schwarm Kinder beobachtet wurden. Der Wald barg Gefahren für Stadtkinder, aber erwischt zu werden war keine solche Gefahr. Wenn man in der Stadt beim Spionieren ertappt wurde, hatte man Glück, wenn man mit heilen Knochen entkam. Sicherer war es, sich an die Holzfällern heranzuschleichen.

Eines Morgens streiften Bansh und Ilther eine Ranke.

Bansh kratzte sich, dann auch Ilther. Dann sprossen Tausende von Beulen auf Ilthers Arm und beinahe sofort war der Arm dicker als das Bein. Banshs Hand und das Ohr, an dem er sich gekratzt hatte, schwollen an wie Albträume, und Ilther lag auf dem Boden, schwoll überall an und konnte kaum noch atmen.

Shastern heulte und lief davon, bevor Whandall ihn festhalten konnte. Er streifte Blätter wie Sträuße von Klingen und war bereits mehrere Schritte an ihnen vorbei, als er langsamer wurde, stehen blieb und sich zu Whandall umdrehte. *Was soll ich jetzt tun?* Auf der Brust und dem linken Arm hing seine Lederkleidung in Fetzen und Blut sickerte scharlachrot durch die Risse.

Der Wald war nicht undurchdringlich. Es gab Dornen und Giftpflanzen, aber auch freie Stellen. Wenn man sich an diese hielt, konnte man durchkommen ... *es sah so aus*, als könne man durchkommen, ohne etwas zu berühren ... *fast*. Und genau das taten die Kinder. Sie trennten sich und versuchten jeder für sich einen Ausweg zu finden.

Doch Whandall erwischte den schreienden Shastern an dessen blutigem Handgelenk und zerrte ihn zu den Holzfällern, weil Shastern sein jüngerer Bruder war, weil die Holzfäller in der Nähe waren, weil irgendjemand einem schreienden Kind helfen würde.

Die Waldläufer sahen sie – sahen sie und wandten sich ab. Doch einer ließ seine Axt fallen und trabte dem Kind im Zickzack entgegen, da er etwas auswich ... Rüstpflanzen, einem Wildblumenbeet ...

Shastern verstummte unter dem durchdringenden Blick des Waldläufers, der die Lederrüstung entfernte und Shasterns Wunden mit Streifen aus sauberem Tuch umwickelte und festzog. Whandall wollte ihm von den anderen Kindern erzählen.

Der Waldläufer sah auf. »Wer bist du, Junge?«

»Ich bin Whandall vom Schlangenpfad.« Niemand nannte seinen Familiennamen.

»Ich bin Kreeg Müller. Wie viele ...«

Whandall zögerte nur kurz. »Zweimal zehn von uns.«

»Tragen sie alle« – er tippte gegen Shasterns Rüstung – »Leder?«

»Einige.«

Kreeg hob Tuch auf, eine Lederflasche und ein paar andere Dinge. Jetzt rief einer der anderen wütend, während er versuchte, die Kinder keines Blickes zu würdigen: »Kreeg, was willst du mit diesen Kerzenstummeln? Wir haben zu arbeiten!« Kreeg beachtete die verächtliche Bemerkung nicht und folgte dem Weg, wie Whandall ihn ihm zeigte.

Es gab verletzte Kinder, über ein weites Gebiet verteilt. Kreeg kümmerte sich um alle. Whandall verstand erst viel später, warum die anderen Holzfäller nicht helfen wollten.

Whandall brachte Shastern durch das Revier der Schmutzfinken heim, um nicht durch das der Ochsenziemer zu müssen. Bei den Schmutzfinken wollten sie zwei heranwachsende Fürstensippler nicht passieren lassen.

Whandall zeigte ihnen drei auffällige weiße Blüten in einem Stück Tuch. Sorgfältig darauf bedacht, sie selbst nicht zu berühren, gab er jedem der beiden Jungen eine Blüte und steckte die dritte wieder weg.

Die Jungen schnüffelten den betörenden Duft der Frauenblumen. »Ganz nett. Was habt ihr sonst noch?«

»Nichts, Falkenbruder.« Dreckvögel wurden gern Falken genannt, also nannte man sie so. »Jetzt geht und wascht euch Gesicht und Hände. Wascht euch gründlich, sonst schwellt ihr an wie Melonen. Wir müssen weiter.«

Die Falken taten belustigt, aber sie gingen zur Quelle. Whandall und Shastern rannten durch das Revier der Schmutzfinken weiter in das des Schlangenpfads. Schilder und Markierungen zeigten an, wenn man von einem anderen Stadtteil nach Schlangenpfad kam, aber Whandall hätte Schlangenpfad auch ohne sie erkannt. Es gab nicht so viele Schutthaufen und die ausgebrannten Häuser wurden schneller wieder aufgebaut.

Die Ortsfeste stand allein in ihrem Häuserblock, drei Stockwerke aus grauem Stein. Draußen vor der Tür spielten zwei ältere Jungen mit Messern. Drinnen lag Onkel Totto schlafend im Flur, sodass man über ihn hinwegsteigen musste, um hineinzugelangen. Whandall versuchte an ihm vorbeizuschleichen.

»Wie? Whandall, mein Junge. Was geht hier vor?« Er warf Shastern einen Blick zu, sah die blutigen Verbände und schüttelte den Kopf. »Schlimme Sache. Was ist los?«

»Shastern braucht Hilfe!«

»Das sehe ich. Was ist passiert?«

Whandall versuchte sich an ihm vorbeizudrücken, aber es hatte keinen Sinn. Onkel Totto wollte die ganze Geschichte hören und Shastern blutete schon viel zu lange. Whandall fing an zu schreien. Totto hob die Faust. Whandall zog seinen Bruder nach oben. Eine Schwester wusch Gemüse für das Abendessen und sie schrie ebenfalls. Frauen kamen unter großem Geschrei. Totto fluchte und trat den Rückzug an.

Mutter war an jenem Abend nicht daheim. Mutters Mutter – Dargramnet, wenn man mit Fremden redete – schickte Wanshig, um es Banshs Familie zu sagen. Sie brachte Shastern in Mutters Zimmer und blieb bei ihm, bis er einschlief. Dann kam sie in den großen Gemeinschaftsraum der Ortsfeste im ersten Stock und setzte sich in ihren großen Sessel. Oft war dieser Raum voller Ortsfeste-Männer, die gewöhnlich verspielt waren, aber manchmal brüllten sie auch herum und kämpften. Kinder lernten, sich in den kleineren Räumen zu verstecken, sich an die Röcke der Frauen zu klammern oder sich kleinere Arbeiten zu suchen, die sie erledigen mussten. Heute Abend bat Dargramnet die Männer, bei den verletzten Kindern Hand anzulegen, und sie folgten ihrer Bitte allesamt, sodass sie mit Whandall allein war. Sie nahm Whandall auf den Schoß.

»Sie wollten nicht helfen«, schluchzte er. »Nur der eine. Kreeg Müller. Wir hätten Ilther retten können – für Bansh war es zu spät, aber Ilther hätten wir retten können, nur dass sie nicht helfen wollten.«

Mutters Mutter nickte und tätschelte ihn. »Nein, natürlich wollten sie nicht«, sagte sie. »Nicht jetzt. Als ich noch ein Mädchen war, haben wir einander geholfen. Nicht nur der Sippe, nicht nur den Fürstensipplern.« Sie hatte ein dünnes Lächeln aufgesetzt, als sähe sie Dinge, die Whandall niemals sehen würde, und erfreute sich daran. »Männer blieben daheim. Mütter unterrichteten Mädchen, Männer unterrichteten Jungen und es gab diese vielen Kämpfe nicht.«

»Nicht einmal beim Brennen?«

»Freudenfeuer. Wir entfachten Freudenfeuer für Yangin-Atep und er half uns. Vom Glück verlassene Häuser, Stätten der Krankheit und des Mordes, die haben wir auch verbrannt. Damals wussten wir noch, wie man Yangin-Atep dient. Als ich noch ein Mädchen war, gab es Zauberer, richtige Zauberer.«

»Ein Zauberer hat Pothefit getötet«, erklärte Whandall mit großem Ernst.

»Sei still«, befahl Mutters Mutter. »Getan ist getan. Man soll nicht ans Brennen denken.«

»Der Feuergott«, sagte Whandall.

»Yangin-Atep schläft«, sagte Mutters Mutter. »Der Feuergott war stärker, als ich noch ein Mädchen war. Damals gab es noch richtige Zauberer in Fürstendorf und die haben richtige Magie gewirkt.«

»Leben da die Fürsten?«

»Nein, da leben keine Fürsten. Die Fürsten leben auf der Fürstenhöhe. Hinter den Hügeln, an der Schwarzen Grube vorbei und kurz vor dem Meer«, sagte Mutters Mutter und lächelte wieder. »Und, ja, da ist es wunderschön. Früher sind wir manchmal dorthin gegangen.«

Er dachte an die schönsten Orte, die er kannte. Der Friedensplatz, als die Sippenlosen ihn sauber gefegt und ihre Zelte aufgeschlagen hatten. Der Blumenmarkt, den er eigentlich nicht besuchen durfte. Die Stadt war größtenteils dreckig, die Straßen waren eng und gewunden, Häuser stürzten ein, und große Häuser, die solide gebaut waren, verfielen. Die Ortsfeste war anders. Die Ortsfeste war aus Stein, groß und ordentlich, und hatte Dachgärten. Dargramnet sorgte dafür, dass die Frauen und Kinder das Haus sauber hielten, und piesackte sogar die Männer, bis sie das Dach oder eine zerbrochene Treppe reparierten. Die Ortsfeste war ordentlich und deshalb fand Whandall es dort schön.

Er versuchte sich einen anderen Platz der Ordnung vorzustellen, der größer als die Ortsfeste war. Es muss ein langer Weg dorthin gewesen sein, dachte er. »Hat das nicht sehr lange gedauert?«

»Nein, wir sind morgens in einem Wagen gefahren und dann noch am selben Abend heimgekehrt. Oder manchmal sind die Fürsten auch in unsere Stadt gekommen. Sie kamen, setzten sich auf den Friedensplatz und hörten uns zu.«

»Was ist ein Fürst, Mutters Mutter?«

»Du warst schon immer sehr neugierig. Und auch tapfer«, sagte sie und tätschelte ihn wieder. »Die Fürsten haben uns gezeigt, wie wir hierher kommen konnten, als der Vater meines Großvaters noch jung war. Davor war unser Volk immer auf Wanderschaft. Mein Großvater hat mir Geschichten erzählt, dass wir früher in Wagen gelebt haben und immer unterwegs waren.«

»Großvater?«, fragte Whandall.

»Der Vater deiner Mutter.«

»Aber – woher hat sie das gewusst?«, wollte Whandall wissen. Er hielt Pothefit für seinen Vater, war aber nicht sicher. Jedenfalls nicht so sicher, wie Mutters Mutter es zu sein schien.

Mutters Mutter schaute einen Augenblick lang ärgerlich drein, aber dann heiterte sich ihre Miene wieder auf. »Sie weiß es, weil ich es weiß«, sagte Mutters Mutter. »Dein Großvater und ich waren sehr lange zusammen, Jahre um Jahre, bis er getötet wurde, und er war der Vater all meiner Kinder.«

Whandall wollte fragen, woher sie das wusste, aber er

hatte ihre zornige Miene gesehen und fürchtete sich ein wenig. Es gab viele Dinge, über die man nicht redete. Er fragte: »Hat er in einem Wagen gelebt?«

»Vielleicht«, sagte Mutters Mutter. »Oder vielleicht war es auch sein Großvater. Die meisten von diesen Geschichten habe ich mittlerweile vergessen. Ich habe sie deiner Mutter erzählt, aber sie hat nicht zugehört.«

»Ich höre zu, Mutters Mutter«, sagte Whandall.

Sie strich mit den Fingern durch seine frisch gewaschenen Haare. Sie hatte das Wasser für drei Tage benutzt, um Whandall und Shastern zu waschen, und als Resalet etwas dagegen gesagt hatte, hatte sie ihn angeschrien, bis er aus der Ortsfeste geflohen war. »Gut«, sagte sie. »Jemand sollte sich erinnern.«

»Was tun Fürsten?«

»Sie zeigen uns Sachen, geben uns Sachen, sagen uns, was das Gesetz ist«, erklärte Mutters Mutter. »Man sieht sie nicht mehr oft. Früher sind sie immer in Teps Stadt gekommen. Ich weiß noch, als wir beide jung waren – sie haben deinen Großvater ausgewählt, um für die Ortsfeste mit den Fürsten zu reden. Ich war so stolz. Und die Fürsten haben Zauberer mitgebracht und Regen gemacht und unsere Dachgärten mit einem Zauber belegt, damit alles besser wachsen konnte.« Das verträumte Lächeln war wieder da. »Alles ist besser gewachsen. Alle haben einander geholfen. Ich bin so stolz auf dich, Whandall. Du bist nicht weggelaufen und hast deinen Bruder allein gelassen – du bist geblieben, um ihm zu helfen.« Sie tätschelte ihn, streichelte ihn, wie seine Schwestern die Katze streichelten. Whandall hätte beinahe geschnurrt.

Kurz darauf döste sie ein. Er dachte an ihre Geschichten und fragte sich, wie viel davon stimmte. Er konnte sich nicht erinnern, jemals erlebt zu haben, dass jemand einem anderen half, der kein enger Verwandter war. Warum sollte das in Mutters Mutters Jugend anders gewesen sein? Und wenn es tatsächlich anders war, konnte es dann wieder so werden?

Aber er war sieben und die Katze spielte mit einem Garnknäuel. Whandall kletterte von Mutters Mutters Schoß, um ihr dabei zuzusehen.

Bansh und Ilther starben. Shastern überlebte, behielt aber Narben zurück. In späteren Jahren hielt man sie für Kriegsnarben.

Whandall sah ihnen beim Wiederaufbau der Stadt nach dem Brennen zu. Geschäfte und Ämter erhoben sich wieder, billige Holzhäuser in gewundenen Straßen. Die Sippenlosen schienen niemals hart am Wiederaufbau zu arbeiten.

Zerstörte Wasserleitungen wurden neu gebaut. Die Orte, wo Leute starben – wo sie zu Tode getreten, verbrannt oder mit den langen Messern der Fürstensippler zerschnitten und zerstochen wurden –, blieben noch eine ganze Weile leer. Alle hatten Hunger, bis die Fürsten und die Sippenlosen wieder Nahrung in Umlauf bringen konnten.

Keines der anderen Kinder wollte jemals wieder den Wald betreten. Sie spionierten lieber Fremden hinterher und nahmen eher ein paar gebrochene Knochen in Kauf, als den furchtbaren Pflanzen noch einmal zu begegnen. Aber der Wald faszinierte Whandall. Er kehrte immer wieder dorthin zurück. Mutter wollte nicht, dass er ging, aber Mutter war nicht oft da. Mutters Mutter sagte ihm nur, er solle vorsichtig sein.

Der alte Resalet hörte sie. Jetzt lachte er jedes Mal, wenn Whandall die Ortsfeste in Leder und mit Maske verließ.

Whandall ging allein. Er folgte immer der Schneise der Holzfäller und das schützte ihn ein wenig. Der Wald wurde weniger gefährlich, je mehr Kreeg Müller ihm beibrachte.

Das gesamte Dickicht war gefährlich, aber das Gestrüpp, das sich um die Rothölzer sammelte, war vorsätzlich bösartig. Kreegs Vater hatte ihm erzählt, zu seiner Zeit sei es noch schlimmer gewesen und die Generationen hätten diese Pflanzen gezähmt. Es gab mit Klingenblättern bedeckte Morgensterne, Rüstpflanzen und Fürstensipplerskuss, Fürstenkuss mit längeren Klingenblättern und harmlos aussehende Ranken, Blumenbeete und Büsche, die alle Rührmichan genannt wurden und deren Kennzeichen rote oder rot-grüne Blätter mit fünf Klingen waren.

Giftpflanzen gab es auch noch in anderen Formen als Rührmichan. Jede Pflanze mochte die Eigenart entwickeln, sich mit Dolchen zu bedecken und diese auch zu vergiften. Nesseln bedeckten ihre Blätter mit tausenden von Nadeln, die sich ins Fleisch bohrten. Die Holzfäller schnitten mit Stangen, die mit Klingen bewehrt waren und die sie Schnitter nannten, unter den Morgensternbüschen und Rührmichan-Blumenbeeten her. Der einzige Schutz gegen die Fürstenpeitschen war eine Maske.

Die Waldläufer kannten Obstbäume, welche die Kinder noch nicht entdeckt hatten. »Diese gelben Äpfel *wollen* gegessen werden«, sagte Kreeg, »mit Samen und allem, damit die Samen ein, zwei Tage später woanders sind und mehr Pflanzen machen. Wenn du das Gehäuse mit den Kernen nicht isst, wirf es wenigstens so weit wie möglich weg. Aber von diesen roten Todesbüschen halt dich fern – weit fern –, denn wenn du ihnen zu nah kommst, wirst du die Beeren auch essen.«

»Magie?«

»Genau. Und sie sind giftig. Sie wollen, dass ihre Samen in deinem Bauch sind, wenn du stirbst – wegen der Düngung.«

Eines nassen Morgens nach einem Gewitter sahen die Holzfäller Rauch aufsteigen.

»Ist das die Stadt?«, fragte Whandall.

»Nein, das ist im Wald. Im Revier der Vielfraße. Es wird wieder erlöschen«, versicherte Kreeg dem Jungen. »Das tun sie immer. Hier und da findet man schwarze Flecken, so groß wie ein Häuserblock in der Stadt.«

»Das Feuer weckt Yangin-Atep«, mutmaßte der Junge. »Dann nimmt Yangin-Atep das Feuer zu sich? Also geht es aus ...« Aber anstatt seinen Gedankengang zu bestätigen, lächelte Kreeg nur nachsichtig. Whandall hörte ein Kichern.

Die anderen Holzfäller glaubten nicht daran, aber ... »Kreeg, glaubst du auch nicht an Yangin-Atep?«

»Eigentlich nicht«, sagte Kreeg. »Hier draußen in den Wäldern wirkt so manche Magie, aber in der Stadt? Götter und Magie, darüber hört man eine ganze Menge, aber man sieht verwünscht wenig.«

»Ein Magier hat Pothefit getötet!«

Kreeg Müller zuckte die Achseln.

Whandall war den Tränen nah. Pothefit war beim Brennen verschwunden, vor zehn Wochen erst. Pothefit war sein Vater! Aber das sagte man nicht außerhalb der Familie. Whandall suchte nach besseren Argumenten. »Ihr *verbeugt* euch vor den Rothölzern, bevor ihr sie fällt. Das habe ich selbst gesehen. Ist das nicht Magie?«

»Ja, nun ... warum sollen wir ein Wagnis eingehen? Warum beschützen die Morgensterne und Lorbeerpeitschen, warum beschützen die Rührmichan und Kletterranken die Rothölzer?«

»Wie Hauswachen«, sagte Whandall in Erinnerung daran, dass in der Ortsfeste immer Männer und Jungen Wache hielten.

»Vielleicht. Als hätten die Pflanzen einen Handel abgeschlossen«, lachte Kreeg.

Mutters Mutter hatte es ihm erzählt. Yangin-Atep hatte Whandalls Vorfahren zu den Fürsten geführt und die Fürsten hatten Whandalls Vorfahren durch den Wald ins Tal der Dünste geführt, wo sie die Sippenlosen besiegt und Teps Stadt erbaut hatten. Rotholzsamen und Feuerruten wuchsen nur, wenn sie vom Feuer berührt worden waren. Diese Wälder gehörten ganz gewiss dem Feuergott!

Aber Kreeg Müller konnte das einfach nicht einsehen.

Sie arbeiteten den halben Morgen über und hackten auf den Stamm eines riesigen Rotholzes ein, wobei sie nicht auf den Rauch achteten, der im Nordosten immer noch aufstieg. Whandall brachte ihnen aus einem nahe gelegenen Bach Wasser. Die anderen Holzfäller hatten sich jetzt beinahe an ihn gewöhnt. Sie nannten ihn Kerzenstummel.

Als die Sonne hoch am Himmel stand, machten sie Mittagspause.

Kreeg Müller hatte es sich angewöhnt, sein Mittagessen mit ihm zu teilen. Whandall war es gelungen, etwas Käse aus der Küche der Ortsfeste zu besorgen. Kreeg hatte noch ein geräuchertes Kaninchen vom Vortag.

Whandall fragte: »Wie viele Bäume sind nötig, um die Stadt wieder aufzubauen?«

Zwei Holzfäller hörten die Frage und lachten. »Sie brennen niemals die ganze Stadt nieder«, erklärte Kreeg ihm. »Das könnte niemand überleben, Whandall. Zwanzig oder dreißig Geschäfte und Häuser, ein paar vollständige Häuserblocks und hier und da ein paar vereinzelte Gebäude, dann hören sie auf.«

Die Männer der Ortsfeste behaupteten, sie hätten die ganze Stadt niedergebrannt, und alle Kinder glaubten ihnen.

Ein Holzfäller sagte: »Wir fällen noch einen Baum nach diesem hier. Wir würden gar nicht alle vier brauchen, wenn Fürst Qirinty nicht einen Flügel an seinen Palast anbauen wollte. Erinnerst du dich noch an dein erstes Brennen, Junge?«

»Einigermaßen. Ich war erst zwei.« Whandall grub in seinen Erinnerungen. »Die Männer verhielten sich merkwürdig. Sie schlugen gleich zu, wenn Kinder ihnen zu nahe kamen. Sie brüllten viel herum und die Frauen brüllten zurück. Die Frauen versuchten die Männer von uns fern zu halten.

Eines Nachmittags wurde dann alles ganz unheimlich

und verwirrend. Es gab viel Geschrei und Gejohle, dazu Hitze, Rauch und Licht. Die Frauen kauerten alle bei uns im ersten Stock. Es roch so komisch – nicht nur nach Rauch, sondern nach Sachen, von denen einem schlecht wird, wie im Laden eines Alchimisten. Die Männer kamen mit den Sachen herein, die sie gesammelt hatten. Decken, Möbel, Muscheln, Tassen, Teller, komische Sachen zu essen. Und danach schienen sich alle zu beruhigen.«

Whandalls Stimme verlor sich. Die anderen Waldläufer sahen ihn an wie ... wie einen Feind. Kreeg wollte ihn überhaupt nicht ansehen.

2. Kapitel

Die Welt hatte sich weiter gedreht und Whandall hatte kaum Notiz davon genommen.

Seine Brüder und Vettern schienen alle verschwunden zu sein. Die Mädchen und Frauen blieben meistens daheim, aber jeden Monat am Muttertag gingen die Frauen zu den Eckplätzen, wo die Fürstenmänner Nahrung, Kleidung und Muscheln ausgaben, Geschenke der Fürsten. An diesem und auch am nächsten Tag waren immer Männer zugegen. Später waren sie dann zugegen oder auch nicht.

Doch Jungen tauchten nur zu den Mahlzeiten und zum Schlafen auf und das nicht einmal immer. Wohin gingen sie?

Eines Nachmittags folgte er einer Gruppe seiner Vettern. Wie im Wald war er stolz darauf, wenn er nicht gesehen wurde. Er kam vier Häuserblocks weit, bevor vier jüngere Männer ihn anhielten. Bis Shastern sich umdrehte, sah, was vorging, und gelaufen kam, hatten sie ihn halb bewusstlos geschlagen.

Shastern zeigte die Tätowierungen an seinen Händen und Armen. Whandall hatte einmal danach gefragt, aber Shastern hatte sich vor der Antwort gedrückt. Sie passten zu den furchtbaren Narben, die der Wald Shastern zugefügt hatte, aber bei vielen seiner Vettern waren diese Male ebenfalls zu sehen. Seinen Vettern stellte er diese Art von Fragen niemals. Jetzt bekam Whandall nicht richtig mit, was Shastern und seine Vettern zu ihnen sagten, aber die Fremden ließen ihn los und seine Vettern brachten ihn heim.

Er erwachte mit Schmerzen. Shastern wachte gegen Mittag auf und kam zu ihm. Shastern war es untersagt, gewisse Geheimnisse auszusprechen, aber einige Dinge durfte er weitergeben ...

Schlangenpfad war nicht nur der gleichnamige Stadtteil.

Schlangenpfad war die Gemeinschaft junger Männer, die diesen Stadtteil für sich beanspruchten. Diese Straßen gehörten zum Schlangenpfad. Andere Straßen, andere Banden. Der Stadtteil wuchs oder schrumpfte und Straßen wechselten je nach Macht der Banden die Besitzer. Sie stellten Schilder auf und befestigten sie an Mauern.

Whandall konnte sie schon seit Jahren lesen. Zum Schlangenpfad gehörte ein schlichter Schnörkel, eine einfache Schlangenlinie, leicht zu zeichnen. Das Zeichen der Schmutzfinken war ein wüst und schlampig gezeichneter Falke. Shastern zeigte ihm die Grenze: eine Mauer mit dem Schlangenpfad-Schnörkel am einen Ende und einem langen dünnen Phallus am anderen, um das Revier der Ochsenziemer zu markieren. Ohne Einladung hielt man sich nicht im Revier vom Schlangenpfad oder dem der Ochsenziemer oder Schmutzfinken auf, wenn man nicht dorthin gehörte. Als Kind hatte Whandall ungehindert durch die Straßen gehen können, aber ein Zehnjähriger war kein Kind mehr.

»Aber es gibt Orte ganz ohne Schilder und Zeichen«, protestierte Whandall.

»Das ist Fürstenrevier. Dort kann man sich aufhalten, bis es einem von einem Fürstenmann verboten wird. Dann muss man gehen.«

»Warum?«

»Weil vor den Fürstenmännern alle Angst haben.«

»Warum? Sind sie so stark?«

»Nun ja, sie sind groß, sie sind gemein und sie tragen diese Rüstung.«

»Außerdem sind sie immer paarweise unterwegs«, fiel Whandall wieder ein.

»Genau. Und wenn man einem von ihnen etwas antut, kommen ganz viele und suchen einen.«

»Und wenn sie nicht wissen, wer es war?«

Shastern zuckte vielsagend die Achseln. »Dann kommt ein ganzer Haufen von ihnen und sie schlagen jeden zusammen, der ihnen über den Weg läuft, bis jemand gesteht. Oder wir töten jemanden und sagen, er hat gestanden, bevor wir ihn getötet haben. Halt dich von den Fürstenmännern fern, Whandall. Das einzig Gute an ihnen sind die Geschenke, die sie am Muttertag bringen.«

Whandall fand es seltsam, von seinem ein Jahr jüngeren Bruder Verhaltensmaßregeln entgegennehmen zu müssen.

Er musste außerdem mit Wanshig geredet haben. Wanshig war Whandalls ältester Bruder. Wanshig hatte die Tätowierungen: eine Schlange in der Hautfalte zwischen Daumen und Zeigefinger der linken Hand, eine Klapperschlange, die sich vom Zeigefinger des rechten Arms bis zum Ellbogen zog, und ein kleines Schlangenauge am Rande des linken Auges. In der nächsten Nacht nahm Wanshig ihn mit auf die Straßen. In einer Ruine, die nach altem Rauch stank, stellte er seinen jüngeren Bruder Männern vor, die Messer trugen und niemals lächelten.

»Er braucht Schutz«, sagte Wanshig. Die Männer sahen ihn nur an. Schließlich sagte einer: »Wer spricht für ihn?«

Whandall kannte einige dieser Gesichter. Shastern war auch dort und er sagte: »Ich.« Shastern redete nicht mit seinen Brüdern, sprach aber in den höchsten Tönen von Whandall. Als die Übrigen voller Furcht aus dem Wald geflohen waren, sei Whandall geblieben, um Shastern zu helfen. Wenn er wenig von den im Schlangenpfad herrschenden Bräuchen gelernt habe, dann deshalb, weil er anderweitig beschäftigt sei. Als keiner der Jungen habe in den Wald zurückkehren wollen, sondern alle lieber auf die Straße gegangen seien, habe Whandall Ortsfeste auch weiterhin den Mordpflanzen getrotzt, um die Waldläufer auszuspionieren.

Der Raum war groß genug, um fünfzig und mehr Personen zu beherbergen. Draußen war es jetzt dunkel und das einzige Licht im Raum stammte vom Mond, der durch die Löcher im Dach schien, und von Fackeln. Die Fackeln waren draußen, steckten in Löchern in den Fensterbänken. Yangin-Atep gestattete drinnen kein Feuer, außer bei einem Brennen. Man konnte draußen im Schutz eines an den Seiten offenen Unterschlupfs ein Herdfeuer anzünden, aber niemals drinnen, und wenn man versuchte, ein Feuer mit Mauern zu umgeben, erlosch das Feuer. Whandall konnte sich nicht erinnern, dass irgendjemand ihm dies gesagt hatte. Er wusste es einfach, wie er auch wusste, dass Katzen scharfe Krallen hatten und Jungen sich besser von Bier trinkenden Männern fern hielten.

Auf einem niedrigen Podest an einem Ende des Raums stand ein großer Stuhl. Der Stuhl war aus Holz und hatte Armlehnen und eine hohe Rückenlehne und in das Holz waren Schlangen und Vögel geschnitzt. Ein paar Sippenlose mussten schwer gearbeitet haben, um diesen Stuhl anzufertigen, aber Whandall glaubte nicht, dass er sehr bequem war, jedenfalls lange nicht so bequem wie der mit Ponyhaaren gepolsterte Sessel, den Mutters Mutter so sehr mochte.

Ein hochgewachsener Mann ohne Lächeln saß auf diesem Stuhl. Drei weitere Männer standen vor ihm und hielten dabei lange Fürstensipplermesser vor der Brust. Whandall kannte ihn. Pelzed wohnte in einem zweistöckigen Steinhaus am Ende einer Reihe gepflegter und gut in Schuss gehaltener Häuser von Sippenlosen. Pelzeds

Haus hatte einen eingezäunten Garten und darin arbeiteten immer Sippenlose.

»Bringt ihn her!«, verlangte Pelzed.

Seine Brüder nahmen Whandall bei den Armen und zogen ihn vor Pelzeds Stuhl, dann drückten sie ihn auf die Knie.

»Wofür bist du gut?«, wollte Pelzed wissen.

Shastern setzte zu einer Antwort an, doch Pelzed hob eine Hand. »Ich habe dich gehört. Jetzt will ich ihn hören. Was hast du von den Waldläufern gelernt?«

»Sag etwas«, flüsterte Wanshig. In seiner Stimme lag Angst.

Whandall überlegte angestrengt. »Gifte. Ich kenne die Gifte des Waldes. Nadeln. Klingen. Peitschen.«

Pelzed beschrieb eine Geste. Einer der Männer, die vor Pelzeds Stuhl standen, hob sein großes Messer und schlug es Whandall schmerzhaft über die linke Schulter.

Es brannte, aber er hatte mit der flachen Seite der Klinge zugeschlagen. »Nenn ihn Fürst«, sagte der Mann. Seine nackte Brust war ein Irrgarten aus Narben. Eine lief ihm über die Wange bis in die Haare. Whandall fand ihn höllisch Furcht einflößend.

»Fürst«, sagte Whandall. Er hatte noch nie einen Fürsten gesehen. »Ja, Fürst.«

»Gut. Du kannst dich im Wald frei bewegen?«

»Ja, Fürst. Überall dort, wo die Waldläufer schon einmal waren.«

»Gut. Was weißt du über den Keil?«

»Die Wiese am Oberlauf des Rehpiesel?« Was wollte Pelzed hören? »Da gehen Waldläufer nicht hin, Fürst. Ich habe den Fluss noch nie gesehen. Er wird angeblich bewacht.«

Pause. Dann: »Kannst du uns Gifte bringen?«

»Ja, Fürst, in der richtigen Jahreszeit.«

»Können wir sie gegen die Feinde des Schlangenpfads einsetzen?«

Whandall hatte keine Ahnung, wer die Feinde des

Schlangenpfads sein mochten, aber er hatte Angst, danach zu fragen. »Wenn sie frisch sind, Fürst.«

»Was passiert, wenn sie nicht frisch sind?«

»Nach einem Tag rufen sie nur noch Juckreiz hervor. Die Nesseln hören auf, nach jedem zu greifen, der vorbeigeht.«

»Warum?«

»Das weiß ich nicht.« Der Mann hob sein Messer. »Fürst.«

»Du bist ein Schleicher und ein Spion.«

»Ja, Fürst.«

»Wirst du für uns spionieren?«

Whandall zögerte. »Natürlich wird er es tun, Fürst«, sagte Shastern.

»Bring ihn hinaus, Shastern. Warte draußen mit ihm.«

Shastern führte ihn durch eine Tür in einen Raum mit keiner weiteren Tür und nur einem kleinen dunklen Fenster, das ein wenig Mondlicht einließ. Er wartete, bis sich die Tür hinter ihnen geschlossen hatte, bevor er Whandalls Arm losließ.

»Das ist gefährlich, nicht?«, fragte Whandall.

Shastern nickte.

»Was wird also geschehen?«

»Sie nehmen dich auf. Vielleicht.«

»Und wenn nicht?«

Shastern schüttelte den Kopf. »Sie werden es tun. Fürst Pelzed will keine Blutfehde mit der Familie der Ortsfeste.«

Blutfehde bedeutete Blut. »Ist er wirklich ein Fürst...?«

»Hier ist er einer«, sagte Shastern. »Und vergiss das nicht.«

Als sie ihn zurückbrachten, war der Raum dunkel bis auf ein paar Kerzen in der Nähe von Pelzeds Stuhl. Shastern flüsterte. »Ich wusste, sie nehmen dich auf. Was jetzt auch passiert, weine nicht. Es wird wehtun.«

Sie hießen ihn wieder vor Pelzed niederknien. Zwei Männer wechselten sich darin ab, ihm Fragen zu stellen und ihn zu schlagen.

»Wir sind dein Vater und deine Mutter«, sagte Pelzed.
Jemand schlug ihn.
»Wer ist dein Vater?«, fragte eine Stimme hinter ihm.
»Du bist ...«
Jemand schlug ihn fester.
»Der Schlangenpfad«, riet Whandall.
»Wer ist deine Mutter?«
»Der Schlangenpfad.«
»Wer ist dein Fürst?«
»Pelzed ... Au. Fürst Pelzed. Au! Der Schlangenpfad?«
»Wer ist Fürst vom Schlangenpfad?«
»Fürst Pelzed.«

Es dauerte sehr lange. Meist schlugen sie ihn nicht, wenn er die richtige Antwort erriet, aber manchmal schlugen sie ihn trotzdem. »Damit du es auch ganz gewiss nicht wieder vergisst«, sagten sie.

Schließlich war es vorbei. »Du kannst nicht kämpfen«, sagte Pelzed. »Also kannst du auch kein vollwertiges Mitglied sein. Aber wir kümmern uns um dich. Gebt ihm das Zeichen.«

Sie streckten die linke Hand aus und tätowierten eine kleine Schlange in die Haut zwischen Daumen und Zeigefinger. Er hielt vor Schmerzen den Arm krampfhaft starr. Dann sagten alle nette Worte über ihn.

Danach war es leichter. Whandall war auch außerhalb des Hauses sicher, solange er sich auf Gebiet befand, das dem Schlangenpfad freundlich gesonnen war. Wanshig riet ihm dringend, erst dann ein Messer zu tragen, wenn er auch damit kämpfen konnte. Das Tragen eines Messers wurde allgemein als Herausforderung betrachtet.

Er kannte die Regeln nicht. Aber man konnte sich still verhalten, beobachten und lernen.

Hier erinnerte er sich an eine Reihe aus schwarzen Skeletten von Häusern. Die verkohlten Überreste waren eingestürzt und abtransportiert worden. Whandall und andere beobachteten die Vorgänge aus der Deckung des Kellers eines Hauses, das noch nicht wieder aufgebaut worden war. Sippenlose waren bei der Arbeit und richteten Rotholzträger zu Skeletten neuer Häuser auf. Vier neue Geschäfte, die ein paar Wände gemeinsam hatten, standen bereits.

Man erkannte die Sippenlosen an ihrer Hautfarbe, an den runderen Ohren und spitzeren Nasen, aber das war eine unsichere Sache. Ein Junge konnte sich dabei leicht irren. Es war besser, der Kleidung oder dem Namen nach zu urteilen.

Sippenlosen war das Tragen von Frisuren der Fürstensippler und von lebhaften Farben nicht gestattet. Bei offiziellen Anlässen trugen die Sippenlosen eine Schlinge als Symbol ihrer Knechtschaft. Sie wurden nach Dingen oder Fähigkeiten benannt und nannten ihren Familiennamen, wenn dies Angehörige einer Fürstensippe niemals getan hätten.

Es gab unausgesprochene Regeln für das Sammeln. Es gab Zeiten, da man einen Sippenlosen um Nahrung oder Geld bitten konnte. Ein Mann und eine Frau zusammen mochten die Bitte erfüllen. Andere nicht. Sippenlose Männer, die geschwärzte Ruinen durch neue Gebäude ersetzten, waren Fürstensipplern nicht gerade wohlgesinnt. Fürstensippler mussten sich beim Sammeln vor den Sippenlosen in Acht nehmen, die Geschäfte führten oder direkt vom Wagen verkauften. Die Sippenlosen hatten keine Rechte, aber die Fürsten hatten Rechte auf alles, was die Sippenlosen anfertigten.

Die Sippenlosen leisteten die Arbeit. Sie fertigten Kleidung, bauten Nahrung an, stellten Werkzeug her und benutzten es, transportierten alles. Sie fertigten die Seile für die Ausfuhr. Sie ernteten die Fasern für die Seile vom Hanf, der auf freien Flächen und überall in der Nähe der trägen Bäche wuchs, die nicht nur den Regen ableiten, sondern auch als Abwasserkanäle dienten. Sie bauten. Sie sorgten dafür, dass Straßen repariert wurden, dass Wasser floss, dass Abfälle auf den Müllkippen landeten. Sie übernahmen die Schuld, wenn etwas misslang. Nur die Sippenlosen zahlten Steuern, und Steuern waren, was immer eine Fürstensippe verlangte, es sei denn, ein Fürst sagte etwas anderes. Aber man musste lernen, was man als Steuern verlangen konnte. Die Sippenlosen könnten nur soundso viel geben, sagte Mutters Mutter immer.

Plötzlich war alles so offensichtlich, so peinlich. Holzfäller waren Sippschaftslose! *Natürlich* würden sie einem Fürstensipplerkind nicht helfen. Die Holzfäller fanden Kreeg Müller seltsam, wie die Ortsfeste Whandall seltsam fand, weil die beiden viel Zeit in Gesellschaft des anderen verbrachten.

Whandall hatte sich von einem Sippenlosen unterrichten lassen! Er hatte Wasser für sie getragen und wie ein Sippenloser gearbeitet!

Whandall hörte auf, in den Wald zu gehen.

Die Männer des Schlangenpfads verbrachten ihre Zeit auf der Straße. Das taten auch die Jungen der Ortsfeste, aber deren Väter und Onkel blieben meistens daheim.

Warum?

Whandall ging zum alten Resalet. Man konnte schließlich fragen.

Resalet hörte ihm zu und nickte, dann rief er *alle* Jungen zusammen und führte sie nach draußen. Er zeigte auf das Haus, das alte dreistöckige Steinhaus mit dem von Mauern umschlossenen Innenhof. Er erklärte ihnen, es sei vor zweihundert Jahren von Sippenlosen für Sippenlose gebaut worden. Fürstensippler hätten es ihnen weggenommen.

Es sei ein geräumiges Haus, das von vielen begehrt werde. Die Sippenlosen bauten keine Häuser mehr, die Jahrhunderte überdauerten. Warum auch, wenn eine Fürstensippe es für sich beansprucht? Andere Fürstensippen hatten dieses Haus wiederholt für sich beansprucht, bis es schließlich an die Familie Ortsfeste gefallen sei. Es würde wiederum den Besitzer wechseln, wenn die Männer nicht auf der Hut waren und Wache hielten.

Die Jungen fanden den Vortrag lästig und ließen Whandall dies anschließend auch wissen.

Mutter hatte nie Zeit für ihn. Es waren immer neue Säuglinge da, neue Männer, die es zu treffen und heimzubringen galt, neue Häuser, die besucht werden konnten, und es blieb niemals Zeit für die älteren Jungen. Männer trieben sich zusammen herum. Sie kauten Hanf und schmiedeten Pläne oder gingen nachts weg, aber sie wollten niemals Jungen um sich haben und die meisten Jungen fürchteten sich vor den Männern. Aus gutem Grund.

Whandall betrachtete seine Stadt ohne jedes Verständnis. Die anderen Jungen erkannten kaum, dass es etwas zu verstehen gab, und waren nicht begierig, mehr zu erfahren. Es war ungefährlich, Mutters Mutter zu fragen, aber ihre Antworten waren befremdlich.

»Alles hat sich verändert. Als ich noch ein Mädchen war, haben die Sippenlosen uns nicht gehasst. Sie haben gern und mit Freuden gearbeitet. Sammeln war leicht. Sie haben uns Sachen gegeben.«

»Warum?«

»Wir dienten Yangin-Atep. Tep ist oft erwacht und hat uns beschützt.«

»Aber haben die Sippenlosen das Brennen nicht gehasst?«

»Ja, aber damals war es anders«, sagte Mutters Mutter. »Es war verabredet. Ein Haus oder Gebäude, das niemand mehr benutzen konnte, eine Brücke, die jeden Augenblick einstürzen musste. Wir brachten immer Dinge zum Brennen mit. Sippenlose, Fürstensippler, alle brachten etwas für Yangin-Atep mit. *Mathoms* haben wir sie genannt. Die Fürsten sind auch immer gekommen, mit ihren Zauberern. Jetzt ist alles anders und ich verstehe es überhaupt nicht mehr.«

Man konnte still sein, beobachten und lernen.

Barbaren waren die Sonderlinge. Ihre Haut hatte viele Schattierungen, ihre Nasen hatten viele Formen. Sogar die Farbe ihrer Augen war unterschiedlich. Sie klangen sonderbar, wenn sie überhaupt reden konnten.

Manche gehörten in die Stadt, woher sie auch gekommen sein mochten. Sie trieben Handel, unterrichteten, versorgten Kranke, kochten und verkauften an Sippenlose und Fürstensippler gleichermaßen. Sie sollten wie Sippenlose behandelt werden, welche die Regeln nicht verstanden. Ihr Gerede war im Allgemeinen verständlich. Sie mochten mit Wachen aus ihrer eigenen Rasse unterwegs sein oder auch Tribut an die Fürstensippler zahlen, auf dass sie ihre Geschäfte schützten. Einige wenige genossen den Schutz der Fürsten. Das erkannte man an den Zeichen und Symbolen, die draußen an ihren Häusern und Geschäften angebracht waren.

Die meisten Barbaren mieden Orte, an denen es zu Gewalttaten gekommen war. Doch die Gaffer suchten diese Orte auf. Die beim Brennen stattfindende Gewalt lockte sie über das Meer zu Teps Stadt.

Jungen, die den Wald aufgaben, waren dazu übergegangen, die Gaffer auszuspionieren. Whandall tat es ihnen nach und beobachtete die Beobachter. Doch bei diesem Spiel waren sie ihm weit voraus und Whandall hatte einiges nachzuholen.

Beobachten, lauschen. Unter einem Steg, hinter einer Mauer. Gaffer suchten Zuflucht in den Stadtteilen, wo Sippenlose lebten, und in den Hafengegenden, wo die Fürsten regierten. Fürstensipplerkinder konnten manchmal an solche Orte gelangen. Gaffer sprachen ein rasend schnelles Kauderwelsch, das einige der älteren Jungen zu verstehen behaupteten.

Zuerst sahen sie nur absonderlich aus. Später fand Whandall heraus, wie viele verschiedene Arten von Gaffern es gab. Man konnte es ihrer Haut, ihren charakteristischen Zügen und ihrer Kleidung entnehmen. Die Hellhäutigen waren Torower aus dem Osten. Die anderen kamen aus dem Süden, aus Condigeo. Diejenigen mit den Nasen wie Adlerschnäbel kamen von noch weiter her: atlantische Flüchtlinge. Jede Gruppe sprach ihre eigene Sprache, welche die Sprache der Fürstensippler auf andere Art entstellte. Und es gab noch andere Sprachen aus Gegenden, von denen Whandall noch nie gehört hatte.

Der Schlangenpfad beobachtete und traf sich anschließend in den Ruinen ausgebrannter Häuser. Man fragte sich und einander: *Was hat dieser Gaffer, das es wert wäre, gesammelt zu werden?* Doch Whandall fragte sich manchmal: *Stammt dieser aus einer bemerkenswerteren Gegend als dieser hier? Oder einer aufregenderen? Oder einer besser regierten? Oder einer Gegend, die einen Herrscher sucht?*

3. Kapitel

Als er elf Jahre alt war, fragte Whandall Wanshig: »Wo kann ich einen Fürsten finden?«

»Du weißt, wo Pelzed wohnt ...«

»Einen richtigen Fürsten.«

»Rede nicht so«, sagte Wanshig, aber er grinste dabei. »Weißt du noch, wie diese Leute in den Park gegangen sind? Und Reden gehalten haben? Letzten Herbst.«

»Sicher. Du hast etwas Geld in der Menge gesammelt und Fleisch für das Abendessen gekauft.«

»*Das* war ein Fürst. Ich habe seinen Namen vergessen.«

»Welchen meinst du? Es waren viele Leute da ...«

»Hauptsächlich Wachen. Und Gaffer und Erzähler. Ich meine denjenigen, der auf dem Wagen stand und über die neue Wasserleitung redete, die sie bauen.«

»Ach so.«

»Die Fürsten leben auf der anderen Seite des Tals, hauptsächlich auf der Fürstenhöhe. Es ist ein ziemlich langer Weg. Dorthin kannst du nicht gehen.«

»Haben sie eine Bande?«

»So etwas in der Art. Sie haben Wachen, kräftige Fürstenmänner. Und es gibt eine Mauer.«

»Ich sähe gern mal einen. Aus der Nähe.«

»Manchmal gehen Fürsten auch zu den Docks. Aber dahin kannst du nicht allein«, sagte Wanshig.

»Warum nicht?«

»Die Docks gehören zum Revier der Wasserteufel. Die Fürsten sagen, jeder kann dorthin, und die Teufel müssen sich fügen, aber es gefällt ihnen nicht. Wenn sie dich allein erwischen, ohne dass jemand zurückkehren und erzählen könnte, was geschehen ist, werfen sie dich vielleicht in den Hafen.«

»Aber Wasserteufel gehen nicht auf die Fürstenhöhe, oder?«

»Das weiß ich nicht. Bisher brauchte ich es auch nicht herauszufinden.«

Woher weiß man, was man herausfinden muss, bis man es weiß?, fragte sich Whandall, sagte jedoch nichts dazu. »Gibt es einen sicheren Weg zum Hafen?«

Wanshig nickte. »Bleib auf der Sanvinstraße, bis du an diesen Erhebungen dort vorbei bist.« Er zeigte nach Nordwesten. »Danach gibt es keine Banden mehr, bis du zum Hafen kommst. Jedenfalls gab es früher keine. Wie es jetzt ist – wer weiß?«

Der Wald hatte Finger: mit Rührmichan und Fürstensipplerskuss bedeckte Hügelkämme, die vom Meer zu den großen Bäumen mit ihren tödlichen Wachen verliefen. Es gab Schluchten und Täler zwischen den Hügeln, aber die waren voll mit noch giftigeren Pflanzen, die schneller nachwuchsen, als irgendjemand sie wegschneiden konnte. Nur die Hügel oberhalb des Hafens waren von ihnen gesäubert. Dort oben wohnten Fürsten. Wenn ein ordentlicher Wind wehte und es daher ein klarer Tag war, konnte Whandall ihre großen Häuser sehen. Die Erwachsenen nannten sie Paläste.

Whandall zeigte auf die Fürstenhöhe. »Sammelt beim Brennen jemand dort oben?«

Wanshig blinzelte. »Wo? Auf der Sanvinstraße?«
»Nein, da oben. Bei den Palästen.«
»Da wohnen die Fürsten. Von Fürsten kann man nicht sammeln!«
»Warum nicht?«
»Wegen Yangin-Atep«, erklärte Wanshig. »Yangin-Atep beschützt sie. Leute, die dorthin gehen, um zu sammeln, kommen einfach nicht zurück. Whandall, das sind die Fürsten. Wir sind Fürstensippler. Man tut es einfach nicht. Da oben wird auch nicht gebrannt. Yangin-Atep kümmert sich um sie.«

Bei Tagesanbruch stibitzte er sich einen halben Laib Brot aus der Küche der Ortsfeste und aß ihn, während er rannte. Die in ihm brodelnde Energie war halb eifrige Begierde, halb Furcht. Als sie verbraucht war, ging er nur noch. Er hatte noch einen weiten Weg vor sich.

Die Sanvinstraße wand sich über die flachen Hügel, die Teps Stadt vom Hafen trennten. Zuerst stieß er auf ausgebrannte Häuserruinen. Einige der Grundstücke waren schon wieder mit Dornengestrüpp und Schlimmerem überwachsen. Die Pflanzen drangen allmählich bis zu der alten Straße vor. Als er sich den Höhen der Hügel näherte, gab es nur noch Dornen, Dickicht und Rührmichan, gerade spärlich genug, um den Durchgang zu gestatten. Es dunkelte bereits, als er die Höhe eines weiteren Hügelkamms erreichte. Vor ihm waren Lichter zu sehen, doch so weit entfernt, dass er nicht mehr weitergehen wollte. Er nutzte das immer schwächer werdende Dämmerlicht, um sich einen Weg ins Dickicht zu suchen.

Er verbrachte die Nacht im Dickicht, bewacht von den böswilligen Pflanzen, denen er auszuweichen wusste. Das war besser als zu versuchen, ein sicheres Plätzchen unter Leuten zu finden, die er nicht kannte.

Die Morgensonne war grell, aber den Boden bedeckte ein dünner Nebel. Die Sanvinstraße führte den Kamm hinab, dann einen neuen hinauf und darüber hinweg. Er brauchte eine halbe Stunde, um den Gipfel dieses neuen Kamms zu erreichen. Oben angelangt, sah er vor sich und zur Linken den Hafen in der Sonne glänzen.

Er hatte den Gipfel erreicht. Er wusste von keiner Bande, die hier regierte, und das war bereits bedenklich genug. Er kauerte sich unter das Dickicht, bis er sicher war, dass keine neugierigen Augen in der Nähe waren.

Er stand auf einem kahlen Kamm, aber die andere Seite des Hügels war – anders. Die Sanvinstraße führte die Hügel hinab. Auf halbem Weg nach unten teilte sie sich in zwei parallele Straßen. Auf dem grasigen Mittelstreifen zwischen den beiden Straßen wuchsen Olivenbäume und auf beiden Seiten der geteilten Straße standen Häuser, sowohl aus Holz als auch aus Stein.

Er beobachtete die Straße noch aus dem Dickicht, als ein Wagen vom Hafen die Straße herauf kam. Ihm blieb reichlich Zeit, die Stellung zu wechseln, aber nah bei der Straße war das Dickicht zu spärlich, um ihn zu verbergen, und tiefer im Dickicht gab es Dornen. Er stand im kargen Gestrüpp und sah zu, wie der Wagen den Hügel erklomm. Im Vorbeifahren wechselten der sippenlose Fahrer und dessen Begleiter Blicke mit Whandall, hielten aber nicht an. Sie schienen neugierig, aber nicht wütend zu sein, so als sei Whandall überhaupt keine Gefahr.

Konnten sie sich denn nicht vorstellen, dass er vielleicht Väter oder ältere Brüder bei sich hatte?

Er kehrte zurück zur Straße, stieg ganz offen den Hügel hinab und ging an den Häusern vorbei. Er vermutete, dass dies Fürstendorf war, das Mutters Mutter als Mädchen oft besucht hatte.

Jede Ansammlung von Häusern war um einen kleinen Platz gruppiert und in der Mitte eines Platzes befand sich ein kleiner Steinhaufen über einem steinernen Wasserbecken wie auf dem Friedensplatz, nur kleiner. Wasser rann den Steinhaufen hinunter in das Becken, und Frauen – Fürstensippler und Sippenlose gleichermaßen – kamen, um Wasser in Krüge aus Stein und Ton zu füllen. Zum

Hafen hin befand sich ein größerer Platz mit einem größeren Becken und einem Olivenhain. Der Platz war nicht von Häusern, sondern von Geschäften umgeben. Sippenlose Händler saßen vor Geschäften voller offen zur Schau gestellter Waren, die sich, wie es schien, zum Sammeln eigneten. Im Schatten des Olivenhains saßen Leute an Tischen und redeten oder bewegten auf geheimnisvolle Weise kleine Steine auf den Tischen hin und her. Muscheln – und sogar Gold und Silber – wechselten den Besitzer.

Waren das Fürsten? Jedenfalls hatte er solche Leute noch nie gesehen. Sie waren besser gekleidet als die Sippenlosen, die im Schlangenpfad wohnten, besser gekleidet als die meisten Fürstensippler, aber nur wenige besaßen Waffen. Ein bewaffneter Mann saß an einem Tisch und schleifte die Klinge eines großen Fürstensipplermessers. Niemand schien Notiz von ihm zu nehmen. Dann sprach ihn ein Händler an. Whandall hörte nicht, was gesagt wurde, aber der Händler machte einen freundlichen Eindruck und der bewaffnete Fürstensippler grinste. Whandall sah, wie ein Mädchen ein Tablett mit Tassen an einen Tisch brachte. Sie sah nach Fürstensippe aus.

Niemand schenkte ihm die geringste Beachtung, als er daran vorbeiging. Sie warfen einen flüchtigen Blick auf ihn und sahen dann wieder weg, auch wenn er sie ganz offen anstarrte. Er war nicht wie sie gekleidet und das störte ihn immer mehr. Hinter den Häusern sah er manchmal Kleider auf Wäscheleinen hängen, aber die zu sammeln mochte gefährlicher sein, als zu bleiben, wie er war. Und woher sollte er wissen, ob er sie richtig trug?

Er ging weiter zum Fuß der Anhöhe und kam der Domäne der Fürsten noch näher. Bald sah er in der Ferne zu seiner Rechten ein ödes schwarzes Land mit dem Glanz von Wasser und einem Geruch nach Magie. Es musste Magie sein. Es war kein natürlicher Geruch. Durch den Mund zu atmen schien zu helfen.

Die Stelle zog ihn an wie jedes Geheimnis oder Rätsel.

Whandall kannte die Schwarze Grube ihrem Ruf nach. Spärliches und dürres, fremdartiges Gestrüpp wuchs an den Ufern einer schwarzen Wasserfläche, die vielleicht eine Viertelmeile je Seite maß, und niemand wohnte dort. Er hatte Geschichten von Schattenungeheuern gehört, die hier angeblich hausten. Er sah jedoch nur Teiche, die wie Wasser glänzten, aber schwärzer waren als alles Wasser, das er je gesehen hatte.

Ein Palisadenzaun umgab die Grube, mehr Botschaft denn Barriere. Ein für Fuhrwerke mit Kies bestreuter Weg führte durch ein Tor hinein, das sich nach Whandalls Meinung leicht öffnen ließ. Der Zaun war regelmäßig, makellos und sogar für die Arbeit der Sippenlosen zu vollkommen. Unter den Blicken der Fürsten mochten die Sippenlosen in der Lage sein, so etwas anzufertigen.

Derart herausfordernde Vollkommenheit machte den Zaun zu einer Zielscheibe. Whandall fragte sich, warum die Fürstensippen ihn noch nicht eingerissen hatten. Und warum wollten Fürsten überhaupt Leute fern halten? Er sah keine Ungeheuer, spürte jedoch eine böswillige Kraft.

Der entfernte Hafen zog ihn noch stärker an. Er sah ein Schiff mit einem ganzen Wald aus Masten. Das war die Flucht, das war der Weg zu besseren Gegenden, wenn er einen Weg an den Wasserteufeln vorbei fand.

Vor ihm zur Rechten befand sich eine Mauer, die höher als jeder Mann war. Häuser, zwei und drei Geschosse hoch, überragten die Mauer. Paläste! Sie waren größer, als er es für möglich gehalten hätte.

Die Straße führte durch ein offenes Tor, wo zwei Bewaffnete einen Schlagbaum bewachten. Sie sahen sonderbar aus. Ihre Kleidung war gut, aber trist, und sie waren fast gleich gekleidet. Sie trugen Dolche mit polierten Griffen. Helme verbargen ihre Ohren. Speere mit dunklem Schaft und glänzenden Bronzespitzen hingen griffbereit an Halterungen. Waren sie bewaffnete Sippenlose? Aber vielleicht waren sie auch Fürstensippler.

Ein Fuhrwerk kam aus der Richtung des Hafens und strebte dem Tor entgegen. Die Pferde sahen anders als die Ponys aus, die er in Teps Stadt sah, größer und schlanker. Als das Fuhrwerk am Tor anlangte, sprachen die Wachen mit dem Fahrer und hoben dann den Schlagbaum, um das Fuhrwerk durchzulassen. Whandall konnte nicht hören, was sie sagten.

Wenn die Wachen Sippenlose waren, würden sie nicht versuchen, Fürstensippler aufzuhalten. Oder doch? Er konnte nicht sagen, wer sie waren. Sie machten einen entspannten Eindruck. Einer trank aus einem Steinkrug und reichte ihn dann weiter an den anderen. Sie betrachteten Whandall ohne große Neugier.

Das Tor lag ganz in der Nähe einer Mauerecke. Whandall wurde unruhig, als er sah, dass die Wachen ihn betrachteten. Ein Weg führte an der Mauer entlang und um die Ecke, wo die Wachen ihn nicht mehr sehen konnten, und er folgte dem Weg und schlurfte dabei, wie Jungen dies taten. Die Wachen hörten auf, ihn zu beobachten, als er sich vom Tor abwandte, und kurz darauf war er um die Ecke gebogen und außer Sicht.

Die Mauer war zu hoch zum Erklimmen. Der Weg war nicht sonderlich benutzt und Whandall musste sich vorsehen, um den Sträuchern und Dornen auszuweichen. Er folgte dem Pfad bis zu einer Stelle, die zwischen der Mauer und einem großen Baum lag.

Als er auf den Baum kletterte, war er froh, dass er nicht versucht hatte, die Mauer zu erklimmen. Von oben sah er, dass alle möglichen scharfen und spitzen Dinge in die Mauerkrone eingelassen waren, Dornen und Scherben. Ein Ast des Baumes reichte nicht nur über die Mauer, sondern hing auch so tief, dass er sie glatt gefegt hatte. Das musste sehr lange gedauert haben und niemand hatte sich die Mühe gemacht, den Schaden zu reparieren.

Mutters Mutter hatte ihm erzählt, dass Sippenlose an einen Ort glaubten, den sie Königsgabe nannten, einen Ort jenseits des Meeres, wo sie niemals arbeiten mussten und Fürstensippler nicht von ihnen sammeln konnten. Genauso sah es auf der anderen Seite der Mauer aus. Es gab Gärten und große Häuser. Gleich hinter der Mauer lag ein Teich. Ein großer steinerner Fisch stand über dem Teich. Wasser floss aus dem Maul des Fischs in den Teich und aus dem Teich floss ein Bach, der eine ganze Reihe kleinerer Teiche mit Wasser speiste. In diesen Teichen wuchsen grüne Pflanzen. Beiderseits des Bachs waren Gemüse- und Blumengärten angelegt. Sie waren in ordentlichen Mustern angeordnet, die Gemüsegärten in Rechtecken, die Blumenbeete in komplizierten gewundenen Formen entlang gewundener Pfade. Das Haus lag fast hundert Schritt von der Mauer entfernt, zwei Geschosse hoch und mit seinen dicken Mauern aus Lehmziegeln solide und massig und ebenso groß wie die Ortsfeste. Die Königsgabe – und dies war keine Sage. Die Fürsten wohnten besser, als Whandall es sich hätte träumen lassen.

Es war später Nachmittag und die Sonne brannte. Niemand war in der Nähe. Whandall hatte sich einen getrockneten Holzapfel zu essen mitgebracht, aber er hatte keine Möglichkeit, Wasser mitzunehmen, und war durstig. Die Quelle und der Bach sahen einladend aus. Er beobachtete die Umgebung, während sein Durst größer wurde. Niemand kam aus dem Haus.

Er fragte sich, was sie mit ihm anstellen würden, wenn sie ihn erwischten. Er war nur ein durstiger Junge. Noch hatte er nichts gesammelt. Die Leute außerhalb der Mauern hatten einen Blick auf ihn geworfen und dann weggeschaut, als wollten sie ihn nicht sehen. Würden sich die Leute hier drinnen genauso verhalten? Er wusste es nicht, aber sein Durst wurde immer größer.

Er kroch den Ast entlang, bis er an der Mauer vorbei war, dann ließ er sich ins Gras fallen. Er wartete geduckt, doch nichts geschah und so schlich er zum Brunnen.

Das Wasser war kühl und lieblich und er trank sehr lange.

»Wie ist es draußen so?«

Whandall erschrak und sprang auf.

»Sie lassen mich nicht nach draußen. Wo wohnst du?«

Das Mädchen war kleiner als er. Es war vielleicht acht Jahre alt, während Whandall bereits elf war. Es trug einen Rock mit bestickten Säumen und seine Bluse war aus einem glänzenden Stoff gefertigt, den Whandall erst einmal gesehen hatte, als Pelzeds Frau sich für eine Feier zurechtmachte. Niemand in Whandalls Familie besaß so etwas oder würde je so etwas besitzen.

»Ich war durstig«, sagte Whandall.

»Das sehe ich. Wo wohnst du?«

Sie war nur ein Mädchen. »Weit weg«, sagte er. Er zeigte nach Osten. »Jenseits der Hügel.«

Ihre Augen weiteten sich. Sie betrachtete seine Kleidung, seine Augen, seine Ohren. »Du bist ein Fürstensippler. Kann ich deine Tätowierungen sehen?«

Whandall streckte die Hand aus, um ihr die Schlange in der Hautfalte zwischen Daumen und Zeigefinger zu zeigen.

Sie kam näher. »Wasch dir die Hände«, sagte sie. »Nicht hier. Hier holen wir unser Trinkwasser. Dort drüben.« Sie zeigte auf das Becken unterhalb des Brunnenteichs. »Habt ihr keine Quellen, wo du wohnst?«

»Nein. Brunnen.« Whandall bückte sich, um sich die Hände zu waschen. »Flüsse, wenn es geregnet hat.«

»Dein Gesicht auch«, sagte sie. »Und die Füße. Du bist ganz staubig.«

Das stimmte wohl, aber Whandall ließ sich das nicht gern sagen. Sie war nur ein Mädchen, kleiner als er, und es bestand kein Anlass, Angst haben zu müssen. Aber sie mochte jemanden rufen. Dann musste er fliehen. Und es gab keine Fluchtmöglichkeit von hier. Der Ast war zu hoch, um ihn ohne Seil erreichen zu können. Das Wasser fühlte sich kühl an auf seinem Gesicht und wunderbar an den Füßen.

»Du brauchst keine Angst vor mir zu haben«, sagte sie. »Und jetzt zeig mir deine Tätowierung.«

Er streckte die Hand aus. Sie ergriff seine Hand, drehte sie und zog seine Finger auseinander, um die Schlangentätowierung der Sonne auszusetzen.

Dann betrachtete sie eingehend seine Augen. »Mein Stiefvater sagt, wilde Fürstensippler hätten Tätowierungen im Gesicht«, meinte sie.

»Meine Brüder haben welche«, sagte Whandall. »Aber sie tragen Messer und können kämpfen. Ich habe das noch nicht gelernt. Ich weiß nicht, was du mit ›wild‹ meinst. Wir sind nicht wild.«

Sie zuckte die Achseln. »Ich weiß auch nicht genau, was er damit meint. Ich heiße Shanda. Mein Stiefvater ist Fürst Samorty.«

Whandall dachte einen Augenblick lang nach, dann sagte er: »Ich heiße Whandall. Was tut ein Stiefvater?«

»Mein Vater ist tot. Fürst Samorty hat meine Mutter geheiratet.«

Sie hatte mit einem Fremden über ihren Vater geredet, ohne Zögern, ohne Verlegenheit. Whandall schmeckte Worte auf der Zunge. *Mein Vater ist tot. Wir haben viele Stiefväter.* Aber er sprach sie nicht aus.

»Willst du etwas zu essen?«

Whandall nickte.

»Komm mit.« Sie führte ihn zum Haus. »Rede nicht viel«, sagte sie. »Wenn dich jemand fragt, wo du wohnst, zeig nach Westen und sag: ›Dort drüben, mein Herr.‹ Aber niemand wird fragen. Zeig nur niemandem die Tätowierung. Ach, warte!« Sie betrachtete ihn wieder. »Du siehst aus, als hätte dir jemand im Dunkeln Kleider zugeworfen.«

Wie?

»Fräulein Batty würde das sagen«, fuhr sie fort, während sie ihn nach Süden und um das Haus herum führte. »Hier.« Über einem Gemüsebeet hing Kleidung an langen Leinen. Die Leinen waren aus dünnem gewobenem Hanf gefertigt und nicht geteert. »Hier, nimm das und das ...«

»Shanda, wer trägt dieses Zeug?«

»Der Sohn des Obergärtners. Er ist mein Freund, er hat bestimmt nichts dagegen. Versteck dein Zeug in diesem Bottich ...«

»Wird mich irgendjemand sehen, der weiß, von wem wir die Sachen gesammelt haben?«

Sie dachte nach. »Nicht im Haus. Vielleicht Fräulein Batty, aber sie betritt die Küche nie. Sie äße nicht mit dem Personal, selbst wenn sie am Verhungern wäre.«

Eine Gruppe von Männern mit Spaten kam um das Haus. Einer winkte Shanda zu. Sie fingen an, in den Gemüsebeeten zu graben.

Die Gärtner waren Sippenlose, aber sie waren besser gekleidet als Fürstensippler. Sie trugen Wasserflaschen und einer hatte eine Büchse mit Brot und Fleisch dabei, einer Menge Fleisch, mehr Fleisch, als Whandall zum Mittag bekam außer am Muttertag und oft nicht einmal dann. Wenn Sippenlose so gut lebten, wie gut lebten hier dann erst die Fürstensippen?

Ein Fürstensippler sollte listenreich sein. Beobachten und lernen ...

Shanda führte ihn in den hinteren Teil des Hauses.

4. Kapitel

Im Haus war es kühl. Shanda führte ihn durch Flure in einen Raum, der nach Essen roch. Eine fette Frau mit Ohren wie die eines Fürstensipplers stand vor einem hohen Tisch und rührte in einem Kessel. In dem Kessel brodelte eine Flüssigkeit. Whandall gaffte. Die Gerüche packten ihn direkt bei seinem Hunger.

Der hohe Tisch, vor dem sie stand, war ein großer Kasten aus Ton. Auf diesem Kasten lag ein eiserner Rost, auf dem der Kupferkessel stand, in dem die Frau rührte. Durch den Eisenrost leckten Flammen.

Ein Feuer, *drinnen*, das nicht ausging. Blinzelnd näherte er sich dem gelblich weißen Schein und hob ihm die Hände entgegen. *Heiß*. Ja, Feuer.

Shanda sah ihn ganz merkwürdig an.

Die fette Frau betrachtete sie mit einer Miene, die bedrohlich hätte sein können, es aber nicht war. »Fräulein Shanda, ich habe jetzt gerade keine Zeit. Euer Vater bekommt Besuch. Ein Zauberer kommt zum Abendessen und wir müssen alles dafür vorbereiten.«

Ein Zauberer! Doch Shanda schien weder überrascht noch aufgeregt zu sein. Sie sagte: »Serana, das ist Whandall und er ist hungrig.«

Die fette Frau lächelte. »Sicher ist er hungrig. Er ist ein Junge, oder nicht? Ein Junge ist nichts als Appetit und Ärger«, sagte sie, lächelte aber immer noch. »Setz dich dort drüben hin. Ich bringe dir sofort etwas. Wo wohnst du?«

Whandall zeigte irgendwie nach Westen. »Dort drüben ... meine Dame.«

Serana nickte bei sich und ging zum Ofen zurück, aber dann holte sie einen Teller und einen Löffel. »Probier mal meinen Pudding«, sagte sie. »Ich wette, euer Koch kann solchen Pudding nicht zubereiten.«

Whandall kostete den Pudding. Er war weich und cremig. »Nein, meine Dame«, sagte Whandall.

Serana strahlte. »Fräulein Shanda, das ist ein netter Junge«, sagte sie. »Und jetzt verschwindet, wenn ihr fertig seid. Ich muss meine Arbeit erledigen.«

Nachdem er den Pudding aufgegessen hatte, folgte er Shanda durch einen anderen Flur. Das Haus war um einen Innenhof herumgebaut und sie gingen nach oben zu einem langen Außenbalkon über dem Atrium. In der Mitte des Hofs stand ein kleiner Springbrunnen.

Vom Balkon zweigte ein halbes Dutzend Türen ab. Shanda führte ihn durch eine dieser Türen. »Das ist mein Zimmer.« Sie schaute hoch zur Sonne. »Es wird bald dunkel. Kommst du noch vor Einbruch der Nacht nach Hause?«

»Das glaube ich nicht«, sagte Whandall.

»Wo willst du bleiben?«

»Ich kann draußen im Dickicht bleiben.«

»In den Dornen?« Sie klang beeindruckt. »Du weißt, wie man in die Dornen hineinkommt?«

»Ja.« Er grinste schwach. »Aber ich weiß nicht, wie ich hier hinauskommen soll. Werden mich die Wachen aufhalten?«

»Warum sollten sie?«, fragte sie. »Aber wenn du heute Nacht nicht heimkommst, sorgt sich dann niemand um dich?«

»Wer?«

»Dein Kindermädchen ... oh. Na, komm erst mal hinein.«

Das Zimmer war hübsch und ordentlich. Es gab einen Schrank mit einer Tür und darin hingen mehr Kleider, als Whandalls Schwestern zusammen besaßen. An einer Wand stand eine Truhe und auf dem Bett lag eine Wolldecke. Über dem Bett hing noch eine Decke, in die Bilder gewoben waren. Es gab ein Fenster zum Balkon und ein zweites in der gegenüberliegenden Wand. Das öffnete sich zu einem kleineren Innenhof, durch den kreuz und quer Wäscheleinen mit trocknender Kleidung verliefen, mehr Seil, als Whandall je auf einem Haufen gesehen hatte. Er beäugte die Wäscheleine voller Genugtuung. Sie sah stark aus, und es gab so viel, dass man ein Stück nicht vermissen würde. Damit konnte er wieder auf den Ast des Baumes klettern. Wenn er es mit nach Hause nehmen könnte, würde er Resalet damit glücklich machen. Sie brauchten immer Seil in der Ortsfeste. Aber er kannte die hier geltenden Regeln nicht.

»Könntest du wirklich in den Dornen schlafen?«, fragte sie. »Wie?«

»Ohne Ledersachen kann man nicht sehr tief ins Dickicht eindringen«, sagte Whandall. »Es gibt viel Schlimmeres als die Dornen. Man muss wissen, welche Pflanzen ungefährlich sind. Die meisten sind es nicht.«

»Was sind Ledersachen? Wo bekommt man die?«

»Man braucht zuallermindest eine Gesichtsmaske und hohe Gamaschen aus Leder. Manche Sippenlose haben diese Sachen und die Waldläufer benutzen lange Ärmel und Westen. Ich weiß nicht, woher meine Onkel die Sachen haben. Sie müssen sie gesammelt haben.«

»Aber du hast keine bei dir. In dem Zimmer nebenan ist niemand. Du kannst heute Nacht dort schlafen.«

Sie aßen in der Küche an einem kleinen Tisch in der Ecke. Serana setzte ihnen etwas zu essen vor und ging dann wieder zu ihrem Ofen. Andere Bedienstete kamen herein und Serana gab ihnen Anweisungen, was sie tun sollten. Alle schienen es eilig zu haben, aber es gab kein Geschrei und niemand wirkte aufgeregt.

Es gab mehr *Sorten* Nahrung, als Whandall je bei einer Mahlzeit gesehen hatte. Serana stellte Tabletts mit Essen zusammen, beäugte sie kritisch und änderte dann manchmal die Anordnung. Wenn sie zufrieden war, kamen die Diener und brachten die Tabletts in ein anderes Zimmer, wo die Erwachsenen aßen. Es erinnerte ihn an ... die Gärten und den kleinen Zaun um die Schwarze Grube ... es war *ordentlich*. Serana erstellte *Muster* mit ihrer Kocherei.

Whandall konnte den Blick nicht von dem Ofen losreißen.

Einmal schaute während des Essens eine hoch gewachsene Frau mit ernst blickenden Augen und dunkler Kleidung in die Küche. Sie nickte zufrieden, als sie Shanda sah. »Habt Ihr Eure Aufgaben gemacht?«, wollte sie wissen.

»Ja, meine Dame«, sagte Shanda.

Sie musterte Whandall mit kritischem Blick. »Ein Junge aus der Nachbarschaft?«, fragte sie.

»Von weiter weg«, sagte Shanda rasch.

»Benimm dich«, sagte die Frau. Sie wandte sich an die Köchin. »Hat sie ein gutes Essen bekommen?«

»Ich mache immer ein gutes Essen für Fräulein Shanda,

selbst wenn ich Gäste habe, für die ich kochen muss«, gab Serana beleidigt zurück. »Kümmere dich nicht darum.«

»Na schön. Gute Nacht.«

Nachdem sie gegangen war, kicherte Shanda. »Fräulein Batty ist unglücklich«, sagte sie. »Sie will mit der Familie essen, aber heute Abend hat man sie nicht eingeladen.«

»Das mag schon sein«, sagte Serana. »Fräulein Bertrana ist schon in Ordnung. Nicht so wie dieses andere Kindermädchen, das ihr hattet. Ihr müsst nett zu ihr sein.«

Fräulein Batty war eine Sippenlose. Whandall war sich dessen sicher. Er war sich nicht ganz so sicher, dass Serana eine Fürstensipplerin war. Und keinen schien es sonderlich zu kümmern.

Ein Diener brachte ein Tablett mit schmutzigem Geschirr. Auf manchen Tellern lagen noch Berge von unangetasteter Nahrung.

Nach dem Essen gingen sie wieder auf den Balkon. Die Erwachsenen zogen sich ins Atrium zurück, um dort ihr eigenes Mahl zu beenden. Whandall und Shanda lagen auf dem Balkon vor Shandas Zimmer und hörten ihnen zu.

Der Hof wurde von einem Feuer in der Mitte und von Kerzen in Pergamentzylindern erleuchtet. Vier Männer und drei Frauen hielten sich im Hof auf. Aus den Tassen in ihren Händen kräuselten sich dünne Dampfschwaden in die Höhe. Einer der Männer sagte: »Ich dachte, dieser Zauberer wollte zum Essen kommen.«

»Er war eingeladen, Qirinty. Ich weiß nicht, was mit ihm ist.«

»Er hat Euch versetzt, nicht wahr, Samorty?«

Samorty hatte eine tiefe, volltönende Stimme und sein glucksendes Lachen war laut. »Mag sein. Es würde mich überraschen, aber mag sein.«

Wenn Männer der Ortsfeste sich an den Abenden unterhielten, gab es gewöhnlich Streitereien und Kämpfe. Diese Männer lächelten, und wenn jemand wütend war, wusste er es wohl zu verbergen. Whandall gelangte zu der Überzeugung, dass er einen Tanz beobachtete. Man tanzte im Rhythmus der gesprochenen Worte und Gesten.

Das war etwas, das konnte er lernen. Fürstensippler sollten listenreich sein.

Qirintys Stimme klang schwach. Whandall musste angestrengt lauschen. »Wir brauchen einen Zauberer. Die Vorräte gehen wieder zur Neige. Wenn es nicht in Kürze regnet, bekommen wir Schwierigkeiten, Samorty.«

Samorty nickte weise. »Was sollen wir Eurer Meinung nach tun?«

»Das ist eher Euer Problem als meines, Samorty«, antwortete der andere Mann. Er nahm zwei Tassen, vertauschte sie und warf sie beiläufig in die Luft. Die Tassen jagten einander im Kreis und jetzt fügte er noch eine dritte Tasse hinzu.

»Fürst Qirinty hat so wunderbare Hände!«, sagte Shanda.

Es bezauberte Whandall, dass Shanda bereits wusste, wie man sich verborgen hielt und spionierte. Er fragte: »Sind das Fürsten?«

Shanda kicherte. »Ja. Der große Mann da am Ende ist Fürst Samorty. Er ist mein Stiefvater.«

»Ist das deine Mutter da bei ihm?«

»Rawanda ist nicht meine Mutter! Sie ist meine Stiefmutter«, erklärte Shanda. »Meine Mutter ist auch tot. Sie ist bei Rabblies Geburt gestorben.«

»Rabblie?«

»Mein kleiner Bruder. Dort. Bei ihr. Er ist fünf. Sie mag ihn nicht mehr als mich, aber er darf mit ihnen essen, weil er der Erbe ist. Sollte sie jemals einen Jungen bekommen, wäre er so gut wie tot, aber ich glaube, sie kann keine Kinder bekommen. Eines hat sie bekommen, meine Schwester, und das hat eine Woche lang gedauert. Das ist jetzt fast zwei Jahre her ...«

Whandall tippte ihr auf den Arm, um sie zum Schweigen zu bringen, weil Fürst Samorty redete: »... Zauberer. Kann er das noch einmal bewerkstelligen?«

»Würdet Ihr das wollen?«, fragte einer der anderen. »Der Eisberg hätte beinahe die ganze Stadt ausgelöscht!«

Die Frauen brüllten vor Lachen. Der Mann mit den geschickten Händen sagte: »Er hat es aber nicht getan, Chanthor! Er hat *Euer* Anwesen überquert.«

Samorty grinste. »Tja, und meines auch, und dabei hat er nichts übrig gelassen als einen umgepflügten Streifen, dreihundert Schritt breit und länger, als irgendein Mensch je gereist ist. Das ist mich teuer zu stehen gekommen, muss ich zugeben, aber der Eisberg hat einen Großteil der Stadt unberührt gelassen und das Wasserproblem in der Tat gelöst.«

Chanthor schnaubte.

Qirinty nahm seine eigene Tasse und fügte sie in den Tanz der anderen ein.

Samorty sagte: »Ein Berg aus Eis vom entferntesten Ende der Welt. Wünscht Ihr Euch nicht manchmal, Ihr wärt dazu in der Lage?«

»Dazu oder auch zu jeder anderen *richtigen* Magie. Aber er behauptete, er könne es nur ein einziges Mal«, wandte Fürst Qirinty ein.

»Das hat er gesagt, nachdem wir ihn bezahlt hatten. Habt Ihr ihm geglaubt? Ich würde sagen, er will einen besseren Preis erzielen.«

Qirinty stellte die Tassen ab, ohne einen Tropfen zu verschütten. »Ich weiß nicht, ob ich ihm geglaubt habe oder nicht.«

Einer der Diener kam ins Atrium. »Morth von Atlantis«, verkündete er.

Morth? Whandall kante diesen Namen ...

Morth hielt sich gerade und aufrecht, aber er war älter als die anderen Fürsten, zerbrechlich und möglicherweise blind. Sein Gesicht schien nur aus Runzeln und Falten zu bestehen. Sein Haar war lang, glatt und dicht, aber rein weiß. Er schritt sehr vorsichtig in den Lichtkreis des Feuers. »Meine Fürsten«, sagte er förmlich. »Ihr müsst verzeihen. Es ist zwanzig Jahre her, seit ich das letzte Mal hier war.«

»Man sollte meinen, die Fürstenhöhe sei leicht zu finden«, sagte Samorty. »Auch wenn Ihr noch nie zuvor hier gewesen wärt.«

»Ja, ja, natürlich«, sagte Morth. »Zu finden, ja. Hierher zu gelangen ist für jemanden meiner Profession vielleicht nicht ganz so einfach. Ich bin über die Nebenstraßen gekommen. Die Ponys, die ich gemietet habe, konnten Eure Anhöhe nicht erklimmen, und als ich sie zu Fuß erstieg, kam diese Verwandlung über mich. Aber all das müsst Ihr wissen.«

»Vielleicht wissen wir weniger, als Ihr glaubt. Vor einem Dutzend Jahren bot uns ein condigeanischer Zauberer einen Zauber an, durch den Herdfeuer auch drinnen brennen sollten«, sagte Samorty. »Der Zauber war außerdem recht billig. Er brauchte ihn nicht selbst zu wirken, sondern schickte einen Lehrling, der es für ihn erledigte. Der Zauber gelang, aber seitdem kommen nur noch unsere großen Pferde den Hügel hinauf. Die Ponys der Fürstensippler schaffen es nicht. Wir kennen den Grund dafür nicht.«

Morth nickte. Er war belustigt, ohne dies betont zur Schau zu stellen. »Aber dieser – Zauber kann sich doch kein Dutzend Jahre gehalten haben!«

»Nein, er schickt immer einen Lehrling, um ihn zu erneuern. Das hat er bisher zweimal getan. Wir haben uns beraten, ob wir den Zauber auch auf andere Gegenden anwenden sollen, aber wir haben uns dagegen entschieden.«

»Oh, gut«, sagte Morth. »Sehr klug. Darf ich mich setzen?«

»Ja, ja, selbstverständlich. Das Abendessen ist vorbei, aber hättet Ihr gern Tee und eine Nachspeise?«, fragte Samortys Frau.

»Danke, ja, Fürstin.«

Rawanda winkte einem Bediensteten, während Morth sich mühsam setzte.

Der vierte Fürst war älter als die anderen. Diese waren

in Begleitung von Frauen, doch er saß allein auf seinem Sofa. Die Bediensteten behandelten ihn ebenso respektvoll wie Samorty. Der hatte geschwiegen, doch jetzt ergriff er das Wort. »Sagt uns, Weiser, warum ist es klug, diesen Zauber nicht in den anderen Stadtteilen wirken zu lassen? Warum nicht in Teps Stadt?«

»Wegen der Nebenwirkungen«, erklärte Qirinty. »Die Fürstensippler brauchen ihre Ponys.«

»Ja, das und die Feuer, Fürst Jerreff«, sagte Morth. Seine Stimme hatte sich ein wenig verändert. Sie zitterte nicht mehr so stark.

»Könntet Ihr einen solchen Zauber wirken, wenn wir Euch darum bäten?«

Morth verbiss sich ein Lachen. »Nein, Fürst. Kein Zauberer könnte das. Nur Lehrlinge wirken *diesen* Zauber, und ich wette, dass es auch jedes Mal ein anderer Lehrling ist, der ihn wirkt.«

»Die Wette würdet Ihr gewinnen«, sagte Samorty. »Ist dieser Zauber gefährlich?«

»Nicht, wenn er auf ein kleines Gebiet begrenzt ist«, erläuterte Morth. »Aber in der ganzen Stadt gewirkt? Ich bin sicher, Ihr würdet es bereuen.«

»Feuer«, sagte Fürst Jerreff. »Es wären Feuer innerhalb der Häuser möglich, jederzeit, nicht nur bei einem Brennen. Das hat uns unser condigeanischer Zauberer erklärt. Er wollte uns nicht verraten, welch ein Zauber es ist. Nur, dass er Yangin-Atep auf Distanz halten würde. Weiser, ich nehme nicht an, dass Ihr uns mehr sagen werdet.«

Morth schüttelte ernst den Kopf. »Nein, Fürst, ich kann nicht.«

»Aber Ihr wisst, worum es sich bei diesem Zauber handelt.«

»Ja, Fürst, das weiß ich«, bestätigte Morth. »Und offen gesagt bereitet es mir große Sorgen, dass ein ganz gewöhnlicher Zauberer aus Condigeo diesen – diesen Zauber kennt. Außerdem überrascht es mich, dass Ihr mächtige Magie anwendet, die Ihr nicht versteht.«

»Oh, wir wissen, was sie bewirkt«, sagte Qirinty. »Sie verbraucht die Kraft in der Magie, das Manna. Götter können nicht leben, wo es kein Manna gibt.«

»Das wusste ich nicht«, sagte Fürst Chanthor. »Habt Ihr das gewusst, Samorty?«

Fürst Samorty schüttelte den Kopf. »Ich wollte lediglich für die Köche eine Möglichkeit finden, drinnen zu arbeiten. Heißt das, die Quellen sind nicht magisch?«

»Nur gute Klempnerarbeit, Samorty«, sagte Fürst Qirinty. »Aber es liegt Magie in fließendem Wasser – ich nehme an, dass dies der Grund dafür ist, warum unser Weiser jetzt besser aussieht. Er hat etwas Manna in den Quellen gefunden.«

»Sehr scharfsinnig, Fürst. Aber nur sehr wenig, fürchte ich.« Er kicherte freudlos. »Ich glaube nicht, dass Ihr dieses Jahr für die Erneuerung des Zaubers bezahlen müsst.«

»Können die Zauberer deswegen keinen Regen machen?«, wollte Samorty wissen. »Weil es kein Manna gibt?«

»Ja«, bestätigte Morth. »Das Manna stirbt überall auf der Welt, aber hier in Teps Stadt ganz besonders. Die Leere, die Ihr hier geschaffen habt, ist nicht sonderlich hilfreich.«

»Wo können wir mehr Manna finden?«, fragte Chanthor.

»Das Wasser kommt aus den Bergen«, erklärte Qirinty. »Sucht dort, wenn wir den Weg finden können.«

»Es gibt Landkarten«, warf Chanthor ein. »Ich erinnere mich noch, dass mein Vater mir von einer Expedition in die Berge erzählt hat. Sie brachten Manna zurück ...«

»Gold. Wildes Manna. Unberechenbar«, sagte Samorty. »Einige der Auswirkungen waren verwünscht merkwürdig.«

»Ja, Samorty, und außerdem haben sie ohnehin alles mitgebracht, was sie finden konnten«, sagte Chanthor. »Uns erginge es gewiss nicht besser. Aber es gab Wasser. Können wir kein Wasser aus den Bergen holen?«

»*Wir* können es nicht. Vielleicht kann es niemand.«

»Früher haben wir es getan.«

»Ja, Jerreff, und vor langer Zeit waren die Sippenlosen Krieger«, sagte Chanthor.

»Glaubt Ihr das?«, fragte Samorty.

»Oh, es stimmt wirklich«, bestätigte Jerreff.

»Meine Fürsten, wir vernachlässigen unseren Gast«, sagte Samorty. Er wandte sich an Morth. Der Zauberer nippte stumm an seinem Tee. Er sah nicht mehr so krank aus wie bei seiner Ankunft.

»Weiser, wenn wir kein Wasser haben, wird es ein Brennen geben, so sicher wie nur irgendetwas. Wie können wir das verhindern?«, fragte Qirinty. »Könnt Ihr mehr Wasser bringen?«

Morth schüttelte den Kopf. Er sprach mit feierlichem Ernst. »Nein, meine Fürsten. Es gibt nicht genug Manna, um Regen zu machen. Was das Gold in den Bergen betrifft, so wollt Ihr es nicht haben.«

»Ist es keine Magie?«

»Wilde Magie. Ich habe die eine oder andere lustige Geschichte über die Wirkung von Gold auf Menschen und Magier gehört, aber wie auch immer, ich würde die Härten dieser Reise auf keinen Fall überleben.«

»Es gibt andere Berge«, sagte Jerreff. »Die Barbarenberge bleiben noch. Sie liegen zu entfernt, als dass man über Land reisen könnte. Daher sollten wir ein Schiff nehmen.«

Morth lächelte dünn. »Ich fürchte, auch das muss ich ablehnen«, sagte er.

»Das Eis. Könnt Ihr mehr Eis bringen?«, wollte Qirinty wissen. »Wir würden gut zahlen. Sehr gut, nicht wahr, Samorty?«

»Wir würden zahlen, wenn unsere Vorräte wieder aufgefüllt würden, ja«, sagte Samorty. »Wir würden uns gewiss nicht als kleinlich erweisen.«

»Leider konnte ich das nur einmal vollbringen, wie ich Euch damals bereits gesagt habe. Stellt mir einen Wagenlenker zur Verfügung, dann könnte ich Eure Vorräte auffüllen, aber ich glaube, an Salzwasser läge euch nicht viel.«

»Salzwasser?«, fragte Samorty nach. »Was sollten wir mit Vorräten an Salzwasser anfangen?«

»Ich habe nicht die leiseste Ahnung«, sagte Morth. »Aber es ist das einzige Wasser, das ich im Augenblick beherrsche.« Sein Lächeln war dünn und seine Stimme hatte eine kaum wahrnehmbare Schärfe. »Es wäre schwierig, aber nicht unmöglich, die Stadt und sogar Teile der Fürstenhöhe zu überschwemmen, aber das Wasser wäre Meerwasser.«

»Droht Ihr damit, dies zu tun?«, wollte Samorty wissen.

»O nein, Fürst. Ich habe viele Jahre lang daran gearbeitet, das zu verhindern«, sagte Morth. Manchmal entsprach der Humor von Mutters Mutters dem des alten Mannes: Sie lachten über Dinge, die niemand außer ihnen verstand. »Aber lasst Euch nicht täuschen, es könnte passieren. Solltet Ihr zum Beispiel diesen Zauber in Teps Stadt anwenden, den der condigeanische Narr benutzt hat, könnte das Meer letztendlich die Stadt überspülen. Könnte ich noch etwas Tee haben?«

»Gewiss, aber es ist ein langer Rückweg, Weiser, und ich habe den Eindruck, dass Ihr Euch hier nicht wohl fühlt«, sagte Samorty. »Mit Eurer Erlaubnis bereite ich alles für einen Transport mit unseren Pferden und die Begleitung einer Wachmannschaft vor.«

»Eure Großzügigkeit findet Gefallen«, sagte Morth.

Morth. »Er ist zu alt«, murmelte Whandall.

Das Mädchen fragte: »Wofür zu alt?«

»Er ist nicht der, für den ich ihn gehalten habe.« *Er ist zu alt, um der Morth zu sein, der meinen Vater umgebracht und meinen Onkel in die Flucht geschlagen hat.* Aber war dies nicht auch Morth aus dem versunkenen Atlantis? Mutters Mutter hatte noch eine Geschichte erzählt. »Der Zauberer, der kein Schiff segnen wollte?«

»Ja, das ist er«, bestätigte Shanda.

Samorty klatschte in die Hände und ein Bediensteter kam. »Die Küche soll Reiseproviant für den Zauberer einpacken. Wir brauchen ein Gespann und eine Kutsche aus dem Stall und zwei Wachmänner, um Morth von Atlantis zur Stadt zu begleiten.«

»Sofort, mein Fürst«, sagte der Bedienstete.

»Er wird sich um Eure Bedürfnisse kümmern, Weiser«, sagte Samorty. »Es war uns eine Ehre.«

»Meinen Dank, Fürsten.« Morth folgte dem Bediensteten hinaus. Beim Gehen stützte er sich schwer auf seinen Stock. Sie warteten schweigend, bis er gegangen war.

Dieser kraftlose Zauberer konnte nicht der Morth sein, der Pothefit getötet hatte. War Morth ein häufig vorkommender Name in Atlantis?

»Tja, der nützt uns nichts«, sagte Chanthor.

»Vielleicht. Ich will darüber nachdenken, was er *nicht* gesagt hat«, verkündete Jerreff.

»Ich für meinen Teil habe erfahren, dass er uns kein Wasser beschaffen kann. Was tun wir also jetzt?«, wollte Samorty wissen.

»Das Übliche. Mehr ausgeben. Die Anzahl der Muttertagsgeschenke erhöhen«, schlug Chanthor vor.

Whandalls Ohren zuckten. Mehr Muttertagsgeschenke waren eine gute Nachricht für die Ortsfeste, für den Schlangenpfad, überhaupt für alle! Aber Fürst Qirinty sagte: »Die Speicher leeren sich. Wir brauchen dringend Regen!«

»Wir erwarten ein Schiff mit den Knochen eines Meerdrachen«, sagte Chanthor. »Magie, um Regen zu bringen, wenn Morth so gut ist, wie er behauptet.«

»Das wird nicht geschehen«, sagte Jerreff, »und das wisst Ihr auch. Erinnert Ihr Euch noch an das letzte Mal, als Ihr Drachenknochen gekauft habt? Ein mit Samt ausgeschlagenes Ebenholzkästchen, in Seide eingewickelt, und nichts als ein paar Steine darin.«

»Wohl wahr, aber dieser Kaufmann ist jetzt Krebsdünger«, entgegnete Chanthor, »und in dem Kästchen verwahre ich mein Hanfharz. Diesmal kommt das Versprechen von einem achtbareren Schiffskapitän.«

»Er wird eine gute Entschuldigung dafür anbringen, dass er keine Drachenknochen auf Lager hat«, erwiderte Jereff. »Chanthor, Morth hat keine Geheimnisse verraten, sondern nur ganz gewöhnlichen Magiertratsch von sich gegeben. Die Magie wird überall schwächer, auch *hier* ... Warum sollte jemand mächtige Gegenstände *hierher* schicken? Was können wir im Vergleich zu den Inkas zahlen? Oder im Vergleich zu Torow? Sogar Condigeo könnte mehr zahlen als wir!«

»Alles richtig«, sagte Qirinty. »Was uns zu der Frage bringt, warum Morth von Atlantis hier bleibt. Wir alle haben gesehen, wie er einen Berg aus Eis bewegt hat!«

»Vergesst Morth. Er hat keine Macht«, meinte Samorty.

»Trotzdem ist es ein Rätsel, über das nachzudenken sich lohnt«, sagte Jereff. »Hier ist er schwach. In einem Land, das mit mehr Magie gesegnet ist, wäre er mächtiger. Einem Zauberer von Atlantis wird überall Achtung erwiesen.«

»Sie sind selten, das ist wahr«, warf Fürstin Rawanda ein. »Und es wird keine neuen mehr geben.«

Die im Atrium versammelten Fürsten und Fürstinnen reagierten betroffen auf diese Feststellung. Das Entsetzen strich mit eisiger Hand über Whandalls Haar. Überall in Teps Stadt schilderten die Erzähler den Untergang von Atlantis.

Chanthor sagte: »Schiffskapitäne reden immer noch von den Wellen. Dass sie ganze Städte überflutet haben. Glaubt Ihr, dass Morth das gemeint hat? Salzwasser. Kann er hohe Wellen erzeugen? Das könnte nützlich sein, wenn wir vom Meer angegriffen werden.«

»Wer sollte uns angreifen?«, fragte Qirinty.

»Wir sind mehrmals überfallen worden«, meinte Chanthor. »Das letzte Mal war beachtlich, nicht wahr, Samorty?«

Fürst Samorty nickte. »Aber es gab neun Tote.«

»Neun Tote ... Wir haben Condigeo sechs weitere verkauft und der Vorfall hat uns ein Schiff eingebracht«, sagte Chanthor.

»Ach? Was ist geschehen?«, fragte Rawanda.

»Der Schiffskapitän war vom Pech verfolgt«, berichtete Chanthor. »Er hatte seine Fracht verloren und überredete schließlich seine Mannschaft zu einem Überfall auf unseren Hafen, um sich auf diese Weise die Heuer zu holen. Die Wasserteufel sahen sie kommen. Zufällig war es meine Wache. Ich nahm Wassermann und seinen Bereitschaftstrupp mit dorthin. Binnen einer Stunde war alles vorbei. Wie Samorty sagte: neun Tote, vier davon Wasserteufel, und keine Fürstenmänner verwundet. Mit dem Verkauf der Überlebenden konnten wir einen ziemlich guten Gewinn erzielen, selbst nachdem wir die Wasserteufel ausbezahlt hatten.«

»Was ist mit dem Kapitän?«, fragte Jerreff.

»Er steht in unserer Schuld«, sagte Samorty. »Ich lasse ihn aus den Reihen der arbeitslosen Sippenlosen anheuern. Das scheint gut zu funktionieren. Die Sippenlosen bringen ihren Verwandten Geld, das diese natürlich hier ausgeben, und wir haben ein Handelsschiff – nicht dass ich wüsste, wozu es uns dienen könnte. Es kann uns keinen Regen bringen.«

»Aber es müsste demnächst Regen fallen«, meinte Chanthor.

»Wenn Yangin-Atep ihn nicht verjagt«, sagte Qirintys Frau.

»Das lässt sich nicht vorhersehen«, entgegnete Qirinty. »Aber wisst ihr, ich glaube, er ist weniger mächtig, wenn es regnet. Schließlich ist er der Feuergott, also warum nicht?«

Yangin-Atep. Die Fürsten kannten Yangin-Atep. Und bei ihnen brannten auch drinnen Feuer. Yangin-Atep gestattete drinnen keine Feuer. Und sie hatten Morth von Atlantis bewirtet, der Pothefit getötet hatte und doch zu schwach und gebrechlich zu sein schien, um sich überhaupt gegen irgendeinen Angriff zu verteidigen.

Sie redeten so schnell, und es war schwer, sich die Einzelheiten zu merken, aber das gehörte alles zur Ausbildung der Fürstensippler. Whandall hörte genau zu.

»Wir brauchen ein kleines Brennen«, sagte Jerreff. »Wenn wir dem Brennen ganz und gar Einhalt gebieten, kommen die Gaffer nicht mehr und wir sterben noch vor Langeweile. Nur ein klein wenig Brennen, gerade genug, um das Verlangen zu stillen.«

»Ihr seid zynisch, Jerreff«, bemerkte Samorty.

»Nein, nur praktisch.«

»Wenn wir nicht bald Regen bekommen, werden noch mehr Sippenlose aus der Stadt zu uns ziehen wollen«, sagte Chanthor mürrisch.

»Kann ich ihnen nicht verdenken. Aber wir haben keinen Platz, wo wir sie unterbringen könnten«, erwiderte Qirinty. »Und keine Arbeit. Ich habe mehr Bedienstete und Gärtner, als ich brauche, und ohne Wasser reicht die Ernte nicht für alle, Samorty.«

»Sagt mir, wann Ihr das letzte Mal kein großes Problem auf uns habt zukommen sehen«, bat Rawanda.

Qirinty zuckte die Achseln und zauberte einen Dolch aus dem Nichts hervor. »Jemand muss sich Gedanken um die Zukunft machen.«

»Und das macht Ihr sehr gut. So gut, wie Jerreff sich Gedanken um die Vergangenheit macht. Dafür bin ich Euch beiden dankbar.« Samorty erhob sich. »Jetzt werdet Ihr mich entschuldigen müssen, fürchte ich. Ich habe heute Nacht Wache.« Er hob die Stimme. »Antanio, bring bitte meine Rüstung.«

»Ja, mein Fürst«, rief jemand aus dem Haus. Einen Augenblick später kamen zwei Männer nach draußen, die unter ihrer Last schwankten. Sie legten Samorty Brust- und Rückenplatte aus Bronze an. Dann hingen sie ihm ein Schwert, das länger als zwei Fürstensipplermesser war, an einem Riemen über die Schulter und reichten ihm einen Helm.

»Sind die Wachen bereit?«, fragte Samorty.

»Ja, mein Fürst. Sie warten am Tor.«

»Die Rüstung ist poliert?«

»Ja, Fürst.«

»Gut.« Zu seinen Gästen sagte er: »Ich wünsche noch viel Vergnügen. Solltet Ihr noch etwas brauchen, so fragt danach. Rawanda, es wird spät heute Nacht. Ich habe eine Doppelwache.«

»Oh, es tut mir Leid, das zu hören«, meinte die Fürstin.

»Es tut ihr nicht Leid«, flüsterte Shanda. »Sie mag ihn nicht einmal.«

»Und du?«, fragte Whandall.

»Samorty ist gar nicht so übel«, sagte Shanda. »Er war sehr nett zu meiner Mutter, nachdem mein Vater beim Brennen getötet wurde.«

Es gab so viel zu lernen! Die Fürsten, die den Muttertag beherrschten, wussten, dass die Vorräte zur Neige gingen. Sie brauchten Wasser. Whandall hatte sich noch nie zuvor über Wasser Gedanken gemacht. Es gab die Brunnen und manchmal auch Flüsse und die Quelle auf dem Friedensplatz und manchmal waren sie alle fast ausgetrocknet. Wasser war wichtig, aber Whandall kannte niemanden, der das Wasser beherrschen konnte.

Aber dieser Zauberer hatte einmal Wasser gebracht und war jetzt hier willkommen. Weil er ein Zauberer war oder weil er Wasser gebracht hatte? Und wie wurde man überhaupt Fürst?

»War dein Vater ein Fürst, Shanda?«

»Ja. Fürst Horthomew. Er war Politiker und Offizier der Wache, wie Samorty.«

»Wie ist er ums Leben gekommen?«

»Das weiß ich nicht«, sagte sie.

5. Kapitel

Als es hell wurde, wartete er draußen vor Shandas Tür. Es schien einige Zeit zu verstreichen, bis sie herauskam, aber die Sonne stand noch sehr tief im Osten. Er trat von einem Fuß auf den anderen und sagte schließlich: »Ich muss pinkeln und weiß nicht, wo, und ...«

Sie kicherte. »Ich hab's dir doch gesagt – der Raum ist am anderen Ende des Flurs unter der Treppe. Hab ich's dir nicht gesagt?«

Er erinnerte sich nicht mehr. Mit Sicherheit hatte er sie nicht verstanden. Er bedankte sich und lief zur Treppe.

»Versperr die Tür, wenn du drin bist«, rief sie im Flüsterton.

Der Raum unter der Treppe hatte Fenster, aber so hoch oben, dass man nicht hindurchsehen konnte, und eine Tür mit einem Riegel. Ein Bach sprudelte in ein Becken auf Brusthöhe und von dort in einen Trog auf dem Boden. Alles war sauber und nichts stank. Als er herauskam, wartete ein Mann vor der Tür. Er hatte die runden Ohren eines Sippenlosen und sah aus wie einer der beiden Männer, die Samorty dessen Rüstung gebracht hatten. Er sagte nichts zu Whandall, als er hineinging.

Sie aßen in der Küche. Serana kümmerte sich um sie und schien nicht im Geringsten überrascht, dass Whandall noch immer da war.

»Wir gehen zum Spielen in den großen Park«, sagte Shanda zu Serana. »Sagt Ihr es Fräulein Batty für mich?«

Serana gab einen missbilligenden Laut von sich. »Ich sage Fräulein Bertrana, dass Ihr sie so genannt habt.« Sie klang nicht so, als meine sie es ernst. »Ihr braucht etwas zum Mittagessen. Ich richte Euch etwas her. Zum Abendbrot werdet Ihr wohl wieder zurück sein.«

Sie gingen in den Hof, wo die Kleider trockneten, und Whandall wählte ein Stück Leine aus. Er ging zu dem Baumast, warf die Leine darüber und band Knoten hinein. Nun, da das Seil an Ort und Stelle war, fühlte er sich sicherer, weil er glaubte, dass ihn – einmal über die Mauer – im Dickicht niemand mehr fangen konnte. Nicht ohne Magie.

Die Fürsten wirkten Magie. Das sagten alle. Fürst Qirinty ließ Tassen tanzen und zauberte einen Dolch aus dem Nichts herbei, aber eben dieser Fürst Qirinty hatte sich auch gewünscht, echte Magie wirken zu können. Aber der *Ofen* war Magie. All das bereitete Whandall Kopfschmerzen. Dinge zu lernen war nicht das Gleiche, wie sie zu verstehen ...

Er erklomm das Seil. Auf dem Ast angelangt, sah er, dass Shanda ihm folgte. Sie konnte nicht besonders gut klettern.

»Hilf mir nach oben«, bat sie.

Er griff nach unten, packte ihre Hand und zog sie auf den Ast. Dann sah er sich um. Einer der Männer mit den Spaten hatte sie emporklettern sehen, reagierte aber nicht darauf, sondern arbeitete einfach weiter.

»Kann ich so auch wieder zurück?«, fragte sie.

»Du gehst nicht hinaus.«

»Doch, das tue ich.«

»Shanda, das Dickicht ist gefährlich. Du wirst dir wehtun und dein Stiefvater wird mich umbringen.«

»Ich werde mir nicht wehtun, wenn du mir zeigst, worauf ich achten muss.«

»Nein.« Er kletterte den Ast entlang, bis er über der Mauer war. Sie folgte ihm auf dem Fuß. »Nein«, sagte er noch einmal, aber er wusste, dass es keinen Sinn hatte. »Geh zurück und zieh das Seil so weit über den Ast, dass es draußen an der Mauer herabhängt.«

In unmittelbarer Umgebung der Mauer machten die Pflanzen einen schwachen und beinahe leblosen Eindruck, aber etwas weiter entfernt wuchsen sie dichter. In einer Meile würden sie mehr als üppig wachsen. Zwei Meilen weiter erhoben sich die ersten Rothölzer. »Die sind wunderschön«, sagte er zu ihr. »Warte, bis du sie aus der Nähe siehst.«

Aber sie wich den Pflanzen nicht aus. Er hielt sie fest. Er zeigte ihr Fürstenkuss und Nesseln und Dornenbüsche und drei Arten Rührmichan. »Drei Blätter«, sagte er. »Drei Blätter und weiße Beeren und es steht nicht einfach nur da. Pass auf.« Er sah einen Stock auf dem Boden liegen und betrachtete ihn sorgfältig, bevor er ihn aufhob. Dann rieb er die Hände an einem Ende und hielt ihn am anderen Ende, während er ihn einer großen Ranke entgegen schob. Als das Stockende noch eine Handspanne entfernt war, bewegte sich die Ranke gerade genug, um den Stock zu streifen.

Whandall zeigte ihr einen öligen Schmier auf dem Stock. »Das würdest du nicht anfassen wollen.«

»Würde es mich umbringen?«

»Nein, du würdest nur überall Beulen bekommen. Die Ranke kann dich töten. Dinge, die sie berührt, tun einem nur weh.«

Sie wollte immer noch viel zu schnell weitergehen. Er zeigte ihr einige der Narben, die er in der Zeit mit den Waldläufern von den Pflanzen zurückbehalten hatte. Er forderte sie auf, die Füße nur dorthin zu setzen, wohin er sie setzte, und wenn sie sich etwas anschauen wollte, blieb er stehen und wartete.

Es bestand nicht die geringste Aussicht, heute noch die Rothölzer zu erreichen.

Gegen Mittag machten sie eine Pause, aßen ihren Proviant und kehrten dann um. Whandall ließ sich Zeit und zeigte ihr jede Pflanze, auch wenn sie sie zuvor schon gesehen hatte oder bereits kannte. *Er* hatte sie oft genug vergessen und Kreeg hatte ihn ein ums andere Mal wieder daran erinnern müssen ...

Sie hielt einen Zweig an der Bruchstelle. An seiner Spitze wuchsen glänzende rot-grüne Blätter. »Was würde passieren, wenn ich mit diesem Stock den Stuhl meiner Stiefmutter einriebe?«

»Nicht mit dem Stock, mit den Blättern. Shanda ... ernsthaft?«

Sie nickte grinsend.

»Nun, sie würde nicht daran sterben. Es würde sie jucken und sie würde sich kratzen.«

»Ist das Magie?«, fragte Shanda. »Wenn es Magie ist, funktioniert sie innerhalb der Mauern überhaupt nicht. Das behauptet jedenfalls mein Stiefvater.«

Das würde die Herdfeuer erklären, dachte Whandall. Aber nicht Qirintys tanzende Tassen.

»Ich werde es versuchen«, sagte sie.

Er stand unter dem Seil, als sie es erklomm, falls sie stürzte. Sie winkte ihm von oben noch einmal zu und war gleich darauf verschwunden.

Was für ein herrlicher Tag.

Er war vor Sonnenuntergang aus dem Dickicht heraus, aber in der Nacht wurde es neblig. Als Whandall die Hügelkämme erreichte, sah er den Nebel aus der Richtung des Hafens heranwallen. Eine Zeit lang beobachtete er, wie der Nebel über das Land kroch. Dann hörte er Schreie. Hatte ihn jemand gesehen? Wasserteufel, vielleicht gar jemand Schlimmeres? Er konnte niemanden sehen, lief aber in den Nebel, so schnell er konnte, bis er erschöpft war.

Er war vollständig vom Nebel eingehüllt, als er den Gestank der Schwarzen Grube wahrnahm. Die Grube selbst war nicht zu sehen. Was er sah, waren dunkle Schatten, die auf ihn zu rasten.

Er rannte den Weg zurück, den er gekommen war, doch er war zu müde, um weit zu laufen. Als er keine Luft mehr bekam, verlangsamte er seine Schritte und blieb schließlich stehen.

Er hatte keinen Laut gehört.

Er hatte ... ja, was hatte er eigentlich gesehen? Hunde oder Wölfe, aber *große*. Doch nichts verfolgte ihn jetzt. Er musste an der Grube vorbei, um nach Hause zu gelangen, und jemand hatte ihn den Hügel hinauf gejagt. Eine Bande war gefährlicher als Schatten.

Die Schatten kamen wieder, als er auf dem Kamm des Hügels anlangte. Diesmal beobachtete er sie. Bückte sich, um zwei scharfkantige Steine aufzuheben, für jede Hand einen, und beobachtete sie dann weiter. Er wünschte sich von ganzem Herzen, er hätte bereits sein Fürstensipplermesser. Er war ihnen auch zuvor schon davongelaufen und konnte es wieder tun ... aber sie waren nur Schatten. Wolfsförmige Schatten und etwas viel Größeres, die auf ihn zu rasten.

Je näher sie kamen, desto unwirklicher wurden sie. Whandall brüllte und schwang seine Steine, um Schädel einzuschlagen, und dann war er mitten unter ihnen, zwischen ihnen und atemlos vor Staunen. Sie waren vom Nebel freie Stellen: ein halbes Dutzend Wolfsgestalten, die jetzt alle zu einer wogenden Blase aus sauberer Luft verschmolzen. Die größere Gestalt war eine Katze, so groß wie der Gemeinschaftsschlafsaal der Ortsfeste, und ihre Reißzähne hatten große Ähnlichkeit mit Fürstensipplermessern. Dann war auch die Katze Teil der Blase und wogte, da sie mit den Wölfen kämpfte, und Whandall sah die Schattengestalten großer Vögel über dem nebelhaften Gemetzel flattern.

Sie werden mir niemals glauben. Aber welch ein Tag!

6. Kapitel

Er hatte seine eigenen Kleider in einem Bündel bei sich getragen. Jetzt zog er sie über seine neuen, sodass er sicher zur Ortsfeste zurückkehren konnte. Er marschierte den ganzen Tag über. Nach dem Mittag aß er das Brötchen, das Serana ihm mitgegeben hatte.

Der fahle Mond stand hoch am Himmel, als er zu Hause ankam. Hungrig suchte er Tische und Kochtopf nach Resten ab. Das brachte ihm lediglich klebrige Füße ein. Er schlich sich ins Schlafzimmer und schlief sofort ein.

Am Morgen erinnerten seine Zehen sich an das saubere, helle Holz auf dem Boden von Fürst Samortys Küche, als sie über die klebrigen Fliesen der Ortsfeste patschten. Im Lärm des Gebrülls, Gelächters und Geflugches der Ortsfeste dachte er an die geschäftige Stille rings um Serana.

Er riss sich ein Stück Brot von dem ab, was Wanshig gesammelt hatte. Wanshig erschrak und lachte dann. »Wo hast du die neuen Kleider gesammelt?«

Alle seine Schwestern und Vettern blickten ihn an. »Hübsch«, sagte Rutinda. »Gibt es noch mehr davon?«

Fürstensippler sollten listenreich sein, auch in ihrer eigenen Sippe. Whandall wollte über das nachdenken, was er gesehen hatte, bevor er darüber redete. Er konnte ihnen einfach nicht erklären, dass das Sammeln für die Fürsten und jene, die mit ihnen arbeiteten, nicht zum Leben gehörte.

Also ... »Von einer Wäscheleine hinter einem Haus unweit der Sanvinstraße«, sagte Whandall. »Ein Haus von Sippenlosen und niemand hat hingesehen, aber es gab nichts anderes, was es wert gewesen wäre, gesammelt zu werden.«

»Schade«, meinte Wanshig. »Bist du bereit für deinen Messerunterricht?«

»Sicher.«

Sie übten mit Stöcken. Whandall war immer noch unbeholfen. Hätten sie richtige Messer genommen, wäre er ein dutzend Mal getötet worden.

»Nächstes Jahr.« Die Onkel, die sich den Unterricht ansahen, waren sich dessen sicher. »Nächstes Jahr.«

Die Fürstenmänner kämpften mit Speer und Schwert, nicht mit dem großen Fürstensipplermesser. Whandall dachte an die Fürstenhöhe, wo sogar die Gärtner so gut lebten wie Pelzed und Resalet. Die Fürstenmänner würden noch besser leben als die Gärtner. Das taten Kämpfer immer. Seine Onkel würden ihm niemals beibringen können, so zu kämpfen, wie es die Fürstenmänner taten. Vielleicht jemand anders. Er wusste, er musste zurück.

Er wusch seine neuen Kleider, doch ihm fiel kein Ort ein, wo er sie trocknen konnte und sie ihm nicht gestohlen würden. Als er sich vier Tage später auf den Weg machte, trug er sie als feuchtes Bündel bei sich. Sie rochen klamm.

Sein Weg führte durch das Blumenmarkt-Revier. Er hielt sich möglichst im Schatten und auf den fensterlosen Seiten der Häuser und war dennoch überrascht, dass er unangetastet durchkam.

Jenseits des Blumenmarkts wohnte niemand oder jedenfalls hatte man ihm das gesagt. Hin und wieder sah er ein Haus, war aber in der Lage, es zu meiden. Als er den Gipfel erreichte, war es fast dunkel. Er erwog, im Dickicht zu bleiben, und lachte dann. Er kannte einen besseren Ort.

Die Schwarze Grube war Gestank und Nebel und Dunkelheit und ein dunstig verschwommener Vollmond am Himmel. Der Mond schuf Schatten, die geflogen kamen, um ihn zu begrüßen. Wölfe, so groß wie Whandall selbst, alle in einem dahinjagenden Rudel. Vögel, groß genug, um ihn vom Boden zu pflücken. Zwei Katzen, größer als Whandalls Einbildungskraft. Blasen im Nebel, verschmolzen sie zu einem hektisch brodelnden Einerlei; Whandall lachte und versuchte mit ihnen zu spielen, berührte aber nichts als Nebel.

Gerüchte erzählten davon, die Schwarze Grube habe Leute verschlungen. Er scheute davor zurück, zu weit vorzudringen. Er wollte auch nicht, dass der fremdartige Gestank noch stärker wurde. Er breitete etwas Sumpfgras auf einem flachen Felsen aus und legte sich darauf. Von zwei Schichten Kleidung umgeben, fror er nicht einmal sonderlich.

Im Halbschlaf beobachtete er, wie ein weiterer Schatten mehrere Fuß über dem schwarzen Sumpf auf ihn zu schwebte. Er war rundlich und im Grunde formlos, und die Geister, die ihn bereits umgaben, warfen Schatten, die sich dem, was kam, in den Weg stellten. Es war noch größer als die Katzen. Schläfrig beobachtete er es näher kommen und versuchte seine Gestalt zu erraten, dann schlief er staunend ein.

Die Kleider des Gärtnerjungen waren immer noch klamm, als er sie im Morgengrauen anzog. Die Schlangenpfad-Kleidung trug er darunter. Ihm war nicht kalt, er fühlte sich nur ein wenig durchweicht. Er lief die Kleidung trocken, bevor er den breiten Fuhrwerkspfad erreichte, bei dem es sich um die Sanvinstraße handeln musste.

Als er das öde Land durchquerte, tauchte hinter ihm ein Fuhrwerk auf. Der sippenlose Fahrer betrachtete Whandall und hielt an. »Willst du mitfahren?«

»Ja, danke.« Er zögerte nur einen Augenblick. »Mein Herr.«

»Steig auf. Ich fahre zum Hafen. Wohin willst du?«

»Ich will ... Freunde besuchen. In Fürst Samortys Haus.«

»In seinem Haus, wie? Gut, ich lasse dich an der Abzweigung absteigen. Hopp, steig auf.« Die beiden Ponys zogen das Fuhrwerk schneller, als Whandall hätte laufen können. Der sippenlose Fahrer pfiff eine namenlose Melodie. Er war ein junger Mann, nicht weit über zwanzig.

Der Wagen war voller Körbe, deren Deckel geschlossen und zugebunden waren. »Was ist das?«, fragte Whandall.

Der Fahrer beäugte Whandall ausgiebig. »Was sagtest du, wer deine Freunde sind?«

»Shanda.«

»Samortys Tochter?«

»Stieftochter«, sagte Whandall. »Mein Herr.«

»Richtig. Dein Vater arbeitet für Samorty?«

»Ja, mein Herr.«

»Das erklärt das Hemd«, meinte der Fahrer.

Whandalls Augen weiteten sich und er sah zu dem Fahrer auf.

Der Fahrer grinste. »Wenn du in einen dieser Körbe schauen könntest, würdest du Stoff in der Art sehen, wie du ihn trägst. Mein Vetter Hallati hat einen Webstuhl bei sich im Keller. Er webt diesen Stoff, er und seine Frauen und Töchter. Letzten Monat haben wir Samorty einen ganzen Stapel davon verkauft.«

Hallati. Whandall hatte den Namen noch nie zuvor gehört, aber er würde ihn nicht vergessen. Wie viele andere Sippenlose verbargen Wertgegenstände?

»Ich hoffe, wir bekommen Hallati bald dort weg. Diese Dürre gefällt mir nicht. Je trockener es wird, desto gemeiner werden diese Schakale von den Fürstensippen. Beim letzten Mal hätten sie beinahe das Haus von meinem Vetter erwischt. Beinahe«, sagte der Fuhrmann und zügelte seine Tiere, sodass sie anhielten. Hier zweigte die Straße zur Fürstenhöhe ab. Whandall stieg ab und winkte zum Abschied.

Als er am Tor ankam, standen dort andere Männer Wache. Sie schenkten Whandall nicht sonderlich viel Beachtung, als dieser sich ihnen auf der Straße näherte.

»Kann mich nicht an dich erinnern«, sagte einer der Wachmänner. »Wo wohnst du, Junge?«

»In Fürst Samortys Haus ...«

»Ach so. Gehörst du zu den Gärtnern?«

»Ja, mein Herr.«

Der Wachmann nickte. Sie machten sich nicht die Mühe, den Schlagbaum zu heben, aber es war ein Leichtes, außen herum zu gehen, und als Whandall auf der anderen Seite war, unterhielten die Wachmänner sich längst wieder über das Wetter.

Die Häuser waren groß und die Straßen breit. In regelmäßigen Abständen wuchsen Palmen und bildeten Muster. Die Häuser waren grandios.; mehr als das, sie hatten etwas Absonderliches, Befremdliches. Dreißig Häuser sollten sich nicht so ähnlich sehen, obwohl keine zwei völlig gleich waren. Aber sie sollten einen Jungen auch nicht an einen Rotholzhain oder eine Hügelgruppe erinnern.

Wie ein Rotholz oder ein Granithügel wirkte auch jedes Haus so, als stünde es schon seit einer Ewigkeit da. Wie ... Whandall trat ein paar Schritte zurück und sah sich um, weil er spürte, wie der Schock sein Gesicht verzerrte. Jeder, der ihn so sah, würde gleich wissen, dass er ein

Fremder war: weil er gaffte, als habe er *noch nie* eine lange, auf beiden Seiten von Häusern gesäumte Straße gesehen, von denen *keines* jemals niedergebrannt und wieder aufgebaut worden war. Die Blumenbeete – sie waren so angelegt, dass sie die Häuser säumten! Nicht ein Gebäude ließ irgendeine Spur von Hast erkennen, von *Seht zu, dass das Dach fertig wird, bevor der Regen kommt!* Oder von *Nehmt die Träger vom Haus der Gerber – sie passen nicht richtig, aber die Gerber brauchen sie nicht mehr.* Oder von *Mach einfach irgendwas, dass wir ein Dach über dem Kopf haben – stör mich nicht; siehst du nicht, dass ich mich gräme?*

Er fühlte sich unbehaglich deswegen.

Er wusste nicht, wie Fürst Samortys Haus von vorn aussah, aber es musste in der Nähe der Mauer sein. Er arbeitete sich nach Osten vor, bis er sicher war, dass es nur eine Häuserreihe zwischen ihm und der Mauer gab, dann nach Norden, bis er den großen Baum sehen konnte. Danach war es kein Problem mehr, zur Rückseite des Hauses und zur Quelle zu gelangen. Er wusch Gesicht, Hände und Füße, ohne darauf zu warten, dass es ihm angeraten wurde.

»Ich hätte nicht gedacht, dass du zurückkommen würdest«, sagte Shanda.

»Ich sagte doch, ich würde ...«

»Fürstensippler und ihre Versprechen ...« In ihrem Lächeln lag nicht viel Wärme, aber dann hellte es sich auf. »Du hast versprochen, mir die Rothölzer zu zeigen.«

Er dachte darüber nach.

»Ich habe Ledersachen. Für uns beide.« Sie zeigte ihm einen Kasten, den sie in ihrem Zimmer unter dem Bett versteckt hatte. »Von den Gärtnern. Sie tragen sie nicht mehr.«

Whandall untersuchte die Ausrüstung.

»Die Sachen sind gut, nicht?«, wollte Shanda wissen.

»Sie sind gut genug«, gab er zu. »Aber wir wären die ganze Nacht draußen.«

»Das ist kein Problem. Fräulein Batty wird glauben, ich sei bei einer Freundin zu Besuch«, sagte Shanda. »Ich sage ihr, ich übernachte bei Fürst Flascattis Tochter. Fräulein Batty wird das niemals nachprüfen.«

»Aber ...«

»Und meiner Stiefmutter wäre es egal, wenn ich nie mehr zurück käme. Wir nehmen uns Mittag- und Abendessen mit und ...«

Whandall warf einen Blick auf die Sonne, die bereits tief im Westen stand. »Es ist viel zu spät ...«

»Doch nicht heute, du Dummer. Morgen früh. Oder übermorgen. Du musst doch heute nicht zurück, oder?«

Er schüttelte den Kopf. Wenn er nie wieder nach Hause kam, würde seine Mutter sich ein wenig Sorgen machen, aber sie würde nichts unternehmen, und all den anderen würde es ziemlich egal sein. Es sei denn, sie würden glauben, er sei von Sippenlosen getötet worden.

»Hast du den Stock ausprobiert?«

Shanda grinste. »Noch in derselben Nacht. An Rawandas Stuhl! Sie hat davon ein bisschen roten Ausschlag bekommen, der zwei Tage lang gejuckt hat. Ich glaube, es juckt immer noch ein wenig.« Ihre Miene verdüsterte sich leicht. »Samorty muss etwas an den Arm bekommen haben, weil er auch Ausschlag gehabt hat. Ich glaube, er hat gewusst, was ihn verursacht hat, weil er die Gärtner deswegen angebrüllt hat, und die Gärtner haben zurück gebrüllt, und dann sind alle nach draußen gegangen und haben nach Giftpflanzen gesucht, aber sie haben keine gefunden. Ich wollte Samorty nicht weh tun.«

Gut, dachte Whandall. Und noch besser, dass sie nicht erwischt worden war und niemand wusste, wo sie sich herumgetrieben hatte. Und mit wem sie zusammen gewesen war ...

Ein bisschen roten Ausschlag. Whandall hatte Fürst Pelzed Blätter derselben Pflanze gegeben und sie hatten sie gegen Ochsenziemer-Jungen eingesetzt. Niemand war gestorben, aber ein Dutzend von ihnen waren eine Woche lang nicht zu gebrauchen gewesen und Pelzed und der Fürst der Ochsenziemer hatten einen Vertrag geschlossen, so etwas nicht noch einmal zu tun. Pelzed war zufrieden gewesen. Hier bestand die Wirkung jedoch nur aus einem bisschen roten Ausschlag. Die Pflanzen verloren an diesem Ort an Kraft.

»Lass uns etwas zu essen holen«, meinte Shanda. »Serana glaubt, ich esse nicht genug. Sie wird sich freuen, dich zu sehen.«

Die Küche war warm und trocken und roch nach einer Speise, die Whandall nicht kannte. Serana füllte seinen Teller mit Suppe und tischte ihnen dazu einen Laib Brot auf, und dann entschuldigte sie sich bei ihm, weil sie nichts für ihn habe. »Bleibst du zum Abendbrot?«

»Wenn es keine Umstände macht«, sagte Whandall. »Meine Dame. Aber das hier ist doch wirklich gut.«

Serana lächelte glücklich.

Sie sahen den Gärtnern zu, gingen aber allen anderen aus dem Weg. Shanda zeigte ihm die Karpfenteiche, in denen bunte Fische schwammen. Zwei Bedienstete wurden zu neugierig, und Whandall suchte krampfhaft nach Antworten auf ihre Fragen, als Shanda lachte und weglief. Whandall folgte ihr natürlich. Sie führte ihn in einen anderen Teil des Hofes.

Da stand ein kleines sonderbares Haus, zu klein für Shanda und viel zu klein für Whandall. Die Zimmer waren nicht größer als ein großer Mann und es gab winzige Flure, durch die sie kriechen konnten, und offene Wände. Die neugierigen Bediensteten waren ihnen gefolgt. Whandall musste sich wie ein Regenwurm winden, aber er folgte Shanda tiefer in das Labyrinth, durch Biegungen und Schatten, bis kein Blick sie mehr erreichen konnte.

Da erlebte er einen Augenblick der Panik. Falls dieses Haus brennen sollte! Sie säßen in der Falle und würden sich durch lodernde Biegungen winden müssen. Aber die Gärtner waren alle Sippenlose, nicht wahr? Und er würde diesem Mädchen seine Angst nicht zeigen. Er folgte Shanda noch tiefer hinein.

In der Mitte war ein kleines Zimmer, gerade groß genug für beide, um sich darin aufrecht hinzusetzen.

»Warum ist es so klein?«, fragte Whandall.

»Das ist ein Spielhaus. Es ist für meinen kleinen Bruder gebaut worden, aber es gefällt ihm nicht besonders, also kann ich darin spielen.«

Ein Spielhaus. Whandall verstand, was sie damit meinte, wäre aber nie selbst darauf gekommen. Ein ganzes zusätzliches Haus, nur zum Spaß!

Nach dem Abendessen legten sie sich auf den Balkon über dem Innenhof und lauschten der Unterhaltung der Fürsten.

Vier Männer und drei Frauen rekelten sich auf Sofas, die sich im Hof der Ortsfeste wirklich nett gemacht hätten. Niemand sagte etwas, bis ein ältlicher Sippenloser ein Tablett mit dampfenden Tassen brachte. Fürstin Rawanda reichte die Tassen an die anderen weiter.

Qirintys Frau nippte und lächelte. »Wirklich, Rawanda, Ihr müsst uns verraten, woher Ihr so ausgezeichnete Teewurzeln bekommt.«

»Danke, Cliella. Der Tee ist gut, nicht?«, meinte Rawanda. Für eine Weile kehrte wieder Schweigen ein.

»Ist ziemlich ruhig in letzter Zeit«, sagte Jerreff. »Das gefällt mir nicht.«

»Dann könnt Ihr Euch freuen«, erwiderte Samorty. »Letzte Nacht haben wir einen Schleicher erwischt.«

»Irgendwelche Probleme?«, fragte Jerreff.

»Nein, es lag ein jollmisches Schiff im Hafen. Wir haben ein hübsches Brennglas für ihn bekommen. Quintana, seid Ihr heute nicht mit der Wache an der Reihe?«

»Ich habe getauscht.«

»Mit wem?«

»Nun ja, eigentlich ...«

»Er hat Friedensstimme Wassermann mehr bezahlt«,

berichtete Qirinty. Er zauberte eine Pampelmuse aus dem Nichts herbei und inspizierte sie.

Samorty schüttelte traurig den Kopf. »Eine ganz schlechte Angewohnheit«, sagte er.

Quintana lachte. Er war rundlich und feist und machte einen äußerst zufriedenen Eindruck auf seinem Sofa. »Was kann es schaden? Samorty, Euch mag es gefallen, die ganze Nacht in Rüstung herumzustolzieren, mir aber nicht! Falls es nötig wäre, würde ich natürlich ...«

»Falls es nötig wäre, würden die Wachmänner Befehle von Wassermann bekommen anstatt von Euch«, sagte Samorty.

»Ganz zu schweigen davon, dass Wassermann auch sämtliche Beute, die sie fänden, für sich behielte«, warf Jerreff trocken ein.

»Ihr macht Euch zu große Sorgen, Samorty«, entgegnete Rawanda. »Ihr glaubt, dass diese Stadt fällt, wenn Ihr sie nicht stützt und haltet ...«

Samorty lachte dünn. »Einmal ist sie gefallen. An uns! Aber nur die Ruhe. Heute Nacht wird sie nicht fallen. Noch mehr Wein?« Er goss aus einem Krug nach, der auf dem Tisch stand.

Shanda rührte sich und flüsterte: »Sie reden über euch.«

»Den Schleicher?«

»Nein, die *Fürstensippen!*«

Whandall nickte. Seine Familie, Straße, Stadt in den Händen dieser unentschlossenen und sich zankenden Fürsten ... War er zu jung, um auf irgendein ausländisches Schiff verkauft zu werden? Für einen Augenblick hatte die Vorstellung etwas geradezu unanständig Reizvolles ...

»Yangin-Atep schläft immer noch«, sagte Quintana. »Wachmänner haben mir erzählt, in den rückständigen Gebieten hätte es drei Feuer gegeben.«

»Ich habe von keinen Feuern gehört. Gab es Ärger?«

»Es waren nur Buschfeuer. Die Sippenlosen müssen sie gelöscht haben.«

»Diesmal noch«, murmelte Samorty. »Worüber ich mir Sorgen mache, ist die Zeit, wenn die Fürstensippen den Sippenlosen nicht mehr erlauben, die Feuer zu löschen.«

»Yangin-Atep schützt die Häuser«, meinte Quintana.

»Aber nicht das Buschwerk. Angenommen, das gesamte Dickicht brennt auf einmal ab?«, fragte Jerreff. »Würde das Yangin-Atep wecken? Die halbe Stadt könnte niederbrennen, falls Yangin-Atep erwacht, während die Hügel brennen!«

»Nun, das wäre tatsächlich ein Grund zur Sorge«, gab Rowena zu.

»Allerdings. Ihr seid zu jung, um Euch noch an das letzte Mal zu erinnern«, sagte Samorty. »Ich war selbst erst zehn oder so.«

»Wir wissen nicht, was den Gott weckt«, meinte Qirintys Frau.

»Sicher wissen wir das. Heißes Wetter. Kein Regen. Dieser heiße trockene Wind aus dem Osten«, erwiderte Qirinty.

»Manchmal.« Samorty klang so, als zweifle er daran. »Ich will gern zugestehen, dass gewöhnlich die Verhältnisse so sind, wenn das Brennen anfängt. Aber nicht immer.«

»Sorgt für etwas Regen und alles ist wieder in bester Ordnung.« Qirinty spielte nervös mit einem Salzstreuer herum und drehte ihn wie einen Kreisel.

»Sicher«, sagte Rowena.

»Wenn wir keinen Regen bekommen können, sollten wir vielleicht etwas anderes unternehmen«, meinte Qirinty bedächtig. Er stellte den Salzstreuer hin.

»Was?«

»Die Wasserleitung fertig stellen. Mehr Wasser in die rückständigen Gebiete schaffen ...«

»Macht Euch nichts vor«, sagte Samorty. »Das ist auch nicht leichter, als Regen zu bekommen!«

»In Südkapp gibt es eine neue Wasserleitung«, berichtete Quintana. »Einer der Schiffskapitäne hat es mir erzählt.«

»Sicher, und sie haben auch Zauberer in Südkapp«, erwiderte Qirinty. »Und Drachenknochen für Manna. Wir aber nicht. Aber wir könnten die Wasserleitung trotzdem bauen ...«

»Wir haben kein Geld«, entgegnete Samorty.

»Erhöht die Steuern.«

»Wir haben die Steuern gerade erst erhöht«, sagte Jerreff. »Wir können die Sippenlosen nicht noch mehr ausquetschen.«

»Dann borgt das Geld. Wir müssen etwas unternehmen! Wenn es noch ein Brennen gibt, wird es weit mehr kosten, alles wieder aufzubauen, und wir müssten die Wasserleitung *immer noch* zu Ende zu bauen.« Bei den Worten *immer noch* ließ Qirinty einen Dolch verschwinden. Von seinem Platz oben auf dem Balkon sah Whandall, wie er es machte. Vielleicht hatte er es von einem Taschendieb gelernt. »Ist Nico uns nicht noch etwas schuldig?«

»Sicher ist er das und vielleicht kann er seine Maurer sogar überreden, aus Gefälligkeit für ihn zu arbeiten, aber es sind trotzdem zweihundert Arbeiter nötig, um die Arbeit zu beenden. Und die müssten allesamt verköstigt werden.«

»Vermutlich«, sagte Qirinty traurig.

»Vielleicht können wir die Fürstensippen überreden, die Wasserleitung fertig zu stellen.« Rowena lachte mürrisch. »Schließlich sind sie es, die sie brauchen.«

»Ja, sicher«, sagte Quintana. Er goss sich noch ein Glas Wein ein. »Aber Qirinty hat Recht. Wir sollten etwas unternehmen ...«

Fürst Quintanas Frau war groß und schlank und hatte ihre Haare frisiert. Sie hatte sich so auf das Sofa gelegt, dass jeder ihre Beine und lackierten Zehennägel sehen konnte, und sie redete nur selten. »Ich verstehe nicht, warum alle sich so große Sorgen wegen der Fürstensippen machen«, meinte sie. »Wir brauchen sie nicht. Warum kümmert es uns dann, was sie tun?«

Quintana beachtete sie nicht.

»Nein, im Ernst«, sagte sie. Ihre Stimme hatte einen harten Unterton. »Sie brauchen die Wasserleitung, aber sie wollen nicht daran arbeiten. Die bloße Vorstellung, sie könnten es tun, bringt uns zum Lachen.«

»Und wenn Yangin-Atep erwacht und sie die Stadt niederbrennen?«, entgegnete Samorty sanft. Er mochte Fürstin Siresee.

»Dann töten wir sie.«

»Das ist nicht so leicht«, lachte Qirinty. »Sie sind sehr zahlreich und beim letzten Mal haben sie schließlich gewonnen.«

»Wenn wir die Sippenlosen noch mehr auspressen, haben wir bald einen neuen Krieg«, sagte Jerreff. »Einige von ihnen sind ohnehin schon ziemlich verzweifelt.«

»Ja«, meinte Samorty. »Aber nach einem Brennen wären sie in üblerer Verfassung.«

»Es gibt Geschichten«, sagte Jerreff. »Die ganze Stadt ist abgebrannt. Sogar unser Teil.«

»Wo habt Ihr das gehört?«, fragte Samorty.

»In der Erinnerungsgilde. Früher war Yangin-Atep mächtiger«, sagte Jerreff. »Er konnte alle packen, auch Fürsten und Fürstensippler. Damals war das Brennen wirklich schlimm. Hat Euer Vater Euch nicht davon erzählt, Samorty?«

»Yangin-Atep hat hier keine Macht.« Samorty zeigte auf die gepflegten Gärten und allzu vollkommenen Häuser. »Und verwünscht wenig in Fürstendorf.«

»Sicher, und Ihr wisst auch, warum«, sagte Qirinty. »Wir können ihn ausgrenzen, aber wir können ihn nicht beherrschen.«

»Die Götter werden zu Legenden«, meinte Jerreff.

»Seid doch kein Narr«, sagte Samorty. »Ihr habt gehört, was Morth gesagt hat. Und angenommen, wir hätten die

Macht, Yangin-Atep ins Reich der Legende zu verbannen – was dann?«

»Dann gäbe es kein Brennen mehr«, antwortete Jereff.

»Um welchen Preis?«

»Das weiß ich nicht«, sagte Qirinty.

»Ich auch nicht und das ist der entscheidende Punkt«, erwiderte Samorty. »Im Augenblick haben wir alles unter Kontrolle ...«

»Gewissermaßen ...«, meinte Jereff.

»Das reicht jetzt.« Samorty klatschte in die Hände. Die sippenlosen Bediensteten brachten neue Tabletts mit Tassen. »Wir haben heute Nacht eine Aufführung.«

»Oh, was denn?«, fragte Qirintys Frau.

»*Jispomnos.*«

»Nein, nein, das ist so lang«, sagte Quintana.

»Nicht alles – ein paar Szenen aus dem ersten Akt«, entgegnete Rawanda. »Niemand führt alles auf.«

»Trotzdem«, sagte Quintana. »Ich bin bald wieder da ...« Er erhob sich und steuerte den kleinen Raum unter der Treppe an.

7. Kapitel

Eine *Aufführung* war eine bestimmte Art, eine Geschichte zu erzählen. Auf einer Plattform mit beweglichem Mobiliar taten mehrere Personen so, als seien sie jemand anders, und lebten Leben vor, die nicht ihre eigenen waren. Ein Mann mit hallender Stimme übernahm die Rolle des Erzählers. Whandall hatte so etwas noch nie gesehen.

Die Aufführung dauerte lange und Whandall verstand nicht viel von dem, was gesprochen wurde. Jispomnos hatte seine Frau geschlagen, sie verfolgt, als sie vor ihm geflohen war, und dann sie und den Mann getötet, den er bei ihr antraf. Das verstand Whandall sehr wohl. Whandalls Onkel Napthefit hatte Tante Ralloop getötet, als er einen Wasserteufel bei ihr angetroffen hatte. Er hatte auch den Wasserteufel töten wollen, aber dieser war zu seiner Sippe geflohen.

Aber Jispomnos' Frau war sippenlos!

Der Mord selbst wurde nicht gezeigt.

Wachen führten Jispomnos ab. Er ging einfach weg, als sie ihm den Rücken zudrehten. Die Wachen jagten Jispomnos mit quälend langsamen Bewegungen immer wieder über die ganze Bühne, und alle sangen dabei in einer Harmonie, die Whandall wunderschön fand, aber sie sangen so *langsam!* – im Gleichklang zu einer einschläfernden Musik, die einfach nicht aufhören wollte ...

Shanda zog an seinem Ohr, um ihn aufzuwecken. »Du hast geschnarcht.«

»Was kommt jetzt?«

»Die Verhandlung.«

Er sah eine Weile zu. »Ich verstehe überhaupt nichts! Worum geht es bei der Verhandlung?«

Sie sah ihn aus geweiteten Augen an. »Es hat einen Mord gegeben«, wies sie ihn zurecht. »Es geht darum, ob er es getan hat oder nicht.«

»Jispomnos ist ein Fürstensippler, oder nicht?« Oder war der *Schauspieler*, der Jispomnos *spielte*, ein Fürstensippler?

Doch Shanda sah ihn nur ganz komisch an.

Whandall schluckte herunter, was er sagen wollte. Shanda war keine Fürstensipplerin. Stattdessen zeigte er nach unten und sagte: »Die sippenlose Frau und die beiden Männer, wer sind die? Sie übernehmen all das Reden.«

»Die Männer sprechen für Jispomnos. Clarata spricht für den Hof.«

»Jispomnos spricht nicht für sich selbst?« Feigheit oder Stolz? »Warum *zwei* Männer?«

»Das weiß ich nicht. Ich bin gleich wieder da«, flüsterte sie.

Whandall nickte. Es war eine lange Aufführung.

Er schaute wieder zu. Es war nicht leicht, schlau daraus

zu werden. Die sippenlose Frau, Clarata, erzählte von dem Mord, befragte alle, die in der Nähe gewesen waren, zeigte blutige Kleidung. Von den Männern, die für Jispomnos sprachen, verlangte der kleine Sippenlose, Clarata möge Jispomnos' Messer vorweisen. Whandall nickte: Fürstensippler würde niemals ihre Messer wegwerfen. Er argumentierte, die Kleidung gehöre nicht ihm und passe ihm nicht einmal. Jispomnos sei zum Zeitpunkt des Mordes woanders gewesen – im Ostbogen, im Wald, in einer Weinstube bei den Docks und in Gesellschaft von Wasserteufeln, die für ihn bürgen würden, und auf einem Schiff nach Condigeo – bis das Publikum vor Lachen brüllte und damit Whandalls eigenes Kichern übertönte.

Aber der Fürstensippler-Advokat sprach von Jispomnos' Tüchtigkeit als Kämpfer, von seiner Stellung in den Banden ...

Shanda kam zurück. »Was habe ich verpasst?«

»Ich glaube, ich verstehe es jetzt.«

»Und?«

»Sie sprechen nicht zu denselben Leuten. Der kleine Sippenlose ist komisch, aber zwei von den Richtern sind Sippenlose, also spricht er zu ihnen. Er sagt ihnen, Jispomnos habe die Tat nicht begangen. Aber Jispomnos hat eine Sippenlose zur Frau genommen. Er lebt wie ein Sippenloser. Was die Fürstensippler-Richter wissen wollen, ist: Hat Jispomnos sich damit selbst zu einem Sippenlosen gemacht? Der Fürstensippler-Advokat erzählt ihnen, dass Jispomnos immer noch ein Fürstensippler ist. Dass er damit das Recht hatte, seine Frau zu verfolgen und zu töten.«

»Das *Recht*?« Ihr quollen beinahe die Augen aus dem Kopf. »*Warum?*«

Das konnte er ihr nicht erklären. So *war* es einfach.

Also log er. »Das verstehe ich auch nicht.«

Shanda flüsterte: »Ich glaube, das tut niemand. Die Geschichte beruht auf einem wirklichen Vorfall im Revier der Irrgartenläufer. Ein Erzähler aus Condigeo hat daraus diese Oper gemacht. Den Erwachsenen gefällt sie.«

Die Verhandlung war noch immer im Gange, als der erste Akt endete und alle applaudierten.

Die Fürsten und Fürstinnen verteilten sich im Atrium. Samorty und Qirinty vertraten sich unter dem Balkon die Beine. Samorty sagte: »Und das ist noch der *beste* Akt. Das beste Argument dafür, diesen Kunstausschuss loszuwerden, das ich je gehört und gesehen habe.«

»Lasst *mich* den Kunstausschuss leiten. Oder Chondor. Oder macht es selbst. Jedenfalls hätten wir dann unterhaltsame Aufführungen.« Qirinty blieb wie angewurzelt stehen. »Genau das brauchen wir! Eine Aufführung! Nicht für uns. Für die Fürstensippen!«

»Aber nicht Jispomnos!«, sagte Samorty. »Ihr würdet das nächste Brennen auslösen!«

»Nein, nein, ich meine mehr eine Art Vorstellung. Veranstaltet eine Parade«, schlug Qirinty vor. »Fesselt ihre Aufmerksamkeit und erzählt ihnen von der Wasserleitung. Sagt ihnen, dass wir sie fertig bauen ... vor den Regenfällen?« Er ging zu seinem Sofa zurück und betrachtete den Nachthimmel. »Es ist die richtige Jahreszeit. Warum regnet es nicht?«

»Keine schlechte Idee«, meinte Jerreff. »Während die Fürstensippen alle bei der Parade sind, kann Samorty sich mit dem Genossenschaftsrat der Sippenlosen treffen und erklären, wofür wir ihre Steuern tatsächlich ausgeben.«

»Und herausfinden, ob sie bereit sind, sich an der Wache zu beteiligen«, sagte Siresee.

Quintana entgegnete: »Wenn die Fürstensippen hören, dass Ihr Euch mit Sippenlosen trefft und nicht mit ihnen, wird es Ärger geben.«

Jerreff winkte ab. »Wir treffen uns auch mit Fürstensippen.«

»Mit wem denn?«, fragte Qirinty.

»Wen kümmert's? Lasst verlauten, dass wir uns mit

ihren Anführern treffen wollen. Irgendjemand wird schon auftauchen.«

»Das ist jetzt aber ziemlich respektlos«, meinte Samorty. »Und die Fürstensippen wollen Respekt.«

»Nein, das tun sie nicht. Sie verlangen ihn.« Siresees Worte sollten verletzen.

»Nun ja, sie sagen, sie wollen ihn, und sie verlangen ihn ganz gewiss«, sagte Samorty friedlich. »Ich bin Eurer Ansicht, Jerreff, es spielt keine große Rolle, mit welchen Fürstensippen wir reden. Sie halten ihre eigenen Versprechen nicht ein und keiner von ihnen kann Versprechen für Yangin-Atep machen. Aber wir müssen mit ihnen reden.«

»Warum?«, fragte Siresee.

»Zeit, dass ihr Kinder ins Bett geht.«

Hinter ihm! Whandall erschrak, aber es war nur Serana, die Köchin. »Bevor Fräulein Bertrana euch dabei erwischt, dass ihr so spät noch auf seid«, sagte sie.

Der Morgen war bewölkt und kurz nach dem Frühstück kam Fräulein Bertrana in die Küche und nahm Shanda bei der Hand. »Euer Vater will Euch sehen«, sagte sie. »In Eurem rosa Kleid. Wir haben Besuch.«

Shanda schaute gequält drein. Sie wandte sich an Whandall. »Es tut mir Leid ...«

»Das macht doch nichts«, sagte Whandall. »Ich gehe besser nach Hause.«

»Ja, aber iss vorher etwas von meinem Maiskuchen«, meinte Serana. »Ich seh gerne einem Jungen mit ordentlichem Appetit beim Essen zu.«

»Wo, sagtest du, wohnst du?«, fragte Fräulein Bertrana.

Whandall zeigte vage in Richtung Westen. »Nicht weit von der Mauer, meine Dame ...«

»Nun ja. Fräulein Shanda wird den ganzen Tag über beschäftigt sein. Morgen auch.«

»Ja, meine Dame. Schade, Shanda.«

»Führen sie mich vor?«, fragte das kleine Mädchen.

»So würde ich es nicht ausdrücken, aber es ist Fürst

Wyonas Familie.« Fräulein Bertrana sprach den Namen sehr ehrerbietig aus. »Nun beeilt Euch schon. Ihr müsst Euch noch umziehen.«

Shanda zögerte einen Augenblick. »Kommst du wieder?«

Serana stand am Ofen und klapperte mit Töpfen und Pfannen. »Ein Weg dauert zwei Tage«, flüsterte Whandall.

»Bitte?«

»Ich komme wieder«, sagte er. »Wirklich. Ich weiß nur noch nicht, wann.«

»Nächstes Mal gehen wir in den Wald.« Shanda senkte die Stimme. »Ich lasse ein paar Sachen für dich in meinem Zimmer, in der Truhe. Du kannst die ganze Jungenkleidung haben.«

Die Truhe war fast voll und Whandall konnte die Jungenkleidung nicht von der Mädchenkleidung unterscheiden. Die meisten Sachen waren ihm ohnehin zu klein. Schuhe: schick, nicht robust. Im Schlangenpfad würden sie keine Woche halten. In der Truhe war viel mehr Zeug, als er tragen konnte, und selbst wenn er es hätte tragen können, was dann? Er würde wie ein Sammler aussehen. Wenn die Fürstenmänner ihn nicht erwischten, dann seine eigenen Leute.

Im Hof waren Jungen, die ein kompliziertes Spiel spielten. Verstecken und Fliehen, Verfolgen und Zuschlagen. Sie ahmten die Fürstensippen nach. Jämmerlich. Whandall sah ihnen zu, während er nachdachte.

Er würde Kleidung brauchen, eine Tracht, in der er bei seiner Rückkehr nicht auffallen würde. Doch alles, was hier keine Aufmerksamkeit erregte, fiele dafür im Schlangenpfad umso mehr auf.

Fürstensippler mussten listenreich sein.

Ihm kam der Gedanke, dass er seine eigene Kleidung darunter und dann noch zwei Schichten Fürstenkleidung und eine weite Jacke tragen konnte, ohne allzu seltsam auszusehen. Die Jungen hier waren alle viel stämmiger als er. Sie aßen besser – und öfter.

Als er angekleidet war, kam er sich klobig und unbeholfen vor. Vorsichtig verließ er Shandas Zimmer und empfand einen Anflug von Bedauern wegen all der Sachen, die er zurücklassen musste. Er wählte den Weg über die Mauer. Wachen hätten vielleicht bemerkt, wie viele Schichten Kleidung er trug.

Niemand schenkte ihm auch nur die geringste Beachtung, während er sich in der Nähe der Fürstenhöhe aufhielt. Auf der Straße waren Leute und Fuhrwerke unterwegs. Niemand bot ihm eine Mitfahrgelegenheit an, aber er wurde auch nicht angehalten. Auf dem Gipfel angelangt, blieb er stehen und schaute zur Fürstenhöhe und ihren Mauern zurück. Dann ging er weiter. Er wusste, wo er gefahrlos schlafen konnte.

Die Grube kam ihm schon beinahe wie ein freundlicher Ort vor. Der Mond war immer noch fast voll. Das Licht zeigte ihm die Schatten von Raubtieren, die zu seiner Begrüßung kamen, während er es sich gemütlich machte. Durch die unruhigen Schatten der Geister im Nebel beobachtete er einen größeren Schatten. Er sah nicht, dass er sich bewegte, aber jedes Mal, wenn er eindöste und dann wieder aufwachte, war der Schatten ein wenig näher gekommen.

Dann sah er etwas über dem Schatten hin und her schwingen – ein Glied – und erkannte die Gestalt.

Der Schatten war doppelt so groß wie die Riesenkatzen, sein Leib war rundlich und verkehrt herum: Er hing an seinen vier nach innen gebogenen Händen an einem imaginären Etwas, vielleicht dem Ast eines seit Äonen toten Baums. Der Kopf hing herunter, wahrscheinlich um Whandall zu beobachten. Eine der gewaltigen Katzen entdeckte ihn plötzlich, wirbelte herum und sprang und dann wurde er von der Horde Bestien in kleine Stücke zerrissen. Die Kreatur wehrte sich und aus Vögeln und Riesenwölfen wurden gleichermaßen dahintreibende Nebelfetzen.

Am Morgen zog er all seine Kleider an und seine alten

noch darüber. Er sah unförmig aus und konnte nicht schnell laufen, aber vielleicht kam er durch ...

8. Kapitel

Er hatte das Ochsenziemer-Territorium erreicht, als er Schreie vernahm. Die Sanvinstraße war angeblich sicheres Gebiet und lag außerhalb der Zuständigkeit aller Banden, dennoch kamen fünf ältere Jungen auf ihn zu. Whandall fing an zu laufen. Sie verfolgten ihn und stießen ihn um.

»Halloooo!«, rief einer von ihnen. »Seht mal, was der alles anhat!«

»Woher?«, wollte ein anderer wissen. »Wo hast du diese Sachen gesammelt?« Als Whandall nicht antwortete, versetzte der andere ihm einen Fausthieb an den Kopf. »Wo?«

»Auf der Fürstenhöhe«, sagte Whandall.

»Ja, sicher. Also, wo?« Sie schlugen ihn wieder und setzten sich schließlich auf seinen Kopf.

»Lasst mich bloß zufrieden!«, schrie Whandall. Er wollte um Hilfe rufen, aber das würde ihm kaum etwas nützen. Sie würden ihn bloß einen Feigling und Jammerlappen nennen. Aber er konnte seinen Trotz hinausbrüllen ...

»Schlangen!«, hörte er aus einiger Entfernung rufen. »Der Schlangenpfad kommt!« Ein Dutzend älterer Jungen kam, angeführt von seinem Bruder Wanshig.

»Ochsenziemer!«, riefen seine Häscher. Dann waren die anderen da. Whandall spürte, wie die Last von seinem Kopf wich, und er hörte das Geräusch von Schlägen.

»Alles in Ordnung mit dir?«, fragte Wanshig. »Komm, lass uns hier verschwinden.«

Als sie wieder in der Ortsfeste waren, dankte Wanshig den anderen. »Jemand sollte Fürst Pelzed davon erzählen«, gab er zu bedenken. »Vielleicht kriegen wir Ärger mit den Ochsenziemern.«

»Ich war nur auf der Sanvinstraße«, protestierte Whandall.

Wanshig zuckte die Achseln. »Also, was ist passiert? Hast du irgendwas Gutes gesammelt?«

»Nur ein paar Kleider – und sieh nur, die haben sie zerrissen und meine Jacke und Schuhe haben sie auch gesammelt.« Whandall empfand bitterste Enttäuschung. Diesmal hatte überhaupt nichts geklappt. »Dieses Zeug ist sowieso zu klein für sie ...«

»Aber es ist schön.« Wanshig befingerte Whandalls Hemd. »Wirklich schön. Du brauchst nur einen Weg, auf dem du die Sachen zur Ortsfeste bringen kannst. Nimm beim nächsten Mal einen von uns mit.«

Sogar seine eigene Familie gelüstete es nach den Dingen, welche die Fürsten wegwarfen!

»Das wird nicht klappen«, meinte Whandall. »Es war ... so eine Art Zufall, dass ich reingekommen bin und drinnen Bekanntschaft mit ein paar Leuten schließen konnte.« Sie würden ihm niemals glauben, dass Shanda ihm all diese Sachen geschenkt hatte. Zumindest würden sie wissen wollen, warum. »Ich falle überhaupt nicht auf. Aber die Fürstenmänner lassen keine ganze Gruppe von uns ein.«

»Wie viele Fürstenmänner?«

»Reichlich«, erwiderte Whandall. »Zwei am Tor, aber drinnen sind noch mehr.«

»Ja, das haben wir gehört«, sagte Wanshig. »Und sie haben auch Magie. Hast du Magie gesehen?«

»Vielleicht ein wenig.«

»Vor zehn, zwanzig Jahren, vor meiner Geburt, haben sich drei Banden zusammengetan und sind zum Sammeln auf die Fürstenhöhe gegangen. Keiner von ihnen ist je zurückgekehrt«, erzählte Wanshig. »Nicht einer.«

Vielleicht war es Magie, dachte Whandall. *Und vielleicht waren es auch nur Wachen mit Rüstung und Speeren, denen Fürsten sagten, was sie zu tun hatten, und ein Schiff, das die Verlierer fortgebracht hatte.* Aber das konnte er Wanshig niemals erklären.

Laut sagte er: »Wan, es wird eine große Vorstellung geben. Die Fürsten veranstalten eine Aufführung im Park und verteilen Geschenke. Vielleicht wirken sie auch Magie.«

»Wann?«

»In fünf Tagen, glaube ich.« Er zählte die Tage an den Fingern ab. »Fünf Tage, heute eingeschlossen.«

Wanshig lächelte. »Gut. Sag es niemandem. *Niemandem*. Es bleibt in der Familie.«

»Was hast du vor?«

»Ich setze jeden Mann der Ortsfeste darauf an, der sich mit Taschendiebstahl auskennt. Wir werden freie Auswahl in der Menge haben.« Wanshig nagte an seiner Unterlippe, während er nachdachte. »Wir können die Ochsenziemer nicht aus dem Park heraushalten. Können wir sie dazu bringen, woandershin zu gehen? Können wir sie auf die andere Seite der Stadt locken ...?«

Whandall beobachtete seinen Bruder, während er nachdachte.

Wanshig grinste. »Haben sie deine Taschen durchsucht?«

»Ihr wart schneller.«

Wanshigs Grinsen wurde breiter. »Dann wissen sie also nicht, dass du kein Gold bei dir hattest. Whandall, Iscunie trifft sich seit einiger Zeit mit einem Ochsenziemer-Jungen. Sie kann ihm erzählen, dass du im Hafen etwas Gold gesammelt hast und zehn von uns noch einmal dorthin gehen, um mehr zu sammeln, und am Morgen der Parade zurückkehren, von Süden. Das sollte alle Ochsenziemer dorthin locken und dann haben wir den Park für uns allein.«

Sie kamen mit Trommeln, Flöten und fünf Fuhrwerken. Dreißig Fürstenmänner in strahlender Bronzerüstung marschierten mit Speer und Schild auf, und als sie den Park erreichten, bildeten sie unter viel Getue einen Kreis. Dann trafen noch mehr Fürstenmänner ein und verstärkten den Kreis und dann kamen die Fuhrwerke.

Eine sippenlose Familie spannte ein Seil zwischen zwei dicken Bäumen, so hoch, wie ein Mann greifen konnte, und so straff, dass es beinahe waagerecht hing. Ein sippenloser Junge, jünger als Whandall, tanzte über das Seil von einem Baum zum anderen und wieder zurück, während Sippenlose und auch Fürstensippler pfiffen und klatschten. Whandall ging auf, dass es sich bei dieser Familie um die Seilers handeln mussten, die unweit der Schwarzen Grube Stricke und Seile verkauften.

Die Fürstenmänner waren immer noch bei der Arbeit. Eines der Fuhrwerke enthielt eine transportable Bühne, die rasch aufgebaut wurde. Um ein anderes Fuhrwerk wurde ein großes Zelt aufgeschlagen. Als die Bühne schließlich stand, kam ein Mann aus dem Zelt, der mit Federn verkleidet war und aussah wie ein Adler.

Die Sippenlosen versammelten sich um die Fuhrwerke. Mehr Fürstenmänner gingen durch die Massen. Flöten spielten, Trommeln wurden geschlagen und jemand gab den Kindern kleine Plätzchen. Eine kleine runde Plattform mit Holzdrachen darauf, auf denen die Kinder reiten konnten, drehte sich im Kreis.

Zuerst wurde die Plattform von Sippenlosen gedreht, die sich an der Plattform festhielten und im Kreis liefen. Als die Fürstensippler die sippenlosen Kinder von der Plattform verscheuchten und deren Plätze einnahmen, zogen sich die erwachsenen Sippenlosen in die Menge zurück. Einige der Fürstensippler-Väter versuchten die älteren Jungen zum Anschieben zu bewegen, aber niemand wollte; also stand die Plattform nach einer Weile unbenutzt da, weil die Leute sich die Vorstellung ansahen.

Die Fürstensippler blieben zum größten Teil unter sich in einer Ecke des Parks, aber Taschendiebe der Ortsfeste tummelten sich gleichermaßen unter Sippenlosen wie Fürstensipplern. Einer wurde erwischt. Der sippenlose Mann überschüttete ihn mit einem Hagel von Flüchen, aber als Fürstensippler sich auf den Weg zu ihm machten, ließ er den Dieb unter noch lauteren Flüchen los.

Eine Akrobatentruppe betrat die Bühne. Die Akrobaten flogen mithilfe einer Wippe über kurze Strecken. Einer erklomm eine hohe Stange und hielt sich nur mit den Zähnen daran fest. Ein Mann und eine Frau, beides Fürstensippler, schluckten Feuer und ein stämmiger Sippenloser verschluckte ein langes, dünnes Schwert. Die Seilers tanzten auf ihrem gespannten Seil, diesmal der Junge und ein jüngeres Mädchen, das einen Rückwärtssalto machte, während ein älterer Mann unter ihm stand, als wolle er es auffangen, falls es fiel. Das Mädchen war sehr sicher und so wurde er nicht gebraucht.

Whandall ging näher zu der Stelle, wo die Plätzchen verteilt wurden. Eines der Mädchen ...

»Shanda«, sagte er.

Sie musterte ihn verblüfft. »Oh! Ich habe dich gar nicht wiedererkannt.«

Whandall sah sie nervös zu ihrem Stiefvater auf der Plattform blicken, wo dieser Anstalten machte, eine Rede zu halten. Whandall nahm ein Plätzchen. »Werden immer noch Fürstensippler gesucht, mit denen sie reden können?«

»Ich glaube schon, aber bisher haben sie noch nichts unternommen«, sagte sie.

Fürst Samorty begann seine Rede über die neue Wasserleitung und dass sie frisches Wasser aus den Bergen bringen werde. Einige der Sippenlosen jubelten.

»Bringst du mich zu den Rothölzern?«, fragte Shanda. »Aber nicht in der nächsten Zeit. Wir veranstalten diese Schau auch noch in anderen Stadtteilen.«

»Ich werde es versuchen. Vor dem Regen, wenn ich kann. Regen lässt alles wachsen, dann ist es schwieriger.«

Auf der Bühne tauchte etwas Helles auf und verschwand dann wieder. »Ein böser Zauberer behält den Regen für sich«, sagte Samorty. »Wir werden ihn besiegen. Es wird Regen geben!«

Sippenlose und Fürstensippler jubelten gleichermaßen.

»Aber im Augenblick ist das Wasser knapp und Pferde und Ochsen haben darunter zu leiden«, fuhr Samorty fort. »Der Transport ist schwierig. Deshalb wird der nächste Muttertag etwas Besonderes. Wir verteilen Lebensmittel für neun Wochen und noch ein paar Extras.«

Die Fürstensippler jubelten.

»Und das muss für zwei Muttertage reichen«, sagte Samorty. »Ihr müsst alle zum Friedensplatz kommen, um euch die Gaben zu holen, weil es uns nicht möglich sein wird, alles zu den üblichen Verteilungsorten zu schaffen.«

Der Lärm der Menge übertönte Samorty. Er winkte und drei Magier betraten die Bühne. Sie ließen Dinge auftauchen und verschwinden. Einer rief Shanda auf die Bühne und ließ sie in einen Kasten steigen, und als der Kasten geöffnet wurde, war sie nicht mehr da. Whandall hielt nach ihr Ausschau, konnte sie aber nicht finden.

Wanshig tauchte hinter ihm auf. »Fürst Pelzed ist gar nicht glücklich«, sagte er, aber seine Stimme klang fröhlich. »Der gesamte Schlangenpfad ist jetzt auf den Beinen, um Taschen auszuräumen, aber das Beste haben wir längst erwischt. Gute Arbeit.«

Die Magier ließen eine Ranke wachsen.

»Ich weiß, wie wir Pelzed wieder glücklich machen können«, sagte Whandall.

»Wie?«

»Er kann sich mit den Fürsten treffen und sie kennen lernen.«

»Du kennst keine Fürsten.«

»Ich weiß, wer sie sind«, sagte Whandall. »Das war Fürst Samorty, der die Rede gehalten hat ...«

»Das weiß jeder.«

»Und der Mann dort drüben, der mit den Magiern redet, ist Fürst Qirinty. Er ist selbst ein Magier oder zumindest ein Taschendieb, und der Dicke da in der Rüstung, der bei den Fürstenmännern steht, das ist Fürst Quintana. Die hübsche Frau, die Suppe verteilt, ist seine Gemahlin.«

»Also weißt du, wer sie sind.«

Whandall hatte Pelzed, der jetzt hinter ihm stand, nicht kommen hören. »Was weißt du noch? Und Wanshig, du hast nicht geteilt. Darüber müssen wir noch reden.«

Wanshig sah plötzlich äußerst beunruhigt aus.

»Fürst Pelzed, ich habe gehört, dass die Fürsten einen Anführer der Fürstensippen suchen, um mit ihm zu reden«, sagte Whandall.

Pelzed musterte ihn verschlagen. »Rede weiter.«

»Sie suchen den mächtigsten Anführer in diesem Teil der Stadt«, fuhr Whandall fort. »Aber ich weiß nicht, was sie von ihm wollen.«

»Das bin ich«, sagte Pelzed. »Geh und sag es ihnen.«

Whandall hatte sich diese Sache nicht weit genug überlegt. »Äh ...«

»Tu das für mich und wir vergessen, was heute Morgen vorgefallen ist«, sagte Pelzed. Er zeigte auf die Bühne. »Seht ihr den Burschen da?«

»Ein Ausländer«, sagte Wanshig. »Ich habe ihn schon mal gesehen ...«

»Er ist ein Erzähler«, erwiderte Pelzed. »Wenn ich mich mit den Fürsten treffe, wird er es überall herumerzählen. Whandall, wie sicher bist du, dass sie mit uns reden wollen?«

Whandall dachte darüber nach. Sie hatten nicht mit Fürstensipplern reden wollen, glaubten aber, es tun zu müssen, aber das wagte Whandall Pelzed nicht zu sagen. »Ich habe mitangehört, wie sie es beim Abendessen geplant haben«, sagte Whandall.

»Whandall ist ein toller Schleicher«, warf Wanshig ein.

»Ich erinnere mich«, sagte Pelzed. »Gut, dann geh zu ihnen und sag ihnen, dass ich hier bin.«

»Nein, komm mit mir, Fürst Pelzed«, sagte Whandall. »Shig, du kommst auch mit.« Er führte sie wieder hinter das Zelt. Wie er gehofft hatte, war Shanda dort. Whandall verbeugte sich, wie er es bei den Sippenlosen gesehen hatte. »Fürstin, das ist Pelzed, der Anführer vom Schlangenpfad.«

Das kleine Mädchen schaute überrascht drein und lächelte dann. Einen Augenblick lang befürchtete Whandall schon, sie werde blinzeln oder grinsen, doch sie meinte nur: »Angenehm. Ich werde sogleich zu meinem Vater gehen und es ihm sagen.«

Sie kehrte mit Samorty zurück, der Pelzed an den Wachen vorbei lotste. Niemand lud Whandall und Wanshig ein, also gingen sie, um sich die Vorstellung anzusehen. Als Pelzed wieder herauskam, hatte er ein neues Brennglas und war sehr stolz. Er zeigte es allen. Dann trat er zu Whandall.

»Du hast mich Pelzed genannt. Nicht Fürst Pelzed«, sagte er.

Das *hatte* Whandall durchdacht. »Ich dachte, den Fürsten könne es vielleicht nicht gefallen zu hören, dass man dich ebenfalls Fürst nennt. Sie können dich verschwinden lassen, Fürst Pelzed«, sagte er.

»Du warst wirklich in Fürstenhäusern.«

Whandall nickte. Er bereute es bereits, sie das wissen gelassen zu haben.

»Was wollten sie?«, fragte Wanshig.

Pelzed gestikulierte. »Es war wichtig. Arbeitsfrieden. Wie die neue Verteilung am Muttertag organisiert werden soll. Auf einigen Feldern werden sie mehr weibliche Hanfpflanzen wachsen lassen. Wichtige Dinge, über die ich nicht reden kann. Heute Abend treffen wir uns alle. Kommt hin, Wanshig und Whandall. Kommt hin.«

Das Haus, in dem sie sich trafen, hatte steinerne Wände, aber kein Dach. Es hatte mal ein Dach gegeben, aber es war nicht stark genug gewesen. Eines Nachts waren die Männer des Schlangenpfads auf das Dach gestiegen. Niemand erinnerte sich noch, warum. Die Träger waren geborsten. Die sippenlose Familie, die früher einmal in dem Haus gewohnt hatte, war nicht aufzufinden, also konnte der Schlangenpfad sich dort nicht treffen, wenn es regnete. Es regnete ohnehin nicht viel.

Whandall und Wanshig mussten allen erzählen, wie Fürst Pelzed zur Besprechung mit den Fürsten vorgelassen, während von den Ochsenziemern und allen anderen Banden niemand gerufen worden war. Nur Pelzed.

Sie redeten über den neuen Muttertag. Alle würden an einem Ort sein. Sie würden alle Frauen brauchen, um die Sachen in Empfang zu nehmen und zu tragen, und alle Männer, um die Frauen und ihre Sachen zu schützen.

»Auf dem Platz selbst wird es sicher sein«, meinten Pelzeds Berater. »Dafür sorgen die Fürstenmänner. Aber außerhalb ...«

»Wir brauchen zwei Gruppen«, sagte Pelzed. »Eine, um unsere Sachen zu schützen. Und noch eine, um zu sehen, was wir von den Ochsenziemern sammeln können.«

Die Ochsenziemer werden genau das Gleiche tun, dachte Whandall.

Pelzed ernannte Anführer. Wanshig war einer von ihnen. Whandall glaubte, er werde Wanshigs Gruppe zugeteilt, aber er wurde es nicht. Er konnte noch nicht kämpfen, und von daher befürchtete er, den Frauen beim Tragen helfen zu müssen. Das wäre schmachvoll gewesen. Aber die Besprechung endete, ohne dass ihm jemand sagte, was er zu tun haben würde.

Als alle aufbrachen, hielt Pelzed Whandall und Wanshig zurück. Pelzed saß am Kopfende des Tischs und hinter ihm standen Wachen. »Setzt euch«, lud er sie ein. »Wir trinken einen Tee.«

Jeder kannte Pelzeds Tee. Er wurde mit Hanfblättern zubereitet, und wenn man genug davon trank, redete man wie ein Wasserfall. Pelzed nippte von dem heißen Gebräu. Wanshig stürzte seine Tasse hinunter. Whandall nippte, sodass er lediglich mit Pelzed Schritt hielt. Der Tee bewirkte, dass sich in seinem Kopf alles ein wenig drehte.

»Also ... Du warst in Fürstendorf.«

»Ja, Fürst«, gab Whandall zu.

»Und du hast schöne Kleider mitgebracht. Was gibt es dort noch, das wir sammeln könnten?«

»Alles«, sagte Whandall. »Aber wir würden dabei sterben. Sie haben Magie. Fürst Pelzed, sie haben Öfen *in* ihren Häusern! Das Feuer darin geht nicht aus. Yangin-Atep ...« Er wollte es nicht aussprechen, nicht hier, wo Yangin-Atep herrschte.

»Ich habe die Fürstenmänner in ihren Rüstungen gesehen«, fuhr er fort. »Und mit ihren großen Schwertern und Speeren. Jede Nacht legt ein Fürst so eine Rüstung an und die Fürstenmänner tun es ihm nach und dann gehen sie auf Wache.«

»Wohin gehen sie?«, wollte Pelzed wissen.

»Überallhin. Sie nennen es Wache, weil sie darüber wachen, dass nichts gesammelt wird. Nicht nur auf der Fürstenhöhe. Außerhalb der Mauern gibt es ein Dorf und da halten sie auch Wache. Und sie haben Magier.« Wie viel konnte er Pelzed erzählen? Whandall saß zwischen zwei Stühlen. Er war Pelzed etwas schuldig, er *gehörte* zur Ortsfeste, aber die Zukunft, nach der er sich sehnte, mochte bei den Fürsten liegen.

»Wir haben die Magie gesehen«, erwiderte Miracos. Er war der Ratgeber, der zu Pelzeds Rechten stand. Manchmal redete er laut und manchmal flüsterte er Pelzed ins Ohr. »Wachsende Ranken. Feuerbälle.«

»Und ich habe die Schwarze Grube gesehen«, sagte Whandall.

Alle wollten etwas über die Grube erfahren. Whandall erzählte ihnen so viel, wie er sich zu erzählen traute. Niemand glaubte ihm.

»Die Fürstenhöhe ist von einer Mauer umgeben«, erwiderte Miracos. »Aber um diese großen Häuser der Sippenlosen gibt es keine Mauer? In Fürstendorf?«

»Auf der Rückseite gibt es eine.« Whandall versuchte ihnen die kleinen Plätze mit den Tischen und Pflanzen in der Mitte, die Häuser ringsumher und die Mauern hinter den Häusern zu beschreiben. »Und die Wache ist auch dort.«

»Diese Wachen ...«, warf Pelzed ein. »Sie haben Schwerter und Rüstung. *Sippenlose?*«

»Ich glaube schon. Obwohl es bei den Helmen schwer zu erkennen ist.«

»Sippenlose mit Rüstung und Waffen«, sagte Miracos. »Das ist schlecht.«

»Sie kommen niemals hierher«, meinte Pelzed. »Fürsten tun, was Fürsten eben tun.« Er bemühte sich, tiefsinnig zu klingen. »Aber erzähl uns mehr über diese Häuser der Sippenlosen. Was gibt es da? Was können wir sammeln?«

Whandall beschrieb einiges von dem, was er gesehen hatte, Geschäfte mit Töpfen und Perlen und Stoffen, Kleidung, die an Leinen hing, Leute, die auf den Plätzen saßen, aus Tassen tranken und sich unterhielten.

»Da gibt es keine Fürstensippler«, sagte Miracos. »Vielleicht könnten wir dahin ziehen.«

»Die Fürsten werden uns nicht lassen«, entgegnete Pelzed.

»Die Fürsten sagen uns immer, was wir tun und lassen sollen«, meinte eine der Wachen. »Ich würde ihnen gern mal mein Messer zeigen. Aus nächster Nähe.«

»Die Fürsten sorgen dafür, dass die Sippenlosen arbeiten«, sagte Pelzed. »Wenn du das könntest, wenn *ich* das könnte, hätten wir hier ein Dach über dem Kopf! Whandall, geh zurück. Nimm jemanden mit. Wanshig. Nimm Wanshig mit. Bring mir irgendwas mit. Geh und lern den Weg.«

»Ich habe gehört, dass drei Banden gemeinsam zur Fürstenhöhe gegangen sind, um zu sammeln«, sagte Wanshig. »Drei gemeinsam – und kein Einziger von ihnen ist jemals zurückgekehrt. Die Schmutzfinken waren sehr mächtig, bevor das geschah.«

»Hast du Angst davor, mit Whandall zu gehen?«, wollte Pelzed wissen.

»Ja, Fürst. Jeder hätte Angst. Whandall ist der Einzige, den ich kenne, der je nach Fürstendorf gegangen und wieder herausgekommen ist. Der Einzige, von dem ich je *gehört* habe, dass er es getan hat.«

»Wir reden hier nicht davon, durch das Tor und auf die andere Seite der Mauer zu gehen«, sagte Pelzed. »Fürsten sind Fürsten. Lasst die Fürsten in Ruhe. Aber die Häuser der Sippenlosen da draußen, das ist etwas anderes. Geh nachsehen, Whandall. Wenn alle etwas tragen, ist der Weg frei; dann kannst du Sachen zu uns bringen. Geh und sieh zu, was du findest. Ich hätte gern ein Hemd so wie deines ...«

Whandall war froh, dass er klein war. Sein Hemd passte Pelzed nicht. Aber wenn ein kleines Fürstenmädchen behalten konnte, was ihm gehörte, dann konnte ein großer Fürstenmann das vielleicht auch.

9. Kapitel

Der Schlangenpfad lernte einen gewissen Gaffer besser kennen, der zu Besuch war. Nach der großen Schau kannte jeder sein Gesicht.

Die Jungen wussten seinen Namen: er war Tras Preetror aus Condigeo. Tras faszinierte sie. Er verbrachte den ganzen Tag in Untätigkeit wie die Fürstensippler. Die Sippenlosen mochten ihn, auch wenn er in Gesellschaft von Fürstensipplern war, weil Tras für alles, was er sich nahm, bezahlte.

Aber nicht immer. Manchmal erzählte er stattdessen auch Geschichten.

Er wich einem Kampf aus oder floh sogar, aber manchmal *redete* er sich auch heraus. Wanshig kam nah genug heran, um zu sehen, wie sehr Zatch das Messer von Tras ansprach. Er berichtete, sie unterhielten sich gegenwärtig wie Brüder, die lange getrennt gewesen seien, und dass Tras Preetror sich den Inhalt einer Feldflasche mit Zatch geteilt habe. Zatch nahm nichts anderes.

Alles an Tras Preetror war exotisch, sonderbar. Whandall wusste, dass er noch mehr sehen musste.

Die Jungen vom Schlangenpfad wurden immer wieder erwischt, weil sie in Banden unterwegs waren. Im Wald konnten Banden sich verstecken, weil der Wald weiträumig war. In der Stadt war der vorhandene Platz von Menschen belegt. Wenn man erwischt wurde, so wurde man ausgelacht. Whandall zog es vor, allein zu spionieren.

Andere erfuhren, dass Tras Preetror bei einer sippenlosen Familie im Ostbogen wohnte. Die Sippenlosen hatten sich Schutz von den Knochennagern erkauft, denen das Gebiet gehörte, also war das Haus schöner als die meisten. Es bedeutete auch, dass Whandall mehr riskierte, als ausgelacht zu werden, wenn er erwischt wurde.

Drei Tage nach der Vorstellung fand das Morgenlicht den elf Jahre alten Whandall auf dem Dach genau über Tras' verhängtem Fenster vor. Er hatte dort geschlafen, flach an die Dachschräge geschmiegt.

Er hörte Tras aufwachen, pinkeln und sich ankleiden, während er die ganze Zeit in seiner rollenden Muttersprache vor sich hin sang. Tras' Schritte führten geradewegs zum verhängten Fenster. Sein Arm griff mit etwas in der Hand hindurch nach draußen.

»Komm herunter, Junge«, sagte er, die Silben der so hiesigen Sprache quälend. »Ich habe etwas für dich. Rede mit mir.«

Whandall presste sich gegen das Dach, während er darüber nachdachte. Er hatte nichts aus dem Zimmer gesammelt. *Deswegen* konnte der Erzähler nicht wütend sein. Er sang wieder ...

Whandall fiel in den Refrain ein und schwang sich durchs Fenster.

»Du singst hübsch«, sagte Tras. »Wer bist du?« Er hielt ihm sein Geschenk hin. Whandall kostete zum ersten Mal in seinem Leben in Honig getauchte Orangenscheiben.

»Heiße Whandall vom Schlangenpfad. Freude, dich kennen lernen, Tras«, antwortete er auf Condigeanisch. Er hatte die Worte geübt, während er und andere die Gaffer belauschten.

»Freude, dich kennen lernen, Whandall«, sagte Tras in schlechter Rede-mit-Fremden-Sprache. »Ich rede mit anderen ... du sie nennst *Fürstensippler*?«

»Fürstensippler, ja, vom Schlangenpfad.«

»Erzähl mir, wie du lebst.«

Er verstand die Worte *wie du lebst*, aber Whandall sah keinen Sinn darin. »Wie ich mich schütze? Meine Brüder lehren mich – *werden* mich lehren, wie man mit einem Messer umgeht. Bisher jetzt habe ich noch keines.«

»Was du gestern tust?«

»Ich verstecke im ... verstecke. Dieses Haus beobachtet. Kann Dach nicht sehen. Keine Fürstensippler in der Nähe. Klettere auf Haus nebenan, seh mir Dach an. Hol mir Decke, komme zurück, schlafe auf Dach. Warte auf dich. Tras, sprich Condigeanisch.«

Tras fragte in seiner Sprache: »Sind viele deiner Tage so?«

»Manche.«

»Vielleicht ... Erzähl mir, wie die *Sippenlosen* leben.«

»Ich weiß es nicht.«

»Mmm.« Enttäuscht.

Whandall sagte: »Ich weiß, wie Waldläufer leben. Waldläufer sind sippenlos.«

»Erzähl es mir.«

Whandall erzählte, was er gelernt hatte. Von den gefährlichen Pflanzen, wie sie hießen und wie man sie erkannte und ihnen auswich. Von dem Ritual, das die Waldläufer ausführten, bevor sie ein Rotholz fällten und zersägten. Was sie aßen. Wie sie redeten. Warum niemand außer Kreeg Müller verletzten Fürstensippler-Kindern helfen wollte. Wie es kam, dass sie Whandall schließlich angenommen hatten.

Tras lauschte gebannt, nickte, lächelte. Als Whandall

die Worte ausgingen, meinte er: »Siehst du, jetzt hast du mir eine Menge über dich erzählt. Du hast deinen Bruder gerettet. Fürstensippler arbeiten nicht, aber du hast Wasser getragen, als du gesehen hast, dass welches gebraucht wurde. Fürstensippler lernen nichts über den Wald, nicht einmal diejenigen, welche als Kinder dorthin gehen. Fürstensippler beobachten gern, ohne gesehen zu werden. Ihr sammelt, aber die Sippenlosen versuchen euch daran zu hindern, weil sie das, was ihr sammelt, herstellen oder verkaufen oder selbst brauchen. Ihr betet keine Bäume an, aber ihr betet Yangin-Atep an. Verstehst du?«

»Tras? Zeig mir, wovon du sprichst. Erzähl mir, wie du lebst.«

Tras Preetror erzählte.

Er war gekommen, um sich das Brennen anzusehen und anschließend herumzureisen und zu erzählen, was er gesehen hatte. »Wenn du die Welt sehen willst, musst du Geschichtenerzähler sein. Wohin du auch gehst, alle wollen wissen, wie es dort ist, woher du kommst. Natürlich solltest du die Sprache kennen. Meine Familie konnte sich eine Inkafrau als Lehrerin für mich und meine Brüder, Schwestern und Vettern leisten. Wir lernten Geometrie und Zahlen und Beschwörungsformeln, ich aber lernte auch die Inkasprache ...«

Tras verstümmelte die Worte und Rhythmen der normalen Sprache, bis Whandalls Kopf schmerzte. Manchmal kannte er die Worte nicht. Jede Nachfrage führte zu einer Condigeanisch-Lektion.

»... *Reich*. Wenn ich reich wäre, könnte ich mir mein eigenes Schiff kaufen und mit ihm fahren, wohin ich wollte.«

»Tras, jemand könnte es dir wegnehmen und fahren, wohin *er* will.«

»Piraten? Sicher. Man müsste besser bewaffnet sein als sie oder einen besseren Zauberer an Bord haben oder einen Piraten irgendwie davon überzeugen, dass es so ist.

Einmal hatten uns zwei Torower Freibeuter weit vor der

Küste in die Zange genommen. Freibeuter sind Piraten, aber eine Regierung erteilt ihnen die Erlaubnis zu stehlen – zu sammeln, meine ich. Wer hätte mehr Recht dazu?« Tras lachte und sagte: »Aber die *Wellenreiter* hatte auf dieser Fahrt einen Zauberer an Bord.

Wir sahen zu. Acrimegus – das war *unser* Zauberer – ließ einen Strahl aus orangefarbenem Licht aus seiner Hand unweit eines der beiden anderen Schiffe ins Wasser schießen. Der Strahl war gerade so hell, dass man ihn in der hereinbrechenden Dämmerung noch sehen konnte. Er hielt den Strahl beständig auf dieselbe Stelle gerichtet, während wir manövrierten und die anderen beiden Schiffe auf unsere Manöver reagierten und uns immer näher kamen. Dann fing das Wasser an jener Stelle an zu brodeln. Als Acrimegus uns das Zeichen gab, refften wir die Segel und drängten uns an die Reling. Die Freibeuter müssen uns für verrückt gehalten haben.

Ein Kopf durchbrach die Wasseroberfläche. Er war fast so groß wie das nächste Schiff. Wir kreischten und rannten unter Deck, alle außer Acrimegus. Ich streckte den Kopf hinaus, um auch den Rest zu sehen. Der Kopf erhob sich höher und immer höher auf einem Hals, der Meilen lang zu sein schien. Er wandte sich in *unsere* Richtung. Acrimegus winkte und tanzte und schrie: ›Nein, nein, du dummes, großes Vieh‹, bis der Kopf sich von uns ab- und dem ersten Freibeuter zuwandte. Als der Kopf sich langsam senkte ...«

»Was *war* es?«

»Nun, eine Illusion natürlich, aber die Freibeuter wendeten ihre Schiffe und flohen. Was die Illusion so wirkungsvoll machte, waren nicht nur Acrimegus' Lichtspielereien, sondern die Einzelheiten, die Art, wie er sich verhielt, wie *wir* uns verhielten.«

»Hattest du Angst?«

»Ich habe in meinen Kilt gepisst. Aber was für eine Geschichte! Ich würde jederzeit wieder mit Acrimegus fahren. Jetzt erzähl du mir etwas.«

»Ich habe einen Fürsten gesehen.«

»Ich auch. Wo war dein Fürst?«

»Zu Hause auf der Fürstenhöhe. Er hatte einen Springbrunnen. Und einen Raum in seinem Haus, wo man kochen konnte. Und einen Raum zum Pissen, mit fließendem Wasser. Und einen Raum, in dem Sippenlose Sachen auf Papier schrieben und das Papier in Krüge steckten, aber ich konnte nicht dort hinein.« Whandall beschloss, Samortys Namen nicht zu nennen. Den würde er noch in Reserve halten.

»Kannst du lesen?«

»Nein. Ich kenne auch niemanden, der lesen kann.« Abgesehen von den Fürsten, die lesen konnten. Und Shanda.

»Jetzt kennst du jemanden. Was hat dein Fürst gemacht?«

Whandall versuchte immer noch zu begreifen, was er bei seinen zwei Besuchen gesehen hatte. »Er hatte andere Fürsten zum Abendessen bei sich und auch einen Magier. Leute, die keine Fürsten waren, brachten das Essen und nahmen es wieder mit, und die Fürsten redeten nur und stellten einander Fragen. Am Ende verhielten sie sich, als hätten sie etwas Kaputtes geflickt, nur ... nur, dass es dabei um das nächste Brennen ging. Sie glauben, wenn sie die Leute dazu bringen können, miteinander zu reden, können sie das nächste Brennen hinausschieben. Und am Ende legte der Fürst eine Rüstung an und ging mit mehreren anderen Bewaffneten hinaus.«

»Haben sie ... glaubst *du*, sie haben das nächste Brennen hinausgezögert?«

Kein erwachsener Mann und keine erwachsene Frau konnte diese Frage beantworten. Whandall glaubte, dass nicht einmal Fürst Samorty das wusste. »Nein.«

»Wann wird es sich denn ereignen?«

»Das weiß niemand«, sagte Whandall. »Da war noch ein anderer Fürst, der Tassen im Kreis fliegen ließ. Und zwar so ...«

»Ja, das nennt man Jonglieren.«

»Wie wird es gemacht?«

»Man braucht Jahre der Übung. Es hat nichts mit Magie zu tun, Whandall.«

»Nicht?«

»Nein.«

»Es gab eine ...« Whandall konnte sich nicht mehr an das Wort erinnern. »Leute gaben sich für jemand anders aus. Erzählten einander eine Geschichte, als wüssten sie nicht, dass andere ihnen zusahen. *Jispomnos*, so nannten sie es.«

»Ich habe *Jispomnos* schon einmal gesehen. Es ist zu lang für die Zeit nach dem Abendessen. Es dauert eine Ewigkeit! Du hast nur Auszüge gesehen, möchte ich wetten. Gab es eine Szene, in der die Eltern der Ehefrau Blutgeld verlangen?«

Sie redeten den ganzen Morgen über und bis weit in den Nachmittag. Von Zeit zu Zeit übte Whandall sein spärliches Condigeanisch, aber meist redeten beide in ihrer eigenen Sprache.

Tras sprach ohne jedes Zögern über seine persönlichen Angelegenheiten. Dennoch war es auch für einen Geschichtenerzähler nicht leicht zu schildern, wie er lebte ... alles von innen zu sehen ... zu erkennen, was ein Außenstehender übersehen würde. Sie mussten Kreise um ihr Leben schlagen, sich förmlich an die Wahrheit anschleichen.

»Weißt du, wer dein Vater war?«

Whandall sagte: »Ja. Und du?«

»Ja, natürlich«, antwortete Tras.

»Was du eben mit deinem Gesicht gemacht hast ... Es hat ausgesehen, als wolltest du kämpfen.«

Tras zuckte unbehaglich die Achseln. »Vielleicht für einen Augenblick. Entschuldige. Whandall, es ist eine Beleidigung zu fragen, ob jemand außer meinem Vater mein Vater ist.« Tras wechselte auf die einheimische Sprache.

»Dies nicht Condigeo. Glaubst *du*, dass ich noch Achtung vor dir habe?«

»Ja, aber wir sagen nicht *Vater*. Resalet ...« Tras hob eine Augenbraue. Whandall erklärte es ihm. »Resalet ist der Vater meiner Brüder Wanshig und Shastern und von zweien meiner Schwestern. Er sagt zu uns: ›Ich weiß, wer *mein* Vater ist. Du weißt es auch. Aber vielleicht rede ich mit einem, der nicht so viel Glück hat. Ich schlage es ihm nicht um die Ohren. Du auch nicht. Du sagst *Pothefit*. Du, ich und er, wir wissen, wen ich meine. Auch wenn wir uns irren.‹«

»Pothefit. Dein Vater. Hat noch anderen Namen?«

»Kann ich nicht sagen.«

»Hat bei dir gelebt?«

»Pothefit wurde von einem Zauberer getötet.«

Tras' Gesicht verzerrte sich. Es wirkte mit einemmal so fremdartig, dass nur schwer zu sagen war, was seine Miene verriet. Er fragte: »Wann war das?«

»Bei meinem zweiten Brennen. Ich war sieben. Vor fünf Jahren.« *Vor fast fünf Jahren*, dachte Whandall.

»Das habe ich verpasst. Mein Schiff ist zu spät ausgelaufen. Niemand scheint zu wissen, wann das nächste Brennen anfängt«, meinte Tras.

»Das weiß auch niemand«, bestätigte Whandall.

Tras Preetror seufzte. »Aber irgendjemand muss es doch wissen. Jemand muss ein Feuer anzünden.«

Ein absonderlicher Standpunkt, fand Whandall. »Yangin-Atep zündet das Feuer an.«

»Früher hat man es hier in Teps Stadt immer gewusst. Jedes Jahr im Spätfrühling habt ihr die Stadt abgebrannt. Jetzt ist es ... drei Jahre her? Was weißt du noch vom letzten Brennen?«

Whandall versuchte es ihm zu erzählen. Tras hörte eine Weile zu, dann fragte er auf Condigeanisch: »Ein Zauberer tötete diesen Pothefit?«

»So hieß es.«

»Merkwürdig. *Ich* würde es wissen, wenn es einen mächtigen Zauberer in Teps Stadt gäbe.«

»Er ist hier. Ich habe ihn gesehen. Eines Tages werde ich ihn wieder sehen. Ich weiß noch nicht genug über Magie. Ich habe nicht einmal mein Messer.«

Tras sagte: »Ich habe diese Messer gesehen. Einen halben Schritt lang, einfacher Griff, vielleicht ein wenig primitiv.«

»Primitiv?«

»Ein condigeanischer Kaufmann würde mehr Aufmerksamkeit darauf verwenden. Die Schmiede der Inkas geben sich sehr viel Mühe. Hier würde man es ihm einfach abnehmen.«

Whandalls Miene verfinsterte sich, als ihm etwas einfiel. »Warum hast du gelacht?«

Tras sah ihn schuldbewusst an. »Das hast du mitbekommen? Es tut mir Leid.«

»Ja, aber warum?«

»Die Magie verbraucht sich. In Städten verbraucht sie sich schneller, weil es dort mehr Leute gibt. Jeder kennt *ein wenig* Magie. Hast du je versucht, in der Nähe einer größeren Stadt einen Zauber zu wirken? In Condigeo ist das schon schwierig genug.

Aber hier erst! In Teps Stadt ist etwas, das die Magie förmlich aus Zaubersprüchen und Tränken und Beschwörungen heraussaugt. Hier kann man sich kaum vorstellen, wie ein Zauberer einem vorsichtigen Mann schaden könnte. Er muss deinen ... Pothefit überrumpelt haben.«

Wie das? Ein Mann, der so alt war, dass er vielleicht starb, bevor Whandall sein Messer bekam? Was konnte Morth von Atlantis getan haben, um Pothefit zu überrumpeln?

Doch Whandall fragte nur: »Warst du schon mal da, wo die Magie stark ist?«

»Das sind gefährliche Orte. Wüsten, das Meer, Berggipfel. Überall dort, wohin Magier nur schwerlich gelangen, kann Magie immer noch hinter dem nächsten Baum hervorspringen und dich beißen. Aber ich würde es mir gern einmal aus der Nähe ansehen«, meinte Tras. »Ich bin Geschichtenerzähler. Ich muss dorthin gehen, wo ich auf Geschichten stoße, die ich erzählen kann.«

»Was passiert, wenn alle Magie verschwunden ist?«

Tras sah ihn ernst an. »Ich weiß es nicht. Ich glaube, niemand weiß das, aber manche Magier behaupten, sie hätten Visionen von einer Zeit ohne Magie, in der alle wie Tiere lebten. Andere sagen, dass es nach einer langen Zeit ein neues Zeitalter geben wird, das keine Magie braucht.«

Whandalls geistiges Auge zeigte ihm, wie Teps Stadt sich über die ganze Welt ausbreitete ... nur für einen Augenblick, bevor er das Bild wegblinzelte.

Was Whandall von diesem Nachmittag am stärksten im Gedächtnis haften blieb, war, wie wenig er das, was er von dieser Welt bisher gesehen hatte, verstand. Aber er hatte durch eine bloße Unterhaltung gelernt und der Geschichtenerzähler schien nicht enttäuscht zu sein.

10. Kapitel

Natürlich fragte Whandall Tras Preetror auch nach den Fürsten.

Seltsamerweise wollte Tras, dass *er* mehr über sie herausfand.

»Tras, wir haben dich mit ihnen auf dem Fuhrwerk gesehen. Du hast mit ihnen geredet«, sagte Whandall.

»Wir sehen sie, wenn sie gesehen werden wollen«, erwiderte Tras. »Eine Vorstellung für Geschichtenerzähler. Aber du hast die Fürsten gesehen, als sie sich dessen nicht bewusst waren. Whandall, alle sind neugierig in Bezug auf eure Fürsten hier. Wer sind sie? Woher kommen sie? Woher haben sie ihre Macht?«

»Haben andere Leute keine Fürsten?«

»Fürsten, Könige und hundert andere Methoden, das Chaos fern zu halten«, sagte Tras. »Aber Teps Stadt ist anders. Ihr brennt eure Stadt nieder, die Sippenlosen bauen sie wieder auf, und alle glauben, ohne die Fürsten würde das nicht geschehen. Vielleicht haben sie Recht. Ich will es *wissen*. Whandall, möchtest du nicht zurückgehen?«

Whandall lernte gerade erst, wie man auf den Straßen des Schlangenpfads überlebte. In den ›rückständigen Gebieten‹ hatte er Feinde, aber auch Freunde und Lehrer. Tatsächlich wurde er immer besser darin. Auf der Fürstenhöhe lauerten Gefahren, die er nicht verstand. Nein, eigentlich wollte er nicht zurückgehen. Nicht jetzt. Nicht, bevor er keine bessere Vorstellung davon hatte, was er dort machen konnte.

Er hatte auf der Fürstenhöhe nichts zu suchen. Auch nicht in Fürstendorf, wo Sippenlose und Fürstensippler zusammen lebten und ihre Kleider zum Trocknen ins Freie hingen. Doch mit der Zeit mochte er es vielleicht lernen. Der Sippenlose auf seinem Ponywagen hatte davon gesprochen, seine Verwandten nach Fürstendorf zu holen. Und es gab Gärtner und die Fürstenmänner lebten innerhalb der Mauern der Fürstenhöhe. Sie mussten irgendwoher stammen. Er sollte all diese Dinge in Erfahrung bringen. Aber wo? Zur Fürstenhöhe zu gehen, ohne mehr zu wissen, konnte gefährlich sein.

Da war sein Shanda gegebenes Versprechen. Aber er hatte ihr *gesagt*, dass es noch einige Zeit dauern konnte.

Er versuchte dem Erzähler aus dem Weg zu gehen. Das machte das Leben eintöniger und Tras spürte ihn ohnehin auf. Whandall fragte sich, was der Erzähler wohl *tun* würde, um ihn zu überreden.

Whandall hatte den dritten Teil des Jahres nicht nach den Kleidern gesehen, die Shanda ihm gegeben hatte. Als er bemerkte, in welchem Zustand sie waren, zog er einen Kilt und ein Hemd unter seinen Schlangenpfad-Sachen an und nahm sie so mit zum Erzähler, um sie ihm zu zeigen.

Sie waren zerrissen. Sie stanken. »Sie sind alle so«, sagte er zu Tras.

»Trockenfäule. Und wie kommt es, dass sie zerrissen sind?«

»Die Ochsenziemer hatten mich erwischt. Und danach konnte ich die Sachen nicht zum Trocknen aufhängen, weil sie sonst irgendjemand gesammelt hätte.«

Tras erbot sich, ihm Seife zu beschaffen.

Whandall erklärte ihm, Seife sei ein unbekannter Schatz. Seine Familie werde sie von ihm sammeln, falls er überhaupt so weit mit ihr käme. Es sei denn ...

Tras murrte über den Preis, aber er bezahlte.

Whandall ging auf verborgenen Pfaden nach Hause und verbarg einen ganzen Beutel mit Seife. List und eine steife Brise verbargen ihn auf dem Weg durch das Gebiet der Schmutzfinken zum Schlangenpfad, und einmal dort angelangt, erkaufte er sich mit einem Stück Seife Begleitschutz zur Ortsfeste.

Er sah nur eine Möglichkeit, so viel Seife zu verstecken: Er fing damit an, sie zu verschenken.

Seine Mutter lobte ihn außerordentlich. Seine Brüder nahmen sich ein paar Stücke, um sie ihren Frauen zu geben. Er sprach mit Wess, der Tochter des neuen Liebhabers seiner Tante. Sie war zwei Jahre älter als Whandall. Für das Glück, das in seinen Worten lag, oder weil sie ihn mochte oder auch um der Seife willen, von der sie wusste, dass er sie besaß, wohnte sie ihm bei und raubte ihm die Unschuld.

Jetzt roch die ganze Ortsfeste nach Seife und Whandall konnte gefahrlos vom Rest Gebrauch machen. Er säuberte die Kleidung, die Shanda ihm gegeben hatte. Eine Hose und zwei Hemden waren zu verrottet und fielen förmlich auseinander. Doch er bekam immer noch eine komplette Garnitur zusammen.

Er ging wieder zu Wess und bat sie, die Risse zu nähen. Sie brauchten nicht lange zu halten und mussten auch nicht mehr als einer oberflächlichen Prüfung standhalten. Als Wess zustimmte, gab er ihr noch ein Stück Seife.

Es gehörte sich nicht, mit einem Fürstensippler zu handeln, egal ob Mann oder Frau. Aber ein Geschenk würde Wess dabei helfen, ihr Versprechen nicht zu vergessen oder schlecht zu halten. Er konnte sich lebhaft vorstellen, wie er auf der Fürstenhöhe versuchte, in eine Hose zu steigen, die unten an den Beinen zugenäht war!

Seine Kleidung musste gut genug sein, da die Wachen ihm keinerlei Beachtung schenkten. Diesmal kannte er den Weg zu Samortys Haus.

Das Essen in Seranas Küche war noch so gut, wie er es in Erinnerung hatte. Im Hause eines Fürsten gab es immer mehr als genug zu essen. Whandall meinte, das müsse das Beste daran sein, hier zu leben. Man brauchte niemals zu hungern.

Shanda hatte neue Kleider für ihn.

»Wann hast du die bekommen?«, fragte Whandall.

»Gleich nach dem Volksfest«, sagte sie. »Als du nicht zurückgekehrt bist, habe ich in Erwägung gezogen, sie den Gärtnern zu geben, aber du sagtest, es könne eine Weile dauern.«

Whandall war beeindruckt. Nicht, weil sie die Sachen für ihn aufbewahrt hatte, obwohl das sehr nett war, sondern weil sie Dinge so lange behalten konnte. Niemand sammelte aus ihrem Zimmer. Er hatte Kleider gesehen, die unbewacht draußen zum Trocknen hingen.

Die Fürsten trafen sich im Haus eines anderen, also gab es nichts zu tun. Whandall schlief in dem leeren Zimmer neben Shandas.

Am Morgen stiegen sie mit einem Proviantpaket, das Serana für sie gepackt hatte, über die Mauer. Whandall inspizierte Shanda in ihren Ledersachen, bevor er sie weiter gehen ließ. Bei seinen eigenen Sachen war er nicht weniger vorsichtig.

Die Hügel unweit der Fürstenmauer waren ein Blumenmeer. Es war herrlich, aber Whandall hatte das Dickicht noch niemals so gesehen. Alle Muster und Wege, an die er sich erinnerte, waren verschwunden.

So nah an der Fürstenmauer war das Dickicht recht zahm. Whandall versuchte zur Vorsicht zu mahnen, doch Shanda war von der Schönheit verzaubert. Je weiter sie vordrangen, desto bösartiger wurde alles um sie herum. Doch die Hügel leuchteten immer noch in allen nur vorstellbaren Farben. Jeder Strauß Schwerter hatte eine große scharlachrote Blume an der Spitze. Rührmichan wies winzige weiße Beeren und hellgrüne Blumen mit roten Streifen auf. Die Hanfpflanzen waren größer als Whandall. Sie sahen einladend aus, aber Whandall hütete sich, sie anzufassen.

»So habe ich den Wald noch nie gesehen«, gestand er. »Pflück nichts, ja? Fass auch nichts an. Bitte!«

Es gab nur wenige Pfade und die hatten Tiere angelegt. Wenigstens schien Shanda die Pflanzen ernst zu nehmen. Die Peitschen und Morgensterne waren augenscheinlich gefährlich, und sie hatte selbst gesehen, was Rührmichan ihrer Stiefmutter angetan hatte. Er beobachtete genau, wie sie sich durch einen mit Kriechranken bewachsenen Abschnitt wand, sehr vorsichtig, sehr geschmeidig und sehr hübsch zwischen den schwarz geränderten Lavendelblumen. Aber sie blieb immer wieder stehen, um alles zu betrachten.

Er schlug einen Pfad durch Rührmichan und Schwertsträußen zu einem Apfelbaum. Shanda folgte ihm vorsichtig auf dem Fuß. Sie aßen ein Dutzend winzige Äpfel und bewarfen sich dann in einem Feld aus hohem gelbem Gras mit den Kerngehäusen.

Es war weit nach Mittag, und sie waren längst wieder wie ausgehungert, als sie die Rothölzer erreichten. Sie hatten sich tausend Schritte von Fürstendorf entfernt.

Diese Bäume wirkten anders. Sie waren nicht höher oder mächtiger, aber keiner von ihnen war jemals gefällt worden. Vielleicht schützten die Fürsten ihren Ausblick auf den Wald vor den Waldläufern.

Auf Shandas Drängen ging er weiter, bis die Stadt überhaupt nicht mehr zu sehen war. Um sie herum war nichts als Schatten und Wildnis und große alte Baumstämme.

»Das wird dir nicht wehtun«, sagte er. »Achte darauf, wohin du die Füße setzt!« Er ging auf einem verschlungenen Pfad zu einem knorrigen Stamm, der halb Rinde und halb glänzendes rotes Holz war.

»Verrückt.«

»Ja. Feuerrute. Das da ist auch harmlos.« Eine Pinie ragte hoch neben Kindern, aber winzig neben den Rothölzern auf. Whandall pflückte einen Pinienzapfen und reichte ihn ihr. »Das kann man zum Teil essen.« Und er zeigte es ihr.

Pelzed war von seiner Kenntnis des Waldes beeindruckt gewesen. Würde Shandas Vater es auch sein?

Seranas Proviantpaket war eindeutig von besserer Qualität, aber Shanda pflückte sich noch einen Pinienzapfen, den sie behalten wollte.

Als sie sich wieder auf den Heimweg machten, war es schon spät. Zuerst machte Whandall sich keine Sorgen. Er nahm nur ganz allmählich wahr, dass die Welt an Schärfe verlor, je länger die Schatten wurden. Die Sonne stand immer noch irgendwo dort oben am Himmel, aber nicht für sie. Man konnte nicht mehr richtig erkennen, wo alles war: Pfade, Morgensterne, Rührmichan, eine jähe Senke oder ein Abhang.

Er fand ein freies Fleckchen für sie, so lange es noch hell genug war.

Es war noch etwas zu essen übrig. Kein Wasser. Tagsüber waren die Ledersachen zu warm gewesen, aber jetzt waren sie froh, dass sie sie hatten. Trotzdem mussten er und Shanda ganz nah zusammen rücken, um nicht zu frieren.

Er spürte, wie sich etwas bei ihm rührte, und erinnerte sich an seine unbeholfene Paarung mit Wess. Wess war älter. Er hatte geglaubt, sie wüsste mehr als er. Aber er mochte auch ihr Erster gewesen sein – sie hatte es ihm nicht sagen wollen –, und er wusste eigentlich immer noch nicht, wie es lief.

Die Pflanzen waren so nah – der Gedanke daran, Rührmichan zwischen die Beine zu bekommen, jagte ihm kalte Schauder über den Rücken – und Shanda schien nicht im Geringsten interessiert. Stattdessen lagen sie da und betrachtete die Sterne. Hoch über ihnen flammte eine Sternschnuppe auf.

»Fürst Qirinty hofft inständig, dass eine dieser Sternschnuppen dort vom Himmel fällt, wo er sie finden kann«, sagte Shanda. »Aber das tun sie nie.«

Später in der stockfinsteren Nacht, als er spürte, wie sie sich von ihm löste, ließ er sie gleich neben sich pinkeln, wo er wusste, dass es sicher war. Er hielt sein eigenes Wasser bis zu den ersten Strahlen des Tageslichts zurück.

Als sie sich der Mauer näherten, konnten sie die Masken absetzen, aber es war zu gefährlich, die Ledersachen auszuziehen.

Als sie über die Mauer stiegen, wurden sie am Seil von Fräulein Bertrana erwartet. Sie nahm Shandas Hand. Whandall versuchte wegzulaufen, aber zwei Gärtner hielten ihn fest. Sie taten ihm nicht weh, aber er konnte auch nicht fliehen. Sie folgten Fräulein Bertrana und Shanda ins Haus.

Fürst Samorty saß an einem Tisch und redete mit zwei Wachmännern. Fräulein Bertrana brachte Shanda an den Tisch. Samorty beäugte Shandas Ledergamaschen. »Wo hast du geschlafen?«, fragte er.

»Auf einer Lichtung.«

»Juckt es dich irgendwo?«

»Nein, mein Vater.«

Er wandte sich an Whandall. »Also kennst du das Dickicht.« Er stand auf, um Whandalls Ohrläppchen zu inspizieren. »Soso. Von wem hast du das gelernt?«

»Von Waldläufern.«

»Sie haben dir das beigebracht?« Ungläubig.

»Nein, Fürst. Wir haben sie heimlich beobachtet.«

Samorty nickte. »Ich habe dich schon einmal gesehen. Setz dich. Fräulein Bertrana, ich wäre Euch dankbar, wenn Ihr Fräulein Shanda in Eure Gemächer und ihren Zustand in Erfahrung bringen könntet.«

»Fürst?«

»Ihr wisst sehr gut, was ich meine.«

»Oh. Gewiss, Herr«, beeilte sich Fräulein Bertrana zu antworten.

Shanda fing an zu protestieren. »Vater ...«

»Geh einfach«, sagte Samorty. Er wirkte müde und resigniert, und der Klang seiner Stimme reichte, um Shanda in ihrem nächsten Protest innehalten zu lassen. Sie folgte Fräulein Bertrana hinaus.

»Wo habe ich dich schon gesehen, Junge?«, wollte Samorty wissen. Er schien nicht wütend zu sein, nur verärgert über die Störung und sehr müde.

Whandall wusste nicht, was er sagen sollte, also starrte er auf den Tisch und schwieg. In den Tisch war etwas eingeritzt, Linien, manche gebogen, eine große eckige Form mit kleineren eckigen Formen darin ...

»Magst du Landkarten?«, fragte Samorty.

»Ich weiß nicht«, sagte Whandall.

»Nein, wohl nicht«, erwiderte Samorty. »Pass auf. Stell dir das als ein Bild davon vor, wie die Stadt aussähe, wenn man hoch darüber schwebte. Das hier ist die Fürstenmauer.« Er zeigte auf das Rechteck. »Das ist dieses Haus, und hier ist die Stelle, wo ihr zwei über die Mauer geklettert seid.«

Whandalls Schrecken rang mit seiner Neugier. Er beugte sich über die Schnitzerei, um sie eingehender zu betrachten. »Ist das Magie, Fürst?«

»Jetzt nicht.«

Whandall sah wieder hin. »Dann ... ist das hier das Meer?«, fragte er.

»Genau. Also, wie weit von der Mauer wird das Dickicht wirklich unangenehm?«

»Zweihundert Schritte?«, überlegte Whandall. »Zweihundert – und es tut einem weh. Fünfhundert und es tötet einen.«

»Und wie weit hast du meine Tochter hinein geführt?«

Plötzlich war Whandalls Kehle wie zugeschnürt.

»Wir wissen, dass es ein langer Weg war, weil wir euch zurückkommen sahen«, sagte Samorty. »Und ihr wart viel weiter draußen als fünfhundert Schritte, so weit, dass niemand euch hätte folgen können. Wohin hast du sie gebracht? Zeig es mir auf der Karte.«

»Wir mussten viele ... schlimme Stellen umgehen«, sagte Whandall. »Also bin ich nicht ganz sicher. Sind das da die Bäume?«

»Ja.«

Er legte den Finger auf eine Stelle im Wald. »Ungefähr so weit.«

Samorty betrachtete ihn mit neuem Respekt. »Wächst dort draußen auch Hanf?«

»Ja, Fürst, aber er ist gefährlich.«

»Inwiefern?«

Kreeg Müller hatte ihm eine Geschichte erzählt. »Wir hörten die Waldläufer sagen, einmal hätten sie vier tote Männer gefunden, die mit einem Lächeln auf den Lippen gestorben wären. Sie hatten sich von einer Hanfpflanze einfangen lassen. Sie hatten sich schlafen gelegt und die Pflanze hat sie erwürgt.«

Fräulein Bertrana kam ohne Shanda zurück. »Alles in Ordnung mit ihr«, sagte sie.

»Seid Ihr sicher?«

»O ja, Herr, es ist intakt – kein Zweifel. Und sie hat auch keinen Ausschlag.«

»Gut. Danke. Ihr könnt gehen.«

»Ja, Herr.« Fräulein Bertrana zog sich glücklich zurück.

»Zeig mir deine Hände«, sagte Samorty. Er schrak zurück, als er den Schmutz sah, und klatschte in die Hände. »Ein Waschbecken«, sagte er zu dem Sippenlosen, der auf sein Zeichen herbeigeeilt war. »Wasch dich«, sagte er zu Whandall. Seine Stimme klang jetzt beinahe freundlich.

Whandall wusch sich sorgfältig die Hände. Was Fräulein Bertrana auch mit ihrer Auskunft gemeint haben mochte, es schien Samorty beruhigt und ihm neue Kräfte verliehen zu haben, als habe sich eines seiner Probleme von selbst gelöst. Als Whandall fertig war mit Waschen, begutachtete Samorty seine Tätowierung.

»Schlangenpfad«, sagte er beinahe zu sich. »Ich erinnere mich an dich. Du hast Pelzed dazu gebracht, mit mir zu reden.«

»Ja, Herr ...«

»Wofür ich dir dankbar bin. Wie heißt du?«

Whandall war zu verängstigt, um zu lügen. »Whandall Ortsfeste.«

»Nun, Whandall Ortsfeste, hier ist kein Schaden entstanden. Willst du diese Ledersachen? Behalte sie. Und hier.« Er ging zu einem Kasten, der auf einem Tisch in der Ecke stand, und kam mit einem Dutzend Muscheln zurück. »Nimm diese Muscheln.«

»Danke, Herr ...«

»Und komm nie mehr zurück«, sagte Samorty.

Für Whandall hatte sich bisher noch nie ein Traum zerschlagen. Dies hier bereitete ihm größere Schmerzen, als er geglaubt hatte ertragen zu können.

Samorty klatschte in die Hände und sagte zu seinem sippenlosen Diener: »Hole Friedensstimme Wassermann. Er müsste draußen vor der Tür sein.«

Friedensstimme Wassermann war groß und massig und mit ziemlicher Sicherheit ein Fürstensippler.

»Friedensstimme, das ist Whandall Ortsfeste. Bringt Whandall Ortsfeste zum Tor. Zeigt ihn den Wachen und sagt ihnen, dass er hier nicht mehr willkommen ist.«

»Fürst.«

»Sagt es ihm auch«, sagte Samorty.

Als sie am Tor ankamen, zückte Wassermann sein

Schwert. »Auf die weiche oder auf die harte Tour, Junge?«, wollte er von Whandall wissen.

»Ich weiß nicht, was Ihr meint ...«

»Nicht? Es ist ganz einfach. Bück dich, sonst bück ich dich.«

Whandall bückte sich. Wassermann hob das Schwert ...

Die flache Seite der Klinge klatschte laut, als sie Whandalls Pobacken traf, aber er trug noch die Ledersachen und es tat überhaupt nicht weh. Jedenfalls nicht im Vergleich zu seinem Gefühl des Verlusts. Wassermann verabreichte ihm noch fünf Schläge.

»Na schön. Und jetzt verschwinde«, sagte Wassermann. »Sammle woanders.«

»Das habe ich alles geschenkt bekommen!«

»Umso besser«, meinte Wassermann. »Junge, du hast ja keine Ahnung, was für ein Glück du gehabt hast. Und jetzt sieh zu, dass du verschwindest. Und komm nie wieder.«

11. Kapitel

Tras Preetror war enttäuscht und fasziniert zugleich. »Für das, was mich die Seife gekostet hat«, sagte er, »hätte ich ein Dutzend Geschichten von diesem Zauberer haben können. Von dir bekomme ich nur Hinweise auf etwas Größeres.«

Whandall hatte die Karte nicht erwähnt. Er musste *irgendetwas* zurückhalten. Er fragte: »Zauberer, Tras?«

»Morth von Atlantis. Du müsstest ihn kennen.«

»Ja.« Whandall verriet nicht, dass er Morth von Atlantis bei Fürst Samortys Abendessen gesehen hatte.

»Du musst unbedingt wieder dorthin gehen«, sagte Tras.

Whandall betastete unwillkürlich sein Hinterteil. Diesmal war ihm nichts geschehen. Die Ledersachen waren nicht auffallend genug gewesen, um die Aufmerksamkeit der Ochsenziemer zu erregen, also war er mit den

Muscheln, die Fürst Samorty ihm gegeben hatte, glücklich zu Hause angekommen. Würden ihm die Ledersachen eines Waldläufers dabei helfen, einen Kampf zu gewinnen, oder ihn lediglich in seiner Bewegungsfreiheit einengen?

Aber er erinnerte sich an das Geräusch, als das Schwert ihn getroffen hatte. Es war scharf, und wäre es nicht gedreht worden, sodass es ihn mit der flachen Seite traf, hätte er ein Bein verloren. Whandall war sicher, dass ohne die Ledersachen auch die flache Seite schrecklich wehgetan hätte. »Nein.«

»Denk an die Geschichten«, mahnte Tras.
»Sie kennen mich. Sie lassen mich nicht mehr hinein.«
»Der Baum ...«
»Sie *wissen* von dem *Baum,* Tras«, sagte Whandall.
»Es muss einen Weg geben«, erwiderte Tras. »Niemand redet über die Fürstenhöhe. Weder die Fürsten noch die Leute, die dort leben. Es muss doch Geschichten geben.«

»Morth war auf der Fürstenhöhe und weiß Dinge, die er den Fürsten niemals erzählt hat. Er hat Wasser in Teps Stadt gebracht«, sagte Whandall. Vielleicht konnte er Tras für Morth erwärmen und dann würde er Whandall in Ruhe lassen.

Whandall hatte Pelzed vergessen.

Zehn Tage später wurde er in das Versammlungshaus des Schlangenpfads bestellt.

Pelzed schien nur aus Lächeln zu bestehen. Er goss aus einer Teekanne ein und schob eine Tasse heißen Hanftee zu Whandall herüber. Seine Augen befahlen. Whandall trank.

Sie tranken bei den Versammlungen des Schlangenpfads immer Hanftee, aber er war nie so stark wie dieser. Whandall war verschwitzt und hungrig, bevor er die Hälfte der Tasse getrunken hatte. Sein Kopf ... er hörte etwas, angenehme Geräusche.

»Der Geschichtenerzähler sagt, du wirst nicht mehr nach Fürstendorf gehen«, sagte Pelzed.

»Fürst? Du redest mit Tras Preetror?«

»Das geht dich nichts an.«

»Hat er dir erzählt, dass ich erwischt worden bin?«, wollte Whandall wissen.

»Nein. Du siehst ganz gesund aus. Irgendwelche gebrochenen Knochen?«

»Nein, Fürst, aber ...«

Pelzed winkte ab. »Was hast du gesehen?«

»Rothölzer«, sagte Whandall. »Ein Fürstenhaus von innen, einen großen Raum, wo der Fürst Leute empfängt und Befehle erteilt.« Und eine Karte. Wenn er Pelzed von diesen Karten erzählte, würde er sie für ihn nachzeichnen müssen. »Ein kräftiger Fürstenmann mit einem Schwert hat mich geschlagen und mir verboten, je wiederzukommen. Also werde ich es auch nicht tun, Fürst.« Sie würden ihn schlagen, schlimmer noch, sie würden ihn zurück nach Hause schicken. Whandall hatte versucht, die Fürstenhöhe und die Königsgabe zu vergessen.

»Tras sagt, er bezahlt ein neues Dach für unser Versammlungshaus«, sagte Pelzed.

»Tras ist großzügig.«

»Wenn du ihn nach Fürstendorf bringst. Trink noch etwas Tee.«

»Dorthin kann ich nicht mehr gehen!«

»Sicher kannst du. Sag ihnen, ich hätte dich geschickt«, erwiderte Pelzed. »Sag ihnen, du hättest eine Botschaft von Fürst Pelzed vom Schlangenpfad. Sie kennen mich!«

Ein Fürstensippler sollte listenreich sein. »Sie werden mir nicht glauben«, entgegnete Whandall. »Ihr seid wichtig, aber ich bin nur ein Junge, den sie schon einmal hinausgeworfen haben.« Eingebung. »Warum geht Ihr nicht selbst, Fürst?«

Pelzed grinste. »Nein. Sie werden Tras Preetror glauben«, sagte er. »Er wird es ihnen sagen. Trink noch etwas Tee.«

Sie hatten ihm befohlen, nie mehr zurückzukommen. Vielleicht klappte es auf diese Weise, dachte Whandall. Ihm schwirrte der Kopf auf eine sehr angenehme Art. Diesmal würde er nur beobachten und nichts tun. Nur Sitten und Gebräuche lernen.

Die Gärtner-Kleidung war nicht gut genug für einen Abgesandten Fürst Pelzeds. Pelzed schickte Sammler los, die sich die Geschäfte der Sippenlosen ansahen. Als sie etwas gefunden hatten, von dem Tras Preetror der Ansicht war, es sei vielleicht gut genug, entzündete der Schlangenpfad ein Feuer an der dem Geschäft am nächsten gelegenen Straßenecke. Andere begannen mit dem Fertigen von Fackeln. Dann bot Pelzed einen Handel an: neue Kleider, dann werde es kein Brennen geben. Die Sippenlosen gingen nur zu gern darauf ein.

Tras mietete ein Fuhrwerk, um sie zum Tor von Fürstendorf zu bringen. Der sippenlose Fahrer war erstaunt, aber einverstanden, solange er nicht weiter in Teps Stadt hineinfahren musste als bis zu jenem Hügel.

Whandall ergriff die Gelegenheit, um die Ponys in Augenschein zu nehmen, die das Fuhrwerk zogen. Die Tiere duldeten Whandalls Blick, scheuten jedoch vor seiner Berührung zurück. Aus der Mitte ihrer Stirn ragte eine dünne Spitze.

Sie fuhren an der Schwarzen Grube vorbei. »Wenn man Geschichtenerzähler sein will, muss man nach Geschichten suchen«, sagte Tras. »Es muss doch Geschichten über die Schwarze Grube geben.«

Whandall gaffte, als habe er noch nie zuvor Notiz von diesem Ort genommen.

»Feuer«, sagte der sippenlose Fuhrmann. »Das waren mal Feuergruben, hat mein Großvater gesagt.« Seine Stimme nahm den ungläubigen Tonfall an, den Sippenlose oft anschlugen. »Feuer und Geisterungeheuer, bis Yangin-Atep die Feuer wegnahm. Jetzt haben die Fürsten einen Zaun errichtet.«

Die Wachen sahen aufmerksam zu, wie sie den Hügel herauf kamen. Nach einem Viertel des Weges wurden die Ponys langsamer. Der Fuhrmann ließ sie noch ein paar Schritte gehen und hielt dann das Fuhrwerk an. »Weiter fahre ich nicht.«

»Warum?«, fragte Tras Preetror.

»Ist schlecht für die Ponys. Seht ihr das denn nicht? Seht euch nur ihre Stirn an.«

Hörner, ursprünglich so lang wie ein Fingerglied, waren zu Dornen geschrumpft. Tatsächlich schienen die *Tiere* geschrumpft zu sein.

Tras erwiderte: »Aber so steil ist der Hügel doch gar nicht.«

»So ist es hier eben«, meinte der Fuhrmann.

»Ich habe Pferde durch das Tor gehen sehen!«, sagte Whandall. Aber diese Pferde hatten nicht diese Knochenauswüchse gehabt.

»Das sind die Pferde der Fürsten. Die sind größer als meine Ponys.« Der Fuhrmann zuckte die Achseln. »Die Pferde der Fürsten können diesen Hügel erklimmen. Meine nicht.«

»Du bist dafür bezahlt worden, uns bis zum Tor zu bringen!«, wandte Tras ein.

Der Fuhrmann zuckte wiederum die Achseln.

»Dann müssen wir eben laufen«, sagte Tras. »Das ist natürlich nicht so würdevoll. Whandall, halt dich gerade. Gib dich stolz.«

Sie gingen den Rest des Weges zu Fuß. »Überlass mir das Reden«, sagte Tras. Er näherte sich der Wache. »Wir sind Abgesandte des Schlangenpfads. Das ist Whandall, der Neffe Fürst Pelzeds von Schlangenpfad. Wir würden gern mit Fürst Samorty reden.«

»Ach, würdet ihr das gern?«, entgegnete der Wachmann. »Daggett, ich glaube, du holst besser den Dienst habenden Offizier.«

Tras hub zu einer weiteren Rede an. »Das nützt dir gar nichts, wenn du mit mir redest«, unterbrach ihn der Wachmann. »Ich habe nach dem Dienst habenden Offizier geschickt. Spar dir deine Worte für ihn auf. Aber du kannst hübsch reden.«

Whandall erkannte in dem Offizier Fürst Qirinty. Friedensstimme Wassermann war bei ihm.

»Du, Bursche«, sagte Wassermann. »Haben wir dir nicht gesagt, dass du dich von hier fern halten sollst?« Er wandte sich an Qirinty und sprach sehr schnell und so leise, dass Whandall ihn nicht verstand. Qirintys Augen verengten sich.

»Wir sind Abgesandte Fürst Pelzeds vom Schlangenpfad, um über die neue Wasserleitung zu reden«, sagte Tras.

»Und was soll Fürst Pelzed vom Schlangenpfad mit der neuen Wasserleitung zu tun haben?«, fragte Qirinty. Sein Tonfall war durchaus angenehm, doch in seiner Stimme lag eher Neugier denn Freundlichkeit.

»Er kann Euch Arbeiter beschaffen ...«

Qirinty lachte. »Sicher kann er das. Friedensstimme, ich glaube, das reicht.«

Wassermanns Amtszeichen war ein großer Stock. Er lächelte freundlich, als er zu Tras Preetror ging und fachmännisch dessen Kopf begutachtete.

»Euren Vorgesetzten wird nicht gefallen ...«

Wassermann traf Tras genau über dem rechten Ohr und Tras fiel wie ein Stein. Wassermann nickte zufrieden. »Herr Daggett, der da ist für Euch«, sagte er. »So eine Art Prämie.« Er wandte sich an Qirinty. »Was diesen Jungen angeht ...«

»Nun, er scheint nicht sehr verständig zu sein, oder?«, fragte Qirinty. »Er hat uns keinen Schaden zugefügt, und ich glaube, Ihr sagtet, Samortys Tochter mag ihn?«

»Ja, Fürst, ich gehe davon aus, dass es Fräulein Shanda nicht im Geringsten gefiele, wenn wir ihn an die Krabben verfütterten.«

»Das mag ein wenig drastisch sein«, sagte Qirinty. »Aber sorgt dafür, dass er diesmal auch wirklich versteht, was wir meinen.«

»Jawohl, mein Fürst.«

Diesmal bekam Whandall keine Gelegenheit, sich zwischen harter und weicher Tour zu entscheiden. Wassermann schwang den Stock. Als Whandall die Hände hob, um seinen Kopf zu schützen, schwang der Stock im Bogen zu seinen Beinen und traf ihn in der Kniekehle. Whandall stieß einen Schmerzensschrei aus, als er zu Boden fiel. Er krümmte sich, um sich so gut wie möglich zu schützen.

Der andere Wachmann trat ihm in den Rücken, genau oberhalb der Taille. Nichts, was ihm bisher zugestoßen war, hatte auch nur annähernd so wehgetan.

»Aber, aber, Wergy«, sagte Wassermann zu dem Wachmann. »Er braucht seine Nieren noch zum Pinkeln.«

»Sie haben mir keine Wahl gelassen!« Das meiste davon kam als Aufschrei heraus, als der Stock herunter sauste, diesmal auf Whandalls linken Oberarm, um einen Augenblick später sein Hinterteil zu bearbeiten. »Ganz bestimmt. Ich musste kommen!« Noch ein Schlag auf seinen linken Arm. Danach registrierte Whandall nicht mehr, wer ihn wohin schlug. Er wusste nur, dass es sehr, sehr lange dauerte.

12. Kapitel

Als er erwachte, war es dunkel. Er verspürte einen Schlag wie von einem Ruck und schloss ganz fest die Augen, da er befürchtete, erneut geschlagen zu werden, aber schließlich öffnete er sie wieder und sah, dass er auf der Ladefläche eines Fuhrwerks lag. Sie passierten soeben die Schwarze Grube.

Der sippenlose Fuhrmann drehte sich um, als er sich rührte. »Wirst du leben?«, fragte er ohne große Anteilnahme.

»Ja ... danke ...«

»Ist kein Umweg für mich«, sagte der Fahrer. »Hier, trink etwas Wasser.« Er reichte eine Trinkflasche nach hinten. Whandalls linker Arm war überhaupt nicht mehr zu gebrauchen. Zu seiner Überraschung stellte er fest, dass der rechte die Flasche tatsächlich an seine Lippen hob. Jeder einzelne Muskel in seinem Körper schien zu schmerzen.

Als sie den Friedensplatz erreichten, graute beinahe schon der Morgen. Der Fuhrmann hob ihn vom Karren und ließ ihn am Springbrunnen liegen. Seine Brüder fanden ihn kurz vor Mittag.

Es wurde später Nachmittag, bis Whandall aufging, dass Tras Preetror nicht bei ihm war. Er verbrachte mehrere Stunden damit, sich zu fragen, was Tras wohl zugestoßen war. Verstümmelt, zu Tode gepeitscht, gepfählt ... gab es Kannibalen unter den Schiffsbesatzungen im Hafen, an die Tras Preetror vielleicht verkauft worden war? Diese Gedanken trösteten ihn ein wenig.

Sein linker Arm war gebrochen. Andere Verletzungen überlagerten diesen Schmerz, und niemand machte sich die Mühe, den Arm zu schienen. Er nahm ihn in die rechte Hand und hielt ihn so gerade, wie er konnte, und schließlich nahm Mutters Mutter ein Stück Stoff und machte daraus eine Schlinge, die sie so stramm zog, dass der Arm starr an seiner Brust ruhte. Er wuchs ein wenig schief zusammen.

Während Whandall in seinem Zimmer lag und langsam wieder gesund wurde, kreisten seine Gedanken, frei von jeder Wahrscheinlichkeit und Logik. Verrückte Träume und verrückte Pläne jagten durch seinen Verstand. Shanda vor ihren Rabeneltern retten. Pelzed töten, seinen Platz einnehmen und seine Macht ausdehnen, bis er einem Fürsten ebenbürtig war. Geschichtenerzähler werden und die Welt durchstreifen ... die in seinem Verstand eine große, neblig wirbelnde Mauer aus Regenbogenfarben war.

Seine Mutter ließ ihn in ein Zimmer verlegen, das näher an ihrem lag und das er sich mit ihrem jüngsten Säugling und drei anderen teilte. Mutters Mutter brachte ihm

Suppe. Etwas anderes konnte er nicht essen. Zwei Tage verstrichen, bevor er an ein Fenster gehen und pinkeln konnte. Eine Woche, bevor er einen Spaziergang um die Ortsfeste unternahm.

Eine Base und ihr Mann hatten sein Zimmer gesammelt, während er im Kinderzimmer gesund wurde.

Er konnte nicht sammeln gehen. Er wurde angewiesen, die Küche und die öffentlichen Bereiche zu säubern, und zwar gemeinsam mit viel jüngeren Mädchen und Jungen.

Wess war mit Vinspel zusammen, einem dunklen Mann vom Schlangenpfad, der Whandalls Schwester Ilyessa besucht hatte, Wess jedoch anziehender fand. Sie vermied es, im Gespräch allein mit Whandall ertappt zu werden. Als er sie ausfindig machte, sah er einen Ausdruck in ihren Augen, bei dem er sich unwillkürlich fragte, wie er wohl aussah. Verkrüppelt. Entstellt. Er ging Wess aus dem Weg. Sie brauchte nicht noch mehr Seife.

In der Ortsfeste war es schlecht, ein Schwächling zu sein, aber die Straße hätte ihn umgebracht. Als er wieder in der Lage war, aufs Dach zu klettern, übertrugen sie ihm die Arbeit am Dachgarten. Das war weniger schmachvoll als das Putzen und er konnte von niemandem außerhalb der Ortsfeste gesehen werden.

Die Ortsfeste hatte ein großes Flachdach, das stark genug war, um eine einen Fuß dicke Erdschicht und Wasserkübel zu tragen. Kaninchen schafften es nicht dort hinauf und die meisten Insekten auch nicht. Irgendwelches Ungeziefer von Karotten zu pflücken war Arbeit für Mädchen und kleine Jungen. Whandall hasste die Arbeit, aber etwas anderes gab es für einen einarmigen Jungen, der nicht mit einem Messer umgehen konnte, nicht zu tun.

Wie die Pflanzen des Waldes, so wehrten sich auch Gemüse und Feldfrüchte.

Wurden sie von Kaninchen oder Insekten angegriffen oder ausgemacht, so lange sie noch nicht reif waren, entwickelten sie Gifte. Man konnte eine unreife Karotte ausmachen oder einen unreifen Maiskolben pflücken und sofort kochen, dann war das Gemüse nicht tödlich, aber ließ man es einen Tag liegen, bevor man es aß, bekam man Geschwüre und erlitt einen schmerzhaften Tod. Händler kauften manchmal Wurzelgemüse aus Teps Stadt, und einmal hatte Whandall Tras Preetror gefragt, was sie damit machten.

»Sie verkaufen es Zauberern«, hatte Tras ihm erzählt. »An den meisten Orten bringt das Gemüse selbst einen Zauberer um, aber in Teps Stadt gibt es nicht so viel Magie. Die Pflanzen wehren sich zwar immer noch, aber nicht so stark. Zauberer essen Karotten aus Teps Stadt, um kräftiger zu werden.«

»Tras?«

»Was dich nicht umbringt, macht dich nur stärker«, hatte Tras in dem Tonfall geantwortet, den er immer anschlug, wenn er einen Toten zitierte. Jetzt erinnerte Whandall sich daran und hoffte, dass es stimmte.

Meistens schützten Gartenarbeiter die Feldfrüchte vor Kaninchen und Insekten, bis sie groß, alt und zäh waren. Pflanzen, die ihre Samen ausgestreut hatten, war es egal, ob sie gegessen wurden. Diese Pflanzen wurden als Nahrung verwendet. Alte Karotten, Zwiebeln und Kartoffeln hielten sich sehr lange.

Es war Arbeit für Sippenlose, aber Sippenlose waren auf dem Dach der Ortsfeste nicht zugelassen. Whandall stellte fest, dass es eine angenehme Art war, sich die Zeit zu vertreiben. Die Arbeit war nicht schwer, wenn man davon absah, dass man Wassereimer aufs Dach tragen musste, und das ließ sich in einer Stunde erledigen. Der Rest war nur langweilig. Er musste an den Gemüsereihen entlang kriechen und nach Insekten Ausschau halten, um diese dann zu töten. Die Aussicht vom Dach war wunderbar.

Whandall erinnerte sich an die Schnitzerei in Fürst Samortys Tisch. Eine ›Karte‹. Vom Dach aus konnte Whandall das gesamte Gebiet des Schlangenpfads und einige der Reviere der anderen Banden sehen, und er konnte auch erkennen, wohin die Leute am Muttertag und danach gingen. Er versuchte die entsprechenden Muster zu zeichnen.

Ein Zimmer wurde für ihn frei, als er schon glaubte, das Leben mit den schreienden und umher krabbelnden Säuglingen würde ihn in den Wahnsinn treiben. Shastern führte ihn in ein winziges Zimmer direkt unter dem Dach. Er musste etwas wegen des ungewaschenen Geruchs unternehmen ... der ihm plötzlich bekannt vorkam.

»Lenorbas Zimmer«, sagte er.

»Bis jetzt.«

»Wo ist sie?«

»Niemand weiß es. Wir brauchten am letzten Muttertag eine Frau mehr und nahmen Lenorba mit. Natürlich blieben wir an der Grenze zum Friedensplatz stehen und die Frauen gingen weiter. Lenorba kam nicht wieder. Sie haben sie erwischt.«

Whandall nickte. Es war dreizehn Jahre her und die meisten Leute mussten vergessen haben, was Lenorba getan hatte ... und doch verspürte er keine Überraschung.

Sein Arm schmerzte nicht mehr, und schließlich nahm er die Windel ab, aus der Mutters Mutter ihm eine Schlinge gemacht hatte. Der Arm war verwachsen, aber er konnte ihn gebrauchen. Das Wasser zu tragen half ihm dabei, ihn wieder zu kräftigen. Insekten von Karotten zu pflücken machte ihn in seinen Bewegungen wieder geschickter.

Nachdem Whandalls Arm verheilt war, nahm er seinen Unterricht im Messerkampf sehr ernst, obwohl er ziemlich willkürlich und planlos war. Whandall dachte über jede der Lektionen nach und übte auf dem Dach. Er fragte sich, warum man die Dinge auf eine gewisse Art und Weise tat. Dann fand er heraus, dass er sich darauf konzentrieren konnte, die Schritte ganz genau hinzubekommen, wenn er die Fußbewegungen ohne Messer übte und lediglich die Arme abwehrend ausstreckte. Anschließend dachte er an den Umhang über seinem linken Arm, den er wie einen Schild bewegte, und lernte ganz genau, wo sein Arm zu sein hatte, um ihn vor einem Stoß oder Hieb zu schützen. Schließlich lernte er Messerbewegungen, indem er reglos dastand und sich auf Hand und Arm konzentrierte. Jedes Mal war es sein Ziel, eine Sache richtig zu verstehen und beherrschen zu lernen.

Seine Onkel und Vettern hatten die Hoffnung schon beinahe aufgegeben und hielten Whandall für begriffsstutzig und träge. »Muss einen Schlag auf den Kopf abbekommen haben«, sagte einer seiner Onkel, ohne sich die Mühe zu machen, leiser zu reden, sodass Whandall es nicht mitbekäme. Whandall übte weiter, eine Lektion nach der anderen, und konzentrierte sich darauf, es richtig hinzubekommen.

Als Whandall glaubte, alles gelernt zu haben, was sie ihm beibringen konnten, setzte er all die einzelnen Lektionen zusammen.

Seine Onkel waren verblüfft über das Ergebnis. Plötzlich konnte er seine Vettern, jüngere wie ältere, in Übungskämpfen mit Holzmessern besiegen. Er wurde stärker und jetzt war er noch dazu flink und gewandt und wusste seine Glieder äußerst wirkungsvoll einzusetzen. Eines Tages besiegte er Resalet. Am nächsten Tag Resalet und dessen Enkel, die gemeinsam gegen ihn antraten. Das war der Tag, an dem sie verkündeten, er sei jetzt wieder so weit, auf die Straße gehen zu können, und ihm ein eigenes Messer gaben. Sie sagten, es habe Pothefit gehört. Whandall wusste es besser, aber die Lüge freute ihn.

Dennoch war er wachsam auf der Straße. Gerüchte besagten, Pelzed sei äußerst unzufrieden mit ihm. Sein erster Ausflug war ein Spaziergang mit seinen Brüdern, ein Ersuchen um ein Gespräch ... und er stellte fest, dass man ihm mit Respekt begegnete. Er war Whandall vom Schlangenpfad, und solange er im Schlangenpfad oder auf verbündetem Gebiet blieb, war er sicher. Er erwog, um eine

Gesichtstätowierung zu bitten, aber er schob es auf. Er hatte noch Macken am Kopf und eine Narbe am linken Auge. Es war ein zorniger roter Ring mit einer weißen Mitte, deren Berührung schmerzte. Sein linker Arm war kürzer als der rechte. Mit der Zeit vergingen die Schmerzen, aber er wuchs nur langsam.

Teil Zwei · *Jugend*

13. Kapitel

Mädchen. Plötzlich zogen sie Whandalls Blicke an. Der Anblick eines hübschen Mädchens beanspruchte seine gesamte Aufmerksamkeit. Wenn er mit Fürstensipplern redete oder von einem Sippenlosen sammelte, mochte ein Schlag auf den Kopf das erste Anzeichen für die Rückkehr zur Vernunft sein.

Was hatte sich verändert? Whandalls Lenden setzten ihm zu wie ein schlimmer Zahn.

Die Mädchen waren nicht gerade versessen darauf, mit einem vernarbten Dreizehnjährigen ohne Tätowierung zu gehen.

Er war Wess während seiner Gesundung aus dem Weg gegangen. Er wollte nicht, dass sie ihn so sah. Jetzt ging *Wess ihm* aus dem Weg und Vinspel ließ ohnehin keinen Mann in ihre Nähe. Die anderen Jungen machten sich auf derbe Art über die ringförmige Narbe an seinem Auge lustig. Vielleicht war sie noch schlimmer, als er vermutete.

Andere Jungen redeten über die Mädchen, die sie gehabt hatten, und Whandall machte mit und erzählte Geschichten, wie Tras Preetror es ihn gelehrt hatte. Man zweifelte nicht an der Geschichte eines anderen Jungen.

Wenn er sich als Mann beweisen musste, tat er es vielleicht mit einem Messer.

Whandall war dazu in der Lage. Als er zum ersten Mal von einem Ochsenziemer herausgefordert worden war, hatte Whandall ihm und allen anderen einen gehörigen Schrecken eingejagt. Der Kampf war vorbei, bevor er richtig begonnen hatte, der Ochsenziemer mit einem Schnitt über den Handrücken entwaffnet worden. Whandall hätte ihn mit Leichtigkeit töten können, aber damit hätte er eine Blutfehde begonnen. Stattdessen hatte er dem Ochsenziemer das Messer abgenommen. Am nächsten Tag hatten ihn zwei weitere Ochsenziemer herausgefordert. Sie waren beide jung gewesen und hatten zwar Messer, aber keine Gesichtstätowierung gehabt. Kurze Zeit später besaß Whandall zwei weitere Messer. Dann hatten sich Fürst Pelzed und die Ochsenziemer getroffen. Whandall wurde aufgetragen, sich aus dem Revier der Ochsenziemer fern zu halten, und daraufhin ließen ihn alle in Ruhe.

Sein Geschick mit dem Messer beeindruckte seine Onkel, aber nicht die Mädchen. Was beeindruckte sie? Kein Mann wusste es.

Mädchen traf man niemals allein an. Sie waren mit älteren, härteren Jungen oder sogar Männern zusammen. Manche hatten Brüder, die sie inbrünstig bewachten. Whandall sprach davon, sein neu erworbenes Geschick mit dem Messer ausprobieren zu wollen. Am nächsten Abend wurde er zu Resalet gerufen.

»Also kannst du jetzt gegen alle Ochsenziemer und wahrscheinlich auch gegen die Eulenschnäbel kämpfen«, meinte Resalet. »Allein, ohne Hilfe. Anscheinend waren wir dir gute Lehrer.«

Mit dreizehn hielt Whandall sich für unsterblich, aber ein Teil von ihm wusste es besser. In seinem Bauch tat sich eine schwarze Grube auf, als er sagte: »Nur Sippenlose werden von ihrer Sippe im Stich gelassen.«

Resalet entgegnete: »Jetzt denk mal über Folgendes nach: Du wirst um eine Frau kämpfen. Du wirst gewinnen, und ihr Mann oder dessen Brüder oder *ihre* Brüder oder auch alle gemeinsam werden gegen dich kämpfen. Du bist gut, aber du bist klein. Blut wird fließen. Jemand wird sterben. Wenn du getötet wirst, wird die Ortsfeste Blutgeld von denen verlangen, die dich getötet haben.« Er musterte Whandall eindringlich. »Für Dummköpfe verlangen wir nicht *viel* Blutgeld.«

Whandall trat von einem Fuß auf den anderen, unfähig zu antworten.

»Du bist noch zu jung, um um eine Frau zu kämpfen.«
»Ich hätte aber schon Lust dazu«, erwiderte Whandall.

Resalet grinste und zeigte dabei beachtliche Zahnlücken. »Ich weiß, was du meinst. Aber die Ortsfeste kann keinen Krieg beginnen, weil du dir eine Frau besorgen willst. Sollen wir dir eine Frau für eine Nacht kaufen?«

Whandall begriff, dass das Wort *kaufen* eine Beleidigung war. Dennoch zog er das Angebot in Erwägung …

Es gab Frauen, die mit ihren Kindern lebten, aber ohne Mann. Manche waren immer beliebt. Andere hatten vielleicht für ein paar Tage nach dem Muttertag einen Freier. Dann kamen sie für ein Schmuckstück oder eine Muschel oder einen Rock, für eine gemeinsame Mahlzeit und einen Platz zum Schlafen oder auch umsonst. Was würden diese Frauen nicht alles für ein Stück Seife tun? Aber Tras' Seife hatte Whandall beinahe umgebracht und Tras war tot oder verschollen, und welche Frau würde so kurz nach dem Muttertag einen sonderbaren Jungen mit einer Narbe wollen?

»Jetzt noch nicht«, sagte er. »Trotzdem danke.«

Resalet nickte weise. »Eines Tages wirst du ein guter Fürstensippler sein. Aber jetzt bist du noch keiner. Du musst wachsen, bevor du dir eine Tätowierung machen lässt.«

»Du wirst mir mein Messer nicht abnehmen!«

»Nein. Aber trage es mit Vorsicht, solange du noch wächst.«

Frag! Aber mit wem konnte er reden? Jungen seines Alters fürchteten sich vor ihm, und ältere Jungen lachten, weil er so wenig wusste. Seine Mutter hatte keine Zeit für ihn.

Mit einer der Muscheln, die Samorty ihm gegeben hatte, kaufte er eine Melone – eine Frucht, die weich genug war, um sie auch ohne Zähne essen zu können – und brachte sie Mutters Mutter. Dargramnet schnitt sie mit dem Messer in ihrem Ärmel und aß sie geräuschvoll.

»Mädchen«, lieferte Whandall ihr das Stichwort und wartete.

Die dünnen Lippen teilten sich zu einem Lächeln. »Ja, ja, ich sehe sie jetzt vor mir. Zu meiner Zeit waren sie anders. Sind nicht mit jedem gegangen wie jetzt. Sie werden es lernen. Aber zu spät, sie werden es zu spät lernen. Ich habe sie gewarnt, ich habe sie alle gewarnt. Es ist sehr heiß heute, nicht wahr?«

Sie hörte oder begriff nicht immer, was Whandall sagte. Er war nicht sicher, ob sie überhaupt wusste, wer er war. Dennoch, die lange Kette der Jahre in ihrem Gedächtnis musste es wert sein, erforscht zu werden. Was hatte das Mädchen Dargramnet von einem Mann gewollt?

Er fragte: »Wie waren die Männer?«

Mutters Mutter redete von den Männern, die sie gekannt hatte. Strif, Bloude, Gliraten – alte Lieben kamen und gingen in Dargramnets Erinnerung, wie sie dies auch im Leben getan haben mussten, austauschbar in stockenden, unvollständigen Geschichten, bis Whandall kaum noch einen vom anderen unterscheiden konnte. Ihr zweiter Sohn Pothefit, stark genug, ein Fuhrwerk zu heben und stur wie ein Fürst. Wanshig und Whandall, ihre ersten Enkel. Thomers Söhne von Pothefit und Resalet, Vettern, die alles teilten. »Die meisten sind tot. Bei Messerstechereien getötet. Oder beim Brennen. Einfach nicht mehr da.«

Whandall nickte. Viele der Jungen, mit denen er aufgewachsen war, waren tot. Sie hatten den Wald überlebt, nicht aber die Stadt. Teps Stadt brachte Jungen um. Taten andere Städte das auch? Starben Jungen in Fürstendorf oder auf der Fürstenhöhe oder in Condigeo ebenso jung?

Man konnte beobachten und versuchen zu lernen.

Ungebundene Frauen ohne Sippe, die sie schützte, waren schwer zu finden und diese Frauen wollten mit großen, starken Männern zusammen sein ... außer am Muttertag. Die Fürsten gaben ihre Geschenke nicht den Frauen, die Männer hatten. Frauen gingen allein zum Friedensplatz, und man brauchte nur zuzuhören, um zu erfahren, auf wen ein Mann wartete.

Die meisten Mädchen wollten heiraten. Die meisten Männer nicht, aber sie wollten, dass ihre Schwestern heirateten. Einer oder zwei der Freunde seiner Schwestern mochten bereit sein zu heiraten, aber dieser Schritt war für Whandall mit seinen dreizehn Jahren noch zu groß.

Nicht, dass er irgendetwas davon ausgeschlossen hätte. Aber jeder Fürstensippler wusste, dass es eine Zeit gab, in der ein Mann nicht zu fragen brauchte. Whandall erinnerte sich an einen großen Optimismus, als er sieben gewesen war, an ein Fest im Feuerschein für Augen, die der Anblick von Tageslicht, Raserei und Erregung, von sich paarenden Menschen schließlich gelangweilt hatte ...

»Shig, wann kommt das Brennen?«

Wanshig lachte. »Bist du jetzt ein Gaffer?«

Sie saßen beim Abendessen im Hof der Ortsfeste. Der Sonnenuntergang hatte den Himmel rot gefärbt. Im Kreis der Erwachsenen und im kleineren Kreis der Kinder unterhielt man sich leise.

Wanshig war jetzt achtzehn. Er hatte Whandall mit dem Messer üben sehen und sich zweimal auf dem Dach zu ihm gesellt, da er sich nicht schämte, von seinem jüngeren Bruder zu lernen. Ihn mochte Whandall von all seinen Verwandten am liebsten.

Jetzt legte Wanshig seinen Löffel nieder und antwortete: »Das weiß niemand. Vor langer Zeit gab es jedes Jahr ein Brennen. Jetzt alle vier oder fünf Jahre. Schon als Mutter noch ein junges Mädchen war, konnten sie es nicht mehr sagen. Vielleicht schlafen Götter, so wie dein Onkel Cartry, nachdem ihm ein Fürstenmann beinahe den Schädel eingeschlagen hätte. Vielleicht ist Yangin-Atep nicht tot – er wacht einfach nur nie mehr auf.«

»Hat Yangin-Atep von dir Besitz ergriffen?«

Wanshig lachte wieder. »Nein! Ich war erst ... zwölf, glaube ich.«

»Dann also von *irgendjemandem*.«

»Es heißt, Yangin-Atep hätte von Alferth und Tarnisos Besitz ergriffen. Du kennst sie nicht, Whandall. Sie sind auch ohne fremde Hilfe schon verrückt genug. Ich weiß nur noch, dass wir südlich von uns Feuer gesehen haben und Rauch in unsere Richtung wehte. Resalet hat gejubelt und sich in Carralands Bekleidungsgeschäft gestürzt und wir sind alle hinter ihm her. Carraland ist weggelaufen und hat dabei Gaffer-Kauderwelsch gebrüllt ...«

»Was war mit Pothefit?«

Das riss Wanshig aus seiner wehmütigen Erinnerung. »Whandall, erinnerst du dich noch, als sie mit diesem Kochtopf herein kamen?«

»Ja, Shig.«

Pothefit und Resalet waren Schatten vor der tanzenden Feuersbrunst des Kornspeichers, als sie den Kochkessel durch den Haupteingang der Ortsfeste trugen, während Wanshig und ein anderer Bruder so taten, als würden sie helfen.

»Wir haben ihn im Laden eines Zauberers am Marktrund gesammelt. Wir haben ihn auch mit anderen Sachen gefüllt, aber wir gingen noch mal zurück, um mehr zu holen und den Laden zu verbrennen. Ein atlantischer Zauberer, ein Fremder, wusste es nicht besser und ging während des Brennens zu seinem Laden zurück. Er fand uns. Pothefit versuchte, die Regale anzuzünden. Der Zauberer wedelte mit der Hand und sagte etwas und Pothefit kippte einfach um. Wir anderen konnten fliehen.«

Fürst Samortys Hof ... »Ich habe ihn gesehen. Morth von Atlantis.«

»Ich auch. Dieser Laden am Marktrund, er hat ihn nach dem Brennen wieder aufgebaut.«

»Nein, Shig, dafür war Morth von Atlantis schon zu alt. Er war so gut wie tot.«

»Sicher, und Herdfeuer brennen im Haus. Whandall, der Laden am Marktrund gehört Morth von Atlantis.«

»Wohin geht er nachts?«

Wanshig knuffte ihn hart genug, um seinen Standpunkt deutlich zu machen. »Denk nicht mal daran. Vergiss die Tode, die sich beim Brennen ereignen.«

Whandall rieb sich das Ohr. »Shig, du hast getötet.«

»Barbaren, Gaffer, Sippenlose, Hässliche, jeden, der einen beleidigt ... alle die kann man töten. Aber das gilt nur für das Brennen, Whandall, und es ist auch nicht die Hauptsache. Es ist nur ... es ist nicht gut, wenn man seine Wut zu lange im Bauch eingesperrt lässt. Man muss ihr Luft machen.«

Etwas an der Unterhaltung hatte Resalets Aufmerksamkeit erregt. »Whandall, was glaubst du, wie und warum wir die Ortsfeste behalten, wenn alle sie haben wollen?«

»Wir beobachten. Wir können kämpfen ...«

»Wir können kämpfen«, unterbrach ihn Resalet. »Aber wir könnten nicht gegen alle kämpfen.«

»Der Schlangenpfad«, sagte Whandall.

Resalet nickte nachdrücklich. »Aber der Schlangenpfad kann nicht gegen Ochsenziemer, Eulenschnäbel und Irrgartenläufer zugleich kämpfen. Und was passiert, wenn Fürst Pelzed *hier* leben will?«

Daran hatte Whandall nie gedacht.

Resalet grinste und zeigte dabei ebenso viele schwarze Lücken wie Zähne. »Wir sind schlauer als sie. Wir haben Regeln«, sagte er. »Und die erste Regel lautet,: Fang keinen Kampf an, den du nicht gewinnen kannst. Fang nicht mal einen Kampf an, der dich Kraft kostet. Aber wenn du einmal in einen Kampf verwickelt bist, gewinne ihn, geschehe, was da wolle, und koste es, was es wolle. Gewinne immer! Und gewinne immer deutlich. Statuiere jedes Mal ein Exempel an deinen Feinden.«

»Fürsten tun das auch.« Jedenfalls hatten sie es bei Whandall getan. »Und wenn du nicht gewinnen kannst?«

Resalets Grinsen wurde breiter. »Daran denkst du nicht, wenn du einmal kämpfst.« Er machte sich wieder über seine Suppe her.

Whandall wollte etwas sagen, doch Wanshig schob seinen Teller beiseite und stand auf. »Ich zeig dir etwas.«

»Was?«

»Komm mit.« Wanshig zog ein brennendes Scheit aus dem Kochfeuer und lief los, während er das Scheit um seinen Kopf wirbelte.

Er rannte durch den schmalen Eingang zum Hof und Whandall blieb ihm dicht auf den Fersen. Die Flamme leuchtete blässlich fahl in der Dämmerung. Wanshig bog um eine Ecke, lief dann schräg über die Straße und ...

Whandall, der ihm auf dem Fuß folgte, sah genau, wie Wanshig die Fackel durch das Fenster von Goldschmieds Schmuckgeschäft warf. Der Besitzer war gerade dabei, die Fensterläden für die Nacht zu schließen. Er kreischte laut auf, als die Fackel an seinem Ohr vorbei flog ...

Und dann erlosch die Flamme.

Wanshig lief johlend an dem Laden vorbei. Whandall folgte ihm. Im Schatten einer Gasseneinmündung blieben sie stehen, um wieder zu Atem zu kommen und dann zu lachen.

»Siehst du? Wenn noch kein Brennen ansteht, geht das Feuer im Haus einfach aus. Dann wirst du vielleicht ausgelacht, vielleicht auch verprügelt, je nachdem. *Also sei du nie derjenige, der das Brennen anfängt.* Lass es jemand anders tun.« Wanshig grinste. »Du warst gerade kurz davor, Prügel zu beziehen«, sagte er.

»Ich wollte nur wissen ...«

»Du wolltest wissen, was passiert, wenn so viele auf uns losgehen, dass wir nicht gewinnen können«, erklärte

Wanshig. »Whandall, du weißt, was passieren würde. Wir würden weglaufen. Aber das darf Resalet nicht sagen! Nicht einmal *in* der Ortsfeste. Wenn bekannt würde, dass man die Ortsfeste nehmen kann, ohne jeden Einzelnen von uns umzubringen, dass irgendjemand von uns das auch nur denkt ... wir wären erledigt.«

14. Kapitel

Eines Tages begann ein Feuer im Gebüsch hinter dem Haus eines Sippenlosen gerade außerhalb des Schlangenpfad-Reviers. Alle Sippenlosen in dem Gebiet rückten an. Sie brachten ein großes Fuhrwerk, das von den kleinen Ponys der Sippenlosen gezogen wurde. Das Fuhrwerk transportierte einen Tank und Sippenlose schöpften Wasser daraus und schütteten es auf das Feuer, bis es erloschen war.

Whandall beobachtete sie aus der Deckung einer blühenden Hecke. Auf dem Heimweg sammelte er einen Apfel und brachte ihn Resalet.

»Warum machen sie sich überhaupt die Mühe? Das Feuer würde ausgehen. Oder nicht?«, fragte Whandall.

Resalet war milde gestimmt. »Sippenlose glauben nicht an Yangin-Atep«, sagte er. »Also beschützt Yangin-Atep sie auch nicht immer. Vor *uns*, ja, außer bei einem Brennen. Manchmal auch vor Unfällen. Aber nicht immer – und die Sippenlosen warten nicht, um es herauszufinden.«

»Diese Fuhrwerke ...«

»Sie halten sie in der Stallgegend in Bereitschaft«, sagte Resalet.

»Und wenn das Feuer zu weit weg ist?«

Resalet zuckte die Achseln. »Ich habe sie schon mit Eimern anrücken sehen, wenn der Geisterfluss Wasser führt.«

Der Geisterfluss floss aus dem Wald und durch Reviere der Fürstensippler, bevor er das Gebiet der Sippenlosen erreichte. Er stank. Whandall dachte, lieber sehe er die Ortsfeste verbrennen, als ein Feuer mit dem zu löschen, was in diesem Fluss war.

Es gab viel über Yangin-Atep in Erfahrung zu bringen und man konnte fragen. Mutters Mutter erzählte ihm einiges. Als junges Mädchen hatte sie die Geschichte gehört, die Sippenlosen seien früher einmal Krieger mit einem eigenen Gott gewesen, bevor Yangin-Atep und die Fürsten die Fürstensippler nach Teps Stadt gebracht hätten. Sie konnte sich nicht mehr erinnern, wer ihr die Geschichte erzählt hatte, und sie glaubte, die Tage seien heißer als früher.

Die Tage waren lang für Whandall. Er war kleiner als die anderen Jungen seines Alters und die Monate seiner Gesundung und seine anschließende Verrichtung von Kinderarbeit hatten ihn alle Freunde gekostet, die er früher einmal besessen haben mochte. Sein bester Freund war nun sein älterer Bruder Wanshig, doch Shig wollte nicht immer, dass er von einem kleineren Jungen begleitet wurde.

Es gab wenig zu tun. Seinen Onkeln reichte es, ihn in der Nähe der Ortsfeste herumlungern zu lassen, falls man ihn einmal brauchen sollte, aber das war kein Leben.

Sein jüngerer Bruder Shastern war gewachsen, während Whandall sich erholt hatte. Jetzt hielt jeder, der die beiden zusammen sah, Shastern für den Älteren. Shastern war sehr stark in die Aktivitäten des Schlangenpfades verwickelt. Er war Anführer einer Bande, die von den Sippenlosen im Revier der Eulenschnäbel sammelte.

»Komm mit uns, Whandall«, drängte Shastern. »Fürst Pelzed will, dass wir uns eine Straße im Revier der Ochsenziemer ansehen.«

»Warum? Ich kann nicht schnell laufen.«

»Nein, aber du kannst gut spionieren. Wenn du es nicht machst, muss ich es tun.«

Whandall dachte darüber nach. »Du warst noch nie besonders gut im Spionieren.«

»Ich lerne. Aber du bist besser.«

»Was sollen wir uns ansehen?«, fragte Whandall.

»Schwarzer Manns Tasse. Das ist eine Straße gleich hinter der Grenze ...«

»Ich weiß, wo sie ist«, sagte Whandall. »Da gibt es nichts! Shaz, da gibt es nichts zu sammeln. Was will Fürst Pelzed damit anfangen?«

Shastern schüttelte den Kopf. »Das hat er mir nicht gesagt. Ich soll bloß herausfinden, wer da jetzt wohnt. Wann warst du zum letzten Mal dort?«

Whandall dachte nach. »Vor sechs Wochen? Ich bin einem Sippenlosen gefolgt, aber vielleicht hat er gewusst, dass ich hinter ihm war.« Whandall zuckte die Achseln. »Ich habe ihn zwischen dem Schutt auf der Straße verloren. So schlimm ist es da.«

»Geh und sag es Fürst Pelzed.«

»Ich glaube, er ist böse auf mich ...«

Shastern schüttelte den Kopf. »Nicht, dass ich wüsste. Whandall, irgendwann musst du zu ihm. Und auf die Art kannst du ihm einen Gefallen erweisen.«

»Na gut.« Whandall spürte, dass sein Herz schneller schlug. Angenommen, Pelzed – Fürst Pelzed! – verlangte von ihm, dass er das Fuhrwerk und die Kleidung bezahlte? Oder das Dach, das Tras Preetror versprochen hatte? Aber Shastern hatte Recht – irgendwann musste er sich dem stellen.

Pelzed fand noch am gleichen Nachmittag Zeit für die Jungen. »Shastern sagt, dass du einem Sippenlosen nach Schwarzer Manns Tasse gefolgt bist«, sagte er. »Trink einen Tee.«

Der Tee war dünn und stellte nichts mit Whandalls Kopf an. Er trank ihn und fand ihn gut. »Es war ein Sippenloser«, sagte Whandall, »aber er hat nicht dort gewohnt.«

»Wer wohnt dann dort?«

»Ich habe nur ein paar Frauen gesehen.«
»Fürstensippler?«
»Ja. Ich glaube schon«, sagte Whandall. »Fürst Pelzed, Schwarzer Manns Tasse sieht aus, als sei schon seit Jahren kein Sippenloser mehr dort gewesen! Die Straße ist voller Schutt und Unkraut und es stinkt.«
»Kinder?«
»Zwei Säuglinge«, sagte Whandall. »Schmutzig wie ihre Mütter.«
»Keine Männer?«
»Ich habe keine gesehen.«
»Geht und findet es heraus«, sagte Pelzed.
»Fürst ...«
»Geht und findet es heraus. Es werden Männer da sein. Findet heraus, was für welche.«
»Fürst, warum? Da gibt es nichts!«
»Aber da könnte es etwas geben«, sagte Pelzed. »Ich gebe euch Tumbanton mit. Trink noch etwas Tee.«

Schwarzer Manns Tasse lag auf der anderen Seite einer kleinen Rinne, die in der Regenzeit Wasser führte, sonst aber trocken war. Das Bachbett war voller Schutt und Abwässer und es gab keine Brücke. Drei Jungen und ein älterer Mann suchten sich einen Weg durch den Schutt, Whandall voran.

Tumbanton wurde gewöhnlich als Pelzeds rechte Hand betrachtet. Er war die Hand mit der Peitsche, der Ausbilder, wenn ein Junge sich dem Schlangenpfad anschloss. Er hatte Pelzed vor sechsundzwanzig Jahren das Leben gerettet, als sie beide nur einfache Sammler gewesen waren. Er hatte ihren Rückzug gedeckt, als ein Überfall auf die Irrgartenläufer sich zu einem katastrophalen Fehlschlag entwickelt hatte. Sechs waren dabei gestorben. Tumbanton und Pelzed waren entkommen. Tumbanton trug gewöhnlich kein Hemd, um das Narbengeflecht zu zeigen, das von diesem Vorfall zurückgeblieben war. Er erzählte die Geschichte ausnehmend gerne.

Aber er hatte von jenem Vorfall auch ein leichtes Hinken zurückbehalten, das einen geräuschvollen, schwankenden Gang zur Folge hatte. Sein Sohn Geravim, der keine nennenswerten Narben aufzuweisen hatte, schien ebenso unbeholfen wie sein Vater zu sein.

»Was will Pelzed überhaupt mit dieser Gegend?«, fragte Geravim, während er Dreck von seinen Sandalen schüttelte.

Tumbanton musste das wissen, sagte aber nichts.

»Vielleicht glaubt er, er kann die Sippenlosen dazu bringen, eine Brücke zu bauen«, meinte Shastern.

»Ich wünschte, sie hätten es schon getan«, murmelte Geravim.

Und warum sollten sie, wenn Fürsten und Fürstensippler nur sammelten, was sie bauten? Aber sie taten es trotzdem. Sippenlose arbeiteten, manchmal, und nur Männer wie Pelzed wussten, warum.

Pelzeds Familie war niemals wichtig gewesen. Wie aber war dann aus ihm Fürst Pelzed geworden?

Whandall stieg ein schwacher Geruch nach gekochtem Fleisch in die Nase. Er war schwach und in dem Gestank nach Abwässern und Fäulnis kaum wahrzunehmen, aber er war da.

»Ist irgendwas?«, fragte Shastern.

»Wahrscheinlich nicht«, sagte Whandall. »Warte hier, ich bin gleich wieder da.«

Es ging kein richtiger Wind, aber als er das Herdfeuer gerochen hatte, war ein schwaches Lüftchen aus südlicher Richtung herangeweht. Whandall schlug diese Richtung ein, bachabwärts, hätte die Rinne Wasser geführt. Es gab Schmierbusch-Gestrüpp und scharfe Pflanzen wie Fürstenwörter, nur dass diese kleiner waren und sich nicht bewegten, um nach ihm zu schlagen. Ein anderer Strauch sah mit seinen drei Blättern und den weißen Beeren wie eine Abart von Fürstenkuss aus, aber die Blätter waren widerlich rot. Weiter voraus war ein Abschnitt mit Stechpalme, Dornen und Beeren. Eine Art Tunnel mit Kaninchenlosung auf dem Boden zog sich durch die Dornen. Er roch daran. Frisch.

Der Weg führte steil nach unten. Die Mitte der Rinne war tief, ein trockenes Bachbett, aber die Seitenböschungen, fünfzig Fuß breit und fast so hoch über dem Bachbett, fielen nur sanft ab. Über den Böschungen war dichtes Gestrüpp bis zum Rand der Rinne und darüber hinaus, aber auf den Böschungen selbst gab es immer wieder freie Abschnitte zwischen Unkraut und Dickicht. Der Geruch nach gekochtem Fleisch wurde stärker, je weiter er nach Süden lief. Als er das Ende des schmalen gewundenen Tunnels durch die Stechpalmen erreichte, blieb er auf dem Bauch liegen und nahm sein Messer, um das Unkraut vor sich zu teilen, sodass er hinausschauen konnte, ohne selbst gesehen zu werden.

Er sah ein Kochfeuer. Ein Stück Fleisch briet auf einem Spieß darüber. Hinter dem Feuer war eine Höhle in der Uferböschung. Der Eingang war von oben und aus den meisten anderen Richtungen nicht zu sehen, da er hinter Gestrüpp und Stechpalmen verborgen war.

Drei sippenlose Männer saßen am Feuer. Sie schärften Äxte. Ein sippenloses Mädchen kam aus der Höhle und legte Feuerholz nach.

Direkt hinter diesem Lagerbereich wuchs Hanf. Die Pflanzen schienen sich von denjenigen auf den Feldern zwischen Teps Stadt und den Fürstenhügeln zu unterscheiden. Sie kamen Whandall größer, üppiger vor. Als das Mädchen an ihnen vorbeiging, sah Whandall, wie die Pflanzen sich in einer Brise rührten, die er nicht spüren konnte. Wilde Pflanzen hätten das ebenso getan.

Whandall vermochte nicht zu verstehen, was die Sippenlosen sagten. Er kroch rückwärts, bis er sich umdrehen konnte, und lief dann zu Shastern und den anderen zurück.

»Hast du irgendwas entdeckt?«, fragte Shastern.

Whandall schüttelte den Kopf. Er hätte es Shastern gesagt, aber Geravim und Tumbanton waren keine Verwandten. Diese Sippenlosen hatten sich abgesondert und würden nicht viel besitzen, was zu sammeln sich lohnte, aber er würde ein Familiengeheimnis daraus machen.

Die Rinne war schon immer Niemandsland gewesen, das vom Schlangenpfad und den Ochsenziemern gleichermaßen als Schuttabladeplatz benutzt wurde und als leicht zu erkennende Grenze diente. Schwarzer Manns Tasse war die erste Straße auf der anderen Seite, etwa hundert Fuß von der Rinne entfernt. Dahinter lag ein Gewirr aus Straßen und Distelfeldern, bevor die eigentliche Stadt begann.

In Schwarzer Manns Tasse gab es neun Häuser. Fünf davon hatten Dächer. Eines der Häuser ohne Dach war aus Stein und würde ein gutes Haus abgeben, falls jemand die Sippenlosen dazu bringen konnte, ein Dach zu errichten. Zwei der Bauwerke ohne Dach waren als Schuttabladeplätze und Abort benutzt worden und nur drei der Häuser mit Dach schienen bewohnt zu sein. Diese standen etwas abseits, drei Häuser zusammen neben einem Feld, das zum Teil von Unkraut und Gestrüpp befreit worden war.

Jede Mauer eines jeden Hauses, bewohnt oder nicht, wies das Zeichen der Ochsenziemer auf. Sie beobachteten einen Jungen in Shasterns Alter dabei, wie er das Zeichen der Ochsenziemer auf der Frontmauer erneuerte.

Whandall ließ Shastern und die anderen am Rand der Rinne warten und kroch zwischen den Abfallhaufen auf den Höfen hinter den Häusern hindurch. Jedes Haus wies auf der Rückseite einen kleinen geräumten Platz auf, wo das Herdfeuer betrieben wurde, und noch einen zweiten Platz dieser Art, wo die Kinder spielten. Überall wuchs Unkraut, sogar in den geräumten Bereichen. Alles stank. Ein Haus hatte einen Hund, der sich aber um Dinge außerhalb seines Hofs nicht zu kümmern schien.

Auf den Tierpfaden hinter den Häusern gab es Fußangeln. Whandall wich ihnen automatisch aus, als er zum bewohnten Bereich kroch. Er bewegte sich rasch, aber lautlos und niemand bemerkte ihn. Whandall grinste bei sich. Das Beobachten der sippenlosen Waldläufer war eine gute Übung gewesen.

Whandall sah nur vier Männer. Zwei waren uralt und saßen in zahnlosem Gespräch unweit eines Herdfeuers auf einem der Höfe. Einer war um die zwanzig. Der vierte war der Junge, der das Zeichen der Ochsenziemer erneuert hatte.

Whandall beobachtete die Gegend noch ein wenig, um festzustellen, ob sonst jemand kam. Dann hörte er es hinter sich rascheln.

Er drehte sich um und sah Shastern kommen. Er ging achtlos einen Wildpfad entlang ...

»Pass auf! Fußangeln«, raunte Whandall. Er bemühte sich, leise zu sein, aber einer der alten Männer musste sich ein gutes Gehör bewahrt haben.

»Spione!«, rief der Alte. »Spione! Ochsenziemer! Spione ...«

Und die Warnung hatte nichts genützt. Shastern hing in einer Fußangel. Als diese ihn zum Stolpern brachte, erwischte eine andere Schlinge seinen Arm.

Irgendwo im Osten ertönten Schreie.

Whandall lief zu Shastern zurück. Als er ihn erreichte, ertönten weitere Schreie, die ständig lauter wurden.

»Da kommen Ochsenziemer«, rief Shastern. »Schneide mich los!«

Es war nicht leicht, die Lederriemen durchzuschneiden, ohne Shastern dabei zu verletzen. Schließlich hatte Whandall den Arm seines Bruders frei bekommen. Gemeinsam befreiten sie seine Beine. Shastern erhob sich und grinste kläglich.

»Was jetzt?«, fragte Whandall.

»Jetzt laufen wir, was das Zeug hält, großer Bruder!«, sagte Shastern. Er lief ein paar Schritte und fiel dann wieder zu Boden, als ihn die nächste Fußangel erwischte. Bis Whandall ihn daraus befreit hatte, waren ihnen die Krieger der Ochsenziemer erheblich näher gekommen, wie ihre Schreie verrieten. Sie konnten noch niemanden sehen, aber es klang so, als seien sie ihnen dicht auf den Fersen. Shastern lief in weiten Sätzen in der Hoffnung, den Fußangeln auf diese Weise zu entgehen. Whandall lief hinter ihm und hielt nach Fallen Ausschau. Shasterns Vorsprung wurde immer größer.

Geravim und Tumbanton waren verschwunden. Shastern war weit voraus und Whandall hörte Schreie hinter sich. Er war ziemlich ausgepumpt. Sie würden ihn bald einholen. Besser, er blieb stehen, solange er noch kämpfen konnte.

Er sah sich nach einem guten Kampfplatz um. Am besten war eine Nische, aber es gab keine. Hier waren nicht einmal Mauern. Der beste Zufluchtsort, den er sehen konnte, war ein Stechpalmenstrauch. Gegen einen Speer würde er nutzlos sein, aber vor Messern konnte er seinen Rücken schützen. Er lief zum Stechpalmenstrauch, hob eine Hand voll Erde auf, wickelte sich die Jacke um den linken Arm und drehte sich um. Das lange Messer der Fürstensippler lag gut in der Hand und er versuchte zu grinsen, wie er es bei erwachsenen Fürstensipplern gesehen hatte, wenn sie Sippenlose einschüchterten.

Es waren nur drei Ochsenziemer. Alle waren größer als Whandall, der Älteste vermutlich zwanzig. Er hatte keinen von ihnen je zuvor gesehen. Wer auch immer in Schwarzer Manns Tasse wohnen mochte, es reichte ihnen, dass andere die Gegend für sie verteidigten.

Einer trug ein Messer. Das beunruhigte Whandall nicht sehr, aber ein anderer hatte eine große, mit Obsidiansplittern besetzte Keule. Der dritte hatte einen Stein an einer langen Schnur aus Rohleder festgebunden. Er schwang seine Waffe in trägem Kreis um seinen Kopf, doch der Stein bewegte sich noch schnell genug, um Whandall den Schädel einzuschlagen, sollte er von ihm getroffen werden.

Als der erste Ochsenziemer auf ihn zu trat, warf Whandall ihm die Hand voll Erde ins Gesicht, sprang blitzartig vor und zog ihm das Messer über die Brust, bevor er sich wieder zu seinem Strauch zurückzog. Blut quoll aus der Schnittwunde auf der Brust des Ochsenziemers und der Bursche mit dem Messer heulte vor Schmerzen auf.

Der ältere Junge hob die Keule. Er bedeutete seinen Kameraden auszuschwärmen. »Er ist schnell, aber er kann uns nicht alle erwischen.« Der Anführer der Ochsenziemer grinste. Sein linkes Auge bildete die Mitte einer Tätowierung. »Was willst du hier, Junge? Bist du scharf darauf, dich umbringen zu lassen? Welche Bande trägt eine *Zielscheibe* als Kennzeichen?«

Zielscheibe? Ach so, er meinte wohl die Narbe rings um Whandalls Auge.

Whandall suchte nach einer Ausflucht. Es schien keine zu geben. »Wir sind einem Sippenlosen wegen Muscheln gefolgt«, sagte er schnell. »Aber wir haben ihn verloren, dann ist mein ... Freund in eine Fußangel geraten. Wir haben euch nichts getan.«

»Du bist hier auf Ochsenziemer-Gebiet«, entgegnete der ältere Junge und warf einen fachkundigen Blick auf Whandalls Hand. »Wir wollen hier keine Schlangen!« Er bedeutete den anderen, noch weiter auszuschwärmen. Der Junge mit dem Messer hatte aufgehört zu jammern, als er erkannt hatte, dass die Wunde nicht tief war. Jetzt versuchte er sich die Erde aus den Augen zu reiben. Er begab sich auf Whandalls linke Seite, weg von dessen Messer. Der Junge hielt sein eigenes Messer sehr unbeholfen. Ein Anfänger, dachte Whandall. Er würde kein Problem sein.

Die Keule beunruhigte ihn. Sie war lang genug, um ihn zu treffen, bevor er selbst zustechen konnte. Whandall hatte nie zuvor gegen eine Keule gekämpft. »Hast du Angst, ein Messer zu benutzen?«, höhnte er.

»Nein, ich bin nur vorsichtig«, sagte der ältere Junge. »Willst du dich ergeben?«

»Was passiert, wenn ich es tue?«

Der Keulenmann zuckte die Achseln. »Das liegt bei unserem Häuptling«, sagte er. »Keine Ahnung, was Wulltid mit dir anstellen wird. Aber es kann nicht schlimmer sein als das, was wir mit dir machen, wenn du dich nicht ergibst!«

Das Problem war, es war möglich. Auf der anderen Seite bezahlte Pelzed vielleicht ein Lösegeld für ihn, da Whandall in seinem Auftrag unterwegs war. Es herrschte kein Kriegszustand zwischen Schlangenpfad und Ochsenziemern. Doch Pelzed würde nicht sehr glücklich sein ...

»Ergibst du dich jetzt oder nicht?«, fragte der Keulenmann. »Die Zeit wird knapp ...«

»Ich habe massenhaft Zeit«, sagte Whandall. Er hielt den Atem an. Die Lage war ernst. Der Junge mit der Bola stand in einigem Abstand auf Whandalls rechter Seite und schwang sie jetzt schneller.

Der Keulenmann hob seine Waffe. »Letzte Gelegenheit.«

»Yangin-Atep!«, rief Whandall. »Yangin-Atep!«

Der Anführer der Ochsenziemer war für einen Augenblick verblüfft. Er sah sich um, als rechne er mit dem Auftauchen des Feuergottes. Dann lachte er. »Yangin-Atep liebt Ochsenziemer genauso wie Schlangenscheiße!«, brüllte er.

»Nämlich überhaupt nicht«, rief der Junge mit dem Messer. »Toller Hund, es ist mir egal, ob er aufgibt – ich muss ihn aufschlitzen!«

»Ja, das glaube ich auch. Yangin-Atep ... Yangin-Atep wird nicht für dich aufwachen.«

Whandall glaubte es auch nicht, aber es war den Versuch wert gewesen.

»Schlangenpfad!« Der Schrei kam aus der Rinne.

»Schlangenfüße!«, antwortete Whandall.

»Wir kommen!« Das war Shasterns Stimme. Das ganze Buschwerk in der Rinne schien in Aufruhr zu geraten. »Halte durch!«

Toller Hund lauschte. Den Geräuschen nach zu urteilen

war ein halbes Dutzend Schlangenpfad-Krieger im Anmarsch und dieses Kräfteverhältnis gefiel ihm nicht. »Lass dich nicht wieder im Revier der Ochsenziemer blicken!«, rief er. Er gab den anderen ein Zeichen und die drei zogen sich nach Osten zurück.

Als sie weg waren, lief Whandall zur Rinne und über den Böschungsrand. Shastern war da, allein. Er hielt einen Ast in der Hand und schlug damit auf das Dickicht ein. »Wir kommen!«

»Schön, dich zu sehen, Shaz«, sagte Whandall.

Shastern grinste. »Schön, dich zu sehen, großer Bruder. Und jetzt lass uns verschwinden, bevor sie herausfinden, dass ich allein bin!«

»Geravim und Tumbanton?«

»Sind davongelaufen.«

15. Kapitel

Pelzed lauschte aufmerksam Whandalls Schilderung. »Niemand Wichtiges lebt dort«, folgerte er. »Keiner von denen, die euch verfolgt haben. Bist du sicher?«

»Ja, Fürst.« Whandall zögerte. »Fürst, darf ich fragen ...«

Pelzeds Augen verengten sich. »Denkst du daran, meinen Platz zu übernehmen?«

»Nein, Fürst. Ich könnte ihn nicht ausfüllen«, sagte Whandall.

Darüber dachte Pelzed erst einmal nach. »Ich denke, du bist schlau genug, um das wirklich zu glauben«, meinte er schließlich. »Whandall, ich suche Gebiet, das wir übernehmen können.«

»Aber dieses Gebiet ist es nicht wert, übernommen zu werden!«, ereiferte sich Whandall.

Pelzed lächelte. »Freut mich, dass du so denkst. Wenn du es für wertlos hältst, wird Wulltid von den Ochsenziemern sich dessen ganz sicher sein.«

Pelzed und Wulltid trafen sich auf dem Friedensplatz unter den wachsamen Blicken der patrouillierenden Fürstenmänner. Sie hatten sich auf eine Begleitung von nur jeweils vier Männern geeinigt. Wulltid brachte vier große ungeschlachte Leibwächter mit. Pelzed hatte zwei seiner regulären Wachmänner bei sich, aber er hatte auch Whandall und Shastern mitgebracht.

»Ihr habt mein Gebiet überfallen«, begann Wulltid unvermittelt.

»Immer mit der Ruhe«, sagte Pelzed. »Trink etwas Tee.« Er goss aus seinem Steinkrug ein, der mit Stroh umwickelt war, um ihn warm zu halten. Mit den Tassen war man ebenso verfahren. Pelzed hob seine Tasse, trank und nickte. »Nun denn. Ich grüße dich, Häuptling Wulltid.«

Wulltid starrte Pelzed mürrisch an, hob seine Tasse und nippte. »Der ist ziemlich gut«, räumte er ein. »Ich grüße dich, Fürst Pelzed. Aber ihr habt trotzdem mein Gebiet überfallen.«

Pelzed beschrieb eine Geste, die Whandall und Shastern einschloss. »Ich habe diese beiden Jungen losgeschickt, um festzustellen, was ihr aus Schwarzer Manns Tasse gemacht habt«, sagte Pelzed. »Nämlich gar nichts. Zwei Jungen zu einer Straße, an der euch nichts liegt. Wie könnte das ein Überfall sein?«

»Die Straße liegt auf meinem Gebiet«, entgegnete Wulltid.

»Lass uns darüber reden. Was willst du dafür haben? Hanf? Wie viel Hanf? Vielleicht etwas Teer?«

»Hanf? Teer?« Wulltid funkelte Whandall an. »Was hast du da gefunden, Junge? Gold?«

»Schutt. Die Straße ist ein Schutthaufen, Häuptling Wulltid«, sagte Whandall. Er wandte sich an Pelzed und wiederholte: »Ein Schutthaufen, Fürst!«

»Warum will dein Fürst sie dann aber haben?«, wollte Wulltid wissen.

Whandalls Verblüffung war echt.

»Das ist ganz einfach«, sagte Pelzed. »Ich habe ein paar

Verwandte, die Häuser brauchen, und ein paar Sippenlose, die sie für sie bauen würden. Was uns fehlt, ist ein Bauplatz. Schwarzer Manns Tasse wird gar nicht so übel sein, wenn der ganze Schutt erst einmal in der Rinne liegt.«

»Das hatte ich mir auch überlegt«, sagte Wulltid. »Aber die Sippenlosen, die ich dort angesiedelt hatte, wollten nicht bleiben. Eure werden auch nicht bleiben wollen.«

»Das ist mein Problem«, sagte Pelzed. »Also, was willst du für die Tasse haben? Viel wert ist sie jedenfalls nicht.«

»Was, wenn ich sage, ich glaube dir nicht?«, sagte Wulltid freundlich. »Dahinter steckt doch noch mehr.«

»Es sind keine nahen Verwandten ...« Pelzed lächelte. »Fürst Samorty hat mich darum gebeten. Die Fürsten wollen das Gebiet aufgeräumt haben.«

»Warum?«

»Wer kennt schon die Gründe, warum Fürsten etwas wollen? Aber sie haben mich darum gebeten.«

»Was haben sie angeboten?«

Pelzed seufzte. »Fünf Ballen Hanf.«

»Fünf! Mir haben sie nur drei gegeben!«

»Du hast sie genommen? Aber ihr konntet die Gegend nicht aufräumen«, sagte Pelzed.

Wulltid kratzte sich den Kopf. »Ich habe es versucht. Ich hätte der Gegend eine Schonfrist von zwei Jahren einräumen können. Sogar drei. Aber dieser Geschmeidemacher hat fünf Jahre verlangt! Ich musste fünf Jahre versprechen! Der Geschmeidemacher – das ist doch nur ein verrückter Sippenloser.«

»Du hast ihm nicht mal zwei Jahre gegeben«, sagte Pelzed fröhlich. »Die Ochsenziemer haben doch schon ein Jahr nach dem Einzug der Sippenlosen in der Tasse gesammelt.«

Anstelle einer Antwort trank Wulltid einen Schluck Tee.

»Also hörte die Arbeit auf. Du konntest deine Leute nicht vom Sammeln abhalten, die Sippenlosen zogen aus, und jetzt bist du verpflichtet, eine Gegend zu beschützen, in der niemand, der irgendetwas wert ist, wohnen will! Häuptling, ich tue dir einen Gefallen, wenn ich dir dieses Elendsgebiet abnehme. Aber ich gebe dir einen halben Ballen dafür.«

»Du bekommst fünf Ballen«, sagte Wulltid. »Ich will zwei für Schwarzer Manns Tasse.«

»Einen«, sagte Pelzed. »Du hast schon drei dafür bekommen.«

»Zwei.«

»Also gut. Zwei«, sagte Pelzed. »Aber wir ziehen einen Fürstenzeugen zu dieser Abmachung heran.«

Wulltid zuckte die Achseln. »Wenn du ihn bezahlst. Ich werde es nämlich nicht tun.«

Der Fürstenzeuge kam in Begleitung von zwei Fürstenmännern und einem sippenlosen Sekretär, der nicht älter als Whandall sein konnte. Der Sekretär war gekleidet wie die Bediensteten, die Whandall auf der Fürstenhöhe gesehen hatte. Der Zeuge trug eine eng sitzende Kappe, die seine Ohren vollständig bedeckte, dazu eine dunkle Amtsrobe.

Der Sekretär redete mit hoher Stimme. »Ihr wünscht die Aufmerksamkeit eines Fürstenzeugen? Das macht zehn Muscheln im Voraus.«

Pelzed legte sie in einer Reihe auf den Tisch, in einer einzigen geschmeidigen Bewegung, zehn von einem Fürstensekretär gekennzeichnete Muscheln. Der Sekretär steckte sie in einen Lederbeutel. Er wandte sich an den Zeugen. »Sie haben bezahlt, Euer Ehren.«

Der Zeuge setzte sich, um zuzuhören.

»Eine Vereinbarung zwischen Fürst Pelzed vom Schlangenpfad und Häuptling Wulltid von den Ochsenziemern«, sagte der Sekretär. »Sprich, Wulltid von den Ochsenziemern.«

»Wir treten die unter dem Namen Schwarzer Manns Tasse bekannte Straße an den Schlangenpfad ab«, sagte

Wulltid. »Der Schlangenpfad wird die Arbeit beenden, für deren Erledigung die Ochsenziemer bezahlt wurden. Wir werden alle Ochsenziemer binnen zwei Tagen aus der Gegend abziehen und niemals zurückkehren. Der Schlangenpfad muss alle Schilder und Zeichen übermalen. Wir werden das nicht tun.«

Der Sekretär schrieb auf einem Blatt, das aussah, als sei es aus dünnem weißem Leder. Als Pelzed etwas sagen wollte, hob der Sekretär die Hand, bis er alles aufgeschrieben hatte. »Jetzt. Sprich, Pelzed vom Schlangenpfad.«

»Wir werden die Arbeit beenden, die von Fürst Samortys Sekretär angeboten wurde. Die Fürsten bezahlen uns dafür fünf Ballen Hanf und zwei Eimer Teer. Wir bezahlen den Ochsenziemern zwei Ballen Hanf.

Als Gegenleistung werden Schutt und Abfälle von Straße und Höfen entfernt, es werden fünf Häuser mit Sippenlosen eingerichtet und fünf Jahre lang wird niemand in Schwarzer Manns Tasse sammeln.«

Der Sekretär schrieb wieder. »Seid ihr beide damit einverstanden?«, wollte er wissen. »Dann unterzeichnet dieses Pergament. Vielen Dank. Das macht dann noch zwanzig Muscheln.«

Danach war Pelzed redselig und belustigt. »Es war leicht!«, frohlockte er. »Wulltid hat überhaupt keinen Verdacht geschöpft!«

Whandall fragte nicht, *schaute* aber. Pelzed lachte. »Wegen der Rinne gab es für uns keine Möglichkeit, uns in dem Gebiet auszudehnen«, sagte er. »Ich wollte schon immer ein Gebiet auf der anderen Seite. Die Rinne ist vielleicht etwas wert. Wenn sie sauber ist, könnte ein Sippenloser dort Hanf anbauen, glaube ich.«

Whandall musste an das verborgene Lager der Sippenlosen denken.

»Also wollte ich die Rinne haben«, sagte Pelzed. »Vielleicht hätte ich sie kaufen können, aber so ist es besser. Pass auf, Whandall – jetzt wissen die Fürsten, dass die Ochsenziemer ihre drei Ballen und noch zwei von meinen genommen und nichts dafür getan haben. Fünf Ballen ohne Gegenleistung. Mir bleiben nur die drei, die auch die Ochsenziemer bekommen haben, und ich werde die Arbeit schaffen.«

Whandall wartete einen Respektsaugenblick. »Wie, Fürst?«

»Meine Sippenlosen glauben mir, wenn ich ihnen sage, dass sie fünf Jahre vom Sammeln verschont werden«, sagte Pelzed. »Glaubst du mir, Whandall?«

Whandall antwortete nicht sofort. Pelzed fragte: »Kennst du Fawlith?«

»Den Bettler, der die ganze Zeit vor sich hin plappert?«

»Den meine ich. Wir haben ihn und seinen Bruder beim Sammeln in einer Straße erwischt, wo ich den Sippenlosen versprochen hatte, dass man sie in Ruhe lassen würde.«

»Ich wusste gar nicht, dass er einen Bruder hat.«

Pelzed grinste nur. »Willst du in deinem eigenen Haus leben?«, fragte er. »Ich brauche zwei Fürstensippler-Familien in Schwarzer Manns Tasse. Um über die Sippenlosen dort zu wachen. Bist du bereit, eine Familie zu gründen?«

Whandall dachte kurz darüber nach. »Danke, nein, Fürst, ich habe ein Heim.« Er zuckte die Achseln. »Ich habe keine Frau.«

»Ein schönes Haus bringt dir auch eine Frau«, sagte Pelzed. »Auch mit dem Auge. Aber du bist noch jung. Frag mich, wenn du so weit bist. Für das hier bin ich dir was schuldig.«

»Es waren drei«, sagte Shastern viel später. »Und du hast sie dir vom Leib gehalten, bis ich sie verscheucht habe. Sag mir, wie man das macht.«

Whandall versuchte es ihm zu erklären. Er erzählte Shastern, wie er jede Bewegung geübt und dabei nur daran und an nichts anderes gedacht und dass es Monate gedauert habe.

Shastern glaubte ihm nicht. Es musste ein Geheimnis

geben, das Whandall ihm nicht verraten wollte. Shastern verließ ihn voller Entrüstung und danach war Whandall noch mehr allein als zuvor.

16. Kapitel

Je mehr die Narben des Brennens verblassten, desto weniger Gaffer kamen. Sie blieben jedoch nicht gänzlich aus. Tras Preetror war zwar nicht mehr da, aber andere Erzähler blieben .

Einer von ihnen gab Shastern eine Hand voll Früchte, um den Holzstapelplatz der Schnitzer abzufackeln. Aus vollem Lauf und mit einem Aufschrei, der einem das Blut in den Adern gefrieren ließ, warf Shastern zwei Fackeln an einem Stapel Bauholz vorbei in den Arbeitsschuppen. Natürlich erloschen die Fackeln sofort. Danach reichte Shastern die Früchte überall herum.

Sie erzählten den Gaffern niemals, was mit Feuer draußen vor dem Schuppen geschah.

Whandall mochte Gaffer. Wie die meisten Sippenlosen machten sie keine Schwierigkeiten, wenn ihre Sachen verschwanden. Ein Gaffer, der deswegen Aufhebens verursachte, würde in beklagenswertem Zustand zu den Docks zurückgebracht werden – und wer sollte sich darüber beklagen? Viele, nicht nur Geschichtenerzähler, hatten kleine mit Wein gefüllte Flaschen als Geschenke bei sich, als Gegenleistung für Geschichten oder erwiesene Hilfeleistungen. Manche hatten eingekochtes Obst für Kinder dabei. Und natürlich erzählten sie Geschichten.

Wieder im Frühjahr, drei Jahre, nachdem er seine furchtbaren Prügel bezogen hatte, ließ Pelzed Whandall in sein Versammlungshaus ohne Dach rufen.

Tumbanton war nicht da. Whandall ging auf, dass er bei seinen letzten Besuchen hier im Versammlungshaus weder Tumbanton noch Geravim gesehen hatte. Tumbanton und sein Sohn gingen Whandall möglicherweise aus dem Weg, nachdem sie Whandall und Shastern der Willkür der Ochsenziemer überlassen hatten.

Dieser Tage genoss Whandall den Status eines Mannes, obwohl er sich seine Tätowierung noch nicht ausgesucht hatte. Zaghaft begann er eine Unterhaltung mit einigen von Pelzeds Männern und stellte fest, dass sie offen mit ihm redeten und ihn als ihresgleichen behandelten. Doch als er nach Tumbanton fragte, wollte niemand die Frage gehört haben. Whandall verbarg seine Belustigung und fragte, ganz naiv, auch nach Geravim.

Die Unterhaltung kam zum Erliegen. Whandall schlenderte gleichmütig in die Richtung von Pelzeds Räumen. Am besten nahm er diese beiden Namen nicht mehr in den Mund, bis er mehr darüber wusste.

Der Fürst vom Schlangenpfad bot Hanftee an und wartete, bis Whandall einen Schluck getrunken hatte, bevor er sprach. »Tras Preetror ist wieder da.«

Whandall starrte ihn an. »Ich dachte, sie hätten ihn an die Krabben verfüttert!«

»Anscheinend nicht. Er schuldet mir ein neues Dach. Jedenfalls würde ich gern seine Geschichte hören. Du nicht auch?«

Whandall hatte gelernt, vorsichtig zu sein. Er nickte nur: *Fahr fort*.

»Ich will mich mit ihm treffen, habe aber noch nicht entschieden, wen ich schicken soll. Einem anderen schenkt er vielleicht keine Beachtung. Wenn ich dich schicke, wird er zu erklären versuchen, was schief gegangen ist. Bring ihn her, ja?«

»Fürst, ich bin dein Bote und nicht mehr. Entweder er kommt oder er kommt nicht. Wo kann ich ihn finden?«

»Das weiß niemand.« Pelzed lächelte. Der Tee stimmte ihn milde. »Nicht auf der Fürstenhöhe, glaube ich.«

Tumbanton glaubte, Pelzed sei ihm etwas schuldig. Vielleicht war Pelzed es leid gewesen, ständig daran erinnert zu werden.

Tumbanton kannte Pelzeds Verbote, mochte sich aber für eine Ausnahme gehalten haben.

Tumbanton und sein Sohn hatten Schwarzer Manns Tasse erforscht. Das gab ihnen so etwas wie ein Besitzinteresse ...

Whandall konnte sich nicht in Pelzeds Umgebung erkundigen. Er konnte sich auch nicht in Schwarzer Manns Tasse erkundigen: streunende Fürstensippler wagten nicht, sich dort blicken zu lassen. Aber Pelzed hatte dort zwei Fürstensippler-Familien angesiedelt, Corles und Trazalac, um über die Tasse zu wachen. Als Stant Corles auf den Lange-Meile-Markt ging, um dort einzukaufen, erwartete Whandall ihn bereits mit einer kalten gebackenen Kartoffel.

Stant wusste nur, dass vier Fürstensippler versucht hatten, von den Sippenlosen zu sammeln, die unter dem Schutz der Corles-Familie standen. Sie waren im Schutz der Nacht in das Haus eingedrungen und hatten die entsetzte und verschreckte Familie gefangen gehalten. Als alles vorbei war, waren die Sippenlosen befreit und drei Fürstensippler den Fürsten übergeben worden. Niemand wusste, was mit ihnen geschehen würde. Doch der vierte, der ältere Mann mit all den Narben ...

»Wir haben ihn aufgeknüpft und mit ihm gespielt. Er hat es zwei Tage lang ausgehalten. Es war nicht meine Idee. Solange er noch reden konnte, versuchte er uns immer wieder einzureden, er sei mit Fürst Pelzed befreundet. Der alte Trazalac fand das *viel* zu witzig. Er hat aber nicht gesagt, warum, und ich bin nicht geneigt, zweimal zu fragen, weißt du?«

Tras Preetror hielt sich im Dorf unweit des Hafens auf. Für Whandall war das bereits viel zu nah bei der Fürstenhöhe.

Der Friedensplatz war neutrales Gebiet und auch den Hügeln und Hanffeldern am nächsten, die das ›rückständige Gebiet‹ – den größten Teil von Teps Stadt – von Fürstendorf, dem Hafen und der Fürstenhöhe trennten. Die Fürsten hatten ihre Methoden verändert. Vor dem Volksfest waren Fuhrwerke und Wachen einmal im Monat in die einzelnen Parks gegangen. In diesem Jahr verteilten sie mehr, aber die Frauen mussten auch weiter laufen, um es zu bekommen.

Die Frauen mussten alle acht Wochen zum Friedensplatz kommen. Dann brachten Fürstenmänner und sippenlose Fuhrleute Körbe mit Korn und Krüge mit Öl. Manchmal gab es Früchte und vielleicht zweimal im Jahr auch Käse. Die sippenlosen Sekretäre wurden von den behelmten und mit Speeren bewaffneten Fürstenmännern beschützt.

Die Frauen mussten bestimmte Sachen sagen. »Ich bin Witwe.« – »Ich habe kein Obdach.« – »Meine Kinder hungern!« – »Kein Mann beschützt mich.«

Kein Mann durfte den Platz betreten. Die Sekretäre beschenkten nur allein stehende Mütter und Frauen, die zu alt waren, um Kinder zu haben. Viele Frauen mussten sich ein Kind borgen.

Die Fürstenmänner und ihre sippenlosen Sekretäre verteilten ihre Gaben und die Frauen verließen mit ihnen den Platz. Dann begannen die Kämpfe.

Männer sammelten von ungeschützten Frauen. Die Männer der Ortsfeste bildeten einen Kreis um Mutter und Mutters Mutter und die Tanten, Schwestern und Basen. Die Ortsfeste besaß einen Karren, der von den kleineren Jungen gezogen wurde. Ein Teil der Gaben wurde auf den Karren geladen, aber nicht alles, weil eine andere Bande den Karren sammeln mochte.

Die Ortsfeste war groß genug und hatte so viele Frauen, dass es besser war zu schützen, was sie hatten, als zu versuchen, noch mehr zu sammeln. Diese Lektion hatten sie am ersten Muttertag nach dem Fest gelernt. Andere lernten ebenfalls.

Sie hatten gerade alles auf Karren verladen oder an Stangen befestigt, welche die Frauen tragen konnten, als Whandall Tras Preetror sah.

Er sagte es Resalet. »Pelzed will, dass ich mit ihm rede.«

Resalet beäugte die Menge und nickte. »Diesmal können wir auf dich verzichten. Es ist gut, den Frieden mit Pelzed zu bewahren. Komm nach Hause, sobald du kannst.«

Tras sah älter und dünner aus, drahtiger. Bei seinem Anblick schmerzten Whandalls Knochen, als er sich erinnerte. »Sie sagten zu mir, sie würden dich an die Krabben verfüttern«, meinte er.

»Zu mir haben sie gesagt, mit dir hätten sie das bereits getan«, erwiderte Tras.

Der Friedensplatz leerte sich rasch, da Haushalte, Familien und Banden abzogen und versuchten, so schnell wie möglich nach Hause zu kommen, bevor jemand alles von ihnen sammelte. Tras wählte einen Tisch an einer Straßenecke und bestellte Honigtee für sie beide. Nachdem sie Platz genommen hatten, betrachtete er Whandall eingehend.

»Offensichtlich haben sie das nicht getan. Du bist gewachsen. Und hast dein Messer.«

»Ich dachte, ich würde mein Leben lang ein Krüppel sein«, sagte Whandall. »Tras, du hast behauptet, dass du sie überreden kannst, aber du kannst niemanden überreden, wenn er dir nicht zuhört! Was haben sie mit dir gemacht?«

»Mich als Matrose verkauft«, berichtete Tras. »Ich musste zwei Jahre schuften, um den Preis abzuarbeiten, den sie für mich gezahlt hatten.« Er betrachtete seine schwieligen Hände. »Das Matrosenleben ist hart, aber ich bin besser in Form als je zuvor. Außerdem habe ich ein paar neue Geschichten zu erzählen.«

»Fürst Pelzed will sie hören. Er sagt, du schuldest ihm ein Dach.«

Tras Preetror lachte wie ein Irrer.

Das irritierte Whandall. Er fragte: »Hast du seitdem wieder versucht, auf die Fürstenhöhe zu kommen?«

Das Lachen blieb ihm im Halse stecken. »Natürlich hattest du Recht. Aber ihnen ist vollkommen egal, was ich jetzt mache. Ich habe Friedensstimme Wassermann bei den Docks gesehen, als mein Schiff einlief. Er war überrascht, dass ich Passagier war und nicht zur Besatzung gehörte, aber er hat mich nur aufgefordert, mich von der Fürstenhöhe fern zu halten. Diesmal brauchte ich die Warnung nicht.« Tras sah zu dem Olivenbaum hoch, der ihnen Schatten spendete. »Aber weißt du, vielleicht gibt es doch eine Möglichkeit ...«

»Nicht mit mir, Tras«, sagte Whandall.

»Beim nächsten Brennen?«, fragte Tras. »Nimm Freunde, Verwandte, alle, die du kennst, und bring Yangin-Atep zu den Fürsten. Das wird ihnen eine Lehre sein ...«

»Das mag schon sein«, sagte Whandall. »Aber ich werde ihnen diese Lehre nicht erteilen.« Whandall stellte sich für einen Augenblick ein Leben ohne die Fürsten vor. Es würde ganz anders sein als sein jetziges Leben. Besser? Das konnte er nicht wissen.

Der Tee war angenehm, anders als der Hanftee, den Pelzed trank. Tras musste bemerkt haben, dass Whandall ihn mochte, weil er noch mehr bestellte. Er trank bedächtig. »Eine Spur Hanf und Salbei«, verkündete er. »Die Bienen müssen sich auf den Hanffeldern getummelt haben.«

Whandall schaute verwirrt drein.

Tras fragte: »Weißt du nicht, woher Honig stammt?«

Whandall schüttelte den Kopf.

»Ich nehme an, Holzfäller haben keinen Honig«, sann Tras. »Bienen machen Honig. Und dann wird der Honig von Imkern eingesammelt. Imker sind Leute, die Bienen züchten.«

Welten erschlossen sich, wenn Tras redete. Imker mussten sippenlos sein, nicht wahr? Wo bewahrten sie den Honig auf, den sie sammelten? Beschützten die Bienen sie? Whandall fragte und Tras Preetror kannte die Antwort ...

»Andernorts verhandelt ein Imker mit der Königin. Er erklärt sich bereit, den Stock zu beschützen, oder vielleicht legt er auch einen Garten für sie an. Sie mögen Gold. Hier schützt die Magie der Königin den Stock nicht vor Tieren und Sammlern. Ich nehme an, du kannst dir den Honig einfach nehmen, aber das bedeutet, dass jeder es kann. Ich würde meinen, dass irgendein Sippenloser den Stock bewachen muss: Er vertreibt Bären, verbirgt den Stock vor den Fürstensipplern ... Nur ... Ich habe etwas gehört. Was war das noch gleich?«

Whandall dürstete nach Wissen. Ihm war nicht bewusst gewesen, wie sehr er Tras Preetror vermisst hatte. Er beobachtete ihn dabei, wie dieser sich das Gedächtnis zermarterte ...

»D-Dolche. Den Sammelbienen in Teps Stadt wachsen jetzt kleine giftige Dolche, als seien sie schwarz-gelbe Fürstensippler-Jungen«, sagte Tras hämisch. »Genau. Du bist an der Reihe.«

Auch das hatte Whandall vermisst. Er erzählte, wie er zur Ortsfeste zurückgebracht und dort im Säuglingszimmer gepflegt worden war. Wie er in die winzige Dachstube umgezogen war. »Lenorbas Zimmer. Sie haben sie doch noch erwischt. Dreizehn Jahre zu spät.«

»Wer hat wen erwischt?«

»Ich habe die Geschichte gehört, als ich noch ein kleiner Junge war. Du hast die Aufführung von *Jispomnos* gesehen, Tras. Du weißt, dass es keinen Außenstehenden etwas angeht, was ein Mann mit seiner Frau macht ...«

»Selbst dann nicht, wenn er sie ermordet.«

»Genau. Eine Frau, die ihren Mann umbringt, hat auch nicht viel zu befürchten. Vielleicht hat er sie verprügelt und alle wissen es, alle sehen die blauen Flecke. Aber so war es nicht bei Lenorba und Johon.

Johon vom Blumenmarkt ist mit ihr zusammengezogen, weil sie ein wenig verrückt war, besonders nach Sex. Irgendwann war er es Leid, aber sie nicht. Sie ließ sich mit vielen Männern ein. Einer dieser Männer verprügelte Johon. Der ging nach Hause und verprügelte Lenorba. Dann redeten sie miteinander, und beide sagten, es täte ihnen Leid, und sie gingen ins Bett. Sie laugte ihn aus. Er schlief neben ihr ein und sie tötete ihn im Schlaf. Dann lief sie heim zur Ortsfeste.

Sie schien wirklich zu glauben, dass sie nur einen blauen Fleck vorzuzeigen brauchte. Aber so war es nicht. Der Blumenmarkt ließ bekannt machen, dass man Lenorba töten werde, falls man sie außerhalb der Mauern der Ortsfeste antreffe. Also verließ sie die Ortsfeste nicht mehr.

Wanshig hat mir den Rest erzählt. Es gab nicht genug Frauen in der Ortsfeste, um uns am Muttertag das zu holen, was wir brauchten, also nahmen sie Lenorba mit. Sie gaben ihr ein Baby, das sie halten konnte ... meinen kleinen Bruder Trig. Die Männer begleiteten die Frauen zum Friedensplatz, mussten aber an der Grenze warten, während die Frauen weiter gingen. Hinterher fanden sie Trig auf dem Podest, mitten auf der Bühne, wo er an einer Pflaume lutschte. Lenorba wurde nie gefunden.«

Der Platz hatte sich mittlerweile fast gänzlich geleert.

Wanshig kam über den Platz und stellte sich neben Whandall. Er beäugte Tras Preetror argwöhnisch. »Wir haben den Karren nach Hause gebracht«, sagte Wanshig. »Also bin ich zurückgekehrt, um nach dir zu sehen. Als du letztes Mal mit ihm gegangen bist, hat es ein Jahr gedauert, bis du wieder gesund warst. Länger«, fügte er hinzu, während er den roten, entzündeten Ring um Whandalls linkes Auge betrachtete.

Tras schaute gequält drein. »Ihn haben sie immerhin heimkehren lassen«, sagte er. »Ich habe zwei Jahre gebraucht, bis ich mich von diesem Schiff freikaufen konnte!«

Wanshig setzte sich unaufgefordert zu ihnen. »Du warst auf einem Schiff?«

»Ja.«

»Wohin seid ihr gefahren? Condigeo?«

Tras lachte. »Die lange Strecke! Als wir schließlich in Condigeo ankamen, konnte ich mich freikaufen. Aber als Erstes sind wir nach Norden gefahren.«

»Wohin?«, fragte Wanshig.

»Zuerst zur Bucht der Hoheiten. Man nennt sie so, weil eure Fürsten dort Verwandte haben oder es wenigstens behaupten. Dann zur Holzarbeiterbucht, dann um das Kap zum Zuckerberg. Nördlich davon liegt die Große Adlerbucht. Eines Tages kehre ich vielleicht noch einmal dorthin zurück. Dort gibt es das beste Fischrestaurant überhaupt. Es wird von einem stämmigen Nix geführt, der Löwe genannt wird. Dann segelten wir nach Süden, aber unser Zauberer war nicht gut genug. Ein Sturm trieb uns an Condigeo vorbei zur Bucht der Schwarzen Krieger.«

Whandall sah zu seiner Überraschung, dass Wanshig gebannt lauschte. »Ich habe bisher noch nicht einmal den Hafen aus der Nähe gesehen«, sagte Wanshig. »Also bist du zur See gefahren und Whandall hat man den Arm gebrochen. Ich glaube, du bist meinem Bruder etwas schuldig.«

»Pelzed sagt, ich schulde ihm ein Dach.«

»Pelzed weiß, dass du niemals bezahlen wirst«, erwiderte Wanshig. »Das ist etwas anderes. Aber du stehst in Whandalls Schuld.«

Tras zuckte die Achseln. »Das mag sein, aber wie soll ich bezahlen? Es hat mich fast alles gekostet, was ich besaß, um mich von diesem Kapitän loszukaufen!«

»Warum bist du überhaupt hierher gekommen?«, fragte Whandall.

»Geschichten. Es ist ein Risiko. Wenn ich zu lange fort bleibe, vergesse ich die condigeanische Sprache. Du weißt, wie Sprachen sich verändern. Es wird Ausdrücke geben, die ich nicht kenne. Und was für ein Geschichtenerzähler wäre ich dann? Also blieb ich lange genug in Condigeo, um das Versäumte nachzuholen, aber dann musste ich zurückkommen. Es wird Zeit für ein Brennen und das nächste darf ich mir nicht entgehen lassen. Wie lange liegt das letzte Brennen jetzt zurück? Sechs Jahre? Spürt ihr, wie das Brennen sich nähert?«

Wanshig sagte: »Der nächste Erzähler, der diese Frage stellt, stirbt.«

Whandall fragte: »Warum ist das so wichtig?«

Sie sprachen ein Gemisch aus Umgangssprache und Condigeanisch. Whandall war immer noch der einzige Fürstensippler, der dazu in der Lage war. Wanshig bekam nicht viel von ihrer Unterhaltung mit. Tras sagte: »Je weniger Erzähler Zeuge eines Brennens werden, desto besser die Geschichte. Wenn die anderen nach Hause gehen, macht es sich für mich bezahlt, wenn ich hier bleibe. Aber ich wünschte, euer Yangin-Atep würde sich endlich rühren.«

»Alferth und Tarnisos haben das letzte Brennen begonnen«, erzählte Whandall ihm. »Soll ich sie dir zeigen?«

»Mann, diese Kerle sind völlig verdreht«, behauptete Wanshig. Er wechselte in einen Akzent, der hauptsächlich in der Ortsfeste gesprochen wurde, und redete so schnell, dass Tras ihm nicht folgen konnte. »Und du weißt nicht, wo sie stecken.«

»Ich kann sie finden«, sagte Whandall.

»Sicher.« Er sah Tras an, der zu verstehen versuchte, was sie sagten. »Du bist ihm wirklich nicht böse, oder?«

Whandall schüttelte den Kopf. »Nicht mehr.«

»Sie sind drüben auf dem Blumenmarktplatz.«

»Woher weißt du das?«

»Da treiben sie sich jetzt immer herum. Zwischen dem Blumenmarkt und dem Schlangenpfad herrscht Waffenstillstand.« Wanshig wechselte wieder auf Umgangssprache. »Wenn du mit den Fürstensipplern sprechen willst, die das letzte Brennen angefangen haben, gib meinem Bruder fünf Muscheln. Das kannst du dir leisten. Über mehr reden wir dann ein anderes Mal.«

Alferth war ein mürrischer, stämmiger Mann Ende zwanzig. Seine Nase und Ohren hatten etwas Verzerrtes an sich. Whandall war noch nicht alt genug, um zu erkennen, warum er die ganze Zeit so wütend war, aber er konnte sich ausmalen, wie Alferths fleischige Hand sich anfühlte, wenn sie mit so viel Gewicht dahinter geschwungen wurde. Er hatte nicht den Wunsch, selbst mit Alferth zu reden. Aber er blieb in der Nähe, nachdem er Tras Preetror Alferth gezeigt hatte.

Am Ende einer Mahlzeit setzte er sich an Alferths Tisch, stellte eine Flasche zwischen sie und fragte: »Wie war das, von Yangin-Atep besessen zu sein?«

Alferth blühte unter der Neugier des Gaffers auf. »Ich verspürte einen Zorn, der zu groß war, um ihn zu beherrschen. Tarnisos schrie wie ein Lindwurm und stürmte in das Haus des alten Webers und ich ihm nach. Wir traten ihn und seine Frau – seine Kinder habe ich nie gesehen –, nahmen alles, was wir tragen konnten, und dann steckte Tarnisos das Haus in Brand. Mittlerweile waren wir zu viele, um sie noch zu zählen. Ich hatte einen Arm voll Röcke. Ein halbes Jahr lang hatte ich einen Rock für jede Frau, die ...«

»Warum Weber?«

»Ich glaube, der alte Sippenlose hat Tarnisos einmal nicht anschreiben lassen.«

Tras fragte: »Warum würde *Yangin-Atep* mit dem Weber angefangen haben?«

Alferths Gelächter war ein Bellen, ein Brüllen. Whandall ging mit einem durchdringenden Gefühl des Verlusts, einem Schmerz in den Tiefen seines Bauchs.

17. Kapitel

Als Whandall noch ein kleines Kind gewesen war, hatte Morth von Atlantis den Fürsten Wasser gebracht. Er musste gut bezahlt worden sein. Jetzt führte er ein Geschäft in dem von den Fürsten so genannten rückständigen Gebiet, weit entfernt von den Docks und der Fürstenhöhe.

Es war nicht richtig, den Mann zu beschleichen, der Pothefit beim Sammeln während eines Brennens getötet hatte. *Vergiss die Tode, die sich beim Brennen ereignen.* Aber Morth war eine Anhäufung von Rätseln ...

Warum sollte ein mächtiger Zauberer in den rückständigen Gebieten leben?

Warum sollte ein vierzehn Jahre alter Fürstensippler ein Magiegeschäft aufsuchen? Es war besser, wenn Whandall eine Antwort *darauf* einfiel.

Auf der Geraden Straße versperrte er einer plumpen Frau den Weg. Die Sippenlose betrachtete ihn mit anderen Augen, nun, da er beinahe erwachsen war – nicht mehr niedlich, aber noch nicht bedrohlich, solange sein Messer verborgen war. Dennoch wühlte sie in ihrer Handtasche und gab ihm Geld. Wahrscheinlich nicht genug. Das musste es auch nicht sein.

Er beobachtete das Geschäft, bis alle Kunden gegangen waren, dann trat er ein.

Morth von Atlantis war jünger, als er ihn aus jener Nacht auf der Fürstenhöhe in Erinnerung hatte. Wider alle Vernunft hatte Whandall genau das erwartet. Es verblüffte ihn nicht einmal, dass das spärliche schlohweiße Haar jetzt sandig rot war. Aber Morth war immer noch ein alter Mann zweifelhafter Menschlichkeit, hoch gewachsen und aufrecht, mit einer trockenen braunen Haut, einem flachen Bauch und einem offenen, unschuldigen Gesicht mit Millionen von Runzeln. Ein wenig albern und ein wenig Angst einflößend.

Whandall fragte: »Könnt Ihr Pickel heilen?«

Der Magier sah genauer hin. Ein schneller gerader Stoß hätte ihm die Kehle durchschnitten, aber welche Zauber schützten ihn? »Du hast etwas Schlimmeres als Pickel.« Er berührte die Entzündung um Whandalls Auge. Seine Hände waren verblüffend: Die Finger waren am breitesten an der Spitze! »Das ist eine Schuppenflechte. Sie wird niemals von allein verschwinden. Dreißig Muscheln.«

Whandall fluchte gelinde und zeigte die fünf, die er von der Frau bekommen hatte. »Später vielleicht.«

»Wie du willst.«

Ein Sippenloser hätte gefeilscht. Fürstensippler feilschten nicht und Magier vielleicht auch nicht. Whandall fragte: »Ihr stammt aus Atlantis?«

Das Gesicht des Mannes wirkte plötzlich sehr verschlossen.

»Ich bin Seshmarl vom Schlangenpfad.« Whandall war nicht so dumm, einem Magier seinen richtigen Namen zu nennen. »Unsere jüngeren Brüder der Straße wundern sich über Euch. Wenn Ihr nicht immer wieder gefragt werden wollt, wie Ihr dem Untergang von Atlantis entronnen seid, so berichtet einmal davon. Ich bin ein guter Erzähler. Ich werde allen die Geschichte weitererzählen.«

»Bist du das?« Morth lächelte ihn an. Wie konnte ein alter Mann so viele Zähne haben? »Erzähl mir eine Geschichte.«

Damit hatte Whandall nicht gerechnet, aber ohne zu stottern begann er: »Yangin-Atep war der Gott, der das Wissen vom Feuer in die Welt brachte. Aber Zoosh besiegte ihn in einem Messerkampf, also gingen die Menschen dazu über, Zoosh zu dienen, anstatt sich für Yangin-Atep um Feuer zu kümmern. Viele Lebenszeiten später dienen nur noch die Fürstensippler Yangin-Atep. Als wir aus dem Eis des Südens kamen, hat Yangin-Atep uns begleitet. Habt Ihr die Geschichte schon gehört?«

»Nicht aus deiner Sicht.«

»Wir fanden nicht genug Holz, bis die Fürsten uns den

Weg zum Wald zeigten. Dort jagten wir am Tag und entzündeten große Feuer bei Nacht. Im Wald wurde Yangin-Atep stark. Wir hackten und brannten uns einen Weg durch den Wald und so entdeckten wir Teps Stadt. Die Sippenlosen nannten sie natürlich anders.«

»Tal der Dünste«, sagte der Magier.

Whandall war verblüfft. »*Sippenlose* haben sie so genannt?«

»Hast du gesehen, wie rot die Sonnenuntergänge hier sind? Oder wie schwer es ist, nach einem Brennen zu atmen? Etwas in der Art der Landschaft oder in den vorherrschenden Winden sorgt dafür, dass Nebel und Rauch nicht davongeweht werden. Es liegt nicht an eurem Feuergott. Es liegt an etwas Älterem. Vielleicht an einem Gott der Sippenlosen.«

Bei einem Brennen und danach rasselte der Atem von Mutters Mutters, so als sterbe sie. Whandall nickte.

»Aber der Hafen heißt Gute Hand, weil die Bucht aussieht wie gekrümmte Finger.« Morth sah Whandalls Verwirrung und fügte hinzu: »Man muss sie aus der Luft sehen.«

Ach so, aus der Luft. Der Magier hatte ihn völlig aus der Fassung gebracht. Die *Geschichte*, er war mitten in einer Geschichte ...

»Die Sippenlosen konnten nicht gegen uns kämpfen, weil Yangin-Atep wieder stark war. Also kamen die Sippenlosen, um uns zu dienen. Sie tragen – wie einst – die Schlinge, da ihr Leben immer noch in unserer Hand liegt.« Wie Mutters Mutter die Geschichte ihren Enkeln erzählt hatte, ohne Erwähnung eines Bündnisses mit den Fürsten.

»Ich hätte das niemals für eine Schlinge gehalten«, sagte Morth. »Ein Stück bunten Stoffs um den Hals, das bis zum Nabel herunterhängt?«

»Das ist es.«

»Ich bin oft durch den Wald gegangen. Wo ist der breite Pfad, den dein Volk durch den Wald gebrannt hat?«

»Nördlich von hier, aber das liegt Lebenszeiten zurück ... mindestens sechs Lebenszeiten. Vielleicht wachsen die Bäume nach?«

Der Magier nickte. »So viel zu Fürstensipplern und Sippenlosen. Was ist mit den Fürsten?«

»Wir begegneten ihnen, bevor wir den Wald entdeckten. Sie zeigten uns, wie man Holz sammelt, brachten uns alles über Yangin-Atep und Zoosh bei ...«

»Warum sollten sie über Yangin-Atep und Zoosh Bescheid gewusst haben?«

»Das weiß ich nicht. Die Fürsten waren nicht immer bei uns, aber sie waren bei uns, als wir dieses Land übernommen haben. Sie haben mit den Sippenlosen geredet. Sie sorgen dafür, dass die Sippenlosen arbeiten.«

»Aber ihr seid Fürstensippler. Seid ihr mit den Fürsten verwandt?«

Whandall schüttelte den Kopf. »Danach habe ich gefragt. Niemand sagt etwas Gegenteiliges, aber es bestätigt auch niemand.«

Der Magier lächelte dünn. »Ich verstehe. Also nehmt ihr euch jetzt von den Sippenlosen, was ihr wollt, und die Fürsten sammeln von euch.«

»Nein, die Fürsten sammeln von den Sippenlosen, selten von uns. Sie haben ihr eigenes Land und den Hafen. Und ...?«

Der Magier nickte. »Also gut. Du kennst die Geschichte von Atlantis?«

»Das Land, das versank. Weit weg von hier.«

»Beides ist richtig. Eine sehr große Landmasse sehr weit von hier, und sie ist untergegangen, weil die Schwertkämpfer kamen.«

Whandall sah ihn nur an.

»Ich war Zauberer für die Fischer, Menschen wie Nixen. Ich segnete gerade ein neues Schiff in den Docks. Attische Kriegsschiffe kamen in Sicht, östlich von uns. Hunderte. Der Kapitän gelangte zu dem Schluss, ich könne meine Zauber auch vollenden, während wir in

Sicherheit segelten. Ich hätte bleiben und mit den Priestern kämpfen können, aber ... es war zu spät.«

»Wusstest du, dass Atlantis untergehen würde?«

»Ja und nein. Irgendwann hätte sich ohnehin etwas dergleichen ereignet. Alle wussten das. Vor tausend Jahren schon wirkten die Priester von Atlantis ihre Zauber, um das Land zu beruhigen. Die Beben wurden lange hinausgeschoben. Wir wussten nicht, dass sie an *jenem Tag* einsetzen würden. Die attischen Soldaten müssen mitten in der Zeremonie des Hebens eines Steins zu den Priestern vorgedrungen sein.

Nach Sonnenuntergang sahen wir Wellen wie schwarze Berge auf uns zukommen. Unser Schiff schwebte über dem Wasser, aber die Wellen und der Sturm, den sie brachten, warfen uns umher wie ein Spielzeugschiff.«

»Und Ihr habt Wasser zu Teps Stadt gebracht?«

»Wie ...? Ja. Ja, das war ich. Es ist eine gute Geschichte, Ich erzähle sie dir ein anderes Mal.«

Niemand außer Tras Preetror tat das: Informationen gegen Informationen tauschen.

Whandall lächelte. *Ein Berg aus Eis war auf Morths Geheiß vom Ende der Welt gekommen und hatte dabei Ländereien verwüstet, die den Fürsten gehörten.* Whandall würde wissen, ob Morth die Geschichte richtig erzählte, aber Morth konnte unmöglich wissen, dass Whandall sie bereits kannte.

Einen langen Häuserblock entfernt trat Tras Preetror aus dem Schatten und hielt ihn auf. Er wollte über Morth von Atlantis reden. Ob Fürstensippler viel mit Magiern zu tun hätten? Mit Barbaren? Mit anderer Magie als ihrer sonderbaren Feuermagie? Was Whandall überhaupt in Morths Geschäft gewollt habe?

Was dachte Tras sich dabei, hier auf ihn zu warten? Whandall fragte ihn das jedoch nicht. Er sagte: »Morth ist lustig. Er tauscht, was er weiß, gegen das, was du weißt, wie Sippenlose Waren gegen Muscheln tauschen. Tras, wie ist es, auf einem Handelsschiff zu segeln?«

Tras bot Streifen von Dörrfleisch an. »Ich nehme an, alle Magier tun das. In gewisser Weise sind es Informationen, die sie verkaufen. Was hast du mit ihm getauscht?«

Whandall aß. »Ja, Tras, aber wie ist es, auf einem Handelsschiff zu segeln?«

»Ich ziehe es vor, nicht an diese Erfahrung erinnert zu werden ...«

Whandall winkte und wandte sich ab.

»Also gut.« Tras Preetror musterte ihn durchdringend. »Als Matrose ist es kein Spaß. Als Passagier oder Geschichtenerzähler ist es anders. Erzähler reisen viel. Entweder wir überwinden die Seekrankheit sehr schnell oder wir geben es auf oder reisen stattdessen über Land.«

»Was ist Seekrankheit?«

Wie man die Seekrankheit überstand und wie man einen Sturm überstand, was man auf See aß – das Essen war für Besatzung und Passagiere unterschiedlich – und was man besser an Land aß, um wieder gesund zu werden, Wettermagie und wie sie einen umbringen konnte ... Tras war ein geübter Erzähler. »Man weiß nie, wie stark die Magie auf dem Meer ist. Das Manna – Manna ist dir ein Begriff?«

Whandall schüttelte den Kopf. Er hatte das Wort schon einmal gehört. Wo? Auf Shandas Balkon!

»Junge, da bist du mir aber einiges schuldig. Manna ist die Kraft hinter der Magie. Manna kann verbraucht werden. Der Mann, der *das* herausgefunden hat, steht auf einer Stufe mit der Frau, die herausgefunden hat, was genau Kinder entstehen lässt. Auf dem Meer gibt es Strömungen und das Manna bewegt sich mit ihnen. Ein Zauber, der Wind herbeirufen soll, kann überhaupt keine Wirkung haben oder einen Orkan heraufbeschwören, der dein Schiff auseinander reißt. Es gibt Wasserelementare und Nixen.«

»Weiß Morth davon?«

»Hast du je ein *altes* atlantisches Schiff gesehen?« Whandall schüttelte den Kopf und Tras fuhr fort: »Im Boden gibt es Fenster und Luken. Es schwebt über dem Wasser.«

»Über dem Wasser. Auch über Land?«

»Die stärksten konnten das. Aber heute nicht mehr, glaube ich. Und die Schiffe, die sie in den letzten hundert Jahren vor dem Untergang von Atlantis gebaut haben, sehen aus wie ganz gewöhnliche Schiffe. Wenn irgendeine Meeresströmung das Manna davon wirbelt, fällt das Schiff herunter, *klatsch*, und dann will man nicht, das die Fenster unter Wasser splittern.

Sicher, Morth kennt sich mit Manna aus. Wahrscheinlich hält er es für sein geheimstes Geheimnis. Also, Whandall, erwägst du, dich einzuschiffen?«

»Tras, wir würden niemals die Docks erreichen. Die Wasserteufel wollen dort niemanden sonst.«

»Das ist alles, was dich davon abhält?«

Whandall hatte Schiffe gesehen, aber nur vom Gipfel des Schnaufenden Hügels. Er würde bloß herumraten. Na ja ... »Ich kann mir nicht vorstellen, warum ein Schiffskapitän einen Fürstensippler an Bord lassen sollte. Wäre das nicht gefährlich? Was, wenn ein Segel verschwände oder dieses Rohr, durch das sie immer schauen, oder das große Brett hinten ...«

Tras lachte. »Du meinst das Ruder. Das wäre tatsächlich gefährlich. Whandall, du könntest dir einen Platz an Bord weder erbetteln noch erkaufen, und Sippenlose können es auch nicht, weil die meisten Barbaren Sippenlose nicht von Fürstensipplern unterscheiden können. Du wirst niemals genug lernen, um ein Schiff zu *stehlen*, und die Fürstensippler in der Hafengegend würden dir nicht dabei helfen, denn wie die Dinge liegen, würden sie dann die Handelseinkünfte verlieren.«

»Glaubst du, ich könnte ein Geschichtenerzähler werden?«

Wieder wurde Whandall einer eingehenden Betrachtung unterzogen. »Whandall, ich glaube, das könntest du. Du hast den Bogen bereits raus und tauscht Informationen mit mir wie ein sippenloser Süßigkeitenhändler. Aber wo diese Boote auch hinfahren, man weiß dort überall von den Fürstensipplern und du hast das typische Aussehen. Du wirst niemals willkommen sein – nirgendwo.«

Whandall nickte und versuchte seine Enttäuschung herunterzuschlucken. Er sagte: »Morth segnete gerade ein neues Schiff in den atlantischen Docks, als ...«

18. Kapitel

Ein paar Tage später kehrte Whandall zu Morth von Atlantis zurück.

Er spionierte zuerst ein wenig, bevor er ins Geschäft ging. Tras Preetror schien ihm überallhin zu folgen und das gefiel ihm nicht. Wie konnte jemand spionieren, sich verstecken und sammeln, wenn ihm ein *Geschichtenerzähler* im Nacken saß? Aber Tras war nicht in der Nähe und Whandall – *Seshmarl* – ging hinein und kaufte ein Mittel gegen Akne für vierzehn (nicht dreißig) Muscheln. Es war eine übel riechende Creme, die durch Gesten verändert wurde. Es schmerzte, als er sie auftrug und einrieb, aber drei Tage später verblasste die ringförmige Entzündung an seinem Auge und seine Pickel waren ebenfalls kleiner geworden. Binnen einer Woche war seine Haut rein bis auf die Schuppenflechte und die war kleiner. Morth gab einem etwas für sein Geld.

Er ging wieder hin und fragte nach Liebestränken. Angeblich verkaufte Morth keine. Er halte es für falsch, im Geist eines anderen Menschen herumzupfuschen. Whandall nickte und tat so, als finde er das vernünftig, während er sich fragte, wen der Mann glaubte zum Narren halten zu können.

»Das eine oder andere Mal hätte ich einen Liebestrank ganz gut gebrauchen können«, sagte der Zauberer.

»Kannst du dir vorstellen, wie einsam es für den letzten Zauberer von Atlantis in einer Stadt ohne Magie gewesen sein muss?«

»Ihr redet mit einem Fürstensippler. Das ist dasselbe wie einsam.«

»Ja. Komm jederzeit vorbei, Seshmarl, auch wenn du es dir nicht leisten kannst, etwas zu kaufen. Warte mal, ich kann auch tätowieren«, sagte Morth plötzlich. »Du gehörst zum Schlangenpfad? Hättest du gern eine Schlangentätowierung?« Er zeigte auf eine kunstvolle, wenn auch etwas verblasste Darstellung einer golden gefiederten Schlange an einer Wand.

»Wunderschön.« Er würde niemals das Geld dafür zusammen bekommen! »Ich habe eine Tätowierung«, sagte Whandall und ließ Morth einen flüchtigen Blick auf die winzige Schlange zwischen Daumen und Zeigefinger werfen. »Ich habe noch keine andere verlangt.«

Morth schaute auf Whandalls Hand. Er zog seine Stirn in Falten, sah aber schon nach einem Augenblick wieder auf und beugte sich vor, um Whandalls Gesicht besser betrachten zu können. »Eine Tätowierung wäre sehr schmerzhaft auf Schuppenflechte und sähe auch komisch aus. Aber anscheinend wirkt mein Mittel.«

»Ja.« Whandall zeigte auf die gefiederte Schlange und fragte trotzdem. »Wie viel kostet das? Wo die Schuppenflechte war?«

Morth lachte. »Gewöhnlich würde ich so viel verlangen, dass ich ein neues Zimmer an mein Haus anbauen könnte. Aber hier ... wo soll ich einen Kunden dafür finden? Seshmarl – nein, warte.« Morth nahm Whandalls rechte Hand, die Messerhand, in seine beiden Hände. Schlechte Manieren. Er spreizte die Finger. Morth starrte jetzt nicht einfach nur auf Whandalls Hand. Er zog sie zur Öllampe, die über ihnen hing. Erstaunt ließ Whandall es geschehen.

Licht fiel auf seine Hand. Morth hatte ein offenes Gesicht, das nicht daran gewöhnt war, Dinge zu verbergen, aber jetzt konnte Whandall nicht darin lesen, was der Zauberer dachte. Er sagte: »Du wirst Teps Stadt verlassen.«

»Warum sollte ich das tun wollen?«

»Das kann ich nicht sagen. Vielleicht willst du es gar nicht. Wirst du einen Rat von mir annehmen?« Morth betrachtete ... nein, *las* immer noch Whandalls Hand. »Halt dich von Flüssen und vom Meer fern. Wenn du über Land gehst, ist es wahrscheinlich deine eigene Idee. Aber wenn du den Docks einen Besuch abstattest, könnte das damit enden, dass du einen Schlag auf den Kopf bekommst und den Rest der Welt als Ruderer oder in den Bäuchen eines Fischschwarms siehst.«

Whandall musste sich räuspern, bevor er in der Lage war zu sprechen. »Wir können ohnehin nicht zu den Docks. Die Wasserteufel mögen keine Leute von außerhalb. Morth, kennt Ihr Eure Zukunft?«

»Nein.«

»Was kann ich Euch geben, damit Ihr mir mein Gesicht mit dieser Tätowierung schmückt?«

»Hm ... Seshmarl, ich hätte ein paar Botengänge, die du für mich erledigen könntest. Und eines Tages, wenn die Schuppenflechte völlig abgeheilt ist und dein, äh, Bandenführer die Erlaubnis gegeben hat, kommst du dann zu mir. Die Tätowierung wird mein Geschenk sein.«

Es gab Tage, an denen er ohne Vorwand kam, nur aus einer Laune heraus, um zu reden. Dann beobachtete er Morth und seine Kunden im Gespräch über ihre jeweiligen Bedürfnisse. Morth holte etwas unter dem Ladentisch hervor und gab es ihnen oder ging zu einem Regal und murmelte oder gestikulierte, oder er stand einfach nur ein paar Augenblicke da und starrte scheinbar ins Nichts, bevor er irgendeinen Kasten oder eine Phiole nahm, als weiche er unsichtbaren Zähnen aus, und dem Kunden mit ausführlichsten Anweisungen überreichte.

Man konnte fragen.

Medizin gegen Schmerzen? Ja, die hatte Morth (aber seine Hände blieben ruhig und sein Blick ließ nicht von Seshmarl ab). Gegen Keuchen und Kurzatmigkeit? Davon verkaufte Morth eine Menge, besonders nach dem Brennen. Er kaufte Kräuter von Holzfällern.

Philosophenstein? Horn vom Einhorn? Junge, machst du Witze? Magische Kaltfackel? Zauber einer Illusion? Unsichtbarkeit? Schweben? Auch das funktionierte hier nicht. »Ich hatte mal einen Kochtopf, der auch ohne Feuer gekocht hat. Ich wusste nie, was ich damit anfangen sollte. Ich habe ihn nicht benutzt, weil das die Magie verbraucht hätte. Und ich konnte ihn nicht verkaufen, weil er nicht sehr lange funktioniert hätte. Schließlich wurde er gestohlen... Nicht, dass er den Dieben irgendwas gebracht hat. Magie ist schwach im Tal der Dünste.«

»Na ja, es wird immer noch ein Kochtopf gewesen sein«, erwiderte Seshmarl.

»Das ist wahr.«

»Ist es überall so?«

»An manchen Orten nicht so sehr.« Morths Augen bekamen einen verträumten Ausdruck.

»Warum hier?«

Morth zuckte die Achseln. »Yangin-Atep. Magie ist das Leben eines Gottes. Wo es Ameisen gibt, kann man keinen Honig aufbewahren. Atlantis hatte keinen Gott.«

»Verstehst du dich auf Prophezeiungen?«

»Seshmarl, die Zukunft zu kennen heißt, sie zu verändern, sodass die Zeit sich windet wie eine vielköpfige Schlange. Was du siehst, ist falsch, weil du es gesehen hast. Selbst wenn es genug Magie gäbe, wie könnte ich die Linien in meiner eigenen Hand lesen? Wir Zauberschüler könnten nicht einmal gegenseitig unsere Linien lesen. Unser Schicksal wäre danach miteinander verknüpft.« Morth zuckte die Achseln, als laste ein großes Gewicht auf seinen Schultern. »Ich habe einen Teil deines Schicksals gelesen, weil du Teps Stadt verlassen könntest. Weißt du, die Zeit breitet sich vor uns aus wie dies hier ...« Er griff nach oben. »Wie dieser Fächer. Deine wahrscheinlichste Zukunft führt dich an Orte, an denen die Magie noch Macht hat. Winzige Spuren von Manna fließen rückwärts durch die Zeit, um deinen Handlinien Bedeutung zu verleihen.«

»Ich werde Teps Stadt verlassen?«

Morth nahm wiederum seine Hand und hielt sie ins Lampenlicht. »Siehst du? Es ist das Muster, das die Linien mit Hilfe der umgebenden Magie bilden, überall in der Welt, nur nicht hier. Ja, du hast immer noch die Möglichkeit, die Stadt zu verlassen, und du solltest dich immer noch vom Wasser fern halten, außer um ein Bad zu nehmen.«

Ein Bad zu nehmen? Whandall sah nur seine Hand. Er fragte: »Morth, warum sollte ein Magier irgendwo leben, wo es keine Magie gibt?«

Morth lächelte. »Seshmarl, das ist etwas, das ich niemandem erzählen werde.«

Morth hatte gesagt, dass Whandall Teps Stadt verlassen werde. In seiner gegenwärtigen Verfassung kam ihm das nur erstrebenswert vor. War er wieder gesund? Wusste er genug?

Er versuchte, sich Geld von Resalet zu erbetteln. »Nimm doch nur mal an, Morth verkauft mir einen Trank, damit Mutters Mutter leichter atmen kann. Vielleicht sehe ich, woher er den Trank holt. Wenn er von dort kommt, woher auch die Pickelsalbe kam, dann ist es eine Medizin, und wenn er wegen des Horns vom Einhorn gelogen hat, das angeblich *unbezahlbar* ist ...«

»Du sollst nicht in das Geschäft dieses Magiers gehen.« Resalet tippte mit dem Finger gegen Whandalls Brust. »Du weißt nicht, was er alles kann. Gedanken lesen? Dich im Lauf eines Monats sterben lassen? Er ist der Mann, der deinen Vater getötet hat.«

»Das weiß ich.«

»Aber weiß *er* es auch? Halt dich von Morth von Atlantis fern!«

Wenn er nichts von Morth *kaufen* konnte, gab es dann irgendetwas, das Morth vielleicht von Seshmarl wollte?

Er fragte. Morth sagte: »Ich will mehr über den Wald wissen.«

»Du kaufst deine Kräuter von Holzfällern. Frag die.«

»Das ist eine ziemlich merkwürdige Situation«, sagte Morth. »Die Fürsten sagen den Holzfällern, wo sie Bäume fällen können. Ich meine, *ganz genau*, wo und welche. Sie fällen sie nicht selbst ...«

Whandall mutmaßte: »Vielleicht verstecken sie etwas im Wald.«

»Ja, und vielleicht gefällt es ihnen auch nur, den Leuten vorzuschreiben, wie sie ihr Leben zu führen haben!« Morth nahm getrocknete Blätter aus einem Krug. »Hier, riech mal daran. Kennst du das? Wächst es dort?«

»Warte ... ja. Salbei. Wächst dort, wo die Bäume lichter werden. Es tötet nicht und riecht wunderbar, wenn man hindurchgeht. He, in Samortys Haus wird das zum Kochen verwendet!«

»Ja, es ist dafür und auch für andere Dinge gut. Was ist mit diesem hier?«

Whandall nahm das Stück blasse Rinde – rieb sie, roch daran, hielt sie ins Tageslicht im Eingang. »Ich glaube nicht.«

Morth lächelte. »Weidenrinde. Ich habe auch nicht geglaubt, dass hier in dieser Gegend Weiden wachsen. Was ist damit?«

Lange Blätter. »Ja. Fingerhut«, sagte Whandall.

»Der kann ziemlich wertvoll sein. Kennst du Mohn?« Er zeigte ihm eine verwelkte Blume.

»Ich weiß, wo ganze Felder davon wachsen«, antwortete Whandall. »Die Holzfäller sagen, dass sie gefährlich sind.« Er ließ aus, dass er schon bei den Mohnfeldern gewesen und nichts passiert war.

Ein Nachmittag verstrich wie im Flug. Morth war skeptisch. Er wollte nicht, dass Whandall – *Seshmarl* – Pflanzen pflückte, die *nicht ganz* das waren, was er wollte. Das war gefährlich. »Bring mir die ganze Pflanze oder einen ganzen Zweig, wenn du kannst, damit ich weiß, was ich habe.«

Morth schickte ihn dorthin, wo es keine Holzfäller gab. Whandall wollte ohnehin keinen Holzfällern begegnen: Er war kein Kind mehr und würde sich in ihrem Revier aufhalten. Sippenlos oder nicht, sie hatten Äxte und Schnitter. Er suchte Morths Pflanzen im alten Bewuchs und fand nur wenige.

Auf seinem zweiten Ausflug näherte er sich der Fürstenhöhe von der Waldseite.

Und da war die nichtssagende Mauer auf der Rückseite von Fürst Samortys Haus. Der Baum war gestutzt worden und er konnte die Stellen oben auf der Mauer erkennen, die ausgebessert worden waren. Whandall beobachtete die Höhe eine Zeit lang. Keine Wachen ... und wenn sie ihn in den Wald jagten, würde er ihnen davonlaufen. Halb lief er, halb kroch er in Reichweite der Mauer, dann warf er über die Mauer, was er bei sich trug. Er war bereits wieder im Schatten, als er das leise Klatschen hörte. Er wartete nicht auf weitere Geräusche.

Aber ein Pinienzapfen war in den Waschteich gefallen und Shanda würde es erfahren. Sie würde wissen, dass er noch am Leben war.

19. Kapitel

Morths Pflanzen waren selten, aber ihnen beiden war klar, dass Morth auch Wissen suchte. Er nutzte Whandalls Forschungsausflüge, um eine Karte des Waldes anzufertigen.

Morth war nicht knauserig mit seinen Belohnungen.

Whandall bekam Medizin, um Schmerzen zu lindern, Beulen abschwellen zu lassen und Schlaf zu bringen. Fingerhutblätter ergaben ein Pulver, das einen Mann kurz vor einem Kampf in nervöse Raserei versetzte. Mohn ergab ein bräunliches Mittel, das angenehme Träume bescherte. All diese Pflanzen verloren ihre Kraft, wenn sie nicht bald verbraucht wurden, und oft hatte Whandall mehr davon, als Morth und die Ortsfeste zusammen brauchten.

Er begann damit, sie auf der Straße gegen Gefälligkeiten zu tauschen.

Morth erklärte ihm immer, wie man die pulverisierten Blätter verwenden musste. Vorsichtig schnupfen. Nie mehr als einmal die Woche und niemals zuvor erhitzen. Whandall achtete sorgsam darauf, die Anweisungen peinlich genau zu befolgen.

Dann wurde er eines Tages zu Pelzed gerufen.

Pelzed war wütend. »Hast du Duddigract etwas von deinem Fingerhut gegeben?«, wollte er wissen.

Duddigract war einer von Pelzeds Ratgebern, ein massiger Kerl mit ständig schlechter Laune, der ohne Unterlass vor sich hin murmelte, was er mit den Fürsten am liebsten anstellen würde. Gewöhnlich stand er hinter Pelzed. Heute war er nirgendwo zu sehen.

»Nein, Fürst. Wir kommen nicht gut miteinander aus.«

»Er ist tot«, sagte Pelzed. »Ein paar Irrgartenläufer haben den Schlangenpfad überfallen. Ich habe Duddigract befohlen, sich darum zu kümmern.« Er wandte sich an einen der Männer hinter ihm. »Renwilds, erzähl alles noch einmal.«

»Ja, Fürst. Duddigract hatte die Irrgartenläufer aufgespürt. Es waren fünf. Wir waren auch nur sechs, aber Duddigract sah bösartig aus. Die Irrgartenläufer schienen ziemliche Angst zu haben, und ich war ganz sicher, dass sie fliehen würden, falls wir ihnen Gelegenheit dazu gaben. Wir hätten sie auf jeden Fall stellen können. Wenn sie entkommen wären, hätte es kein Blutvergießen gegeben und sie hätten alles fallen gelassen, was sie gesammelt hatten. Das wollte ich Duddigract gerade sagen, als ich sah, dass er ein Blatt voll mit weißem Pulver bei sich hatte. Er schnupfte einen Haufen von dem Zeug, stopfte sich dann einen Klumpen braunes Zeug in den Mund und kaute es und nahm dann noch eine ordentliche Prise von dem weißen Pulver. Wir wollten etwas sagen, aber er grinste nur und meinte, es sei eine Schande, die Gelegenheit einfach verstreichen zu lassen, wo er doch jetzt zum Kampf bereit sei.«

Pelzed sah Whandall an. »Du weißt, wovon er redet.«
»Ja, Fürst. Ich sage den Leuten immer, wie gefährlich das weiße Fingerhutpulver ist. Das braune Mittel ist ziemlich harmlos, das lässt einen nur schlafen, aber das weiße Pulver ist gefährlich.«

»Was bewirkt es?«, wollte Pelzed wissen.
»Fürst, das weiß ich nicht. Ich weiß nur, dass Morth von Atlantis dies immer zu seinen Kunden sagt. Er verkauft ihnen nie mehr als ein oder zwei Quäntchen Weißes und lässt es sie gleich in seinem Geschäft schnupfen. Dann verkauft er ihnen erst wieder etwas, wenn eine Woche oder sogar noch mehr Zeit verstrichen ist. Braunes verkauft er jederzeit, aber Weißes nicht.«

»Erzähl weiter, Renwilds«, befahl Pelzed.
»Ich würde sagen, dieser Magier weiß, was er tut und wovon er redet«, sagte Renwilds. »Duddigract schnupfte das Zeug und grinste danach nur noch und plötzlich benahm er sich wie ein Wilder. Er zückte sein Messer, und bevor irgendjemand auch nur ein Wort sagen konnte, fiel er auch schon über die Irrgartenläufer her. Sie wollten reden, ihr wisst schon, noch ein bisschen prahlen, bevor sie Fersengeld geben würden, und wir alle waren bereit, ihnen, was das Prahlen betraf, in nichts nachzustehen, als plötzlich Duddigract mit dem Messer auf sie losging. Er stach zwei von ihnen ohne Warnung nieder. Sie kamen nicht einmal dazu, ihr Messer zu ziehen. Mittlerweile hatten die anderen ihr Messer draußen und einer von ihnen

traf Duddigract, doch es war so, als spüre er den Stich gar nicht. Duddigract brüllte, aber nicht so, als sei er verletzt, sondern so, als sei das Brennen gekommen. Wir waren sicher, dass Yangin-Atep ihn hatte, aber Duddigract wollte nichts verbrennen. Er wollte nur töten! Er erstach noch einen Irrgartenläufer und die anderen ließen alles fallen und flohen. Sie hatten richtige Angst, aber uns erging es nicht besser, Fürst. Als die Irrgartenläufer flohen, sah Duddigract uns an, als kenne er uns gar nicht!«

Pelzed nickte grimmig. »Nur weiter.«

Renwilds zuckte die Achseln. »Es war dieses Pulver, Fürst. Es ruft unsichtbare Ungeheuer herbei.«

»Aha. Warum habt ihr die Irrgartenläufer nicht verfolgt?«

»Sie waren zu schnell, Fürst, und wir hätten an Duddigract vorbei gemusst! Also überlegten wir uns, was wir tun sollten, als Duddigract noch einmal schrie und dann zu Boden fiel. Er brabbelte vor sich hin, Ungeheuer seien hinter ihm her, und rollte sich dann zusammen, als wolle er schlafen, nur dass er nicht mehr aufgewacht ist.«

»Woher hatte er es?«, wollte Pelzed wissen.

»Das wollte er uns nicht sagen, Fürst. Er sagte, er habe es gesammelt, wollte aber nicht sagen, wo.«

Pelzed wandte sich an Whandall. »Nun?«

Whandall erzählte, was er wusste. »Fürst, vor ungefähr einer Woche haben mich ein paar Krieger vom Schwarzen Lotus in der Nähe der Ostgrenze erwischt. Es waren zu viele, um zu kämpfen, also ließ ich sie einen Beutel mit verschiedenen Pulvern sammeln, den ich zu Morth bringen wollte. Vielleicht war genug darin, um Duddigract das anzutun. Oder vielleicht haben sie die verschiedenen Pulver auch vermischt. Aber ich weiß nicht, wie sie vom Schwarzen Lotus in Duddigracts Besitz gelangt sind!«

»Du hast mir nicht erzählt, dass sie irgendwas gesammelt haben, Whandall. Nur, dass sie dich verfolgt hätten.«

»Es war mir peinlich, Fürst.«

Pelzed nickte nachdenklich. »Ich habe Duddigract damit beauftragt, der Sache nachzugehen«, sagte er. »Er muss die Lotus-Krieger eingeholt haben. Und er hat es mir nicht erzählt. Hat es mir nicht erzählt!« Pelzed wurde sichtlich wütend, aber nicht auf Whandall. »Dann ist es seine eigene Schuld«, folgerte Pelzed. »Aber, Whandall, sei vorsichtig mit diesen Pulvern.«

»Ja, Fürst. Das werde ich.«

Aber es gab immer noch mehr Pulver, und Freunde waren stets bereit, sie anzunehmen. Es gab so viel, was er sich mit Fingerhut kaufen konnte.

Aber einige mochten das Zeug zu sehr.

Eines Tages folgten ihm drei von ihnen nach Hause. Resalet kam mit zwei Onkeln nach draußen und verjagte sie.

An jenem Abend wurde Whandall in Resalets großes Nordostzimmer im ersten Stock bestellt. Resalet beäugte ihn kritisch. »Dargramnet sagt, du seist klug«, sagte Resalet. »Oder hat es jedenfalls gesagt.«

Whandall nickte. Seit einem Jahr erkannte Mutters Mutter Whandall nicht mehr, wenn sie ihn sah. Jetzt saß sie am Fenster und erzählte jedem, der ihr sein Ohr schenkte, von den alten Zeiten. Die Geschichten waren kurzweilig, aber sie erzählte immer wieder dieselben.

»Wenn du also schlau bist, warum benimmst du dich dann wie ein Dummkopf?«

Whandall dachte einen Augenblick nach, dann nahm er eine Hand voll Muscheln aus seinem Beutel und legte sie auf Resalets Tisch.

»Ja, noch größere Dummköpfe als du bezahlen dafür«, meinte Resalet. »Und wenn sie glauben, dass du das Zeug hier aufbewahrst? Dann werden sie kommen, um es sich zu holen. Wir werden kämpfen müssen. Wir werden Leute verlieren. Es wird Blutgeld geben. Vielleicht werden die Fürsten in die Sache verwickelt. Wir können nicht gegen Fürstenmänner kämpfen!«

»Die Fürsten kümmern sich nicht um Hanf«, erwiderte

Whandall. »Sie bewahren selbst Hanfharz in ihren Häusern auf! In Ebenholzkästchen.«

»Spiel dich nicht vor mir auf, Junge«, entgegnete Resalet. »Ich weiß, dass du auf den Fürstenhügeln warst, und sieh nur, was du davon hattest! Du warst verkrüppelt und zu nichts nütze, viel mehr Mühe, als du wert warst. Hätte Dargramnet nicht so viel für dich übrig gehabt, hätten wir dich vielleicht den Kojoten überlassen. Ich weiß nicht, was die Fürsten zu Hause treiben, aber hier rufen Probleme mit dem Hanf die Fürstenmänner auf den Plan. Wenn es genug Fürstenmänner sind, reißen sie einem das Haus nieder. Dies ist die Ortsfeste! Wir wohnen schon länger in der Ortsfeste, als ich lebe, und wir werden sie nicht deinetwegen verlieren!«

Whandall versuchte das Thema zu wechseln. »Die Ochsenziemer verkaufen Hanf. Pelzed serviert Hanftee.«

»Pelzed ist verwünscht vorsichtig mit seinem Tee«, erwiderte Resalet. »Und seit wann lernt der Schlangenpfad von den Ochsenziemern?« Er schüttelte heftig die Fäuste. »Und es ist mir egal, ob der Schlangenpfad Hanf verkauft. Wir sind die Ortsfeste. Whandall, wenn du mit Pulvern handeln willst, tu es irgendwoanders. Zieh in ein eigenes Haus. Die Ortsfeste will damit nichts zu tun haben. Hast du mich verstanden?«

»Pelzed hat mir ein Haus in Schwarzer Manns Tasse angeboten«, sagte Whandall. »Soll ich es nehmen?«

»Wenn du willst.«

Whandall ging zu seiner Verblüffung auf, dass Resalet es ernst meinte. Bislang hatte nur ein Junge mit Erwachsenen geredet, aber Resalet meinte es ernst. Er mochte tatsächlich aus der Ortsfeste geworfen werden.

Er stellte sich vor, allein zu leben. Vielleicht machte es Spaß. Aber die anderen Jungen in seinem Alter, die aus ihren angestammten Häusern auszogen, um allein zu leben, waren fast alle tot.

Coscartin war nicht tot. Coscartin hatte ein halbes Dutzend andere junge Männer und ebenso viele Frauen bei sich wohnen und irgendeine Vereinbarung mit Pelzed getroffen. Das Zeug, mit dem er Handel trieb, kam angeblich von den Wasserteufeln.

»Ich würde lieber hier bleiben.«

»Dann hör mit den Pulvern auf«, sagte Resalet. »Und hör so damit auf, dass alle es mitbekommen. Bring deine Vorräte unter die Leute. Sorg dafür, dass alle wissen, dass du nichts mehr hast und auch keinen Nachschub mehr bekommen wirst.«

»Aber warum?«

»Weil ich es dir sage ...«

»Ja, das ist mir klar«, sagte Whandall. »Ich meine – was sage ich den anderen?«

Resalet kicherte, das erste Zeichen von Belustigung, seit Whandall sein Zimmer betreten hatte. »Sag ihnen, dir sei Yangin-Atep erschienen.«

»Das wird mir niemand glauben!«

»Dann erzähl ihnen, was du willst, aber wenn du noch etwas von dem Zeug hierher bringst, fliegst du raus.«

Noch Jahre später wurden Geschichten über Whandalls Feier erzählt. Er brachte alles mit, weißes Pulver und gelbe Fingerhutblätter und braunes Harz. Er packte alles sorgsam ab. Wanshig fand etwas Hanf. Tras Preetror schrieb zwei Lieder und erzählte Geschichten, aber im Laufe der Nacht reihten seine Worte sich zu einem endlosen Geplapper aneinander.

Shealos gelang es, das Dreifache seines Anteils an braunem Harz zu ergattern. Whandall ließ ihn. Er war ein lauter Krakeeler, wenn man seine Pläne durchkreuzte. Shealos legte sich in einer Ecke schlafen, wo die Brüder Forigaft ihn dann gefunden haben mussten.

Niemand kam ernstlich zu Schaden.

Es würde nie wieder eine ähnliche Feier geben. Aber sie hinterließ ihre Spuren ...

Zwei junge Fürstensippler landeten im Fluss, unverletzt, aber stinkend.

Drei Mädchen wurden schwanger.

Shealos erwachte erst gegen Abend des nächsten Tages, mitten auf einer Kreuzung, nackt und mit den falschen Bandenzeichen und einer kurzen Botschaft bemalt.

Auf einer Mauer in dem sippenlosen Haus, das Whandall für das Fest übernommen hatte, standen noch mehr Wörter in einem Muster, das aus den Zeichen der zehn einheimischen Banden bestand ... irgendwie ganz hübsch, aber jede Bande hätte es als tödliche Beleidigung aufgefasst.

Am Tag nach Whandalls Fest wurden weitere Botschaften in grellroter Farbe auf der langen Mauer rings um Totenruh gefunden. In Totenruh wurden die Leute begraben, die keiner Familie angehörten. Niemand malte Bandenzeichen in Totenruh: alle Fraktionen waren dort willkommen.

Pelzed wurde gebeten, die Brüder Forigaft zu bestellen.

Diese vier Brüder hatten irgendwie lesen gelernt. Es machte sie überheblich. Sie malten Botschaften auf jede saubere Oberfläche. Man erfuhr nicht, was sie bedeuteten, auch nicht, wenn man einen von ihnen fragte, weil sie dann logen. In der Nacht von Whandalls Feier mussten sie von den vielen Pulvern verrückt geworden sein. Whandall erinnerte sich an ihre Mätzchen, die Verrenkungen und das Geheul und ... Augenblick, er hatte sie dabei *beobachtet*, wie sie das mit seiner Wand gemacht hatten, und er hatte gelacht wie ein Idiot. Er konnte sich nicht daran erinnern, gesehen zu haben, wie sie gegangen waren.

Die Brüder waren im Revier des Schlangenpfads und auf dem Friedensplatz verstreut. Sie waren leicht auszumachen. Sie murmelten vor sich hin. Sie riefen Passanten üble und rätselhafte Drohungen zu. Zwei Brüder versuchten mit gelber Farbe und ihren Fingern etwas auf Renwilds' massigen Bauch zu schreiben. Renwild ließ sie ihre Arbeit beenden und schlug dann beide bewusstlos.

Sie waren alle völlig durchgedreht. Pelzed fütterte sie zwei Wochen lang und tauschte sie dann irgendwie bei den Vielfraßen gegen eine Wagenladung Orangen ein.

Whandall kopierte einige ihrer Kritzeleien von einer Mauer und ging damit zu Morth.
»›Ich war kein Fürstensippler! Zinksucher hat meine Leiche tätowiert!‹«, las Morth. »›Sucht im Sand von Meeresklippen nach dem Schatz, für den ich gestorben bin.‹ – ›Sie hat mein Messer versteckt!‹« Er sah auf. »In eurem Totenruh muss es eine ganze Menge Mordopfer geben. Als deine verrückten Leser den Friedhof bekritzelten, gaben die Geister ihnen die Botschaften ein. Die Gerechtigkeit hat ihr eigenes Manna.«

Manchmal bereute Whandall seine Entscheidung. Er hätte mit Speichelleckern und Frauen in einem Haushalt leben können, wie Coscartin ...
Coscartin und sein ganzer Haushalt wurden ein halbes Jahr nach Whandalls Feier von unbekannten Rivalen getötet.

20. Kapitel

Als Wanshig fünfzehn wurde, fing er an, mit Alferth zu arbeiten. Alferth war Steuereinnehmer, was ihm Einblick in das sippenlose Wirtschaftsleben gab. Eines Nachmittags eiste Wanshig Whandall von dessen Freunden los und ging mit ihm in den Hof der Ortsfeste.
»Probier das mal«, sagte Wanshig. »Nur einen Schluck.«
Es war eine kleine Tonflasche. Die Flüssigkeit darin brannte in einem gewissen Feuer. Whandall hätte beinahe gehustet. »Was ...«
»Wein.«
»Oh. Ich habe schon davon gehört.«
Wanshig musste lachen. »Ja, du bist in mancherlei Hinsicht schlau, kleiner Bruder, und du weißt, wie man den

Mund hält. Fällt dir etwas ein, wie man die Sippenlosen dazu bringen könnte, dieses Zeug hierher zum Verkauf zu bringen?«

Sie teilten sich die Flasche zu ungleichen Teilen. »Außerhalb von Teps Stadt gibt es Tavernen«, berichtete Wanshig.

»Woher weißt du das?«

»Von Erzählern«, sagte Wanshig. »Und erinnerst du dich noch an Marila? Sie stammte von den Wasserteufeln und hörte daheim zu. Geschichten über andere Länder. Und über die Docks.«

»Und was sind diese Tavernen?«, fragte Whandall.

Wanshig lächelte verträumt. »Sammelplätze. Für Männer, oder sogar Männer und Frauen gemeinsam, um Wein zu trinken, mit Freunden zusammen zu sein, zu feiern. Es gibt überall Weinläden, nur hier nicht. Warum nicht in Teps Stadt?«

Der Wein brannte noch immer in Whandall. »Yangin-Ateps Feuer«, verkündete er. »Magie?«

»Ja.«

Wein vermittelte ein gutes Gefühl. *Puh*, dachte Whandall und spürte Worte über seine teilweise tauben Lippen purzeln. *Resalet ist weggelaufen*, dachte er. *Er hat meinen Vater sterben lassen*. Dinge, die er keinem anderen Angehörigen der Ortsfeste sagen wollte, niemals. *Fürstensippler arbeiten für niemanden.*

Shig entgegnete: »Ich arbeite nicht *für* Alferth. Ich arbeite *mit* ihm.«

Er hatte es laut gesagt! Whandall schlug sich die Hand vor den Mund. Er versuchte zu sagen ...

»Nein, kleiner Bruder. Man muss *mit* Leuten arbeiten. Sonst ist man ganz allein. Manchmal ist es schwer, das eine vom anderen zu unterscheiden. Es läuft auch andersherum. Manche Fürstensippler arbeiten. Manche Sippenlose nehmen sich Dinge.«

»... was gesagt?«

»Wenn ein Sippenloser seine Arbeit verliert, was kann

er dann schon tun? Er braucht Essen. Eine Decke. Schuhe. Er sammelt sie. Wir würden ihn umbringen, sicher – er hat kein *Recht* dazu –, aber warum sollte ihn jemand erwischen? Wenn irgendwas fehlt, fragt niemand, wer es gesammelt hat. Aber darum geht es gar nicht, kleiner Bruder. Warum führen die Sippenlosen keine Weinläden?«

»Wein*läden*? Wo Wein sich so gut anfühlt?« Whandall gestikulierte weit ausholend. Wanshig duckte sich. »Wenn jemand Wein wollte, würde er einfach die Tür aufbrechen! Wenn sie zu stark wäre, würde er Hilfe holen. Was immer der Ladenbesitzer versuchte ... wir würden ihn verprügeln, vielleicht sogar töten. Die Sippenlosen wären verrückt, das Zeug in der Nähe aufzubewahren.«

»Dann eben Tavernen. Sie könnten den Wein portionsweise verkaufen.«

Der Wein rauschte in Whandalls Ohren und in seinem Blut, und er fühlte, was *damit* nicht stimmte. Sippenlose und Barbaren mochten Wein trinken und ihre Selbstbeherrschung behalten. In der Brennenden Stadt würden die Männer trinken. Dann würde ihnen der Wein die Zunge lösen, achtlos dahergesagte Worte würden nur so über ihre Lippen sprudeln und sie würden kämpfen. Keine Taverne würde das überleben.

Shig sagte: »Das Beste, was uns *hier* passieren kann, ist, dass jemand an einer Straßenecke mit vielleicht acht von diesen kleinen Flaschen auftaucht. Wenn die weg sind, ist er auch weg. Er ist nicht lange genug da, um ausgeraubt zu werden.«

»Woher bekommt er sie?«

»Die Flaschen? Fürsten und Sippenlose beziehen über die Docks Wein aus Torow und Condigeo. Wenn der Rest von uns das herausfindet, holen wir ihn uns natürlich, also bekommen einiges davon die Wasserteufel. Und es gibt noch einen anderen Ort.«

Sie konnten nicht gerade stehen, sondern schwankten, und Wanshig führte ihn nach Norden. Whandalls Kopf wurde rasch wieder klar. Die Wirkung des Weins war verbraucht. Es war nicht viel gewesen, gerade genug für zwei.

Die Häuser im Norden von Teps Stadt endeten am Wald. Wanshig bog nach Nordwesten ab. Whandall war jetzt nüchtern und voller Fragen, doch Wanshig lächelte nur.

Der Wald wich hier vor der Stadt zurück und ließ ein Delta von einer Wiese, den Keil, mit einem trägen Bach zurück, dem Rehpiesel, der sich mitten durch den Keil schlängelte. Whandall wusste schon sein Leben lang von der Existenz des Keils, wunderte sich aber erst jetzt darüber, da Wanshig ihn bachaufwärts führte. Warum waren keine Häuser auf der Wiese gebaut worden?

Wo der Keil sich zu einer Spitze verengte, hockte ein zweistöckiges Steinhaus über dem Bach wie ein Stopfen in einem Trichter. Zu beiden Seiten wäre die Straße breit genug für Fuhrwerke gewesen, doch beide Seiten waren durch Tore versperrt.

Zwei Männer traten aus einer Tür im oberen Stock. Einer kletterte die Leiter herab.

Whandall hatte bereits die Rüstungen von Fürstenmännern und die Ledersachen von Holzfällern und Waldläufern gesehen. Beide Männer trugen, was Holzfäller tragen würden und was Whandall als Junge ebenfalls getragen hatte. Beide Männer waren mit etwas maskiert, was die Ledermaske eines Holzfällers hätte sein können, es aber nicht war.

Wanshig lief zum rechten Tor. Whandall blieb ihm dicht auf den Fersen. Wanshig kletterte wie ein Affe am Tor empor und Whandall folgte ihm ebenso behände. Fürstensippler fragten nicht um Erlaubnis. Sie gingen, wohin sie wollten.

Die beiden gerüsteten Männer sprangen auf den Boden und hoben Waffen. Sie hatten ... eigentlich keine richtigen Schnitter bei sich. Stiele endeten in geraden Klingen, die auf beiden Seiten geschärft waren.

Whandall hörte nicht, was Wanshig sagte, aber die

Männer traten beiseite und warfen einen flüchtigen, gelangweilten Blick auf Whandall, als dieser auf der anderen Seite vom Tor auf den Boden sprang. Sie erklommen wieder die Leiter, während Wanshig die Führung übernahm und dem Bachufer folgte. Der Wald reichte wieder näher an die Ufer heran.

Jetzt, wo sie außer Hörweite waren, fragte Whandall: »Was war das?«

»Ein Wächterhaus«, sagte Wanshig. »Nachdem unsere Väter Teps Stadt genommen hatten, ließen wir es von den Sippenlosen quer über unseren Pfad bauen. Der Pfad ist nicht mehr da, aber die Toronexti sind es immer noch. Sie lassen zwar alle durch, nehmen ihnen aber einen Teil dessen ab, was sie bei sich haben. Das ist so Brauch. Dieser Tage bewachen sie noch etwas anderes.«

»Der Pfad. Ich könnte Morth sagen ...« Er biss sich auf die Zunge, Ewigkeiten zu spät. War es der Wein, so lange danach? »Ich muss ihn *sprechen*, Shig. Keine Sorge, ich werde nichts Dummes tun.«

Wanshig schien nicht überrascht zu sein. »Wie hat er Pothefit getötet?«

»Ich habe ihn noch nicht gefragt.«

»Frag besser nicht. Aber finde es heraus.«

Wo der Bach nach rechts abbog, marschierte Wanshig geradewegs in den Wald.

Die hohen geraden Pfähle mussten junge Rothölzer sein. Ausgewachsene Rothölzer waren hier gefällt worden. Gewaltige Stumpfe waren noch übrig. Wanshig führte sie einen mäßig gewundenen Pfad entlang, vorbei an Morgensternpflanzen, Nesseln, Speergras und rot-grünen Ansammlungen von Rührmichan. Whandall war bereit, ihn jederzeit aus der Gefahr zu reißen, aber sein älterer Bruder hatte tatsächlich dazugelernt.

Sie waren ein paar hundert Schritte weit gekommen, als die Bäume lichter wurden und fruchtbares, zu bebauendes Land freigaben, auf dem Ranken in geraden

Reihen wuchsen. Sippenlose Männer und Frauen waren bei der Arbeit. Auch Fürstensippler waren anwesend.

Wanshig und Whandall sahen dem Treiben auf dem Bauch liegend zu. Wanshig sagte: »Die Fürsten bekommen einen Teil ihres Weins hierher, aber natürlich brauchen sie jemanden, der ihn schützt. Und da kommt Alferth ins Spiel. Er hat die Toronexti dazu gebracht. Er lässt ihnen die Hälfte.«

»Wovon die Hälfte?«

»Er betrügt ein wenig. Sie betrügen ein wenig.« Wanshig kroch wieder zurück. »Ich wollte nur, dass du es weißt. Falls du irgendwelche Ideen hast ...«

»Wollen wir wirklich mehr Wein in Teps Stadt?«

»Wenn es *unser* Wein ist, ja.«

Aber Wein lässt uns töten, dachte Whandall, *und meistens töten wir einander. Fürsten trinken Wein ohne Probleme. Sippenlose können damit umgehen. Wir bringen den Sippenlosen bei, sich zu beherrschen. Barbaren lernen es oder sterben. Aber bei uns selbst ...*

Er fragte: »Was wir getrunken haben, war das von hier?«

»Richtig«, sagte Wanshig.

»Was die Gaffer uns geben, ist das ...«

»Besser. Weicher.«

»Aber nicht das Beste, möchte ich wetten.« Wanshig schaute finster drein und Whandall fuhr fort: »Gaffer wissen, dass wir den Unterschied nicht kennen, also kaufen sie billig. Irgendwo wird irgendein Barbar *wissen*, wie man besseren macht als den, den wir bekommen haben. Den sollten wir finden und überreden, für uns zu arbeiten.«

Wanshig zog die Augenbrauen hoch. *Überreden?* Barbaren brachten Wohlstand. Die Fürsten würden Feuer spucken, wenn ein Barbar entführt wurde. Alferth würde es nicht wagen.

Aber besserer Wein würde besser für die Stadt sein als mehr Wein, überlegte Whandall.

21. Kapitel

Resalet hatte ihm geraten, dem Magier aus dem Weg zu gehen und all seine Pflanzen und Pulver zu verschenken. Whandall hatte Morth fast ein Jahr lang nicht mehr gesehen. Der Junge Seshmarl war älter geworden. Sah er mittlerweile zu gefährlich aus?

Zwei sippenlose Kunden betrachteten ihn nervös. Der Magier schenkte ihm ein flüchtiges Lächeln und bediente sie dann zu Ende. Als sie gegangen waren, rief der Magier: »Seshmarl! Erzähl mir eine Geschichte!«

Information gegen Information. »Wenn du dem Rehpiesel in nördlicher Richtung aus der Stadt heraus folgst, kommst du zu einer Wiese, dann zu einem Wachhaus mit maskierten und bewaffneten Männern. Sie werden dir einen Teil dessen abnehmen, was du bei dir hast. Sie bewachen den alten Pfad, die Schneise, die mein Volk durch den Wald zum Tal der Dünste geschlagen hat. Aber geh nicht hin, klar? Sieh dir nur alles an.«

»Du warst wirklich emsig«, sagte Morth.

Whandall lächelte.

»Ist der Pfad noch offen?«

»Das glaube ich nicht.«

»Was ist, wenn ich Teps Stadt *verlassen* will?«

»Die Docks ...«

»Ich kann nicht in die Nähe des Meeres gehen. Einmal habe ich versucht, nach Süden zu gehen, aber da ist nur Sumpf.«

»Darüber weiß ich nichts. Niemand nimmt diesen Weg.«

»Seshmarl, der Wald ...«

»Nicht durch den Wald. Das liegt zweihundert Jahre zurück. Schneisen wachsen wieder zu. Es gibt giftige Pflanzen, Fürstenkuss und Morgensterne, Hanf und Fingerhut.« Er hatte nicht die Absicht, über den Weinberg zu reden.

»Verflucht! Und noch dazu ein Wächterhaus?«

»Wenn du denen gegenüberstehst, hast du besser eine Geschichte parat. Aber hast du keinen Zauber, um einen Pfad zu finden?«

Der Magier antwortete nicht. Stattdessen erzählte er eine Geschichte. »Der Feuergott hat viele Schlachten verloren. In Atlantis hat Sydon seine Anhänger ertränkt. In Attica hat Zoosh den Blitz gegen ihn eingesetzt und quält ihn seitdem angeblich ohne Unterlass. Wotan und die Eisriesen haben ihn im Norden bekämpft, und auch von ihnen heißt es, sie quälten ihn immer noch. An vielen Orten hat der Feuerbringer eine große Wunde in der Seite. Hier auch, glaube ich. Dein Volk muss vor Zooshs Volk geflohen sein. Ihr Fürstensippler könntet durchaus die letzten Anhänger Yangin-Ateps sein.«

»Yangin-Atep hat uns alles gegeben. Wärme, Kochen...«

»Brennende Städte?«

»Wir verbrennen nicht die ganze Stadt, Morth. Nur Erzähler behaupten das. Bei jedem Brennen verlieren wir... Resalet spricht von drei oder vier Häusergruppen.«

»Es ist trotzdem verrückt.«

Whandall erwiderte: »Selbst ein Zauberer würde sich nicht Yangin-Ateps Zorn zuziehen wollen.«

Morth lächelte nachsichtig. »Yangin-Atep ist fast nur noch Legende. Sein Leben verbraucht die magische Kraft, die meinen Zaubern ihre Energie verleihen würde, aber es gibt ohnehin nur noch wenig davon. Dieser Tage funktioniert die Magie überall schlecht. Yangin-Atep rührt sich nicht. Ich würde ihn spüren.«

»Kannst du ein Brennen vorhersehen?« Tras Preetror würde sehr gut für diese Information bezahlen.

»Manchmal«, bekundete Morth rätselhaft.

Er konnte es nicht. Aber er wusste, wann Yangin-Atep erwachen würde. Er musste es wissen. »Warum wolltest du so viel über den Wald wissen?«

»Ich will weg von hier«, sagte Morth.

Ich kann nicht in die Nähe des Meeres gehen, hatte er

gesagt. Whandall versuchte es mit einem Schuss ins Blaue. »Würde das Eis dich verfolgen?«

Morth verschluckte ein Lachen. Es sah aus wie ein Schluckauf. »Was weißt du davon?«

»Einmal hast du einen Berg aus Eis hergebracht. Ich habe mich gefragt, wie. Aber wenn Eis dich verfolgte, würden die Fürsten dich gut bezahlen, also ist es kein Eis. Wellen? Salzwasser?«

»Du weißt eine Menge«, sagte Morth, nicht länger belustigt. Der Zauberer nahm wieder Whandalls Hand, betrachtete sie und nickte. »Du hast mehrere Bestimmungen. Die meisten haben nur eine, aber du hast mehrere zur Auswahl. Eine Wahl mag zu großem Ruhm führen. Sei bereit. Und jetzt erzähl mir alles über den Pfad durch den Wald.«

Whandall hakte nach. »Warum willst du weg von hier? Ist es wegen des Elementars?« Er wusste immer noch nicht, was das Wort bedeutete.

»Letzten Monat habe ich ein Fuhrwerk gemietet, um zum Hafen zu fahren. Ich hatte seit vielen Jahren nichts mehr von einem Wassergeist gehört. Als ich den letzten Hügel überquerte, erhob sich eine einzelne Welle und kam auf mich zu. Der Wassergeist ist immer noch dort draußen im Hafen.«

»Dann beschützt dich also Yangin-Atep?«

»In gewisser Hinsicht ja, Seshmarl. Der Feuergott duldet hier keinen Wassergeist. Ich hatte mein ganzes Leben von der Stadt des Feuers gehört, aber ich wollte niemals hier leben. Wenige wollen das. Seshmarl, ich bin hier, um mich zu *verstecken!*«

»Die Gaffer kommen.«

»O ja, Erzähler haben diese Stadt berühmt gemacht. Früher sind in jedem Frühling Narren hergekommen, um sich das Brennen anzusehen. Ich nehme an, die Gaffer bringen Geld mit, das dabei hilft, den Wiederaufbau zu bezahlen. Mir kommt das alles ziemlich verrückt vor. Aber es macht eure Stadt sicherer.«

Whandall schluckte seine Wut herunter. Ein Fürstensippler sollte listenreich sein ... und sich nach einem Brennen niemals an einen Todesfall erinnern ... »Yangin-Atep beschützt uns meistens. *Drinnen* brennen keine Feuer.« *Nicht hier.* »Gibt es andere Städte, in denen Feuer *nicht* zufällig ausbrechen können?«

»Oh, Magie kann ein Haus davor schützen«, sagte Morth, »und ich kenne einen Zauber, um ein Feuer zu löschen, der selbst in Teps Stadt funktioniert.«

»Die Fürsten kochen auch drinnen«, sagte Whandall. »Und nach Einbruch der Dunkelheit zünden sie Fackeln im großen Saal an. Nicht nur Kerzen, sondern richtige Fackeln.«

Morth schwieg.

Seit zwei Jahren war es trocken in Teps Stadt. »Du hast einmal Wasser gebracht.«

»Ein Wasserelementar hat mich vom südlichsten Ende der Welt hierher verfolgt, verkörpert in einem Eisberg. Er hat mich gejagt, um mich zu töten. Seshmarl, wenn Dinge einmal in Bewegung sind, wollen sie es auch bleiben«, erklärte Morth. »Je größer und schwerer etwas ist, desto schwieriger ist es, es anzuhalten. Der Eisberg war das größte und schwerste Ding, was je hierher gekommen ist.«

»Was hat ihn aufgehalten? Yangin-Atep!«, erkannte Whandall plötzlich. »Du hast Yangin-Atep zu Hilfe gerufen, um diesen Fluch zu deinem Vorteil zu nutzen.«

»Bestimmungen«, murmelte Morth vor sich hin. »Ja, Seshmarl. Das macht einen großen Teil der Magie aus: zu verstehen, wie Dinge funktionieren, und sie dann zum eigenen Vorteil zu nutzen. Ich ließ mich von ihm verfolgen, bis es kein Manna mehr gab, um den Eisberg noch weiter zu bewegen.«

»Aber du kannst es nicht noch einmal tun.«

»Der Elementar würde es nicht noch einmal machen«, sagte Morth. »Er müsste weit weg gehen, um Eis zu finden. Doch so weit würde er sich nicht von mir entfernen.«

Der Magier sah aus dem Fenster, betrachtete aber nicht die Straßen draußen. »Diese Geschichte sollte nicht erzählt werden, Seshmarl. Sie könnte den Fürsten zu Ohren kommen.«

Und das war eine wertvolle Information, dachte Whandall, wenngleich er nicht wusste, wie er aus ihr Nutzen ziehen konnte. »Mein Lehrer sagt, ich kann mir jetzt eine Tätowierung aussuchen«, meinte er schüchtern. »Mein Bruder wollte es tun, aber ich sagte, ich kenne einen Künstler.«

Für einen Atemzug war er nicht sicher, ob Morth ihn verstanden hatte. Dann sagte der Magier »Wunderbar!«, und fuhr herum. »Immer noch dieselbe? Die geflügelte Schlange von Atlantis? Ich zeige sie dir.«

Er nahm einen Kasten aus einem Regal und griff hinein, entrollte ein erlesenes Tuch und ließ es von seinen Fingern baumeln. Es war ein Schal in Gold und Scharlachrot und Blau. »Hier, gefällt dir das?«

»O ja.« Der Schal war *neu*. Das Bild war viel schöner als die blasse Darstellung, welche er einmal an Morths Wand gesehen hatte ... und die irgendwann im vergangenen Jahr verschwunden war.

Whandall konnte den Blick nicht von der fliegenden Schlange losreißen. Sie hatte einen Federkamm und kleine gefiederte Flügel auf beiden Seiten des Halses, wie er es noch bei keiner Schlange gesehen hatte. Die Farben strahlten.

Aber das Bildnis war *groß*. Es würde Gesicht, Schultern und den halben Arm bedecken! Whandall erinnerte sich an seine erste Tätowierung. »Wenn es nicht ... wie weh wird das tun?«

»Wehtun? Gar nicht. Hier, setz dich.« Er ließ Whandall mit überkreuzten Beinen auf einem Läufer Platz nehmen.

Morth legte den Schal über den Kasten und bewegte Whandalls Arm, bis der Schal unter Schulter und Oberarm lag. Die Linien und Farben des Schals hoben sich und krochen über seine Haut. Whandalls Augen versuchten ihrer Wanderschaft zu folgen. Er spürte ein Schlängeln, als winde sich eine Schlange um seinen Arm, drücke zu, gleite dann Schulter und Hals empor und über sein Gesicht. Es gab keine Schmerzen, kein Anschwellen, kein Blut.

Er versteckte sich für eine Nacht und einen Morgen. »Ich bin die Nacht geblieben. Ich wollte niemanden sehen. Es hat zu weh getan«, erzählte er Resalet.
Dem quollen förmlich die Augen aus dem Kopf. Mit einer einzigen zornigen Bewegung streifte er seine Tunika ab und hielt seinen Arm neben Whandalls, um seine eigene verblasste blaue Schlange, fünfzehn Jahre alt, mit Whandalls vierfarbigem Götterding zu vergleichen. Er fluchte. »Die ist wunderbar! Wie kann ich so eine bekommen?«
»Ich werde fragen.«
»Wen fragen? Ist es wieder Morth?«
Das gab Whandall zu. Resalet verlangte: »Erzähl mir alles.«
Whandall hielt es für geraten, von fast unerträglichen Qualen zu berichten, als habe eine Schlange ihre Fänge in ihn geschlagen.
»Es ist mir egal, ob es wehtut. Das Bild ist einfach vom Schal herunter geschwebt und dann deine Schulter empor gekrochen? Hat er irgendwas dabei gesagt? Gestikuliert?«
»Er hat nur meinen Arm genommen und in Position gebracht. Soll ich fragen, ob ich … hmm … einen Onkel mitbringen kann? Wahrscheinlich kostet es ein Vermögen.«
»Nein, spar dir die Mühe. Weiß er, wer du bist?«
»Seshmarl. Vom Schlangenpfad. Das musste ich ihm sagen.«
»Sei vorsichtig mit Morth von Atlantis, Whandall. Keine Pulver mehr! Auch kein Hanf!«

An einem anderen Tag ging Whandall wieder hin und wartete, bis der Laden leer war, bevor er eintrat. Er hatte eine Flasche Wein gesammelt und stellte sie auf die Ladentheke. Sie tranken sie gemeinsam aus.

Dann fragte Whandall: »Ist dieser Wein magisch?«

Morth lachte. »Nein. Er ist nicht einmal sonderlich gut, aber in der Flasche ist nicht genug, um uns zu schaden. Kannst du mir mehr darüber erzählen, wie man Teps Stadt verlassen könnte?«

Whandall schüttelte den Kopf. »Aber ich kenne einen sicheren Ort. Die meisten Bewohner der Stadt fürchten sich vor der Schwarzen Grube.«

Morth war erstaunt. »Woher weißt du das?«

»Ich habe in der Nähe der Schwarzen Grube geschlafen. Da wird man von niemandem belästigt und die Ungeheuer können einem auch nichts anhaben.«

Morth nickte. »Gäbe es noch genug Manna, wären sie mehr als gefährlich. Isis' Katzen, Hels Hunde, Wotans Vögel, ge*walt*ige Kriegsbestien, sie alle sind zu tausenden in einem Krieg der Götter gestorben. Nur ein winziger Bruchteil von ihnen ist in der Teergrube gelandet. In dieser letzten Schlacht sind die Götter selbst zur Legende geworden«, sagte er.

»Morth, erzähl mir noch mal von dem Eisberg.«

Morth sah ihn nachdenklich an. »Du kennst die Geschichte.«

»Ja, aber ich verstehe nicht alles. Magie funktioniert hier nicht, aber du sorgst dafür, dass sie es doch tut.«

»Soll ich es dir wirklich erzählen?«, sagte Morth halb bei sich. »Lass mich noch mal deine Hand sehen.« Er studierte Whandalls Handfläche. Dann trank der Magier einen Schluck Wein und machte es sich gemütlich, um die Geschichte zu erzählen.

»Die Brunnen von Atlantis sind schon vor Ewigkeiten ausgetrocknet. Wir waren zu viele, als dass wir uns nur aus den Flüssen hätten versorgen können, und niemand *mag* Regen. Tausend Jahre lang holte das Volk von Atlantis sich sein Wasser vom Ende der Welt. Atlantische Magie hat das Wasser beherrscht, solange wir zurückdenken können. Wir schicken – schickten – Wassergeister nach Süden, um Eisberge zu holen, die wir dann schmolzen, um so an unser Wasser zu gelangen. Als ...« Morth überlegte kurz, bevor er weiter sprach. »Als ich Atlantis verließ, anstatt zu bleiben, um zu kämpfen, war gerade ein Eisberg in Sichtweite des Hafens. Die Priester befahlen dem Wassergeist, mich aufzuspüren und zu töten. Ich überquerte einen Ozean und einen Kontinent und erreichte die Küste mit einem Berg aus Eis auf den Fersen.

In der Großen Adlerbucht erzählte mir die Nixe in der Löwenstube von Teps Stadt. Kurz bevor ich hier eintraf, ging mein Schiff in der Wüste nieder.

Ich *wusste*, der Elementar konnte so weit kommen. Ich hoffte darauf, dass er nicht weiter kommen würde, nicht in der Domäne des Feuergotts. Den Fürsten schwor ich, ich könnte einen Eisberg zu jenem ausgetrockneten See auf der Fürstenhöhe bringen, den sie jetzt ›Reservoir‹ nennen. In jenen Tagen hatte Yangin-Atep dort Macht. Ich sagte den Fürsten, sie sollten mich bei Lieferung bezahlen, und hoffte, Yangin-Atep hätte die Macht, das Eis aufzuhalten.«

Whandall nickte und trank einen letzten Schluck Wein.

Das amüsierte Morth. »Fragst du dich gar nicht, woher ich wusste, dass sie bezahlen würden? Ist dir diese Frage nie in den Sinn gekommen? Fürstensippler! Zwei oder drei Fürsten waren *sehr* verärgert. Dieser verfluchte Geist hat einen Berg aus Eis über Land gezogen, das ihnen gehört.«

Whandall nickte. »Über Samortys Land. Und Chanthors.«

Jetzt schaute Morth überrascht drein. »Das wusstest du?«

»So viel, ja. Wie hast du sie dazu gebracht zu bezahlen?«

»Ich habe die Frage aufgeworfen, wie ihre Häuser wohl aussähen, falls ein zweiter Eisberg den Blawindhügel überrollte.«

»Was ist mit dem Wasserding? Geschmolzen?«

»Nein. Der verfluchte Elementar wartet vor der Küste. Ich darf nie wieder in die Nähe von Wasser kommen. Aber das Geld der Fürsten ist schon lange aufgebraucht und ich kann das Kunststück nicht noch einmal vollbringen.«

»Fürchtest du dich vor dem Brennen?«

»O nein. Ich werde spüren, wenn Yangin-Atep erwacht. So viel kann ich sehen. Es wird ein oder zwei kleine Brennen geben, danach ein großes«, sagte Morth. »Dann verschwinde ich. *Das* will ich nicht noch einmal sehen.«

Whandall fragte sich, ob Morth nicht gerade im Dunkeln pfiff, um sich Mut zu machen. Das war jedoch nicht Seshmarls Problem. Er sagte: »Die Toronexti – die Zöllner – werden dir fast alles abnehmen, was du besitzt.«

»Vielleicht sehen sie nicht alles«, erwiderte Morth.

»Warst du beim letzten Brennen auch hier?« *Als mein Vater starb!*

»Ja.« Das fremdartige Gesicht wirkte jetzt verhärmt. »Ich hätte getötet werden können. Da war nichts, *nichts*, was mir verraten hätte, dass Yangin-Atep erwacht war, nicht einmal nachdem ich Rauch und Flammen aufsteigen sah. Ich ging heim, um dafür zu sorgen, dass mein Haus nicht abbrannte. In der Nacht ging ich zum Laden zurück. Das war natürlich dumm. Diebe – *Sammler* – hatten ihn bereits ausgeräumt. Ich sah mich um und machte mir Gedanken, wie ich alles wieder aufbauen sollte, als noch mehr Sammler hereinkamen und mich sahen.«

Sein Mund war jetzt sehr trocken. »Was ist dann passiert?«, fragte Whandall.

»Ich habe einen Beruhigungszauber gewirkt.«

»Was?«

Herausfordernd und schuldbewusst zugleich sagte Morth: »Das ist einfache Magie, so einfach, dass sie sogar hier funktioniert. Der Zauber nimmt einem Mann den Zorn und löscht auch Feuer. Bis zu jenem Tag hatte ich ihn schon oft eingesetzt. Es ist nicht so, dass ich ihnen etwas antun wollte. Ich belegte den Großen mit einem Beruhigungszauber, als er mit einem Messer auf mich losging. Er ging zu Boden wie eine Hand voll Stöcke. Die anderen schrien und liefen weg.«

»Tot?«

»Tot und *kalt*! Ich schleifte ihn nach draußen und ließ ihn dort liegen. Ein Barbar schleifte einen Toten bei den Knöcheln und niemand achtete darauf! Seshmarl, ergreift Yangin-Atep wirklich Besitz von Leuten?«

»Ich glaube schon.« Sollte ein Zauberer das nicht wissen?

»Dieser Einbrecher bestand praktisch nur aus Wut, aus Feuer. Er muss von Yangin-Atep besessen gewesen sein, und als ich ihm die Wut entzog, habe ich ihm damit auch das Leben entzogen, glaube ich.« Morth sah auf. »Das Brennen. Was hast du gesehen?«

»Ich war erst sieben.«

»Hast du Yangin-Atep gespürt? Ich habe mich schon öfter gefragt, wie das wohl ist.«

»Nein. Vielleicht beim nächsten Mal.«

Vier Sippenlose betraten den Laden. Whandall spürte ihr Unbehagen und ging.

Und vielleicht hörte Yangin-Atep in seiner Bewusstlosigkeit – schleppend – Morths Beleidigungen.

Teil Drei · Brennen

22. Kapitel

Drei Jahre lang war der Regen nur spärlich gefallen. Sogar an den Bäumen mit ihren tief reichenden Wurzeln hatte die Dürre Spuren hinterlassen. Die Vorratsbecken trockneten aus. Manche erzählten, die Quellen auf der Fürstenhöhe sprudelten noch, andere behaupteten das Gegenteil, aber niemand wusste es mit Sicherheit.

Ein paar Sippenlose kauften Regen. Wetterzauberer waren selten erfolgreich, aber einige verkauften die Namen ihrer Kunden: Sippenlose, die zu viel Geld hatten. Es gab Überfälle und Räubereien und danach konnten sie weniger für die Wetterzauberer ausgeben.

Der Rehpiesel wurde zu einem Rinnsal und trocknete dann gänzlich aus. Brunnen versiegten. Die Fürsten verfügten, dass Wasser nur noch zum Trinken und Waschen benutzt werden durfte. Die Sippenlosen befürworteten den Erlass und verlangten sogar eine noch strengere Rationierung. Fürstensippler hörten nicht auf solch einen Unsinn. Sie verwendeten Wasser, um sich und ihre Häuser zu kühlen, bis auch das Trinkwasser nur noch ein Rinnsal war und es kein Wasser mehr gab, um Feuer zu löschen. Es war eine trockene Jahreszeit und vielleicht weckte *das* den Feuergott, zwölf Tage nachdem Morth ihn herabgesetzt hatte.

Whandall allein war nicht groß genug, um Wasser zu holen, wenn größere Männer durstig waren. An jenem Morgen begleiteten Wanshig und Whandall die Frauen und jüngeren Kinder durch die Stadtmitte zu einem Brunnen, der noch Wasser führte. Resalet hatte einen Kater und blieb in der Ortsfeste. Die anderen Männer der Ortsfeste waren unauffindbar.

Elriss war neu. Sie hielt sich am Rande und half dabei, den älteren Frauen die Plätze zu reservieren und sie in Bewegung zu halten. Wanshig war ständig in ihrer Nähe. Er hatte Elriss zwanzig Tage zuvor nach Hause gebracht und sein Herz und sein Verstand gehörten ihr.

Mutters Mutter war seit vielen Jahren nicht mehr außerhalb der Mauern gewesen. Whandall hörte sie über alles murmeln, was sie sah. Den Schmutz. Die schlechten Manieren unter den Fürstensipplern. Die mürrischen Gesichter der Sippenlosen.

Wenigstens dreißig Sippenlose waren beim Brunnen. Beim Anblick der sich nähernden Fürstensippe entfernten sie sich in kleinen Gruppen.

Der Eimer förderte kaum einen Mund voll nach oben.

Die Sippenlosen hatten alles genommen! Allein das hätte vielleicht schon gereicht, um das Brennen in Gang zu setzen. Doch Whandall, der darauf wartete, bis er an der Reihe war, um Mutters Mutter eine Hand voll Wasser schöpfen zu können, roch Rauch in der windstillen Luft. Es war noch zu früh für ein Herdfeuer ...

»Bleibt zusammen«, schnauzte Wanshig. »Schafft die Frauen und Kinder nach Hause.«

Das Brennen hatte begonnen.

Sie mussten mehrfach einen Umweg nehmen.

Die Büros des Nachrichtenbeförderungsdienstes fingen gerade Feuer. Sippenlose versuchten, ihre Pferde aus den Ställen zu holen. Andere bekämpften das Feuer mit nassen Decken. Das Feuerwehrfuhrwerk der Sippenlosen war eben eingetroffen, als ein halbes Dutzend Fürstensippler mit Flüchen auf den Lippen und langen Messern in den Händen zwischen die Sippenlosen fuhr. Sippenlose, die das Feuer bekämpften, fielen blutend zu Boden. Andere flohen. Ein Fürstensippler saß auf dem Kopf eines Sippenlosen und hieb mit einem Stein auf dessen Brust ein. Ein Zweiter kam hinzu, trat den Sippenlosen und lachte.

Mutters Mutter stützte sich auf Mutter und keuchte: »Ungeheuer! Wir haben nie getötet! Wir haben nur in Brand gesetzt, niemals getötet!« Mutter und Whandall führten sie rasch weg vom Ort des Geschehens.

Whandall sah Wanshig an, fragte aber nicht: *Stimmt das oder ist sie verrückt?*

»Vielleicht haben die Männer den Frauen nicht alles gesagt. Auch damals nicht«, sagte Wanshig leise.

Auf der Winkelstraße, wo das Land etwas hügelig war und den Rauch im Süden verbarg, war alles friedlich. Gesichter wandten sich neugierig der Gruppe von Frauen mit einem lediglich aus zwei Männern bestehenden Begleitschutz zu und Wanshig flüsterte: »Bleibt alle ganz ruhig. Schlendert. Es ist ein ganz gewöhnlicher langweiliger Morgen wie jeder andere, in Ordnung?«

Und Whandall versuchte genauso zu empfinden. Gelassen bleiben, zu Mutters Mutters Schimpfkanonaden nicken und hoffen, dass niemand zuhört. Elriss sieht aus, als brauche sie die Hilfe irgendeines starken Mannes, aber darum kümmert Mutter sich schon und schiebt sie in die Mitte, wo sie nicht zu sehen ist.

Tras Preetror der Erzähler grüßte ihn. »Whandall! Was machst du denn hier? Weißt du denn nicht, was los ist?«

Tras Preetror zuwinken, zu ihm schlendern. »Hallo, Tras.« Unbeschwert, ein wenig verblüfft: »Wovon redest du?«

Tras gab sich keine Mühe, sein Entzücken zu verbergen. »Oh. Die Frauen bewachen, gute Idee. Aber warum unternehmen« – seine Geste schloss die gesamte Umgebung ein und seine Stimme hob sich – »*sie* alle hier nichts? Findet das Bren ...«

Whandall schoss eine rasche, auf Preetrors Herz gezielte Gerade ab. Das raubte ihm den Atem! Tras hatte damit gerechnet. Er wich aus und drehte sich, entging dem Hieb, tänzelte aus Whandalls Reichweite. »Findet das Brennen denn nicht überall gleichzeitig statt? *Fühlst du Yangin-Atep? Spürst du den Zorn?*«

Die Aufgabe eines Erzählers besteht nicht darin, den Frieden zu wahren. Whandall kannte Tras Preetror nun schon so viele Jahre, ohne diese Wahrheit je richtig begriffen zu haben.

Jetzt war es zu spät. Die Winkelstraße hatte seine Botschaft verstanden. Fürstensippler verschwanden in Geschäften. Sippenlose flohen, taten sich zu einer größeren Gruppe zusammen. Tras gesellte sich zu ihnen und verbreitete Neuigkeiten.

Wanshig hielt Whandalls Arm fest. »Beweg dich, Whandall. Da entlang. Du übernimmst die Führung, ich bilde den Abschluss. Elriss, du folgst Whandall.«

Die nächste Straße. Pelzed begegnete ihnen in Begleitung von neun Männern des Schlangenpfads. »Whandall! Wanshig!«, rief Pelzed. »Wir gehen nach Fürstendorf! Kommt mit uns.«

Whandalls Winken umschloss die Frauen.

Überraschenderweise nickte Pelzed gelassen, als verstehe er ihre Nöte. »Wir können nicht warten«, sagte er und winkte seine Krieger vorwärts zur Sanvinstraße. »Ihr verpasst das Beste.« Dann waren sie verschwunden und der Gestank nach Rauch nahm zu.

Drei Querstraßen weiter: Das Brennen war vor ihnen eingetroffen. Eine Hand voll Gaffer trat einem pummeligen Fürstensippler von gut vierzig Jahren entgegen. Brauchte er Hilfe?

Nein, die Barbaren waren nur verblüfft, und der Schmutzfink schrie ihnen ins Gesicht, während seine Arme weit ausholende Kreise beschrieben: »Alles umsonst! Nehmt es – es gehört alles euch!« Freudig versuchte er sie in den Laden eines Schuhmachers zu führen, wo bereits einige Sammler auf dem Lehmboden saßen und Schuhe in dem Bemühen herumwandern ließen, etwas Passendes zu finden.

Die ausgelassene Stimmung sprach Whandall an, doch Wanshig führte die Frauen der Ortsfeste auch hier vorbei.

Und schließlich waren sie zu Hause und im leichter zu verteidigenden oberen Stock angelangt. Die Ortsfeste hatte Steinmauern. Der Boden würde brennen, aber er bestand aus dickem Holz und es würde entschlossener Bemühungen bedürfen, sie in Brand zu setzen. Bisher hatte sich dazu noch nie jemand die Zeit genommen. Die Frauen waren hier so sicher, wie sie es überhaupt nur sein konnten.

Und Whandall fragte: »Jetzt?«

»Ja, o Eifriger ...« Whandall war bereits halb zur Tür hinaus. Die guten Sachen würden alle schon weg sein! Wanshig rief ihm nach: »Warte! Wo sind die anderen von uns?«

Es kostete Whandall erhebliche Mühe, aber er blieb stehen. Sein Blut war in Wallung und in seine Lenden stieg Hitze. Beide Gefühle waren vertraut, aber so stark waren sie noch nie gewesen. Der Whandall, der einst auf Mutters Mutters Schoß gesessen und Geschichten von besseren Zeiten gelauscht hatte, spürte, wie der Rest von ihm die Beherrschung verlor, und flüsterte ihm seine Missbilligung zu.

»Wo sind sie?«, wollte Wanshig wissen. »Resalet, Shastern, die anderen Männer? Die Jungen?«

»Sammeln!«

»Whandall, ich dachte, Resalet würde warten!« Wanshig folgte ihm eilig. »Er ist weg. Alle Männer sind weg.«

»Shig, sie sind draußen und sammeln und feiern mit den anderen.«

»Resalet hat viel über Morth von Atlantis geredet«, meinte Wanshig. Er schaute die Treppe hinauf und sah oben Elriss stehen und ihn anstarren.

»Komm zurück«, sagte Elriss.

»Ich glaube, sie sind zu Morths Laden gegangen«, sagte Wanshig. Mit einiger Mühe wandte er sich von Elriss ab und folgte Whandall nach draußen. »Ich glaube, sie sind gegangen, als das erste Feuer ausbrach.«

»Was würde er dort wollen?«, fragte Whandall.

»Pulver. Hanf«, riet Wanshig.

»Resalet hasst das Zeug!«

Wanshig lachte.

»Resalet fürchtet sich vor Morth«, erwiderte Whandall. »Was ist mit ›Denk nie an einen Todesfall, der sich beim Brennen ereignet hat‹?«

Sie waren wieder auf der Straße. Wo der Kornspeicher gestanden hatte, brannte jetzt das neue Restaurant: ein Ort, dem Pech anhaftete. Im Osten war ein Wettstreit im Schreien im Gange, um zu klären, wer den größeren Anspruch auf einen mit kunstvollen Schnitzereien verzierten Schreibtisch hatte, der jeden Augenblick in Handgreiflichkeiten übergehen würde, während jemand anderes gerade mit dem dazu passenden Stuhl verschwand.

Wanshig drehte sich zur Ortsfeste um. »Wer wird die Frauen bewachen?«, wollte er wissen. »Jemand muss bleiben.« Sein Blick fiel auf Whandall und er sah nahezu unbeherrschte Begierde. »Und ich weiß, ich weiß, du wirst es nicht sein, kleiner Bruder.«

Ein Sippenloser, der einen Karren hinter sich her zog, lief an ihnen vorbei. »Helft mir!«, rief der Sippenlose. Ein Dutzend Jugendliche, Angehörige vom Schlangenpfad, Blumenmarkt und von den Ochsenziemern, liefen ihm johlend und lachend hinterher. Der Karren stürzte fast vor Wanshigs Füßen um und der sippenlose Händler lief unbeladen weiter. Ringe mit roten Steinen purzelten aus dem Wrack und Wanshig hob ein paar auf. Er gab einen davon Whandall.

»Das gehört uns!«, rief ein Ochsenziemer, aber er lachte dabei. Er sah Whandalls kunstvolle Tätowierung, schaute zu den Wänden und erblickte die Zeichen des

Schlangenpfads und beäugte Whandall nervös. Einen Augenblick bewegte sich niemand. Dann lachte der Ochsenziemer wieder und stürzte sich in das Gedränge beim Karren. Sie rissen das Wägelchen förmlich in Stücke und zogen als Gruppe mit erbeuteten Kleidern, Hosen und einer Rolle Seil weiter.

Im Westen stieg Rauch auf. Wanshig wandte sich eilig in diese Richtung. »Whandall, du hast Morth ausspioniert. Gibt es etwas, das unsere Väter über ihn wissen sollten? Etwas, das ihnen schaden könnte?«

Das *war* der Grund, warum er zu Morth gegangen war, oder? Vor Monaten. Whandall glaubte sich an andere Gründe zu erinnern. Morth war beinahe so etwas wie ein Freund. Aber diese Erinnerungen widersprachen dem Feuer in seinen Adern. Whandall berichtete: »Er hat mir von dem Zauber erzählt, der Pothefit getötet hat. Er wird ihn nicht noch einmal anwenden. Aber einen Magier fragt man nicht: ›Erzähl mir bitte, was du machst, um Fürstensippler daran zu hindern, Sachen mitzunehmen.‹«

»Was fragst du ihn denn dann?«

»Ich beobachte. Ich höre zu. Shig, manche Sachen nimmt er einfach und verkauft sie. Bei anderen wedelt er mit den Händen oder murmelt vor sich hin. Bei manchen davon sagt er nie zwei Mal dasselbe, also macht er den Leuten vielleicht nur etwas vor. Ich kann dir auch nicht sagen, was du mitnehmen sollst.« Er hielt inne, als es ihm einfiel. »Shig, ich glaube nicht, dass Morth überhaupt dort sein wird.«

»Er wohnt in dem Laden.«

»Er wird sich fürchten. Er wollte Pothefit nichts antun!«

Sie trabten jetzt, wobei sie ständig Sammlern auswichen, die unter der Last von Wertsachen oder Schrott schwankten. Whandall blieb plötzlich stehen.

Männer in seinem Alter sammelten eine sippenlose Frau. Es sah nach Spaß aus. Mehr noch: er kannte sie, Traumlotus Gastwirt vom Westrand, vier Jahre älter als er und ganz reizend. Er hatte nie den Mut aufgebracht, sie anzusprechen, um zu erfahren, ob ihr etwas an der Liebe eines jungen Fürstensipplers lag, und jetzt brauchte er nicht zu fragen.

Wanshig versuchte ihn wegzuziehen. Whandall wehrte sich. »Jetzt *komm* schon, Shig ...«

»Nein. Elriss würde mich umbringen.« Er sah Whandall ins Gesicht und gab auf. »Ich gehe schon voraus. Vielleicht kann ich sie dazu bringen zu warten.« Seine Hand schloss sich wie ein Schraubstock um Whandalls Arm. »Du *folgst* mir, ja? Du hältst dich nicht noch einmal irgendwo auf.«

»Ja, Shig, ja doch.«

23. Kapitel

Er war bereit, Shig zu folgen. Er zog sich die Kleider hoch, sah nach seinen Habseligkeiten, machte ein paar Witze mit den anderen, fühlte sich wohl – als er sah, dass der Mann, der jetzt auf Traumlotus lag, sie erwürgte!

Bevor sich der Anblick richtig eingeprägt hatte, war bereits Whandalls Messer draußen und zuckte im Bogen abwärts. Er trennte dem Mann fein säuberlich das linke Ohr ab.

Der Mann brüllte. Sein Paarungsdrang hatte seinen Unterleib in der Gewalt, aber Kopf und Schultern versuchten sich zu drehen, um Gürtel und Messer zu erreichen.

Der Mann, der Traumlotus' Handgelenke hielt, hatte gerade erst begonnen zu reagieren. Entsetzt über das Würgen oder entsetzt über Whandalls Einmischung: er konnte es nicht sagen. Jemand anders brüllte und griff nach ihm. Whandall wälzte sich über den Rücken des Würgers, schnitt ihm in das andere Ohr und floh dann. Ein letzter auf die Nase gezielter Rückhandhieb trennte unerwarteterweise die Nasenspitze und die Oberlippe ab. Der Würger ließ Traumlotus' Hals los und sprang auf. Traumlotus schnappte mit einem pfeifenden Kreischen nach Luft, während Whandall lief, was das Zeug hielt.

Er hatte einmal einen Mann sagen gehört, eine Frau reagiere, wenn man sie würge, und es mache mehr Spaß. Er hatte es damals widerlich gefunden und daran hatte sich bis heute nichts geändert.

Zu viele waren ihm auf den Fersen, um innezuhalten und sich zu wehren. Kampfgeschick würde ihm hier nichts nützen. Flucht! Der Würger persönlich hatte die Führung übernommen, barfuß bis zu den Hüften, und seine Beine flogen nur so. Er war ein massiger Kerl und unter einer eintätowierten Orchidee vernarbt.

Aber das Messer ... Er hatte so schnell zugestochen! Vielleicht hätte er reden können? Den Mann überreden können ... wozu? Bei einem Brennen war niemand Vernunftgründen zugänglich.

Hier hindurch! Takelmeisters Seilerbahn war ein langes Haus ohne Fenster, aber mit reichlich Hanf auf Lager. Es hatte zu brennen begonnen. Vielleicht trat der Würger auf eine glühende Kohle. Whandall bekam Rauch in die Lunge, erkannte seinen Fehler und bog ab, scharf nach rechts und um die Qualmwolke herum, dann wieder nach links. Jemand kam aus dem Haus gelaufen, ein Sippenloser mit einem Bündel. Er sah Whandall, schrie und rannte, ohne seine Last loszulassen, bei der es sich um geschnitzte Holzklötze zu handeln schien. Sie würden verbrennen, sicher, aber was stellten sie dar? Wäre Whandall nicht um sein Leben gelaufen, hätte er es herausgefunden ...

Fühlte man sich so, wenn Yangin-Atep von einem Besitz ergriff? Es fühlte sich nicht göttlich an. Für jenen Augenblick hatte er sich so wunderbar gefühlt, er war Traumlotus so *dankbar* gewesen. Dann hatte ihr jemand wehgetan, und mehr als eine Gelegenheit, sie zu retten, hätte er nicht verlangen können. Es hatte sich ganz natürlich angefühlt, den Würger zu schneiden, und überhaupt nicht göttlich.

Mit stampfenden Schritten vollendete Whandall seinen Bogen um die Wolke aus Hanfrauch. Der Würger war nur ein Schatten und – ja! – er lief mitten hindurch, tatsächlich sogar *durch* die Seilerbahn! Darin waren noch andere Schatten zu sehen: die Freunde des Würgers.

Vielleicht hatten sich alle an der Verfolgung beteiligt und Traumlotus in Ruhe gelassen. Vielleicht lief der Würger den anderen davon, verbrauchte seine ganze Kraft damit, ihn einzuholen, um dann unter Whandalls Messer zu sterben. Würde Traumlotus sich freuen, dankbar sein für solch ein Geschenk?

Vielleicht nicht. Sie waren zimperlich, die Sippenlosen, und außerdem hatte Whandall sie ebenfalls vergewaltigt.

Hinter Whandall kam der Würger aus dem brennenden Haus gelaufen, hustend, halb blind und unter der Einwirkung des Hanfrauchs schwankend. Er wurde langsamer, als er das Gelächter hörte, das ihm folgte. Er schaute an sich herab, sah seine Nacktheit und fing trotz des Blutes, das ihm aus Nase und Ohren lief, an zu lachen. Die Männer hinter ihm zuckten krampfhaft vor Kichern. Sie brachen lachend zusammen, als mehr Hanfrauch an ihnen vorbei wehte.

Whandall wurde ebenfalls langsamer, um zu lachen und wild zu gestikulieren, und lief dann weiter. In welcher Richtung lag Morth von Atlantis' Laden?

Als die Gefahr in den Hintergrund trat, erinnerte Whandall sich wieder an seinen Durst. Er würde Wasser sammeln, falls er es wagte innezuhalten. Was hoffte Resalet ausgerechnet in Morths Laden zu finden? Wanshig musste sich irren!

Doch Whandall lief weiter, weil er im tiefsten Innern spürte, dass Wanshig Recht hatte.

Und beim Rennen kam ihm die Erkenntnis.

Der Schal! Resalet glaubt, er kann eine Tätowierung bei Morth von Atlantis sammeln!

Tras Preetror befragte eine Hand voll Sammler in Sildas

Imbissstube. Die Sammler plusterten sich auf, stolz darauf, dass sie in Ländern, die sie niemals sehen würden, zu Legenden gemacht wurden. Dieser Hundesohn hatte mitgeholfen, das Brennen über alle vernünftigen Grenzen hinaus auszuweiten. Wenn Whandall Tras allein zu fassen bekam ...

Du hältst dich nicht noch einmal auf. Whandall hastete weiter. Sein Kopf wurde langsam wieder klar.

Er näherte sich Morths Laden.

Morths Abwehrmaßnahmen hatten ihn vielleicht beschützt – mochten aber mittlerweile bereits ausgeschöpft sein. Wahllos Plündernde würden nicht wissen, was man gefahrlos mitnehmen konnte. Er hoffte, seine Brüder und Onkel hatten auf ihn gewartet. Er hätte eher kommen sollen.

Manche Orientierungspunkte waren nicht mehr vorhanden: der Glockenturm, die Häuser des Lernens. Die höchsten Gebäude mussten die besten Fackeln abgegeben haben.

Das blendende Licht und die glühende Hitze zu seiner Linken: Forstmeisters Holzhof? Fürstensippler hatten Bohlen zu einem zeltförmigen Kegel aneinander gelehnt, damit sie besser brannten. Gleich dahinter ...

Morths Laden?

Die Lage war anders als erwartet. Die Häuser rings um das Geschäft waren verbrannt und verkohlt, aber Morth von Atlantis' Laden war nur noch ein flacher Kreis aus grauer Asche. Whandall spürte, wie sich eine Faust in seiner Brust zusammenkrampfte. *Nichts* hatte überlebt.

Da waren Knochen ... Schädel. Fünf Schädel.

Vielleicht war Morths darunter. Vielleicht war Whandalls Familie gerächt.

Vielleicht hatte Morth den ausufernden Zorn des Gottes seinem eigenen Willen unterworfen, um Plünderer zu bestrafen.

Whandall würde es erst erfahren, wenn er nach Hause kam. Er konnte es nicht über sich bringen, sich zu beeilen. Er konnte nicht auf direktem Weg nach Hause: Die

Blumenmarkt-Brüder des Würgers hatten noch nicht genug Zeit gehabt, Whandalls Gesicht zu vergessen.

Er sah, wie ein johlender Fürstensippler einen jaulenden Hund in einen Brunnen warf. Das kam ihm dumm vor, aber der Fürstensippler hatte drei Begleiter und alle waren ziemlich groß. Er ließ sie in Ruhe. Er stieß auf Gruppen von Sippenlosen, die sich hohnlachende Fürstensippler mit behelfsmäßigen Waffen vom Leib hielten, und auch die ließ er in Ruhe. Im Hinterkopf konnte er sich und seine Verwandten sehen, als beobachte er sie, und in Wahrheit hinterließ die ganze Angelegenheit langsam einen ziemlich albernen Eindruck.

Andere mochten ebenso denken. Whandall sah mehr Anzeichen für Vorsicht als für Yangin-Ateps manische Freude. Das Brennen endete, obwohl noch immer einzelne Kohlen glühten.

Der Familienkochtopf war vom Hof gestohlen worden. Die Männer waren nicht nach Hause gekommen.

Sie kamen nie mehr nach Hause. Sogar Wanshig war verschwunden. Jetzt war Whandall mit seinen fünfzehn Jahren der älteste Mann in der Ortsfeste.

24. Kapitel

Die Männer waren nicht mehr da – und Mutters Mutter zeigte keinerlei Überraschung. Sie lebte seit Jahren in ihrer eigenen Welt. Sie kehrte lange genug in die Wirklichkeit zurück, um den Haushalt zu organisieren. Die Frauen führten ihre Befehle aus, vielleicht deshalb, weil sie verängstigt waren.

Sie nahm sich die Zeit, Whandall zu halten, wie sie vielleicht ein kleines Kind gehalten hätte. »Du bist jetzt der Älteste«, sagte sie. »Behaupte die Ortsfeste! Ich bin immer stolz auf dich gewesen. Du hast deine Brüder früher auch schon gerettet. Jetzt musst du es noch einmal tun. Behaupte die Ortsfeste!«

Es war, als habe sie ihr halbes Leben auf dieses Ereignis gewartet. Sobald sie ihre Aufgabe erfüllt hatte, verließ sie die Wirklichkeit wieder und zog sich an einen angenehmeren Ort zurück, den niemand außer ihr sehen konnte.

Elriss war schwanger. Sie weinte um Wanshig und blieb in den Frauengemächern. Mutter war praktischer. Im ersten Licht des Morgens nach dem Brennen suchte sie Whandall auf.

»Ich muss gehen.«

»Warum?«, fragte er. Sie hatten sich nie sonderlich nah gestanden. Angesichts eines neuen Babys in jedem Jahr hatte sie wenig Zeit für ihn, obwohl zu viele starben. Er hatte mehr Zeit mit Mutters Mutter verbracht. »Wirst du zurückkommen?«

»Ich komme zurück, wenn ich kann«, sagte Mutter. »Elriss wird sich um die Jüngsten kümmern. Du und Shastern, ihr könnt auf euch selbst aufpassen. Whandall, wir haben nichts zu essen und nichts zu trinken.«

»Wir brauchen dich, um Essen und Trinken von den Fürsten zu bekommen«, erwiderte Whandall.

»Elriss, Wess und Mutter – drei sind genug. Die Fürsten geben ohnehin nicht mehr heraus, als drei sammeln können«, meinte Mutter. Sie hob ihre Reisetasche auf. »Ich komme wieder, wenn ich zurückkehren kann.«

»Aber wo wirst du sein?«

Sie antwortete nicht. Whandall sah ihr nach, wie sie die Treppe hinunter ging. Dort schloss sie sich zwei anderen Frauen der Ortsfeste an, Frauen, die beide Babys in der Obhut der Ortsfeste zurückließen. Er beobachtete sie, wie sie nach draußen auf die Straße gingen, nach draußen ins Brennen, und fragte sich, ob er Mutter je wieder sehen würde.

Drei Stunden nach Tagesanbruch kamen Shastern und fünf kleinere Jungen mit einem Karren nach Hause. Jeder hatte einen Arm voll Zeug bei sich, Kleidung, genug Seil, um es gegen einen großen Kochtopf eintauschen zu können, falls sie jemanden fanden, der zum Tauschen bereit war. Auf dem Karren lag ein kleinerer Kochtopf. Unter dem ganzen Müll fand sich auch etwas zu essen, aber einiges davon war bereits verdorben und der Rest musste ziemlich bald verzehrt werden.

Sie tauschten ein paar freudige Erinnerungen an das Brennen aus. Einer nach dem anderen wurden sie ernst, als sie sahen, dass keine Männer da waren. Die kleineren Jungen versammelten sich im großen Raum im Obergeschoss um Whandall. Die Mädchen kamen heraus und gesellten sich zu ihnen. Sie alle starrten Whandall Ortsfeste an.

Shastern wollte wissen: »Wo sind die Männer?«

»Nicht mehr da«, antwortete Whandall. Er erzählte ihnen nicht von seinem Verdacht, dass sie alle, Wanshig eingeschlossen, von Morth von Atlantis verbrannt worden waren. Hätte er irgendetwas dagegen tun können? Wenn er bei Wanshig geblieben wäre, würden die Männer dann noch leben?

»Aber sie kommen wieder«, sagte Shastern. »Sie sind nur ...« Er sah Whandalls Miene. »Was machen wir jetzt?«, fragte Shastern. »Wenn sich das herumspricht, werden die Männer kommen, um die Ortsfeste zu sammeln!«

»Was sollen wir essen?«, fragte Rubinblume. Ihre zehn Jahre alten Augen waren so groß wie Essteller.

»Wie viel zu essen haben wir?«, fragte Whandall.

Rubinblume schüttelte den Kopf. »Das weiß ich nicht. Sonst haben wir eine Woche vor dem Muttertag mehr in der Speisekammer als jetzt.«

»Und es sind noch zwei Wochen bis zum Muttertag«, sann Whandall. »Habt ihr irgendwas über den Muttertag gehört? Werden die Fürsten kommen? Werden sie Geschenke bringen?«

Niemand wusste es.

Whandall schickte Ilthern los, um es herauszufinden. »Rede nicht«, sagte Whandall. »Hör nur zu. Geh zum Friedensplatz und horche, was die Leute dort sagen. Hör den

Fürstenmännern und ihren Sekretären zu. Vielleicht erzählen sie irgendwas.«

»Es ist ohnehin egal«, sagte Rubinblume. » Wenn morgen Muttertag wäre, würden wir mit unserem Karren niemals den Rückweg vom Friedensplatz schaffen! Irgendjemand würde alles sammeln!«

Das kleine Mädchen hatte Recht, dachte Whandall. Nur vier Männer in der Ortsfeste trugen Messer, nur zwei Tätowierungen. Die Ortsfeste selbst ließ sich vielleicht verteidigen, indem sie die Treppe verbarrikadierten. Sie würde nicht brennen. Das Brennen verlief sich bereits. »Bringt Steine nach oben«, sagte Whandall zu Rubinblume. »Hol die anderen Mädchen. Die Jungen auch. Ecohar, du gehst mit ihnen. Bringt Steine nach oben.«

»Hierher?«

»Hierher und aufs Dach. Versucht, nicht zu geschäftig zu wirken.«

»Und was essen wir, Whandall?«, fragte Shastern leise, als die jüngeren Kinder gegangen waren, um Steine zu holen. »Rubinblume hat Recht – wir werden nie mit einem Karren nach Hause kommen.«

»Whandall wird sich etwas einfallen lassen«, sagte Wess hinter ihm. Ihre Stimme verriet Besitzanspruch und Stolz.

Vinspel war vor zehn Tagen bei einer Messerstecherei getötet worden. Sie hatten es Wess sagen müssen. Kein Mann würde ihr oder einer anderen Frau erzählen, dass Vinspel um eine andere Frau gekämpft hatte. Die anderen Frauen der Ortsfeste mochten Wess auch, aber sie *würden* tratschen.

Und jetzt konnte Whandall nur noch daran denken, dass kein Mann sie ihm jetzt noch streitig machen konnte.

Sie war das älteste Mädchen im Zimmer. Mutters Mutter war der Haushaltsvorstand in der Ortsfeste, aber sie war im Geiste weit weg und ganz woanders. Mutter war der eigentliche Haushaltsvorstand, zumindest wenn sie keine Flaschen oder Pulver hatte. Aber jetzt war sie nicht mehr da. Wenn Wanshig zurückkam, würde Elriss Haushaltsvorstand sein. Jetzt ...

Jetzt würde Whandalls Frau diese Aufgabe übernehmen, sowohl die Ehre als auch die Pflichten. Whandall ging auf, dass er im Grunde nicht wusste, was das bedeutete. Er wusste, dass Mutters Mutter und später dann Mutter die Schlüssel zur Speisekammer unter Verschluss gehalten hatte. Keine von beiden schien gekocht, genäht oder geputzt zu haben. Das taten andere. Doch ohne jemanden, der alles organisierte, taten sie es nicht.

Zwei Kinder fingen an zu jammern. Wess griff sich das ältere, einen Sechsjährigen, und schüttelte es. »Still. Lass Whandall nachdenken«, sagte sie. »Geht mit Rubinblume und holt Steine. Ihr alle, husch, husch! Holt Steine, die wir vom Dach werfen können. Du nicht, Raimer. Du holst etwas Wasser für den Dachgarten. Kein Trinkwasser. Schmutzwasser ist gut genug. Nun kommt, ihr alle – lasst uns an die Arbeit gehen.«

Whandall nickte. »Steine. Gut«, sagte er. »Shastern, du hilfst Wess. Überleg dir etwas, wie wir auch die Treppe verbarrikadieren können. Ich komme zurück, sobald ich kann.«

»Wohin gehst du?«, fragte Shastern.
»Zu Pelzed.«

Er würde Pelzed sagen müssen, wie hilflos die Ortsfeste war. Das war gefährlich, aber Pelzed würde es ohnehin herausfinden. Besser war es, ihm alles rundheraus zu erzählen. Pelzed – Fürst Pelzed – schuldete Whandall noch einen Gefallen. Würde er sich daran erinnern? Würde ihm diese Schuld etwas bedeuten? Aber Pelzed war der Einzige, zu dem Whandall gehen konnte.

Pelzed hatte eine Bande nach Fürstendorf geführt. Dorthin konnte ihm Whandall nicht folgen. Er würde in Pelzeds Haus ohne Dach warten.

Doch Pelzed war schon wieder zurück.

Drei von Pelzeds Frauen durchstöberten einen Stapel

Gesammeltes. Als Pelzed Whandall sah, rief er: »Whandall! Komm und trink einen Tee!«

Whandall näherte sich wachsam. Er deutete auf die erbeuteten Gegenstände. »Aus Fürstendorf? Fürst.«

Pelzed grinste. »Nicht direkt«, sagte er. »Setz dich.«

»Ja, Fürst Pelzed.«

»Ich hörte, ihr hattet einigen Ärger«, begann Pelzed. »Wanshig ist verschwunden? Und auch noch einige der anderen Männer.«

»Ja, Fürst. Fürst, du hast vor einiger Zeit gesagt, du seist mir etwas schuldig. Wir brauchen Hilfe, Fürst.«

Pelzed goss Tee ein und schob die Tasse zu Whandall herüber. »Erzähl mir alles.«

»Von den Männern ist keiner mehr da, Fürst«, berichtete Whandall. »Nur ein paar der kleineren Jungen und ich sind übrig. Die Frauen werden versuchen, Männer zu finden, aber ...«

Pelzed nickte. Seine Augen verrieten nicht das Geringste, während er in Gedanken versunken dasaß. Schließlich sagte er: »Bittest du um meinen Schutz?«

»Ja, Fürst.«

»Warum fragst du nicht die Fürstenmänner?«

»Fürst, vor jedem Sekretär auf dem Friedensplatz haben sich Schlangen von hundert und noch mehr Leuten gebildet«, erwiderte Whandall. »Und was würde es nützen? Männer kommen, um die Ortsfeste zu sammeln. Wir schicken nach den Fürstenmännern und vielleicht kommen sie oder vielleicht auch nicht, aber sie werden auf keinen Fall rechtzeitig da sein. Wir haben hier unseren eigenen Fürsten. Warum also zu den Fürsten der Fürstenhöhe gehen?«

»Du lernst schnell«, meinte Pelzed. »In Ordnung. Wir werden euren Karren am Muttertag schützen und ich werde bekannt geben, dass sich jeder, der in der Ortsfeste sammelt, vor mir verantworten muss. Und ich werde mit den Fürstensekretären auf dem Friedensplatz reden. Es wird alles gut.«

»Vielen Dank, Fürst.«

»Du musst die Herrschaft über die Ortsfeste ausüben. Mach dir keine neuen Feinde. Ich kann keine neuen Feinde bekämpfen«, sagte Pelzed. »Vergiss das nicht.«

»Ja, Fürst.«

»Wie viele Jungen seid ihr in der Ortsfeste?«

»Elf, Fürst, ohne Shastern.«

»Sie werden sich alle dem Schlangenpfad anschließen«, verlangte Pelzed. »Sie werden sich anschließen, damit sie wissen, dass sie in unserer Schuld stehen.«

»Ja, Fürst.«

»Gut.« Pelzed trank von seinem Tee. Ein verschlagenes Lächeln kräuselte seine Lippen. »Willst du nicht wissen, was passiert ist?«, fragte er.

»O doch, Fürst«, sagte Whandall. »Ich habe gesehen, wie ihr die Richtung zur Fürstenhöhe eingeschlagen habt.«

»Wie die Ochsenziemer«, sagte Pelzed. »Wir konnten sie nicht abschütteln, und es waren zu viele, um gegen sie zu kämpfen. Da standen wir also, unterwegs zum Sammeln, einen Haufen Ochsenziemer im Schlepptau. Ich hatte einen guten Plan: nämlich Ledersachen von Holzfällern zu tragen und auf diese Weise sicherzugehen, dass wir keine Toten zurücklassen würden. Sie hätten niemals herausgefunden, dass wir es waren. Doch als wir näher kamen, erblickten wir Fürstenmänner. Zwanzig, vielleicht mehr. Sie trugen Rüstungen, Schwerter, Speere und große Schilde und wir wären nicht an ihnen vorbei gekommen. Kraemar und Roupend spürten Yangin-Ateps Macht. Sie wollten einfach loslaufen und sammeln. Ich konnte sie kaum noch in Zaum halten.«

»Habt ihr die ganzen Sachen daher?«, fragte Whandall. »Aus Fürstendorf?«

»Nein! Ich habe Folgendes gemacht: Ich habe mich von den Ochsenziemern überholen lassen und bin dann umgekehrt – und ins Revier der Ochsenziemer gegangen«, sagte Pelzed. »Im Schutz der Ledersachen. Dann haben wir eine Abmachung mit den dortigen Sippenlosen getroffen. Kraemar und Roupend durften ein paar alte Häuser und Geschäfte verbrennen, wir anderen haben all das hier gesammelt und die Ochsenziemer sind nicht zurückgekehrt. Vielleicht habe ich sogar eine neue Straße für den Schlangenpfad.«

»Fürst – ist Häuptling Wulltid auch getötet worden?«

»Nein, du weißt, wie er ist. Er ist nicht mit seinen Männern gegangen. Er ist geblieben, um seinen Spaß in seinen eigenen vier Wänden zu haben.« Pelzed lachte. »Ich hoffe, er hat sich amüsiert. Meine neuen Regelungen werden ihm nicht gefallen.« Das Grinsen wurde breiter. »Aber den Fürsten werden sie gefallen. Derzeit sind die Ochsenziemer bei den Fürsten nicht sonderlich beliebt.«

Whandall trank Tee und hörte zu. Er versuchte, sich selbst als Fürst Whandall vom Schlangenpfad zu sehen. Es war eine gute Vorstellung und je länger er darüber nachdachte, desto besser gefiel sie ihm. Es war eine schwierige Aufgabe, und er wusste nicht, wie er sie angehen sollte, aber er konnte Pelzed beobachten und von ihm lernen.

Wess hatte all ihre Sachen ins große Nordostzimmer gebracht. Resalets Kleider waren verschwunden. Seine anderen Sachen, der Bronzespiegel und der Trinkbecher, lagen für Whandall zur Ansicht bereit.

Wess trug einen kurzen Wollrock und eine dünne Bluse, die bis zum Nabel geöffnet war.

Woher hast du das? Er wusste, dass er das besser nicht fragen sollte. *Von Vinspel?* Seine Hände ruhten auf ihren Schultern. »Schön«, sagte er und wiederholte sich gleich darauf: »Schön. Wess, du bist wunderschön.« Sie musste in den Spiegel geschaut haben, dachte er und griff nach dem magischen Ding und blickte selbst hinein.

Von der ringförmigen Narbe war jetzt keine Spur mehr

zu sehen. Die Schlangentätowierung war prachtvoll ... fremdartig.

»Wie habe ich ausgesehen?«, fragte er. »In der Zeit, als ich wieder gesund wurde, habe ich mich von dir fern gehalten.« Er hatte sich ihr einmal gezeigt. Dieser Ausdruck in ihren Augen ...

»Die Narbe. Ich hätte nie gedacht, dass sie heilen würde.«

»Ich habe Magie gefunden«, sagte er. »Wess, ich muss mit den anderen reden, aber zuerst: Was hast du geschafft?«

Die Kinder waren versorgt.

Es gab Essen. Das Abendessen würde üppig ausfallen: Sie kochten alles, was sich nicht halten würde. Sie würden so viel essen, wie sie konnten. Was morgen war – wer wusste das schon?

Steinvorräte waren aufs Dach geschafft worden und Kinder hielten Wache. Angreifer und Eindringlinge würden mit Steinen rechnen. Es sollte noch etwas anderes geben, etwas, womit man einer sammelnden Bande einen ordentlichen Schrecken einjagen konnte. Kochendes Wasser? *Denk nach! Auf* dem Dach würde ein Feuer brennen.

Die Ortsfeste war beinahe leer. Ließe es sich irgendwie bewerkstelligen, dass das Haus geschäftiger wirkte? Von der Straße aus waren lediglich eine leere Mauer und ein breites Tor zu sehen. Die wenigen Männer, über die er verfügte, konnte er öfter durch das Tor schicken.

»Mehr ist mir nicht eingefallen«, sagte sie. »Und was ist mit dir?«

»Ich habe uns Pelzeds Schutz gesichert. Die einzige Idee, die ich hatte. Schwarzer Manns Tasse wird uns einiges nützen, glaube ich. Pelzed hat ein paar Freunde getötet, weil sie die Versprechen gebrochen haben, die er den Leuten dort gemacht hat.«

25. Kapitel

Whandall hatte mehr zu tun als je zuvor in seinem Leben.

Er hatte vergessen, dass nach einem Brennen jeder Hunger litt. Draußen gab es nicht genug zu essen: zu viele Sammler und nicht genug zu sammeln. Hunger, dann Festmahle, wenn irgendjemand etwas zu essen sammeln konnte. Sie kämpften um die Mahlzeiten und alles schmeckte so gut; daran erinnerte er sich noch. Jetzt wusste er auch, warum: sie hungerten.

Whandalls ältere Halbschwester Sharlatta kam mit Chapoka nach Hause. Chapoka war ein erwachsener Mann und mehr sprach nicht für ihn. Er sammelte niemals, außer von Freunden, er beklagte sich über alles Mögliche und redete unentwegt. Whandall kannte ihn gut genug, um ihn an die Luft zu setzen.

Chapoka wollte sich nicht an die Luft setzen lassen und Whandall war übellaunig und hungrig. Er kam zu dem Schluss, dass sein Kinderhaushalt etwas Unterhaltung brauchen konnte. Chapoka behielt von dem Kampf im Hof ein paar Narben zurück, die er den Rest seines Lebens würde erklären müssen. Die auffälligsten waren auf seinem Rücken.

Danach behandelten die Überlebenden der Ortsfeste Whandall wie einen Fürsten. In dieser Zeit konnte er sich niemals über Mangel an Respekt beklagen.

Ihm war nicht klar gewesen – und er musste sehr weit in seinen Erinnerungen zurück gehen, um es zu begreifen –, *dass jeder sich ständig bei einem Fürsten beklagte.*

Sogar Wess. Wess zu lieben war wunderbar und sie hielt die Ortsfeste zusammen wie sonst niemand. Aber ... mit einer Frau zusammen zu leben erforderte ungeahnte Fähigkeiten auf dem Gebiet der Verständigung und nahm Zeit in Anspruch, die er nicht hatte. Es war etwas anderes, als mit einem Zimmer voller Brüder zu wohnen, und selbst *das* hatte ihm schon nicht sonderlich gefallen.

Er sah sein früheres Leben als langen Traum voll Untätigkeit. Mit der Zeit verstand er, warum Väter verschwanden. Vielleicht wäre auch er nicht geblieben. Aber er wusste ...

Er wusste, wohin die Männer verschwunden waren. Was der Ortsfeste jetzt auch widerfahren mochte, war sein Werk.

Vier Wochen nach dem Brennen brachte Whandalls Mutter Freethspat mit nach Hause. Alle waren überrascht. Er war ein schwer vernarbter Mann um die dreißig und stammte aus einem so weit entfernten Stadtteil, dass niemand etwas über seinen Clan wusste. »Meeresklippen«, sagte er und zeigte eine sehr schön tätowierte Seemöwe im Flug.

Als Whandall an jenem Nachmittag nach Hause kam, waren Freethspat und Mutter ins Nordostzimmer eingezogen. Whandalls Sachen befanden sich im Nordzimmer, das Shastern genommen hatte, weil niemand Elriss aus dem Südostzimmer hatte verdrängen wollen, das sie sich mit Wanshig geteilt hatte.

Wess zog zu Elriss. Sie ging ihm wieder aus dem Weg. Einmal begegneten sie sich auf der Treppe, und Wess ergriff das Wort, bevor Whandall den Mund öffnen konnte.

»Du hättest mich *bitten* können zu bleiben.«

»Und wenn ich dich jetzt bäte?«

»Wo sollte ich denn bleiben? Whandall, ich wäre dir gefolgt. Du hast nie etwas gesagt. Es war so, als gehörte ich zum Nordostzimmer oder zur Stellung des ältesten Mannes!«

»Ich war mir nicht sicher«, sagte Whandall. Sie hatte ihn schon einmal verlassen. Sie war zu ihm gekommen, als sich sein Rang geändert hatte, und der mochte sich wieder ändern. Aus diesen Gründen und noch einem anderen hatte er sich nicht entscheiden können.

Dieser andere Grund ... »Wess, wenn ich mich um dich *und* die Ortsfeste kümmern müsste, wäre das mein Leben. Ich würde dich und die anderen bis zu meinem

Tod behüten. Ich weiß, wie ich das anstellen müsste. Pelzeds rechte Hand werden. Wenn Pelzed sich dann irgendwann zur Ruhe setzen wollte, wäre *ich* Fürst Pelzed. Oder vielmehr Fürst Whandall«, er kostete den Namen aus, »es sei denn, wenn Fürsten oder Fürstenmänner mich hören könnten. Ich ...«

Sie wartete darauf, dass er fortfuhr, aber er wusste nicht, wie er es ausdrücken sollte. Er hatte es bis jetzt nicht einmal versucht. *Ich will nicht Pelzed sein! Pelzed verneigt sich und schmeichelt und spielt seine Leute gegeneinander aus. Er lügt und tötet und trägt anderen auf, ihre Freunde zu töten. Und er lebt bei alledem nicht halb so gut wie die richtigen Fürsten in Fürstendorf. Was ich will, gibt es hier nicht ...*

Wess drängte sich an ihm vorbei und war einen Augenblick später verschwunden.

Kohlen brannten immer noch.

Der Tod der Feuerwehrleute war den Sippenlosen ziemlich sauer aufgestoßen. Jetzt wollten sie Messer tragen.

Noch Monate nach dem Brennen wurde über kaum etwas anderes geredet. Unter den Fürstensipplern gab es keine grundsätzlichen Meinungsverschiedenheiten. Wie konnte man einem unterworfenen Volk Waffen gestatten? Natürlich hätten die Feuerwehrleute nicht getötet werden dürfen ... nicht *getötet*. Aber Feuer war Yangin-Ateps Sache. Augenblick mal, Yangin-Atep unterdrückte Feuer ebenfalls! Also war es keine Gotteslästerung. Doch, es war Gotteslästerung, aber sie hätten einfach verjagt werden können ... man hätte ihnen eine unvergessliche Lektion erteilen, sie verstümmeln oder entstellen und *dann* verjagen können ... aber sie hatten die Decken *nass* gemacht, um das Feuer zu ersticken – mit *Trink*wasser ...

Bei den Versammlungen an Straßenecken versuchte Whandall sich aus den Streitgesprächen herauszuhalten. Sie konnten einen das Leben kosten. Ein Erzähler aus Begridseth wurde geschlagen, weil er die falschen Fragen stellte, und auch daran beteiligte Whandall sich nicht.

Zu Hause trauerten die Frauen still vor sich hin, aber Mutters Mutter ließ keinen Zweifel über ihre Gefühle aufkommen. Die Fürstensippler waren auf die Stufe von Tieren gesunken.

Die Sippenlosen konnten keinen Sinn und keine Vernunft darin erkennen. Sie waren angegriffen worden, während sie Pferde gerettet und auch ein Feuer bekämpft hatten. Angegriffen und ermordet. Die Sippenlosen wollten die Köpfe der Mörder. Ha! Natürlich war das ein hoffnungsloses Ansinnen, auch ohne den Schutz ihrer Straßenbrüder. Man hätte meinen können, die halbe Stadt habe die Feuerwehrleute sterben sehen. Jeder war bereit, seine eigene Sicht der Ereignisse in allen Einzelheiten zu schildern, aber niemand konnte sich an ein Gesicht erinnern.

Doch die Sippenlosen wollten Messer oder Keulen tragen, um sich beim nächsten Mal wehren zu können!

Viele Fürstensippler hätten ihnen gern Gelegenheit dazu gegeben, zur allgemeinen Belustigung. Aber das hätte einen unangenehmen Präzedenzfall geschaffen und wäre eine Umkehrung uralter Gesetze gewesen.

Doch es wurde nichts gebaut.

Fürsten und Sippenlose hielten Beratungen ab. Fürstensippler unterhielten sich an jeder Straßenkreuzung. Und jeder Mund war trocken. Der Rehpiesel führte Wasser über eine unsichere Entfernung und versiegte dann, weil eingeschlagene Wasserleitungen noch immer eingeschlagen waren.

Abfälle blieben an Ort und Stelle liegen. Die Fürstensippler erkannten langsam, dass sie sich nicht von allein bewegen würden. Ratten und anderes Ungeziefer vermehrten sich rapide. Aschegruben, die früher Geschäfte und Restaurants gewesen waren, dienten den Fürstensipplern jetzt als Schuttabladeplätze.

Der Muttertag kam und ging. Nichts wurde auf dem Friedensplatz verteilt, weil es nichts zu verteilen gab. Nur wenig Nahrung gelangte in die Stadt. Zu viel verschwand unterwegs. Großes Feuer, würden die Fürstensippler es etwa auf sich nehmen müssen, *selbst* Fuhrwerke zu lenken?

Das, überlegte Whandall, war kein schlechter Gedanke.

Jetzt waren Freethspat, Whandall und Shastern die einzigen Männer in der Ortsfeste. Freethspat passte gut hinein. Er schlug die jüngeren Kinder nur selten und schien die Frauen überhaupt nicht zu schlagen. Er war Pelzed gegenüber respektvoll und äußerte sich lobend über den Schlangenpfad. Mutter schrie ihn niemals an, was ungewöhnlich war.

Eine Woche nach seiner Ankunft blieb Freethspat die ganze Nacht aus. Whandall fragte sich, ob er verschwunden war. Mutter zweifelte nicht an ihm und am Morgen kam er mit einer Schubkarre voller Lebensmittel nach Hause, manche davon frisch. Das Essen reichte für eine Woche und niemand erwähnte das Blut auf der Schubkarre.

Freethspat war ein Ernährer.

Vielleicht floss sogar ein wenig Fürstenblut in Freethspats Adern. In den nächsten drei Wochen wurden Zimmer, die zuvor niemand hatte barfuß betreten wollen, geradezu peinlich sauber und die Mädchen der Ortsfeste lächelten stolz, wenn Freethspat sie lobte. Sechs Jungen der Ortsfeste, die alt genug waren, um beim Brennen gesammelt zu haben, aber zu jung für etwas so Ernstes wie das Ausrauben eines Zauberers, brachten jetzt Goldringe und Brieftaschen aus den Taschen der Gaffer und Obst und Gemüse von den Märkten der Sippenlosen nach Hause. Und Whandall ...

»Jetzt bist du an der Reihe«, sagte Freethspat.

Sie waren auf dem Hof, zum Essen versammelt. Köpfe wandten sich, als Freethspat sprach. Sie hatten diese Unterhaltung schon öfter gehört.

Whandall fragte: »Was meinst du damit?«

»Damit meine ich, dass es an der Zeit ist, dass du dir deinen Lebensunterhalt verdienst, Whandall«, antwortete Freethspat. »Sicher, ich kann mehr zu essen heranschaffen, aber was soll aus deiner Mutter werden, wenn man mich erwischt? Oder aus deinen Schwestern? Du bist jetzt dran.«

»Ich weiß nicht, wo es Essen gibt.«

»Das kann ich dir zeigen, aber deine Mutter sagt, du weißt eine Menge«, sagte Freethspat. »Du warst auf der Fürstenhöhe. Bring mich dorthin.«

Whandall schüttelte den Kopf. »Die Fürstenmänner werden uns beide töten. Mich ganz sicher. Fürst Samorty hat es ihnen bei meinem letzten Besuch befohlen. Hier, sieh dir meinen Arm an – er ist krumm zusammengewachsen.« Whandall zog sein Hemd aus. »Hier ...«

»Dann anderswohin. Du kennst den Wald, aber da ist nichts zu holen, oder? Nein. Dann irgendwohin, wo du mit deinem Bruder warst – wie war noch sein Name?«

»Wanshig«, warf Elriss mit funkelndem Blick ein. Sie kümmerte sich um Wanshigs Sohn.

»Wanshig«, wiederholte Freethspat. »Man hat mir erzählt, du wärst oft mit ihm zusammen gewesen, Whandall. Er muss dir irgendwas gezeigt haben. Es heißt, Wanshig war klug.«

»Das war er«, meinte Elriss.

»Also zeig's mir.«

Whandall hätte Freethspat mögen können. Aber der Mann war nur einen Fingerbreit größer und einen Fingerbreit breiter als Whandall, ein wenig zu aufdringlich in seiner Stärke. Er nannte ihn *Whandall*, wie es ein Bruder tun würde. Er wohnte in Whandalls Zimmer.

In der Zeit nach dem Brennen waren Whandalls Fähigkeiten als Sammler nicht gebraucht worden. (Elf Wochen? *So* lange?) Jetzt wurden sie auch nicht gebraucht.

Doch Whandall wurde unruhig und Wess verfolgte den Wortwechsel unaufdringlich. Es war kein Bravourstück nötig, um Freethspat zum Schweigen zu bringen. »Ich hatte eine Idee«, sagte Whandall. »Ich habe nur noch keine Möglichkeit gesehen, sie in die Tat umzusetzen. Freethspat, was weißt du über Wein?«

Weit abseits der Straße und von dichten Rührmichan-Ranken abgeschirmt, beobachteten Whandall und Freethspat den Weinberg. Die Mittagssonne machte die Arbeiter träge. An ihrer geduldigen, stumpfsinnigen Plagerei hatte sich nichts geändert, seit er und Wanshig sie vor fast einem Jahr beobachtet hatten. Die Weinstöcke glänzten samtig grün. Die Häuser hinter ihnen wiesen keine Spuren des Brennens auf. Das Brennen von vor zwei Monaten hatte hier ganz einfach nicht stattgefunden.

Die Fürstensippler auf Wache machten einen aufmerksameren Eindruck. Ein Jugendlicher ging aufrecht und geräuschvoll an Whandall vorbei, weit weg vom Wohlbehagen, welches das große Haus verhieß. Die Ledersachen des Waldläufers machten ihn unbeholfen und dennoch ging er in einem weiten Bogen um die Morgensternbüsche und Rührmichan-Ranken und damit auch um das Versteck, das Wanshig für sie entdeckt hatte.

Es hatte Whandall überrascht, wie viel Freethspat über Ledersachen und das Dickicht wusste. Freethspat kannte sich mit vielen Dingen aus.

Und jetzt kam ein Pony, ein einheimisches Pony mit einem weißen, knochigen Fleck auf der Stirn, das ein Fuhrwerk mit einem einzelnen Fahrer zog.

»Den nehmen wir«, sagte Freethspat. »Nein. Er ist leer.«

»Warte«, flüsterte Whandall. Er ließ den Wagen nicht aus den Augen. Diesmal beobachtete er nur.

Er langweilte sich nicht. Im Schlangenpfad, *da* hatte er sich gelangweilt. Dieselben lahmen Rechtfertigungen – »Was wollen die Sippenlosen von uns? Wenn Yangin-Atep Besitz von uns ergreift, tun wir eben diese Dinge! Das sind wir gar nicht. Es ist der Zorn!« –, bis sie selbst daran glaubten.

Dieser leere Wagen war zu schön, um wahr zu sein. War die Ladefläche nicht ein wenig hoch? Es war leicht, sich einen falschen Boden mit Weinflaschen unter den Brettern vorzustellen. Der sippenlose Fahrer zerrte an seiner gelben Seidenschlinge. Ein wenig betrunken wirkte er, wie er mit den schaukelnden Bewegungen des Wagens hin und her schwankte. Vielleicht brauchte man das, um ein Pony zu halten. Es spielte kaum eine Rolle. Ein Sippenloser würde nicht kämpfen.

Der Wächter war ein Fürstensippler in Whandalls Alter, fünfzehn oder sechzehn. Ältere Männer hatten ihn nach draußen geschickt und waren selbst im Haus geblieben, zweifellos um gemütlich zu trinken. In seiner Rüstung würde er hilflos sein. Whandall konnte ihn ausschalten.

Dann der Wagen, der jetzt viel näher war – muss rennen, um ihn zu erwischen –, und der Fahrer. Hat Arme wie ein Ringer. Der große Hut tauchte sein Gesicht in Schatten, aber die Nase war flach. Auch er war zu schön, um wahr zu sein. Er zerrte noch immer an der gelben Seidenschlinge, die locker um seinen dicken Hals gebunden war. Er war nicht daran gewöhnt.

Verdammt! Der Hut tauchte Nase und Ohren in Schatten, aber ...

»Dieser Fahrer ist ein Fürstensippler«, bemerkte Freethspat. Seine Stimme war voller Entrüstung. »Er arbeitet wie ein Sippenloser!«

»Du hast Recht.«

»Was könnte man einem Fürstensippler bezahlen, um ihn dazu zu bringen, wie ein Sippenloser zu arbeiten? Was könnte er gewinnen, das ihm ein anderer Fürstensippler nicht wieder abnehmen könnte?«

Whandall dachte darüber nach, während das Fuhrwerk wieder kleiner wurde. »Wein, vielleicht, wenn er ihn sofort getrunken hat. Geheimnisse, Dinge, die sonst niemand weiß. Das wird nicht so leicht, oder? Vielleicht müssen wir den Fahrer töten.«

»Den Wachposten müssen wir ohnehin töten. Du bist an der Reihe, Whandall.«

26. Kapitel

Das nächste Fuhrwerk tauchte erst kurz vor Sonnenuntergang auf. Derselbe Wachposten war in dieser ganzen Zeit draußen gewesen und hatte einen Trampelpfad zwischen den Zweigen und Ästen geschaffen, während er seine Ledersachen durchgeschwitzt und sich zu Tode gelangweilt hatte. Das Fuhrwerk lenkte ihn ab.

»Jetzt«, sagte Freethspat, ohne sich Whandall zuzuwenden.

Es war Whandalls Plan. Zur Vollendung hatte ihm nur die Möglichkeit gefehlt, wie sich vermeiden ließ, jemanden zu töten. Freethspat war ein geschickter Sammler. Er wusste viele Dinge. Er hatte Verstand.

Freethspat drehte sich zu Whandal um. »Jetzt ist er zu weit weg. Schnapp ihn dir, wenn er zurückkommt.«

»Ich habe dich hergebracht«, protestierte Whandall. Seine Stimme war nicht lauter als das Rascheln der Blätter in einer leichten Brise. »Reicht das nicht?«

Freethspat musterte Whandall überrascht. »Du hast keine Angst?«, flüsterte er.

»Nein.«

»Ich verstehe. Aber, Whandall, genau das hier sind wir. Genau das hier ist, was einen Fürstensippler ausmacht. Hier und jetzt. Sofort. Während ich zusehe.«

Whandall holte tief Luft. Der Wachposten kam wieder auf ihn zu. Sein Unterarm streifte einen Morgenstern. Er grunzte vor Schmerzen und scheute zurück und dann fiel Whandall von hinten über ihn her. Und schnitt ihm die Kehle durch.

Es war seine erste Tötung und sie verlief viel reibungsloser als erwartet. Whandall blieben mehrere Sekunden, in Stellung zu gehen, bevor das Fuhrwerk eintraf. Er drehte sich nicht ein einziges Mal zur Leiche um.

Er sprang auf die Ladefläche, während der Fahrer zwischen den Bäumen nach dem Posten Ausschau hielt. Der Fahrer richtete sich halb auf, fuhr herum und stach in einer Bewegung, die er jahrelang geübt haben musste, blind mit seinem langen Messer zu. Whandall parierte die Klinge mit seiner eigenen und warf, was er in der anderen Hand hielt.

Kiesel regneten auf Kopf und Ohren des Ponys herab. Das Pony wieherte und verfiel in einen leichten Trab. Der Fahrer stolperte, versuchte dennoch zuzustechen und fluchte ein letztes Mal, als Whandalls Klinge ihr Ziel unter der Armbeuge des Mannes fand.

Die Straße führte in sanftem Bogen zum Bachbett hinunter. Die Biegungen waren nicht scharf und das Pony kannte den Weg. Whandall hatte genug Zeit, sich den Hut aufzusetzen und die Jacke überzuziehen – und herauszufinden, wie sich der komplizierte Knoten lockern ließ, um der Leiche die Schlinge ab und sich über den Kopf zu streifen –, bevor das Wächterhaus in Sicht kam. Er spürte, wie ihm die Galle hochkam. Er ließ das Pony langsamer laufen. Es war nicht ratsam, dabei gesehen zu werden, wie er sich über die Seite des Fuhrwerks erbrach.

Er hörte Freethspat hinter sich aufspringen. Es raschelte, als er sich unter der Plane verbarg. »Gut gemacht«, flüsterte Freethspat. »Ich hätte es selbst nicht besser anstellen können. Whandall, ich bin sehr stolz auf dich.«

Whandall wollte im Augenblick nicht darauf antworten.

Freethspat untersuchte den Toten und fluchte dann leise.

»Was ist?«

»Er ist ein Toronexti«, antwortete Freethspat. »Der andere war auch einer. Warum hast du mir das nicht gesagt?«

»Dir was nicht gesagt?«, wollte Whandall wissen. Plötzlich fielen ihm Wanshigs Worte wieder ein: Alferth hatte Toronexti als Wachen für die Weinberge angeworben.

Freethspat seufzte. »Du musst noch viel lernen, Junge. Man sammelt nicht von den Toronexti. Niemals.«

Whandall zeigte auf den Toten. »Sie sind nicht so zäh ...«

»Nein, das sind sie nicht. Aber sie sind sehr zahlreich. Wenn man einen umbringt, kommen andere, die einen suchen, *und man weiß nie, wer sie sind.*«

»Was sollen wir denn jetzt machen?«

»Wir verschwinden mit dem Zeug hier.« Freethspat zögerte kurz. »Wir werden es so schnell wie möglich los. Vielleicht haben die hier das Fuhrwerk gesammelt. *Daran* sind jedenfalls keine Toronexti-Zeichen.«

»Wie sehen die aus?«

»Vergiss es.«

Es war verlockend, in Bahnen zu denken, die auf Geheimnisse hinausliefen: auf Verstecken. Der Wein unter dem falschen Boden war in kleine Flaschen abgefüllt, die sich tatsächlich verstecken ließen. Genau das tat man mit Wein. Doch wie sollte man ein Fuhrwerk verstecken?

Sie besprachen es, nachdem sie das Wächterhaus hinter sich gelassen hatten. In eisiger Stille trafen sie zu Hause ein.

Whandall begann mit dem Umräumen von Müll.

Freunde machten Vorschläge: Besorgt Schaufeln und deckt das Fuhrwerk mit Heu ab. Einige Angehörige des Schlangenpfads halfen ihm dabei. Andere halfen ihm dabei, Abfälle von ihren Wohnorten zu holen, bis sie sich langweilten. Freethspat blieb bei dem Fuhrwerk. Wäre der Plan an irgendeiner Stelle schief gegangen, hätte Freethspat Whandall lebend herausgeholt und es ihn dann niemals vergessen lassen. Aber er wurde gut mit der Schaufel und blieb dabei.

Noch vier andere waren gut genug damit und blieben

lange genug, dass Whandall und Freethspat Wein mit ihnen teilten. Sie blieben als harter Kern, um andere um sich zu scharen.

Vier Tage später waren es alle leid. Im Schlangenpfad wimmelte es von Männern aus Alferths Viertel, die sehr wohl wussten, woher und wie Whandall an dieses Fuhrwerk gekommen war. Whandall stellte den Wagen einfach irgendwo ab. Er verschwand und mit ihm ein paar Flaschen Wein, die er als Geschenk unter den Brettern des falschen Bodens gelassen hatte.

Es gab Wein für Mutter und Mutters Mutter, für seine Schwester Sharlatta und den Mann, den sie mit nach Hause brachte, nachdem Whandall Chapoka hinausgeworfen hatte. Für Elriss, die seit Wanshigs Verschwinden keinen anderen Mann angesehen, geschweige denn näher kennen gelernt hatte, und für Wess, deren Mann nachts verschwand. Wein diente als Versöhnungsgeschenk für Hartanbath, den Mann, den er beim Brennen verletzt hatte. Das war Freethspats Vorschlag. Whandall und Freethspat teilten zwei Flaschen mit Hartanbath und einigen seiner Freunde vom Blumenmarkt und gingen wieder, bevor Hartanbath viel getrunken hatte.

Abenddämmerung in Teps Stadt. Whandall stand am Westrand des Dachgartens der Ortsfeste und beobachtete, wie die Sonne im Meer versank. Die Landschaft unter ihm wurde weicher, da das Dämmerlicht die Abfälle und den Zustand der Straßen verbarg. Ein paar Sippenlose eilten heimwärts, darauf bedacht, die Sicherheit eines Obdachs zu erreichen, bevor die Dunkelheit die Welt den Sammlern und Schlimmerem auslieferte.

Es gab Fürstensippler, die keinen Platz hatten, wohin sie gehen konnten. Manche fanden Unterschlupf bei Sippenlosen. Das konnte heikel sein. Sippenlose hatten keine Rechte, aber manche genossen Schutz. Pelzed und andere Führer der Fürstensippler erklärten einige Straßen zum Sperrbezirk. Die Fürsten gestatteten keinen Bruch des

Friedens, aber sie erklärten niemals, was sie darunter verstanden. Bewaffnete Fürstenmänner kamen vielleicht, um einem sippenlosen Haus zu helfen, das belagert wurde. Manchmal zogen Streifen der Fürstenmänner durch Teps Stadt und griffen jeden Fürstensippler auf, der das Pech hatte, ihnen aufzufallen. Sie brachten ihre Gefangenen in Lager, wo sie ein Jahr lang an Straßen und Wasserleitungen arbeiten mussten. Der Schlangenpfad schien davon jedoch ausgenommen zu sein. Pelzed? Glück? Yangin-Atep?

Wahrscheinlich nicht Yangin-Atep.

Und man stahl nicht von den Toronexti. Aber nur Freethspat erkannte sie, also was nun? Und *woran* erkannte er sie?

Der Tag neigte sich dem Ende zu und jetzt wurde die Stadt von tausend Herdfeuern in ebenso vielen Hinterhöfen erhellt.

Whandall holte drei Flaschen Wein heraus. Er trank die erste in drei Schlucken. Die zweite hatte er halb geleert, als er den Schrei hörte.

Er lauschte so lange, bis er sicher war, dass er nicht aus der Ortsfeste kam. Er trank mehr Wein. Nicht seine Angelegenheit. Der Schrei endete in einem erstickten Gurgeln. Jemand war soeben an einer durchschnittenen Kehle gestorben. Whandall fragte sich, wer es wohl sein mochte. Jemand, den er kannte? Ein Sippenloser, der sich gewehrt hatte? Am wahrscheinlichsten war eine Messerstecherei unter Fürstensipplern.

Freethspat war stolz auf ihn. Er hatte den Wachposten getötet. Seine erste Tötung. Einige verewigten das in einer neuen Tätowierung oder trugen einen Ohrring. Das taten Fürstensippler eben. Das bedeutete es, ein Fürstensippler zu sein.

Sein Magen verkrampfte sich und ließ den letzten Schluck Wein hoch in seine Nase und Nebenhöhlen aufsteigen. Er krümmte sich, hustete und schnaubte und versuchte, die Säure aus seiner Luftröhre zu bekommen, wobei er noch und mehr Wein hochwürgte. Albern. Er wusste, welche Wirkung Wein hatte. Er riss sich zusammen und nahm noch einen Schluck.

Drüben bei der neuen Seilerbahn brannten Fackeln. Der Schrei war aus dieser Richtung gekommen. Konnte jemand dort sammeln? Wer würde so dumm sein? Die Seilerbahn lag in Pelzeds verbotener Zone. Zwei Fürstensippler-Familien lebten mitten unter den sippenlosen Seilern. Whandall war nur einmal in diesem Gebiet gewesen, während des Brennens. Am Tag nach dem Brennen hatte der Wiederaufbau der Seilerbahn begonnen und Pelzed war persönlich gekommen, um Anweisungen zu erteilen und keinen Zweifel daran zu lassen, dass die Sippenlosen, die dort arbeiteten, nicht belästigt werden durften. Seile waren wichtig, sowohl für den Gebrauch als auch für den Verkauf. Früher hatte Whandall wissen wollen, wie sie gemacht wurden, aber kein Fürstensippler kannte sich damit aus.

Hanf barg viele Geheimnisse. Wo Hanf angebaut wurde, wie die Fasern daraus gewonnen wurden, immer im Morgengrauen nach einer Nacht mit viel Tau ... aber niemand wusste, warum. Teer wurde aus der Schwarzen Grube geholt. Hanffasern und Teer wurden zu einem langen schmalen Gebäude gebracht und kamen später als Seil wieder heraus, manche geteert und manche nicht, um verkauft zu werden. Schiffe brauchten Seile. Seile verließen den Schlangenpfad, Gold und Muscheln kamen zurück und jeder Schritt dieses Vorgangs wurde hier von Pelzed und überall sonst von den Fürstenmännern bewacht.

Jetzt waren es ein Dutzend Fackeln. Whandall öffnete die dritte Flasche Wein. Es war seine letzte. Die Schreie hatten aufgehört. Die Fackelträger verschwanden außer Sicht. Whandall glaubte, nicht weit von der Seilerbahn Schatten zu sehen, die sich flink bewegten.

Am nächsten Morgen wurde ein Fürstensippler mit durchschnittener Kehle aufgefunden. Jemand hatte seine Kleider und Schuhe gesammelt und ihn nackt auf einem Müllhaufen liegen lassen.

27. Kapitel

Und so lernte Whandall – der bereits wusste, wie man kämpfte und wie man floh –, wie man ein von einem Pony gezogenes Fuhrwerk sammelte und *wirklich* ausrückte. Eines Tages würde er vielleicht noch froh darüber sein.

Und er hatte eine unglaubliche Geschichte zu erzählen, falls der oberste Flaschenabfüller der Sache je nachgehen würde.

Was unwahrscheinlich war. Alferth arbeitete mit (niemals *für*) gewissen Fürsten. *Die* hatte Whandall beraubt. Alferth würde seine Stellung verteidigen, aber niemals Eigentum. Für Alferth hatten Whandall und Freethspat nur ihr Können demonstriert.

Viele Fürstensippler waren zum Teil sippenlos, wie viele sippenlose Kaufleute zum Teil Fürstensippler waren. Nur Sippenlose verteidigten Eigentum. Und Alferths Nase war ein wenig zu spitz und er hatte nicht genug Ohrläppchen und im Grunde konnte jeder Dummkopf erkennen (wie jeder kluge Kopf vergessen würde), dass in Alferths Adern sippenloses Blut floss.

Doch irgendwo war ein Fürst ausgeraubt worden. Whandall machte sich *seinetwegen* Gedanken und auch wegen der Toronexti, die der Fürst angeworben hatte, um seinen Wein zu bewachen und zu transportieren. Was würden die *Fürsten* unternehmen? Die Toronexti bewachten einen Weg ins Nichts, und niemand wusste, wer sie waren. Alferth wusste, wer zwei von ihnen getötet hatte.

Whandall gelangte langsam zu der Einsicht, dass sich in Teps Stadt keiner je sicher fühlte.

Aber er hörte auf, sich wegen Alferth Sorgen zu machen. Jetzt würde Alferth auch nicht mehr mit den Toronexti reden. Sie würden wissen wollen, warum er nicht eher zu ihnen gekommen war. Sie hatten ein Fuhrwerk verloren, das sie bewachten. Sie würden nicht wollen, dass dies jemals irgendjemand erfuhr! Wenn Alferth redete, würde er nur die Toronexti und sich selbst in Verlegenheit bringen. So etwas tat niemand.

Sie beratschlagten immer noch, irgendwo in den höheren Kreisen, die kein Fürstensippler außer Whandall je zu Gesicht bekommen hatte, wo die Fürsten die Steuern festsetzten und die Sippenlosen ihre vergeblichen Proteste vorbrachten. An den Straßenecken wurde über einen Kompromiss diskutiert. Whandall hörte die Gerüchte und fragte sich, was er glauben sollte.

Teps Stadt sollte eine Wachmannschaft bekommen.

Whandall lachte, als er das hörte, aber die Gerüchte warteten mit zahlreichen Einzelheiten auf und das Lachen verging ihm. Irgendein Ratsmitglied meinte es sehr ernst.

Mehrere ausgewählte Gruppen von Sippenlosen würden Waffen bekommen, die jedoch nicht verborgen getragen werden durften. Den meisten würden harte Stöcke und Fackeln gestattet sein.

Fackeln? Ein verrückter Vorschlag. Feuer gehörte zu Yangin-Atep. Dunkelheit gehörte zu jedem bedürftigen Sammler.

Starre Regeln wurden festgelegt. Die Wachen mochten von ihrem Stock unter sorgsam beschriebenen Umständen Gebrauch machen, doch niemals sonst. Nur Offizieren (deren Anzahl beschränkt sein würde) waren Klingen erlaubt und auch nur solche, die nicht länger als eine Hand waren. Wachen würden auffällige Kleidung tragen. Sie durften sich niemals unter einem Vorwand an einen Fürstensippler heranmachen. Von Zeit zu Zeit würde ihr Verhalten von Fürstensipplern und Fürsten einer Begutachtung unterzogen werden.

Whandall fragte sich, was die Sippenlosen gewonnen zu haben glaubten. Eingeengt durch derartige Regeln, würden sie hilfloser denn je sein. Die Fürsten und die lautesten Stimmen unter den Fürstensipplern hätten diesem Unsinn womöglich zugestimmt, aber wenn Fürstensippler es für angebracht hielten, irgendeinem sippenlosen Wachmann den Stock abzunehmen, würden sie es auch tun!

Doch es gab wieder Wasser und Nahrung. Die Innenstadt wurde von den Abfällen geräumt, wenngleich ein paar von den Aschegruben, die als Müllhalden benutzt worden waren, in Ackerland umgewandelt wurden. Bauwerke erhoben sich und verdeckten die Narben, die das Brennen hinterlassen hatte.

Alle waren glücklich darüber, doch Whandall erinnerte sich an die Fürstenhöhe und wusste nicht so recht ...

Die Gerüchte kamen aus Fürstendorf. Dort lebten Fürstensippler und Sippenlose zusammen und arbeiteten für den gemeinschaftlichen Nutzen. Der Müll wurde dennoch abtransportiert. Die Springbrunnen waren abgestellt, jedenfalls die meisten, aber die Dattelpalmen und Olivenbäume waren noch nicht vertrocknet. Die Blumengärten wuchsen immer noch.

Wie machten sie das? Wer waren diese Fürsten, dass sie eine ganze Stadt und ein Leben hatten, wo Teps Stadt starb?

Es bedeutete den Tod, hinzugehen und nachzusehen.

Es hatte einen lebendigen Gott gegeben, der den Menschen das Feuer gab. Niemand konnte das bezweifeln. Doch Alferth, der das Brennen begonnen hatte, als Whandall sieben war, war nicht von Yangin-Atep besessen gewesen. Er hatte gelacht, als Tras eine entsprechende Bemerkung gemacht hatte. Die Feuer, die er gelegt hatte, schienen ihre Ursache in nichts Bedeutenderem zu haben als der Laune, ein Feuer zu betrachten.

Whandall verlor seinen Glauben. Mittlerweile musste Yangin-Atep bereits Legende sein.

Morth von Atlantis war nicht mehr da.

Die Frauen der Ortsfeste wollten nicht, dass Whandall sich eine Frau nahm. Er war der letzte in der Ortsfeste geborene Mann. Yangin-Atep verbot, dass er ging – dann hätte das Haus *überhaupt keinen* vertrauenswürdigen Beschützer mehr gehabt –, aber eine Frau mehr würde eine zu große Belastung darstellen.

Manchmal kam Wess, um das Bett mit ihm zu teilen, damit er sich nicht zu einsam fühlte. Wess hatte es sich überlegt. Freethspat war nicht an einer zweiten Frau gelegen und Whandall war ein Fang, wie Wess ihn besser wohl nicht machen konnte. Sie gab Whandall mit aller Deutlichkeit zu verstehen, dass sie jederzeit zu ihm ziehen würde, falls er sie darum bat.

Whandall lehnte ab. Es ärgerte ihn, dass sie aus seinem Zimmer gezogen war, als sie geglaubt hatte, Freethspat sei vielleicht zu haben ...

Und andere Männer kamen zu Besuch. Wess war niemals unfreundlich zu einem Mann, der möglicherweise über Macht verfügte. Freethspat war da und seine Schwester Ilyessa brachte einen Mann nach Hause ... und er hatte nicht mehr das Gefühl, dass es seine Familie war.

Eines Tages würde Whandall eine Frau nach Hause bringen. Die anderen Frauen würden sie schließlich akzeptieren. Er würde Kinder zeugen. Er war ein Kämpfer – oder jedenfalls glaubte das der Rest der Stadt. Er würde in den Reihen von Pelzeds Ratgebern im Rang steigen und ein paar würden hinter vorgehaltener Hand flüstern, dass Pelzed ihn als seinen Erben betrachtete. Später dann würde er manchmal Naturalien als Steuern einbehalten, um ein Fest auszurichten. Er würde mit den Fürsten reden, um die Stadtpolitik mitzugestalten. Die Ortsfeste und die Stadt erwarteten diese Dinge von ihm.

Sie wussten nicht, dass die Männer der Ortsfeste dem Feuer zum Opfer gefallen waren, weil Whandall zurückgeblieben war, um eine Frau zu sammeln.

Er traf nicht gern Entscheidungen für andere. Er behielt seine Ansichten für sich und scheute davor zurück, zu überzeugend zu sein. Und er verfolgte den Wiederaufbau der Stadt.

Teil Vier · Die Rückkehr

28. Kapitel

Zwei Jahre nach dem Brennen war Elriss zu einer sehr schönen Frau aufgeblüht, die von fast jedem Mann begehrt wurde, der sie sah. Sie arbeitete in den Dachgärten und kümmerte sich um Arnimer, den Sohn, der nach dem Brennen geboren war. Sie unterrichtete alle Kinder der Ortsfeste. Sie arbeitete mit den anderen Frauen zusammen und verhielt sich respektvoll gegenüber Freethspat. Doch abgesehen davon, dass sie am Muttertag zum Friedensplatz ging, verließ sie die Ortsfeste niemals und sie sprach auch nicht mit Männern, ob Besucher oder Angehörige der Ortsfeste. Mit einer Ausnahme: Whandall.

Sie behandelte Whandall, als sei er Wanshigs kleiner Bruder. Sogar Wein hatte sie nicht in Versuchung gebracht. Gegenwärtig war sie für Whandall eine Schwester.

Whandall zog sich an. Er würde gleich zum Versammlungshaus gehen, um Tee mit Pelzed zu trinken, Aufträge zu erfüllen, die Pelzed ihm möglicherweise erteilte, und genau beobachten, wie Macht eingesetzt und angewandt wurde ...

Elriss tauchte schreiend in seiner Tür auf. »Wanshig ist wieder da!«, rief sie. »Ich sehe ihn! Er kommt die Straße entlang.«

Und Augenblicke später war Wanshig da. Er sah älter aus, dünner und sehr viel stärker. Whandall blieben nur Augenblicke, um ihn zu begrüßen, bevor Elriss ihn in das Zimmer drängte, das sie mit ihm noch vor seinem Verschwinden bewohnt und niemals aufgegeben hatte. Sie zeigte ihm ihren Sohn. Dann wurde Arnimer nach draußen geschickt, um mit den anderen zu spielen, und danach wurden Elriss und Wanshig lange Zeit nicht mehr gesehen.

Whandall ging auf das Dach.

Wanshig wusste Bescheid! Whandall hätte mitkommen können, um den Männern der Ortsfeste zu helfen, aber er hatte es vorgezogen, Traumlotus zu sammeln. Wanshig war wieder zurück und Wanshig wusste Bescheid.

Sie saßen da und tranken schwachen Hanftee nach dem Essen. Alle hörten Wanshig zu, der seine Geschichte erzählte. Er sah Whandall an, als er sprach: »Ich lief einfach so schnell ich konnte und kam trotzdem zu spät. Ich sah einen alten Mann wegrennen und sich dabei umschauen. Ich fragte mich, ob das wohl Morth sei.«

Whandall merkte plötzlich, dass er den Atem angehalten hatte.

»Der Laden war voller Fürstensippler«, fuhr Wanshig fort. »Ich konnte sie durch die Tür und durch ein großes Fenster sehen: mindestens zehn und alle Angehörige der Ortsfeste, Whandall. Genügend Männer der Ortsfeste, um alle anderen zu verscheuchen.

Drinnen brannte es. Resalet war von Yangin-Atep besessen! Ich sah ihn auf ein Regal zeigen und eine ganze Reihe Töpfe in Flammen aufgehen. Er hob etwas Großes auf, mit beiden Händen.«

»Was war das?«

»Keine Ahnung. Du musst wissen, dass ich nur noch langsam vorwärts kam. Ich hatte Beine wie verfaultes Holz. Die Leute sah ich nur als Schatten vor flackernden Flammen. Ich erkannte Resalet an der Art, wie er sich bewegte, und er hatte die Arme um ein schweres rundes Ding gelegt, das ungefähr so groß war wie ... wie Arnimer.«

Das Kleinkind sah auf, als es seinen Namen hörte. Wanshig streichelte seinen Rücken und sagte mit eisiger Ruhe: »Ich versuchte zu schreien: ›Raus mit euch! Raus mit euch! Los, macht schon!‹, aber ich bekam keine Luft. Ich schnappte verzweifelt nach Luft, um zu schreien. Was auch in diesem Laden brannte, es drang mir in die Kehle und ich bekam einen Hustenanfall.

Vetter Fiasoom taumelte durch die Tür, griff sich an den Hals und fiel auf die Knie. Resalet hustete ebenfalls. Ich konnte sehen, wie er sich im Eingang krümmte. Eine Geste von ihm – und am Rand des runden Dings in seinen Armen loderte eine weiße Flamme auf, sehr hell. Er nahm den Deckel ab. Alles wurde weiß.«

»Das Ding ist explodiert?«

»Nein. Es sah nur so aus. *Resalet* ist explodiert. *Resalet* war ein greller Schein ... als schaue man in die Mittagssonne. Es war, als bohrten sich Dolche in meine Augen. Ich schrie auf, schlug die Hände vor die Augen und machte mich ganz klein. Ich spürte Yangin-Atep in meinem Rücken *atmen*, einen langen Hauch, und dann ging er wieder.

Ich war blind. Als ich mich wieder bewegen konnte, wartete ich noch eine Weile. Vielleicht sah mich jemand aus der Ortsfeste, weißt du? Doch das tat niemand, also tastete ich mich voran. Ich hielt mich von der Hitze fern, die Morths Laden gewesen sein musste. Ich konnte den Krawall rings um mich hören.

Mein Augenlicht kehrte fransig und mit weißen Flecken zurück. Ich sah Leute rings um mich her sammeln und brennen. Ich wollte weg. Verstehst du? *Weg.* Kein Brennen mehr. Kein Schlangenpfad mehr, keine Stadt mehr.«

»Sicher, Shig.«

»So hat mich schon lange niemand mehr genannt.«

»Was dann? Die Frauen bewachten die Ortsfeste ...«

»Daran habe ich keinen Gedanken verschwendet. Ich ging zur Schwarzen Grube. Ich konnte fast nichts sehen. Ich konnte nicht kämpfen. Ich brauchte einen Platz, wo ich mich verstecken konnte, und du hast mir gesagt, die Geister würden mir nichts anhaben, weißt du noch? Ich dachte, sie würden alle anderen verscheuchen, also ging ich hin. Und verbrachte dort die Nacht.

Am nächsten Morgen konnte ich besser sehen. Meine gute weiße Tunika war auf dem Rücken schwarz verkohlt, wo Yangin-Atep mich angehaucht hatte. Ich verlor büschelweise Haare. Sie waren spröde und kraus. In der Ferne, im Osten und Süden, brannten viele Feuer. Whandall, ich wollte nie wieder Feuer sehen.«

Whandall lachte.

Wanshig lachte nicht. »Ich ging zu den Docks. Ich spielte Verstecken mit ein paar Wasserteufeln und schlich mich an ihnen vorbei. Im Hafen lagen Schiffe. Ich ging zum größten.

Der Eingang zu einem Schiff wird *Landungsbrücke* genannt. Zwei Männer standen dort Wache, keine Wasserteufel. Zu dem Größeren, Älteren sagte ich: ›Ich will auf einem Schiff mitfahren.‹

Beide Männer lachten, aber ich sah, wie sie ein wenig mehr Abstand zwischen sich legten, weißt du? Um einen unauffällig hinter mich zu bringen. Der Große sagte: ›Kein Problem, Junge‹, und ich drehte mich schnell und erwischte den Arm des anderen.

Er hatte versucht, mich mit einer kleinen Holzkeule zu schlagen, die sie *Fischmörder* nennen. Du weißt ja, Whandall, wir *üben* diese Dinge. Ich brach ihm den Arm und hielt ihn dann mit einer Hand über das Wasser – um anzugeben. Ich sagte zu Manocane, dem großen Burschen, dem Offizier: ›Ich will *seinen* Posten.‹

Das war Sabrioloy. Seine Aufgabe bestand darin, die Fürstensippler zu bewachen. Wenn die Fürstenmänner ein Fuhrwerk mit Gaffern heran karren, schlägt Sabrioloy ihnen auf den Kopf, um ihnen zu zeigen, wer das Sagen hat. Das hatte er auch bei mir versucht. Danach hatte ich das Sagen, jedenfalls über die Fürstensippler-Matrosen. Sabrioloy zeigte mir alles Übrige, das ich noch wissen musste. Er bildete mich aus und ich warf ihn nicht über Bord. Whandall, er konnte nicht schwimmen.«

»Ein Seemann? Ich dachte, sogar die Wasserteufel könnten schwimmen.«

»Die meisten Matrosen können nicht schwimmen.«

Ihre Zweifel mussten mehr als offensichtlich sein. Wanshig fuhr fort: »Wir wollten gerade die Bucht verlassen. Die Offiziere wollten mehr Segel setzen, also trieben Sabrioloy und ich die Männer in die Takelage. Jack Takelfürst war ein alter Matrose und er war dort oben weit über uns allen. Dann erhob sich ein *Berg* aus Wasser aus dem Meer und traf uns breitseitig. Es muss Magie gewesen sein, Whandall. Ich habe so etwas weder vorher noch nachher gesehen. Wellen kommen in regelmäßigen Abständen und gleiten heran, aber diese erhob sich einfach und brandete gegen uns. Das Schiff legte sich auf die Seite und der Hauptmast neigte sich wie eine Peitsche. Jack fiel ins Meer. Er winkte uns einmal zu und ging unter. Das brachte mich zum Grübeln.

Ich ließ mir von Etiarp das Schwimmen beibringen, als wir zum ersten Mal in der Nähe eines Strandes anlegten. Etiarp war ein Wasserteufel, der versuchte, auf einem Handelsschiff zu sammeln. Danach brachten wir es einigen Fürstensipplern bei. Wenn ein Fürstensippler schwimmen konnte, beförderte ich ihn. Wir brachten es auch Sabrioloy bei.«

29. Kapitel

Es war eine Nacht des Geschichtenerzählens und sie dauerte fast bis zum Morgengrauen.

Freethspat erzählte, wie er und Whandall einen Weinkarren gesammelt hatten. Er war sogar noch im Besitz einer Flasche, die er herumgehen lassen konnte. Nur Yangin-Atep mochte wissen, wo er sie die ganze Zeit versteckt hatte. Whandall ließ ihn die Flucht beschreiben. Dann berichtete er, wie er aus sich selbst, Freethspat und dem Karren ein Müllbeseitigungsunternehmen gemacht hatte. Wanshigs offenkundiges Staunen und Freethspats entschlossenes Grinsen taten ihm gut.

Wanshig ließ die Flasche an sich vorbeigehen, während er erzählte, wie sie von einem schlangenarmigen Ungeheuer, größer als das Schiff, verfolgt worden waren. Als Freethspat ihn einen Aufschneider nannte, schüttelte Wanshig nur den Kopf.

Der alte Wanshig hätte mit einer schlagfertigen Antwort gekontert. Der neue sah, wie die anderen ihn verwirrt anstarrten und abwarteten.

Er erzählte: »Achtzehn Tage, nachdem Jack Takelfürst ertrunken war, liefen wir in den Hafen von Waluu ein. Eine Frau kam zu unserer Anlegestelle und fragte nach Kapitän Jack.

Jack hatte nicht mehr als eine Frau in jedem Hafen und einige von ihnen glaubten wohl, er sei Kapitän. Fencia hatte einen Ehevertrag. Als Jack nicht auftauchte, machte sie uns in der nächsten Trinkstube ausfindig.

Manocane kannte sie. Er lud sie ein, sich zu uns zu setzen, spendierte ihr ein warmes Ale, forderte sie auf zu trinken und sagte dann: ›Jack hat die Meerjungfrau geheiratet.‹«

Freethspat war hingerissen. »Ich habe von Meerjungfrauen gehört, als ich noch klein war ...«

»Oh, die Meermänner und Meerfrauen gibt es tatsächlich«, unterbrach ihn Wanshig. »Sie sind wunderbar! Sie lieben es, Schiffe zu begleiten, indem sie auf der Bugwelle reiten. Wo die Magie schwach ist, nehmen sie die Gestalt eines großen Fisches an, aber sie atmen Luft, nicht Wasser. Sie haben ein Nasenloch im Nacken. Wo die Magie stark ist, sieht man einen Mann oder eine Frau mit einer

Fischflosse anstatt Beinen. Wir treten den Nixen nicht zu nahe. Sie können einer Flotte Fischschwärme zutreiben, sie aber auch verscheuchen, und einem bei dichtem Nebel zeigen, wo Klippen sind. Wir mögen die Nixen.

Aber das ist nur eine Redensart der Matrosen: ›Er hat die Meerjungfrau geheiratet.‹ Jack Takelfürst ist *ertrunken*. Wir sagen nicht gern *ertrunken*. Aber Fencia aus Waluu wusste das nicht. Sie war wütend. ›Er wollte mich heiraten! Sechs Jahre und vier Fahrten habe ich darauf gewartet, dass er genug Geld zusammen bekommt, und jetzt hat er eine *Meerjungfrau* geheiratet? Wie will er mit so einer *Kinder* haben?‹

Wir hatten getrunken. Sie war so *wütend*, wisst ihr, und ich muss es wohl lustig gefunden haben. Ich meine ... *geheiratet!*« Gelächter brandete auf. Wanshig lächelte nicht einmal. »Manocane öffnete den Mund, um etwas zu erwidern, aber ich kam ihm zuvor. Ich sagte zu Fencia: ›Nein, warte, *noch* sind sie nicht verheiratet. Er sagt, er will deine Erlaubnis.‹

Ich sah, wie sich alle Köpfe drehten und die anderen sich mühsam das Lachen verbissen.

›Meine Erlaubnis!‹, schrie sie und wollte Einzelheiten von mir wissen. Was er getan hatte, als sie aus dem Wasser aufgetaucht war. Wie die Meerjungfrau ausgesehen hatte. Ob sie ihre Brüste bedeckt hatte. Ob sie ihn mit ihrem Gesang ins Wasser gelockt hatte oder ob er bei ihrem Anblick einfach gesprungen war. Ob Jack sich überhaupt noch an Fencia erinnerte. Ich sog mir die Antworten aus den Fingern. Mittlerweile waren wir von Zuhörern umringt. Matrosen haben eine trockene Art, Geschichten zu erzählen, und so verzogen die anderen kaum eine Miene. Falls Fencia Gelächter hörte, glaubte sie wahrscheinlich, sie lachten sie aus, weil ihr Mann sie verlassen hatte.

Ich dachte, uns stünde richtige Unterhaltung bevor. Manchmal kann eine wütende Frau einen Seemann daran erinnern, warum er das Land überhaupt verlassen hat.«

Whandall wartete. Als Wanshig nichts mehr sagte, fragte er: »Und dann?«

»Sie hat nachgegeben«, sagte Wanshig.

»Was?«

»Sie hat in jener Nacht nicht mehr herumgeschrien. Sie hat nur kehrtgemacht und die Trinkstube mit hoch erhobenem Kopf verlassen. Am nächsten Morgen kam Fencia zum Hafen und verkündete einer großen Menge, ihre Verlobung mit Jack Takelfürst sei hiermit beendet und es stehe ihm frei, zu tun und zu lassen, was er wolle. Wenn sie geweint hatte, dann da, wo niemand sie dabei hatte beobachten können. Manocane und ich brachten die anderen Matrosen dazu, den Mund zu halten. Ich hörte, was sie über sie sprachen, aber ich fand sie nur tapfer.

Seitdem habe ich gelogen«, sagte er zu ihnen allen, »aber es gefällt mir nicht. Man tut Leuten weh. Und jetzt bin ich wieder zu Hause und werde nie wieder lügen.«

In den folgenden Nächten lauschte Shastern stumm Wanshigs Geschichten vom Meer. Er sprach seine Gedanken nicht aus, aber wenn Wanshig erzählte, kam Shastern immer, um zuzuhören. Das fiel Whandall auf und er fragte sich, ob Shasterns Gedanken wohl Ähnlichkeit mit seinen eigenen hatten. Wenn es Whandalls Schicksal war, Teps Stadt zu verlassen ... konnte er dies dann trotz Morth von Atlantis' Warnung auf einem Schiff tun?

30. Kapitel

Wanshig fand Whandall im Dachgarten. Whandall hatte die Gewohnheit entwickelt, sich um das Wohlergehen der Pflanzen zu kümmern. Wanshig sagte: »Du sollst wissen, dass wir beide gemeinsam nicht mehr hätten tun können als ich allein. Du hättest gerade noch rechtzeitig dort sein können, um geblendet zu werden, mehr nicht.«

Whandall hatte bereits mehrere Käfer gefunden, also

beendete er seine Untersuchung der Tomaten. Als er sich erhob, stellte er fest, dass Wanshig der Sonne dabei zusah, wie sie im Meer versank.

»Wonach hältst du Ausschau, Shig?«, fragte Whandall.

»Nach einem grünen Blitz. Wenn die Sonne verschwindet, kann man manchmal, wenn es sehr klar ist, etwas Grünes aufblitzen sehen«, sagte Wanshig.

»Hast du es schon mal gesehen?«

»Zweimal, aber niemals an Land«, erwiderte Wanshig. »Nur wenn wir auf See waren. Es bringt Glück. Das Wetter ist am nächsten Tag immer großartig.« Wanshig starrte nach Westen auf die dunkler werdenden Hügel. »Sonnenuntergänge sind besser, wenn die Sonne im Meer versinkt.«

»Das Segeln hat dir gefallen«, sagte Whandall.

»Ich habe es geliebt.«

»Warum bist du dann zurückgekommen? Wegen Elriss?«

Wanshig sah sich um, da er sich vergewissern wollte, dass sie allein waren, und senkte dennoch die Stimme zu einem Flüsterton. »Das habe ich ihr erzählt«, sagte er. »Aber sie haben mich an Land ausgesetzt.«

»Warum?«

Wanshig beantwortete die Frage an jenem Abend nicht.

Da war er bereits seit fast einer Woche wieder zu Hause und Whandall hatte ihn noch keinen Wein probieren sehen.

Wanshig kam lange nach dem Abendessen schwankend nach Hause. Whandall fand ihn vor der Wanne im Hof vor, wo er sich im Dunkeln wusch. »Psst«, sagte er. »Ich will nicht, dass Elriss mich sieht.«

»Was ist passiert? Du hast nichts getrunken seit ...«

»Drei Wochen und einem Tag. Ein Erzähler hat mich gefunden, Whandall. Irgendwie hatte er davon gehört. Ein Fürstensippler war segeln und ist wieder zurückgekehrt. Er hatte ein paar Flaschen dabei.«

Whandall nickte im Dunkeln. »Was hast du ihm erzählt?«

»Geschichten.«

»Auch, warum du wieder nach Hause gekommen bist?«

»Neinneinnein! Das nicht.«

Whandall wartete.

»Sie haben mich gemocht, Whandall. Ich war ihnen von Nutzen. Habe dem größten Teil der Besatzung das Schwimmen beigebracht. Die Händler und Kaufleute beschützt. Niemand hat von unseren Passagieren gesammelt! Sie haben mich wirklich gemocht.«

»Aber ...«

»Die Gilde der Handelskapitäne«, erklärte Wanshig. »Sie wollen nicht in den Ruf geraten, Piraten zu sein. Piraten sind nicht willkommen. Condigeo unterhält Kriegsschiffe. Condigeo kann sich ihren Unterhalt leisten, weil sie sie an andere Städte vermieten, um Jagd auf Piraten zu machen, also weiß man nie, wenn man in einen Hafen segelt, ob Piratenjäger auf der Lauer liegen, die kommen und einen inspizieren wollen. Schiffe erwerben sich einen Ruf.« Er hielt inne und starrte auf die ersten Sterne. »Also wollen sie keine Sammler an Bord haben.«

Whandall dachte darüber nach. »Und das hast du nicht gewusst?«

»Ich wusste es. Sie haben es mir an meinem ersten Tag an Bord gesagt. Kein Sammeln im Hafen. Niemals. Natürlich habe ich ihnen nicht geglaubt, bis sie mich dabei erwischten. Sie nahmen mir alles ab, was ich hatte, und gaben es zurück. Und meine Heuer verteilten sie an die Leute, bei denen ich gesammelt hatte. Sie haben mir eine anständige Lektion erteilt, ja, das haben sie.«

Whandall schwieg.

»Aber dann war ich einmal ziemlich betrunken. Unterhalb der Barbarenberge liegt eine Stadt, drei Tagesreisen mit dem Schiff westlich von hier. Ziemlich muffig, aber reichlich Magie. Seide, Kunst, Handwerk. Und ich war unterwegs nach Hause. In drei Tagen würde ich hier sein!

Das erste Mal, dass wir hier anlegen würden, seitdem ich mich eingeschifft hatte. Whandall, niemand will hierher kommen! Jedenfalls nicht oft. Und da war also dieser Laden mit einem Kleid, das wirklich großartig an Elriss ausgesehen hätte.«

»Du dachtest, sie würde noch hier sein?«

Wanshig sah sich wieder um. Elriss war nicht in der Nähe.

»Sie oder sonst jemand. Aber ich konnte es mir nicht leisten. Das war nicht schlimm, ich würde es mir bei anderer Gelegenheit holen, aber dann ging ich wieder zu den Docks. Ein paar von den anderen hatten ein ganzes Fass Bier gekauft. Wir tranken die ganze Nacht, und als der Morgen graute ...« Wanshig zuckte die Achseln. »Tja, irgendwie hielt ich es für eine gute Idee, loszuziehen und dieses Kleid zu holen. Natürlich wurde ich erwischt. Der Kapitän erwähnte den Vorfall nicht, jedenfalls da noch nicht, aber als wir hier anlegten, ließ er mich an Land bringen und gab auch den anderen Kapitänen Bescheid.«

Eines Morgens war Shastern verschwunden. Als er auch am nächsten Tag nicht zurückkam, meldete Whandall es Pelzed. Suchtrupps wurden ausgeschickt und eine offizielle Anfrage an Wulltid von den Ochsenziemern gerichtet. Shastern war ein treuer Soldat des Schlangenpfads.

Wulltids Antwort war höflich, aber kurz. Niemand habe Shastern vom Schlangenpfad gesehen. Falls sie ihn sähen, werde er gut behandelt und unverzüglich zu Hause abgeliefert.

Drei Tage nach Shasterns Verschwinden saß Whandall mit Pelzed im Versammlungshaus des Schlangenpfads. Pelzed hatte ein kompliziertes Tauschgeschäft gemacht und sich für Schutz Dienstleistungen eingehandelt. Jetzt tauchte ein Trupp Sippenloser auf, um ein neues Dach zu errichten. Whandall glaubte, in zwei älteren Arbeitern Waldläufer wiederzuerkennen, die er bei Kreeg Müller gesehen hatte, aber er sprach sie nicht an. Sie würden sich niemals an ihn erinnern!

Ein Bote kam an den langen Tisch, wo Pelzed an den meisten Tagen saß. »Shastern ist wieder da, Fürst«, berichtete er.

»Wo?«

»Auf dem Friedensplatz. Ein Fuhrwerk mit einem Fürstenmann in Rüstung und einem Wasserteufel ist vorgefahren.«

Pelzed runzelte die Stirn. »Die Fürsten bringen Wasserteufel zum Schlangenpfad?«

»Fürst, er ist noch ein Junge. Kleine Tätowierung, kein Messer. Er bittet darum, dich sprechen zu dürfen, und ein Fürstensekretär ist auch dabei. Sie bitten dich zu kommen, Fürst.«

Pelzed sah sich in dem Versammlungsraum um. »Miracos. Du bleibst hier. Whandall, du kommst mit.« Pelzed wählte noch zwei Wachen aus. Whandall glaubte zu sehen, wie Miracos ihn beim Hinausgehen anfunkelte. Alle wollten neben Pelzed stehen, wenn er mit dem Fürstensekretär redete, und Miracos hielt sich für Pelzeds ersten Ratgeber. In letzter Zeit wurde Whandall jedoch bevorzugt ...

Shastern lag auf einer Trage vor dem Zeugentisch. Ein behelmter Fürstenmann stand neben ihm. Das Fuhrwerk war nicht weit. Es wurde von einem sippenlosen Fuhrmann gelenkt und von sippenlosen Ponys gezogen, nicht von den großen Pferden, welche die Fürsten bevorzugten, wenn sie in eigener Sache unterwegs waren.

Der Fürstenzeuge saß mit seiner eng sitzenden Kappe und der wallenden Robe am Tisch. Er erhob sich nicht, als Pelzed mit seinem Gefolge eintraf, aber der sippenlose Sekretär stand auf und verbeugte sich vor Pelzed, um dann in aller Förmlichkeit zu verkünden: »Zeuge, wir sehen Pelzed vom Schlangenpfad.«

Der Zeuge erhob sich. Seine Stimme war dünn und trocken, sehr förmlich. »Pelzed vom Schlangenpfad, ich bin angewiesen, die Grüße Fürst Samortys von der Fürstenhöhe zu übermitteln. Fürst Samorty wünscht Euch alles Gute.« Er setzte sich wieder.

Der Sekretär wandte sich wieder an den Wasserteufel, einen unbewaffneten Jungen von höchstens sechzehn Jahren, der nur eine Handtätowierung aufzuweisen hatte. »Sprich, Lattar von den Wasserteufeln.«

»Zeuge, wir bringen Shastern vom Schlangenpfad zu seinen Leuten zurück«, sagte Lattar. »Er wurde von Wachen an der Landungsbrücke der *Schoß von Pele* in den Hafen geworfen. Wir geben zu Protokoll, dass seine Wunden nicht unser Werk sind. Wir fanden ihn, versorgten seine Wunden und haben ihn hiermit bei seinen Leuten abgeliefert.«

Der Sekretär wandte sich an Shastern. »Bestreitest du dies, Shastern vom Schlangenpfad?«

Shastern murmelte irgendetwas. Der Sekretär runzelte die Stirn und Whandall ging zu seinem Bruder. Er sah, dass Shasterns Mund geschwollen war und Prellungen durch seine Tätowierungen schienen.

Shastern erkannte Whandall und versuchte zu lächeln. »Sei gegrüßt, großer Bruder«, versuchte er zu sagen, aber nur Whandall verstand ihn. »Habe einen Zahn verloren.«

»Haben die Wasserteufel das getan?«

»Nein.« Shastern versuchte den Kopf zu bewegen. »Schiffsbesatzung«, brachte er mühsam heraus. »Die Teufel haben mich nach Hause geschickt. Haben keine Schuld.«

Whandall wandte sich an Pelzed. »Er bestreitet es nicht, Fürst.«

Pelzed nickte. »Der Schlangenpfad ist zufrieden. Richte Samorty von der Fürstenhöhe meinen Dank aus.«

Der Sekretär lächelte schief. »Zeuge, alle Parteien sind zufrieden«, sagte er.

Der Zeuge sprach, ohne sich zu erheben. »Lies die Proklamation vor.«

Der Sekretär holte ein Pergament unter seiner Robe

hervor. »Proklamation. An all jene, die dies hören, gebt gut Acht, denn dies ist das Gesetz.

Viele Handelskapitäne sind mit den Sitten und Gebräuchen der Fürstensippler von Teps Stadt nicht vertraut. Das hat zu einigen bedauerlichen Zwischenfällen geführt, in deren Verlauf Fürstensipplern Unhöflichkeiten entgegen- und Verletzungen beigebracht wurden. Um den Schutz der Fürstensippler zu gewährleisten, müssen daher fürderhin alle Fürstensippler, die sich einem im Hafen von Teps Stadt liegenden Schiff nähern wollen, eine entsprechende Erlaubnis beim Offizier der Fürstenmänner der Hafenwache einholen. Wir bedauern die Notwendigkeit dieser Regelung, aber sie muss mit aller Strenge durchgesetzt werden. Auf Anordnung Samortys, Erster Zeuge von Teps Stadt und der Fürstenhöhe-Territorien.«

Der Sekretär wandte sich an den Zeugen. »Die Proklamation wurde verlesen. Wir werden sie noch mehrfach verlesen, und zwar heute und morgen jeweils zur vollen Stunde.«

Der Zeuge nickte.

Der Sekretär wandte sich wieder an Pelzed. »Pelzed vom Schlangenpfad, Ihr habt die Proklamation der Fürsten gehört. Gebt Acht. Euer Gefolgsmann Shastern vom Schlangenpfad wurde in Eure Obhut zurückgebracht. Das Fuhrwerk ist für diesen Tag gemietet worden und steht zu Eurer Verfügung. Zeuge, unsere Gebühren wurden im Voraus entrichtet und unsere Aufgabe hier ist nun erledigt.«

Shasterns Wunden heilten rasch. Er hatte einen Zahn verloren und seine Schwestern fütterten ihn eine Woche lang mit Suppe, während die Schwellung in seinem Kiefer zurückging, aber er hatte sich keinen Knochen gebrochen. Beim Essen erzählte Shastern allen, er habe versucht, in einer Hafentaverne zu sammeln, habe einen Matrosen kennen gelernt und sei mit an Bord gegangen, dann aber geschlagen worden, als die anderen Matrosen ihn gesehen hätten.

Anschließend sprach er noch mit Whandall. Auf dem Dach und allein. »Ich dachte, wenn Shig zur See fahren konnte, dann könnte ich es auch«, meinte Shastern. »Aber sie wollten mich gar nicht erst aufs Schiff lassen. Die ganze Mannschaft hat mich geschlagen. Ich sagte immer wieder, ich wüsste, dass sie keine Sammler wollten, und dass ich nie sammeln würde, ich sei nicht zum Sammeln hergekommen, ich wollte nur zur See fahren ... Aber sie traten mich immer weiter. Wenn die Fürstenmänner nicht gekommen wären, hätten sie mich umgebracht, glaube ich.«

Shastern befingerte seine Tätowierung. »Whandall, Pelzed vom Schlangenpfad ist ein Name mit Macht. Sie nennen ihn nicht Fürst, aber die Fürstenmänner kannten seine Tätowierung. Es gab eine Art Beratung zwischen dem Häuptling der Teufel und den Fürstenmännern und dann schickten sie nach einem Fürsten.«

»Samorty?«

»Ja, sie haben ihn so genannt.«

Whandall nickte. »Er geht selbst auf Wache. Worüber haben sie beraten?«

»Über mich«, sagte Shastern. »Ich wollte nur nach Hause. Ich blutete und brauchte etwas zu trinken. Als der Fürst mich sah, wurde er wütend. ›Macht ihn sauber‹, rief er. Seine Stimme war ganz tief und gemein. ›Seid ihr blind? Seht ihr denn die Tätowierung nicht?‹ Also brachten sie mir ein Becken mit Salzwasser und eines mit frischem Wasser und einen Becher Wein. Guten Wein. Dann gingen sie in einen anderen Raum, aber der große Fürstenmann wollte mich nicht gehen lassen. Er gab mir noch einen Becher Wein, aber er kam sogar mit, als ich pinkeln musste.«

»Sie haben darüber beraten, was sie mit dir machen sollen«, sagte Whandall. »Ich rate nur, aber es sähe ihnen ähnlich. Sie haben dich gewaschen, damit du das erzählen würdest, falls sie dich laufen ließen. Dann berieten sie, ob sie dich laufen lassen oder an die Krabben verfüttern sollten.« Whandall legte seinem Bruder die Hand auf die Schulter.

»Vielleicht«, sagte Shastern. »Als sie wieder heraus kamen, waren sie jedenfalls nett zu mir. Brachten den Schiffskapitän dazu, sich bei mir zu entschuldigen. Er gab mir einen Beutel mit Muscheln und zwei Silberstücke.« Shastern zeigte ihm eine Münze, in die ein Kolibri geprägt war. »Dann sagte der Fürst, ganz langsam und bedächtig, er bedauere es, aber Fürstensippler müssten sich von den Schiffen fern halten und sie würden eine Proklamation verlesen. Dann sagte er noch ein paar nette Sachen über Pelzed und den Schlangenpfad, als wolle er Pelzed nicht verärgern. Aber wir können niemals zur See fahren.«

Whandall nickte und ließ den Blick über das Tal der Dünste wandern.

31. Kapitel

Er war zwanzig, als das nächste Brennen kam. Und diesmal war *jeder* bereit.

Hartanbath war mehr Bison als Mensch. In dem durch die Schlangenstraße definierten Gebiet von Teps Stadt – Blumenmarkt, Ochsenziemer, Schlangenpfad und mehrere kleinere Banden – war er der Mann, den ein Kämpfer besiegen musste.

Sein abgeschlagenes Ohr trug zu Whandalls Ruf bei. Whandall hätte ihn niemals verletzen können, wäre Hartanbath nicht so stark abgelenkt gewesen. *Diese* Lektion schien Hartanbath begriffen zu haben. Man sah nie wieder, wie er sich in der Öffentlichkeit paarte, ob mit oder ohne Zustimmung der Frau.

Whandall wollte keine Wiederholung des Kampfes. Wenige wollten das. Hartanbath verlor seine Kämpfe nicht.

Mit siebzehn hatte Whandall damit begonnen, Alferths Weinfuhrwerke zu fahren. Zwei Jahre später war er anwesend, als Alferth ein Straßenfest mit Trinkgelage ausrichtete.

Ein halb nackter, dunkelhäutiger, schwer bewaffneter Gaffer schlenderte heran und nahm sich zwei Flaschen Wein, für jede Hand eine.

Hartanbath erhob Einwände.

Der Gaffer machte sich über Hartanbaths Ohren lustig.

Der Gaffer war jünger. Hartanbath war einen Fingerbreit größer und einen Stein schwerer. Beide konnten zuschlagen wie eine Holzfälleraxt. Aber Hartanbath verließen die Kräfte zuerst. Er setzte sich auf den Hintern und bedeckte den Kopf mit den Händen, bis der Gaffer zufrieden war.

Dann trank der Gaffer seinen Wein und erklärte sich bereit, Geschichten zu erzählen.

Er war Arshur der Herrliche. Irgendein gewaltiges Gebirge östlich des Tals der Dünste hatte sein Volk hervorgebracht. Als Kind war für Arshur alles senkrecht gewesen und alle senkrechten Felswände waren rutschig von Eis und Schnee. Arshur konnte jede Mauer erklimmen, in jedes Haus eindringen und jede Falle umgehen, die ein Hausbesitzer einem möglichen Dieb stellen mochte (als ob ein Sippenloser es wagen würde!).

Es gab Städte, in denen Diebe ins Gefängnis geworfen wurden, andere, wo sie gehängt werden mochten, und schließlich wieder andere, in denen kein Dieb den Magiern des Königs entrinnen konnte. An diesen und anderen Orten hatte Arshur ein Vermögen gesammelt. Er hatte Ungeheuer und Magier mit seinem guten Schwert bekämpft – einer gewaltigen, plumpen Masse verzauberter Bronze, dreimal so groß wie ein anständiges Messer. Ein Seher hatte geweissagt, eines Tages werde er König sein. Als Arshur erklärte, was ein König war, ärgerte ihn das daraus aufkommende Gelächter.

»So sagt uns, *Majestät*«, fragte Shastern, »was führt Eure Herrlichkeit in Teps Stadt?«

Arshurs Miene umwölkte sich nur für einen Augenblick. Dann trank er seine Flasche aus und warf sich in Positur. »Ich habe meine letzte Goldmünze auf einem Fest ausgegeben«, erzählte er. »Das war ein Stück die Küste entlang, im Norden und Westen. Große Adlerbucht wird die Stelle genannt. Es gibt dort Adler, aber noch mehr Meermenschen.«

»Meermenschen?« Einer der jüngeren Zuhörer war bereit, Unwissenheit vorzutäuschen.

»Werleute«, erklärte Arshur. »Habt ihr schon von Wer*wölfen* gehört? Meermenschen sind Meereskreaturen. Nein? Gestaltwandler. Leute, die sich in Tiere verwandeln können.«

»Das sind uralte Märchen«, sagte Alferth. »Heutzutage werden sie nur mehr selten erzählt. Willst du damit sagen, es gibt sie *wirklich*?«

Arshur nickte eifrig. »Wirklich, ja. Ihr würdet doch nicht an meinem Wort zweifeln?«

Natürlich tat das niemand.

Arshur fuhr fort: »Bärenmenschen sind die schlimmsten. Nicht so viel Verstand wie ein Wolf, und wenn sie ...« Er bewegte seine Hüften auf eindeutige Weise.

»Sich paaren«, rief jemand.

»Sich paaren, ja ... Wenn sie sich paaren wollen, tun sie das mit allen. Mit jedem. Sie sind groß und massig und nur schwer umzubringen, und wenn sie sich also paaren wollen, müssen die meisten Leute sich paaren. Meermenschen sind viel umgänglicher. Sie mögen die Menschen. Besonders die Mädchen. Das Sichpaaren ist *toll*. Und die Meermenschen in der Großen Adlerbucht sind die besten Köche der Welt. Im Hafen, einer Insel, die über eine Brücke mit dem Festland verbunden ist, gibt es ein Restaurant. Rordray, so heißt er – Rordray ist der Besitzer. Manchmal kocht er selbst, aber meistens überlässt er es anderen. Der Laden sieht aus wie die Spitze einer Burg, weil so sein letztes Restaurant ausgesehen hat, irgendwo weit entfernt, wo die Sonne aus dem Meer aufsteigt.«

Die Sonne steigt aus dem Meer auf. Wanshig hat das *gesehen.*

»Ihr hattet Euer ganzes Geld ausgegeben, Eure Herrlichkeit«, führte Shastern ihn wieder auf den Pfad der Geschichte zurück. Nur für Whandall war offensichtlich, dass Shastern bereit zur Flucht war, falls Arshur auf ihn losgehen würde.

Stattdessen lachte Arshur. »Ohne Geld ist es traurig an einem magischen Ort. Rordray brauchte mich nicht! Und auch sonst niemand. Wenn man dort stiehlt ...«

»Sammelt.«

»... sammelt, haben sie Magie, mit der sie einen erwischen. Außerdem gefallen mir die Leute in der Bucht. Ich hätte stehlen können – sicher, ich kann jeden bestehlen –, aber sie hätten gewusst, wer es war. Dann sagte Rordray, er würde mich für Hanf und Salbeiblätter bezahlen und die besten wüchsen an einem Ort, den er das Tal der Dünste nennt. Und das ist hier.«

Whandall fragte: »Gibt es anderswo keinen Hanf und kein Salbei?«

Der Barbar sah Whandall an. »An anderen Orten werden sie zu stark. Das hat irgendwas mit Magie zu tun. Zauberer können den Geschmack verändern, aber Rordray sagt, sie bekommen es nie so gut hin, wie sie hier natürlich wachsen.«

»Hanftee«, warf Alferth ein. »Das habe ich schon öfter gehört – dass man hier guten Hanftee bekommt.«

»Auf jeden Fall«, sagte Arshur. »Ich wünschte, ich hätte eine Tasse. Geschichten erzählen macht durstig.«

»Später«, rief jemand. »Wie bist du hierher gekommen?«

»Auf einem Schiff«, sagte Arshur. »Am Kap habe ich Piraten abgewehrt, die in großen Kanus kamen. Sie sind umgekehrt und geflohen, als sie sahen, was ich mit ihrem ersten Kanu machte! Auf Höhe der Todesspitze waren noch mehr Piraten – die habe ich auch abgewehrt. Als wir dann also hier eintrafen, fand ich, dass ich mir einen ordentlichen Schluck verdient hatte. Das Problem war nur, ich war noch nicht bezahlt worden und der Tavernenwirt wollte mir keinen Kredit geben.«

»Tavernenwirt?«, fragte jemand.

»Ja, wisst ihr denn gar nichts?«, meinte Arshur. »Aber wenn ich's recht bedenke, kann ich es mir schon vorstellen. Hier gibt es keine Tavernen! Nur bei den Docks. Eine Taverne ist ein Laden, in dem Hanftee, Bier und manchmal auch Wein verkauft werden. Mit Tischen und Bänken. Nachts brennt immer ein schönes warmes Feuer, nur hier nicht. Hier brennt das Feuer nur draußen.

Jedenfalls trank ich friedlich ein gutes Bier, als der Besitzer sein Geld verlangte. Er rief die Wache, als ich nicht bezahlen konnte. Bevor ich es ihnen erklären konnte, hatten sie mich schon bewusstlos geschlagen. Der Schiffskapitän gab dem Tavernenbesitzer meinen Lohn zur Begleichung der angerichteten Schäden und segelte weiter, bevor ich aufwachte! Also bin ich jetzt hier. Eines Tages schiffe ich mich wieder ein, aber ich dachte, ich sehe mir zuerst Land und Leute an.«

»Wie gefällt dir Teps Stadt?«, fragte Alferth.

»Nicht so gut. Keine Magie. Nicht, dass ich mich mit Magie groß auskenne, aber ein wenig Magie macht das Leben etwas angenehmer. Und die Frauen! Unten am Hafen ist ein nettes Städtchen – Fürstendorf nennen sie es. Da war ich jedenfalls nicht willkommen! Wohin ich auch ging, überall schickten sie nach der Wache. Sie haben mich praktisch aus der Stadt gejagt, jawohl, das haben sie. Also bin ich hierher gekommen, und die Frauen laufen alle weg, wenn ich mit ihnen ins Gespräch kommen will! Eine hat sogar ein Messer gezückt und wollte damit auf mich losgehen! Auf *mich!* Ich wollte ihr nichts tun. Man hat mir gesagt, hier könne man sich jederzeit paaren, ob die Frauen wollen oder nicht, aber so ist es ganz gewiss nicht.«

»Brennen«, sagte Shastern. »Das ist nur bei einem Brennen so. Das hast du gerade verpasst.«

»Bei Zoosh' Arsch! Ich habe aber auch nie Glück. Wann ist das nächste? Im kommenden Jahr? Vielleicht bleibe ich ein Jahr.«

»Vielleicht in einem Jahr«, sagte Alferth. »Vielleicht dauert es aber noch länger.«

»Es dauert bestimmt länger«, erwiderte Hartanbath. Er berührte vorsichtig den verbliebenen Ohrzipfel, der damals von Whandall eingeschnitten und jetzt von Arshur eingerissen worden war. »Vielleicht sogar viel länger. Es kommt mir so vor, als lägen heutzutage mehr Jahre zwischen den Brennen als damals, als ich noch ein Kind war.«

Alferth kletterte unsicher auf das Fuhrwerk und stellte sich auf den Sitz. Er schwankte nur ein wenig, als er der Menge zurief: »Was sagt ihr? Ist Arshur ein Fürstensippler?«

»Ja, wer behauptet, dass ich keiner bin?«, verlangte Arshur zu wissen.

Rufe ertönten. »Ich nicht!« – »Er ist einer von uns!« – »Verwünscht, das ist mir egal.« – »He, das könnte lustig werden!«

Von diesem Tag an wurde Arshur wie ein Fürstensippler behandelt. Hartanbath verschwand für eine Jahreszeit – wollte er sich auskurieren? –, um dann wiederzukommen und den ersten Dummkopf zu verprügeln, der ihn auf seinen Verlust ansprach. Man sah ihn und Arshur gemeinsam trinken ...

Es war ein endloser, sinnloser Tanz. Aber man musste aufpassen, wer gerade oben war. Arshur passte in die Gesellschaft der Fürstensippen. Ein paar Monate lang stahl er, wonach es ihn gelüstete, und schleppte dann seine Beute mit sich herum, bis ihm aufging, was ältere Kinder fast instinktiv wussten: dass ebensogut ein Sippenloser Eigentum bei sich haben und sich darum kümmern konnte, bis ein Fürstensippler es brauchte.

Und eines Tages wurde Arshur in einen Kampf mit der Stadtwache verwickelt.

Seine Kumpane zogen es vor, sich herauszuhalten. »Sie haben immer und immer wieder mit ihren Stöcken auf ihn eingeschlagen«, erzählte ihnen Idreepuct später mit dem Stolz desjenigen, der Zeuge eines außergewöhnlichen Vorfalls geworden war. »Aber er hat nicht aufgegeben. Sie mussten ihn bewusstlos schlagen. Zum Aufgeben haben sie ihn nicht gebracht.«

Idreepuct sprach auf einer Kreuzung zu Leuten, die ohnehin erbost waren. Zornbebende Stimmen wollten wissen: »Was hat er denn *getan*, dass sie *so* reagiert haben?«, und »Sind die Fürsten *verrückt*, ihnen diese Stöcke zu erlauben?«

Getan? Es schien fast unwichtig zu sein, aber die Erzähler fragten immer wieder und Idreepuct gestand. Ilsern – eine zähe, athletische Frau, die noch keinen Mann bewundert hatte, bis Arshur kam – hatte irgendwie von Alferths geheimen Weinfuhrwerken gehört. Natürlich erzählte sie Arshur und Idreepuct davon.

Sie sammelten ein Fuhrwerk. Es war mit Obst beladen und sah Alferths Fuhrwerken nicht im Geringsten ähnlich, aber sie sammelten es trotzdem. Sie peitschen die Ponys bis zur Raserei und jagten die Gerade Straße entlang. Ilsern bewarf Passanten mit Früchten, während Dree die Bodenbretter aufzureißen versuchte und der sippenlose Fahrer sich an die Seite klammerte und wimmerte.

Mittlerweile verfügte die Stadtwache nicht nur über Stöcke und leuchtend blaue Tuniken. Sie hatten sich kleine, schnelle Fuhrwerke gebaut, die sie rasch dorthin brachten, wo es Ärger gab. Fuhrwerke waren nicht Bestandteil der Übereinkunft der Fürsten, aber sie waren auch keine Waffen.

Ein Fuhrwerk der Stadtwache verfolgte sie. Dann noch eines. Sippenlose sprangen aus dem Weg. Dree konnte endlich die Bodenbretter lockern. »Unter diesen Brettern ist nur Straße«, sagte er zu Arshur und Arshur fluchte und trieb die Ponys zu noch größerer Eile an. Sie schnitten eine fette Fürstensipplerin, die eine schwere Tasche trug. Sie schrie ihnen Flüche hinterher, während sie davonbrausten.

Sie waren Feuer auf Rädern, bis eines der Ponys tot umfiel und die anderen mit zu Boden riss.

Und das war das Ende. Idreepuct und Ilsern blieben dort, wo sie auf die Straße gefallen waren, auf den Knien, also in der Pose der Aufgabe, und das nahm der Wache natürlich den Wind aus den Segeln. Regeln waren Regeln. Wenn man niederkniete, mussten sie aufhören. Es konnte sehr lustig sein, ihre Enttäuschung zu beobachten.

Doch Arshur schäumte immer noch vor berserkerhafter Freude.

Er brach einem Wachmann die Rippen und einem anderen die Schulter und ein Schlag auf den Kopf ließ einen dritten in eine zwei Tage anhaltende Ohnmacht fallen. Als Whandall am Tatort erschien, trugen sie Arshur gerade weg. Er war auf ein Brett geschnallt, lachte und beleidigte die Wachen. Er hatte ein gebrochenes Bein und unzählige Schrammen und Prellungen. »Und einer von ihnen hat ihm auf den Kopf geschlagen«, beschwerte sich Idreepuct. »*Das* dürfen sie nicht, oder?«

Tarnisos erwiderte: »Ist keine große Sache. Arshur hat einen Kopf wie ein Fels ...«, während Whandall sich rasch außer Hörweite entfernte und dann losrannte.

Mutters Mann, Freethspat, stand an der Ecke und unterhielt sich mit Shangsler, dem breitschultrigen Mann, der vor zwanzig Tagen bei Wess eingezogen war. Whandall blieb stehen, um die Lage zu schildern. Er lief weiter und scharte dabei alle Männer der Ortsfeste um sich, die er erkannte. Alle waren praktisch Fremde für ihn. Manche würden das Haus verteidigen. Andere würden das Brennen feiern.

Die Fürstensippler glaubten, es spüren zu können, wenn Yangin-Atep sich rührte. Whandall spürte es jetzt.

Er hatte die Absicht, das Haus zu bewachen, wenn das Brennen begann.

Tage später brannte immer noch nichts und die Männer der Ortsfeste ließen es ihn wissen.

Whandall kam sich albern vor. Er hätte Notiz davon nehmen können, dass Idreepuct das Geheimnis der Weinfuhrwerke einer ganzen Reihe lockerer Mundwerke verraten hatte. Manche von ihnen hatten Alferths Fuhrwerke regelmäßig den Rehpiesel entlang fahren sehen ...

Der Weinberg war angeblich völlig zerstört. Jetzt waren die reizbarsten Fürstensippler der Stadt außer Gefecht und pflegten ihren ersten richtigen Kater. Ein grauer Nieselregen hatte sie in die Häuser getrieben. Die Stadtwache war praktisch verschwunden, sei es aus Gründen des Takts oder der Klugheit, mit Karren und Stöcken und allem.

Das Brennen war vorerst nichts als ein Schwelen. Doch es blieb nur eine Frage der Zeit.

Teil Fünf · Das letzte Brennen

32. Kapitel

Seit zwei Tagen regnete es ununterbrochen.

Die Bewohner der Ortsfeste hätten aus Sicherheitsgründen im Hof gelagert, aber im strömenden Regen konnte es kein Brennen geben, oder? Also waren die Frauen und Kinder drinnen und die Männer bewachten abwechselnd die Tür.

Doch der zwanzigjährige Whandall war unterwegs, bis auf die Haut durchnässt und von sieben mürrischen Fürstensipplern umgeben, die alle schon über dreißig waren. Ein mehr als verbitterter Alferth schilderte, was geschehen war, nachdem die Stadtwache Arshur verprügelt hatte.

Eine sammelnde Horde von Fürstensipplern folgte dem Rehpiesel flussaufwärts und dann über die Wiese, den Keil. Sie beschädigten das Wächterhaus, hielten sich aber nicht damit auf, die Ziegelmauern einzureißen. Toronexti fanden keine Erwähnung: sie mussten sich der Menge angeschlossen haben.

Arbeiter sahen menschliche Gestalten aus dem Wald kommen. Zehn, zwanzig. Sie alarmierten Alferth. Alle Weinhändler, Fürstensippler wie Sippenlose, bereiteten sich auf den Schutz ihres Besitzes vor. Nur Tarnisos auf dem Dach nahm Notiz von der Staubwolke, da *hunderte* von Eindringlingen vom Wächterhaus her unterwegs waren.

Sie zertrampelten die Reben zu Matsch. Ein paar hielten inne, um zum ersten Mal Trauben zu kosten. Der Rest stürmte das Weinhaus. Es war verlassen: Alferth und seine Leute flohen durch den Wald, indem sie sich im Gewahrsein dessen, was sie von Whandall Ortsfeste gelernt hatten, einen Weg durch die tödlichen Bewacher der Rothölzer bahnten.

Die Eindringlinge fanden die Bottiche im Keller und tranken alles, was flüssig war.

Alferth wartete zwei Tage, bevor er mit seinen Leuten zurückkehrte.

In den Wäldern fanden sie Leichen, zerschnitten, scheckig und geschwollen. Viele von denen, welche diese Abkürzung genommen hatten, hatten den Weinberg nie erreicht. Weitere Leichen lagen rings um die Bottiche, getötet von Keulen, Messern, Wein und anderen Fürstensipplern. Die Überlebenden waren in die Stadt zurückgekehrt.

Whandall tat es nicht Leid, dies verpasst zu haben! Dennoch dachte er über seine eigene Stellung nach. Alferth war wichtig für Pelzed und den Schlangenpfad gewesen. Pelzed mochte in Whandall mehr als nur Alferths Mann sehen, aber Pelzed mochte auch denken, dass Whandall die Ortsfeste nur mit Pelzeds Hilfe gehalten hatte und alle Schulden beglichen waren.

Alferth war Mitte dreißig. Die meisten Jungen, mit denen er aufgewachsen war, mussten mittlerweile tot sein. Was würde nötig sein, um ihn wieder aufzupäppeln?

Whandall hob seine Stimme über das Prasseln des Regens. »Alferth, sie haben dir nicht genommen, was du *weißt*. Das hast du immer noch.«

Alferth schaute nur grimmig drein. Er dachte wie ein Opfer. Freethspat fand das widerwärtig und zeigte es auch. Tarnisos war bereit, jemanden zu töten. Irgendjemanden.

»Du weißt, wie man Reben wachsen lässt«, sagte Whandall. »Alferth, du weißt, wie man aus dem Saft der Trauben Wein macht und aus dem Wein ..., nun, *Respekt*. Ich habe keine Ahnung davon. Die hat so gut wie niemand.«

»Sippenlose. Die wissen alles«, entgegnete Alferth.

»Such dir irgendwoanders Land.«

»Zeit, du sippenloser Narr. Es braucht Zeit und Arbeit, um Wein zu machen. Ein *Jahr*, bevor es etwas zu trinken gibt, und das setzt voraus, dass man Reben hat. Bis die Reben gewachsen sind, dauert es noch länger. Bis dahin bin ich längst vergessen. Ohne Wein bin ich nichts.«

Alferth dachte wie ein Sippenloser. »So sind wir aufgewachsen«, stellte Whandall fest. »Wir haben nichts, nur das, was wir sammeln.« Er schaute sich nach Unterstützung um und sah hier und da ein Lächeln aufblitzen. Nicht genug – und außerdem stimmte es auch nicht ganz. Als Kind hatte Alferth nichts gehabt, aber er war nicht *alt* gewesen.

Da ging Whandall auf, dass er getan hatte, was er konnte. Wenn er jetzt ging ...

Ein von zwei Ponys gezogenes Fuhrwerk zockelte die Gerade Straße entlang.

Alferth und seine Männer sahen vom Gehsteig aus zu. In den nächsten, schweigend verbrachten Minuten kam es näher. Die kleinen Ponys mussten sich mächtig ins Zeug legen: das Fuhrwerk war schwer, obwohl auf der Ladefläche nur ein paar Schlingen Seil lagen.

Whandall fluchte im Stillen. Er roch Blut. Sie standen neben einem Metzgerladen, aber Whandall konnte ein Omen erkennen, wenn es eines gab. *Geht heim. Bringt alle in den Hof. Es regnet immer noch, aber das Brennen steht bevor, das spüre ich ...* Doch er hatte schon vor sechs Tagen vom Brennen gesprochen.

Tarnisos ging ein paar Schritte nach Westen zu einer Aschegrube, vor fünf Jahren noch ein Geschäft für landwirtschaftlichen Bedarf. Der Wiederaufbau war daran vorbeigegangen. Er kam mit einem Zaunpfahl wieder, so lang wie ein Arm und an einem Ende verkohlt.

Alferth trat beiläufig auf die Straße. Freethspat folgte ihm, dann der Rest. Whandall rührte sich nicht. Ohne es zu wollen, wurde er zum fixen Ausgangspunkt eines Bogens, der sich über die Gerade Straße spannte.

Der Fuhrmann döste vielleicht oder er verbarg das Gesicht vor dem Regen. Er sah viel zu spät auf. Zog an den Zügeln, versuchte die Ponys zu wenden. Viel zu spät, da sieben Fürstensippler über sein Fuhrwerk herfielen und die Ponys niederrangen.

Er wehrte sich. Das hätte er nicht tun sollen. Alferth wurde hart am Kopf getroffen und dann waren die anderen da und schlugen den Fuhrmann.

»Gut, das reicht!«, rief Whandall. Lauter: »Das reicht!«
Niemand hörte auf ihn.

Whandall konnte nicht zusehen, konnte sich nicht einmischen, wagte nicht, seine innere Qual zu zeigen. Stattdessen richtete er seine Aufmerksamkeit auf das Fuhrwerk. Die Ladefläche war hoch, vielleicht etwas zu hoch. Darauf lagen ein paar Rollen geteertes Seil, aber nicht sonderlich viele. Hatte jemand anders damit begonnen, Wein zu fahren? Wein würde sie ablenken. Er tastete nach einem losen Brett, fand eine Ecke und hob sie an.

Augen.

Drei kleine Gesichter. Ein Mund öffnete sich zu einem Schrei. Eine Kinderhand legte sich vor den Mund des kleineren Kindes. Whandall legte einen Finger auf die Lippen, dann ließ er das Brett wieder herunter, obwohl er nur wenig gesehen hatte ... aber zumindest drei Kinder.

Tarnisos stellte sich in Positur wie bei einem Schlagballspiel, schwang seinen Zaunpfahl und traf den Fuhrmann am Kopf.

Sie brachten ihn um. Er hatte zusammengekrümmt auf dem Boden gelegen, doch nach Tarnisos' Hieb lag er schlaff da. Und Whandall empfand einen Zorn, der in seinem Bauch brannte und sich von dort nach außen ausbreitete. Er hatte nicht mehr so empfunden, seit er Hartanbath ein Ohr abgeschnitten hatte ... aber er war hilflos, da Tarnisos zu einem neuen Hieb ausholte.

Whandall hob die Hand und setzte Tarnisos' Waffe in Brand.

Tarnisos ließ den brennenden Pfahl mit einem Aufschrei und einem Rückwärtssprung fallen.

Yangin-Atep war wirklich. Yangin-Atep existierte als jubilierende Wut in Whandall. Er zeigte auf den Metzgerladen und dieser ging mit einem Blitz und einem Tosen in Flammen auf. Die Männer, die immer noch auf den Fuhrmann eintraten, sahen sich nach der neuen Lichtquelle um und wussten Bescheid.

Das Brennen hatte begonnen.

Der Metzgerladen brannte fröhlich im Regen und die Flammen umzüngelten die Wohnung darüber. Tarnisos hob seine Fackel auf und versuchte den Laden nebenan in Brand zu setzen. Er war sehr feucht und Whandall hielt seine Kraft zurück. Die Übrigen traten schwelende Holzwände ein, um mehr Fackeln zu machen.

Der sippenlose Fahrer sah tot aus. Wenn er es noch nicht war, mochte es ihn umbringen, wenn er bewegt wurde, aber hier war er nicht sicher. Whandall kreuzte die Arme des Mannes über der Brust und umschloss Rumpf und Ellbogen mit seinen eigenen Armen. Resalet brachte seinen Jungen diesen Griff bei, mit dem angeschlagene Innereien an Ort und Stelle gehalten werden sollten. Er zog den Mann behutsam auf das Fuhrwerk und legte ihn sacht in ein zusammengerolltes Seil.

Er stieg auf den Sitz, fand die Peitsche und schwang sie. Das Fuhrwerk setzte sich mit einem Ruck in Bewegung.

Tarnisos stieß einen Schrei aus und lief dem Fuhrwerk hinterher.

Das letzte Brennen hatte sich während einer Dürre ereignet. Diesmal hatten alle einen Lebensmittelvorrat angelegt. Ein paar sippenlose Kinder würden der Ortsfeste nicht zur Last fallen, überlegte Whandall. Sie konnten sich um das Haus kümmern, solange das Brennen dauerte, und anschließend nach Hause gehen, wenn sie dann noch ein Zuhause hatten.

Doch mittlerweile liefen vier Fremde hinter Tarnisos her und Tarnisos hatte das Fuhrwerk eingeholt und zog sich auf die Ladefläche. Was hatte er vor?

Tarnisos stieg über die Lehne der Sitzbank und setzte sich neben Whandall. »Du hast es gespürt!«, frohlockte er. »Yangin-Atep! Alferth hielt mich für verrückt, aber du hast es *gespürt*, stimmt's? Stimmt's?«

Angesichts des Gewichts an Kindern, das die Ponys zogen, konnte Whandall keinem Verfolger davonfahren. Er zeigte hinter sich. Sechs folgten dem Fuhrwerk jetzt und einer hatte einen Arm voll Reisig aufgehoben. »Wer sind die?«

Tarnisos drehte sich um. »Niemand. Vielleicht haben sie gesehen, wie du mit dem Brennen angefangen hast.«

Vielleicht. Vielleicht hatten sie auch erkannt, dass dieses Fuhrwerk einen falschen Boden hatte. Sie glaubten, sie verfolgten Wein! Es war besser, er lenkte sie ab.

Es war ein Zustand wie Trunkenheit. Nicht Worte, die er niemals laut aussprechen wollte, sondern *Feuer* leckte aus dem freudigen Zorn in seinem Innersten. Das Reisigbündel ging an beiden Enden in Flammen auf und der Mann, der es trug, stieß einen Jubelschrei aus. Er verteilte die einzelnen Stöcke in aller Hast.

Hinter der nächsten Ecke lag sein Zuhause, doch Whandall fuhr geradeaus weiter. Hinter den laufenden Männern gingen Häuser in Flammen auf. Er würde diesen vergnügten Pöbelhaufen nicht zu seiner eigenen Haustür führen! Sollte Freethspat sie vor dem warnen, was da kam.

»Warum hast du den ...«, Tarnisos klopfte mit dem Fingerknöchel gegen den Schädel des vermeintlichen Leichnams, »... mitgenommen?«

»Hat er irgendetwas bei sich?« Es war besser, Tarnisos nicht wissen zu lassen, was er verbarg.

Tarnisos untersuchte den Mann. »Nichts, das irgendjemand haben wollte. Er ist tot. Was willst du mit dem Fuhrwerk?«

»Ich habe eine Idee«, sagte Whandall.

Eine erheblich leichter zu bewältigende Abzweigung nahte. Er konnte ihr nach Westen und Norden in Richtung Schwarze Grube und dann dem Kaltwasser nach Norden folgen, bis er in den Rehpiesel mündete – ein Weg, den Whandall sehr gut kannte. Zwei der Läufer fielen zurück, die übrigen bis auf einen kurz darauf. Sie hatten innegehalten, um in einem Geschäft zu sammeln, so sah es jedenfalls aus. Aber der letzte Läufer blieb ihnen hartnäckig auf den Fersen. Er war unsagbar hässlich, ein Barbar. Whandall hielt ihn für einen soeben eingetroffenen Erzähler.

Er fuhr weiter.

Märkte und große Geschäfte erregten unerwünschte Aufmerksamkeit. Sie wurden zu oft geplündert. Nachbars Entzauberter Wald war groß für Teps Stadt. Dem Brennen voraus und als Erster der hiesigen Plünderer fuhr Whandall vor dem Geschäft vor und sprang ab.

»Kommst du?«

»Whandall, was *willst* du hier?«

»Keine Ahnung. In dem Laden war ich noch nie.«

Ein blinzelnder Verkäufer näherte sich ihnen. Hinter ihm verließen sippenlose Kunden in aller Eile den Laden. Der kurzsichtige Verkäufer hörte auf zu lächeln, fuhr herum und lief davon.

Whandall ignorierte sie alle. Er suchte sich zwei große Äxte aus, zwei lange Stangen mit Klingen an der Spitze und Decken. Seil lag bereits auf dem Karren. Dicke Ledersachen, die lose von Schnüren zusammengehalten wurden: Einheitsgröße für alle, ob Erwachsener oder Kind. Holzmasken mit Augenschlitzen. Er gab einen Teil davon Tarnisos zu tragen, nahm den Rest selbst und ging wieder hinaus in den Regen.

Der Erzähler hatte sie eingeholt. Er versperrte Whandall den Weg und versuchte etwas zu sagen, konnte aber nichts anderes tun als nach Luft schnappen. Whandalls Blick ließ ihn unwillkürlich zurückweichen.

Tarnisos blieb in der Tür stehen. »Niemand würde diesen Kram wollen, Whandall!«

»Ich sagte doch, dass ich eine Idee habe.« Er ließ die Sachen auf die Ladefläche fallen und kehrte zurück.

Tarnisos nahm seine Ladung und gab sie Whandall. »Irgendwo da drinnen liegt ein Haufen Muscheln und die will ich haben.« Er drängte sich an dem japsenden Erzähler vorbei und lief zurück in den Laden.

Whandall lud auch die zweite Ladung auf dem Fuhrwerk ab. Vor vielen Jahren hatte er die Waldläufer bei der Arbeit beobachtet. Was hatte er vergessen? Er hatte Seil, Schnitter und Äxte, Schlafausrüstung, Ledersachen ...

Ein Blitz zuckte durch die schwarzen Wolken. In seinem Licht sah der Fuhrmann sehr tot aus. Whandall hievte den Mann von der Ladefläche des Fuhrwerks und setzte ihn unter die Markise des Ladens. Der arme Sippenlose war zur falschen Zeit im Weg gewesen. Andere Sippenlose würden ihn gesund pflegen oder begraben.

Whandall bestieg das Fuhrwerk. Ein Rattern näherte sich ...

Ein Fuhrwerk bog auf zwei Rädern um die Ecke. Stimmen forderten Whandall auf, stehen zu bleiben.

Whandall tastete nach seiner Wut. Das Fuhrwerk der Stadtwache ging explosionsartig in lodernde Flammen auf. Stadtwachen schrien und sprangen, landeten auf dem Boden und rollten sich ab.

Der Erzähler versuchte mit einem auf dem Boden liegenden Wachmann ins Gespräch zu kommen. Der Stock des Wachmanns traf sein Schienbein und der Erzähler tanzte auf einem Bein über die Straße. Whandall lachte, ein Geräusch wie von einem verrückt gewordenen Vogel, das ihn selbst erschreckte.

Zwei Wachmänner waren auf den Beinen und liefen

Stöcke schwingend auf Whandall zu. Die Ponys kamen jetzt besser voran, waren aber immer noch langsamer als schnell laufende Menschen.

Whandalls Winken verwandelte die Dienststöcke in Fackeln.

Er winkte hinter sich und setzte damit ein Ende von Nachbars Entzaubertem Wald in Brand. Die Treppe befand sich am anderen Ende. Tarnisos hatte alle Möglichkeiten, den Laden heil und gesund zu verlassen. Whandall wollte ihm nichts antun, er wollte ihn nur los sein.

Jenseits der Häuser war alles still. Blitze flackerten in schwarzbäuchigen Wolken. Whandall lauschte auf Kindergeräusche von unter der Ladefläche, aber er hörte nichts. Das beunruhigte ihn. Es war möglich, dass sie erstickten. Whandall fluchte. Nass zu sein machte ihm übertrieben viel aus.

Er fuhr zur Schwarzen Grube.

33. Kapitel

Die Grube hatte sich verändert. Nur der Gestank war noch derselbe. Das Tor war offen, aber der Zaun lag zum größten Teil in Trümmern. Man hatte ihn zur Hälfte wieder aufgebaut, aber nicht so sauber und ordentlich, wie Whandall ihn in Erinnerung hatte. Während er die Ponys zügelte, sah er sich um und konnte keinen Nebel ringsumher und auch keine Nebelungeheuer entdecken. Er war allein bis auf die schwarzen und silbernen Teiche, aus denen die Grube bestand, und einem mageren Kojoten, der nicht weit entfernt am Ufer auf und ab lief und ihn argwöhnisch beäugte.

Hier gab es überhaupt keinen Schutz. Whandall hielt nach Randalierern, Konkurrenten und Stadtwachen Ausschau, aber der Kojote wäre vor solchen Eindringlingen geflohen.

Er fand die lose Ecke an den Brettern der Ladefläche und hob sie hoch. Er dachte an das lange Messer, das er nicht gezückt hatte, und an die Art und Weise, wie Ratten darauf reagierten, wenn sie in der Falle saßen.

Die Kinder bewegten sich nicht. Dem Schwall Körpergeruch nach zu urteilen hockten sie dort schon seit einiger Zeit. Ihre großen Augen betrachteten ihn wachsam und ängstlich. Sie schnaubten, als sie den fremdartigen Gestank der Grube wahrnahmen. Whandall zählte sieben Kinder, die kaum Platz hatten, um sich in ihrem Versteck zu bewegen.

Das jüngste Kind war vier oder fünf. Zwei waren eigentlich keine Kinder mehr. Der ältere Junge hätte ein Fürstensippler von etwa neunzehn Jahren sein können, das Mädchen sechzehn. Wenngleich Fürstensippler Whandall mittlerweile längst an die Kehle gegangen wären. Das Mädchen versuchte krampfhaft, seinem Blick auszuweichen.

Diese junge Frau war schöner als alle Frauen und Mädchen, die er je gesehen hatte. Sie war schlank, groß für ein Mädchen, mit langen, geschmeidigen Beinen. Unter ihren Vorfahren gab es ganz sicher auch Fürstensippler. Die Grenzen zwischen Fürstensipplern und Sippenlosen verschwammen. Manchmal ergaben sich wunderbare Mischungen. Sein Körper und sein Geist waren mehr als bereit, in den dunklen Tiefen ihrer Augen zu ertrinken.

Er hielt sich zurück. Er konnte sich denken, wie er für Sippenlose aussehen musste. Sie war bereits verängstigt.

»Ich bin Whandall«, sagte er. »Der Mann, der euch gefahren hat, wurde getötet.«

Das Mädchen ließ die Schultern hängen. »Ich wusste es«, flüsterte es.

Whandall konnte den Blick nicht von ihm abwenden. Es fing an zu weinen und Tränen quollen trotz aller Versuche hervor, sich zu beherrschen. Der Mann musste der Vater des Mädchens gewesen sein, aber Whandall konnte natürlich nicht danach fragen. Er überlegte verzweifelt, was er sagen konnte, ohne das Mädchen zu kränken, ohne es noch mehr zu verängstigen. Ihm fiel nichts ein, also wandte er sich an den Jungen.

»Wer bist du?«

»Schnitzer Seiler«, antwortete der Junge.

»Deine Schwester?«, fragte Whandall.

Schnitzer Seiler nickte und richtete sich auf. »Was wirst du jetzt tun?« Er versuchte tapfer zu klingen, aber die Angst schwang in seiner Stimme mit und sein Blick huschte immer wieder zu Whandalls langem Messer.

»Das weiß ich nicht genau. Ich habe euch aus dem Brennen heraus geschafft«, sagte Whandall. *Ich habe euch gerettet! Ihr könntet euch wenigstens bei mir bedanken! Doch was nun?* »Ihr könntet hier warten ...«

»Hier? Das ist die Schwarze Grube!«

Whandall hörte dem Jungen zu, beobachtete jedoch das Mädchen, als beide aus dem engen Verschlag unter der Ladefläche kletterten. Die jüngeren Kinder blieben darin, die Augen weit aufgerissen. Das Mädchen weinte, versuchte jedoch, es nicht zu zeigen. Es war verängstigt, aber nicht entsetzt. Und wer hätte keine Angst vor der Schwarzen Grube gehabt? »Bleibt hier bei mir. Ich kann noch nicht zurück. Ich bin von Yangin-Atep besessen.«

Schnitzer Seiler sah ihn ungläubig und mit einem gewissen Spott an, den er jedoch herunterzuschlucken versuchte. Das Mädchen schien jetzt verängstigter denn je zu sein. »Wir kommen hier schon zurecht«, sagte es. Es wollte Whandalls Blick nicht begegnen, ihn nicht einmal ansehen.

Whandall ging auf, dass es sich mehr vor ihm als vor der Schwarzen Grube fürchtete. Ein sippenloses Mädchen, unverheiratet, der Vater tot, die Stadt trotz des Regens in Flammen. Und jetzt hatte sie es mit einem Fürstensippler zu tun, der davon sprach, er sei vom Feuergott besessen!

»Ich habe dem Fahrer nichts getan«, sagte er für den

Fall, dass das Mädchen auch das befürchtete. »Ich habe versucht, ihn zu retten, aber er war schon dem Tode nah, bevor ich ihn auf das Fuhrwerk schaffen konnte.« Wahrscheinlich glaubten sie ihm nicht. Yangin-Ateps Zorn wallte in ihm auf, erhob sich wie eine Flut. Für wen hielten sie sich? Sie waren Sippenlose und seiner Gnade ausgeliefert – und das Brennen hatte begonnen!

»Du kannst uns hier zurücklassen«, sagte Schnitzer. Sein Tonfall war weder fordernd noch flehentlich. »Mach dir um uns keine Sorgen. Wir finden schon zurück ...«

»Es wird nichts mehr übrig sein, wohin wir zurückkehren können!«, jammerte das Mädchen. »Ich habe Hanfrauch gerochen, als wir in den Verschlag stiegen.« Sie lugte durch die Düsternis und den Regen in Richtung der Stadt, die sie nicht sehen konnte. »Du solltest zurückeilen«, sagte sie. »Sonst verpasst du den ganzen Spaß.«

Yangin-Ateps Flammen loderten höher in Whandall Ortsfeste. Sie hasste ihn. Sie hassten ihn alle. Sie gehörte ihm, wenn er sie wollte, und er wollte sie, wie er noch nie zuvor eine Frau gewollt hatte.

Sie alle starrten jetzt Whandall an. Schnitzer versuchte sich zwischen Whandall und das Mädchen zu drängen. Tapfer und sinnlos, eine lächerliche Geste. Schnitzer Seiler war keine Gefahr, überhaupt keine. Yangin-Atep oder sonst jemand lachte tief in ihm, und Whandall trat vor, seine Selbstbeherrschung aufs Äußerste strapaziert.

Etwas knurrte hinter ihm. Whandall drehte sich freudig um, um sich der neuen Bedrohung zu stellen.

Es gab keine Bedrohung. Es gab nur diese Pfützen mit schwarzem Wasser und den knurrenden Kojoten.

Kein Wasser. Es war ein schwarzes Zeug, das keine Wellen schlug und nichts spiegelte, und auf ihm schwammen silbrige Wasserpfützen und ein Hirschkopf ... nein, ein völlig verängstigter Hirsch, der bis zum Hals darin versunken war und dessen Geweih zitterte und bebte. Das beanspruchte die Aufmerksamkeit des Kojoten, der zu entscheiden versuchte, ob er sich den Hirsch holen sollte. Er knurrte Whandall zu: *Meiner!*

Ja? Whandall konzentrierte sich auf die andere Seite der schwarzen Pfütze, wo der Kojote ihn anfunkelte wie einen Rivalen, und ließ ein wenig von dem Zorn hinaus, der in ihm brannte. Er dachte daran, dass das Fell des Kojoten möglicherweise versengt würde, doch er rechnete nicht mit dem, was tatsächlich geschah.

Ein halbes Feld aus klebrig zähem, schwarzem Schlamm ging in Flammen auf und ein gewaltiger Feuerpilz erhob sich.

Der Hirsch schrie und warf den Kopf hin und her. Der Kojote floh. Schatten in den Flammen bildeten zwei dolchzahnige Katzen, die den ertrinkenden Hirsch bedrohten.

Schnitzer Seiler glotzte mit offenem Mund auf den Feuerpilz.

»Ich bin von Yangin-Atep besessen«, wiederholte Whandall. »Wie wird das Brennen wohl sein, wenn ich nicht da bin? Es könnte ... ich will nicht ...« Whandalls Hände wollten für ihn zu sprechen. Er konnte Geheimnisse besser für sich behalten als offenbaren.

Das Mädchen versuchte noch immer seinem Blick auszuweichen. Whandall spürte seine Furcht. Plötzlich verstand er, was Arshur der Herrliche ihnen hatte sagen wollen: Die Frauen aus Teps Stadt spielten nicht mit Sex. Sie hatten Angst davor, dass man von ihnen Notiz nahm.

Er zwang sich zu sagen: »Es *gefällt* mir nicht, dass meine *Stadt* alle paar Jahre niedergebrannt wird. Es bringt alles durcheinander. Leute *sterben*. Mutters Mutter sagt, früher seien sie nicht gestorben, aber heute tun sie es.« Wieder redete er mit Schnitzer, beobachtete dabei aber das Mädchen. Sah sie schon etwas weniger verängstigt aus? Doch sie hasste ihn noch immer.

»Dann ist Vater also tot?«, fragte Schnitzer Seiler.

»Der Fahrer? Schnitzer, ich bin mir nicht sicher. Ich

habe ihn an einem Ort zurückgelassen, wo entweder Hilfe oder ein Begräbnis auf ihn wartet.«

Er erkannte, dass Schnitzer schwer daran zu kauen hatte: nicht nur am Tode seines Vaters, sondern auch an seiner neuen Verantwortung und der problematischen Anwesenheit eines mit Feuer um sich werfenden Fürstensipplers. Schließlich nickte er.

»Vater bekam Schwierigkeiten«, sagte er. »Die Fürstensippler ... Du weißt, wie sie sind, seit die Stadtwache diesen Barbaren verprügelt hat. Wir haben eine Seilerbahn im Teichbezirk ...«

»Ja?« Der Teich hatte früher einmal den Sippenlosen gehört. Mittlerweile bestand die Bevölkerung dort hauptsächlich aus Fürstensipplern. Die einzigen Sippenlosen waren solche, die es sich nicht leisten konnten, von dort wegzuziehen. Sie mussten sich wie Mammuts in einem Roknest vorgekommen sein.

»Und Vater hat die Beherrschung verloren.«

»Wie nenne ich dich?«, fragte Whandall.

Weide Seiler war das ältere Mädchen, Schnitzers Schwester. Sie brachte es schließlich über sich, ihn anzusehen, aber nicht zu lächeln. Ihr Bruder Fuhrmann war ungefähr zwölf. Seine Hand war verborgen und hielt ganz gewiss eine Waffe. Die Jüngeren waren die Kinder der Schwester von Schnitzers Vater: Hammer, Iris, Hyazinthe und Opal Müller.

Schnitzer, Weide und Whandall holten die jüngeren Kinder aus dem Verschlag. Zwei weinten lautlos. Weide sah sich um und blickte schließlich in die Grube.

Aus den Feuerkatzen waren Schattenkatzen im Rauch geworden. Sie beschlichen einen abgestorbenen Baum wie hausgroße Katzen. Whandall sagte: »Sie werden uns nichts tun. Sie sind nur Geister, aber sie werden alle anderen verscheuchen. Hier ist ein guter Platz zum Abwarten.«

»Das ist die Schwarze Grube!«

»Ja, Schnitzer, ich weiß.«

Schnitzer sagte: »Nun gut, Whandall. *Ich* wäre jedenfalls nicht darauf gekommen. Ich nehme an, diese Zäune halten die Kinder vom Teer fern ...«

Ach, *das* war es also. Die Schwarze Grube roch durchdringend nach Seil! Es war *Teer*, keine Magie, obgleich es hier Magie geben musste.

»Teer«, sagte der Junge namens Hammer. »Schnitzer, wir ...«

»*Bleibt weg!* Diese Geister – wisst ihr denn nicht, wie sie *gestorben* sind?« Whandall wusste es nicht. Er hörte zu. Schnitzer erzählte: »Der Teer hat sie heruntergezogen! Beute und Räuber zusammen. Dort unten im Teer liegen tausende von Skeletten, deren Geister bis ans Ende aller Zeiten miteinander kämpfen.«

Der Regen wurde stärker. Die Teerfeuer erloschen, doch schwarzer Rauch hing über ihnen und der Regen war rußig. Weide versuchte die Kinder zuzudecken.

Schnitzer sagte in dringlichem Tonfall: »Hör mal, Whandall ... Diese Decken, können wir sie ausbreiten und ein Dach daraus machen? Schräg wie eine Markise, damit das Wasser herunter tropfen kann?«

»Nur zu.«

Einen Augenblick lang war Schnitzer verwirrt. Dann machten er und die Kinder sich daran, nach abgestorbenen Bäumen, Stöcken und Stützen für eine Deckenmarkise zu suchen. Er drehte sich um und rief über die Schulter: »Und was dann, Fürstensippler? Wie lange wird das Brennen dauern?«

Whandall wollte nicht mit ihnen reden. Er hatte genug damit zu tun, die Wut im Zaum zu halten. Aber der Junge verdiente eine Antwort. »Das lässt sich nicht sagen. Yangin-Atep könnte von jemand anders Besitz ergreifen. Ihr werdet einfach warten müssen. Wenn der Himmel aufklart, haltet nach Rauch Ausschau. Wenn kein Rauch über Teps Stadt hängt, geht nach Hause.«

Hammer Müller war noch auf dem Fuhrwerk. »Die Ponys sind größer geworden«, sagte er.

Whandall hatte sich schon gefragt, ob er sich das nur einbildete. Die Tiere hatten stärker gezogen, als sie sich der Schwarzen Grube näherten. Jetzt scharrten sie nervös mit den Hufen. Sie hatten jede Pflanze in Reichweite gegessen. Sie waren größer, ja, und die Ausbuchtung auf ihrer Stirn war ein Horn, das lang genug war, um einen Menschen zu verletzen.

Hammer fragte: »Was *ist* das nur für Zeug, was du hier mitgebracht hast?«

Whandall kleidete seinen Herzenswunsch in Worte. »Wir könnten uns einen Weg durch den Wald bahnen.«

Schnitzer meinte: »Machst du Witze?« Aber Weide Seiler lief zum Fuhrwerk zurück und begutachtete die Sachen auf der Ladefläche.

»Schnitzer, das tut er nicht! Äxte ... Schnitter ... Ledersachen ... wenn wir dem Kaltwasser folgten, brächte er uns zum Waldrand. Wir *können* – wir können von hier *verschwinden!* Das hat Vater doch gewollt. Das Brennen stand bevor. Er ...« Sie funkelte Whandall an. »Ja, wunderbar, und jetzt nehmen wir das Brennen mit! Du weißt wohl nicht, wie man eine Axt schwingt?«

Whandall lächelte sie an. Ihre Schönheit würde ihn trunken machen, wenn er es zuließe. »Das weiß ich nicht, Weide. Kreeg Müller hat mich niemals eine Axt halten lassen, aber ich habe zugesehen. Ich kann ein Fuhrwerk lenken und das konnte ich früher auch nicht.«

Aber seine Pläne – eigentlich Tagträume – erstreckten sich nicht weiter als bis zu diesem Augenblick.

Er sagte: »Fräulein.« Er schmeckte das Wort förmlich. Bei den Fürsten wurden junge unverheiratete Mädchen so angeredet. »Fräulein, dort draußen wartet eine ganze Welt. Was meinst du? Können wir es schaffen?«

»Vater hat es geglaubt«, sagte Weide. »Euer Heer ist unter Führung der Fürsten durch den Wald gekommen. Diese alten Fürstensippler müssen sich auch einen Weg durch den Wald geschlagen haben. Whandall, du lernst besser, wie man mit einer Axt umgeht.«

»Ihr seid beide verrückt«, erwiderte Schnitzer.

Whandall kannte die Art, wie Weide ihren älteren Bruder ansah: mit einer Verachtung, die von zu viel Wissen herrührte. »Wir können nicht bleiben, Schnitzer! Was immer wir auch besessen haben mögen, es ist weg. Da draußen gibt es eine Welt ...«

»Ich war in den Docks«, sagte Schnitzer.

Weide sah ihn nur an. *Wie?* Whandall sagte: »Mein Bruder war Matrose. Was willst du damit sagen?«

»Ich bin Matrosen und Gaffern und Erzählern von überall her begegnet. Sie wissen nur, dass dies die Stadt ist, die ständig niedergebrannt wird. Weide – Whandall –, sie können Sippenlose nicht von Fürstensipplern und beide nicht von Fürsten unterscheiden. *Sie kennen den Unterschied nicht.* Wenn wir hinaus in die Welt gehen, dann als Diebe. Verzeih mir – ihr sagt *Sammler* dazu, nicht wahr?«

Whandall ging auf, dass er es bisher grundsätzlich nicht geglaubt hatte. Er war jedoch nicht enttäuscht, als ihm klar wurde, dass Schnitzer Recht hatte. Wanshig hatte ihm dasselbe erzählt. Wanshig, der drei Jahre lang einen Posten bekleidet hatte und dann in Teps Stadt wieder an Land gesetzt worden war, nachdem er nicht aufhören konnte zu sammeln, weil er ein Fürstensippler war.

Aber das Blut wich ihm aus dem Gesicht und er konnte nur auf den Boden schauen und nicken.

Morth fragte: »Und wenn ein Magier für euch bürgt?«

Whandall sah auf. Er hatte das Gefühl, irgendwie erschrecken zu müssen.

Morth von Atlantis sah nicht älter aus als bei seiner letzten Begegnung mit Whandall. Seine Kleider waren unauffällig, aber besser als diejenigen, welche er in Teps Stadt getragen hatte. Seine Haare wurden grau, weißlich grau, und orange-rote Wellen kräuselten sich in ihnen wie Wolkenschatten, als Whandall sie betrachtete.

»Morth«, sagte Whandall.

»Mein Wort sollte reichen, meine ich«, erwiderte

Morth. »Und es wäre klug, wenn wir uns nicht noch näher kämen.«

Ein Magier. Ein Wassermagier. Whandall spürte Yangin-Ateps Zorn. Die Furcht stand Weide wieder in den Augen und Whandall rang mit Yangin-Atep. Morth musste das Ringen gespürt haben. Er entfernte sich.

»Warum sollte dir irgendein Barbar trauen?«, rief Whandall. »Und was das betrifft ...« Es war schon merkwürdig. »Woher *kommst* du überhaupt?«

Blasen im wallenden Rauch, die bloße Andeutung großer dolchzahniger Katzen, umschwebten Morths Beine.

»Ein Schleichzauber. Er hat funktioniert?« Morth schien sehr zufrieden über das Erstaunen der anderen zu sein. »An diesem Ort gibt es immer noch Manna. Gut. Hier sind wir sicher, bis wir uns entschieden haben.«

Whandall ließ sein Messer, wo es war – im Lederfutteral an seinem Gürtel –, aber er hatte es nicht vergessen. Er sagte: »Du bist doch nicht rein zufällig hier.«

»Nein, natürlich nicht. Ich kam hierher, weil ich dachte, du kämst auch. Ich wäre dir beinahe gefolgt, aber ich dachte mir, dass du im Mittelpunkt des Brennens wärst, also ...« Ein Lächeln, ein Achselzucken. Er sah kein Verständnis, also fügte er hinzu: »Die Tätowierung. Ich habe sie präpariert, nachdem ich deine Handlinien gelesen hatte. Ich kann die Tätowierung überall in der Welt wiederfinden. Ich hoffe, dir *nach draußen* folgen zu können.«

Weide rief: »Nach draußen! Dann glaubst du es auch! Es ist möglich! Whandall ...« Sie sprach seinen Namen beinahe trotzig aus. »Whandall, ist er wirklich ein Zauberer?«

»Morth von Atlantis, ich darf dir die Seilers und die Müllers vorstellen. Ja, Weide.« Ihr Name ging ihm nicht leicht über die Lippen. »Er ist ein Zauberer. Früher einmal ein berühmter. Ich meine, sieh dir seine Haare an. Hast du so eine Farbe schon jemals bei einem gewöhnlichen Mann gesehen? Morth, wo bist du gewesen, seit ... seit du deinen Laden verloren hast?«

»Ich bin an den Rand der Fürstenhöhe gezogen. Als Lehrer. Es kam mir so vor, als hätte Yangin-Atep mir alles genommen, Brennen für Brennen. Ich dachte mir, ich sollte besser dorthin gehen, wo ein Gott keine Magie findet. Ich habe kein neues Geschäft eröffnet.«

»Ich habe die Aschegrube gesehen. Und ein paar versengte Schädel.«

Morth musste gespürt haben, dass hinter dieser Bemerkung mehr als bloße Neugier steckte. »Ja. Und ist dir in der Asche auch ein Eisenbehälter mit einem Deckel aufgefallen?«

»Nein. Warte ... mein Bruder hat so etwas gesehen. Ist er wichtig?«

»Er war mein Plan, von hier weg zu kommen! Er war mein letzter Schatz!« Morth hatte die Hände zu Fäusten geballt. »Ich dachte, mehr als kaltes Eisen brauchte ich nicht, um meinen Schatz zu schützen. Die Stadt des Feuers! Es ist mir nie in den Sinn gekommen, dass kaltes Eisen erhitzt werden kann!«

Die Seilers und Müllers waren fasziniert. Auch Whandall war wie gebannt.

»Nun ja.« Morth hatte sich wieder unter Kontrolle. »Ich habe das Brennen nie gespürt. In dieser Beziehung habe ich mir etwas vorgemacht. An jenem Nachmittag aß ich in meinem Geschäft zu Mittag, als mir ein Blick aus dem Fenster acht Fürstensippler zeigte, die auf meinen Laden zu stürmten! Ich sah, wie der Große Feuer aus der Hand schleuderte, und mehr brauchte ich nicht zu sehen. Ich floh durch die Hintertür.

Mein letzter Schatz waren zwei atlantische Goldmünzen, reich an Manna. Hätte ich sie aus Teps Stadt schaffen können, wäre ich wieder ein Zauberer gewesen. Sie hätten alle Magie verloren, hätte ich sie nicht in einem Behälter aus kaltem Eisen verwahrt, dessen Deckel mit einem Zauber gesichert war. Der Behälter war so schwer, dass ein Mann allein ihn nicht tragen konnte. Ich habe die Griffe abgetrennt und mir eingebildet, kein Mensch könne ihn stehlen – entschuldige, Seshmarl, ich meine, *sammeln*.«

Schnitzer fragte: »Seshmarl?«

»Whandall ist richtig«, gab Whandall zu.

Morth sagte: »Dann also *Whandall*. Die Fürstensippler stürmten in mein Geschäft. Ich drehte mich um. Sie verfolgten mich nicht. Ich blieb stehen und sah zu. Der große Mann ... er hob meinen Eisenbehälter auf. Ich kann einfach nicht glauben, wie *stark* ihr Fürstensippler seid.«

Whandall nickte. Morth fuhr fort: »Ich hatte beobachtet, wie er ein Feuer entfacht hatte. Er war von Yangin-Atep besessen.«

Schnitzer und Weide sahen einander an.

»Ich glaubte trotzdem nicht, dass er den Deckel würde öffnen können, bis er das Eisen in Brand setzte. Heißes Eisen unterbricht den Mannafluss nicht. Ich sah, wie er den Deckel hob und in den Behälter schaute. Zwei Goldmünzen müssen das Letzte gewesen sein, was er gesehen hat.«

Er brauchte kaum zu sagen: *Und dann strömte sämtliche vom versunkenen Atlantis hinterlassene magische Kraft in einen Mann, der vom Feuergott besessen war.*

»Du scheinst einfach kein Glück mit den Männern der Ortsfeste zu haben«, sagte Whandall. Und da wusste er, dass er Teps Stadt verlassen würde: Er hatte in Anwesenheit Fremder seinen Familiennamen genannt.

34. Kapitel

Gegen Abend hörte der Regen auf und bei Anbruch der Nacht war aus der Richtung der Stadt ein fleckiger roter Schein zu sehen. Das Brennen nahm auch ohne Whandall seinen Fortgang. Die Nacht schien endlos zu sein. Whandall breitete sein Lager auf einem Felsen aus, eingewickelt in eine aus Nachbars Geschäft gestohlene Decke und so weit von den sippenlosen Kindern entfernt, dass sie nicht mehr *zuckten*.

Er schreckte halb aus einem Traum von Qual und Wut hoch. Seine Hände waren Feuer, das ausgriff, um dieses Feuer wie eine Seuche zu verbreiten, durch Berührung. Die Ortsfeste brannte. Er war die Ortsfeste, er brannte und seine Gestalt hatte sich verändert, er war ein Krebs mit einem langen gekrümmten Schwanz und einer furchtbaren blutenden Wunde in der Nähe seines Herzens.

Für einen lang anhaltenden Augenblick wusste er, dass Feuer die Nerven Yangin-Ateps waren. Er spürte alle Feuer im Tal der Dünste und auf zwei Schiffen vor der Küste, ein Herdfeuer auf dem einen, ein Brand auf dem anderen. Er spürte, wie sein Leben auf der Fürstenhöhe verstrich, wo ein Hexenrad alle Magie verbraucht hatte. Dann verflog alles wie bei einem ganz gewöhnlichen Traum und er lag klamm und fröstelnd da.

Er beschrieb eine Geste und das halb erloschene Feuer entflammte neuerlich zu einem Inferno. Wenigstens war es leicht, ein wärmendes Feuer in Gang zu halten!

Er war sich der Anwesenheit Weide Seilers ganz in seiner Nähe sehr deutlich bewusst. Begierde entbrannte und er hielt sie im Zaum, als stemme er sich gegen eine Tür, die Feinde auf der anderen Seite aufstoßen wollten.

Begierde und Erregung. Sie konnten gehen, für immer. Würden sie gemeinsam gehen? »Morth!«

Der Zauberer war auf der anderen Seite des Feuers und blieb dort. Whandall musste laut rufen. Jeder konnte mithören. Mochte es denn so sein.

»Wie geht es weiter? Du hast meine Zukunft gesehen. Kommen die da« – er zeigte auf Weide – »darin vor?«

Morth dachte eine Weile über seine Antwort nach. »Deren Zukunft kann ich nicht erkennen«, sagte er. »Dafür kenne ich sie nicht gut genug. Du kannst das Tal der Dünste verlassen. Ob das auch die Müllers und Seilers können, weiß ich nicht. Weiter in der Zukunft nehmen die Linien einen unklaren Verlauf. Es wäre möglich, dass du zurückkehrst.« Er betrachtete Whandall von der anderen Seite des Feuers. »Das eine kann ich dir sagen. Mit Freunden wirst du ein angenehmeres Leben haben. Mit Leuten, die wissen, wer du bist. Denk gut nach, Seshmarl – Whandall –, du beschreitest einen neuen, unbekannten Weg. Es ist leichter, dies in Gesellschaft anderer zu tun.«

»Dann weißt du also, was ich denke?«

Morth schüttelte traurig den Kopf. »Ich weiß, was *Fürstensippler* denken. Tatsächlich denken die meisten Fürstensippler überhaupt nicht. Sie handeln nur. Du bist anders.«

»Es ist schwer«, meinte Whandall.

Morth lächelte dünn. »Ich kann dir nicht helfen. Alles, was ich tun könnte, um dich zu beruhigen, würde dich wahrscheinlich umbringen.«

»Wie du – nein, wie *er*, wie dein Zauber – meinen Vater umgebracht hat«, sagte Whandall.

Morth schwieg. Whandall fragte sich, ob er es die ganze Zeit gewusst hatte. Zauberer und Lügner, er hatte Whandalls Familie getötet. Yangin-Ateps Zorn brodelte in ihm und dann war Morth verschwunden.

Whandall hörte in der Ferne ein Gebüsch rascheln. Flammen schossen hoch in die Luft, als Fettholz sich entzündete, und Whandall wusste, dass *er* dafür verantwortlich war. Er glaubte einen Schatten jenseits der Flammen zu sehen.

»Morth!«

Er bekam keine Antwort.

»Whandall?« Das war Schnitzer hinter ihm.

»Bleib weg. Ich bin von Yangin-Atep besessen«, sagte Whandall.

»Wo ist Morth?«

»Ich weiß es nicht. Auf der Flucht.«

Die Nacht zog sich unendlich in die Länge und über Teps Stadt hing beständig der Schein des Feuers.

35. Kapitel

Tageslicht. Whandall, der vom Feuer träumte, war schlagartig wach, als schütze er als einziger Erwachsener unter Kindern die Ortsfeste.

Sie lagen im Fuhrwerk und schliefen, die meisten jedenfalls. Ein sippenloser Junge war unten am Zaun.

Whandall ging zum Ufer, wobei er einen großen Bogen um das schwarze Zeug machte, das an allem haften blieb. Der Junge war Hammer Müller. Whandall rief ihm aus sicherer Entfernung etwas zu.

Hammer drehte sich ohne Überraschung um, eine Hand verborgen; in der anderen hielt er eine Milchkanne.

»Ich will etwas Teer holen«, sagte er.

»Ich kann dich nicht gehen lassen. Deine Schwester würde mich umbringen.«

»Nein, nicht Weide. Aber Schnitzer vielleicht. Wir können ihn verkaufen.«

»Woher weißt du das?«

»Jeder braucht Seil!«

»Wie viel braucht ihr?«

Hammer zeigte ihm die Milchkanne. »So viel. Ich glaube, ich kann die Kanne nicht mehr tragen, wenn sie voll ist. Ich muss Schnitzer holen.«

Whandall verfolgte genau, wie sie das Problem angingen.

Zuerst redeten sie es zu Tode.

Schnitzer und Weide banden Hammer ein Seil um die Hüfte. Während Hammer ungeduldig herumtänzelte, banden sie ein zweites Seil an den Henkel der Milchkanne.

Hammer kletterte über den Zaun. Er ging sehr vorsichtig weiter, aber nach zwölf Schritten steckten seine Füße dennoch fest.

Aus dem Nichts tauchte der Kojote auf und rannte auf den feststeckenden Jungen zu. Whandall tastete mit einer Flamme nach dem Tier. Ein Feuerring schoss durch die

Luft. Hammer schrie auf und duckte sich. Die Flamme versengte ihn nur ein wenig, bevor sie erlosch.

Schnitzer verfluchte ihn. Whandall sagte: »Ich habe nicht nachgedacht. Tut mir Leid.«

Der Kojote war verschwunden. Hammer steckte immer noch fest.

Sie zogen am Seil. Er rief etwas. Sie hielten so lange inne, dass er mit der Kanne etwas von dem klebrigen schwarzen Zeug schöpfen konnte, da er bis zur Hüfte eingesunken war und immer noch tiefer sank. Sie zogen wieder. Es war Schwerstarbeit. Whandall ging zu ihnen und half mit. Hammer versuchte die Milchkanne hinter sich her zu ziehen, verlor sie, packte dann das Seil, an dem die Kanne befestigt war, und zog sie noch ein Stück weiter. Als er stehen konnte, stemmte er sich gegen den Boden und fing wieder an zu ziehen. Schnitzer kletterte über den Zaun und folgte den flachen Fußabdrücken, die Hammer hinterlassen hatte, bevor er eingesunken war. Gemeinsam zogen sie die halb volle Milchkanne heraus.

»Das reicht«, sagte Schnitzer.

Das Unternehmen unterschied sich nicht sonderlich von einem Überfall auf ein Geschäft im Revier der Irrgartenläufer. Auf die Lauer legen, das Revier ausspionieren, die Abwehrvorrichtungen testen. Dann der eigentliche Überfall, bei dem man sammelte, was man konnte. Für den Fall, dass etwas Unerwartetes geschah, musste improvisiert werden. Sich mit dem begnügen, was man tragen konnte, und nicht umkehren, um noch mehr zu sammeln.

Und mit diesem grässlichen Zeug, das bereits jeden Fetzen seiner Kleidung ruiniert hatte, ließ sich ein Vermögen verdienen, indem man es an einen anderen Ort brachte. Woher *wussten* sie das? *Das* war das eigentlich Bemerkenswerte daran.

Jetzt stank das Fuhrwerk nach Teer, nicht mehr nach lange eingesperrten Leibern. Die Ponys zogen immer stärker, je weiter sie nach Nordwesten kamen. Whandall wartete, bis sie den Rehpiesel erreichten, bevor er die Seilers und Müllers unter den Brettern des falschen Bodens verschwinden ließ. Die Teerkanne stellte er auf die Ladefläche. Ein Wachposten würde es sich gut überlegen, bevor er *die* hochhob.

Das Wächterhaus aus Stein war zu sehen, seine Tore geschlossen. Sie zu öffnen würde nicht schwierig sein ...

Ein Wachmann kam heraus, sah ihn und rief: »Staxir!« Zwei weitere kamen nach draußen und beobachteten das näher kommende Fuhrwerk. Sie trugen ihre Rüstung, aber an diesem heißen Tag war keiner von ihnen vollständig geschützt, obgleich alle eine Maske trugen.

Sie öffneten das Tor und zogen sich dann unter eine Markise zurück.

Was machten die Toronexti hier? Sie hatten zwar die Waffen gezogen und machten einen durchaus reizbaren Eindruck, aber es sah dennoch so aus, als könne er einfach weiterfahren ...

Nein. Er hielt das Fuhrwerk neben der Markise an, und bevor einer der Toronexti etwas sagen konnte, fragte er: »Staxir? Was macht ihr hier? Der Weinberg ist nur noch ein Haufen Matsch.«

Sie lachten. Sie waren ältere Fürstensippler – und klügere. »Wir sind nicht wegen Alferth hier!«

»Obwohl uns der Wein fehlen wird, Stax ...«

»Dies ist der *Weg*. Die Toronexti müssen hier sein, falls die Sippenlosen gehen wollen.«

Noch eine Überraschung? Whandall fragte: »Der Weg führt direkt durch den Wald? Wirklich?«

»Nein, aber manch ein Sippenloser versucht es trotzdem«, sagte Staxir. »Das Brennen könnte jeden Tag anfangen und das wissen *sie* am besten von allen!«

»Also werfen wir einen Blick in ihre Fuhrwerke und nehmen, was gut aussieht, und einen Tag später kommen sie zurück und wir nehmen ...«

»Was hast *du* eigentlich dabei?«

Whandall sagte: »Werkzeug zum Holzfällen.«

»Was ist das für ein *Gestank*?«

»Teer. Die Waldläufer bedecken ihre Hände damit, um die Pflanzengifte abzuwehren. Hier draußen sind doch Sippenlose und fällen Holz, oder?«

»Nein«, entgegnete Staxir.

Whandall kratzte sich am Kopf. »Aber es kann nicht mehr lange dauern. Das Brennen hat schon angefangen, also habe ich diese Sachen gesammelt. Ich kann sie ein oder zwei Tage im Weinhaus lagern.«

Die Männer, die sich noch vor wenigen Augenblicken einen Teil seiner Werkzeuge genommen hätten, dachten noch einmal darüber nach. Augen richteten sich auf Teps Stadt. Staxir sagte: »Wir müssen hier bleiben. Viele Sippenlose werden wieder mal versuchen, die Stadt mit allem, was sie besitzen, zu verlassen.«

»Du brauchst uns nicht alle, Stax.«

»Hier ist es sicherer, Dryer.«

Äußerungen des Missfallens.

Whandall winkte und fuhr weiter. Er konnte sich das Unausgesprochene denken: Ein Fuhrmann, der hier mit Werkzeug entlang kam, das er verkaufen wollte, würde mit Muscheln für die Taschen eines Zöllners zurückkehren. Aber Whandall hatte nicht die Absicht zurückzukehren.

Unkraut machte sich auf dem zertrampelten Weinberg breit. Whandall stellte das Fuhrwerk hinter dem Weinhaus ab, dessen Mauern aus Ziegeln waren. Das Dach war nicht aus Ziegeln. Es war aus Holz und Stroh und hatte gebrannt. Whandall fluchte. Er war es leid, nass zu werden.

Er holte die Kinder vom Fuhrwerk herunter. Zwei der kleineren fingen lautlos an zu weinen. Whandall half Weide herunter. Schnitzer wies seine Hand zurück. Er sah Whandall immer noch so an, als sei er ein gefährliches Tier. Es ging ihm langsam auf die Nerven.

Aus dem Dach des Weinhauses ragte ein Stück verkohltes Holz. Whandall leitete ein wenig von seinem Zorn in dieses Stück ab. Vor den schwarzen Regenwolken spendete es orange-weißes Licht und etwas Wärme.

Weide schaute sich um und sagte: »Wir sind am Waldrand.«

»Was ist das hier?«, fragte Schnitzer.

»Ein Weinhaus«, erwiderte Whandall. »Das Dach ist verbrannt, aber die Mauern stehen noch.« Unterschlupf. Aber es war noch nicht einmal Mittag und er wollte eigentlich nicht rasten. Er betrachtete den böswilligen, gefährlichen Wald auf seinem Weg. Konnten sie ihn wirklich überwinden?

Schnitzer ging zum Wald und hinein.

»Vorsichtig!«, rief Whandall. Er folgte ihm mit Weide im Schlepptau.

Ringsumher schossen die Rothölzer in die Höhe. Es waren junge Bäume, wenngleich hoch genug, um die Kraft des peitschenden Regens zu brechen. Tiefer im Wald würden sie viel größer sein. Hundert verschiedene Arten von Dornen und Giftpflanzen scharten sich schützend um ihre Stämme.

Whandall redete mit Weide in der Hoffnung, dass Schnitzer und die Kinder zuhörten. Man hielt einem Erwachsenen keine direkten Vorträge, wenn es sich eben vermeiden ließ. »Halt dich von diesem dornigen Zeug fern. Es ist zu dunkel, um gut sehen zu können, wie weit man davon entfernt ist. Bei Nacht würde man sich überhaupt nicht bewegen. Diese Pinien tun dir nichts. So gut wie alles andere schon. Sogar die Rothölzer bringen einen dazu, nach oben schauen zu wollen, wenn man eigentlich auf seine Füße achten müsste ...«

»Wo hast du so viel über den Wald gelernt?«, fragte der Zwölfjährige.

»Ich habe früher immer die Holzfäller beobachtet, Fuhrmann. Ich habe Wasser für sie getragen. Schnitzer, glaubst du, wir können uns einen Weg hier hindurch bahnen?«

»Du hast diese Schneidedinger mitgebracht.«

»Schnitter.«

»Schnitter ... Die können wir nehmen«, sagte Schnitzer. »Aber die Pflanzen können immer weiter reichen, als man glaubt. Man denkt, man hat freie Bahn, aber – ich mache mir Sorgen wegen der Kinder.«

»Den Älteren passen diese Ledersachen. Und uns.« *Wir können einen Weg für Kinder bahnen*, dachte Whandall, *oder einen breiteren Weg für ein Fuhrwerk*. Aber wie weit erstreckte sich der Wald? »Vor zweihundert Jahren hat ein Heer ein halbes Jahr gebraucht, um durch den Wald zu kommen«, sagte Whandall.

»Unsere Schneise muss nur breit genug für ein Fuhrwerk sein«, entgegnete Weide forsch. »Wir umgehen, was wir umgehen können, und schneiden uns durch das Dickicht, wenn wir müssen. Auf der anderen Seite können wir die Holzfällerausrüstung und den Teer verkaufen, wenn es dort Käufer gibt. Hast du einen Wetzstein mitgebracht?«

»Was immer das ist, so etwas habe ich nicht.«

Whandall hatte nicht in Kategorien des Kaufens und Verkaufens gedacht. Die Sippenlosen würden wissen, wie man Handel trieb, wie man arbeitete, wie man Arbeit *fand*. Auf der anderen Seite des Waldes *würden Fürstensippler nicht die Genehmigung der höchsten Stellen haben, sich einfach zu nehmen, was sie wollten.*

Dieser Punkt war ihm nicht entgangen, aber mittlerweile ahnte er seine volle Bedeutung.

Doch er spürte die Wärme, die sich in seinem Bauch regte, nicht unähnlich der Lust, nicht unähnlich der Hitze, die aus dem Genuss von Wein entstand. Alferth irrte sich, wenn er diese Wärme *Unwillen* nannte.

»Das hier war Yangin-Ateps Schneise.«

Sein Arm wies nach vorn und die Hitze lief durch seine Fingerspitzen und ertastete die alte Schneise weit über den Bereich hinaus, den er mit den Augen wahrnehmen konnte. Yangin-Ateps nachgezogener Schwanz. Der Traum blieb für einen Augenblick stabil und löste sich dann in nichts auf.

Gesträuch fing Feuer. Ranken und Dornenpflanzen brannten trotz des Regens. Eine Strömung wirbelte den Rauch umher und ließ sie husten. Dann legte sich der Wind und blies den Rauch in Richtung Norden und vor ihnen her.

36. Kapitel

Das Land verlief allgemein bergauf. Der Flammenpfad engte sie nicht ein, war aber nicht so breit wie eine Straße. Es gab Stümpfe, die Whandall ausbrennen musste. Die Pferde waren sichtlich stärker geworden. Sie zogen das Fuhrwerk ohne große Mühe, scheuten aber vor Schnitzers Zug am Zügel zurück.

Whandall versuchte es. Beide Ponys blieben stehen und wandten den Kopf, um ihn entlang spiralförmig gewundener Hörner von der Länge eines Unterarms anzusehen. Weide nahm die Zügel aus seinen Händen, die keinerlei Widerstand leisteten, und die Ponys drehten sich wieder um und zogen weiter.

In dieser ersten Nacht ernteten sie zum Abendessen ein Dutzend Holzapfelbäume ab. Die Kinder brauchten nicht erst angewiesen zu werden, das Kerngehäuse wegzuwerfen. Sie taten es instinktiv.

Schnitzer schlug vor, Whandall möge zwischen dem Fuhrwerk und dem Weinberg schlafen. Fürstensippler mochten der verbrannten Schneise folgen, sagte er. Schnitzer versuchte Weide zu beschützen. Whandall spielte mit.

Aber am Morgen sagte er zu Schnitzer: »Wir brauchen nachts keine Wache. Nur ein Verrückter würde bei Nacht durch den Wald gehen.« Er zeigte auf die Schneise hinter ihnen. Eine geschwärzte Einöde, Asche und Matsch, hier und da ein paar grüne Sprenkel, die hinein wuchsen. Die Schneise war nicht gerade und gewiss nicht einladend.

»Das ist merkwürdig«, sagte Schnitzer. Er zeigte in die Richtung, die vor ihnen lag. Die Schneise blieb schwarz und wies überhaupt keine Spuren von Grün auf.

Die Rothölzer standen wie Säulen da, welche die schwarzen Wolken stützten. Ihre Schatten sorgten selbst am Mittag für trübes Dämmerlicht.

Wo Whandalls Feuer gewütet hatte, sahen sie keine Spur von Raubtieren und auch keine Spur von Beutetieren. Sie mussten sich abseits ihres Pfades in die Büsche schlagen, um überhaupt irgendetwas Essbares zu finden.

Weide pflückte eine Schürze voll kleiner roter Beeren für sie. Köstlich. Whandall beobachtete sie dabei, wie sie mit sich rang, bevor sie ihn warnte. »Whandall, iss diese Beeren nicht, wenn sie in der Nähe eines Rotholzes wachsen.«

»Ich weiß. Wir müssen die Kinder von den Beerensträuchern fern halten. Die Giftsträucher sehen den Rotbeeren zu ähnlich.«

Schnitzer fertige Schleudern an, eine Waffe, die Whandall neu war. Damit konnte man einen Stein mit unglaublicher Wucht und Schnelligkeit werfen. Schnitzer war gut mit der Schleuder. Fuhrmann war sogar noch besser. Auch Whandall entwickelte einiges Geschick mit der Waffe. Es gelang ihnen, sich und die Kinder zu ernähren und die Kojoten abzuwehren.

Sippenlose mit Waffen. Sippenlose, die mit Waffen *umgehen* konnten. Er erinnerte sich vage, wie sich die Fürsten über einen alten Krieg gegen die Sippenlosen unterhalten hatten. Wie hatten die Sippenlosen gekämpft? Hatten sie Schleudern eingesetzt? Warum hatten sie verloren?

In jener Nacht träumte er von Fürsten mit Helmen und Rüstungen und Speeren, die eine Horde mit Messern bewaffneter Fürstensippler anführten. Sie kämpften gegen ein kleineres, schmächtigeres Volk, das sich Schleudern und kleiner Wurfspeere bediente. Die Steine prasselten gegen die Schilde der Fürsten. Ein paar verrückte Fürstensippler streckten die Hände aus und Flammenwände überfluteten die Reihen der Sippenlosen.

Und jeder Einzelne der feuerschleudernden Fürstensippler sah wie Whandall aus.

Im Regen hatten sie unter dem Fuhrwerk geschlafen. Sie ließen den Regen hinter sich und konnten jetzt auf dem Fuhrwerk schlafen, über dem Boden. Feuer war kein Problem. Überall gab es halb verkokelte Holzkohle. Sie gruben eine Latrine und legten einen niedrigen Erdwall an, der vom Fuhrwerk zur Latrine führte. Im Dunkeln konnte ein Kind sich an dem Wall entlang tasten.

Whandall beobachtete sie, studierte, wie die Sippenlosen arbeiteten, wie die Sippenlosen dachten. Wie sie redeten. Immer redeten sie.

Der dritte Morgen brachte sie auf den Gipfel der Berge. Hangabwärts war das Land geschwärzt und beinahe kahl. Die Pflanzen wuchsen langsam wieder nach. Whandall war nicht dafür verantwortlich. Die Brände waren ein halbes Jahr alt. Aber der Weg sah gangbar aus und war frei. Whandalls neue Schneise wand sich wie eine schwarze Schlange durch die halb nachgewachsenen Pflanzen.

»Whandall, wir kommen mühelos voran und brauchen dein Feuer nicht. Lass uns zurückgehen und nachsehen, ob andere Fuhrwerke den Weg gefunden haben.«

»Wer soll gehen, Schnitzer?«, fragte er in dem Wissen, dass Schnitzer Whandall niemals mit Weide allein lassen würde. Fürstensippler (jedenfalls manche) bewachten ihre Frauen nicht weniger aufmerksam als Schnitzer.

»Du und ich. Weide, du kannst das Fuhrwerk in Bewegung halten, oder? Die Ponys gehorchen ohnehin keinem anderen. Wenn es Schwierigkeiten gibt, halt einfach an.«

Grüne Kriechpflanzen sprossen überall entlang des Weges und lugten durch die Asche von Whandalls Brandschneise. Zwischen Morgendämmerung und Sonnenuntergang gingen Schnitzer und Whandall zurück zum Weinhaus.

Unweit der Verladebucht war ein Fuhrwerk zurückgelassen worden. Eine Stute war zu sehen. Sie war kleiner als die Ponyhengste und ihr Horn war nur ein Knoten.

Sie beobachteten das Weinhaus während des Sonnenuntergangs bis Mitternacht, bevor sie schließlich glaubten, dass es verlassen war. Dann näherte Schnitzer sich der Stute und es gelang ihm, ihr Zaumzeug anzulegen.

Sie fanden Hunderte von kleinen Flaschen in einem Stapel an der Wand. »Leer«, stellte Whandall fest.

»Aber handwerklich solide gefertigt. Die lecken nicht. Vielleicht können wir sie auf der anderen Seite verkaufen.«

Sie beluden das Fuhrwerk mit Flaschen und schnitten etwas Gras für die Stute. Sie schliefen in der Ruine des Weinhauses.

Am Morgen setzte sich Whandall mit dem Gesicht nach hinten auf das Fuhrwerk, sodass er sehen würde, wenn ihnen jemand folgte, während Schnitzer die Zügel nahm.

Schnitzer murmelte: »Wir haben niemanden gesehen, der uns gefolgt ist!«

»Fürstensippler wissen, wie man sich versteckt hält.« Whandall musste im Hinterkopf ständig an die Gegenwart irgendeiner vagen Gefahr denken. Er beobachtete ganz genau, was hinter ihnen geschah.

Der Weg hinter ihnen war nicht mehr schwarz, sondern grün. »Die Asche muss ein vortrefflicher Dünger sein«, sagte er.

Schnitzer drehte sich um. »Man kann es fast wachsen sehen!«

Vor ihnen lag nur verbrannte Erde.

»Yangin-Atep will, dass wir diesen Weg nehmen«, meinte Whandall.

Schnitzer antwortete schnippisch: »Seit wann ist dein Feuergott eine Fruchtbarkeitsgöttin?«

»Dann eben nicht Yangin-Atep, aber *irgendetwas* will uns nicht hier haben. Der Wald?« Whandall erinnerte sich an Geschehnisse in Morths Laden, als Morth in seiner Hand gelesen und etwas von Whandalls Bestimmung gemurmelt hatte. Konnte ein Gott auch eine Bestimmung erkennen? »Ich glaube, das ist es. Ich trage Feuer durch einen Wald.«

»Wir werden vertrieben«, sagte Schnitzer.

Whandall schüttelte lächelnd den Kopf. »Du entkommst. Ich werde vertrieben.« Und vor seinen Augen schienen mehr Kriechpflanzen in die Schneise zu wachsen.

Sie kamen rasch voran. Die Stute wurde mit jedem Schritt kräftiger und größer, aber sie machte ihnen keine Schwierigkeiten. Hinter ihnen verschwammen die klaren Umrisse der schwarzen Schneise hinter mehr und mehr grünen Flecken.

Kojoten hatten die Latrinen der Reisenden entdeckt. Das war beängstigend. An jenem Abend krochen Whandall und Schnitzer zum Schlafen unter das Fuhrwerk, bewaffnet, wo sie sich Rücken an Rücken niederlegten.

Eine Stimme in der Dunkelheit. »Dieser Magier, der deinen Vater getötet hat ... Hast du versucht, ihn umzubringen?«

»Nein, Schnitzer.«

»Gut.«

Whandall glaubte, dass er nichts vor Schnitzer zu verbergen hatte: nichts so Ungeheuerliches wie die reine Wahrheit dessen, was er war. Dennoch, Außenstehenden Geheimnisse zu verraten war ihm fremd.

In die finstere Stille hinein sagte Schnitzer: »Wusstest du, dass *Seuchen* eine Art Lebewesen sind? Zauberer können sie sehen. Zauberer können sie töten und die Kranken heilen. Andernfalls wachsen sie. Ohne einen Zauberer werden auch andere Leute krank, immer mehr. Wir brauchen Zauberer. Aber Zauberern gefällt das Tal der Dünste nicht.«

»Natürlich nicht. Keine Magie.«

Die Dunkelheit blieb eine Weile stumm. Dann fragte Schnitzer: »Warum nicht?«

»Warum ich Morth nicht getötet habe? Warum hätte ich ihn töten sollen?«

»Um deinen Vater zu rächen.«

»Morth hat getan, was Sippenlose eben tun. Entschuldige, was *Steuerzahler* eben tun. Was wir auch tun. Hätte Pothefit einen Gaffer dabei erwischt, wie er unseren Familienkochtopf vom Hof der Ortsfeste stahl, hätte er ihn auch umgebracht.«

Es war zu dunkel, um Schnitzers Miene zu erkennen. Whandall fuhr fort: »Das Brennen hat Pothefit umgebracht. Bei einem Brennen kann man alles haben, was man sich nehmen kann. Morths Laden konnten sie sich nicht nehmen.«

Schnitzer schwieg. Im Wald rührte sich etwas: Irgendein Tier starb einen gewaltsamen Tod.

»*Das* ist es, woran ich mich zu erinnern versucht habe«, sagte Whandall plötzlich. »*Morth* ist uns vielleicht gefolgt. Ich vergesse Morth ständig. Schnitzer, wir würden ihn nicht sehen. Denk an den Schleichzauber.«

Kurz vor Sonnenuntergang des nächsten Tages erreichten sie den Berggipfel und fanden zwei tote Kojoten unweit eines erloschenen Lagerfeuers.

Schnitzer lief, so schnell er konnte.

Whandall sah ihn zwischen den Felsen verschwinden. Er wäre ihm beinahe gefolgt. Kojoten mochten Weide und die Kinder bedrohen! Aber Whandall versuchte die Sitten und Gebräuche der Sippenlosen zu lernen – und was war mit dem Fuhrwerk?

Das Zuggeschirr von der Stute zu lösen war nicht leicht. Sie versuchte ihm das Seil aus den Händen zu reißen. Er hielt es lange genug fest, um es an einen Baumstumpf zu binden. Es war so lang, dass sie Weidegras erreichen konnte. Falls Kojoten kamen, hatte sie ihr Horn, um sich zu wehren.

Dann – Augenblick mal. Was hatte die beiden Kojoten umgebracht?

Er beugte sich über einen der Kadaver. Kein Wundmal zu erkennen. Weit aufgerissene blutrote Augen, klaffendes Maul, hängende Zunge. Er berührte das glatte gestrichene Fell in der Erwartung, es nass vorzufinden, doch das war es nicht.

Er holte Schnitzer weit hangabwärts am nächsten erloschenen Lagerfeuer ein. Sie wurden langsamer und blieben schließlich schwer atmend stehen. Weide und das Fuhrwerk mussten einen ganzen Tag gebraucht haben, um diese Entfernung zu bewältigen. Schnitzers Hände hielten seine Schleuder und eine Hand voll Steine, die absichtlich durchgebrochen worden waren, damit sie scharfe Ränder bekamen. Er sagte: »Ich wünschte, ich hätte ein Messer.«

Whandall erwiderte: »*Damit* brauchst du sie nicht so nah herankommen zu lassen. Ich wünschte, ich hätte einen Schnitter.«

Der Tag ging zu Ende. Sie rochen gebratenes Fleisch und wurden langsamer.

Zuerst sahen sie das Feuer und einen jungen Gaffer, groß und hoch aufgerichtet, mit orange-roten Haaren, die ihm bis auf die Schultern fielen. Weide hatte die Pferde angebunden und ein Feuer angezündet. Dann wehte ihnen der Wind Verwesungsgeruch entgegen und sie sahen eine Reihe toter Kojoten zu ihren Füßen liegen.

Weide sah zwei Männer im Laufschritt kommen, Whandall mit gezücktem Messer, Schnitzer mit wirbelnder Schleuder. Sie sprang von ihrem Platz am Feuer auf und stellte sich rasch neben den Mann.

»Er hat uns gerettet!«, rief sie. »Die Kojoten hätten uns in Stücke gerissen!«

Schnitzer ließ seine Schleuder sinken. Er sagte: »Morth?«
Morth lächelte schwach.

»Morth, du bist jung!«

»Ja, ich habe das hier gefunden!« Morth zeigte ihnen eine Hand voll gelber Klumpen. Whandall hatte den Magier noch nie zuvor *ausgelassen* erlebt. »Gold!«, sagte er. »Im Fluss!« Er trat vor und an Whandalls Messerspitze vorbei und drückte Whandall das Gold in dessen widerstandslose Hand.

Whandall sagte: »Das ist gefährlich, nicht? Wilde Magie.«

»Nein, nein, *dieses* Gold ist *veredelt*. Ich habe die Magie herausgenommen«, entgegnete Morth. »Sieht du es denn nicht? Sollen wir um die Wette laufen? Soll ich mich für euch auf den Kopf stellen? *Ich bin wieder jung!*«

Schnitzer wich ein wenig zurück und Weide folgte seinem Beispiel. Hier war kein Schleichzauber am Werk. Morth *wollte* bemerkt werden. Er plapperte munter drauf los. »Gold *ist* Magie. Es verstärkt andere Magie. Seht!« Er sprang hoch und stieg immer weiter in die Höhe, bis er einen Ast fassen konnte, der zweimal so hoch über Whandall hing, wie er groß war. Er rief nach unten: »Nicht nur wieder jung! Früher bin ich *geflogen!*«

Er sank wieder auf den Boden. »Gebt das Gold immer einem Zauberer, ein Großteil seiner Kraft entspringt dem Gold. Danach ist es veredeltes Gold, harmlos. Die Leute gehen damit um, als hätte es großen Wert, aber die ursprüngliche Bedeutung ist: *Ich gab einem Zauberer Gold zum Anfassen. Ein Zauberer schuldet mir etwas.* Whandall, behalte das Gold. Morth von Atlantis schuldet dir etwas.«

Whandall verstaute die Goldklumpen in seinem Gürtelbeutel. Er fragte: »Warum?«

Morth lachte. »Du führst mich hinaus.«

Whandalls Finger strichen über seine Wange: über die Tätowierung, die er nicht sehen konnte. »Und jeder Zauberer auf der Welt kann mich aufspüren?«

»Jeder atlantische Zauberer«, sagte Morth und lachte wie ein Verrückter.

37. Kapitel

Weide hatte ein halb ausgewachsenes Reh und ein paar Wurzeln gebraten, die Morth gesammelt hatte. Die Erwachsenen hielten sich zurück – sogar Morth, sogar Whandall, halb verhungert, aber ihrem Beispiel folgend –, bis die Kinder satt waren. Dann bedienten sie sich.

Plötzlich rief Schnitzer: »Fürstensippler! Was hast du mit dem anderen Fuhrwerk gemacht?«

Whandall erzählte es ihm. »Aber die Stute mag mich nicht, also musst du sie selbst holen. Es sei denn, du bist der Ansicht, wir sollten beide gehen?«

Whandall hatte seinen Spaß an den Kapriolen, die Schnitzers Gesicht danach aufführte. Sollte er Weide bei Whandall lassen? Oder den Zauberer bei Weide lassen, aber nicht Whandall, der *ihn* im Auge behalten konnte? Oder Weide mitnehmen und die Kinder allein mit dem Zauberer *und* dem Fürstensippler lassen, aber mit niemandem, der mit sturen Hengsten umgehen konnte? ...

»Ich gehe.«

»Das kann bis zum Morgen warten.«

»Das hoffe ich doch.«

Die Nacht war schwarz wie ein Löwenbauch von innen. Whandall musste es sich vorstellen: Schnitzer, Weide, Morth, der leise schnarchende Fuhrmann und er selbst, im Lehm neben dem Fuhrwerk zu einem fünfzackigen Stern angeordnet, die Füße nach innen gerichtet, die Schnitter an der Hand. Die Kinder lagen auf dem Fuhrwerk. Hyazinthe ließ sich gerade über eine Seitenwand gleiten, schläfrig und unbeholfen, und kroch davon, um die Latrine zu benutzen.

»Das ist der größte Brandfleck, den wir bisher gesehen haben. Wir haben den ganzen Tag gebraucht, um ihn zu überqueren, und noch die Hälfte von gestern.« Das war Weides Stimme im Dunkeln, staunend und zufrieden.

Scherzhaft sagte Whandall: »Mit diesem Feuer habe ich nichts zu tun.«

»Es war ein Blitz«, erwiderte Weide. »Der Blitz schlägt in den höchsten Baum ein. Er brennt. Danach wächst das Rotholz in zwei Zinken weiter. Manchmal fällt Holzkohle herunter und der Wald fängt Feuer.«

»Warum brennt dann aber nicht der ganze Wald ab? Waldläufer gehen einfach nach Hause, wenn sie ein Feuer sehen.«

Sie sagte: »Eine Stelle fängt Feuer und brennt aus und dann erlischt das Feuer.«

Morth ergriff das Wort: »Yangin-Atep verbringt den größten Teil seiner Zeit in einem Totenschlaf, aber ein großes Feuer weckt ihn. Füttert ihn. Feuer ist Yangin-Ateps Leben.«

Kameradschaftliche Stille. Dann sagte Schnitzer schläfrig: »Was ist, wenn man nicht an Yangin-Atep glaubt?«

Whandall hob die Stimme, sodass er Morths Gelächter übertönte. »Schnitzer, Feuerstabsamen sprießen erst, wenn es ein Feuer gegeben hat. Bei Rothölzern ist es genauso. Dieses Land ist die *Heimat* des Feuers. Teps Stadt …«

»Das Tal der Dünste.«

»Dünste. Wäre lange vor meiner Geburt abgebrannt, wenn nicht irgendeine Kraft die Feuer erstickte. Yangin-Atep ist der Grund, warum Feuer drinnen nicht brennen. Zwischen Yangin-Atep und den Rothölzern gibt es einen Waffenstillstand, sodass sie nicht verbrennen. Ich habe versucht, Kreeg Müller zu erklären … ein Steuern zahlender Waldläufer?«

Weide erwiderte: »Es gibt viele Leute, die Müller heißen.«

Whandall hatte die Hoffnung gehegt, Kreeg Müllers Verwandten zu helfen. Es gab eine alte Schuld, die er nie als solche anerkannt hatte.

Weide sagte: »Außerhalb des Waldes gibt es keinen Yangin-Atep. Man kann drinnen kochen. Und drinnen warm essen. Ja?«

»Ja«, antworteten Morth und Whandall.

»So etwas habe ich noch nie gehört, aber wir werden ja sehen.« Weide drehte sich um und war Augenblicke später eingeschlafen.

Whandall wickelte die Decke enger um sich und wünschte sich, er hätte aufstehen und ein wenig herumlaufen können, aber er wusste, dass ihn eine Dornenpflanze oder ein Lorbeerstrauch schneiden würde, wenn er es tat. Sie hatten den Regen hinter sich gelassen. Die Geräusche der Nacht waren das Heulen des Windes und hin und wieder ein leiser Schrei voller Todesqualen.

38. Kapitel

Eine Zeit lang rollte das Fuhrwerk mit Weide an den Zügeln mühelos bergab. Dann mussten sie die Schnitter nehmen, die langen Stangen unter Nesseln und Morgensterne und Fürstensipplerskuss schieben, um die Wurzeln mit den Klingen zu durchtrennen, um eine Schneise zu schlagen, die breit genug für die Kinder und das Fuhrwerk war.

Sie hätten Schnitzers Hilfe gebrauchen können, aber Schnitzer war zurückgegangen, um die Stute und das zweite Fuhrwerk zu holen.

Weide sagte: »Diese gelbe Decke verwenden wir, um die Schnitter zu reinigen, um den giftigen Pflanzensaft abzuwischen. Nehmt nur die raue Seite. Und ihr anderen lasst die Finger davon, verstanden, Hammer? Iris? Hyazinthe? Opal?« Die Kinder nickten. »Wir nehmen diese Decke, weil sonst nichts diese Farbe hat. Die Decke hängt hier über der Wagendeichsel und wird nie verlegt, also kann jeder sie leicht finden.«

Sie erkannten Probleme, bevor sie überhaupt auftraten.

Suchten danach. Sie belehrten einander ebenso mühelos, wie sie einen Fürstensippler belehrten.

Fuhrmann und Hammer bekamen die Aufgabe zugeteilt, die anderen Kinder beisammen zu halten. Sie kamen ziemlich rasch voran. Einen halben Morgen später fiel Whandall ein, dass noch etwas von dem Reh vom vergangenen Abend übrig war. Er ließ die Sense fallen, erhob sich ...

»Whandall. Versuch nicht, dir Arbeit zu sparen. Rührmichan-Gift kann auf einer Klinge bleiben und am Fuhrwerk abgestreift werden und später dann an einem Kind. Jemand könnte sich darauf setzen. Wenn ein Schnitter deine Hand verlässt, hat er sauber zu sein, jedes Mal«, sagte Weide. »Verstanden?«

Ein ausdrucksloses Gesicht verbarg seinen Zorn. Whandall hob den Schnitter auf und wischte die Klinge sauber. Weide hatte ihn vor Morth und den anderen wie ein Kind behandelt, wie ein unartiges Kind. Fuhrmann und Morth hatten so viel Anstand, ihre Aufmerksamkeit auf etwas anderes zu richten. Wäre Schnitzer hier gewesen, hätte Whandall ihm vielleicht wehtun müssen. Später, als er sich wieder etwas beruhigt hatte, ging ihm auf, dass sie ihn nicht zufällig zurechtgewiesen hatte. Weide hatte ihn beobachtet und darauf gewartet, dass er tat, was er getan hatte.

Eine Ansammlung von Fürstenkuss blockierte Whandalls Feuerschneise, die Blätter kaum sichtbar versengt. Morth rief: »Whandall! Verbrenn sie nicht! Du würdest uns alle ersticken. Der Rauch ist giftig.«

Whandall hatte nach Yangin-Ateps Zorn getastet und nur einen erlöschenden Funken gefunden. Der Feuergott verließ ihn.

Sie mussten sich einen Weg um den Fürstenkuss herum graben. Er zog es vor, es als Zurschaustellung seiner Kraft zu betrachten, damit es sich weniger nach Arbeit anfühlte.

Am frühen Nachmittag durchbrachen sie oberhalb von fließendem Wasser das Unterholz.

Durch spärliches Geäst sah Whandall eine weit entfernte Masse am Himmel schweben: einen Kegel, dessen Basis in Wolken gehüllt war, grauer Fels und grünliche Schwärze mit einer strahlend weißen Kappe.

Morth sperrte Mund und Nase auf. »Was ist *das*?«

»Die Legenden besagten, dass er da sein würde«, sann Fuhrmann. »Vor der Ankunft der Fürstensippler gab es einen Weg durch den Wald.«

»Der Freudenberg«, flüsterte Weide. »Aber in der Sage heißt es, man könne ihn nur sehen, wenn man würdig sei. Einer der Helden ...«

»Holaman«, warf Fuhrmann ein.

»Ja. Er hat sein Leben lang diesen Anblick gesucht«, sagte Weide. »Sind wir gesegnet?«

»Mit gutem Wetter«, erwiderte Morth. »Aber ich glaube, mein Weg führt dorthin.« Er streckte den Arm aus, die Handfläche nach unten, und schaute daran entlang, zuerst mit zusammengepressten Fingern, dann mit gespreizten.

»Magie?«, fragte Fuhrmann.

»Nein, Navigation. Wenn eure Geschichten stimmen, wird sich uns dieser Anblick nie wieder bieten, also halte ich nach Orientierungspunkten Ausschau, die auf einer Linie dorthin liegen.«

»Sieht aus, als sei er schwer zu erreichen«, meinte Fuhrmann. Whandall dachte: *Unmöglich. Aber für einen Zauberer?*

Morth sagte: »Die unzugänglichsten Orte der Welt sind jene, wo Zauberer noch nie das Manna aufgebraucht haben. Ich muss dorthin. Gold würde mich am Leben erhalten, aber die Magie im Gold ist chaotisch. Ich war zu lange in Teps Stadt.« Er strich sich geistesabwesend mit den Fingern durch das Haar. »Ich brauche die Magie in der Natur, um wieder vollkommen zu gesunden. Zu viel Gold würde mich in den Wahnsinn treiben.«

Er betrachtete die Hand voll roter und weißer Strähnen in seiner Hand und lachte schallend. »Zu wenig ist auch nicht gut!«

Weide lenkte die Hengste. Das Fuhrwerk schaukelte und manchmal mussten sich die Kinder alle auf eine Seite werfen, um es am Umstürzen zu hindern. Dennoch hatte sich die Lage verbessert: Vor ihnen schien nichts mehr geschnitten werden zu müssen. Die Vegetation wuchs bis zum Ufer und es war bloß Rührmichan. Aber der Fluss war seicht in Ufernähe und die Räder des Fuhrwerks sanken ein paar Hände tief ein.

Weide sagte: »Wenn wir dem Fluss folgen, werden wir bald auf Gelände stoßen, wo wir leichter vorankommen.«

Whandall wartete auf Morths Reaktion. Er behandelte Morth wie einen Freund, der weißes Pulver schnupfte: ein zweifelhafter Verbündeter. Dies mochte die Gelegenheit sein, ihn loszuwerden. Doch Morth sagte nur: »Ihr könnt dem Fluss nicht mehr lange folgen.«

»Nein, natürlich nicht. Fuhrwerke können nicht auf dem Wasser fahren, oder, Whandall?«

Überrascht, dass er nach seiner Meinung gefragt wurde, antwortete Whandall: »Weide, Menschen können auch nicht auf dem Wasser laufen.«

Die Art, wie sie ihn ansah, ließ ihn erröten. Sie fragte: »Whandall, kannst du nicht schwimmen?«

»Nein. Mein Bruder kann es.«

»Ich meinte nur«, sagte Morth freundlich, »dass der Elementar nicht sofort zu mir gelangen kann, aber er muss wissen, dass ich hier bin. Lasst uns einfach sehen, wie weit wir kommen.«

Der Fluss blieb seicht. Das Fuhrwerk holperte über Felsen. Sie mussten langsam fahren, wo die immer noch wachsenden Ponys *rennen* wollten. Fuhrmann und Weide konnten sie keinen Augenblick sich selbst überlassen, ohne dass sie gleich rege wurden. Sie waren groß und gefährlich geworden, so groß wie die Pferde der Fürsten und mit einem Horn, das länger war als Whandalls langes Fürstensippenmesser.

»Ich könnte sie verzaubern«, sagte Morth. »Sie besänftigen.«

»Nein.« Morth war so hektisch wie die Ponys. Whandall traute seiner Magie nicht.

»Nun, zumindest kann ich den Teergestank vertreiben!« Er gestikulierte, aber nichts geschah. Der Gestank war immer noch da. Morth runzelte die Stirn, dann tänzelte er leichtfüßig voraus und verschwand außer Sicht. Eine große Hilfe war er ihnen ... aber man konnte es so sehen, dass er das Gelände erkundete und Fallen auslöste, die andernfalls auf die Kinder und das Fuhrwerk warteten.

Die Ponys zogen das Fuhrwerk weiter, um tiefere Stellen herum, über Felsen, holpernd, schwankend, und nur die kräftige Schulter eines Fürstensipplers bewahrte es vor dem Umkippen, vor allem immer dann, wenn Whandall gerade hoffte, aus diesem Schneckenzug auszubrechen und dem Magier zu folgen.

Schnitzer würde wenig Mühe haben, sie einzuholen, überlegte Whandall. Er würde einen geebneten Weg vorfinden.

Sie waren auf halbem Weg den Berg hinab, als Morth zurück gelaufen kam und bellte: »Wird denn keiner von euch Fürstenabkömmlingen je *hungrig*?« Er gestikulierte und sang und plötzlich waren Whandalls Kleider sauber. Sogar die Teerflecken waren verschwunden. »Nun zum Essen!«

Die Kinder bekundeten lautstark ihre Zustimmung. Morth brüllte vor Lachen. »Ich könnte essen ... die Götter wissen, was ich essen könnte!« Er wandte sich dem Wald zu und hob die Hände, als halte er unsichtbare Fäden. »Warten wir es einfach ab. Seshmarl, ein Feuer!«

Whandall sammelte einen Arm voll trockenes Reisig und legte ein paar abgefallene Äste darauf. Bei seiner

Berührung erhob sich nicht mehr als eine dünne Rauchfahne.

Es war nicht etwa so, dass es ihm gefiel, herumkommandiert zu werden wie ein Sippenloser! Aber Whandall verheimlichte lieber, wie stark die Macht Yangin-Ateps in ihm mittlerweile nachgelassen hatte. Und Morths Hände winkten immer noch ihre Botschaften in den Wald, während weiße und rote Wellen abwechselnd Morths üppige Mähne und seinen Bart entlang liefen. Whandall redete dem schwelenden Reisig gut zu, bis Flammen zu seinen Fingerspitzen empor loderten. Als Morth sich vom Wald ab- und ihm zuwandte, brannte ein Feuer.

Tiere kamen aus dem Wald gelaufen, ein Goffer, ein Truthahn, ein Rehkitz, ein rotschwänziger Bussard, eine halb verhungerte Katze so groß wie Hammer, und eine Familie von sechs Waschbären. Sie stellten sich der Größe nach auf. Die Katze war kleiner als die Geister der Schwarzen Grube und hatte auch nicht deren riesige Dolchzähne.

Whandall stieß einen Laut des Abscheus aus. Ein Tier mochte Fleisch zu essen sein, aber es sollte gejagt werden! Ihm einen fremden Willen aufzuzwingen, war ...

(Hatte Morth das nicht sogar einmal selbst gesagt?)

Aber die Tiere erstickten. Bis auf die Waschbären schnappten alle nach Luft und fanden keine, schlugen um sich, rissen die Mäuler auf, starben. Der Vogel versuchte Morth zu erreichen und hätte es auch geschafft, wenn der nicht ausgewichen wäre, und dann war auch der Bussard tot.

Ertrunken. Und ein glucksendes Lachen perlte aus Morth heraus.

Whandall griff nach seinem Messer. Es wurde nicht gebraucht. Er und die Sippenlosen beobachteten, wie zwei erwachsene und vier halbwüchsige Waschbären den Vogel rupften, die ertrunkenen Tiere mit ihren Krallenhänden ausweideten und auf einen Spieß steckten. Die Kinder sahen ihnen fasziniert zu.

Die Waschbären zuckten einmal krampfhaft, *schauten* und verschwanden augenblicklich im Dickicht.

Bussard schmeckte erbärmlich, aber alle kosteten. Weide überzeugte die Kinder, dass sie damit den Rest ihres Lebens angeben würden. Truthahn und Reh waren ausgezeichnet und Goffer konnte man essen. Sie hatten genießbare Früchte, die Morth mit seiner Fähigkeit gefunden hatte, das Gift zu sehen. Whandall ging plötzlich auf, dass er seit seinem Besuch in Fürst Samortys Küche nicht mehr so gut gegessen hatte.

Am frühen Nachmittag rief Morth unvermittelt: »Hier!« und watete in den Fluss.

Whandall war verblüfft. »Morth? Hast du nicht Angst vor Wasser?«

»Uns bleiben noch ein paar Stunden, bis der Elementar hier sein kann.« Morth beugte sich über das dahinplätschernde Wasser und tauchte die Arme bis zu den Ellbogen hinein, die Finger dicht über dem Flussbett gespreizt. Whandall sah, wie ihm goldener Sand entgegen floss und sich zu einem Klumpen vereinigte.

»Ah«, sagte er. Er hob eine Masse von der Größe seines Kopfes auf, als sei sie nicht schwerer als ein Bündel Federn. Eine Zeit lang stand er nur da und hielt das Gold vor seiner Brust, die Augen halb geschlossen und mit der Miene eines Mannes, der braunen Tonstaub einatmete. Dann reichte er Whandall den Klumpen. »Nimm auch das für die Bezahlung meiner Schuld. Bring es zum Fuhrwerk.«

Whandall nahm das Gold. Er war nicht auf sein Gewicht vorbereitet. Der Klumpen hätte ihm Zehen und Finger zerquetscht, wäre er auch nur etwas weniger behände gewesen.

Morth lag hilflos auf dem Boden und lachte beinahe lautlos: *Hk, hk, hk.*

Aller Augen ruhten auf Whandall, als er die Zähne zusammenbiss, das Gold an die Brust drückte und es zum Fuhrwerk trug.

Morth wälzte sich einmal herum und stand auf. An seiner triefnassen Robe klebte Schlamm. Er hatte Gewicht verloren: Durch den Stoff waren seine Rippen zu sehen. Seine Haare waren rot, voll und lockig. Sein längliches, knochiges Gesicht trug einen wölfischen Ausdruck wie das eines jungen Fürstensipplers, der kurz davor stand, zum ersten Mal in seinem Leben seine Fähigkeiten mit dem Messer auszuprobieren.

»Das ist schon besser«, sagte er. »Noch ein wenig mehr davon.« Er ging zurück ins Wasser und watete flussabwärts.

Weide belud das Fuhrwerk und Whandall half ihr dabei, während die Kinder das Feuer löschten und das verbliebene Wildfleisch in Grashalme einwickelten. Whandall sagte: »Er hilft niemals.«

Weide sah ihn verblüfft an. »Du auch nicht.«

»Ich helfe jetzt.«

»Nun, ja, danke. Du tust es nicht oft. Ach, es liegt wohl daran, dass die Ponys dich nicht leiden können.«

»Eigentlich wollte ich damit nur sagen, dass du es anscheinend gar nicht bemerkst«, sagte Whandall. »Morth hat schon in Teps Stadt gelebt, als ich noch gar nicht geboren war, aber er ist ein Gaffer. Siehst du in ihm einen ...?«

»Ja. Vielleicht.« Weide lachte unsicher. »Er ist ein komisch aussehender Fürstensippler? Verrückt und gefährlich und manchmal vollbringt er etwas, das wir nicht können.«

Die Ponys setzten sich in Bewegung. Sie sahen Morth flussabwärts über die Felsen hüpfen, bis der Wasserlauf eine Biegung beschrieb.

Spätnachmittag. Whandall wuchtete das Fuhrwerk aufwärts, während die Ponys zogen. Das Gefährt machte einen Satz, schwankte und war wieder im Flussbett, das eben und seicht war.

»Ich kann nicht mehr«, sagte Weide.

Whandall sah auf. Sie fuhr, er ging ... aber sie war erschöpft. Die störrischen Ponys hatten ihr die letzten Kräfte geraubt.

»Wir müssen mit dem Fuhrwerk ans Ufer«, sagte er.

»Müssen wir das wirklich?«

»Dieses Wasserding, das Morth jagt, wird den Fluss entlang kommen. Da wollen wir nicht im Weg sein. Und hier ist noch kein Ufer ...«

Also kämpften sie sich weitere achtzig Schritte mit dem Fuhrwerk durch das unruhige Wasser. Dann erreichten sie einen Streifen Sand und eine sanft ansteigende Böschung, die nicht zu steil für die Ponys war, und Weide konnte vierzig Fuß über dem Wasser schlafen.

Whandall hatte ebenfalls hart gearbeitet. Hatte gearbeitet. Das war etwas Neues für ihn.

Es war gut, auf der warmen Erde zu liegen. Die Kinder lagen überall ringsumher und schliefen. Weide hatte sich mit einer Baumwurzel als Kopfkissen in einiger Entfernung von dem Fürstensippler zusammengerollt, während auf beiden Seiten jeweils ein Pony an einem zwischen zwei Bäumen gespannten Seil angebunden war. Whandall beobachtete Weide eine ganze Weile, während seine Gedanken ziellos umherwanderten.

Die Ponys sahen ihn an. Er spürte die Hitze ihres Blicks.

Sie erhoben sich. Sie zogen in verschiedene Richtungen, eine stete Belastung. Das Seil riss lautlos. Sie gingen direkt auf ihn zu.

Whandall rappelte sich auf, wobei er sich bereits einen Baum aussuchte, den er erklimmen konnte, aber einer der beiden Hengste trabte in die entsprechende Richtung und versperrte ihm den Weg dorthin. Er wählte einen anderen aus, doch auch der Weg dorthin wurde ihm versperrt. Die Felsen? Ja, die Felsenböschung hinter ihm. Er lief darauf zu und vor zwei Ponys davon, die ihn im Galopp und mit gesenkten Hörnern verfolgten.

All das hatte eine schreckliche Vertrautheit für ihn. Er wusste genau, was er zu tun hatte, weil die Ponys sich ganz genau so benahmen wie zwei Raufbolde von den Ochsenziemern, und wenn er ihnen nicht entkam, war er so gut wie tot. Er erklomm die Felsen, bevor sie ihn erreichten. Aber die Böschung war steil. Steine rollten – ein Pony wieherte – und er trat absichtlich noch ein paar mehr los und war kurze Zeit später hoch über ihnen. Er hätte sie verspottet wie enttäuschte Ochsenziemer ...

Aber Ponys verhielten sich nicht so!

Verzaubert?

Er griff in seine Hose und in den versteckten Beutel und fand dort Morths Hand voll Goldstaub. Er streute eine Wolke aus Gold über die Ponys aus.

Die Ponys wurden irre und versuchten mit aller Gewalt die Böschung zu erklimmen, riskierten dabei Hufe, Knochen und sogar ihr Leben. Dann hielten sie inne ... sahen einander an ... drehten sich um und trotteten zuerst und galoppierten schließlich zum Fuhrwerk zurück.

Wilde Magie würde einen Zauber verstärken, aber auch stören, hatte Morth gesagt. Aber wer konnte diese Ponys verzaubert haben, wenn nicht Morth von Atlantis? Whandall lief die Böschung hinunter und hinter den holzköpfigen Ponys her.

Weide stand auf der Ladefläche des Fuhrwerks, einen Schnitter in den Händen. Morth hielt sich außer Reichweite, lachte und ignorierte die Ponys, die jetzt *ihn* bedrohten. In seiner unmittelbaren Umgebung schien die Luft zu knistern.

Whandall rief: »Weide!«

Sie war den Tränen nah und froh, ihn zu sehen. »Er wollte – ich weiß nicht, was er wollte, so weit habe ich ihn nicht kommen lassen.«

Morth war empört. »Keine Frau hätte Grund, sich beleidigt zu fühlen! Ich hätte dieses Angebot niemals gemacht, wenn ich nicht etwas vom untergegangenen Atlantis in dir gesehen hätte. Ich habe Gold!« Er hielt einen Klumpen von der Größe eines Kinderkopfes in jeder Hand. Er stand da, wie von Sonnen eingerahmt.

»Weide Seiler, ich habe Macht! Ich kann dich vor allen Gefahren schützen, die uns erwarten mögen. Kannst du noch einen Mann halten, wenn du deine Jugend verlierst? Du *musst nicht* alt werden! Und ich auch nicht!«

Die Hitze stieg in Whandall auf, aber nur ein schwaches Flackern. Er tastete nach Yangin-Atep, doch Yangin-Atep war nicht mehr da. Er zog sein Messer. Er sah Morth die Hände heben. Weide hob den Schnitter, als wolle sie ihn werfen. »Hör auf!«, befahl sie.

Morth drehte sich zu ihr um und damit Whandall den Rücken zu. »Was muss ich tun, um dich davon zu überzeugen, dass ich dir nicht wehtun will? Weide, vergiss, was ich gesagt habe ...«

»Lass ihren Geist in Ruhe!«

Morth lachte. Seine Hände woben unsichtbare Fäden. Eine große Ruhe überkam Whandall. Er wusste, dass dies der Zauber war, der seinen Vater getötet hatte.

Freundlich lächelnd schlenderte er zu Morth. Der Zauberer betrachtete ihn aufmerksam. Whandall war bequem in Reichweite. Jetzt ... aber zuerst sprach er eine Warnung aus.

»Morth, glaubst du wirklich, ich könnte einen Mann nicht töten, ohne zuvor wütend zu werden?«

»Seshmarl, du überraschst mich.«

»Verlass uns. Wir haben einander geholfen, aber du brauchst uns jetzt nicht mehr.«

»Oh, aber ihr braucht mich«, erwiderte Morth. Sein Blick huschte hin und her und er lachte wieder. Whandall behielt seine Pose bei. Morth würde tot sein, bevor er die erste Silbe eines Zaubers heraus bekam.

»Ihr braucht mich anderswo, Seshmarl! Also, hier ist noch mehr Gold, veredeltes.« Morth ließ das Gold fallen und tänzelte davon. Er war bereits zehn Schritte weit die Böschung hinauf getänzelt, als Whandall mit seinem reflexhaften Satz die Stelle erreichte, wo Morth eben noch gestanden hatte. Morth tanzte zwischen Sträußen aus Schwertern her und hieb die Lorbeeren schneller beiseite, als die Pflanzen sich bewegen konnten. In der zunehmenden Dämmerung blieb er auf einem Felsenkamm stehen und rief flussabwärts.

»Du!«

Eine Welle wogte den Fluss entlang.

Springflut würde man so etwas in einem späteren Zeitalter nennen. Die Welle folgte den Biegungen und Windungen des Flusses und wurde dabei immer höher. Sie würde das Lager überschwemmen. Morth beobachtete sie und lachte.

»Du! Wassermann!« Die Entfernung ließ Morth winzig erscheinen, aber sie hörten ihn deutlich. »Du große dumme Mauer aus Wasser, weißt du, dass du mich reich gemacht hast? Und jetzt sieh mal, ob du mir folgen kannst!« Und Morth rannte.

Der schnellste Fürstensippler, dem die grausamste Bande auf den Fersen war, konnte nicht annähernd so schnell laufen wie Morth. Die Welle verließ den Flusslauf und versuchte ihm zu folgen, einen Hügel empor und den Kamm entlang, und wurde dabei immer kleiner. Morths irres Gelächter folgte ihm einen Hügel hinab und den nächsten empor, geradewegs dem entfernten, weiß gekrönten Kegel des Freudenbergs entgegen, bis er nicht mehr war als ein heller Punkt vor dem geistigen Auge.

Sie warteten bis zum Abend, bevor sie zum Fluss gingen, um Trinkwasser zu holen. Der Fluss wogte und schäumte weißlich, wo seltsame Strömungen seinen Lauf beschleunigten, auch da, wo es gar keine Felsen gab.

39. Kapitel

Bei Einbruch der Nacht versuchte Whandall ein Feuer zu entzünden, aber die Kraft hatte ihn verlassen. Es war noch reichlich gebratenes Fleisch von Morths Festmahl übrig, aber sie würden erst wieder kochen können, wenn sie gelernt hatten, Feuer zu machen.

Die Abwesenheit Yangin-Ateps war Gewinn und Verlust zugleich, wie Zahnschmerzen, die verschwunden waren und den Zahn gleich mitgenommen hatten.

Im Licht eines untergehenden Halbmondes wurden sie von Schnitzer eingeholt.

Auch nachdem er wusste, dass der Lärm der Stute und des Fuhrwerks, die durch das Unterholz brachen, nicht von einem Dutzend Kojoten verursacht wurde, war Whandall noch bereit, ihn umzubringen. Narr, sippenloser! Vielleicht hatte ihn die Magie der Stute durch diesen Irrgarten des Todes geführt.

Weide sprach ihn an und kam Whandall damit zuvor. »Bruder, bist du etwa im Dunkeln durch das Dickicht gefahren?«

»Weide! Ich war besorgt ...«

Sie schrie nicht und ihre Worte waren gewählt, und Whandall hörte in Ehrfurcht und Scheu zu. Nie wollte er sie so mit *ihm* reden hören!

Schnitzer legte sich zwischen sie. In der Nacht, als Weide schlafen mochte, wälzte er sich näher zu Whandall heran und sagte: »Ich hatte Angst um sie. Ich hatte Angst.«

Whandall flüsterte: »Ich hab's gehört.«

Stille.

»Du hast die ganze Aufregung verpasst. Morgen erzähle ich dir alles.«

Es gab schmale Streifen Strand. Woanders konnten sie von Felsen zu Felsen springen oder waten. Aber schließlich wurde der Fluss tiefer und auf beiden Seiten erhoben sich nahezu senkrechte Felswände.

Schnitzer sagte: »Ich bringe dir das Schwimmen bei.«

Zuerst kam es ihm so vor, als würde die Kälte ihn umbringen. Doch ihr Biss verlor rasch an Schärfe. Der Boden war aus weichem Schlick, eine Wohltat für die Zehen. Das Wasser reichte ihm bis unter das Kinn. Im Grunde konnte er nicht ertrinken. Trotzdem, eine Zeit lang war ihm so, als hätten Schnitzer und Weide beschlossen, ihn zu ersäufen. Zieh die Arme *so* nach hinten und *stoß* das Wasser zurück. Atme ein, wenn du kein Wasser im Gesicht hast. Atme aus, wann du willst ...

Er bekam langsam ein Gefühl für das Wie und Warum. Doch die Bäume verbargen bereits die Sonne und er war erschöpft und zitterte vor Kälte. Und vor ihm lag der Fluss, ohne jede Möglichkeit, ans Ufer zu gelangen. Sie mussten weiter. Wie weit, wusste Whandall nicht.

Es gab kein Feuer. Sie aßen kaltes Fleisch und Beeren im Licht des zunehmenden Mondes.

Die Nacht brach herein, während die Älteren unter viel Gelächter ihren Marsch den Fluss entlang und ihren Schwimmunterricht beschrieben.

Schließlich fragte Whandall niemanden im Besonderen: »Was, glaubt ihr, ist dort draußen?«

»Wir haben nie Gaffer von der anderen Seite des Waldes zu Gesicht bekommen«, sagte Schnitzer. »Vielleicht ist da gar nichts. Nichts außer Bauernhöfen und Hirten.«

»Oder noch mehr Wald oder auch gar nichts«, erwiderte Whandall.

»Jedenfalls keine Fürstensippler«, meinte Weide.

»Das heißt aber nicht, dass es nicht trotzdem ...« – Schnitzer suchte ein besseres Wort, gab aber rasch auf – »... Diebe geben kann. Oder alte Geschichten über Fürstensippler. Wir *wissen* nicht, ob sie dort keine Fürstensippler kennen. Morgen bleibst du bei den Kindern, Whandall. Sie könnten ohnehin nicht mithalten ...«

»Schnitzer, ich kann schwimmen! Du hast es mir beigebracht!«

»Und du hast schnell gelernt«, versicherte ihm Weide. Ihre Hand lag auf seinem Arm. Das hatte sie bisher noch nicht getan. »Jetzt weißt du, wie man in einem Teich schwimmt, Whandall. Solltest du je ins Wasser fallen, kommst du vielleicht sogar lebend wieder heraus. Aber wir werden durch einen reißenden Fluss waten ...«

»Du solltest ohnehin besser nicht mitkommen«, sagte Schnitzer. »Du solltest nicht gesehen werden.«

»Wir nehmen Fuhrmann und die Schnitter mit ... aber wir lassen dir besser einen Schnitter für die Kojoten da, Whandall. Wir kommen zurück, wenn wir wissen, wohin der Fluss führt.«

Whandall wünschte, er könne ihre Gesichter sehen. Andererseits war er ebenso froh, dass sie seines nicht sehen konnten.

Zwei Tage lang beschäftigte Whandall sich und die Kinder damit, den Weg zum Fluss zu verbreitern, sodass sie mehr ungefährlichen Platz zum Herumtollen hatten. Whandall und Hammer fanden arglose Beute an den Rändern des versengten Streifens. Hammer wusste, wie man fischte. Er versuchte es Whandall beizubringen und Whandall fing zwei Fische. Sie aßen sie roh.

Die Ponys zu füttern war schwierig. Sie konnten sie zum Grasen nicht frei herumlaufen lassen, weil niemand außer Weide sie wieder hätte einfangen können. Whandall sammelte alles, was nach Gras oder Stroh aussah, und die Kinder trugen das Futter dorthin, wo die Ponys angebunden waren. Sie mussten ihnen auch Wasser bringen. Wenn Whandall in die Nähe der Ponys kam, bedrohten sie ihn mit den Hörnern und zerrten an den Seilen, mit denen sie angebunden waren. Mehr als einmal war Whandall dankbar, dass die Seiler ihr Gewerbe beherrschten.

Doch alle drei Mitglieder der Seiler-Familie waren gegangen und hatten ihn mit den vier Müller-Kindern und einem der Fuhrwerke zurückgelassen. Dem Fuhrwerk mit den Flaschen und dem Gold.

Whandall wusste nichts über sippenlose Familien, Treue, Streitereien, Groll, Zank und Hader. Er machte sich Sorgen.

Schnitzer, Weide und Fuhrmann Seiler brauchten ihn sehr bald vielleicht nicht mehr. Vielleicht war es bereits geschehen. Ein Fürstensippler mit einem Messer würde alles sein, was er war und was er hatte, was immer dies für Fremde diesseits des Waldes auch bedeuten mochte.

In Teps Stadt brauchte ein Fürstensippler mit einem Messer nichts anderes zu sein.

Er konnte immer zurückkehren. Was sollte ihn daran hindern?

Aber die Ortsfeste wurde von Fremden bewacht, von Männern, welche die Frauen der Ortsfeste in den vergangenen Jahren nach Hause gebracht hatten. Sie konnten ihr Heim schützen, wenn sie den Mumm dazu hatten. Vielleicht hatten sie es bereits verloren. Sie hatten wenig mit Whandall Ortsfeste gemein. Elriss und Wanshig waren Freunde, aber sie waren die meiste Zeit mit ihren Kindern zusammen. Wess hatte einen anderen Mann genommen und danach wieder einen anderen und war nie zu Whandall zurückgekehrt. Andere Frauen waren Freundinnen für einen Tag oder eine Woche, niemals länger. Alferths Weinfuhrwerke hatten nichts mehr zu befördern. Was hielt Whandall noch in Teps Stadt?

Hier auf der anderen Seite des Waldes waren Fürstensippler vielleicht unbekannt.

Er wusste nicht, wie er an einem Ort überleben sollte, wo er nicht einfach sammeln konnte, was er brauchte. Aber Sippenlose wussten, wie man das anstellte. Das Leben bestand nicht nur aus Glück und einem Fürstensipplermesser. Sie konnten es Whandall beibringen, so wie sie ihm das Schwimmen beigebracht hatten. Er hatte sie aus der Stadt des Feuers geschafft. Sie standen in seiner Schuld.

Und da war Weide. Wenn auch nicht mehr. Ein Fürstensippler konnte eine sippenlose Frau haben, aber nur mit Gewalt, und er konnte Weide keine Gewalt antun.

Er konnte sie, nein, *hatte* sie mit dem Respekt behandelt, den er einer Fürstensipplerfrau erweisen würde. Sie schien ihre Angst vor ihm verloren zu haben und darüber war er froh. Aber warum sollte Weide einen Fürstensippler ansehen?

Es war noch nicht zu spät zum Umkehren. Um die Müller-Kinder mitzunehmen. Sie dem ersten Sippenlosen zu übergeben, dem er begegnete.

Diese Gedanken gingen ihm durch den Kopf, während er für die Kinder jagte und versuchte, sie vor allem Unheil zu bewahren.

Am nächsten Mittag kehrten die Seiler zurück.

»Eine Straße«, erzählte Weide. »Und ein ganzes Stück die Straße entlang stehen ein paar Häuser.«

»Wie weit?«, fragte Whandall.

»Wir können die Straße morgen Nachmittag erreichen, wenn wir jetzt aufbrechen.«

Whandall dachte darüber nach. »Wie sind die Leute?«

»Wir haben keine Leute gesehen«, sagte Weide.

»Wir wollten nicht gesehen werden«, meinte Schnitzer. »Also sind wir nicht sehr nah heran gegangen.«

»Wie sind die Häuser?«, fragte Whandall.

»Eckig und aus Holz. Sie sehen ganz gut aus, solide gebaut. Spitze Dächer.« Er legte die Hände zusammen, um zu zeigen, was er meinte. In Teps Stadt waren Flachdächer weiter verbreitet. »Ziemlich stabil.«

»Nicht schlecht«, sagte Whandall. »Wie die Häuser der Fürsten? Gebaut von Leuten, die keine Angst vor Feuer haben?«

»Ja!« Weide klatschte in die Hände. »Daran habe ich gar nicht gedacht, aber, ja!«

Whandall stand auf. »Ich belade das Fuhrwerk. Du musst die Ponys einspannen.«

Teil Sechs · Der Bison-Stamm

40. Kapitel

Die Ponys waren jetzt so groß wie die Pferde der Fürsten und jedes trug ein spiralförmig gewundenes Horn auf der Stirn, länger als ein Fürstensipplermesser. Die vorherrschenden äußeren Bedingungen hatten sie gebleicht: Sie waren so weiß wie Kreide und hatten eine lange seidige Mähne. Sie wiesen nicht mehr die geringste Ähnlichkeit mit den Ponys der Sippenlosen auf, die sie kürzlich noch gewesen waren. Die Stute war fast so groß wie die Hengste, aber ihr Horn war kleiner und sie hatte ihre graue Farbe nicht verloren. Sie war zahm.

Die Hengste waren nicht zahm. Sie gebärdeten sich wie toll, wenn Whandall oder Schnitzer sich ihnen näherten. Die Kinder griffen sie nicht an, aber nur Weide konnte ihnen Zaumzeug anlegen und sie vor das Fuhrwerk spannen. Wenn sie sich auf das Fuhrwerk setzte, blieben sie stehen und warteten, bis sie wieder voran ging.

Noch eine Nacht am Fluss. Whandall setzte sich und starrte auf das Wasser. Was würden sie finden? Was würde Weide tun? Sie lag neben ihrem Bruder und schlief. Ihre glatten schwarzen Haare waren verfilzt und sie schlief den Schlaf der Erschöpfung. Whandall fand, dass sie die schönste Frau war, die er je gesehen hatte. Das brachte ihn zum Grübeln. War es Magie?

Am nächsten Morgen brachen sie in aller Frühe auf und am Mittag erreichten sie eine Biegung im Fluss. Fuhrmann zeigte aufgeregt auf eine Stelle voraus und jenseits der steilen Uferböschung. »Da drüben ist die Straße.«

Bäume standen im Weg. Whandall kundschaftete einen Weg zur Straße aus. Die meisten Bäume ließen sich umgehen, aber schließlich hatten sie keine andere Wahl mehr: Sie mussten zwei Bäume fällen, um den Weg frei zu machen.

Keiner der beiden Bäume schien von anderen Pflanzen bewacht zu werden. Es gab überhaupt nur sehr wenige Pflanzen hier im Wald und dabei handelte es sich um Büsche mit Blättern, aber ohne Dornen. Sie bewegten sich nicht, wenn man sich ihnen näherte.

Dieser Baum hatte breite Blätter und der Stamm war dünner als der Körper eines Menschen. Whandall verbeugte sich vor ihm, wie er es bei Kreeg Müller gesehen hatte, und hackte dann eine tiefe Kerbe auf der Seite in den Stamm, auf die der Baum fallen sollte. Dann hackten er und Schnitzer auf der anderen Seite auf den Stamm ein, bis er fiel, nicht ganz so, wie er wollte, aber doch so, dass er nicht im Weg lag.

Der zweite größere Baum fiel genau so, wie Whandall es sich vorgestellt hatte, und der Weg zur Straße war frei. Weide brachte Pferde und Fuhrwerk. »Du hast dich vor dem Baum verneigt«, sagte sie.

Whandall zuckte die Achseln. »Waldläufer tun das.«

Weide kicherte. »Vor Rothölzern«, sagte sie. »Nicht vor allen Bäumen. Nur vor Rothölzern.«

»Hier gibt es keine Rothölzer.«

Weides Lächeln wurde ein wenig dünner. »Ich weiß.«

»Liegt dir etwas an ihnen?«

»Großmutter hat sie geliebt. Ich glaube, wir haben

einander beschützt, Menschen und Rothölzer, bevor die Fürstensippler kamen. Hier gibt es keine mehr.«

»Vielleicht finden wir anderswo welche«, meinte Whandall. Er betrachtete die Bäume, die sie gefällt hatten. »Jedenfalls wird uns das Holz nicht ausgehen. Vielleicht hat jemand ein Feuer.«

»Ich hoffe es«, sagte Weide. »In kaltem Wasser baden ... Puh!«

Sippenlose Frauen nahmen jeden Tag ein Bad, hatte Whandall erfahren, auch wenn es keine Seife und kein heißes Wasser gab, sondern nur einen Bach oder Fluss. Es schien eine sonderbare Sitte zu sein. Er war selbst hineingesprungen und hatte gejohlt und geplanscht wie die anderen, um ihnen zu zeigen, dass auch er Kälte ertragen konnte.

Die Straße war nicht mehr als ein Pfad mit tiefen Radfurchen, aber während der Fluss sich in beständigen Windungen durch das Land zog wie eine Schlange, verlief die Straße gerade. Hier und da hatte der Fluss seinen Lauf geändert, um die Straße zu unterspülen. An diesen Stellen war auch die Straße kurvig, aber bei nächster Gelegenheit war sie wieder begradigt.

Sie trugen Dörrfleisch und Brot mit sich, das sie gebacken hatten, als sie noch im Besitz von Feuer gewesen waren. Am Abend waren sie auf der Straße. Kurz nach Einbruch der Dunkelheit betrachtete Schnitzer den Nachthimmel. »Wir ziehen nach Norden«, sagte er.

»Woher weißt du das?«, fragte Whandall.

»Er sieht es an den Sternen«, erklärte Weide. »Vater hat Schnitzer beigebracht, wie man sich an den Sternen orientieren kann.«

»Es ist schwierig«, erwiderte Schnitzer. »Letzte Nacht habe ich mir den Himmel auch schon angesehen, aber da konnte ich es nicht sagen. Hier sind mehr Sterne. Viel mehr, zu viele, um jeden zu kennen! So früh am Abend sieht alles noch richtig aus. Aber wenn es wirklich dunkel ist, stehen tausende und abertausende von Sternen am Himmel.«

»Was sind Sterne?«, fragte Fuhrmann.

»Dargramnet ...« Whandall zögerte. »Die Mutter meiner Mutter. Sie sagte, die Sterne seien die Herdfeuer unserer Vorfahren. Herdfeuer und Freudenfeuer zu Yangin-Ateps Ehren.«

»Du hast gezögert«, bemerkte Weide. »Das tust du immer, wenn du über deine Familie sprichst. Warum?«

»Wir – die Fürstensippler – reden mit Fremden nicht über unsere Familien«, sagte Whandall. »Noch nicht einmal mit guten Freunden.«

»Warum nicht?«

Whandall schüttelte den Kopf. »Wir tun es einfach nicht. Ich glaube, es hat etwas mit dem Mangel an Gewissheit zu tun. Du weißt, wer deine Mutter ist, aber deinen Vater kennst du nicht unbedingt und deine Mutter könnte jederzeit fortgehen. Selbst wenn du es zu wissen glaubst ... Aber *ihr* wisst es, nicht wahr? Woher?«

»Whandall, Mädchen schlafen erst mit Männern, wenn sie verheiratet sind«, sagte Weide.

Das gemeinsame Schlafen war es nicht, was die Kinder zeugte, aber in diesem Fall schien es sich um eine Eigenart der Sprache zu handeln. Meinte sie *tatsächlich* ...? Whandall fragte: »Was passiert, wenn sie es vorher tun?«

»Dann heiratet sie niemand«, sagte Weide. Ihr Hals und ihre Wangen liefen rosa an. »Selbst wenn es nicht ihre Schuld ist. Ich kannte ein Mädchen, die Tochter einer Freundin von Mutter. Traumlotus war ein paar Jahre älter als ich, beim letzten Brennen schon alt genug, um ... anziehend zu sein. Mehrere Fürstensippler erwischten sie. Sie hätten sie beinahe umgebracht. Vielleicht wäre es besser gewesen, wenn sie es getan hätten.«

Whandalls Stimme klang eigentümlich. »Warum?«

»Sie bekam ein Kind«, sagte Weide. »Es war nicht ihre Schuld – alle wussten das –, aber sie bekam ein Kind und kein Mann wollte sie haben. Ihr Vater starb und ihr Bruder hat sich danach zu Tode getrunken.«

»Was ist aus ihr geworden?«, fragte Whandall. Er wagte nicht, nach dem Kind zu fragen.

»Das wissen wir nicht. Nach Mutters Tod haben wir Traumlotus aus den Augen verloren. Sie wollte immer auf der Fürstenhöhe arbeiten. Vielleicht ist sie dorthin gegangen.«

Gegen Mittag des nächsten Tages erreichten sie den Stadtrand.

Zuerst kamen die Hunde. Sie liefen bellend auf Weide zu. Einer kam ihr zu nah und das rechte Pony senkte das Horn und stieß zu. Der Hund lief jaulend davon. Das Bellen und Jaulen ließ zwei Städter auftauchen.

Sie waren große Männer von dunkler Hautfarbe mit langen, glatten schwarzen Haaren, die zu einem Zopf geflochten waren, der ihnen auf den Rücken hing. Einer hielt eine Lederschleuder in der einen und einen Stein in der anderen Hand. Der andere Mann hatte ein Beil. Sie riefen etwas Unverständliches, zuerst etwas, das Whandall galt, dann etwas zu dem jaulenden Hund. Der Hund kam zu ihnen und der Mann mit dem Beil bückte sich, um ihn zu untersuchen. Er sagte etwas, ohne sich aufzurichten, und der andere Mann nickte. Whandalls Daumennagel streifte das große Fürstensipplermesser in seinem Gürtel, nur um sich zu vergewissern, wo es war.

Die Männer schauten von Whandall auf dem Fuhrwerk zu Weide, die vor den Pferden marschierte, und runzelten die Stirn. Einer sagte etwas zum anderen. Dann zeigten sie auf die Pferde und einer lachte.

»Hallo«, sagte Whandall. »Wo sind wir?« Keine Antwort. Er wiederholte seine Frage auf Condigeanisch.

Der Mann mit der Lederschleuder sagte etwas, sah, dass Whandall ihn nicht verstand, und zeigte in die Richtung, in welche die Straße führte. Sie riefen ihre Hunde und sahen ihnen nach, bis Weide das Fuhrwerk außer Sicht geführt hatte.

Whandall zählte zwanzig Häuser, bevor er den Versuch aufgab, sie zu zählen. Es waren mindestens noch einmal so viele, die drei parallel verlaufende, staubige Straßen säumten. Das größte Haus hatte ungefähr die Ausmaße eines der besseren Fürstensipplerhäuser in Teps Stadt, aber sie hatten Vorgärten mit Blumen und manche sogar einen eingezäunten Hof. Sie sahen nicht so elegant aus wie die Häuser der Fürsten, aber sie waren nicht primitiv und eindeutig in dem Bestreben erbaut, eine ganze Generation und länger zu halten; manche waren aus Holz, andere aus gebranntem Lehm, keines aus Stein.

Am anderen Ende der Stadt war eine Wagenburg, ein Dutzend oder mehr große, abgedeckte Fuhrwerke, die einen Kreis bildeten. Kurz vor der Wagenburg stand eine Holzkoppel mit hundert oder noch mehr großen zotteligen Tieren darin. Die Tiere schienen keinen Hals zu haben. Ihre Augen glotzten aus einem dicken Fellkragen und sie hatten kurze geschwungene Hörner und peitschende Schwänze. Sie standen im Kreis, die größten außen, die kleineren innen, und kauten geräuschvoll Heu, das in Ballen herumlag, während sie Whandall und dessen Fuhrwerk boshaft anstarrten.

Als Weide eine grell gekleidete Dame auf der staubigen Hauptstraße der Stadt ansprach, machte diese keinen unfreundlichen Eindruck, aber sie lachte nur und zeigte auf die Wagenburg.

»Meine Füße tun weh«, sagte Weide.

Zwei Jungen kamen aus der Wagenburg gelaufen und riefen etwas. Whandall gestikulierte hilflos. Sie lachten und zogen sich wieder in den Kreis der Fuhrwerke zurück und einen Augenblick später kam ein großer Mann von ungefähr vierzig Jahren heraus. Sein Gesicht war vom Wetter gegerbt und er schielte ein wenig.

Seine Hautfarbe war etwas heller als die der Männer, denen sie zuvor begegnet waren. Er war ganz in Leder gekleidet, lange Hose, langärmelige Tunika, weiche Stiefel. Auf die linke Brust der Tunika war ein großer roter Mond gemalt. Rote und blaue Tiere jagten einander im Kreis um den Mond. Auf seinem Rücken strahlte eine dunkelrote Sonne und darunter jagten mit Speeren bewaffnete Krieger eine Herde derselben hässlichen Biester, die sie in der Koppel gesehen hatten. Sein Haar war schwarz mit Spuren von Grau an den Schläfen und im Nacken zu einem Zopf geflochten, der weit herunter hing. Im Haar steckten Federn und er trug einen glänzenden Silberring mit einem großen blaugrünen Stein. Um den Hals hing an einem Bändchen ein weiteres silbern-blaugrünes Schmuckstück. Im Gürtel steckte ein scharf aussehendes Messer mit einem mit prächtigen Schnitzereien verzierten Knochengriff. Die Klinge war nicht so lang wie die von Whandalls Fürstensipplermesser.

»*Hiyo. Keenm hisho?*«

Whandall schüttelte den Kopf. »Whandall«, sagte er. »Aus Teps Stadt.«

Der Mann überlegte. »Du kannst Condigeanisch?«

»Ich spreche gut Condigeanisch«, antwortete Whandall aufgeregt.

»Gut. Ich spreche eure Sprache nicht. Wir haben hier nicht viel Kontakt zum Tal der Dünste«, sagte er. »Wie seid ihr hierher gekommen?«

»Wir haben uns einen Weg durch den Wald geschnitten«, erwiderte Whandall.

»Ich bin beeindruckt.« Er schaute von Whandall zu Weide, sah sich die Ponys an, betrachtete die Kinder auf dem Fuhrwerk. »Ich glaube nicht, dass ich schon mal jemandem begegnet bin, der auf die Art von dort weggekommen ist. In Condigeo gibt es ein paar Harpyien, aber die sind mit dem Schiff gekommen.«

Weide sah Whandall an. »Harpyien?«, fragte sie.

»Ich nehme an, er meint uns«, sagte Whandall.

Weide schauderte. »Sag ihm ...« Sie fing sich.

»Gut aussehende Einhörner«, bemerkte der Mann. »Wollt ihr sie verkaufen?«

»Nein, ich glaube nicht«, sagte Whandall.

»Nun, dann nicht. Ist das deine Schwester?«

Whandall schluckte den Zorn herunter, der bei dieser unverschämten Frage automatisch in ihm hochstieg. »Nein.«

»Aha. Habt ihr Hunger? Ich heiße übrigens Schwarzer Kessel.« Er tätschelte seinen beachtlichen Bauch. »Aber alle nennen mich Kesselbauch.« Er zeigte auf die Wagenburg. »Das ist der Bison-Stamm.«

»Ich bin Whandall.« Stamm? Das war zu kompliziert. »Und das ist Weide. Ihre Brüder Schnitzer und Fuhrmann. Die Kinder sind Vettern und Basen«, erklärte Whandall.

»Soso. Dein Mädchen?«

Ich habe dir bereits mehr erzählt, als du wissen musst! Aber die Frage war unschuldig gestellt. Vielleicht redeten die Leute hier ganz offen über solche Dinge. Tras Preetror hatte es getan.

Weide würde ihn nicht verstehen. Whandall sagte: »Ich hoffe es.«

Kesselbauch lächelte. »Gut aussehendes Mädchen. Hier, folgt mir. Wir geben euch etwas zu essen.«

»Danke. Wir könnten auch ein Feuer gebrauchen.«

Kesselbauch lachte schallend. »Eine Harpyie aus dem Tal der Dünste kann kein Feuer machen?«

Whandall wollte ihm diese Bemerkung übel nehmen, aber Kesselbauch machte einen so freundlichen und gutmütigen Eindruck, dass er es nicht vermochte. Stattdessen lachte er: »Ich habe nie gelernt, wie. Ich brauchte es nie.«

»Ich glaube, das verstehe ich ganz gut«, sagte Kesselbauch. »Dann kommt mit mir.« Er wandte sich an eines der Kinder. »Nummer Drei ...«

»Ich bin Vier.«

Kesselbauch lachte lauthals und erteilte Anweisungen. Dann wandte er sich wieder an Whandall. »Ich habe ihm gesagt, er soll Mutter mitteilen, dass wir Gesellschaft haben. Und er wird Haj Fischadlers Frau aufsuchen. Sie stammt aus dem Tal der Dünste und wird mit deinen Freunden reden können. Wenn du bereit bist, diese Einhörner zu verkaufen, lass es mich wissen. Ich mache dir einen guten Preis und zeige dir, wie man mit Bisons umgeht.

»Warum sollte ich sie verkaufen wollen?«

Kesselbauch lächelte nachsichtig. »Nun ja ... es könnte sich so ergeben.«

Rubin Fischadler war mindestens fünfzig, eine sippenlose Frau mit sanften Augen und feinen langen Haaren, die weiß geworden waren. Sie hatte Weide kaum erblickt, als sie ihr bereits Fragen über ihre Familie stellte. Wer war Weides Mutter? Wer war die Mutter ihres Vaters? Nach wenigen Minuten hatte sie herausgefunden, dass die Mutter von Weides Vater den Bruder von Rubins Tante geheiratet hatte und der Bruder von Weides Mutter Rubins Vetter war.

»Aber du bist müde. Kesselbauch sagt, ihr habt kein Feuer! Wie lange schon?«

»Drei Tage«, antwortete Weide.

»Du armes Ding! Komm mit, ich habe eine Badewanne. Ich liebe meinen Mann, ich liebe das Händlervolk, aber sie baden nicht genug! Schwitzhütten sind schön und gut, aber es geht doch nichts über ein anständiges Bad! Also komm mit. Ich zeige dir ...«

»Was ist mit den Pferden?«, fragte Weide. »Whandall wird nicht mit ihnen fertig ...«

Rubin grinste, als habe Weide einen guten Witz gemacht. »Darum kümmern wir uns.« Sie sagte etwas zu Kesselbauch.

Er nickte und zeigte auf eine zweite, größere Koppel jenseits der Wagenburg. Darin befanden sich zwei einhornige Hengste. Jeder stand in seiner eigenen Hälfte der Koppel. Einer war in Gesellschaft zweier grauer Stuten, der andere war allein. Sie beäugten Whandalls Gefährt und blähten die Nüstern. Whandalls Stute wieherte.

Mädchen, die jünger waren als Weide, brachten Futter zur Koppel. Eines der Mädchen beobachtete die Fremden mit offensichtlicher Neugier. Kesselbauch winkte ihm zu und es kam zu ihnen. Das Mädchen war hübsch und ein wenig jünger als Weide. Ihre Weiblichkeit fing gerade erst an, sich auszuprägen. Whandall fand sie auf eine exotische Art hübsch. Ihre Haare waren lang und glatt und mit einer Schleife aus einem orangefarbenen Band zusammengebunden; sie lächelte Whandall an.

Kesselbauch redete schnell und sagte schließlich: »Whandall.« Das Mädchen lächelte und nickte Whandall zu. »Ihr Name lautet übersetzt Orangenblüte«, erklärte Kesselbauch. »Du wirst lernen, ihn auszusprechen, aber nicht jetzt. Ich glaube, sie mag dich.«

Orangenblüte lächelte schüchtern.

»Sie kümmert sich um eure Einhörner. Euer Fuhrwerk wird hier neben meinem sicher genug sein.«

Orangenblüte machte sich daran, die Pferde auszuspannen. Whandall sah ihr zu und fragte sich, was er tun solle. Die Pferde und das Fuhrwerk waren ihr ganzer Besitz. Er bemerkte, dass Kesselbauch ihn mit einer eigentümlichen Belustigung beobachtete.

»Das geht schon in Ordnung, Junge«, meinte Kesselbauch. »Denk mal drüber nach: Wir sind fahrende Händler vom Bison-Stamm. Jeder weiß, wer wir sind. Wären wir Diebe, würde uns dann irgendeine Stadt trauen? Schließlich können wir nicht einfach davon fahren! Nicht, wenn die Fuhrwerke von Bisons gezogen werden!«

Orangenblüte legte der Stute Zaumzeug an. Um die Hengste kümmerte sie sich nicht. Sie führte die Stute zur Koppel und die Hengste folgten fügsam.

»Junge Fohlen«, sagte Kesselbauch. »In einem Jahr werden sie kämpfen, aber jetzt sind sie noch kein Problem.«

Rubin redete immer noch. »Gut, das wäre also geregelt. Komm, Weide.« Sie führte Weide in den Wagenkreis.

»Sie hat ihre Muttersprache nicht mehr gehört, seit wir zuletzt in Condigeo waren«, berichtete Kesselbauch. »Da hat sie Verwandte. Jedenfalls Verwandte in ihrem Sinn. Na, dann komm mal mit, Junge, es gibt Besseres als Badewannen! Sag den Kindern, sie sollen mit Nummer Vier gehen. Er wird ihnen etwas zu essen geben.«

»Nummer Vier?«, fragte Whandall.

»Ja, wir geben den Jungen hier keine Namen, wie man das in den Städten macht«, sagte Kesselbauch. »Wenn sie alt genug sind, geben sie sich selbst Namen. Bis dahin nennen wir sie einfach beim Namen ihres Vaters, es sei denn, es sind so viele, dass sie Nummern bekommen müssen. Jedenfalls wird Vier dafür sorgen, dass die Kinder satt werden. Du kommst mit mir.«

Whandall erklärte alles den Seilers und Müllers, die zugehört hatten, ohne ein Wort zu verstehen.

Schnitzer fand, er solle bei den Kindern bleiben. Fuhrmann hatte andere Pläne. Er wollte mit Whandall gehen. Whandall wollte schon sagen, dass er nichts dagegen habe, als er spürte, dass Schnitzer damit nicht einverstanden war. »Du solltest besser deinen Leuten helfen«, sagte Whandall.

»In Ordnung, Whandall«, gab Fuhrmann nach.

Kesselbauch führte Whandall zu einem der großen Wagen. Die Wagen hatten ein Dach aus Reifen, die mit Stoff bespannt waren. Das Dach war so hoch, dass Whandall glaubte, er könne darunter stehen, aber sie gingen nicht hinein. Kesselbauch führte ihn um den Wagen herum und in den Kreis.

Oben am Dach des Wagens war eine Plane befestigt, die mit Hilfe zweier Stangen wie eine Markise aufgespannt war, sodass sich eine Art Vorraum mit hohem Dach ergab, das Schutz vor der Sonne bot. Große Kisten bildeten niedrige Wände rings um den überdachten Bereich, der mit Teppich ausgelegt war; davor stand eine Bank. Kesselbauch setzte sich auf die Bank und zog sich die Stiefel aus. Er bedeutete Whandall, seinem Beispiel zu folgen.

»Meistens ziehen wir die Schuhe aus, bevor wir hineingehen«, sagte er. »Das erspart den Frauen eine Menge Arbeit.«

Whandall dachte darüber nach. Es war eine neue Art, die Dinge zu betrachten.

Der Teppich fühlte sich seltsam unter seinen nackten Füßen an. Er hatte Teppiche auf der Fürstenhöhe gesehen, aber er war noch nie auf einem gelaufen. Diese waren bunter, farbenfroher, und schienen auch robuster zu sein. Er nahm an, dass die Fürsten sehr gut für solch einen Teppich bezahlen würden. »Wie werden die gemacht?«, fragte er.

»Was, die Teppiche? Gewoben«, sagte Kesselbauch. »Aus Wolle. Dieser hier ist von Bergschäfern gemacht worden. Sie weben sie im Winter.«

»Das muss sehr lange dauern.«

»Das tut es auch«, sagte Kesselbauch. »Dieser hier hat wahrscheinlich acht oder sogar zehn Jahre gebraucht. In Städten bekommt man billigere. Die sind nicht so sorgfältig gewoben und es werden auch Fäden aus Flachs und Hanf verwendet. Vielleicht werden hier sogar welche zum Verkauf angeboten, wenn morgen der Markt beginnt. Nimm doch Platz.«

Sie setzten sich auf mit Wolle gefütterte Kissen. Die Kissenhüllen waren aus einem groben Material gewoben, wie die Teppiche, aber anders gemustert. Kesselbauch saß mit ausgestreckten Beinen da, den Rücken an eine der Kisten gelehnt.

Wenn man draußen vor einem Wagen leben musste, waren Teppiche eine gute Idee, fand Whandall. »Werden hier gute Teppiche verkauft?«

Kesselbauch lächelte. »Na ja, ich würde nicht wollen, dass die Leute aus Feuerwald meine Antwort hören«, gab er zu. Er beobachtete Whandalls Reaktion darauf und grinste. »Die Teppiche aus Marsyl sehen ganz gut aus, aber in Marsyl wird es im Winter nicht kalt genug. Die Schafe hier geben nicht die beste Wolle. Wir kaufen Teppiche aus Marsyl, wenn wir nach Süden unterwegs und nicht voll beladen sind. Entlang der Straße nach Condigeo verkaufen sie sich ganz gut.«

»Aber ihr zieht nicht nach Süden«, riet Whandall. Tras Preetror hatte gesagt, Condigeo liege sechs Tagesreisen mit dem Schiff südlich von Teps Stadt.

»Stimmt.«

Kesselbauch klatschte in die Hände. Eine Frau etwa in seinem Alter kam hinter den Kisten hervor. Sie war dunkler als Kesselbauch und erheblich schlanker. Ihre Röcke waren aus Leder, auf das bunte Muster tätowiert waren. Einige der Tätowierungen wurden durch bunte Fäden betont, die so aufgenäht waren, dass sie wiederum ein Muster bildeten. Ihre dunklen Haare waren im Nacken zusammengebunden, aber nicht geflochten wie bei den Männern.

Kesselbauch stand auf, als die Frau den überdachten Bereich betrat, und nach einem Augenblick folgte Whandall seinem Beispiel.

»Whandall, meine Frau Mirime. Ich fürchte, sie spricht nicht viel Condigeanisch.« Kesselbauch redete schnell in einer Sprache, die Whandall nichts sagte, aber er glaubte das Wort *Harpyie* zu verstehen. Mirime sah nicht besonders glücklich mit ihrem neuen Gast aus, aber schließlich nickte sie und ging zwischen den Kästen hindurch, vermutlich in einen anderen Raum. Augenblicke später kehrte sie mit einem Tablett zurück, auf dem zwei Becher und eine Flasche standen. Sie stellte das Tablett auf den Teppich, verbeugte sich unmerklich und ging.

Kesselbauch bedeutete Whandall, wieder Platz zu nehmen. Er füllte beide Becher und reichte Whandall einen davon. Der Becher erinnerte Whandall an die dünnwandigen Tassen, welche die Fürsten benutzten, und wie die Tassen der Fürsten waren auch diese mit Figuren bemalt. Auf einer Seite war ein Schiff und auf der anderen eine Frau mit einem Fischschwanz.

Der Becher war mit einem Wein gefüllt, der wunderbar roch. Whandall wollte den Inhalt schon herunterstürzen, als er sah, dass Kesselbauch an seinem nur nippte und dann Whandall beobachtete. Whandall nippte ebenfalls. Der Wein war weich und süß, ganz anders als die Weine, die er in Teps Stadt getrunken hatte. Er nippte noch einmal. Augenblicke später, so schien es, war der Becher leer.

Kesselbauch füllte aus dem Steinkrug nach. »Letzte Woche haben wir viel Rauch gesehen«, sagte er. »Ein Brennen?«

Whandall nickte. »Ja.«

Kesselbauch schnalzte mit der Zunge. »Das habe ich nie begriffen. Warum sollte man seine Stadt niederbrennen wollen?«

»Nicht alle wollen das«, erwiderte Whandall.

»Sicher. Rubin Fischadler hat es mir erzählt. Es gibt zwei Sorten Harpyien, solche wie sie, die Brände löschen, und die andere Sorte.«

»Sippenlose und Fürstensippler«, sagte Whandall.

»Ja, so hat sie sie genannt.«

»Fürstensippler folgen Yangin-Atep«, erklärte Whandall. »Wenn der Feuergott Besitz von einem Mann ergreift, beginnt das Brennen.« Der Weinbecher war wieder leer. Kesselbauch füllte unaufgefordert nach. Whandall trank mehr.

»Fürstensippler tun noch andere Dinge«, bemerkte Whandall verdrossen.

»Sie sind Diebe, nicht wahr?«

»Wir sammeln. In Teps Stadt ist das kein Stehlen. Nicht für Fürstensippler.«

»Hier ist es das«, entgegnete Kesselbauch.

»Weide ist sippenlos«, sagte Whandall. Er zögerte. Der Wein brannte in seinem Magen. »Die anderen auch. Aber ich bin ein Fürstensippler.«

»Natürlich bist du einer«, sagte Kesselbauch. Die Belustigung war wieder in seiner Stimme zu hören und sein Grinsen war breit.

»Das wusstest du?«

Kesselbauch brüllte vor Lachen. »Whandall, Whandall, das weiß jeder.«

Whandall runzelte die Stirn. »Woher?«

Anstelle einer Antwort rief Kesselbauch: »Mirime! Bring mir den Spiegel.«

Die Frau kam mit einem Bronzespiegel, den Kesselbauch mit einem sauberen, weichen Tuch polierte und dann Whandall reichte. »Du hast keinen Spiegel, nicht wahr?«

Whandall sah hinein.

Er sah eine bunte gefiederte Schlange mit dem Gesicht eines Mannes darunter.

»Andere Länder, andere Sitten«, sagte Kesselbauch. »Teps Stadt ist nicht der einzige Ort, an dem Tätowierungen üblich sind. Aber es heißt, dass sie bei den Fürstensippler-Harpyien greller sind, und, Whandall, so etwas wie das da habe ich noch nirgendwo gesehen! Deshalb hat sich niemand vor dir gefürchtet, weißt du?«

»Das verstehe ich nicht.« Whandall stellte fest, dass der Wein in seinem Schädel summte und ihn undeutlicher reden ließ. »Die Tätowierung stammt wahrscheinlich aus Atlantis.«

»Aus Atlantis! Aber du stammst nicht aus Atlantis.«

»Nein, nein ... ich habe mich mit einem atlantischen Zauberer angefreundet«, sagte Whandall, wobei er sich fragte, warum er diesem Fremden so viel erzählte.

»Er hat dir alle Ehre gemacht. Aber, Whandall, wohin du auch gehst, was du auch tust, nach wenigen Wochen wird es landauf, landab bekannt sein«, erwiderte Kesselbauch. »Du bist der am leichtesten zu beschreibende Mann auf der ganzen Hanfstraße!«

»Ist die Tätowierung hässlich?«, fragte Whandall.

»Man muss sich daran gewöhnen, das würde ich schon sagen«, sagte Kesselbauch. »Aber wenn man sich daran gewöhnt hat, sieht sie in gewisser Weise sogar gut aus.«

Whandall trank seinen Becher aus und hielt ihn Kesselbauch wieder hin. Kesselbauch beugte sich vor, um ihn zu füllen, hielt dann jedoch inne. »Bist du sicher?«

»Nein. Dämlich.« Whandalls Faust schloss sich und verbarg den Becher. »Aber das hier ... danach hat mein Bruder gesucht.«

»Soll heißen?«

»Das ist guter Wein. Wanshig war *sicher*. Hatte nie so etwas wie das hier gekostet, aber er war *sicher*. Wie ich *sicher* war, dass es einen Weg nach draußen gibt, und schließlich habe ich ihn auch gefunden.«

Kesselbauch nickte verständnisvoll. »Die Frage ist: Kannst du dich im Zaum halten?«

Die Redewendung sagte Whandall nichts. Ob er sich – was den Wein anging – beherrschen konnte? »Sicher.«

»Das hoffe ich«, sagte Kesselbauch. »Junge, das hoffe ich. Du bist nicht der Erste, weißt du?«

Whandall runzelte fragend die Stirn.

»Andere Fürstensippler-Harpyien kommen nach draußen. Warum nennen wir euch wohl Harpyien, hmm, was meinst du? Die meisten werden draußen nicht alt. Wenn sie Glück haben, werden sie zurückgebracht. Aber die meisten werden getötet, wenn es zu viel Aufwand ist, sie zurückzubringen.«

»Was geschieht mit dem Rest?«

»Davon gibt es nicht viele. Rubin Fischadler hast du ja bereits kennen gelernt. Einsame Krähe hat zwei Harpyien als Wachen in seinem Wagenzug und man erzählt sich von einem Harpyie-Ledermacher im Paradiestal. Ich weiß nicht, ob ich noch andere kenne. Vielleicht noch ein paar Frauen.«

Whandall dachte darüber nach. »Ich lasse mich auf keinen Fall zurückbringen.«

»Ich wusste, du bist gescheit. Und du kannst dich beherrschen. Jedenfalls kannst du das, wenn du nüchtern bist.«

Woher wollte er das wissen? Über welche Magie verfügten die Leute hier?

»Ich sag dir was, lass uns Wasser trinken«, meinte Kesselbauch. »Mehr Wein beim Essen. Zuerst zeige ich dir hier alles.«

41. Kapitel

Die Wagen waren anders als Whandalls Fuhrwerke. Sie waren gut durchdacht und größer. Es gab Lastwagen und Wagen für Heuballen und Futter, aber jede Familie hatte auch einen, der nichts anderes als ein Haus auf Rädern war. Diese Wagen hatten ein Dach aus wetterfestem Stoff, der über Metallreifen gespannt war, und ein kompliziertes Geschirr, in das die merkwürdigen Bisons eingespannt werden konnten.

»Das hält Große Hand auf Trab«, sagte Kesselbauch. »Unseren Hufschmied. Und das Lederhandwerk. Aber wir brauchen keine Magie. Es sind viele Leute unterwegs. Und die Magie fließt spärlich auf der Hanfstraße. Da ist es besser, wenn man nicht so abhängig von ihr ist.«

Whandall nickte. »In Teps Stadt gibt es auch nicht viel Magie ...«

»Das hat man mir bereits erzählt«, sagte Kesselbauch.

»Warum nennt ihr sie Hanfstraße?«

Kesselbauch zuckte die Achseln. »Es wird auch mit anderen Dingen Handel getrieben. Wahrscheinlich sogar am meisten mit Wolle. Aber nach gutem Hanf besteht immer eine Nachfrage. Fasern, Seile, Rauchpflanzen, Hanftee, Hanfblütenharz. Für guten Hanf bekommt man immer einen anständigen Preis.«

»Versucht er nicht, euch umzubringen?«, fragte Whandall.

»Wer, der *Hanf*?«

»Vielleicht hat er vergessen, wie«, murmelte Whandall. Kesselbauch betrachtete ihn mit sonderbarer Miene, sagte jedoch nichts.

Die Wagen, in denen sie lebten, waren innen kahl. Kesselbauch erklärte es ihm. »Wir leben weniger in den

Wagen als vielmehr draußen vor ihnen. Die Kisten füllen die Wagen fast ganz aus, wenn wir unterwegs sind, und werden zu Wänden gestapelt, wenn wir lagern. Manche Kisten lassen sich von der Seite öffnen, andere von oben. Wenn man die Kisten stapelt, ein Dach darüber spannt, die Teppiche auslegt und alles festbindet, hat man ein behagliches Nest. Wir haben alles in einer Stunde aufgebaut, wenn wir irgendwo ein Lager aufschlagen und alle Hand anlegen.«

All das war Whandall neu. Keine Fürstensippler, keine Sippenlosen. Nur Leute, die wie Sippenlose arbeiteten, aber behielten, was sie anfertigten ...

»Wem gehört dies alles?«, fragte Whandall.

»Tja, das ist kompliziert«, antwortete Kesselbauch. »Eine Menge von diesem Zeug gehört dem Wagenzug. Die meisten Familien besitzen einen Lastwagen, manche auch zwei. Mir gehören drei. Und jede Familie besitzt einen Wohnwagen und ein Bisongespann. Das ist die Aussteuer der Braut.« Er schnitt eine Grimasse. »Ich habe fünf Mädchen. Zwei sind schon verheiratet. Bleiben noch drei, also muss ich noch dreimal eine Aussteuer kaufen! Aber nur das Beste für meine Mädchen. Du solltest mal sehen, was ich für Orangenblüte machen lasse. Hundertfünfzig Meilen von hier gibt es eine Schmiede an der Straße, die wirklich gute Wagen baut. Wie diesen hier. Wenn wir das nächste Mal dorthin kommen, irgendwann diesen Sommer, nehmen wir ihren Wagen mit. Sie wird die Burschen mit einem Stock verjagen müssen, wenn die ihren Wagen sehen!«

Wie bei den Sippenlosen, dachte Whandall. Sippenlose Männer sorgten für ihre Töchter. Die Männer der Fürstensippler wussten selten, wer ihre Kinder waren. Ein Junge mochte aussehen wie der Mann seiner Mutter und dann war es ziemlich klar, aber bei Mädchen wusste man nie.

Aussteuer. Ein neues Wort ... und Kesselbauch redete so schnell, dass Whandall nicht sicher war, alles verstanden zu haben, was er sagte. Er musste etliches lernen.

Und doch. Whandall grinste breit. Eines hatte er bereits gelernt – hier bot sich ihm eine Gelegenheit. Eine wirkliche und wahrhaftige Gelegenheit.

Der Marktbereich war ein Feld jenseits der Stadt. Es gab Zelte und Wagen mit Plattformen und alles schien drunter und drüber zu gehen, da Städter und Fahrende sich beeilten, den Jahrmarkt aufzubauen. »Morgen früh wird es ziemlich gut aussehen«, sagte Kesselbauch. Er ging zu einem großen Zelt, das an einer Ecke des Jahrmarkts stand. Orangenblüte wies vier Kinder an, die Teppiche auszulegen, Tische aufzustellen und ganz allgemein Vorbereitungen zu treffen.

»Also, Whandall, hast du irgendwas zu verkaufen?«, fragte Kesselbauch.

»Du siehst doch, dass der Wagen leer ist ...«

»Ich sehe nur, dass er einen falschen Boden hat.« Kesselbauch gluckste. »Wer weiß, was du darin versteckt hast? Aber das ist ja auch der Sinn der Sache. Jedenfalls würde ich dir für einen Verkaufstisch in meinem Zelt nicht viel berechnen.«

»Ist das hier ein guter Platz zum Verkaufen?«, fragte Whandall.

Kesselbauch schüttelte den Kopf. »Das hängt davon ab, was du verkaufst. Nun ja, eigentlich nicht. Hier gibt es auch nicht viel zu kaufen außer Vorräten und Heu, zumindest nicht auf dem Weg nach Norden im Frühjahr. Wir kaufen ein paar Beeren. Obst und Gemüse ist hier eher reif als im Norden. Manchmal kann man mit Beeren einen ordentlichen Gewinn im Norden machen, wenn die Leute die Winternahrung satt haben. Aber es wird nicht viel zu kaufen geben und man muss vorsichtig sein. Beeren verderben schnell, wenn man in ein Gebiet kommt, wo die Magie schwach ist.«

»Warum haltet ihr hier dann überhaupt an?«

»Junge, wir haben gar keine andere Wahl. Die Bisons kommen nur eine bestimmte Strecke weit, dann müssen sie sich erst mal ein paar Tage ausruhen und sich den

Bauch vollschlagen. Das ist die Hauptentschuldigung dafür, dass diese Stadt überhaupt existiert, sie ist eine Raststätte für Lastwagen an der Hanfstraße.« Er beäugte Whandall kritisch. »Und jetzt müssen wir zu einer Übereinkunft gelangen.«

»Was soll das heißen?« Whandall drehte sich wachsam um und duckte sich ein wenig.

»Ein Messerkämpfer. Einsame Krähe hat mir erzählt, ihr Harpyien wärt gut mit dem Messer«, sagte Kesselbauch.

»Gut genug«, erwiderte Whandall. »Was für eine Übereinkunft?«

»Junge, du fragst ständig nach Informationen. In Erfahrung zu bringen, was du wissen willst, verursacht Kosten. Soll ich dir die Informationen dann also umsonst geben?«

Whandall dachte darüber nach. »Zauberer tauschen Informationen«, sagte er. »Geschichtenerzähler tauschen Geschichten aus. Ich habe bei einem Erzähler gelernt.«

»Ja, aber du weißt nichts, was ich wissen will«, entgegnete Kesselbauch. »Wenigstens bezweifle ich, dass du etwas weißt. Geschichten sind gut. Von guten Geschichten kann man leben. An jedem Abend, an dem du eine gute Geschichte erzählst, ist das Essen umsonst. Aber was weißt du, was ich wissen sollte?« Mittlerweile musste er Whandalls Grinsen bemerkt haben.

»Die Große Adlerbucht«, sagte Whandall. »Da wird gut für Kräuter und Gewürze bezahlt.«

»Das hängt von den Gewürzen ab«, erwiderte Kesselbauch. »So weit nach Westen kommen wir nicht. Und im Goldenen Tal gibt es einen Markt, auf dem noch besser bezahlt wird als in der Adlerbucht. Die Adlerbucht liegt am Meer, deshalb wird der Handel zum größten Teil mit Schiffen abgewickelt. Whandall, hast du unter diesem falschen Wagenboden Gewürze aus dem Tal der Dünste?«

Whandall wog seine Möglichkeiten ab. Keine wollte ihm wirklich gut erscheinen. Da konnte er ebensogut die Wahrheit sagen. »Ein paar.«

»Dann behalte sie. Du musst sie im Goldenen Tal verkaufen. Falls du dorthin kommst.«

»Warum sollte das ein Problem sein?«, fragte Whandall.

Orangenblüte kicherte hinter ihnen. »Es wird keines, wenn du bei uns bleibst«, sagte sie. Sie war damit beschäftigt, den Teppich mit einem Besen zu kehren.

»Es kann ziemlich heikel werden«, meinte Kesselbauch. »Banditen. Vielleicht könnt ihr eine kleine Gruppe abwehren, aber keine größere. Dann sind da die Zöllner. Jede Stadt will ihren Schnitt machen. Einem einsamen Reisenden knöpfen sie ab, was sie nur können. Allein kommst du keine zweihundert Meilen weit.«

Whandall schwieg.

»Du bist zäh«, sagte Kesselbauch. »Und siehst obendrein auch noch ziemlich gemein aus. Aber ein Mann reicht einfach nicht, um dir die Zöllner vom Hals zu halten.«

Whandall dachte an die Toronexti. »Willst du mir ein Angebot machen?«

»Ich denke darüber nach.«

»Tu es, Vater«, sagte Orangenblüte.

»Also gut. Whandall, fahr mit uns zum Goldenen Tal. Sollte es Kämpfe geben, wirst du auf unserer Seite stehen. Du zahlst deine Reiseunkosten selbst, also Nahrung für euch und für die Tiere. Wie zahlen die Zölle. Du rechnest mit uns ab. Es kostet dich ein Drittel.«

»Vater!«, warf Orangenblüte ein.

»Still, Kind!«

»Ein Drittel wovon?«

»Von allem, was du hast, wenn wir ins Goldene Tal kommen.«

»Was zahlen die anderen?«, fragte Whandall.

»Ein Fünftel. Aber du wirst uns viel mehr Schwierigkeiten bereiten als sie.«

»Die anderen sind seit Condigeo dabei«, rief Whandall. »Sie zahlen ein Fünftel für den ganzen Weg von Condigeo.« Er war es nicht gewöhnt zu feilschen. Aber ein Fürstensippler musste listenreich sein ...

»Tja, damit hast du nicht ganz Unrecht«, sagte Kesselbauch. »Und außerdem gefällst du meiner Tochter. Ein Viertel, Whandall, und das ist mein letztes Angebot. Ein Viertel dessen, was du wert bist, wenn wir das Goldene Tal erreichen.« Er hielt inne. »Ein besseres Angebot wirst du nicht bekommen.«

Das Abendmahl war eine ziemlich große Sache. Ein riesiger Kessel mit Gulasch köchelte über einem offenen Feuer in der Mitte der Wagenburg vor sich hin. Teppiche und Kissen lagen im Kreis um das Feuer. Männer und ältere Frauen saßen, während Kinder und jüngere Frauen Teller mit Gulasch und kleine Becher mit Wein verteilten, der großzügig mit Wasser verdünnt war.

Kesselbauch wartete, bis Whandall seinen Teller mit Gulasch geleert hatte, dann kam er zu ihm, um ihn allen und jedem vorzustellen.

Zuerst wurde er zu einem Wagen gebracht, dessen Dach so bemalt war, dass es wie der Himmel aussah. Eine merkwürdige, wie ein Trichter geformte Wolke reichte vom oberen Rand des Dachs bis zum unteren Rand des Wagenbodens. Die Wolke sah so wirklich aus, dass Whandall glaubte, er könne sehen, wie sie sich bewegte, wenn er wegschaute. Wenn er sie anstarrte, rührte sie sich nicht.

Zwei Frauen, so alt wie Rubin Fischadler, und ein Mädchen in Weides Alter kümmerten sich um den Wagen. Das Mädchen starrte Whandall an, bis Kesselbauch etwas sagte, woraufhin eine der Frauen hineinging. Sie kam mit einem Mann heraus.

»Hickatane«, sagte Kesselbauch. Er sagte schnell etwas und wandte sich dann an Whandall. »Das ist Hickatane, der Schamane dieses Wagenzugs. Ich habe ihm gesagt, dass ich dich eingeladen habe, dich diesem Wagenzug anzuschließen.«

Hickatane war alterslos. Seine dunkle Haut war wie das Leder, das er trug, die Augen lagen tief in den Höhlen. Er hätte dreißig oder auch neunzig sein können. Er starrte Whandall an, dann schaute er an ihm vorbei auf die entfernten Berge. Whandall wollte etwas sagen, doch Kesselbauch bedeutete ihm ungehalten zu schweigen. Sie standen da und warteten, während Hickatane ins Nichts starrte. Schließlich sagte der Schamane etwas auf Condigeanisch.

»Whandall Ortsfeste«, sagte er.

Whandall schrak zusammen.

»Das ist dein Name?« Hickatane ließ es wie eine Frage klingen.

»Ja, Weiser, aber ich habe ihn bisher niemandem hier genannt.«

Hickatane nickte. »Ich war nicht sicher. Du wirst andere Namen haben und alle werden der Welt bekannt sein. Du wirst nie wieder einen geheimen Namen haben oder brauchen.«

»Du siehst die Zukunft.«

»Manchmal, wenn sie stark genug ist.«

»Werde ich Morth von Atlantis wieder begegnen?«

Hickatane starrte erneut in die Ferne. »Also stimmt die Geschichte. Ein atlantischer Zauberer hat überlebt! Vor langer Zeit, vor dem Untergang von Atlantis, bin ich einmal einem begegnet, aber ich weiß nur wenig über Atlantis. Ich wüsste gern mehr.«

Whandall schwieg. In den Augen des alten Schamanen blitzte Verschlagenheit. »Schwarzer Kessel, bin ich ein ehrlicher Mann?«

»Es gibt keinen ehrlicheren«, meinte Kesselbauch.

»Jedenfalls nicht hier. Whandall Ortsfeste, ich biete dir einen Handel an. Schwarzer Kessel wird dir nur die halbe Mitreisegebühr berechnen und dafür erzählst du mir alles, was du über Morth von Atlantis weißt.«

»Also weißt du, Hickatane ...«

»Schwarzer Kessel, stellst du mein Recht in Abrede?«

»Nein, Weiser.« Kesselbauch zuckte die Achseln. »Er hatte mein Angebot ohnehin noch nicht angenommen.«

»Jetzt nimmt er an«, sagte Hickatane. »Für ein Zehntel.«
Kesselbauch heulte auf. »Ein Achtel ist die Hälfte von dem, was ich ihm angeboten habe!«

Hickatane starrte ihn an.

»Straßenraub«, sagte Kesselbauch. »Glatter Diebstahl. Du bringst uns noch alle an den Bettelstab! Ja, ja, schon gut, ein Zehntel, aber du musst dem Weisen alles erzählen, Whandall!«

Es ging viel zu schnell und Whandall spürte immer noch die Nachwirkungen des Weins. Bestahlen sie ihn? War das alles inszeniert? Pelzed hatte so etwas getan. Und die Fürsten mit ihren Vorstellungen und Darbietungen. Sie behandelten ihn jedenfalls wie ein Kind, während sie um sein Eigentum feilschten.

Seines und Weides. Und das Eigentum der Kinder. Ein Zehntel würde die Hälfte von dem sein, was alle anderen bezahlten. Und sie wussten nichts von dem Gold. Ein Fürstensippler musste listenreich sein ... »Danke«, sagte Whandall. »Wir nehmen an.«

Große Hand, der Schmied, war beinahe so groß wie Whandall, viel größer als alle anderen im Wagenzug, und seine Arme hatten denselben Umfang wie Kesselbauchs Oberschenkel. Er beäugte Whandall argwöhnisch und sprach hauptsächlich in Grunzlauten, erhob aber keine Einwände dagegen, dass Whandall sich dem Wagenzug anschloss.

Nachdem Schwarzer Kessel Whandall reihum vorgestellt hatte, nahm Rubin Fischadler Weide und die anderen beiseite und machte mit ihnen denselben Rundgang. Der Abend endete mit Wein und Gesang, und Whandall schlief ein, während er in den hellen Glanz der Sterne am Himmel starrte.

Die Marktzelte waren auf einem Feld neben der Wagenburg errichtet. Nicht alle Familien des Bison-Stamms hatten ein Zelt. Manche teilten sich eines, zwei Familien mit Tischen in einem Zelt. Jede Familie bot etwas zum Verkauf an. Das war eine Regel, auf der Kesselbauch bestand. Überteuerte Waren ließen den Markt zumindest größer erscheinen.

Nicht weit von den Zelten des Wagenzugs entfernt errichteten die Städter ihren eigenen Markt. Ihre Zelte waren weniger farbenprächtig als die des Bison-Stamms und sie boten auch nicht viele Waren zum Verkauf an. Die Städter handelten in erster Linie mit Nahrungsmitteln und Tierfutter.

Kesselbauch begleitete Whandall, als dieser sich aufmachte, die Waren der Stadt zu begutachten.

In einem Zelt wurden Teppiche verkauft. Eingedenk Kesselbauchs Warnung unterzog Whandall sie einer eingehenden Prüfung. Auf der Unterseite waren weniger Knoten und die Muster waren nicht so bunt und auch nicht so kunstfertig gewoben.

Als sie weiter gingen, murmelte Kesselbauch: »Überteuert. Sie verlangen viel zu viel für diese Jahreszeit. Ich frage mich, ob sie etwas wissen.«

»Was könnten sie wissen?«

»Der Winter war sehr kalt. Eisige Winde aus den hohen Gletschern. Ich muss Hickatane danach fragen.«

»Wir brauchen Teppiche«, erwiderte Whandall. »Mir macht es nichts aus, auf dem Boden zu schlafen, aber Weide ist nicht daran gewöhnt. Die Kinder sind es auch nicht.«

»Sag ihr, sie soll noch ein paar Wochen aushalten«, sagte Kesselbauch. Er zeigte nach Norden. »Jenseits des Passes am Ende dieses Tals ziehen wir in die Berge. Nicht ins Hochgebirge, aber die Berge sind so hoch, dass die Wolle besser ist. In zwei Wochen erreichen wir Gorman. Sieh dich dort nach Teppichen um. Sie werden nicht so gut wie meine sein, aber auch nicht schlecht. Benutze sie unterwegs, kaufe im Goldenen Tal bessere und verkaufe die Teppiche aus Gorman im nächsten Jahr in Letzte Pinien. Du wirst mindestens so viel für sie bekommen, wie du bezahlt hast.«

Orangenblüte hatte zwei Ponyhengsten Zaumzeug angelegt. An ihren Hörnern flatterten bunte Wimpel. Spärlichst bekleidet, stellte Orangenblüte sich mit je einem Fuß auf ihren Rücken und ritt so durch die Stadt, um die Bewohner zum Markt zu locken. Eine Schar junger Männer folgte ihr auf dem Rückweg.

Weide überraschte ihn beim Gaffen. »Das kann sie sehr gut«, sagte Whandall.

Weide nickte nur. Dann machte sie sich auf die Suche nach ihrem Bruder. Als sie ihn gefunden hatte, ging sie mit ihm zum Zelt der Fischadler. Sie kamen mit zwei von den Fischadler-Jungen und zwei Pfählen von Whandalls Größe zurück. Fuhrmann tauchte in den Verschlag in ihrem Wagen und kam mit Seilen wieder heraus. Sie stellten die Pfähle acht Schritte weit auseinander auf und sicherten sie mit Seilen und Stangen, sodass sie fest aufrecht standen. Dann spannten sie ein Seil zwischen den beiden Pfählen und strafften es mit einem Stock, den sie in das Seil drehten.

Weide verschwand in ihrem Zelt. Als sie wieder nach draußen kam, trug sie eine hautenge Hose und eine Tunika. »Fang mich auf«, rief sie Whandall zu. Dann kletterte sie behände einen der Pfähle empor und stellte sich darauf. »Fang mich auf!«, rief sie noch einmal.

Fuhrmann stellte sich neben Whandall. »Sie will, dass du dich unter sie stellst und sie auffängst, falls sie fällt. Und wenn sie dann fällt, fängst du sie auch wirklich auf.«

»Ach so.« Ihm fiel etwas ein. »Ihr seid die Seiltänzer!«

Fuhrmann starrte ihn an.

»Ich meine, ich habe euch früher schon mal gesehen, bevor ich euren Namen kannte«, sagte Whandall. Er erinnerte sich an den Mann, der bei Pelzeds Fest unter dem Mädchen auf dem Seil gestanden hatte. Das musste ihr Vater gewesen sein! Whandall trat unter das Seil, den Blick auf Weide gerichtet. Sie war wunderschön und verletzlich zugleich.

Weide lächelte zu ihm herab. »Wahrscheinlich werde

ich abstürzen. Ich habe das schon lange nicht mehr gemacht«, sagte sie. »Aber du bist stark.«

»Ich würde mich ja umziehen«, sagte Fuhrmann, »aber es ist keine Kleidung da.«

»Nächstes Mal«, sagte Weide. »Heute arbeite ich allein.« Sie trat auf das Seil und machte ein paar Schritte.

Whandall blieb unter ihr. Es war nicht leicht. Sie machte ein paar Überschläge rückwärts und einen Handstand auf dem Seil und sprang in den Stand. Sie kam ihm nicht so graziös vor wie das kleine Mädchen, an das Whandall sich erinnerte, aber sie genoss dennoch die ungeteilte Aufmerksamkeit sämtlicher Zuschauer.

Ein gemischtes Publikum aus Städtern und Angehörigen des Wagenzugs hatte sich um sie geschart. Alle starrten Weide an, vor allem die männlichen Zuschauer. Sie erwiderte das Lächeln und versuchte es mit einem Überschlag vorwärts.

Schnitzer stand an einem der Pfähle. »Stark!«

Whandall sah ihn an.

»Vorwärts ist viel schwerer als rückwärts. Man kann nichts *sehen*«, sagte Schnitzer. »Sie ist immer noch die Beste ...«

Weide versuchte etwas Schwierigeres. Sie fiel bereits, bevor er richtig begriffen hatte, dass sie es nicht vortäuschte. Sie erwischte das Seil und rutschte gleich darauf ab, aber es hielt sie einen Augenblick auf und dann war Whandall unter ihr. Er wappnete sich.

Sie fiel schlaff in seine Arme. Er fing sie auf und sie gingen beide zu Boden. Der Sturz raubte ihm den Atem. Sie lagen auf dem Boden, Weide auf ihm. Trotz der Schmerzen vermittelte es Whandall ein angenehmes Gefühl. Sie war muskulös, weich in den Schultern – seine Hände bewegten sich unwillkürlich.

Weide lächelte und erhob sich flink. »Danke. Mein Held.« Sie sagte es halb spöttisch – aber nur halb – und lächelte dabei. Dann verbeugte sie sich vor der Menge und ging in ihr gemeinsames Zelt.

Nach dem Essen kam Kesselbauch zu ihrem Wagen. »Jetzt habe ich schon ein besseres Gefühl, was unseren Handel betrifft«, sagte er zu Whandall. »Du hast mir nicht gesagt, dass Weide eine Artistin ist.«

»Fuhrmann auch«, berichtete Whandall, dem die Bemerkung des Jungen wieder einfiel. »Aber er braucht Übung.«

»Sie bekommen ausreichend Gelegenheit. Eine gute Vorstellung ist viel wert, Whandall. Im Steinnadelland zieht das die Leute an. Im Goldenen Tal auch. Whandall, wir wollen morgen weiter. Wie willst du deine Wagen bewegen?«

»Die Ponys ...«

»Die Ponys sind zu langsam. Kann Weide sie immer noch führen?«

»Tja, das nehme ich doch an. Ich wüsste nicht, warum sie es nicht mehr können sollte.«

Kesselbauch grinste wissend. »Gut. Aber das reicht nicht. Sie werden nicht schneller ziehen, als die Mädchen laufen können. Der größte Teil des Weges führt bergauf. Die Mädchen werden rasch ermüden und uns aufhalten, selbst wenn Orangenblüte sich mit Weide abwechselt. Weide wird zu müde sein, um abends noch zu üben. Und was ist mit eurer Stute?«

»Schnitzer kommt immer noch mit ihr zurecht. Sie zieht einen Wagen, wenn er ihn fährt.« Whandall zuckte die Achseln. »Von mir lässt sie sich nichts sagen. Diese Stute sähe mich am liebsten tot.«

Kesselbauch grinste wieder. »Also gut. Schnitzer fährt den Wagen mit der Stute. Aber bei dem zweiten Wagen müssen wir es anders machen. Morgen früh bringe ich ein paar Bisons vorbei und Nummer Drei zeigt euch, wie sie eingespannt werden.«

»Was ist mit unseren Ponys?«

»Sie werden den Mädchen folgen. Weide und Orangenblüte können hinten auf eurem letzten Wagen fahren und alle Einhörner werden ihnen folgen. Die verwünschten

Biester machen mehr Ärger, als sie wert sind, aber im Goldenen Tal sind sie ziemlich beliebt.«

42. Kapitel

Nach dem Essen ließ er die Seilers und Müllers allein am Wagen arbeiten. Schnitzer bedachte ihn mit einem gemeinen Blick, den er mitbekommen sollte. Er blieb stehen und sagte: »Fuhrmann, du begleitest mich besser.«

Fuhrmann trat neben Whandall, aber Schnitzer sagte: »Das ist Arbeit«, als könne Whandall das nicht auf den ersten Blick erkennen. »Wir brauchen jede Hand, die wir haben.«

»Ich habe einen Handel mit Hickatane abgeschlossen, dem Zauberer«, berichtete Whandall. »Wenn ich meinen Teil nicht erfülle, zahlen wir Kesselbauch ein Viertel von allem, was wir besitzen. Also werde ich Hickatane alles über Morth erzählen ...«

»Aber warum Fuhrmann? Er spricht kein Condigeanisch!«

»Fuhrmann hat vielleicht Dinge mitbekommen, die ich übersehen habe. An den jüngeren Kindern werden die weniger offensichtlichen Dinge vorbeigegangen sein und du warst nicht da, Schnitzer. Während Weide und ich uns mit Morth befasst haben, warst du einen Tagesmarsch entfernt und hast dich um einen Wagen und eine Stute gekümmert, die du zurückgelassen hattest. Aber ich könnte auch Weide mitnehmen.«

»Ach, Whandall, ich glaube, ich werde hier gebraucht«, sagte Weide mit offensichtlichem Bedauern. »Nimm Fuhrmann mit.«

Schnitzer hämmerte einen Pfahl in den Boden. Fuhrmann und Whandall gingen zu Hickatanes Wagen.

Der Schamane und seine Familie saßen unter den Sternen. Sie mussten die erste Wahl beim Aussuchen der Lagerplätze gehabt haben. Der Felsenkreis rings um sein Feuer war fast zu praktisch als Gesprächsplatz.

»Kinder, das sind Whandall und Fuhrmann, gewiss sehr ungewöhnliche Besucher unseres Heims.« Woher kannte Hickatane Fuhrmanns Namen? Magie. »Ihr Leute, begrüßt meine Töchter Brünstiges Reh und Wirbelnde Wolke und ihre Freunde Rehkitz und Bergkatze.«

Wirbelnde Wolke war gerade vierzehn geworden, auf die hiesige Art recht hübsch mit ihren hohen Wangenknochen, stark gebogenen Augenbrauen und glatten dunklen Haaren. Sie genoss Fuhrmanns ungeteilte Aufmerksamkeit. Rüstiges Reh (der Schamane konnte *unmöglich ›Brünstiges Reh‹* gesagt haben, oder?) war siebzehn und sah ähnlich aus, erschien Whandall jedoch ziemlich exotisch. Rehkitz sagte es nicht, sah aber genauso alt aus. Rehkitz war auch ziemlich hübsch, aber Rüstiges Reh war wie Wirbelnde Wolke, nur etwas reifer: hoch gewachsen und lieblich mit ihren glatten dunklen Haaren, die zu einem Zopf geflochten waren. Bergkatze war achtzehn oder neunzehn und prächtig gekleidet. Er gehörte entweder zu Rehkitz oder zu Wirbelnde Wolke – es war schwierig, es genauer zu bestimmen –, aber er wollte die Barbaren weder in der Nähe der einen noch in der Nähe der anderen haben.

Whandall setzte sich ein wenig abseits. Selbst unter Gaffern wusste er, wie man Messerstechereien aus dem Weg ging.

Die Mädchen schnatterten. »Weide«, sagte Wirbelnde Wolke. »Warum heißt sie Weide?«

»Das ist ihre Art«, sagte Rehkitz. »Wie Rubin. Etwas Wertvolles.«

Wirbelnde Wolke nickte, als begreife sie. »Schwer zu finden. Vielleicht gibt es im Tal der Dünste keine?«

Der alte Mann bot Whandall Wein an. Whandall lehnte ab und bat stattdessen um Flusswasser. Wirbelnde Wolke schnitt eine Grimasse, da sie wusste, dass sie zur Zisterne geschickt würde, um es zu holen, und so war es auch.

Hickatane fragte: »Bei welcher Gelegenheit hast du Morth von Atlantis zum ersten Mal gesehen?«

»Er war in Fürst Samortys Hof unter Shandas Balkon und unterhielt sich mit den Fürsten. Damals sah er gebrechlich aus und wirkte belustigt. Ich war noch ein kleiner Junge, aber selbst ich konnte erkennen, dass er sie alle für Dummköpfe hielt. Sie spürten es ebenfalls, glaube ich, aber sie dachten, er habe dieses Gebaren nur *angelegt*. Die Pose eines Zauberers wie die Pose der Fürsten, die sie alle wie Masken trugen. Doch es war keine.«

»Er hielt sie also für Dummköpfe. Warum?«

»Sie benutzten etwas, das die Magie in ihrer ganzen Stadt aufbrauchte. Die Magie funktionierte dort nicht. Morth ging es wegen des Fehlens von Magie schlecht ...«

»Ein Hexenrad?«

Whandall zuckte die Achseln.

Hickatane war aufgeregt. »Wie hat es ausgesehen?«

»Ich habe es nie gesehen. Wie soll es denn aussehen?«

Aber in der Ablenkung, für die Wirbelnde Wolkes Rückkehr sorgte, ging die Frage unter. Whandall trank und dankte ihr und Hickatane fragte: »Was tat ein Fürstensippler-Junge auf dem Balkon eines Fürsten?«

Whandall erzählte, wie er über die Mauer geklettert war und Shanda kennen gelernt hatte, sprach über den Kleidertausch ... Rüstiges Reh, Rehkitz und Wirbelnde Wolke hörten zu, hingerissen. Bergkatze hatte all seinen Argwohn zu Gunsten des Lockrufs einer guten Geschichte abgelegt.

Das Verstecken auf dem Balkon und die Aufführung. Die Schwarze Grube bei Nacht. Der magische Wald: Hickatane wollte mehr über Hanf wissen.

»Er will einen umbringen«, sagte Whandall. »Jeder weiß das. Man kann nicht durch ein Hanffeld laufen, ohne dabei einzuschlafen, und bis zum Morgen hat er einen erwürgt.«

»Hier nicht«, erwiderte Bergkatze.

»Seiler«, sagte Hickatane. »Wie machen sie Seil, wenn der Hanf versucht, sie umzubringen?«

Whandall sah Fuhrmann an: »Fuhrmann, der Schamane fragt ...«

Fuhrmann antwortete in gebrochenem Condigeanisch: »Alte Männer wissen. Mir nie gesagt.«

Auf Hickatanes Drängen schilderte Whandall, wie er mit Shanda durch das Dickicht gegangen, von Samortys Leuten erwischt und symbolisch verprügelt worden war. Hickatane wollte mehr über die Landkarten wissen. Whandall zeichnete im Licht des Feuers Teps Stadt in den Staub. Hickatane gab ihm farbigen Sand, um die Karte zu verbessern.

Dann fügte Hickatane Whandalls Verbesserungen einer Karte hinzu, die er vor längerer Zeit angelegt haben musste. Grinsend beobachtete er Whandalls Gesicht, als die Karte zum Leben erwachte. Ein Wald aus grünem Sand kräuselte sich in einem gelben Sturm. Kobaltblaue Flüsse glitzerten. Bisons, nicht größer als Ameisen, flohen vor dem orangefarbenen Funkeln eines Präriefeuers. In dem Feuer war für einen Augenblick der Schnabel eines Vogels zu sehen, plötzlich da und ebenso plötzlich wieder verschwunden, und etwas anderes, ein Vogel von der Größe eines Bisons, lief vor dem Feuer her und verschwand dann ebenfalls.

Fuhrmann gähnte und das gab Whandall einen Vorwand, um sich zu verabschieden. Es war eine gute Idee gewesen, Fuhrmann mitzunehmen.

Die Bisons einzuspannen war eine Qual, aber sie erwiesen sich als unproblematische Zugtiere. Die Bisons waren nicht sonderlich klug. Sie wollten den Leittieren folgen. Ein Gespann bestand aus vier Bisons. Solange ein Gespann das Gespann vor sich sehen konnte, folgten die Tiere fügsam. Kesselbauch fuhr den Wagen an der Spitze.

Die Straße brachte sie stetig nach Norden. Sie überquerten zwei kleinere Flüsse, dann verlief die Straße ständig bergauf.

Das erste Anzeichen des Schreckensvogels war ein schrilles, durchdringendes Kreischen. Ein Schrei von einer Frau im Führungswagen folgte, dann mehr von dem fremdartigen Gekreisch. Schließlich brach ein Kojote aus dem Dickicht hervor, gefolgt von etwas Großem, das leuchtend grün und orangefarben war.

Whandall hatte so etwas noch nie gesehen. Das Tier lief auf zwei Beinen wie ein Huhn, aber die Augen befanden sich einen Kopf über Whandalls und dabei hatte der Vogel sich noch nicht einmal aufgerichtet! Der Kopf war zu groß für den Körper und saß auf einem dicken, kräftigen Hals. Der Schnabel machte den größten Teil des Kopfes aus und war nicht wie der eines Huhns geformt. Es war der Hakenschnabel eines Raubvogels, wie geschaffen für Mord. Die Beine waren dick und stummelig – die Oberschenkel hatten ungefähr denselben Umfang wie Whandalls – und mit Federn bedeckt. Ein Büschel Schwanzfedern war am hinteren Ende aufgefächert.

Whandall gaffte. Es war eindeutig ein Vogel, aber das waren keine Flügel! Das, worin die Unterarme endeten, hatte große Ähnlichkeit mit den Messern der Fürstensippler und konnte kaum dazu dienen, sich in die Lüfte zu erheben.

Der Kojote floh in blinder Panik. Ein erstaunter Lagerhund jagte ihm ein wenig verspätet hinterher und die Bestie kreischte erneut und griff den Hund an. Der Hund konnte um Haaresbreite ausweichen. Der Schnabel schloss sich um nichts und hobelte lediglich etwas Holz von der Seite eines Wagens. Der heulende Hund tauchte unter den Wagen.

Die Bestie folgte ihm.

Bisons gerieten in Panik. Der Führungswagen ruckte vorwärts, als die Bisons in einen schwerfälligen Trab verfielen. Andere folgten ihrem Beispiel. In Sekundenschnelle war der geordnete Wagenzug eine Masse durchgehender Bisons, die Wagen hinter sich her zogen, und der Vogel war mitten unter ihnen.

Weide und Orangenblüte saßen auf der hinteren Klapptür ihres Wagens und hielten sich krampfhaft an Seilen fest, als der Wagen plötzlich vorwärts ruckte. Der Vogel zögerte einen Augenblick und stürzte sich dann auf sie. Whandall riss eine Decke von einem Wagensitz und lief los, wobei er sein Fürstensipplermesser schwenkte und den Vogel mit einem schrillen Schrei herausforderte.

Die Ponys versuchten das Ding aufzuhalten, aber es wich ihren Hörnern aus und landete einen Tritt, der so kräftig war, dass der größere Hengst taumelte. Dann lief er auf Weide zu. Er war schneller als Whandall. Whandall wedelte mit der Decke vor den Augen des Vogels herum.

Die bunte Decke erregte die Aufmerksamkeit des Schreckensvogels. Er fuhr herum und ging auf Whandall los, den Blick starr auf die Decke gerichtet. Whandall schwenkte die Decke vor den Augen des Vogels, bis er ihn fast erreicht hatte, dann streckte er den mit der Decke umwickelten linken Arm aus und hob ihn, während er sich nach links drehte. Der Vogel reckte den Hals und attackierte die Decke mit dem Schnabel. Whandall ließ sein Messer herabsausen und traf den Schreckensvogel am Halsansatz.

Der Hals war zu dick. Der Vogel lief geblendet im Kreis um Whandall herum und versuchte die Decke zu zerreißen, während Whandall mit seinem Messer am Hals des Vogels sägte. Eine Drehung der Klinge brachte sie unter die Federn. Immer rundherum, aber das *musste* doch Knochen sein und dann war er hindurch und der Kopf knickte weg, aber der Vogel lief immer noch herum. Er stieß gegen Whandall und schleuderte ihn gegen die Seitenwand des Wagens. Er wurde herumgewirbelt und blieb benommen liegen.

Der Vogel war höllisch schnell, aber der Kopf baumelte schlaff hin und her, und jetzt kamen Schnitzer und Fuhrmann mit einem Seil angelaufen, dass sie zwischen sich gespannt hatten. Der Vogel torkelte ihnen auf seinem zufälligen Weg entgegen. Sie hielten das Seil straff gespannt und brachten ihn damit ins Stolpern. Während der Vogel wild um sich schlug und trat, umkreisten sie ihn einmal und banden die Beine fest zusammen, sodass der Vogel nicht mehr aufstehen konnte.

Die Unterarme mit ihren Speerkrallen schlugen zehn Minuten lang um sich. Als die Bestie schließlich still dalag, hatten Kesselbauch und die anderen Fahrer den Wagenzug zum Anhalten gebracht. Jetzt versammelten sie sich alle um Whandall, die Seilers und den toten Vogel.

»Was, um alles in der Welt, ist das?«, wollte Whandall wissen.

»Ein Schreckensvogel«, sagte Kesselbauch. »Die sind ziemlich selten.«

»Das soll auch besser so bleiben«, meinte Whandall, aber er grinste. Es war ein gutes Gefühl, die Bestie besiegt zu haben. Und Weide sah ihn auf eine Art an, wie sie es bisher noch nie getan hatte. Das Gleiche galt für die anderen Mädchen des Wagenszugs, für sie alle. Und das war auch ein gutes Gefühl.

Die Suppe, die sich aus dem Schreckensvogel kochen ließ, füllte die großen Bronzetöpfe, welche die meisten Wagen bei sich hatten, und sättigte den ganzen Wagenzug. Alle Mitglieder des Zugs versammelten sich um Hickatanes Steinring, um gemeinsam zu essen. Das Fleisch war zäh und *rot*, weniger Vogel als Bison.

Beim Essen fragte Hickatane Whandall nach dessen Tätowierung. Mittlerweile hatte Whandall die hiesige Sprache ein wenig gelernt, aber es ging weit besser, als Rubin Fischadler aus Whandalls Muttersprache übersetzte.

»Ich weiß jetzt, dass Morth von Atlantis sie extra für mich gemacht und verzaubert hat, damit er mir aus der Stadt des Feuers folgen konnte. Ich glaube, sie ist für den Tod aller Männer in meiner Familie verantwortlich ...«

Nach und nach verstummten die Leute rings um sie. Hickatanes Töchter lauschten genau wie die Seilers und Müllers und auch Weide. Sie hatten ihn nie nach der Tätowierung der Gefiederten Schlange gefragt. Was hatten sie über Fürstensippler gewusst? Sie ahnten vielleicht gar nicht, dass *diese* Tätowierung ungewöhnlich war.

Whandall fühlte sich gut. Wäre Weide nicht da gewesen, hätte er sich vielleicht nicht nur an Flusswasser gehalten. Das gemütliche Beisammensein löste sich viel zu schnell auf.

Die Straße führte zu einem weiteren Pass. Orangenburg lag dort in einem Tal und anders als Marsyl hatte Orangenburg eine Stadtmauer.

Die Stadttore waren in Festungstürme aus Stein eingelassen und die Mauern waren auf einer Breite von hundert Schritt rechts und links neben den Toren ebenfalls aus Stein. Danach ging die Mauer in eine hölzerne Palisade über: oben zugespitzte Holzpfähle, die in niedrige Steinwälle eingelassen waren und Whandall bis zur Brust reichten. Whandall war der Meinung, dass Orangenburg kleiner war als Fürstendorf. Verglichen mit Teps Stadt war es jedenfalls winzig.

Außerhalb der Mauern gab es Koppeln mit abgeteilten Gehegen für die Bisons und eingezäunten Pferchen für die Ponys. Ein steter Wind blies aus Nordosten und die Pferche standen so, dass der Wind von der Stadt wie auch vom Lagerplatz zu den Pferchen wehte und nicht umgekehrt. Auf dem eigentlichen Lagerplatz gab es Brunnen und Springbrunnen und mit Steinen gepflasterte Wege. Neben den Tiergehegen fanden sich Futtergeschäfte und Lagerhäuser. In einem Bereich zwischen dem Lagerplatz und den Tierpferchen standen Holzstühle in ordentlichen Reihen.

Kesselbauch und ein Dutzend seiner jüngeren Verwandten – Söhne, Töchter, Neffen, Nichten, Vettern und Basen – kamen, um Whandall und den Seilers beim Ausspannen ihrer Zugtiere und beim Aufschlagen des Lagers zu helfen. »Ihr lagert hier«, sagte Kesselbauch, indem er auf ein Gebiet zwischen den niedrigen Bäumen zeigte. »Das ist euer Brunnen. Der Latrinengraben ist da drüben zwischen den Bäumen. Benutzt ihn und haltet ihn von Tierkot sauber. In dieser Beziehung sind die Leute hier ziemlich heikel.«

Whandall lächelte in sich hinein. Nicht jeder hatte einen Brunnen und eine Feuerstelle an seinem Lagerplatz. Der Platz, den Kesselbauch Whandall zugeteilt hatte, war fast so groß wie Hickatanes und ganz gewiss schöner als der, den die Fischadler bekommen hatten.

»Die Stadt wirkt organisiert«, meinte Whandall.

»Wir werden dafür bezahlen, aber ja, sie ist organisiert. Eine Sache noch. Holt alles an versäumtem Schlaf nach und versucht auf Vorrat zu schlafen. Hier ist es sicher. Wenn wir weiter nach Norden kommen, werden wir nachts Wachen aufstellen, bis wir das Große Tal erreichen.« Er beäugte Whandalls langes Fürstensipplermesser. »Es würde mich nicht überraschen, wenn du Gelegenheit bekämst, das Ding noch einmal zu gebrauchen.«

»Noch mehr von diesen Vögeln?«

»Ich habe Gerüchte über zwei Banditenstämme gehört, die sich in den Bergen herumtreiben sollen.«

Fuhrmann befingerte die Schleuder, die er ganz offen um den Hals trug, und zeigte einen Beutel voller abgerundeter Flusskiesel. »Wir werden bereit sein!«

Whandall lächelte dünn. Er hatte nie einen Sippenlosen mit einer Schleuder gesehen, bis Fuhrmann dazu übergegangen war, eine zu tragen. Fuhrmann besaß auch ein Messer. Er war unbeholfen damit, aber die Sippenlosen waren gut mit der Schleuder. Mehr denn je glaubte Whandall zu wissen, warum in Teps Stadt von Zeit zu Zeit Fürstensippler einfach verschwanden und nie wieder auftauchten ...

»Banditen haben schon mit Schleudern zu tun gehabt«, sagte Kesselbauch.

»Aber ich wette, sie haben noch nie mit jemandem wie Whandall zu tun gehabt!«

Kesselbauch beäugte die orangefarbenen Federn, die Whandall in seinen geflochtenen Haaren trug, und die farbenfrohe gefiederte Schlange, die sich über seinen Arm und über Wange und Auge zog. »Also, da könntest du Recht haben.«

»Ich hörte Morth sagen: ›Und wenn ein Magier für dich bürgt?‹ Ich hatte keine Ahnung, dass er da war, und ich war nicht einmal überrascht. Morth nannte es Schleichzauber«, erzählte Whandall.

Er nahm eine Erdbeere. Der Schamane hatte einen Teller mit großen roten Erdbeeren aufgefahren. Whandall hatte nicht gesehen, dass jemand welche gepflückt hätte. »Schamane, woher hast du die?«

»Aus dem Baumschwingerdorf, bevor du zu uns gestoßen bist«, sagte Hickatane. Er bemerkte Whandalls Verblüffung. »Meine Magie macht viele Lebensmittel haltbar. Das ist eine der Arten, wie ich meinen Lebensunterhalt verdiene.«

Whandall aß noch eine Erdbeere und trank einen Schluck. Er hob die Wasserflasche hoch, um sie Wirbelnde Wolke zu zeigen. »Ich habe mein eigenes Wasser mitgebracht. Diesmal brauchst du keines für mich zu holen.«

Das Mädchen kicherte.

Das tat sie zu oft. Whandall wusste damit nichts anzufangen. Er fuhr fort: »Zwei große Katzen mit Dolchzähnen aus Rauch und Nebel liefen Morth um die Beine. Die Farbe seiner Haare wechselte ständig zwischen Weiß und Rosa, als zögen Wolkenschatten vorbei. Er verfügte über Magie, die ihn wieder jung machte, aber diese Magie benötigte Energie.

Ich musste mich zurückhalten. Ich wollte ihn töten. Ohne jeden Grund. Yangin-Atep war in mir, und Yangin-Atep ist ein Feuergott, während Morth ein Wasserzauberer ist. Morth wich zurück. Die sippenlosen Kinder ließen mir immer noch reichlich Freiraum ...«

Hickatane bot ihm die Weinflasche an.

Er hatte diese Geste nur einmal gemacht, in der ersten Nacht, in der er Geschichten erzählt hatte. Danach hatte er die Flasche für sich behalten. Whandall nahm sie und trank.

Der Wein war nicht verwässert. Das tat er besser nicht noch einmal!

Bergkatze griff nach der Flasche. Whandall reichte sie weiter.

Whandall hieß Fuhrmann, seine Erinnerungen an Morth zu schildern und auch Weides und Schnitzers. Fuhrmann lachte. Er sagte, Weide habe gedacht, Morth könne sie vor dem Fürstensippler beschützen, der mit Feuer um sich warf. Hammer hatte Whandall erstaunlich gefunden, weil er Schnitzer Angst einjagte. Aber Morth habe, wie sein Vater, eine belehrende Art an sich gehabt.

Whandall rührte die Flasche nicht mehr an, konnte aber die Wirkung des Weins in seinem Blut spüren. Er redete weiter. Die Feuerschneise durch den Wald. Morth, der plötzlich mitten unter ihnen aufgetaucht war ... Sollte er ihnen vom Flussgold erzählen? Noch nicht.

Wirbelnde Wolke ging schlafen. Bergkatze entschuldigte sich und verabschiedete sich. Fuhrmann schlief bereits.

Whandall hob den Jungen auf und verabschiedete sich ebenfalls.

Das Lagerfeuer spendete gerade so viel Licht, dass er den Weg zu ihrem Wagen erkennen konnte. Ihm ging plötzlich auf, dass er von beiden älteren Mädchen begleitet wurde. Eines sagte mit neckendem Unterton: »Bergkatzen aus Rauch? Stimmt irgendwas davon?«

Whandall ging weiter, weil Fuhrmann schwer war. Er sagte: »Ich würde nicht lügen. Außerdem würde ich einen Schamanen nicht belügen, solange mir das ganze Ausmaß seiner Macht unbekannt wäre.«

»Warum bringst du immer den Jungen mit? Du fragst ihn fast nie etwas. Ist er dein ...?«

»Er steht unter meinem Schutz. Was war das für ein Wort?«

»Er bleibt immer bei dir, damit Frauen dich nicht in Schwierigkeiten bringen können, damit die Aussteuer einer anderen Frau nicht in Gefahr gerät. Fürchtet Weide Seiler um ihre Aussteuer? Sie besitzt doch überhaupt keine!«

»Rüstiges Reh, was *bedeutet* dieses Wort, *Aussteuer*?«

Aber die Mädchen waren verschwunden, und zwar so unvermittelt, dass Whandall sich fragte, wie viel Wein er getrunken hatte. Einen guten Schluck. Auf dem Weg durch die Kehle hatte er gebrannt. Vielleicht waren manche Weine stärker als andere.

43. Kapitel

Das Wasser aus ihrem Brunnen war kühl und lieblich. Whandall trank, bis sein Durst gestillt war, und wusch sich dann im Waschteich neben dem Brunnen. Der Nachmittag war heiß. Es war ein langer Tag gewesen, der bereits vor Sonnenaufgang begonnen hatte.

Er fand Schatten in einem Gebüsch unweit des Wagens und streckte sich aus, um ein Nickerchen zu machen.

Die Sonne stand immer noch hoch am Himmel, als er von den Bewegungen einer anderen Person geweckt wurde. Er schaute durch das Gebüsch, indem er nur den Kopf bewegte. Alte Gewohnheiten ließen sich schwer ablegen.

Weide spannte vier Fuß über dem Boden ein Seil. Zum Üben hatte sie das Seil am liebsten in einer Höhe gespannt, dass ein Sturz schmerzhaft war, sie sich dabei aber nichts brechen würde. Sie zog an dem Seil, nickte zufrieden und ging in den Wagen. Whandall wartete darauf, dass sie wieder herauskam. Er sah ihr gern zu, obgleich Weide nicht wollte, dass sie jemand beim Üben beobachtete.

Als sie wieder herauskam, trug sie bunte Federn. Whandall hatte Weide die Federn des Schreckensvogels geschenkt, nachdem sie ihn gerupft hatten. Er hatte nicht gewusst, dass sie sich ein Kostüm daraus angefertigt hatte. Es stand ihr gut, goldene, grüne und orangefarbene Federn, die auf den Baumwoll- und Leinenstoff aufgenäht waren, den die meisten Bewohner der Stadt woben und verkauften. Das Kostüm war eng und ließ die Rundungen ihrer Hüften und Brüste hervortreten. Es endete an den Knien, sodass ihre wohlgeformten Waden zu sehen waren. Whandall unterdrückte einen anerkennenden Ausruf. Wahrscheinlich würde sie wütend auf ihn sein, weil er sie beobachtete. Wenn Weide wütend war, wurde sie immer stiller, und wenn er sie dann fragte, was nur los sei, murmelte sie immer: »Nichts.« Es machte ihn verrückt.

Sie schwang sich auf das Seil und begann mit einem raschen Überschlag rückwärts. Bei ihrem Handstand rutschte der Rock ein Stück hoch und zeigte mehr Federn und ein paar Fingerbreit Oberschenkel. Die Frauen des Wagenzugs und auch die Frauen aus den Städten zeigten sich niemals anderen, wenn sie nicht vollständig bekleidet waren ... es sei denn, sie führten etwas vor wie zum Beispiel Orangenblüte, wenn sie die Ponys ritt. Dann wollten sie von allen gesehen werden. Mädchen waren verwirrend.

Weide beendete den Handstand und tauchte vorwärts. Was sie auch versuchte, es ging ihr daneben und sie wäre beinahe abgestürzt, konnte sich jedoch gerade noch am Seil festhalten. Sie schwang sich daran hoch und wieder hinauf und vollführte einen Überschlag vorwärts.

»Bravo!« Schnitzer trat hinter dem Wagen hervor.

»Du hast mich erschreckt«, rief Weide. »Kommst du rauf?«

»Nein, ich hab's verlernt«, sagte Schnitzer.

»Bruder, du brauchst nur etwas Übung.«

»Nein, ich hab's wirklich verlernt. Außerdem will mich niemand auf dem Seil tanzen sehen. Sie wollen hübsche Mädchen sehen.«

»Das war nett. Findest du mich wirklich hübsch?«

»Ja. Whandall findet das auch.«

»Vielleicht.« Sie sprang leicht wie eine Feder zu Boden. »Tja, wenn du nicht mitmachen willst, muss ich eine neue Nummer einstudieren.«

»Das schaffst du schon. Mutter hat immer gesagt, dass du wirklich gut bist.«

»Sie fehlt mir«, sagte Weide.

»Vater auch.«

»Ja, sicher, aber ... ja, Vater auch.«

Fuhrmann und Hammer kamen aus dem Wagen. »Hallo. Mann, du siehst toll aus«, rief Fuhrmann aus. »Hast du das gemacht?«

»Ja, ich habe es genäht«, sagte Weide. »Rubin Fischadler hat mir dabei geholfen.«

Fuhrmann befingerte das Federkleid. »Das war riesig. Whandall sah, dass der Vogel dich ins Auge gefasst hatte, und – *zack!* – schon war er da mit seinem großen Messer und dieser Decke – habt ihr gesehen, wie der Vogel die Decke zugerichtet hat? Er hätte Whandall genauso zerfetzt, aber er war zu schnell für ihn. Und zu stark. Habt ihr je jemanden gesehen, der stärker ist?«

»Hörst du jetzt endlich auf damit?«, erwiderte Schnitzer.

»Warum sollte ich?«

Whandall lag ganz still da und fragte sich, was er tun sollte. Spionieren war ganz natürlich, aber *das* ...

»War er nicht wunderbar, Weide?«, wollte Fuhrmann wissen. »War er das nicht?«

Weide nickte, schwieg jedoch.

»Ach, du glaubst, Whandall könnte nichts falsch machen«, sagte Schnitzer. »Aber womit kennt er sich wirklich aus? Er kann keine Ponys zähmen. Selbst meine Stute läuft vor ihm davon. Er kann kein Seil machen. Was kann er?«

»Er kann kämpfen!«

»Fürstensippler können kämpfen«, entgegnete Schnitzer. »Und er ist einer.«

»Das ist er nicht«, sagte Fuhrmann. »Er ist kein Fürstensippler und wir sind keine Sippenlosen! Nicht hier draußen.«

»Was sind wir dann?«, fragte Hammer.

»Ich schätze, wir sind einfach Leute«, meinte Fuhrmann. »Reiche Leute.«

»Whandall ist reich«, sagte Schnitzer. »Wir nicht. Morth hat Whandall das Gold gegeben, nicht uns. Uns gehört nicht einmal der Wagen, nur, wenn Whandall es sagt.«

Hammer hatte aufmerksam zugehört. »Aber es ist unserer«, erwiderte er. »Na ja, eurer. Aber eines der Ponys hat meinem Vater gehört, also ist es meins.«

»Es ist deins, wenn Whandall sagt, dass es deins ist«, behauptete Schnitzer.

»Es ist in jedem Fall meins!«, entgegnete Hammer. »Wenn diese Fürstensippler-Harpyie es mir nicht geben will, werde ich ...«

Fuhrmann lachte. »Gar nichts wirst du!«

»Ich hole Hilfe«, eiferte sich Hammer. »Schnitzer wird mir helfen. Der Wagenmeister. Und der Schmied. Sie werden dafür sorgen, dass er mir mein Pony gibt!«

Fuhrmann lachte wieder. »Glaubst du, jeder hier in diesem Wagenzug könnte Whandall etwas abnehmen, wenn er es nicht herausrücken wollte? Er könnte jeden hier töten!«

»Nun, vielleicht«, sagte Schnitzer. »Aber du hast Recht – er wäre ein harter Brocken. Sie würden es gar nicht erst versuchen. Der Wagenzug kann sich so viele Verletzte oder gar Tote nicht leisten. Es sei denn, wir würden ihn im Schlaf überrumpeln.«

»Das werdet ihr nicht tun!«, rief Fuhrmann. »Warum seid ihr denn alle böse auf Whandall? Er hat Weide vor diesem Vogel gerettet! Er hat uns alle gerettet. Wir wären nie aus diesem Wald herausgekommen. Wir wären immer noch in Teps Stadt, wäre Whandall nicht gewesen, und er hat keinem von uns je irgendwas getan. Weide, du bist die Älteste. Sag ihm, er soll aufhören, so zu reden.«

»Wir wissen immer noch nicht, was mit Vater passiert ist«, gab Schnitzer zu bedenken.

»Whandall hat ihm nichts getan«, sagte Fuhrmann.

»Er sagt, er hätte ihm nichts getan«, entgegnete Weide.

»Und glaubst du ihm?«, wollte Fuhrmann wissen.

»Ja. Ja, ich glaube ihm. Aber er war ohnehin von Yangin-Atep besessen«, sagte Weide zögernd. »Yangin-Atep könnte alles Mögliche getan haben. Nichts davon wäre Whandalls Schuld.«

»Glaubst du jetzt an Yangin-Atep?«, fragte Schnitzer.

»Du nicht? Morth glaubt auch an ihn. Du hast gesehen, was Morth mit seiner Magie anrichten konnte, und Morth hat sich vor Yangin-Atep gefürchtet!«

»Yangin-Atep kann nicht mehr Besitz von Whandall ergreifen«, sagte Fuhrmann. »Hier sind wir sicher.«

»Das wissen wir nicht«, entgegnete Weide. »Wir wissen nicht, welche Götter es hier gibt und was zu tun ihnen plötzlich einfallen mag. Aber ich glaube, dass wir von Whandall nichts zu befürchten haben.«

»Er ist trotz allem ein Fürstensippler«, meinte Schnitzer.

»Warum sagst du das immer wieder?«, fragte Fuhrmann.

»Weil das alle sagen. Alle hier im Wagenzug.«

»Sagt Kesselbauch es auch?«, fragte Weide.

»Nein ...«

»Hickatane?« Sie verbiss sich das Lachen.

»Ich habe ihn nie gefragt.«

»Wen *hast* du es denn sagen hören?«, fragte Weide.

»Ja, wer sind eigentlich ›alle‹?«, wollte Hammer wissen.

Schnitzers Haltung wurde aggressiver. »Brünstiges Reh.

Und Rehkitz, die ältere Tochter des Schmieds. Sie haben ihn einen ungehobelten Fürstensippler genannt.«

Weide lachte fröhlich und Whandalls Herz führte einen kleinen Tanz in seiner Brust auf. Sie sagte: »Du weißt nicht viel über Mädchen, nicht wahr, kleiner Bruder?«

Schnitzer starrte seine Schwester an. Das *schmerzte*.

»Ich habe die Geschichte bereits gehört«, sagte Weide. »Rubin Fischadler hat sie mir erzählt. Brünstiges Reh ...«

»Ihre Mutter hatte eine Vision«, wieherte Hammer. »Könnt ihr euch das vorstellen?«

»Sei still. Brünstiges Reh und Rehkitz hocken ständig zusammen. Sie hatten beide ein Auge auf Whandall geworfen, nachdem er den Schreckensvogel getötet hatte ...«

»Du auch!«, lachte Fuhrmann. »Ich habe dich gesehen.«

»Also haben sie versucht, mit ihm zu flirten.« Weide preschte weiter voran: »Schnitzer, Rehkitz sieht nicht so gut aus wie Brünstiges Reh, richtig? Aber sie ist noch keinem versprochen. Brünstiges Reh ist einem Jungen aus einem anderen Wagenzug versprochen. Es macht beiden viel Spaß zu flirten. Der arme Junge, Bergkatze ... Na, jedenfalls konnte Whandall einfach nicht glauben, dass das Mädchen so heißt.«

»Das kann ich verstehen«, sagte Schnitzer. »Vor einem Mädchen bringe ich den Namen selbst kaum über die Lippen. Auch wenn es so heißt.«

»Er glaubte, er habe ihn falsch verstanden. Whandall nannte sie Rüstiges Reh. Aber er verwechselte sie und nannte *Rehkitz* Rüstiges Reh. Jetzt sind sie beide schlecht auf ihn zu sprechen«, sagte Weide.

»Er ist trotzdem ein Fürstensippler«, erwiderte Schnitzer stur.

»Und Bergkatze ist trotzdem noch ihre Spielzeugpuppe, aber du könntest seinen Platz einnehmen, wenn du nachplapperst, was sie dir vorsagen.«

Whandall hätte einiges dafür gegeben, ganz woanders

zu sein. Kein Außenstehender hätte irgendetwas von diesem Gespräch mitbekommen dürfen.

»Wir. Der Wagen«, sagte Schnitzer. Sein Gesicht war stark gerötet und er presste die Worte hervor. »Das Gespann. Wem gehört das alles? Whandall hat bereits ein Zehntel von allem weggegeben ...«

»Das war ein gutes Geschäft!«, warf Fuhrmann ein. »Alle anderen bezahlen mehr.«

»Ja, aber er hat das Geschäft für uns alle abgeschlossen«, sagte Schnitzer. »Er hat uns nicht gefragt. Als gehörte alles ihm.«

»Also hättest du Kesselbauch das Doppelte gegeben. Mehr als das. Er wollte ein Viertel! Du bist sehr großzügig mit dem Familienbesitz.« Weide wandte sich ab. »Es wird Zeit, sich um das Abendessen zu kümmern. Whandall wird hungrig sein. Fuhrmann, Hammer, geht Holz holen.«

Whandall kroch durch das Gebüsch und hinaus, wobei er sich im Schatten hielt und sich durch die Zweige schob, ohne sie zu beugen. Er wusste, wie man sich vor Sippenlosen versteckte. Es gab vieles, worüber er nachdenken musste, während er zum Hauptlager zurückging.

Brünstiges Reh. Rehkitz. Ich habe sie im Dunkeln verwechselt, dachte Whandall. Namen waren wichtig. In Teps Stadt ließ man niemanden seinen richtigen Namen wissen, der Name, den einem die Leute gaben, war also gar nicht echt. Hier draußen bezeichnete der Name hingegen das eigentliche Wesen einer Person. *Brünstiges* Reh?

Flirten. Weide hatte gesagt, Brünstiges Reh und Rehkitz hätten geflirtet. Er kannte das Wort nicht. Was hatten sie vor ihrem jähen Verschwinden gemacht?

Sie hatten über Aussteuer geredet.

Was war eine Aussteuer?

Whandall warf einen Blick auf die Sonne. Sie stand immer noch recht hoch. Bis zum Abendessen dauerte es noch Stunden. Es war an der Zeit, einiges herauszufinden, und es gab eine Person, die er fragen konnte ...

Er kaufte ein halbes Dutzend reife Mandarinen auf dem Markt von Orangenburg. Mutters Mutter hatte sie sehr gern gemocht, wenn sie welche hatte bekommen können. Er nahm sie mit zu Rubin Fischadlers Wagen. Sie zögerte nicht und lud ihn zum Tee in ihr Zelt ein. Er zog sich automatisch die Stiefel aus, bevor er das Zelt betrat. So viel hatte er gelernt.

Rubin widmete sich dem Teegeschirr, goss eine Tasse ein und setzte sich Whandall gegenüber auf ein Kissen. »Also. Worum geht es?«

»Ich brauche Hilfe«, begann Whandall. »Ich weiß überhaupt nichts über Mädchen.«

»Ein Junge in deinem Alter? Das glaube ich nicht«, sagte Rubin. Sie grinste, um keinen Zweifel daran zu lassen, was sie meinte.

»Über die Mädchen *hier*«, erwiderte Whandall. »Und über Weide.«

»Weide. Ach so. Ja, natürlich. Ich vergesse immer, dass du ein Fürstensippler bist.«

»Das vergisst du?«, grinste Whandall aus einer regenbogenfarbenen Schlange heraus.

»Nein, es ist mehr so, dass ich vergesse, wie Fürstensippler sind«, sagte Rubin. »Und du bist nicht so wie diejenigen, an die ich mich erinnere. Meistens jedenfalls. Wie du mit diesem Schreckensvogel fertig geworden bist, so habe ich die Fürstensippler in Erinnerung. Furchtlos. Stark. Als ich noch ein Mädchen war, habe ich mich immer gefragt, wie es wohl sein würde, einen Beschützer wie dich zu haben.« Sie grinste. »Das ist lange her. Du magst Weide, nicht wahr?«

»Ja.« Whandall fand es schwierig, über Weide zu sprechen. Was konnte er sagen? »Sie ist die schönste Frau, die ich je gesehen habe.«

»Meine Güte. Hast du ihr das gesagt?«

»Nein.«

»Warum tust du es nicht?«

»Ich weiß nicht, wie.«

»Du hast es *mir* gerade gesagt«, sagte Rubin. Sie kicherte. »Whandall, fragst du mich, wie man um sie wirbt?«

»Was bedeutet *werben*? Dasselbe wie *flirten*?«

»Werben ist ernsthaftes Flirten«, sagte Rubin. »Wenn ein Junge nur die Aufmerksamkeit eines Mädchens auf sich lenken will, flirtet er. Wenn er an Heirat denkt, wirbt er.«

Whandall versuchte das zu verarbeiten. »Halten die Mädchen es genauso? Flirten ist nicht ernst? Werben schon?«

»Ja. Es ist ein wenig komplizierter, aber im Großen und Ganzen ist es so.«

»Dann will ich wissen, wie ich um sie werben kann.«

»Das kannst du nicht«, sagte Rubin. »Nein, warte, du bist der *Einzige*, der es könnte, und das weiß sie, doch Mädchen möchten sich gern einbilden, sie hätten die Wahl. Gewöhnlich haben sie keine, aber sie bilden es sich gern ein.«

Whandall wiederholte, was er beinahe verstand. »Warum bin ich der Einzige, der um sie werben kann?«

»Sie hat keine Aussteuer.« Rubin goss Tee nach. »Dir wird das egal sein, aber allen anderen Jungen nicht.«

»Ja! Was ist eine Aussteuer?«

Rubin grinste geheimnisvoll. »Eine Aussteuer ist ein Vermögen. Geld. Ein Wagen. Teppiche. Dinge, die ein Mädchen mit in die Ehe bringt, Whandall.«

»Willst du damit sagen, Jungen umwerben Mädchen um ihres *Besitzes* willen?« Whandall wurde eine ganz neue Art von Schlechtigkeit aufgezeigt. »Fürstensippler würden das niemals tun!«

»Nein, das würden sie wohl nicht«, erwiderte Rubin. »Das hatte ich auch vergessen. Die Jungen hier sehen das anders. Denk mal darüber nach, Whandall. Die Aussteuer gehört der Frau! Wenn ihr Mann sie schlecht behandelt oder nichts mehr mit ihr zu tun haben will, nimmt sie die Aussteuer mit. Bestenfalls reicht sie aus, um davon zu leben und alle Kinder zu ernähren, die sie mittlerweile hat. Und ein Ehemann überlegt es sich zweimal, seine Frau wegzujagen, wenn das bedeutet, dass er sich als Arbeiter verdingen muss.« Sie lachte. »Selbst ich musste es mir erklären lassen, weißt du? Auch Sippenlose denken nicht so. In Teps Stadt würde die Aussteuer eines Mädchens früher oder später von irgendeinem Fürstensippler gesammelt.«

»Oh ...«

»Nicht von dir, mein Lieber. Hier gibt es weder Sippenlose noch Fürstensippler.«

»Das hat Fuhrmann auch gesagt«, sann Whandall. »Was braucht Weide für eine Aussteuer?«

»Einen Wagen und ein Gespann, wenn sie auf der Straße leben wird. Geld. Kleider. Teppiche. Je mehr, umso besser, Whandall.«

»Der Wagen gehört ohnehin ihr«, sagte Whandall. »Er hat ihr schon immer gehört, aber das ist ihr wohl nicht klar ... Wenn sie eine Aussteuer hat, kann jeder um sie werben?«

»Nun ja«, meinte Rubin mit einem Blick auf Whandalls kräftige Arme, »werben kann jeder, aber einige werden sich fürchten, weil sie glauben, dass du selbst ein Auge auf sie geworfen hast. Aber das macht nichts, Whandall. Weide wird es verstehen.« Sie kicherte. »Natürlich kann jeder Junge den nötigen Mut aufbringen. Und Weide ist ein ganz reizendes Mädchen.«

»Was mache ich, wenn sie ihre Aussteuer beisammen hat?«

»Du kannst ihr Geschenke machen ...«

»Das habe ich schon. Ich habe ihr ein Kleid und eine Kette geschenkt. Sie hat sich bedankt, die Sachen aber noch nie getragen.«

»Hast du sie darum gebeten, sie für dich zu tragen?«

»Nein ...«

»Du meine Güte, Junge!«

»Aber ...«

»Willst du, dass sie sie für jemand anderen trägt?«
»Nein!«

»Tja, dann musst du sie schon darum bitten«, meinte Rubin. »Whandall, Weide ist als Sippenlose aufgewachsen. Sippenlose zeigen niemandem, was sie haben. Es hat ein Jahr gedauert, bis ich meine besten Sachen außerhalb des Wagenzelts getragen habe! Man denkt darüber gar nicht nach. Sippenlose sind es einfach so gewohnt.«

Sippenlose waren immer trist und eintönig gekleidet. Er hatte angenommen, das entspreche eben ihrem Wesen. Jetzt verstand er langsam. »Und wenn ich sie darum bitte, die Sachen zu tragen, die ich ihr geschenkt habe, und sie nein sagt?«

»Dann weißt du, dass du noch mehr um sie werben musst«, erwiderte Rubin. Sie zwinkerte ihm zu. »Lass ihr ein wenig Zeit, Whandall.«

»Das werde ich«, sagte Whandall, aber auf dem Weg zurück zu seinem – Weides – Wagen, bemerkte er, wie Orangenblüte ihn anlächelte, und zwei andere Mädchen saßen so, dass ihre Beine zu sehen waren, und er fragte sich, wie lange er wohl warten konnte. Es war schwierig gewesen zu lernen, ein Fürstensippler zu sein, aber wenigstens hatte er verstanden, was er sein wollte.

Als er am Wagen ankam, war das Essen fertig, und danach wollte Hickatane eine Geschichte hören. Er bekam keine Gelegenheit, mit den Seilers und Müllers zu reden.

44. Kapitel

Orangenburg war im Grunde genommen kein Pass, sondern mehr ein ebener Fleck auf dem Weg ins Hochland dahinter. In den folgenden zwei Tagen führte der Weg steil nach oben und es fand sich kein guter Platz für ein Lager. Alle mussten helfen, die Wagen durch den Steinschlag zu schieben. Die Berge erhoben sich steil zu beiden Seiten und waren mit leuchtend orangefarbenen

Blumen bedeckt. Whandall hatte so etwas noch nie gesehen.

»Wunderschön«, sagte er.

Kesselbauch grunzte und stemmte die Schulter gegen das andere Rad des Fischadler-Wagens. »Fertig! Heeeeb *an!*« Gemeinsam hoben sie das Wagenrad aus dem Loch. »Die Blumen sind an sich ja schon ganz nett, aber ich mag noch was ganz anderes an ihnen«, verkündete Kesselbauch. »Sie sind zu niedrig, als dass sich jemand unbemerkt anschleichen könnte. Hier draußen brauchen wir uns keine großen Sorgen wegen Banditen zu machen und die Nacht können wir an einem sicheren Lagerplatz verbringen. Ich glaube, wir rasten dort hinten.« Er wedelte mit dem Arm und zeigte auf den Weg, der vor ihnen lag. »Aber danach bekommen wir es wieder mit Dickicht und Geröll zu tun. Da draußen sind Banditen – ich kann sie schon riechen.«

»Du kannst Banditen *riechen?*« Dieses Talent hätte Whandall in Teps Stadt gut gebrauchen können!

»Nun, vielleicht nicht wirklich. Aber Hickatane kann es. Ein guter Zauberer kann Gefahren frühzeitig erkennen und Hickatane ist gut. Verflucht! Jetzt steckt Eisenfuß' Wagen fest ...«

»Kesselbauch!«

Der Karawanenführer fuhr bei Whandalls entsetztem Schrei herum. Seine Reaktion bestand aus einem »Ah!«

Zwischen den Bergen, auf die Entfernung farblos, war ein riesiges Etwas aufgetaucht, dessen Größe dem Maßstab der Berge angepasst war. Seine Beine waren so hoch wie Rothölzer, aber dabei so breit, dass sie stämmig wirkten. Der Rumpf war wie ein eigener Berg. Ein Wald aus Haaren, braun und weiß gescheckt, hing überall an ihm herunter. Die Ohren waren größer als jedes Segel. Ein Arm ... ein knochenloser Arm, wo sich eine Nase hätte befinden mögen, hob und senkte sich, als der ... Gott sich umdrehte, um sie zu betrachten.

»Das ist Behemoth«, erklärte Kesselbauch. »Er kommt nicht näher. Niemand hat Behemoth je aus der Nähe gesehen. Hilf mir mal bei dem Wagen hier, Whandall.«

Whandall machte sich wieder an die Arbeit. Von Zeit zu Zeit blickte er auf und betrachtete Behemoth, der sich zwischen den Bergen bewegte, bis zu dem Augenblick, als er aufschaute und der Tiergott verschwunden war.

Die Straße wurde steiler und dann langsam wieder flacher, bis sie nahezu eben verlief. Whandall war froh darüber. Er, der Schmied und Kesselbauch waren die stärksten Männer im Wagenzug und manchmal mussten sie alle drei Hand anlegen, um einen schweren Wagen über eine besonders heikle Stelle zu bekommen. »Ich bin froh, wenn dieser Tag vorbei ist«, sagte Whandall zu Kesselbauch.

Kesselbauch warf einen Blick auf die Sonne. »Noch etwas mehr als zwei Stunden. Da kommt heute nur ein Lagerplatz in Frage«, meinte er. »Vier! Lauf voraus und sag den Kundschaftern, dass wir im Kojotenbau lagern. Nicht, dass sie es nicht wüssten ...«

»Ist gut, Vater!«

»Kojotenbau?«, fragte Whandall.

»Die Straße gabelt sich ein Stück weiter voraus. Die rechte Abzweigung führt bergauf. Die nehmen wir.« Kesselbauch grinste, als Whandall ächzte. »Sie ist nicht sehr steil und es ist eine gute Straße. Dafür sorgen die Gefleckten Kojoten. Sie haben außerdem einen guten Lagerplatz angelegt. Natürlich mussten sie das auch.«

Whandall runzelte die Stirn und stellte schließlich die Frage, die Kesselbauch erwartete.

»Sie mussten es tun, weil sie nicht zahlreich genug sind, um Zöllner zu sein, ohne dafür eine Gegenleistung zu erbringen«, antwortete Kesselbauch. »Sieh dich um. Hier gibt es nichts als Weiden und davon auch nicht gerade viele. Dort drüben, hinter dem Kamm, ist besseres Land, aber niemand entfernt sich so weit von der Hanfstraße. Aus irgendeinem Grund muss der Stamm der Gefleckten Kojoten hier leben. Hat irgendwas mit den Anweisungen ihres Gottes zu tun.«

»Er hat ihnen gesagt, sie sollen hier leben, ihnen aber nichts gegeben, wovon sie leben können?«, fragte Whandall. »Was tut er für sie?«

»Ist mir zu hoch«, entgegnete Kesselbauch. »Kojote ist schon ziemlich merkwürdig. Niemand weiß so recht, was er eigentlich will. Jedenfalls haben die Gefleckten Kojoten das Beste daraus gemacht. Sie haben einen großen Felsring gefunden und ihn im Lauf der Jahre in einen Rastplatz verwandelt. Ah, da ist ja schon die Gabelung.«

Kesselbauchs Sohn Nummer Drei kam mit einem langen gebogenen Kuhhorn angelaufen. »Kann ich es machen?«, fragte er aufgeregt.

»Sicher.«

Nummer Drei blies sechsmal lang in das Horn.

»Das verrät den Gefleckten Kojoten, für wie viele Personen sie Essen machen müssen«, erklärte Kesselbauch. »So läuft es. Man sagt ihnen, dass man kommt, und sie setzen ein Gulasch auf, das fertig ist, wenn wir oben eintreffen. Sie versorgen uns mit Essen und übernehmen die Wache für uns.« Kesselbauchs Lippen spitzten sich zu einem leichten Grinsen. »Und dafür berechnen sie nicht mehr, als sie für den Durchzug durch ihr Gebiet verlangen.«

»Sind es viele?«, fragte Whandall.

»Nein, eigentlich nicht, aber doch genug, dass man sich nicht mit ihnen anlegen will, und was man ganz bestimmt nicht will, ist, dass sie die Straße noch schlechter machen, als dies der Winterregen ohnehin tut.«

»Toronexti«, sagte Whandall. Als Kesselbauch ihn fragend ansah, versuchte Whandall den Begriff zu erklären. »Das sind Steuereinnehmer. Zöllner. Aber Toronexti geben *nie* etwas als Gegenleistung.«

»Also schließt ihr euch zusammen und bringt sie um«, erwiderte Kesselbauch. »Wir machen das so. Wenn eine Stadt zu gierig wird, holen wir alle Wagenbesitzer zusammen und räuchern das Übel aus.«

Whandall stellte sich einen Zusammenschluss von Fürstensipplern vor, um die Toronexti zu vernichten. Niemand wusste, wie viele es gab, wo sie lebten und wer sie hinter ihren Masken überhaupt waren. Die Fürsten stärkten ihnen den Rücken, hieß es. Und niemand konnte gegen die Fürstenmänner kämpfen.

Der Hügelkamm war eine natürliche Festung. Eine Quelle sprudelte in der Mitte eines Rings aus Felsen, die eine natürliche Burg bildeten – groß genug für alle Wagen und Zugtiere. Im Lauf der Jahre hatten die Gefleckten Kojoten den Boden innerhalb des Felsenrings geglättet und Koppeln, Pferche, Unterstände und große Herdfeuerringe angelegt. Der Geruch nach Bisongulasch wehte dem Wagenzug entgegen.

Kesselbauch und ein kleiner dunkler Mann etwa in seinem Alter schrien einander an und gestikulierten wild. Whandall nahm an, dass sie Leidenschaftlichkeit heuchelten, während sie eine Art Ritual vollzogen. Kesselbauch reckte immer wieder voller Entsetzen die Arme in die Höhe, woraufhin der Anführer der Gefleckten Kojoten auf eine Stelle außerhalb des Felsenkreises zeigte und grinste, um Kesselbauch auf eine dünne Rauchfahne aufmerksam zu machen, die einige Meilen entfernt in den Himmel aufstieg. Kesselbauch schaute besorgt drein und schrie wieder etwas ... Schließlich erzielten die beiden irgendeine Übereinkunft und Geld wechselte den Besitzer. Mittlerweile dämmerte es und das Gulasch war gar.

Beim Essen saßen alle um ein großes Lagerfeuer. Holzscheite waren zu einem Kreis und zu Sitzmöglichkeiten mit Lehnen angeordnet. Es war angenehm, sich anzulehnen und mit der Aussicht auf eine Nachtruhe ohne Wachdienst zu entspannen.

Whandall machte Erschöpfung geltend, als Hickatane über Morth von Atlantis reden wollte, und bald darauf war der Zauberer in ein Gespräch mit einem Mann vertieft, der wohl doppelt so alt war wie er und einen Wolfsfellmantel trug. Ein junger Gefleckter Kojote ging herum, um jedermanns Tasse aus einem Ziegenschlauch voll Wein zu füllen. Whandall nippte anerkennend. Der Wein war nicht so gut wie Kesselbauchs, aber er war viel weicher und angenehmer im Geschmack als alles, was den Weg in Teps Stadt fand.

Es war ein angenehmer Abend. Weide saß neben ihm, müde, weil die Mädchen ständig hatten vom Wagen steigen müssen, wenn die Straße zu steil wurde und alle schoben.

Flirten. Werben war ernsthaftes Flirten. Flirten hieß, amüsant und witzig zu sein, aber Whandall wusste nicht, wie er das anstellen sollte. Er blickte sich um, um einen Eindruck davon zu gewinnen, wie andere es machten.

Nicht weit entfernt saß Schnitzer mit Sternschnuppe, der dunkelhaarigen Tochter des Schmieds. Sie saßen sehr nah beisammen. Whandall konnte nicht hören, was sie redeten, aber Sternschnuppe schien ganz allein für das Reden zuständig zu sein, während Schnitzer dasaß und aufmerksam zuhörte. Das hätte Whandall auch gekonnt, aber Weide schwieg!

»Gefällt dir das Kleid, das ich dir gekauft habe?«, fragte Whandall.

»Ja, sehr. Danke.«

»Du hast es noch nie getragen.«

»Na ja, ich würde es hier vor all den Fremden auch nicht anziehen wollen«, sagte Weide.

»Kesselbauch meint, sie sind ungefährlich«, erwiderte Whandall. »Sie sind keine ...« Er hielt mitten im Satz inne.

»Diebe?«

»Ich wollte eigentlich ›Sammler‹ sagen.«

»Oh.« Sie sah ihn mit großen Augen an. »Ich vergesse es ständig«, meinte sie.

»Das ist gut.«

Sie lächelte sanft. »Ich bin gleich wieder da.«

Schnitzer hörte Sternschnuppe immer noch zu. Sie rückte näher zu ihm. Whandall konnte sich mühelos ihre Wärme an seiner Seite vorstellen. Der Junge sagte etwas und Sternschnuppe lachte anerkennend. Andere Paare unterhielten sich leise, Burschen lächelten, Mädchen lachten. Hätte er doch nur hören können, was sie sagten!

Weide kehrte zurück. Sie trug das blaue Kleid, das Whandall gekauft hatte, und dazu die schwarz-goldene Onyx-Halskette.

»Das ist ... wunderschön«, sagte er, obgleich er zu gern passendere Worte gefunden hätte. »Ich wusste, dass es dir gut stehen würde.«

»Und steht es mir?«

»Noch besser, als ich dachte«, beteuerte Whandall.

Ihr Lächeln war betörend. Sie setzte sich neben ihn, nicht so nah, wie Schnitzer bei Sternschnuppe saß, aber sie war ihm noch nie so nah gewesen. Er spürte ihre Wärme an seiner Seite, heißer als das Feuer. Sie schwiegen lange Zeit. Whandall überlegte ständig, was er Witziges oder Kluges sagen konnte, aber ihm fiel nichts ein und es reichte ihm auch, ihr einfach nur nah zu sein.

Als Schnitzer und Sternschnuppe den vom Feuer beschienenen Kreis verließen und in der Dunkelheit verschwanden, glaubte Whandall, Weide wolle etwas sagen, aber sie tat es dann doch nicht. Er stellte sich vor, wie er aufstand, ihre Hand nahm und sie an einen abgelegenen Ort führte, wo sie ganz allein sein würden, doch er unternahm nichts dergleichen und fragte sich, ob seine Beine vergessen hatten, was Gehorsam bedeutete.

Plötzlich lächelte sie ihn an und berührte sein Gesicht. Ihre Berührung war federleicht und zart, da ihre Finger über seine Tätowierung und dann immer noch lächelnd seinen Arm entlang strichen. Dann rückte sie näher zu ihm und sie starrten ins Feuer.

Beim Frühstück hatte Schnitzer ein albernes Grinsen aufgesetzt. Es verging ihm, als er die Stute einspannen sollte. Das Pony bäumte sich auf und versuchte ihn unter die Hufe zu bekommen. Whandall beobachtete stirnrunzelnd, wie Schnitzer das Pony anschrie. Jemand im nächsten Wagen lachte schallend und ausgiebig.

Ein paar Minuten später kam Große Hand, der Schmied, zu Whandalls Wagen. Er war nicht unfreundlich, schien aber mit seinen Gedanken ganz woanders zu sein. »Du könntest mir einen Gefallen tun«, sagte er. »Kann Weide eines deiner Ponys zu meinem Wagen bringen?«

»Sicher. Warum?«

»Das möchte ich lieber erst sagen, wenn ich Gewissheit habe«, meinte er. »Wenn es dir nichts ausmacht.« Der Schmied bat nur selten um eine Gefälligkeit. Whandall war ziemlich sicher, dass ihm noch nie jemand eine verweigert hatte, wenn er denn tatsächlich bat. Und es gab keinen Grund, es in diesem Fall zu tun. Oder?

Weide hatte mitgehört. Sie führte das kleinere der gehörnten Ponys zu ihnen. Whandall musste zweimal hinsehen: Es war so groß wie das größere am Tag zuvor gewesen war, und ohne den schwarzen Stern auf der Stirn hätte Whandall die beiden nicht auseinander halten können.

Manchmal veränderten die Ponys ihre Größe. Whandall hatte Hickatane danach gefragt. »Die Magie wandelt sich entlang der Straße«, hatte der Zauberer ihm erzählt und ihn dann gefragt, wie Morth Hautkrankheiten heilte.

Weide folgte dem Schmied zu dessen Wagen. Whandall beobachtete sie einen Augenblick dabei, wie sie das Pony führte, und erinnerte sich an ihr Lächeln von letzter Nacht. Aber es gab Arbeit, denn der Wagen musste beladen werden.

Als Weide zurückkam, waren Große Hand und Kesselbauch hinter ihr. Sie warteten, bis sie das Pony wieder zu den anderen geführt hatte. Große Hand hielt sich zurück und ließ Kesselbauch für sich reden. »Das sind nicht deine Verwandten, aber es ist dein Wagen«, sagte er.

»Es ist Weides Wagen«, erwiderte Whandall.

»Du hast die Verantwortung«, entgegnete Große Hand.

»Dieser Schnitzer hat keinen Vater und er fährt in deinem Wagen!«

»Ja«, sagte Whandall. Es klang wie ein Eingeständnis, aber Whandall wusste nicht, warum.

»Also können wir mit dir über ihn reden«, meinte Kesselbauch. »Wie ist er gestellt? Welchen Beruf hat er?«

»Er weiß, wie man Seile macht und sie verkauft«, sagte Whandall. »Warum?«

Große Hand runzelte die Stirn. »Warum hast du ...«

Kesselbauch hob eine Hand. »Eine Seilerbahn. Teuer in der Einrichtung, aber mit einer Seilerbahn verdient man viel Geld«, sagte er. »Doch man braucht einen festen Ort dafür. In einem Wagenzug geht es nicht.« Er wandte sich an Große Hand. »Sternschnuppe hat noch keinen Wagen. Willst du über eine andere Aussteuer nachdenken?«

»Sie kann keine Seilerbahn mitnehmen, wenn sie sich trennen!«, erwiderte Große Hand. »Aber sie wollte ohnehin keinen Wagen. Sie hat schon öfter davon gesprochen, dass sie lieber fest in einer Stadt leben würde.«

»Tja, dann finden wir sicher eine Lösung«, sagte Kesselbauch. »Wie alt ist der Junge?«

»Sechzehn, glaube ich«, antwortete Whandall.

»Noch ziemlich jung«, meinte Kesselbauch.

»Sternschnuppe ist erst fünfzehn«, knurrte Große Hand. »Wenn der verdammte Narr nicht so einen Wirbel darum gemacht hätte, dass er die Stute nicht mehr aufzäumen kann, wäre vielleicht ... jedenfalls ist Sternschnuppe ganz aufgeregt, also soll es wohl sein. Whandall, wenn wir über den Pass sind, besprechen wir die genauen Umstände ..., wo die Kinder leben wollen, was nötig ist, um eine Seilerbahn einzurichten. Du erklärst Schnitzer, dass er von Glück sagen kann.« Der Schmied entfernte sich, immer noch leise vor sich hin murmelnd.

Whandall musterte Kesselbauch mit gerunzelter Stirn. »Ich habe Schnitzer und Sternschnuppe gemeinsam weggehen sehen, aber die beiden waren nicht die Einzigen letzte Nacht!«

»Aber sie sind die Einzigen, die plötzlich keine Einhörner mehr aufzäumen können«, sagte Kesselbauch. Er grinste. »Ich habe immer gedacht, du wolltest mich aufziehen, aber du weißt es wirklich nicht!« Er lachte über seinen eigenen Witz. »Whandall, *alle* wissen es! Nur eine Jungfrau kann ein Einhorn aufzäumen. Gestern konnte Schnitzer noch die Stute aufzäumen und Sternschnuppe hatte keine Schwierigkeiten mit den Hengsten. Heute Morgen ...«

»Ich war dumm.« Viele rätselhafte Dinge waren plötzlich ganz einfach.

»Dann ist es im Tal der Dünste nicht so?«

»Nein.« Whandall dachte darüber nach. »Die Ponys sind kleiner und haben keine richtigen Hörner. Wir waren überrascht, als unseren Ponys diese großen Hörner wuchsen. Magie! Kesselbauch, was passiert jetzt?«

»Nun, du hast es gehört. Grosse Hand muss für eine andere Aussteuer sorgen. Ich weiß nicht, ob er sich eine Seilerbahn leisten kann – er muss auch Rehkitz noch verheiraten –, aber er wird tun, was er kann. Gehört Schnitzer etwas von den Sachen, die ihr mitgebracht habt?«

Whandall nickte. »Er ist nicht arm ... Das ist alles neu für mich. Was geschieht, wenn sie nicht heiraten wollen?«

»Hör schon auf – sie wussten, dass es in diesem Wagenzug Einhörner gibt!«

»Schnitzer wusste nicht, was das bedeutet.«

»Sternschnuppe schon«, erwiderte Kesselbauch. »Willst du damit etwa sagen, dass es im Tal der Dünste anders läuft?«

Whandall erinnerte sich an Weides Schilderung dessen, wie es Traumlotus ergangen war. »Nein. Nicht für Sippenlose.« Schnitzer musste gewusst haben, worauf er sich einließ. Whandall erinnerte sich an die Begegnungen mit Rehkitz und Brünstiges Reh, Gelegenheiten, die sich ihm geboten hatten, Dinge, die er hätte tun können.

Hier war es anders, weil es keine Fürstensippler gab,

und das würde er niemals erklären können. »Nein«, wiederholte er.

Kesselbauch blinzelte in die aufgehende Sonne. »Helllichter Tag«, sagte er. »Wir müssen weitermachen. Whandall, du solltest Schnitzer alles erklären.«

»Ja. Hat er eine Wahl?«

»Nun ja, er kann einen Wagen als Aussteuer annehmen, wenn er sich in unser Leben einfügen will. Mit Große Hands Tochter verheiratet zu sein würde ihm dabei nicht im Geringsten schaden.«

»Was ist, wenn er wegläuft?«

»Dann hält er sich besser von der Hanfstraße fern. Für immer.«

45. Kapitel

Sie schlugen ihr Lager in einem Geröllfeld auf. Große Felsen halfen, eine natürliche rechteckige Festung zu bilden, aber es war bei Weitem nicht so raffiniert wie das, was die Gefleckten Kojoten angelegt hatten. Die Wagen passten in die Lücken zwischen den großen Felsen. Whandall achtete darauf, wie sie angeordnet wurden – so, dass von jedem Wagen aus alle anderen zu sehen waren. Sie waren gefahren bis kurz vor Sonnenuntergang, bis sie ein freies Feld gefunden hatten ... mit leichtem Zugang zur Schlucht, die zum Fluss hinunter führte ... aber würde nicht jeder Bandit genau wissen, wo ein Wagenzug anhielt? Und die Felsen und das wellige Gelände ringsumher hätten dem gesamten Schlangenpfad und allen Ochsenziemern dazu ausreichend Deckung gegeben.

Doch Hickatane trank starken Hanftee und sang, und als er aus seiner Trance erwachte, war er zufrieden. Es waren Banditen in der Nähe, aber sie beobachteten nur. Sie hatten keinen Plan, keinen Vorsatz, nur ihren Neid und ihre Gier.

Die Sonne war untergegangen, aber der Westen leuchtete immer noch rot und orange. Whandall wies zwei der

Müller-Kinder an, außerhalb der Wagenburg Wache zu halten. »Verhaltet euch ganz still, und wenn ihr irgendwas hört, ruft laut und taucht unter den Wagen. Aber ruft vorher!«

Dann ließ er Weide, Schnitzer, Fuhrmann und Hammer rings um das Feuer Platz nehmen.

»Wir müssen reden«, sagte Whandall. »Schnitzer, du hast gewusst, was dich erwartet, als du mit Sternschnuppe weggegangen bist.«

Schnitzer wirkte sehr ernst. »Ja. Na ja, ich wusste es im Kopf«, meinte er. »Aber ich habe nicht viel gedacht.«

»Sternschnuppe schon«, sagte Weide.

»Wie kannst du dir da so sicher sein?«, wollte Fuhrmann wissen.

Sie zuckte die Achseln. »Mädchen tun das immer. In Teps Stadt käme man vielleicht damit durch, wenn man sich gut vorsähe, aber es wäre immer noch ein großes Risiko. Hier draußen – glaub mir, Sternschnuppe wusste, was sie tat. Und du auch ... meine ich.«

»Es ist so ... endgültig«, erwiderte Schnitzer. »Damit habe ich meine Schwierigkeiten.«

Fuhrmann nickte verständnisvoll.

»Was willst du also tun?«, hakte Whandall nach. »Soweit ich es verstanden habe, soll ich für dich verhandeln. Wo willst du leben?«

»Ich kann Seile machen«, sagte Schnitzer. »Jedenfalls, wenn Fuhrmann mir hilft. Fuhrmann, ich bringe dir meinen Teil bei, wenn du mir deinen zeigst.«

»Große Hand kann sich keine Seilerbahn leisten«, entgegnete Fuhrmann.

Sie blickten alle auf den Wagen. Dann zu Whandall. Niemand sagte etwas.

Whandall grinste. »Das hängt von Weide ab«, sagte er.

»Von mir? Ich besitze nichts außer dem Kleid, das du mir gekauft hast. Ich besitze überhaupt nichts!«

Und sie war den Tränen nah. Aussteuern. Waren sie das Problem? »Der Wagen, die Ponys. Weide, das gehört alles dir.« Er hatte sich überlegt, wie er es ihr sagen sollte. Er hatte zu lange damit gewartet.

»Eines der Ponys gehört mir!«, protestierte Hammer.

Whandall zuckte die Achseln. »Klär das mit Weide«, meinte er. »Aber Kesselbauch sagt, dass ein Pony ein Bisongespann wert ist, also besitzt Weide einen Wagen und ein Gespann.«

»Und die Stute?«, wollte Schnitzer wissen.

»Ich habe einen Anspruch darauf«, sagte Whandall. »Ich habe geholfen, sie zu fangen. Auf den Hanf und den Teer ebenfalls – ein Teil davon gehört mir. Aber ich werde meinen Anteil nicht einfordern. Weide kann ihn haben.«

»Warum?«, fragte Weide. »Das ist sehr nett von dir, Whandall, aber warum?«

»Ich weiß, warum«, warf Schnitzer ein. »Du nicht?«

Sie antwortete nicht, aber um ihre Lippen spielte dasselbe vage Lächeln, das sich dort abgezeichnet hatte, als Whandall gesagt hatte, dass der Wagen und die Ponys ihr gehörten. Sie warf einen raschen Blick auf Whandall und sah dann wieder weg.

»Vergesst nicht, dass der Wagenmeister ein Zehntel bekommt«, erinnerte sie Whandall. »Nun zum Gold.«

»Morth hat dir das Gold gegeben«, sagte Fuhrmann. Und Schnitzer sagte mit fester Stimme: »Ja.«

Whandall nickte. »Ich teile. Ich habe euch gebraucht, um es zu transportieren. Ich brauche euch immer noch dafür. Ich glaube, es ist genug für eure Seilerbahn da, wenn du und Fuhrmann zusammen bleiben. Ich behalte die Hälfte. Ihr anderen könnt den Rest so unter euch aufteilen, wie ihr wollt.« Die Hälfte war immer noch eine Menge. »Die Hälfte nach Abzug des Anteils für den Wagenmeister.«

»Kesselbauch weiß nichts von dem Gold«, bemerkte Schnitzer. »Er kann es unmöglich wissen.«

»Wir könnten es verstecken«, sagte Fuhrmann eifrig.

»Nein.«

»Whandall ...«

»Nein«, wiederholte er. »Wir sagen es dem Wagenmeister.«

»Warum?«, fragte Fuhrmann. »Er weiß nichts davon – er kann es gar nicht wissen.«

Whandall versuchte es, aber die Worte kamen nur zögernd über seine Lippen. »Ich habe es zugesagt. Ich habe es versprochen.«

»Das Versprechen eines Fürstensipplers«, erwiderte Fuhrmann. »Einem Dieb gegeben!«

»Kesselbauch sammelt nicht«, sagte Whandall. »Er ... er arbeitet mit uns.«

Fuhrmann sah die anderen an. So etwas wie ein Einverständnis schien zwischen ihnen zustande zu kommen. Schnitzer meinte: »In Ordnung« und zuckte die Achseln.

Whandall kam sich wie ein Außenstehender vor. Lange herrschte Schweigen. Schließlich stand Whandall auf und verließ den Wagen. Niemand sagte etwas, bis er zu weit entfernt war, um noch Worte auseinander halten zu können, und dann redeten Fuhrmann und Schnitzer aufgeregt miteinander.

46. Kapitel

»Komm rein«, lud Kesselbauch ihn ein. »Trink einen Schluck Wein.«

»Nein, danke«, sagte Whandall. »Ich muss dir etwas zeigen.«

»Ja?«

»Nicht hier. In Weides Wagen.«

Kesselbauch warf einen Blick auf die untergehende Sonne und runzelte die Stirn. »Es wird Zeit, die Wachen einzuteilen«, bemerkte er. Er zog sich die Stiefel an. »In Weides Wagen, sagst du? Nicht in deinem?«

»Er gehört ihr, nachdem ihr Vater gestorben ist«, erwiderte Whandall. »Bei einem Brennen.«

»Hört sich vernünftig an«, meinte Kesselbauch. »Ich vergesse immer wieder diese Einhörner.«

»Die Ponys gehören ihr auch.«

»Ja, natürlich.« Kesselbauch schnürte seine Stiefel und streckte die Hand aus, um sich von Whandall beim Aufstehen helfen zu lassen. Sie schlugen einen forschen Schritt an, während ihnen zwei von Kesselbauchs namenlosen Söhnen folgten. »Gut. Also los. Du und Weide, ihr kommt also gut miteinander aus?«

Whandall antwortete nicht.

»Und es geht mich durchaus etwas an«, sagte Kesselbauch. Sein Tonfall war jetzt ernst. »Alles, was in diesem Wagenzug passiert, geht mich etwas an, bis wir das Paradiestal erreichen.«

»Pelzed hat auch immer so geredet.«

»Wer ist Pelzed?«

»Jemand, den ich kannte. Ich glaube, wir sollten uns beeilen.«

Für jeden Schritt Whandalls musste Kesselbauch zwei machen und so hatte er nicht genug Luft für eine Antwort.

»Lass es, wo es ist«, rief Weide.

»Warum?«, wollte Schnitzer wissen.

»Weil ...«

»Hallo, Weide«, rief Kesselbauch.

Schnitzer drehte sich rasch um. Er hielt einen schweren Goldklumpen in beiden Händen, der ihn nach unten zog.

»Das wollten wir dir zeigen«, sagte Whandall. »Wir haben Gold.«

»Das sehe ich«, erwiderte Kesselbauch. »Noch mehr als das?«

»Was im Wagen ist.«

Die Ladefläche war geöffnet und Kesselbauch schaute hinein. »Das ist eine Menge Gold.«

»Ich weiß. Es ist außerdem veredeltes Gold.«

»Woher hast du es?« Die Stimme des Schamanen. Als sie sich umdrehten, sahen sie Hickatane aus dem Schatten treten.

»Dieser *verwünschte* Schleichzauber!«, rief Whandall.

Hickatane grinste. »Ich war gespannt, ob du dem Wagenmeister davon erzählen würdest.« Er wandte sich an Kesselbauch. »Jetzt siehst du, was du an deinem Schamanen hast, Schwarzer Kessel, und was unser Handel wirklich wert ist. Aussteuern für alle deine Töchter allein mit deinem Anteil!«, gackerte er. Plötzlich versteifte er sich. Er ging an Schnitzer vorbei und griff in den verborgenen Verschlag des Wagens, der jetzt geöffnet war.

»Lass das!«, rief Fuhrmann.

Hickatane achtete nicht auf ihn. Seine mageren Arme hielten zwei Goldklumpen, beide so groß wie sein Kopf, als schwebten sie unter seinen Handflächen. »Veredelt, sagst du? Ein Zauberer hat seine Kraft in sich aufgenommen. Morth? Meinst du ihn? Er hat nicht alles genommen, Junge!« Die Stimme des alten Mannes hatte an Ausdruck und Lautstärke gewonnen und musste im ganzen Lager zu hören sein. »Hier.« Er gab Fuhrmann einen Klumpen (der ihn fallen ließ) und Hammer einen weiteren (der taumelte), nahm den Klumpen, den Schnitzer hielt, und hob ihn hoch. Sein Gesicht verzerrte sich vor Freude. Er verdrehte die Augen und stand wie verzaubert da.

»Was habt ihr mit ihm gemacht?«, wollte Kesselbauch von Whandall wissen. Seine beiden Söhne starrten den Schamanen an. Im Schatten hatten sich Mitglieder des Wagenzugs versammelt, die Hickatanes Stimme bis hierher gefolgt waren.

Schnitzer und Fuhrmann hatten damit aufgehört, Kesselbauch anzuschreien. Sie beobachteten den Schamanen. Weide beachtete Hickatane überhaupt nicht, sondern starrte Whandall an, betrachtete ihn auf eine Weise, die er an ihr nicht kannte, nicht unfreundlich, gewiss nicht wütend, aber als habe sie ihn noch nie richtig angesehen. Bevor Whandall etwas zu ihr sagen konnte, kam Hickatane wieder zu sich. Er grinste breit. »Mehr Gold ruft. Es ist mit diesem hier verwandt«, sagte er.

»Wir sind ziemlich weit vom Fluss entfernt«, erwiderte Whandall.

»Ja, ja, es ist von ganz oben in den Fluss gespült worden«, sagte Hickatane. »Die Berge spielen seine Musik. Ich spüre, wie seine Kraft mich ruft. Wir müssen es finden.«

»Jetzt?«, fragte Kesselbauch. Hickatane nickte ekstatisch.

»Ist das klug?«, hakte Kesselbauch nach. »Wir sind von Banditen umringt.«

»Mit der Kraft im Gold werde ich sie alle finden und vernichten!« Jahre waren von Hickatanes Gesicht abgefallen, krochen aber langsam wieder zurück. Seine Stimme musste über Meilen getragen haben. Jeder Spion der Banditen würde ihn gehört haben.

»Du hast einen Zauber gewirkt, damit du nicht alt wirst«, riet Whandall.

Hickatane grinste verschlagen. »Ich habe in meinem Leben viele Zauber gewirkt, Fürstensippler. Kesselbauch, ich muss dieses Gold noch heute Nacht finden. Es ruft mich.«

»Wie viel Gold?«

Hickatane schüttelte den Kopf. »So viel wie das hier, vielleicht noch mehr. Du willst veredeltes Gold. Ich will ...«

»Das Gold hat Morth verändert«, sagte Whandall zögernd. »Er wurde jemand anders.«

»Jünger, hast du mir erzählt«, erwiderte Hickatane.

»Ja, und verrückt!«

»Ich bin schon verrückt«, entgegnete Hickatane mit beiläufiger Überzeugung. »Komm, Whandall. Wir suchen gemeinsam und dabei kannst du mir noch mehr über Morth von Atlantis erzählen.«

»Aber ...«

»Vergiss unseren Handel nicht«, mahnte Hickatane. »Schwarzer Kessel wird zählen, was da ist. Komm.« Bevor Whandall protestieren konnte, nahm der Schamane seine Hand und zog ihn von dem Wagen weg. Hinter sich hörte Whandall die anderen rufen und schreien, da Kesselbauch den falschen Wagenboden untersuchte. Er versuchte umzukehren. Er hatte Kesselbauch umringt von bewaffneten Heranwachsenden in einem Streit um ein Vermögen zurückgelassen!

Der Schamane schien die Lage völlig falsch einzuschätzen, denn er sagte: »Deine Freunde haben von Schwarzer Kessel nichts zu befürchten. Er ist ein ehrlicher Mann. Das habe ich gesagt und es stimmt. Du!« Er wandte sich an einen von Kesselbauchs Söhnen. »Nummer Drei. Lauf schnell zu meinem Wagen und sag Wirbelnde Wolke, dass sie ihren Vater auf einem Ausflug begleiten muss. Lauf!«

»Warum Wirbelnde Wolke?« Wirbelnde Wolke war Hickatanes fünfzehnjährige Tochter, die immer kicherte.

»Wir suchen Magie. Brünstiges Reh hat keinen Sinn für Magie. Ihre Kinnlinie ist eindeutig meine, sonst könnte ich das Vertrauen in meine Frau verlieren«, sagte Hickatane.

Whandall sah den Schamanen durchdringend an, doch falls dieser es bemerkte, so reagierte er nicht darauf.

Ein Halbmond lugte durch versprengte Wolkenstreifen und schien auf sie herab. Die Wolken zogen ruhelos über den Himmel.

Der ältere Mann ging weiter. Bevor sie den Wagenzug erreichten, sahen sie Wirbelnde Wolke, die ihnen entgegenlief und dabei noch die Knöpfe an ihrem Rock schloss. Ihre schwarzen Haare flatterten im Wind.

»Spürst du es?«, wollte Hickatane wissen.

»Ich spüre etwas«, sagte sie. Jetzt kicherte sie nicht. »Vater, was ist es?«

Hickatane schien zu wittern. »Hier entlang, glaube ich ...«

»Nein«, sagte Wirbelnde Wolke. Sie legte den Kopf auf die Seite. »Weiter bergauf, wo die Überschwemmung war.«

»Ah. Ja. Es ist ziemlich hell.«

Vor ihnen war nichts Helles, aber Whandall schwieg. Er hatte Morth bei der Arbeit erlebt.

Sie liefen ihm davon, durch Mohnblumen und Gestrüpp und über felsiges Gelände. Whandall hatte Mühe, ihnen zu folgen. Ein junges Mädchen und ein alter Mann hängten Whandall ab. Hickatane mochte verzaubert sein – war verzaubert –, aber wie konnte Wirbelnde Wolke schneller laufen als Whandall?

Sie sah ihn stolpern – irgendwie, obwohl sie weit voraus war –, kehrte um und nahm sein Handgelenk. Dann lief sie weiter und zog ihn hinter sich her.

Unterwegs schwatzte sie atemlos. »Ich habe geschielt, als ich klein war. Mein Vater hat Magie gewirkt, um mein Augenlicht zu stärken. Sie hat funktioniert, wenigstens zum Teil. Aber ich habe noch nie so gut gesehen wie heute Nacht! Es sind Geister in der Nähe, aber keine gefährlichen. Folge mir!«

»Ach, das ist es. Du kannst im Dunkeln sehen. Hat Hickatane sich selbst auch jung gemacht?«

Ein Lachen erklang in ihrer Stimme. »Ja, aber als er noch jünger war ...« Sie hörte auf zu reden.

Der Boden brachte ihn nicht mehr ins Stolpern. Sie erklommen einen steilen Hügel aus nacktem, bleichem Fels. Wirbelnde Wolke führte ihn richtig. Doch Hickatane war jetzt weit über ihnen und viel schneller als sie. Die Kraft in dem halb veredelten Gold ließ ihn in der Zeit zurück reisen. Oder er lief über unveredeltes Gold, das von einer Überschwemmung zurückgelassen worden war.

Whandall keuchte: »Er braucht mich nicht so sehr ... wie ich gedacht habe!«

Ihre Antwort wich vom Thema ab. »Brünstiges Reh ist versprochen, musst du wissen.«

»Sie mag mich nicht.«

»Meine Aussteuer kann sich nicht mit ihrer messen, aber ...«

Whandall lachte. »Hickatane will *uns* zusammen bringen?«

»Nur, dass wir uns *sehen*, glaube ich. Dass wir Notiz voneinander nehmen.«

Ein Mann konnte dafür erstochen werden, dass es ihn nach einem so jungen Mädchen gelüstete. *Wechsle das Thema.* »Als er noch jünger war ... Was für eine Magie wirkt ein Schamane?«

Sie lachte. »Ich erzähle dir von einer, von der er mir erzählt hat. Braunscheckiger Behemoth lag im Sterben. Vater war sein Lehrling. Ein Schamane darf nicht dabei beobachtet werden, wie er krank wird und stirbt. Vater nahm das Aussehen von Braunscheckiger Behemoth an und wurde unser Schamane.« Wirbelnde Wolke zog ihn bergauf und redete dabei, als müsse ein fünfzehnjähriges Mädchen nicht Luft holen. In Anwesenheit ihrer älteren Schwester redete sie nicht annähernd so viel. »Der Bison-Stamm *wollte* sich täuschen lassen, musst du wissen. Im Laufe des nächsten Jahres ließ Vater sich gesund werden. Nahm einen neuen Namen an. Und natürlich segnet er Feldfrüchte für die Dörfer, an denen wir vorbeikommen, und wirkt Wettermagie, die manchmal sogar funktioniert. Die wirbelnde Wolke, die das Lager am Tag meiner Geburt verwüstete, hat Vater zerstreut, bevor sie unseren Wagen erreichen konnte. Mutter hat mir davon erzählt.«

Ihr Weg führte sie zu einem schmalen, rasch fließenden Bach. Hickatane war weit voraus. Wirbelnde Wolke hob die Stimme über das Rauschen des Wassers. »Und einmal hat er versucht, Kojote zu rufen, aber der Gott wollte nicht kommen.«

Der Bach verengte sich und war zum Teil eingedämmt, sodass er einen kleinen Wasserfall so hoch wie ein ausgewachsener Mann bildete. Wirbelnde Wolke und Whandall erreichten den Bach in dem Augenblick, als Hickatane aus dem Teich hinter dem Felsen auftauchte. Er hielt einen Goldklumpen von der Größe seiner Faust und grinste wie ein Narr. Er war schlank wie eine Schlange und muskulös wie ein Fürstensippler. Schwarze Haare fielen ihm bis auf die Schultern. Er hatte einen ekstatischen, irren Blick.

Im nächsten Augenblick kräuselten sich seine schwarzen Haare. Eine Welle von Gold lief hindurch, dann eine Welle von schmutzigem Weiß. Dann fiel der größte Teil der weißen Mähne in den Bach und ließ nur einen kahlen, altersfleckigen Schädel zurück. Hickatanes Gesicht veränderte sich. Hager und hohlwangig, ein eckiger Kiefer und tiefer liegende Augen, es war überhaupt nicht sein Gesicht, sondern das Gesicht eines sterbenden Fremden.

Hickatane fiel rückwärts ins Wasser. Seine entstellten Züge waren eine Grimasse der Qual und des Entsetzens. Ein Auge wurde milchig, das andere glotzte verstört.

»Vater!«, rief Wirbelnde Wolke. Sie hielt zwei kleinere Goldklumpen in den Händen. Als sie mit ihnen zu ihrem Vater lief, wand er sich vor Schmerzen. Sie warf das Gold ins Wasser und versuchte Hickatanes Fingern den größeren Klumpen zu entreißen. »Es sind die alten Zauber!«, rief sie über die Schulter. »Nimm das Gold!«

Whandall eilte ihr zu Hilfe.

Die Arme des alten Mannes waren erschlafft, aber das Gold wollte sich nicht aus seinen Fingern lösen. Wirbelnde Wolke berührte es und stieß einen Schrei aus. Sie riss die Hände davon los, als sei das Gold klebrig, und sprang zurück, sodass sie mit Whandall zusammenstieß, während sie etwas rief, das Whandall zuerst nicht verstand.

Er versuchte, an ihr vorbei zu gelangen. Dann schloss sein Verstand endlich auf. Sie hatte gerufen: »Nicht anfassen!«

Hickatane wimmerte und spie Zähne aus. Das Geräusch in seiner Kehle war das Rasseln des Todes. Dann war er still. Die Strömung ließ Wasser in seinen Mund laufen.

Whandall fragte: »Ist mit *dir* alles in Ordnung?« Denn Wirbelnde Wolke sah sich um wie eine Blinde. Das hatte nichts mit Trauer zu tun, sondern war etwas anderes.

Ihre Blicke fanden ihn und zeigten ihm die Wirklichkeit. »Ich kann *sehen*. Ich glaube, ich habe in meinem ganzen Leben noch nie richtig gesehen. Whandall Feder ...«

»Mädchen, was ist mit deinem Vater passiert?«

»Die alten Zauber. Hat Morth von Atlantis gewusst, wie man einen fehlgeschlagenen Zauber loswird?«

»Ich habe keine Ahnung.«

»Vater wusste es nicht. Braunscheckiger Behemoth wusste es nicht. Vater nahm das Aussehen des alten Schamanen in der Nacht an, als Braunscheckiger Behemoth starb, vor meiner Geburt. Bleib *hier*, Whandall.«

Der Bach war eisig an seinen Schienbeinen. Die Tochter des Schamanen hatte gesprochen, *bevor* er damit begonnen hatte, ans Ufer zu waten. Er blieb stehen und bekam einen Eindruck davon, was am Ufer geschah.

Die Ufer waren auf beiden Seiten des Bachs üppig mit Pflanzen bewachsen. Das war noch vor wenigen Minuten anders gewesen. Man konnte sie beinahe wachsen sehen. Whandall sog zischend den Atem ein. Er war kein Mann, der so etwas auf die leichte Schulter nahm.

»Vater hat Feldfrüchte gesegnet«, sagte das Mädchen, »und in Zeiten der Dürre für Regen gesorgt. Auch diese Zauber sind nicht immer gelungen.«

Wolken ballten sich im Licht des Halbmonds zusammen und bereiteten sich auf Regenschauer vor, die eigentlich schon vor Jahrzehnten hätten niedergehen sollen.

»Sollten wir uns in einem Bachbett aufhalten, wenn der Regen kommt?«

»Nein.« Wirbelnde Wolke drehte sich um und watete bachabwärts. »Wir haben noch ein paar Minuten Zeit. Weiter unten wird es nicht so sein.«

Whandall hatte kein Gefühl mehr in den Füßen. Die Büsche an beiden Ufern schlossen sich über ihnen. Hinter ihnen lachte die Stimme eines Gottes.

Sie fuhren herum.

Der tote Schamane richtete sich auf. Seine Stimme war stark und lauter als der Wasserfall. »Wolke, meine Liebe, dein Vater ist tot. Sein Leben hat ihm sehr gefallen und man kann nichts mehr für ihn tun. Harpyie-Seshmarl-Whandall?«

»Kojote.«

»Hickatane hat einmal einen gerade verstorbenen Schamanen nachgeahmt. Der Erfolg seiner Zauber übersteigt alles, was er sich in seinen verrücktesten Träumen ausgemalt hat. Und ich bin Kojote, ja.« Die Stimme eines Gottes. Hickatane hatte versucht, Kojote zu rufen. »Aber weißt du, wer Kojote ist?«

»Ein Gott unter dem Bison-Volk. Ich habe Geschichten gehört. Mein Volk mag dich gekannt haben, Kojote. Den Geschichten nach könntest du ein besonders schlauer Fürstensippler gewesen sein.«

Kojote lachte. Seine Kehle trocknete im Tod aus. Whandall warf einen Blick zur Seite. Wirbelnde Wolke befand sich im Zustand äußerster Verehrung. Von ihr würde er keine Hilfe bekommen. *Beleidige keinen Gott*, dachte er und hoffte, dass es so einfach sein würde.

Kojote sagte: »Ich muss mehr über diesen Morth wissen. Ich sehe, dass dir der Austausch von Wissen, von Geschichten, ein Begriff ist. Willst du mit mir tauschen?«

»Das würde mich freuen«, sagte Whandall. Und dann gab es keinen Whandall mehr.

47. Kapitel

Whandall Ortsfeste kam zu sich in tiefster Nacht, im Schatten eines Felsens, in einer Blutlache kniend und über einen Toten gebeugt. Er hielt sein Fürstensipplermesser in der Hand, von dem Blut troff. Er rührte sich nicht – weniger als der Tote, dessen Ferse noch in den letzten Zuckungen gegen den Felsen schlug – und lauschte.

Er hörte keinen Stadtlärm, sondern Lagerlärm. Rauschendes Wasser. Vierzig Tiere und hundert Kinder, Alte, Männer und Frauen, die sich bereit machten, sich schlafen zu legen. Das Lager musste ein Stück weit entfernt auf der anderen Seite dieses Felsens liegen. Geräusche verrieten, dass ein Dutzend Leute unterwegs waren, um Wasser zu holen. Niemand tat das allein. Es mochten Banditen in der Nähe sein.

Ein kleiner Bandit lag direkt vor Whandalls Füßen. Seine Kehle war durchgeschnitten. Sein Messer war besser als Whandalls und er hatte auch eine Scheide dafür. Whandall nahm beides an sich. Der Mond war noch nicht aufgegangen, aber die Sterne und das Lagerfeuer spendeten genügend Licht und im Westen zuckten Blitze aus einer Wand schwarzer Wolken. In dieser Beinahe-Dunkelheit konnte er heimlich Lauernde erkennen, die sich zu oft bewegten. In diesen wenigen Atemzügen hatte er so viele gesehen, dass es sich nicht nur um Spione handeln konnte.

Würden sie die Karawane direkt angreifen? Oder die kleine Gruppe, die Wasser holen ging? Wo war Wirbelnde Wolke? In Sicherheit? *Wo war Weide?*

Wie war er hierher gekommen? Seine Erinnerungen warteten darauf, an Land gezogen werden, falls er den richtigen Köder fand.

Also. Der Tote ... und ein brusthoher Fels. Überall Felsen, überall Verstecke, aber Kojote musste ... in diesem Felsen den besten erkannt haben. Ein Bandit oder zwei *mussten* sich hier versteckt haben, also war Kojote von Schatten zu Schatten gekrochen, bis dieser Schatten den Schleicher nicht mehr verborgen hatte. Kojote hatte ihm die Kehle durchgeschnitten und jetzt war dieser Felsen *sein* Versteck. Dann ...

Dann nichts. Nur Whandall, der in der Dunkelheit blinzelte.

Ah. Er hatte sich auf das Gold verlassen! Und ihm fiel alles wieder ein ...

Kojote war zu Whandall geworden. Whandall war Kojote geworden. Whandall war nicht mehr da.

Kojote streckte die Hand aus. Wirbelnde Wolke nahm sie und kam mit einem Lachen in seine Arme. Ihre Freude war ein beinahe unerträglicher Glanz.

Whandall scheute zurück. Diese Erinnerung war zu intensiv. Sie blendete ihn für die Gefahren, die in der von Blitzen erhellten Nacht lauerten. Frauen hatten Whandall für Geschenke oder für Prestige oder auch nur aus Liebe geliebt und eine hatte er gesammelt. Aber er war noch nie *vergöttert* worden.

Kojote erwartete nicht weniger. Er wusste, wie man mit einem Gläubigen umging.

Das Mädchen in Ekstase zu versetzen war nicht schwierig und nicht Sinn der Sache. Sie mochte in diesem Zustand der Verzückung bleiben und erleuchtet umherziehen, während sie älter wurde. Er musste sie zurückholen, mit Humor, mit plötzlichen Ausbrüchen verblüffender Selbstsucht oder dadurch, dass er manchmal für Minuten Whandall Ortsfeste wurde, unwissend und verloren, verwirrt und geil. Dieser Whandall war wie ein Zerrbild, und als er sich erinnerte, brannten Whandalls Ohren, aber all das riss Wirbelnde Wolke aus der Erleuchtung zurück in postkoitales Gelächter.

Für Kojote war alles ein Witz.

Sie hatten sich in dem eiskalten Bach geliebt, eine Stunde vor einer blitzartigen Überschwemmung, während alle Pflanzen rings um die Leiche des toten Schamanen verrückt spielten. Kojote liebte die Gefahr. Dann waren sie vor einem Platzregen und einem Hagelschauer bachabwärts gelaufen.

Und dabei hatte Kojote Whandalls Gedächtnis durchforstet. Nach Morth. Auf der Suche nach den Geschichten, die er in Hickatanes sterbendem Verstand erblickt hatte. Und nach mehr.

Whandall hatte richtig geraten. Der Schamane kannte keinen Schleichzauber. Er verbarg sich in den Schatten wie jeder Fürstensippler, der sammeln wollte.

Kojote lauerte auf dieselbe Art, indem er sich in den

Schatten verbarg und riskierte, von einem zu scharfen Auge entdeckt zu werden. *Natürlich* musste sich ein Gott nicht sehen lassen. Aber das war ein Betrug, wie Morths Schleichzauber ein Betrug war, dachte Kojote verächtlich, während er sich gleichzeitig danach sehnte, atlantische Magie auszuprobieren.

Whandall, der sich erinnerte, sah, was Kojote vergessen hatte: Er musste seine Fähigkeiten und Talente *lehren*. Ein Gott kann seinen Anhängern nicht seine göttliche Kraft lehren!

In Whandall war nur noch eine Spur von Yangin-Atep übrig, dem apathischen Feuergott, doch Kojote spürte eine Wesensverwandtschaft. Er sah eine Stadt der Diebe und Brandstifter! Und sich selbst für immer aufgrund seines Wesens ausgeschlossen!

Die Geschichten. Kojote liebte Geschichten. Er erfuhr Wanshigs Geschichte über Jack Takelfürst und die Frau aus Waluu und alles darüber, wie Tras Preetror Fürst Pelzeds Männern und anderen gegenübergetreten war. Die Geschichte, die er Hickatane von einem Jungen und einem Mädchen auf Samortys Balkon erzählt hatte, verglich Kojote mit Whandalls eigener Erinnerung daran.

Er schwelgte in der *Aufführung*, Geschichte und Musik und Leute, die zu sein vorgaben, was sie nicht waren. Er erlebte alles noch einmal, während sein Körper blindlings immer weiter lief. Pflanzen peitschten Kojote, unbemerkt, und jetzt spürte Whandall Kratzer und Schwellungen überall da, wo seine Haut entblößt war.

Was er hinter sich gelassen hatte ...

Kojote erinnerte sich, aus dem vor Kälte erstarrten Osten über eine Wildnis aus Eis gewandert zu sein, die einmal ein Ozean gewesen war, Gefilde aus Wasser überquert zu haben, die er verzauberte, damit seine Anhänger nicht untergingen. Dann nach Süden, der Sonne entgegen, er und sein Volk, sechshundert Jahre lang nach Süden, ständig der Gefahr des Verhungerns ausgesetzt, in denen er Feuer gelegt hatte, um Wild herbei zu treiben und damit die Wälder anschließend vom Unterholz frei waren. Während dieser Wanderschaft war aus ihm Kojote geworden, aber anderswo trug er andere Namen und existierte dort auch noch. Stämme, welche die Eiskappe der Welt umkreisten, hatten einen Schwindlergott gemeinsam und in der Tundra lebte noch einer und in Atlantis ein weiterer. In den nordischen Ländern war er Loki, der auch ein Gott des Feuers war.

Götter derselben Natur teilten sich ein Leben und Erinnerungen und Erfahrungen waren ansteckend. Loki der Feuergott wurde gequält. Prometheus gab den Menschen Feuer und Erkenntnis und wurde dafür von Zoosh bestraft. Vögel pickten an seiner Leber. Yangin-Atep empfand dieselben Qualen. Sein Leben sickerte durch die Wunde, die Fürstendorf war, eine Leere, von den Fürsten selbst mit einem Hexenrad erzeugt. Whandall Ortsfeste hatte ihre Qual im Schlaf gespürt.

Kojote hatte seinen Teil der Abmachung erfüllt. Geschichte für Geschichte.

Die Dringlichkeit verlieh zusätzliche Würze. Kojote hatte die Banditen nicht vergessen. Er und Wirbelnde Wolke hielten inne, breiteten ihre Kleider auf nacktem Felsen aus und liebten sich noch einmal, später dann, etwas weiter unten, ein weiteres Mal.

Schließlich sagte er: »Sie sind gekommen, um eure Karawane anzugreifen. Sie werden es tun, während der Schamane nicht da ist. Wirbelnde Wolke, kehre zu deinen Leuten zurück. Ich werde sie aufhalten.«

»Bitte«, sagte Wirbelnde Wolke, »lass nicht zu, dass Whandall getötet wird.«

»Das werde ich nicht«, versprach Kojote. Er hatte keine Ahnung, ob der Fürstensippler überleben würde.

Auch Whandall hatte keine Ahnung. Das Versprechen eines Fürstensipplers! Dennoch, Wirbelnde Wolkes letzter Gedanke an ihn wärmte ihn von innen.

Alle paar Atemzüge erkannte er mehr Banditen in der Dunkelheit zwischen den Felsen. Er kam zu dem Schluss, dass sie nicht ungeschickt waren. Whandall allein hätte auf dem ureigensten Gelände dieser Schleicher noch weniger von ihnen gesehen und sie hätten ihn entdeckt. Aber ein Bruchteil von Kojotes Fähigkeiten blieb bei ihm.

Kojote hatte mehr beabsichtigt. Er eilte Wirbelnder Wolke voraus, schlich sich von Schatten zu Schatten.

Wirbelnde Wolke näherte sich dem Lager und wurde dabei immer langsamer. Mit den Fähigkeiten, die sie von ihrem Vater gelernt hatte, würde sie sich vor den Banditen verbergen. Aber Kojote wusste, was geschehen würde, wenn sie die Karawane erreichte. Vielleicht wusste sie es ebenfalls.

Kojote schlich an lauernden Banditen vorbei und ließ sie am Leben, abgesehen von einem, der einfach nicht aus dem Weg gehen wollte. Er durchdrang den Ring der Wachen um die Karawane. Sie gingen paarweise auf und ab. Hammer und der junge Schnitzer hatten gerade Wachdienst.

Die restlichen Angehörigen der Familien Seiler und Müller hielten in der Nähe ihres Wagens Wache.

Mittlerweile hätten die meisten längst eingeschlafen sein müssen. Die kleine Iris Müller schlief wie ein Stein, aber die Übrigen waren wach und reizbar. Er würde es nicht leicht haben. Wirbelnde Wolke war etwa noch eine halbe Stunde entfernt. So lange hatte Kojote Zeit.

Er brauchte nicht mit Gold zu fliehen! Kojote brauchte es nur ein paar Sekunden lang zu berühren. Er brauchte eine Tarnung .... Augenblick. Warum sollte er sich nicht als *Whandall Ortsfeste* ausgeben?

Er entfernte sich ein Stück, schlug einen Bogen und kam aus der Richtung der Berge zurück, ein Fürstensippler, der in der dunklen Wildnis ein wenig unsicher war. »Weide, du bist noch auf? Fuhrmann? Ich habe gesehen, dass Hammer auf Wache ist.«

Sie sagte: »Whandall, *gut*, dass du ...«

Fuhrmann unterbrach sie. »Na ja, *deinetwegen* weiß die ganze *Karawane*, was wir dabei haben. Wir müssen uns nicht nur wegen der Banditen Sorgen machen – sondern wegen *allen*.«

Fuhrmann war enttäuscht von Whandall. Kojote amüsierte sich ungemein.

»Meine erste richtige Gelegenheit, dir beizubringen, wie man versteckt, was man gesammelt hat, und ich habe dich enttäuscht. Armes Kind. *Und jetzt passt gut auf*«, sagte er mit dem herrischen Schnarren, für dessen Perfektionierung Whandall Ortsfeste Jahre benötigt hatte. Köpfe ruckten hoch. »Wir sind keine Sammler. Wären wir Sammler, wüssten wir nicht, was wir sammeln könnten und was nicht, weil wir unter Fremden sind. Stadt oder Karawane, bei unserem ersten Versuch würde man uns erwischen und aufhängen. Aber das ist alles unwichtig, *weil wir keine Sammler sind.*«

Weide lächelte strahlend. Das sah Kojote, ohne sie anzusehen. Die kleineren Kinder schauten aufsässig drein, aber Fuhrmann hatte Mund und Nase aufgesperrt. Kojote fixierte ihn, bis er nickte. Dann ging er zum Wagen.

Sie hatten den Verschlag wieder geschlossen. Kojote tat so, als wolle er das Gold begutachten. »Hat Kesselbauch das Gold gezählt?«

»Ja, Whandall«, sagte Weide.

»Gut!« Aber er griff bereits nach dem Manna. Dafür brauchte er den falschen Boden nicht zu öffnen. Holzbretter konnten den Mannafluss nicht unterbrechen.

Nein, er brauchte es tatsächlich nicht. Zwei Zauberer hatten auch den letzten Funken Kraft aus dem Gold gesogen. In dem Verschlag war es so tot wie zwischen einfachen Felsen.

Wirbelnde Wolke war noch zehn Minuten entfernt.

Jeder Versuch, sie aufzuhalten, würde auch ihn Zeit kosten, und *er* hatte keine Zeit. Kojote-als-Whandall erhob sich und sagte: »Ich gehe auf Wache. Hammer ist sicher reif für ein Nickerchen.«

Weide starrte ihm nach. »Sei vorsichtig«, rief sie. »Sei vorsichtig.«

Jenseits des Feuerscheins verschmolz er mit den Schatten. Er hätte wildes Gold gebraucht! Kojote würde den Kampf verpassen! Und jetzt konnte er nur noch diesen närrischen Fürstensippler ins Spiel bringen.

48. Kapitel

Mittlerweile wusste Whandall, wo sich die meisten Banditen versteckten, zumindest wusste er es von denen in der Nähe. Vielleicht fünfzig. Es mochten jedoch auch viel mehr sein. Ein Bote eilte von einem zum anderen, aber was er ihnen auch zu sagen hatte, es war kein Angriffsbefehl. Das verriet ihm die Körpersprache, auch wenn es ein Fremder war.

Sie warteten auf nichts Bestimmtes. Sie beobachteten und neideten. Der Schamane hatte gewusst, dass ihre Geduld in einigen Stunden oder in einem Tag erschöpft sein würde.

Aber Kojote hatte gewartet und jetzt wusste Whandall auch, warum.

Ein Pony wieherte. Dann die anderen. Schließlich zeigte der Feuerschein Wirbelnde Wolke, die sich stolz und aufrecht und ohne etwas zu verbergen dem Lager näherte.

Die Ponys hätten ihre Wut herausgebrüllt, hätte sie einem Mann beigewohnt ... zum Beispiel Whandall Ortsfeste. Aber Wirbelnde Wolke hatte Kojote beigewohnt. Sie trug Kojotes Kind, gerade empfangen.

Die Ponys wurden verrückt. Sie machten sich daran, die Koppel zu zerstören.

Die Banditen erkannten die Gelegenheit. Ohne Wirbelnde Wolke hätten sie irgendwann angegriffen. Sie kannten bereits den Standort der meisten Wachen der Karawane. Sie sprangen auf und verfielen in einen schlurfenden Trab. Die Kundschafter rannten umher und verpassten Nachzüglern ein paar Hiebe, um ihnen Beine zu machen.

Und Whandall war hinter ihnen.

Eines nach dem anderen. Der nächste Mann war langsam und drehte ihm den Rücken zu. Whandall hätte einen Bogen um ihn schlagen können, aber der Mann vor diesem hatte ein gutes Messer mit einer großen, glänzenden Scheide in Form eines Blatts. Whandall musste den ersten Mann töten, bevor er gegen den zweiten kämpfen konnte.

Der Bandit hörte ihn nicht. Ein Rückhandhieb mit dem Messer schlitzte den Oberschenkel auf, dass das Blut spritzte, dann hob Whandall das Messer und stach von oben in den Halsansatz. Der Bandit ächzte kaum, als er zu Boden ging.

Doch der zweite musste irgendwas gehört haben. Er fuhr herum und sah einen stummen Riesen mit einem tropfenden Messer im Schein des Halbmonds. Er schrie, wo er hätte kämpfen sollen, und dann steckte die Messerklinge schon in seinem Hals.

Doch Whandalls Messer blieb im Knochen stecken. Und wieder war er gesehen worden! Der Bandit links von ihm fuhr herum, stürmte auf ihn los und spießte sich mit dem Messer auf, das Whandall dem Mann abgenommen hatte, den Kojote getötet hatte. Whandall ließ sein eigenes Messer, wo es feststeckte. Er hatte die Messer zweier Banditen, beide lang und schwer und mit Fingerfurchen im Knauf und sogar einem Stichblatt! Im Schlangenpfad wäre es in der Tat Schätze und hier draußen vielleicht sein Leben wert, weil vier oder fünf Banditen auf dem Geröllfeld ausschwärmten, um ihn zu umzingeln.

Schon wieder! Was sahen sie? Ein Fürstensippler hätte eigentlich wissen müssen, wie man verstohlen zu Werke ging!

Anderswo näherten die Banditen sich den Wagen, wobei sie brüllten wie Fürstensippler und so taten, als sei jeder Einzelne von ihnen ein ganzer Haufen. Man hatte Whandall gesagt, dass sie so vorgehen würden. Wer konnte hier zwischen all diesen Felsen schon wissen, wie viele Banditen es tatsächlich waren?

Kesselbauch stand in der Mitte der Wagenburg, von seinen Söhnen und einem Dutzend anderer umgeben, den geübten jungen Männern, die er seine Streitmacht nannte. Andere, Männer, Frauen und Jugendliche, waren bereit, ihre eigenen Wagen zu verteidigen. Jüngere Kinder krochen unter die Wagen.

Kesselbauch rief Befehle – die befolgt wurden. Fünfzehn junge Männer mit Speeren und Spießen bildeten eine Linie und schleuderten ihre Waffen auf die Banditen, die sie sehen konnten. Das waren die falschen, die unorganisierten Sammler. Kesselbauch konnte den Anführer der Banditen nicht sehen, Whandall hingegen schon.

Der da! Ein stämmiger Bandit, dessen hellere Farben im Mondlicht blitzten, rief zwanzig Kameraden Befehle zu, die bunte Schärpen trugen. Diese zwanzig zögerten, hatten auf seine Anweisungen gewartet. Vergleichbar mit Pelzeds Leibwache, dachte Whandall. Aber der größte Teil der Horde lief auf die Wagen zu und achtete nicht auf den massigen Mann.

Diese vielen waren keine Gefahr. Sie waren Sammler, die fliehen würden, wenn ihnen eine echte Streitmacht entgegen trat. Der Bison-Stamm musste den Banditenführer und seine zwanzig Handlanger fürchten.

Die Rufe der Banditen riefen Erinnerungen in Whandall wach. Kojote hatte auch schon Banditen begleitet und er kannte sie. Banditen wollten einen Wagenzug nicht vernichten. Sie wollten Beute, Frauen und einen Wagen, um ihre Habe abzutransportieren. Acht oder zehn Banditen konnten sich einfach einen Wagen schnappen und in die Dunkelheit ziehen, wenn andere Banditen ihre Rückendeckung übernahmen und mögliche Verfolger angriffen. Menschen konnten schneller laufen als ein Bisongespann.

Fünf Banditen näherten sich Whandall und schwärmten aus, um ihn zu umzingeln. Nicht genug, um die Horde zu bremsen. Gebrüll würde nicht einmal zur Kenntnis genommen werden, aber ... »Schlangenfüße! Schlangenfüße!«, schrie er. Er tanzte zwischen zwei Männer und griff einen von ihnen mit blitzschnellen Hieben seiner beiden Klingen an, um sich einen Augenblick später wieder von dem Banditen zu lösen, der aus beiden Armen blutete. Als Whandall herumfuhr, stellte er fest, dass der nächste Bandit *viel* zu nah war. Er stach ihn mitten durchs Herz und zog die Klinge beinahe zärtlich wieder heraus. »Schlangenpfad, ihr dämlichen Gaffer!« Und schon lief er weiter.

Drei verfolgten ihn immer noch. Er hatte Glück, dass ihm überhaupt Aufmerksamkeit zu Teil wurde! Er war nur ein Mann mit ein paar Leichen um sich herum. Voraus wartete ein Wagenzug mit reicher Beute. Diese Wilden würden viele Leute töten, wenn er sie nicht ablenken konnte.

Vier aus der vordersten Reihe der heranstürmenden Sammler gingen unter den Speeren des Bison-Stamms zu Boden. Zwei standen wieder auf und hinkten weg vom Ort der Schlacht. Kesselbauchs Streitmacht hielt Speere in beiden Händen und rückte gegen die anstürmenden Banditen vor. Sie hatten den Anführer und dessen Garde noch nicht gesehen, die der Karawane in Formation entgegentrabten.

Whandall lief los, um sie abzufangen. Er sah, welches Ziel sie ansteuerten.

Er hörte keuchenden Atem hinter sich, drehte sich einmal um, stach zu und lief weiter. Von den dreien hinter ihm war jetzt einer verwundet und keiner der Banditen wollte ihn wirklich einholen. Einige Leute in der Wagenburg hatten Whandall jetzt auch bemerkt.

Irgendwo hinter ihnen ertönte schriller Gesang, der nach rauschendem Wind, Sturm, Freude und Tod klang. Wirbelnde Wolke! Ihre Stimme vermittelte ihren Freunden Mut und ihren Feinden Furcht und noch mehr.

Gold! Sie würde einiges von dem Flussgold bei sich haben und von dessen wilder Magie erfüllt sein. Was hatte sie von ihrem Vater gelernt? Ihre Zauber würden unter guten Bedingungen unkontrolliert sein und jetzt ... Whandall bezweifelte, dass er großes Vertrauen in Wirbelnde Wolkes Zauber setzen konnte. Dennoch ertönte ihr Lied und einige aus den hinteren Reihen der Banditen tauchten in der Nacht unter und waren verschwunden.

Wind kam auf. Das Gewitter, das sich über Hickatane gebildet hatte, zog jetzt zum Bison-Stamm.

Schnitzer und Fuhrmann standen auf Weides Wagen und ließen die Schleudern kreisen. Das Licht war schlecht, und falls ihre Steine jemanden trafen, so gab es jedenfalls keine Anzeichen dafür.

Es war ein Spiel. Kojote hätte es einen Tanz genannt. Die Banditen wollten Beute, Frauen, wenn sie welche bekommen konnten. Der Wagenmeister wollte seine Verluste in Grenzen halten, für die Sicherheit seiner Leute sorgen und so viel Schaden anrichten, dass die Banditen es sich zweimal überlegen würden, seinen Wagenzug wieder anzugreifen. Er würde das Leben von Männern aufs Spiel setzen, um das von Frauen zu retten. Er würde alle Männer riskieren, um alle Wagen zu retten, aber er würde nicht viele Männer riskieren, um nur einen zu retten.

Die Banditen würden den Wagen auswählen, der am schwächsten bewacht und am leichtesten und damit auch am besten zu bewegen war. Weide Seilers Wagen war klein und nah und wurde von Kindern verteidigt.

Und Whandall Ortsfeste war hinter ihnen.

Kojotes Erinnerungen und Kesselbauchs Ausbildung überlagerten, was er sehen konnte. Was Kojote über Banditen und Überfälle wusste, war durcheinander gewürfelt mit den Erinnerungen daran, von Yangin-Atep besessen gewesen zu sein. Das war anders gewesen. Er war von Yangin-Atep besessen gewesen, aber Kojote war er *gewesen*. Kojote hatte seine Erinnerungen zugänglich gemacht und ihn mit Wissen und Geschichten versorgt. Whandall würde Tage brauchen, seine eigenen Erinnerungen von Kojotes zu trennen.

Drei aus der Leibgarde des Anführers waren von den Verteidigern niedergemäht worden, aber jetzt scharten sich andere Banditen um diesen harten Kern und ließen dessen Zahl ansteigen.

Der Zaun um die Koppel splitterte. Die störrischen Hengste rannten mit im Mondlicht blitzenden Hörnern durch das Lager. Wirbelnde Wolke lief hinter ihnen her, wobei sie die Arme schwenkte und heulte wie ein Kojote, um sie auf die Angreifer zu hetzen. Banditen flohen vor den heranstürmenden Hengsten. Einer wurde von einem Horn aufgespießt und durch die Luft geschleudert und ein anderer lief in Whandalls Messer, verharrte in tödlichem Schock und schrie erst, als er Whandalls Gesicht sah. Die Ponys rissen sich los und rannten schreiend vor Wirbelnder Wolke davon.

Der Banditenanführer brüllte weitere Befehle. Fünf aus seiner Leibgarde und ein halbes Dutzend anderer Banditen hörten sie, dachten darüber nach und liefen in Whandall Ortsfestes Richtung. Wurde auch Zeit, dass sie ihn bemerkten! Whandall wich vor der Horde zurück, die sich auf ihn stürzte. Fuhr herum und stach den müden Mann hinter sich nieder. Drehte sich wieder um und sah sie innehalten, als seien sie gegen eine Wand gelaufen. Dann rannte die Hälfte von ihnen weiter.

Zu viele. Er wurde von zu vielen gleichzeitig angegriffen. Wenn sie sich alle auf ihn stürzten, würden sie ihn erwischen, bevor er mehr als zwei erledigen konnte.

Die Banditen wussten das. Niemand wollte zu diesen zweien gehören.

Whandall hob einen Umhang auf, den ein toter Bandit von einem Wagen gesammelt hatte. Er wickelte ihn sich rasch um den Arm, gerade rechtzeitig, um ein Messer abzuwehren, das aus der Dunkelheit nach ihm geworfen wurde. Es drehte sich noch im Flug und traf den Umhang, ohne ihn zu durchstoßen. Whandall sprang vor und stach zu und spürte, wie seine Klinge knirschend auf Knochen traf.

Dann sprang er auf einen Felsen.

Kesselbauch brüllte Befehle. Seine Speerträger trabten vorwärts, die Speere in Brusthöhe erhoben. Der Banditenanführer befand sich zwischen Kesselbauchs Speeren und einem Wahnsinnigen, der vom Blut der Erschlagenen triefte und mit einer Schlange gezeichnet war. Seine Männer sammelten sich um ihren Anführer und riefen in einer Sprache durcheinander, die er noch nie zuvor gehört hatte. Er verstand jedes Wort.

»Sieh mal, was ich habe, Präriehund!«

»Idiot! Mein Bruder ist tot. Ich bin nicht auf Beute aus, sondern auf Blut.«

»Das musst du allein trinken.«

»Sein *Gesicht!* Sein *Gesicht!* Du hast gesagt, ihr Schamane wäre tot!«

»Flieht!«

Sie wurden von Schlimmerem verfolgt als Kesselbauchs Gelächter.

Ein paar hatten sich Kleidungsstücke genommen, die am Wagen der Seiler zum Trocknen aufgehängt worden waren. Eine steife Brise blähte die Kleidungsstücke wie Segel auf und die Banditen liefen schwankend und halb blind weiter. Whandall verfolgte sie und schlug den langsamsten nieder, der mit einem Aufschrei fiel.

Zwei andere drehten sich um, ließen fallen, was sie trugen, und zogen ihre Messer, während ihre Beute wie Geister davon flatterte. Dann ging einer der beiden lautlos zu Boden. Der andere zögerte einen Augenblick und griff dann allein an. Whandall tötete ihn.

Er schaute sich um und sah eine wirbelnde Schleuder

und ein triumphierendes Grinsen. »Der Mond ist heraus gekommen!«, rief Schnitzer.

Seine Schleuder wirbelte. Ein Bandit mit einer hölzernen Truhe in den Armen fluchte, als der Stein seinen Rücken traf. Er drehte sich um und ließ die Kiste fallen. Sie zerbrach. Whandall holte ihn ein. Schlitzte ihm das Bein auf, stach ihn in die Schulter, lief an ihm vorbei, um sich den nächsten vorzunehmen.

»Whandall!« Kesselbauchs Stimme, weit hinter ihm, zu weit, um ihm eine Hilfe sein zu können.

Schnitzer lachte neben ihm. »Whandall! Weißt du eigentlich, wie dein Gesicht aussieht?«

Er hatte sich in Morths Spiegel gesehen. Doch Schnitzer wartete seine Antwort nicht ab. »Du leuchtest auf. Jedes Mal ... wenn du jemanden tötest ... leuchtet die Schlange auf ... in blauem Feuer! Nur für einen Atemzug, aber ... es jagt ihnen eine *irrsinnige* Angst ein!«

Töten musste magische Macht – *Manna* – freisetzen. Und dieses Manna ließ seine magische Tätowierung aufleuchten. Doch nur für einen Augenblick, und jetzt konnte ihn jeder Flüchtende in der Dunkelheit hinter ihm ausmachen. Ein Mann, der einen großen Holzeimer mit Henkel an sich gedrückt hielt, drehte sich um, sah ihn und kreischte laut. Whandall rannte aus Leibeskräften, konnte den Mann aber nicht einholen, obwohl seine durchdringenden Schreie seinen jeweiligen Aufenthaltsort der ganzen Prärie verkündeten ...

Es reichte. »Schnitzer!«

»Sie entkommen!«

»Lass noch ein paar übrig, die *erzählen können*, was ihnen widerfahren ist«, befahl Whandall. »Wir kehren zu den Wagen zurück.

Er hatte zwei gute neue Messer. Sein primitives Fürstensipplermesser steckte irgendwo in der Prärie im Hals eines Mannes. Kojote erzählte ihm aus der Erinnerung oder aus den Schatten, nicht in Worten, sondern in Bildern, von einem Rudel Kojoten, die davonliefen, um sich wieder zu sammeln und über zwei Hunde auf der Verfolgung herzufallen. Er drängte Schnitzer zu einem flotten Trab.

49. Kapitel

Niemand schlief. Gesprächsrunden bildeten sich um die Verwundeten. Wein wurde herumgereicht. Whandall wurde als Held gefeiert, doch mit der Einschränkung, dass ihm niemand Wein anbot. Er schwieg und beobachtete.

Es gab viele Helden in jener Nacht und sie wurden mit Lob überschüttet, aber nur die Verwundeten tranken Wein. Das war sogar vernünftig, fand er. Wein betäubt Schmerz.

Jeder hatte eine Geschichte zu erzählen. Alle wollten Whandalls Geschichte hören, aber keiner wollte still sein.

»Wir hatten auf dich gezählt, weißt du. Wir wollten sehen, wie eine Harpyie kämpft«, sagte ein Mann, der fröhlich blieb, während ihm seine Frau eine tiefe Schnittwunde auf dem Rücken verband. Er hatte sich noch nie zuvor mit Whandall unterhalten. »Nachdem Hickatane mit dir das Lager verlassen hatte, waren wir alle ziemlich unruhig und warteten auf den Angriff, fragten uns, wann er wohl stattfinden würde, warum Hickatane uns ausgerechnet *jetzt* verließ und warum er die Harpyie mitgenommen hatte. Wir dachten, er muss verrückt geworden sein.«

»Er war verrückt geworden«, bestätigte Whandall.

»Ja?«

»Goldfieber.«

»Ach so.« Der verwundete Mann setzte seinen Gedankengang fort. »Dann drehten die *Ponys* durch. Wir hätten uns fast zu Tode erschreckt. Wir sahen Wirbelnde Wolke allein zurückkommen und dann kamen Banditen aus der Dunkelheit gerannt und unsere Wachen rannten vor ihnen her zu ihren Kameraden. Jeder, der eine Waffe hatte, lief irgendwohin. Alle anderen suchten nach einer Waffe. Wirbelnde Wolke sah, was vor sich ging, und sie lief zu den Ponys und wedelte mit den Armen ...«

»Sie liefen vor mir davon«, erzählte Wirbelnde Wolke, »und ich dachte, ich könne sie auf die Banditen hetzen. Es hat geklappt, wenigstens zum Teil, aber sie haben dabei auch viel Schaden angerichtet und ich würde nicht mit ihrer Rückkehr rechnen.« Sie schien unverletzt zu sein. Sie lächelte Whandall zu, ein unvermutetes Schlafzimmerlächeln, und er erwiderte es unwillkürlich. Sie sagte zu Kesselbauch: »Ich trage Kojotes Kind. Davor hatten sie solche Angst.«

Rehkitz und Brünstiges Reh kümmerten sich um Bergkatze. Seine Verwundung sah schlimm aus, ein breiter, blutiger Messerschnitt über Brust und Rippen. Ein Fingerbreit tiefer, und der Schnitt hätte ihm den Bauch aufgeschlitzt. Sein Arm blutete ebenfalls. Rehkitz funkelte Whandall an (Brünstiges Reh jedoch nicht), aber Bergkatze bemerkte es nicht.

»Du hast mich gerettet«, sagte er, »wissentlich oder nicht. Dieser Sohn eines lahmen Ponys hatte mich aufgeschlitzt und setzte gerade zum Rückhandschnitt an. Der hätte mich ausgeweidet wie einen Lachs. Dann hast du draußen in der Wüste dein Messer aus irgendeinem armen Hund gezogen und uns angestarrt wie eine höllenblau leuchtende Schlange, und dieser Bandit konnte sich einfach nicht von dem Anblick losreißen. Aber ich konnte es! Ich glaube, ich habe ihm ein Auge ausgestochen. Jedenfalls ist er geflohen.«

Brünstiges Reh schien verwirrt zu sein. Sie begegnete Whandalls Blick und zuckte hilflos die Achseln. »Ich habe überhaupt nichts gesehen. Nur dass du jemanden im Dunkeln erstochen hast und Bergkatze hier für uns kämpfte.«

»Ich kann es auch nicht sehen«, antwortete Whandall ihr.

Bis Mitternacht war es vorbei. Kesselbauchs Männer machten im düsteren Schein des Lagerfeuers und im Licht des immer wieder hinter Wolken verschwindenden Mondes eine Bestandsaufnahme, wobei sie sich nicht zu weit vom Lager entfernten und sich niemals trennten.

Das Ergebnis lautete zwanzig tote Banditen gegen einen alten Mann, der an einem Herzanfall gestorben, und einen Jungen, der zum Wasserholen zum Bach gegangen war. Sie fanden ihn mit dem Gesicht im Wasser. Sein Schädel war eingeschlagen und sein Eimer fehlte. Etwas Seil, Kleidung, Geschirr, einen Spiegel, ein paar Geschirre und eine Reihe von Speeren: sie hatten wenig verloren und einiges davon zurückerobert. Die meisten waren sich einig, dass es eine Weile dauern würde, bis *diese* Banditen den Bison-Stamm wieder angreifen würden.

»Aber es gibt andere Banditen«, sagte Kesselbauch. »Überall entlang der Straße.« Als Whandall zwischen zwei Feuern hindurch ging, tauchte der Wagenführer neben ihm auf und begleitete ihn. »Der Sieg in so einem Kampf kann ziemlich kostspielig sein. In diesem Fall war er es nicht, aber er hätte es sein können.«

Whandall wartete ab.

»Hammer hat gesehen, wie du mit Schnitzer in die Dunkelheit gelaufen bist, bis ihr nicht mehr zu sehen wart. Wir dachten schon, sie hätten euch erwischt und getötet!«

»Wir haben sie verfolgt.«

»Ihr habt Wagen zu verteidigen. Ihr hättet euch verirren können. Sie hätten euch auflauern können!« Kesselbauch musterte ihn. »Es macht keinen *Sinn*, alles so aufs Spiel zu setzen. Weißt du, wir hätten euch nicht folgen können – und dann hättet ihr uns beim nächsten Überfall gefehlt.

Pass auf, Harpyie, es läuft folgendermaßen: Die Banditen geben ihren Versuch auf, sich einen Wagen zu holen, sobald bei ihnen einigermaßen ernsthaft Blut fließt. Dann schnappen sie sich alles, was sie erwischen können, und fliehen. Wenn ein paar Banditen eine Wagenfamilie angreifen, ist meistens keine Seite wirklich versessen auf einen Kampf. Die Besitzer rufen um Hilfe. Ein paar Nachbarn kommen und die Banditen laufen weg und nehmen sich einen anderen Wagen vor.«

Whandall kamen Zweifel. Hatte er irgendein Gesetz gebrochen? »Kesselbauch, haben wir irgendeine Abmachung mit ihnen? Einen Vertrag?«

»Mit Banditen? Nein!«

»Dann ergibt es keinen Sinn, *ihren* Regeln zu folgen. Wir haben ihnen keine Garantien gegeben, oder? Sie halten sich nicht zurück, weil irgendeine Abmachung besteht, richtig? Also bringen wir sie ein wenig aus der Fassung. Sie wollen Regeln? Sollen sie kommen und um Regeln bitten.«

Kesselbauch seufzte. »Hickatane sagte, die Banditen würden nicht wissen, was sie von dir zu halten hätten. Er hatte Recht. Dir ist mehr daran gelegen, sie umzubringen, als die Wagen zu schützen. Und jetzt sagst du mir, dass du nach einem *Plan* vorgegangen bist?«

»Plan ... Nun ja. Ich tat, was man mich gelehrt hat. Die Ortsfeste führt niemals einen halben Krieg.«

Whandall fürchtete den Augenblick der Begegnung mit Weide ... doch als der Augenblick kam, war es nicht wichtig.

Hickatanes Gewitter fegte über den Bison-Stamm hinweg. Sie waren durchnässt und halb blind. Der Regen hörte so rasch auf, wie er begonnen hatte, und wich einem heulenden heißen Wind.

Kesselbauch und Wirbelnde Wolke trieben sie zur Arbeit an. Die Flut kam gleich hinterher!

Die Wagen standen bereits auf erhöhtem Gelände, dafür hatte Kesselbauch ohnehin schon gesorgt, aber alles musste festgebunden und verankert werden. Es bestand die Gefahr, dass die Banditen im Schutz des Gewitters erneut zuschlagen würden ... und inmitten von alledem erhaschten er und Weide nur einen flüchtigen Blick voneinander, während sie halb blind aneinander vorbeiliefen.

Als der Mond hinter den Wolken verschwand, hätten sie sich in der Dunkelheit beinahe gegenseitig über den Haufen gerannt. Weide blinzelte, dann packte sie seine Schultern und bellte: »War es der Feuergott?«

»Nein, es war Kojote! Du hast gehört ...«

»Ich hatte befürchtet, sie könnte sich irren!« Und schon war sie wieder verschwunden.

Der Anbruch des neuen Tages sah die Wagen auf Inseln in einer Überschwemmung. Banditen würden ertrinken, bevor sie etwas sammeln konnten. Es schien ungefährlich zu sein zu schlafen ... und trotzdem stellten alle eine Wache auf.

Iris Müller hatte geschlafen. Sie wollte sich beklagen, doch Weide streichelte über ihre Wange und fragte: »Wem könnten wir sonst vertrauen?« und Iris ging.

Und sie schliefen.

Whandall erwachte kurz vor Mittag. Es war noch etwas vom Frühstück übrig, da der Rest der Karawane noch nicht lange auf den Beinen war. Er sah mehrere Leute draußen in der nassen Prärie nach Schätzen suchen, welche die Banditen hatten fallen lassen.

Whandall hatte nachgedacht. Weide wusste mit Sicherheit – wie die ganze Karawane –, dass Wirbelnde Wolke von Kojote schwanger war, wo doch die einzige verfügbare Menschengestalt Whandalls gewesen war. Whandall war bereit, Monate oder sogar Jahre damit zu verbringen, Weide zu erklären, dass er nur Weide liebte. Er würde Geduld haben. Er musste auch ihre Brüder gewinnen: nicht nur Schnitzer, der freudig an seiner Seite gekämpft hatte und vielleicht bereit war, ihn zu akzeptieren, sondern auch Fuhrmann. Es mochte eine Ewigkeit dauern. So sei es ...

Aber Wirbelnde Wolke war durch ihn schwanger und

das war eine ganz andere Angelegenheit. Whandall hatte zu viele Fürstensippler ›besessen‹ rufen hören und darin eine fadenscheinige Ausrede erkannt. Wenn Wirbelnde Wolke Ansprüche auf ihn erhob, musste er sie heiraten.

Zwei Frauen waren eine Seltenheit im Bison-Stamm.

Doch während Whandall noch nachdachte, handelte Kesselbauch bereits.

Als die Sonne am höchsten stand, führte Kesselbauch Wirbelnde Wolke zu einem Tisch, half ihr hinauf und schloss sich ihr darauf an. Whandall sah kein anderes Signal, doch alle Gespräche verstummten. Der Bison-Stamm versammelte sich um sie.

Kesselbauchs Stimme hallte wie die eines Fürsten. »Wirbelnde Wolke wird das Enkelkind unseres Schamanen und das Kind Kojotes gebären!«

Wirbelnde Wolke strahlte vor Stolz.

Weide Seiler trat neben Whandall.

»Welcher Mann ist würdig, so ein Kind aufzuziehen? Kojotes Sohn oder Tochter ...«

»Tochter«, rief Wirbelnde Wolke glücklich.

»... wird stark und verspielt und zu Streichen aufgelegt sein. Wirbelnde Wolkes Mann muss das Kind lange genug unter Kontrolle haben, um ihm beizubringen ...«

Weide rief: »Kesselbauch? Wagenmeister?«

Unzufriedenes Murmeln. Kesselbauch sah sie an, wenig erbaut.

»Ich beanspruche Whandall Ortsfeste für mich.«

Whandall drehte sich zu ihr um und sah sie an. Weide begegnete seinem Blick, zwang sich dazu.

Kesselbauch sagte: »Schön« und entließ sie damit.

Whandall fiel keine kluge Frage ein. Aber wenn sie es nicht ernst meinte, würde er sterben.

»Frauen reden davon, dass sie umworben werden«, sagte Weide zu ihm, »und das gefällt mir. Du hast mir eine Aussteuer gegeben, damit ich eine Wahl hatte. Und es hat Spaß gemacht, Whandall«, sie hielt jetzt seine beiden

Hände, »dass du um mich geworben hast und nicht wusstest, wie, und natürlich mussten sich meine *Brüder* erst an dich gewöhnen, aber ...«

»Weide ...«

»... aber ich dachte, sie könnte Ansprüche auf dich erheben! Du hast sie geschwängert!«

»So hör doch, das war ...«

»Also bin ich ihr zuvorgekommen.«

Whandall konnte einfach nicht aufhören zu grinsen. Er wagte es, ihre Hände zu drücken und sie dann in die Arme zu nehmen. Dann drehten sie sich gemeinsam um und sahen sich die Zeremonie an. Sie schmiegte sich an ihn, streichelte seine Tätowierung, strich mit der Hand seinen linken Arm entlang und über die verwachsenen Knochen seines Handgelenks. Dann sah sie ihn an und lächelte wieder.

Nach langer Zeit wurde Whandall sich wieder der übrigen Welt bewusst. Was tat Kesselbauch? Eine Versteigerung abhalten?

»Sie scheint nicht gerade versessen darauf zu sein, Ansprüche auf mich anzumelden«, stellte er fest.

»Du bist enttäuscht? Weil mir gerade ...«

»Nein!«

»... gerade etwas aufgegangen ist. Du kannst deine eigene Tätowierung nicht leuchten sehen? Brünstiges Reh auch nicht, aber alle anderen müssen den Mund halten, weil das bedeutet, dass ihr zwei kein Schamanenblut in den Adern habt. *Du* kannst Kojotes Kind gar nicht aufziehen.«

»Oh.«

»Aber Orangenblüte ... Hallo, Fuhrmann. Hast du ...«

»Ich hab's gehört. Meine schüchterne Schwester. Ich nehme an, jetzt wirst du uns nie mehr beibringen, wie man sammelt«, sagte Fuhrmann zu Whandall.

»Nein.«

»Aber du kannst uns beibringen, wie man kämpft.«

»Ihr macht euch ausnehmend gut.«

Wilder Hirsch, ein junger Mann vom Ledermacher-Wagen, beanspruchte Wirbelnde Wolke für sich. Whandall hatte die Zweifel des Mannes gesehen, doch jetzt waren sie verschwunden.

Sie würde gewiss der religiöse Führer des Bison-Stamms sein, bis ihre Tochter erwachsen war, und vielleicht sogar noch länger. Und die hektischen Aktivitäten, die nun ausbrachen, waren ein Zeichen des Bison-Stamms, der seine Vorbereitungen zur Weiterfahrt traf. So spät es auch war, bis zum Abend konnten sie es noch bis nach Erste Pinie schaffen.

Zweites Buch

Whandall Federschlange

Zweiundzwanzig Jahre später ...

TEIL EINS · Der Rabe

50. Kapitel

Whandall verpasste den Vogel um wenige Augenblicke. Er wühlte gerade hinten im Wagen herum, während Grüner Stein fuhr. Er hörte Grüner Stein aufschreien und wand sich rückwärts aus dem Laderaum.

Whandalls zweiter Sohn war hager und schlaksig, größer als sein Vater. Er stand unsicher auf der schaukelnden Bank, während die Bisons schwerfällig vorwärtsstapften. »Da! Hast du das gesehen? Das war wunderbar, ein Vogel von der Farbe deiner Tätowierung, Vater! Jetzt ist er hinter den Bäumen dort.«

»Pass auf, wohin du fährst, Stein.« Die Bäume waren kahl, aber Whandall sah immer noch nichts. Er stand nicht auf. Der Winterwind stach wie ein ganzer Wald von Messern.

Die Hanfstraße führte weiter am Fuß der niedrigen Hügel im Westen entlang nach Norden und Osten. Auf einem der Hügel hatte Whandall Neuburg angelegt. Davor lagen die offene Prärie und ein Flusstal, wo die Hanfstraße endete.

Whandall holte Brot und Käse für das Mittagessen heraus. Er sah Staub am Horizont oder noch dahinter. Es würde noch eine Stunde dauern, bis er mehr sähe.

An diesem Ende der Hanfstraße lag eine größere Siedlung, ein Ort, wo man neue Vorräte aufnehmen und Schäden reparieren konnte, ein Marktzentrum für alle Karawanen. Straßen liefen hier zusammen, die Küstenstraße, die nach Westen zur Großen Adlerbucht führte, und eine weitere, die sich über die Gebirgspässe im Norden und Osten in Täler hinunterschlängelte, die Whandall wahrscheinlich niemals zu sehen bekäme.

Mitten im Winter lag Wegeende sechs Fahrtstunden von Neuburg entfernt. Im Sommer ging es schneller, im Frühjahrsschlamm noch langsamer. Niemand würde die Entfernung zweimal an einem Tag zurücklegen. Weide würde ihn erst in drei oder vier Tagen zurückerwarten.

Auf dem Wagenhof standen nicht viel weniger als hundert Wagen. Vierzig davon trugen die feurige gefiederte Schlange, Whandall Federschlanges Markenzeichen. Diese Schätzung war jedoch grob: Manche Wagen waren in ihre Bestandteile zerlegt und überall lagen Räder herum.

Bergkatze hob eine Achse und setzte sie an die richtige Stelle an einem von Federschlanges Wagen, der auf Kufen nach Hause gekommen war. Gewöhnlich hätte er die Flaschenzüge benutzt, aber jetzt, da Whandall zusah, zog er es vor, seine Kraft zur Schau zu stellen. »Whandall Federschlange«, fragte er, »wie verläuft dein Leben?«

Whandall hob das andere Ende des schweren Achsbalkens. »Ohne Aufregung.«

»Wir wollen dir für den Teppich danken. Brünstiges Reh hat ihn in die Plauderstube gelegt.«

»Gut.« Der Raum, in dem Besuch empfangen wurde. Unausgesprochen: Er bekäme ihn dort nie zu sehen. Die Frauen gingen zwar höflich miteinander um, aber Weide besuchte Brünstiges Reh nicht.

Manchmal dachte Whandall über die Geschehnisse nach. War Brünstiges Reh aus Wut zu Bergkatzes Zelt gegangen, weil Whandall ihren Namen verunstaltet hatte? Oder hatte die Nacht des Kampfes gegen die Banditen den

Ausschlag gegeben, die Bergkatze zu einem verwundeten Held gemacht hatte und in der die Ponys alle in die Nacht geflohen waren? Hatte sie damit gerechnet, von ihrem Vater Ponys als Aussteuer zu bekommen? Aber Hickatane war gestorben und sie hätte dennoch den Mann heiraten können, dem sie versprochen war. Aber eines der Ponys war nach dem Kampf zurückgekehrt ...

Also hatte sie Bergkatze geheiratet. Ohne Wagen als Aussteuer hatten sie sich in Wegeende niedergelassen und sich dort Arbeit gesucht.

Er konnte nie danach fragen. Die Familie Federschlange musste auskommen mit einem Mann, der ihre Wagen reparierte, und einer Frau, die ihnen ihr Essen servierte. Er sagte: »Ich bin gerade angekommen. Welche neuen Geschichten gibt es?«

»Es gibt reichlich Arbeit.« Bergkatze zeigte auf die herumstehenden Wagen. Er erzählte, was er gehört hatte: Ein Wagen des Bison-Stammes sei in diesem Jahr von Banditen gekapert worden und man habe nur noch die Trümmer gefunden. Taube habe auf dem langen Bergabstück zwischen Hohe Pinien und dem Großen Tal die Herrschaft über seinen Wagen verloren und nur die Metallteile seien nach Hause zurückgekehrt.

»Hast du den Vogel gesehen? Regenbogenfarben. Er hat uns Stunden umkreist. Ich glaube, er hat etwas gesucht.«

»Nein.«

»Hast du es eilig?«

»Nein, aber sag mir, was fertig ist.«

Whandall verbrachte drei Tage mit der Begutachtung seiner Wagen, wobei er Waren, Werkzeug und Wissen tauschte, auch Geschichten, wie er dies seit einem Dutzend Jahren tat, und mit seinem erstgeborenen Sohn die Sommerroute plante. Säbelzahn war erst zwanzig. Er führte die Wagen jetzt seit drei Jahren.

Whandall hätte es gern selbst getan.

Er hatte das Reisen schon lange aufgegeben, um seine Nachkommen aufzuziehen und seine Familie zu beschützen, um Neuburg zu warten und aufzubauen und sich um die Einzelheiten seines Gewerbes zu kümmern. All dies bereitete ihm Freude, aber ... hätte er doch nur zwei Menschen sein können! Hätte *Seshmarl* sich doch um Neuburg kümmern können, während Whandall noch einmal für einen Sommer über die Hanfstraße führe.

Ständig erzählte man Whandall von dem flammenfarbenen Vogel. Er hatte die teilweise reparierten Wagen in Wegeende dreimal umkreist und war dann weiter die Straße entlanggeflogen. Whandall war es leid, ständig von dem Vogel zu hören. Mittlerweile hatten ihn alle gesehen, nur er noch nicht.

Kaum hatte er Neuburgs Begrüßungsschild passiert, als ihm eine Horde jüngerer Kinder entgegengelaufen kam, um ihn zu begrüßen. Nicht nur seine und Weides Kinder und Enkelkinder, sondern auch die Kinder der Seiler, der Müller und der Bediensteten. In Neuburg wird es langsam eng, dachte Whandall, und dann hörte er, was sie riefen.

»Der Vogel! Der Vogel!«

»Und, was ist mit ihm?« Er hob Lerchenfedern auf, Hammer Seilers Mädchen, die ihren Namen wegen der verblüffend goldenen Haare trug, die sie im Spiegel eines Händlers gesehen hatte. »Habe ich das verfluchte Ding wieder verpasst?«

»Nein, nein, sieh doch nur!«

Nichts.

»Auf dem Schild, auf dem Schild!«

Hinter ihm. Er war unmittelbar darunter hergefahren.

Neuburgs Gebäude waren schlicht gebaut, geräumig, aber ein wenig eintönig. Weide stellte ihren Reichtum nicht gern zur Schau. Aber sie hatte ihn das Schild schnitzen und bemalen lassen, eine große, bunte, geflügelte Schlange in allen Farben des Feuers, die hoch über dem Haupttor als Markenzeichen und Warnung zugleich angebracht war.

Der Vogel hockte auf dem Kopf der Schlange. Auf deren

Farben war er fast unsichtbar. Aber die Kinder riefen: »Seshmarls! Komm herunter, Seshmarls!«

Der große Vogel flog los. Er kreiste über ihnen und schlug wild mit den Flügeln. Vom Schatten geschwärzt und mit der Sonne im Rücken war er unschwer als Krähe zu erkennen. Die Krähe rief mit einer Stimme, die ihm auf unheimliche Weise bekannt vorkam: »Ich bin Seshmarls!«

Der Vogel war zu groß, um auf dem Arm eines der Kinder zu landen. Er kreiste, setzte immer wieder vergeblich zur Landung an, bis Whandall ungläubig selbst den linken Arm hob. Der Vogel landete mit niederschmetternder Wucht.

Die Kinder riefen: »Sag es! Sag es! ›Ich bin Seshmarls!‹«

Seiner Gestalt und Art zu fliegen nach war es eine Krähe. Magie musste die Farben ihres Gefieders verändert haben. Sie konnte kaum mit Farbe angestrichen und trotzdem in der Lage sein zu fliegen! Die Krähe wandte den Kopf, um Whandall zu betrachten, zuerst mit einem Auge, dann mit dem anderen.

Sie sagte: »Hilf mir, Whandall Seshmarl! Meine Hoffnung liegt in deinem Schatten.«

Whandall flüsterte: »Morth?«

Die Stimme des Zauberers sagte: »Komm zu Rordrays Dachstube, dann macht Morth von Atlantis dich reich!«

»Ich bin reich«, sagte Whandall.

Darauf hatte der Vogel keine Antwort. »Ich bin Seshmarls«, sagte er. Diesmal hörte Whandall das Besitzanzeigende heraus. Die Kinder lachten entzückt.

»Was sagt er sonst noch?«, fragte Whandall sie.

»Alles, wozu wir ihn auffordern!«, rief Lerchenfedern. »Und er kennt unsere Namen! Ich kann ihm auftragen, Nachrichten zu befördern, zu meinen Schwestern oder zu Gletscherwassers Tochter Nummer Zwei, und er tut es, mit meiner Stimme!«

»Wo schläft er?«

»Meistens hier, aber Tante Weide lässt ihn ins Haus,

wenn er hinein will. Es ist so ein schöner Vogel, Onkel Whandall.«

Das ist er wohl, dachte Whandall. Er wandte sich wieder an den Vogel. »Morth von Atlantis?«

»Hilf mir, Whandall Seshmarl! Meine Hoffnung liegt in deinem Schatten.«

»Wie soll ich dir helfen?«

»Komm zu Rordrays Dachstube.«

»Warum sollte ich?«

»Morth von Atlantis schenkt dir Reichtum und Abenteuer.«

»Wie?«

»Hilf mir, Whandall Seshmarl! Meine Hoffnung liegt in deinem Schatten. Komm zu Rordrays Dachstube.«

Grüner Stein lachte. »Nicht sonderlich klug.«

»Für einen Vogel?«

»Ich meinte den Zauberer, der ihn geschickt hat«, sagte Stein. »Dir Reichtum und Abenteuer anzubieten! Du bist fast so reich wie Häuptling Weites Land und hast mehr Abenteuer erlebt, als ein Mann bewältigen kann!«

»Wahrscheinlich«, sagte Whandall. Er hatte sich das selbst schon oft genug gesagt. Er wandte sich wieder an den Vogel. »Wann?«

»Ein weiterer Bote wird kommen«, sagte der Vogel. »Warte ab.«

Die Sippenlosen stellten ihren Reichtum nicht gern zur Schau. Die wunderschönen Kleider, die Whandall ihr gekauft hatte, trug Weide anfangs nur für ihn. Später nur dann, wenn sie in ihrem eigenen Haus die Gastgeberin spielte. Sichtbaren Reichtum gab es nur in den privaten Bereichen des Hauses.

Weide begrüßte ihn an der Tür. Sie führte ihn nach hinten, während der Vogel auf seiner Schulter saß. Weide hakte sich zärtlich auf der anderen Seite bei ihm unter.

Sie hatte im Schlafzimmer eine Stange angebracht. Offenbar hielt sie den Vogel für ungeheuer wertvoll. Und sie wussten beide, was als Nächstes geschehen würde, aber vor dem Vogel? Er sagte: »Du weißt, dass er reden kann.«

»Nur, was ihm jemand beibringt. *Ach so*. Sollten wir Seshmarls' Ohren bedecken? Liebster, haben Vögel Ohren?«

»Weide, ich glaube, du hörst dir das besser an.« Zu dem Vogel sagte er langsam und deutlich: »*Warum sollte ich?*«

Der Vogel krächzte: »Morth von Atlantis ...«

»Morth!«, rief Weide.

»... wird dir Reichtum und Abenteuer schenken. Hilf mir, Whandall Seshmarl ...«

Weide brachte die Stange hinaus auf den Flur und dann kehrten sie ins Schlafzimmer zurück. Das Gefühl für die Reihenfolge der Notwendigkeiten war eine ihrer Stärken.

In den nächsten Winterwochen folgten ihre Gespräche einem ganz bestimmten Schema.

Morth wollte wieder in ihr Leben treten. Morth konnte man nicht vertrauen! Sein Reichtum wurde nicht benötigt! Was Whandall und sein Verlassen Neuburgs betraf: »Erinnerst du dich noch an das letzte Mal, als du die Karawane begleitet hast?«

»Wir hätten Neuburg beinahe verloren«, gab Whandall zu. »Ich hätte dich beinahe verloren.«

»Nun denn.«

In jenen ersten sechs Jahren hatte sich eine Legende über die Hanfstraße ausgebreitet, eine Legende über einen grinsenden Riesen, der eine Tätowierung trug, die aufleuchtete, wenn er jemanden tötete. Dann hatte sich Whandall Federschlange zur Ruhe gesetzt. Drei Jahre später hatte er die Sommerkarawane nach Süden geführt. Bei seiner Rückkehr hatte er Eindringlinge in Neuburg vorgefunden. Eine neue Geschichte hatte sich zur alten gesellt, aber Weide hatte ihm ein Versprechen abgerungen.

Jetzt sagte er: »Nun denn, sie sind gestorben. Die Geschichte ist entlang der ganzen Straße bekannt. Je weiter man ihr in Richtung Teps Stadt folgt, desto größer werden die Zahlen. Whandall Federschlange war drei Jahre fort, sieben Jahre, zehn Jahre. Hat sich als Bettler verkleidet eingeschlichen und *das* hier unter einer Schicht aus Schlamm versteckt« – Whandall schlug sich leicht auf die tätowierte Wange – »oder sich sogar, je nachdem, wer die Geschichte erzählt, die Haut abrasiert, was eine scheußliche Narbe hinterlassen hat. Und hat zwanzig, dreißig, vierzig Freier getötet, die seine Frau und sein Land für sich beansprucht ...«

Jetzt würde es niemand mehr wagen, mich herauszufordern, sagte er zwar nicht, aber Weide hörte die Worte trotzdem durchklingen. Sie wechselte das Thema. »Weißt du, es hat mir nie gefallen. Dich in *diese* Richtung zu schicken, nachdem ich schwanger war. Zurück zu Teps Stadt.«

»Ach, das. Nein, Liebste, ich habe es versprochen. Aber Rordrays Dachstube liegt westlich von hier an der Küste. Der Puma-Stamm schickt alle paar Jahre Wagen.«

Sie hatten ihm von Rordrays Dachstube erzählt. Es war ein mystischer Ort, der von Gestaltwandlern bewohnt wurde und nur vermittels Magie erreichbar war, wo das Essen mit einem Zauber belegt wurde, der es unvergleichlich machte. Bei diesem Essen handelte es sich offenbar in erster Linie um Fisch, und die Aussicht darauf hatte Whandall nicht sonderlich in Versuchung geführt.

Später, als die Karawanenwege verlängert worden waren, hatte er Leute kennen gelernt, die schon einmal persönlich dort gewesen waren. Dann zwei Pumas, die ein paar Tage dort verbracht hatten und Rordrays Küche gekostet hatten. Manchmal fuhr der Haupterbe eines anderen Wagens mit den Pumas. Sie fuhren nicht, um Reichtümer zu erwerben. Trotz der damit verbundenen Schwierigkeiten, zwei zerklüftete Gebirge zu überqueren, bedeutete es Übung, Verlockung und Abenteuer zugleich.

Jetzt sagte Whandall: »Ich führe mit einem einzigen Wagen und nähme nur Grüner Stein mit, um Fisch zurückzubringen, verzaubert oder auch nur getrocknet. Ich selbst habe Fisch nie gemocht, aber manche mögen ihn. Mitnehmen würde ich ... hmmm ... Seil, alle wollen Seil ...«

»Liebster ...«

»Vielleicht jucken Schnitzer auch die Füße.«

»Whandall!«

»*Ja*, mein am schwierigsten zu Sammelndes.«

»*Ich?* Springen Geldbörsen vor und melden Ansprüche auf dich an, wie ich es getan habe? Aber erinnerst du dich an Morth? Und dass er bereit war, mich unsterblich zu machen, damit ich bis in alle Ewigkeit sein gewesen wäre, ob ich wollte oder nicht? Dass er verrückt wie eine Fledermaus war? Dass er den Freudenberg hinauflief und von einer dicken schaumigen Welle verfolgt wurde?«

Whandall beruhigte sie. »Verrückt wie *zwei* Fledermäuse.«

»Aber du hast dafür gesorgt, dass sich unsere Wege getrennt haben. Jetzt sollten wir es auch dabei belassen!«

»Ja, Liebste.« Im Winter konnte ohnehin kein Wagen fahren.

51. Kapitel

Die Haustür der Ortsfeste bestand aus zwei Klappen mit Freiraum zwischen den beiden. Jemand, der durch diese Tür trat, nahm die ganze warme Luft mit nach draußen. Im Tal der Dünste wurde nicht so gebaut, weil es dort niemals so kalt wurde ... und weil ein zu prächtiges Haus ein zu prächtiges Sammelstück war.

An einem schönen, klaren, kalten Morgen stand Whandall in der Doppeltür und schaute an der Außenklappe vorbei nach draußen.

Es sah aus, als könne man *jetzt* aufbrechen, einfach die Wagen nehmen und *fahren*.

Vom Tor schollen Säbelzahns und Grüner Steins Stimmen herüber. Whandall verstand »Tätowierung ...« und versuchte den Rest zu überhören.

»Morth! Gab Vater ... uns auch!« Das war Stein.
»Nicht uns. Dir, wenn du willst.« Säbelzahn.
Whandall trank aus einem Becher Orangensaft. Die Luft war klar und kalt. Die Tiere waren noch nicht ganz wach. Geräusche trugen erstaunlich weit.
»Was, wenn Morth ...«
»... Zauberer *will* irgendetwas. Das weiß ich. Und bezahlt mit einer Tätowierung?«
»Mutter wird ihn nicht gehen lassen.«
Whandall grinste.
Weide sprach praktisch in sein Ohr. »Unsere Söhne sind falsch unterrichtet. Whandall Federschlange gehorcht für keine zwei Muscheln.«
Whandall traute seiner Stimme nicht. Sie hatte ihm einen ziemlichen Schreck eingejagt.
»Warum ist Stein so versessen auf diese Tätowierung?«, fragte Weide.
Er räusperte sich und sagte: »Es geht nicht nur um die Tätowierung. Stein wäre auf dieser Reise mein Stellvertreter. Er könnte mit einem Zauberer reden. Den Ozean sehen. Essen probieren, das Säbelzahn nur vom Hörensagen kennt. Am Ende hätte er etwas, das sein Bruder nicht hat. Und *Säbelzahn* glaubt, er will keine Tätowierung, aber er *weiß*, dass er im Frühjahr mit der Karawane nach Feuerwald reiten und nicht in die Nähe des Ozeans kommen wird, wo sein Bruder auch sein mag.«
»Er soll Ruhe geben. Willst du mit ihm reden?«
»Was sollte ich ihm sagen?«
»Das Einzige, was Morth jemals Angst eingejagt hat, war Wasser! Und jetzt behauptet er, sich in einem Gasthaus am Meer aufzuhalten? Das ist doch irgendeine Falle! *Seshmarls!*«
Der Vogel saß auf ihrer Schulter. »Ich bin Seshmarls«, erwiderte er.
»Ich habe mich doch noch daran erinnert. Seshmarl ist der Name, unter dem du Morth belogen hast! *Morth von Atlantis!*«

»Hilf mir, Whandall Seshmarl! Meine Hoffnung liegt in deinem Schatten«, krächzte der Vogel. »Komm zu Rordrays Dachstube und Morth von Atlantis macht dich reich!«

»Er hat Angst«, sagte Weide.

»So hört es sich an.« Whandall trank einen Schluck Orangensaft.

»Angst wovor?«

»Es ist schwer, sich keine Sorgen zu machen.«

Im Frühjahrsschlamm konnten auch keine Wagen fahren. Zwischen Neuburg und dem Meer lagen zwei Hügelketten, aber die Prärie dazwischen war eben und es herrschte kein Mangel an Wasser. Überall entlang der Hanfstraße gebar das Leben neues Leben. Die Stämme arbeiteten an ihren Wagen und warteten.

Der Bote des Löwen war ein kleiner Mann mit einer etwas befremdlich aussehenden Kinnpartie. Er kam allein aus den Bergen und trug nichts als einen Rucksack. Als ihn die Männer der Ortsfeste erreichten, hatte er sich eine Hose und ein kurzhaariges gelbes Fell übergestreift.

»Du gehörst zum Puma-Stamm, nicht wahr?«, fragte ihn Grüner Stein.

»Das stimmt.«

»Tja, die Pumas lassen derzeit fünf Wagen in Wegeende reparieren. Dies ist Neuburg. Auf dem Hügel da vorn im Süden beginnt Häuptling Weites Lands Gebiet.«

»Neuburg, genau. Ich soll mit Whandall Federschlange reden«, sagte der Fremde. »Ich habe ihm einen Vorschlag zu machen und du bist nicht er.«

»Du bist schwer zu täuschen. Ich bin sein zweiter Sohn.«

»Du trägst seine Tätowierung nicht. Ich habe mit dem Burschen geredet, von dem er sie bekommen hat.«

»Warte hier am Tor«, sagte Stein und lief zum Haus.

Der Rucksack des Fremden war mit dicken Riemen versehen, die auf komplizierte Weise um seine Schultern gewickelt und verknotet waren. Er wäre schwer abzunehmen gewesen, dachte Whandall, wenn man nur Pfoten hätte und keine Hände. Die Tätowierungen auf seinen Wangen ... »Puma?«

Der Mann grinste über den Doppelsinn. »Ja und ja.«

Früher waren die Stammesnamen mehr als Namen gewesen. Von Zeit zu Zeit tauchte ein Gestaltwandler auf. Schäfchenwolken, wirbelnde Wolkes erster Sohn, war angeblich ein *Wer*bison. Dem Wolf-Stamm war ein Werwolf geboren worden. Sie sahen ihn mit einigem Unbehagen heranwachsen.

»Das würde erklären, warum du allein reist ...?«

»Das Warum und auch das Wie. Ich heiße Weiße Bergspitze und bin gekommen, um eine Vereinbarung vorzuschlagen.«

»Mit ...?«

»Rordray, genannt der Löwe. Er ist auch ein Wandler – das sind wir alle in der Dachstube, aber sie sind Wasserwesen, Nixe. Kannst du lesen?«

»Rordray schickt veredeltes Gold.« Weiße Bergspitze griff in seinen Rucksack.

»Warte«, sagte Whandall. »Meine Frau sollte das auch hören.« Und andere nicht! Whandall führte ihn den Weg entlang und durch die Doppeltür des Haupteingangs.

Weide begrüßte ihn und servierte heißes Limonenwasser. Sie war vielleicht nicht herzlich, aber doch höflich.

Weiße Bergspitze fahre im Allgemeinen mit Wagen der Pumas, sagte er, aber in diesem Fall sei er zu Whandall Federschlange geschickt worden. Das veredelte Gold in seinem Rucksack sei ein dünnes Blatt, in das die Buchstaben einer Botschaft eingestanzt seien. »Es gehört dir. Bei deinem Eintreffen wartet noch mehr auf dich. Wie viel, das hängt davon ab, was du mitbringst. Soll ich dir die Botschaft vorlesen? Rordray will einen Mittagsmarsch Seil. Zwei geräucherte Bisonhälften. Mammut, wenn du es einigermaßen frisch bekommst. Schwarzen Pfeffer, Salbei, Basilikum, Rosmarin und Thymian. Bauholz. Er schickt rohen oder gekochten Fisch zurück. Rordray ist der beste Koch, der Menschen, Gestaltwandlern und Göttern bekannt ist. Außerdem hat er Meersalz und manchmal bringen die Nixe ihm Schätze aus versunkenen Schiffen.«

»Meersalz«, sann Weide. »Wir haben fast keines mehr.« Sie nahm sich zusammen. »Aber ...«

Whandall nickte, grinste dünn. Salz war durchaus selten entlang der Hanfstraße und das in ausgetrockneten Seen gefundene Salz hatte nicht den richtigen Geschmack. Irgendetwas fehlte, das Wirbelnde Wolke zufolge Meersalz hatte. Ohne dieses gewisse Etwas konnte der Hals anschwellen oder die Kinder wuchsen dumm oder missgestaltet heran.

Es klang nach zwei voll beladenen Wagen. *Nimm besser vier mit*, dachte Whandall. Rordray zahlte genug und Whandall kannte die Reisebedingungen nicht. Zwei von seinen Wagen und zwei von den Pumas sollten sicher genug sein. Er konnte bezahlen, was sie verlangten. *Wenn* er überhaupt fuhr. Er sah Weide an, aber sie gab ihm keinerlei Zeichen.

Also verhandelte er. »Aber Fisch, was ist, wenn ich ihn nicht verkaufen kann? Nicht viele von uns essen Fisch und diejenigen, welche ihn essen, sagen, sie mögen ihn frisch.«

»Vollkommen frisch und verzaubert, dass er auch so bleibt«, sagte der Puma.

»Ihr habt einen Zauberer?« *Ein unschuldiges Lächeln*, aber auf Weides Tablett klirrten die Tassen.

Der Puma sagte: »Ich habe ihn nur einmal gesehen. Er kommt niemals den Berg herunter.«

Grüner Stein erwies sich während des Essens als Quälgeist. Die Kinder hatten von der Wiege an Geschichten über Morth von Atlantis gehört. Stein wollte *alles* wissen. Der Puma tat ihm den Gefallen.

»Ich bin mit Rordrays Glücksbringerkiste auf den Berg gegangen und am nächsten wieder zurück, nachdem der

Zauber erneuert worden war. In der Nacht habe ich kein Auge zugetan. Dieser Zauberer will sich *wirklich* unterhalten. Und er kennt Geschichten! Ich kann mir nicht denken, warum er da oben bleibt.«

Whandall nickte nur. Wenn Morth ihm nichts von dem Wassergeist erzählt hatte, stand es Whandall nicht zu, es zu verraten.

Sie brachten Weiße Bergspitze ins Gästehaus und halfen ihm dabei, sich einzurichten. Als sie ins Schlafzimmer gingen, rechnete Whandall damit, sich die ganze Nacht mit seiner Frau zu unterhalten.

»Jetzt wissen wir es«, sagte er. »Der arme Gaffer. Das Wasserding sorgt dafür, dass er ganz allein auf einem Berg hocken muss. Er hat mir einmal erzählt, wie einsam er sich als letzter atlantischer Zauberer in Teps Stadt gefühlt hat.«

»Warum glaubt er wohl, dass du ihm helfen kannst?«

»Vielleicht hatte er eine Vision. Magie. Es hat keinen Sinn, *darüber* Vermutungen anzustellen.«

»Du würdest doch nicht die Hochzeit von Adler im Flug verpassen!« Der Haushalt bereitete sich darauf vor, die älteste Tochter mit dem zweiten Sohn von Weites Land zu verheiraten. Ein bedeutender taktischer Kunstgriff.

Whandall sagte: »Die Hochzeit findet noch im Frühjahr statt. Wir könnten gleich anschließend aufbrechen. Feuerwald ist dreimal so weit entfernt wie das Meer ...« Am anderen Ende der Hanfstraße.

Weide nickte.

Whandall sagte: »Töchter und Söhne bereiten unterschiedliche Schwierigkeiten. Ich glaube, Nachtpferd wird um Knorriger Baum anhalten. Nehmen wir an?«

»Das sollten wir wohl. Sie ist so weit.«

»Sie ist noch jung.«

»Dies ist nicht Teps Stadt. Mädchen haben keine Angst davor, Mädchen zu sein, wo Leute sie sehen können. Auf diese Weise werden sie schneller erwachsen.«

Whandall hatte niemals richtig an diese Auslegung des Prinzips von Ursache und Wirkung geglaubt. Er sagte: »Söhne bereiten weniger Mühe. Säbelzahn wird Wagenmeister. Grüner Stein macht sich sehr gut. Knorriger Baum ist noch ein wenig jung ...«

»Kommst du zur Sache?«

»Ja, Liebste. Vierzehn Müller- und Seiler-Jungen, zehn davon Neffen. Vielleicht werden es noch mehr. Die Hälfte von ihnen arbeitet auf den Federschlange-Wagen. Die Hälfte *davon* ist bereits verheiratet. Die Seilerbahn erbringt nur einen gewissen Gewinn. Die Hanfstraße auch, Liebste, obwohl das schwerer zu begreifen ist. Bis ... bis wir fünfzig sind, gibt es nicht mehr für alle Arbeit.«

»Sie werden sich ihr eigenes Leben aufbauen. Wir haben sie richtig erzogen.« Weide musterte ihn kühl. »Oder erwägst du, etwas vom Revier der Pumas zu übernehmen?«

»Nein! Das ist nicht die richtige Antwort, aber ich glaube, ich sollte versuchen, die Karawanenroute auszuweiten. Eine Erkundungsreise mit Pumas als Führer unternehmen. Mir eine andere Route *ansehen*. Ihnen vielleicht sagen, wie man es besser macht. Das brächte mir vielleicht ein paar Einfälle hinsichtlich einer Zusammenarbeit.«

»Ich muss dich wohl ziehen lassen«, sagte Weide. »Stein wird keine Ruhe geben, bis ich ja sage.«

»Nein, Liebste, du musst es dir nicht antun, wenn du nicht willst. Ich könnte ganz leicht sagen, dass diese Tätowierung – sieh her – *mir* gehört und keine andere Seele sie tragen soll. Das könnte ich allen zweifelsfrei klarmachen. Du ... du magst sie an mir, oder? Du hast dich daran gewöhnt.«

Sie streichelte seine Wange, als glätte sie Federn. Er musste sich oft rasieren, weil sein Bart die Tätowierung sonst verbarg. Er sagte: »Weil Morth sie abnehmen könnte.«

»Nein!«

»Aber vielleicht hasst du einfach den Gedanken, sie an Stein zu sehen?«

»Eher den Gedanken, wie schnell er erwachsen wird. Ich weiß, wie albern das ist. Männer tragen Tätowierungen. Aber wenn er mit einer so guten Tätowierung zurückkehrt, bringt er für Säbelzahn besser auch eine mit, sonst gibt es Ärger.«

»Ist zur Kenntnis genommen.«

»Ich habe Wirbelnde Wolke um Rat gefragt.«

»Das hast du getan? Was hat sie gesagt?«

Weides Augen schauten ins Leere, da sie versuchte, sich an den *genauen* Wortlaut zu erinnern. Sie sagte: »Im alten versunkenen Turm werden deine Leute finden, was sie an Beistand brauchen.‹ Also sagt sie, dass du gehst.«

»Ja, Liebste.«

52. Kapitel

Whandall hatte von alten Prachtstraßen gehört, die durch Magie entstanden waren, um alten Reichen in anderen Ländern zu dienen. Verglichen damit war die Hanfstraße eine Wildnis. Doch verglichen mit dem Weg zur Großen Adlerbucht war die Hanfstraße eine Prachtstraße.

Der Weg bergauf war Schwerarbeit und der Weg bergab war Schwerstarbeit, da sich alle hinter die Wagen stemmten und aus Leibeskräften an Seilen zogen, um zu verhindern, dass die Wagen in einen Abgrund und damit in ihr Verderben stürzten. In den Tälern war der Boden uneben. Sie verloren Räder.

Der Vogel verbrachte einen Großteil des Tages im Flug und kehrte nachts zu den Wagen zurück.

Whandall war noch ein junger Mann gewesen, als er zuletzt ein Bisongespann geführt hatte. Er gewöhnte sich mit überraschender Leichtigkeit wieder an den täglichen Ablauf während einer Karawane. Seine Puma-Führerin, ein junges Mädchen namens Flieder, war eine gute Fahrerin und konnte noch besser mit Bisons umgehen. Es gab mehr als genug Arbeit, aber zwischendurch konnte man faulenzen wie ein Fürstensippler.

Entlang der Hanfstraße erzählte man sich Geschichten über Orte, wo ein einfacher Beschwörungszauber so viel Wild herbeilockte, wie man wollte, jeden Tag Fleisch im Überfluss. Rebhühner, Hasen, Rehe, sie kamen, wenn man sie rief, und alte Männer erinnerten sich noch an diese Zeiten oder behaupteten es wenigstens.

Flieder sang in der Abenddämmerung. Drei Hasen kamen, setzten sich auf die Hinterbacken und warteten geduldig, bis Flieder ihnen den Hals umgedreht hatte. Ein kurzes Quieken, wenn der Hase begriff ...

Der Weg führte durch hohes Gras und an Gehölzen verkrüppelter Eichen vorbei. Morgens war die Luft schwer von Tau, wirbelnden Nebelfetzen und Dünsten.

»Hier gibt es keinen Regen«, sagte Flieder. »Nur den Tau. Das reicht für Disteln und Knoblauch, aber für mehr auch nicht.«

Von Zeit zu Zeit begegneten sie einer Schar Krähen. Dann flog Seshmarls zu ihnen und krächzte etwas in der Krähensprache und die anderen Krähen flatterten entsetzt davon. Manchmal jagte der Vogel ihnen nach, aber abends kehrte er immer auf Whandalls Arm zurück.

Auf der Hanfstraße musste sogar ein fauler Fürstensippler auf Sammler aus anderen Banden achten: auf Banditen. Auf dieser Route konnten Banditen nicht überleben. Es gab nicht genug Wagenzüge, um sie am Leben zu erhalten. Die Städte waren nicht sehr zahlreich, kaum häufiger anzutreffen als Jagdlager. Gemeinden, die Ackerbau betrieben oder sich der Jagd verschrieben hatten, konnten überleben ... und wenn eine schlecht geschützte Karawane vorbeizog, nun ja, dann mochten den Bauern ein paar Kostbarkeiten gerade recht kommen. Man musste also dennoch gut aufpassen.

In dieser Gegend hatte noch niemand von ihm gehört. Das Federschlange-Zeichen schützte seine Wagen vielleicht auf der Hanfstraße, aber nicht hier.

Am zehnten Tag sah er eine schwarze Masse vor der Karawane, in der ständig Bewegung herrschte.

Er versuchte zu erraten, was er vor sich sah.

Er fuhr. Seshmarls hockte hinter seinem Ohr auf der Dachkante hinter dem Fahrersitz. Von Zeit zu Zeit flog er davon, um zu jagen. Sie hatten beide ihren Spaß und Whandall wollte keine Gesellschaft. Doch nach einer gewissen Zeit kam er zu dem Schluss, dass alles, was er nicht zuordnen konnte, möglicherweise gefährlich war, und rief nach hinten.

Flieder streckte den Kopf heraus. Sie war eine hübsche Neunzehnjährige aus dem Puma-Stamm und hatte diese Reise bereits zweimal als kleines Mädchen gemacht. Ihre Mutter hatte darauf bestanden, dass sie in Whandalls Wagen fuhr und nicht in dem von Grüner Stein. Die beiden fanden einander viel zu anziehend.

Sie beobachtete die schwarze Masse eine Weile. Schließlich sagte sie: »Krähen. Raben. Etwas von der Art.«

Der Vogel erhob sich vom Dach und flatterte der schwarzen Masse entgegen. Als Krähe von der Farbe eines fliegenden Freudenfeuers hatte Seshmarls die halbe Schar vertrieben, bis die Wagen in Reichweite kamen. Was die Krähen versteckt hatten, waren die rötlich weißen Knochen eines Tiers, das größer als ein Wagen gewesen sein musste.

Flieder, die über Whandalls Schulter schaute, sagte: »Ein Mammut.«

»Sind Mammuts in dieser Gegend verbreitet?«

Ihr Tonfall verriet eine gewisse Ehrfurcht. »Die Stämme hier legen Fallgruben für sie an. Ein einziges Mammut bedeutet zwei Tage Essen für den ganzen Stamm und alle Gäste. Ich habe gehört, dass ein Krieg aufgehört hat, weil der Stamm der Präriehunde ein Mammut erlegt und die Schreckensvögel zum Essen eingeladen hatte, aber das kommt nicht oft vor. Nein, sie sind nicht sehr verbreitet. Niemand, den ich kenne, hat je ein lebendiges Mammut gesehen. Du?«

Einfältiger Truthahn, der den Wagen des Stammes der Wölfe schon seit vielen Jahren fuhr, erzählte eine Geschichte, wie er ein Mammut fast über die gesamte Länge der Straße geritten habe, bevor er es schlachtete, um eine Hungersnot zu beenden ... aber Einfältiger Truthahn war ein meisterhafter Lügner. Whandall sagte: »Nein. Eigentlich sind sie viel zu groß, um übersehen zu werden.«

Flieder nickte.

»In einer Fallgrube könnte man ein Mammut fangen, wenn auch nicht töten.«

»Die muss aber tief sein. Wenn das Mammut den Sturz überlebt, klettert es aus der Grube heraus und ist vermutlich wütend.«

»Und? Ich meine, es ist groß, aber ...« Doch das Mädchen lächelte und zog sich unter einem Vorwand wieder in den Wagen zurück.

Jeder Stamm hat seine Geheimnisse, dachte Whandall.

Sie fuhren weiter, dem Sonnenuntergang entgegen. Dann, eines Nachts, hörten sie das Meer, ein Geräusch, das Whandall dreiundzwanzig Jahre lang nicht mehr gehört hatte.

53. Kapitel

Eine Welle brach sich in weißem Schaum und wogte den Kindern entgegen. Flieder und Grüner Stein tänzelten zurück, doch nicht schnell genug. Schaum und Meerwasser klatschten ihnen gegen die Beine. Die Welle zog sich wieder zurück und die beiden folgten ihr.

Der Tanz mit dem Meer.

Whandall sah von weiter hinten zu. Er konnte in einem Fluss schwimmen, aber das ... er konnte die Bereitschaft der Wassermassen beinahe spüren, einen Schwimmer zu überfluten und auf den Grund zu ziehen.

Weit jenseits des ruhigen Wassers in der Bucht schaukelten ein paar Boote zwischen einer Ansammlung versunkener Türme.

»Da hinten liegt eine Stadt so groß wie ein Jahrmarkt auf dem Meeresgrund«, sagte Flieder zu Grüner Stein. Sie drehte sich um und rief Whandall zu: »Wagenmeister? Ich nehme an, nach dem Untergang von Atlantis könnte man an *jeder* Küste versunkene Städte finden ...«

»Mein Bruder müsste das wissen.« Whandall hatte schon viele Jahre nicht mehr an Wanshig gedacht.

Was aus dem Wasser ragte, war eine Handvoll Ruinen, solide genug, um Boote daran vertäuen zu können, sowie ein riesiges Flachdach mit Zinnen, das sich vier Stockwerke über das Wasser erhob. Die Wellen hatten den Südrand eingedrückt und der Schaden war mit neuen Ziegeln behoben worden.

Jeder Sturm und die damit verbundenen hohen Wellen würden die unteren Etagen unbrauchbar machen, dachte Whandall, aber damit blieben immer noch zwei Etagen mit einem riesigen Grundriss. Wie bei der Ortsfeste sah er Gärten auf dem Dach.

Vier Jahre waren vergangen, seit der Puma-Stamm Wagen geschickt hatte.

Er sollte aufhören, die beiden in Gedanken als Kinder zu bezeichnen. Flieder hatte sich als ausgezeichneter Führer erwiesen ... »Flieder, wir haben doppelt so viele Leute mitgebracht, wie die Dachstube gewöhnt ist. Wie werden sie deiner Meinung nach mit der Situation umgehen?«

»Das Einfachste wäre für sie, kein Boot zu schicken«, erwiderte Flieder.

Grüner Stein fragte: »Warum hast du nicht einfach den Vogel vorausgeschickt, Vater?«

»Ich will wissen, ob sie sich leicht aus der Ruhe bringen lassen.«

Hinter ihnen kampierten die Söhne, Neffen und Enkel der Puma- und Bison-Stämme, kümmerten sich um die Zugtiere, ordneten die Wagen zu einem schützenden Ring an und wirkten die Zauber, die ihnen Sicherheit und sauberes Wasser garantierten, und all das unter Schnitzer

Seilers Anleitung. Flieder und Grüner Stein gingen zurück und schlossen sich ihnen an. Whandall blieb für sich.

Es waren Berge in Sicht. Jeder von den drei großen dort ...

»Hast du wirklich vor, einen Berg zu erklimmen?«

Das war Schnitzer. Whandall antwortete nicht.

Whandall war der Karawanenmeister. Schnitzer Seiler blieb zu Hause und machte Seil. Diese Reise hatte ihn etwas abgehärtet. Er trug die Kennzeichen der Sippenlosen: runde Ohren, spitze Nase. Früher waren diese Unterschiede das Leben an sich gewesen. Er schaute eine Weile über das Wasser, bevor er etwas sagte.

»Whandall, ich kann meinen Gürtel jetzt zwei Knoten enger schnüren und bin so kräftig wie schon lange nicht mehr. Ich bin wirklich froh, dass ich mitgekommen bin. Aber glaubst du Wirbelnde Wolke?«

»Prophezeiungen treffen immer noch so gut zu wie eh und je.«

»Die Magie schwindet. Prophezeiungen werden immer unklarer und rätselhafter. Sie verraten einem einfach immer weniger. Wirbelnde Wolke hat *nicht* gesagt: ›Iss in Rordrays Dachstube und du wirst wieder reich sein.‹« Schnitzer schloss die Augen, um sich an den *genauen* Wortlaut zu erinnern. »›Im alten versunkenen Turm werden deine Leute finden, was sie an Beistand brauchen.‹ Whandall, Atlantis ist vor fünfzig Jahren untergegangen. Kannst du dir vorstellen, wie viele versunkene Türme es entlang dieser Küste gibt?«

»Es wird Spaß machen, sie alle zu besuchen.«

»Sie schicken uns ein Boot.«

Rordrays Dachstube, Küche und Restaurant, war die oberste Etage des Südturms vom alten Behördenzentrum von Carlem Marcle. Dort ließen sich eine Menge Leute unterbringen. In der Etage darunter befanden sich nur Gästezimmer, sagte Flieder.

Das Restaurant war voller Fischer. Rordray und sein

Sohn wiesen einige von ihnen an, Tische zusammenzurücken, um Platz für die dreiunddreißig neuen Gäste zu schaffen. Der plötzliche Andrang störte Rordray nicht im Geringsten und ihm schien auch weder Essen noch Trinken knapp zu werden.

Thone hatte sie mit dem Boot abgeholt: ein großer blonder Mann, Rordrays Sohn. Seine geschmeidige, rundliche Kraft und sein beständiges Lächeln ließen auf das eine oder andere Meeressäugetier schließen. Er beschrieb, was sein Vater als Mittagsmahl vorbereitet hatte, als handle es sich um eine Aneinanderreihung erstaunlicher Entdeckungen.

Thones Begeisterung war ansteckend. Als Whandall einen Bissen Schwertfisch zu sich nahm, hatte er kaum noch Bedenken. Flieder beobachtete ihn mit einem Grinsen. Sie lachte schallend, als sie Whandalls Gesichtsausdruck sah.

»Das ist *gut*«, bemerkte Whandall voller Erstaunen.

Alle Nixe beobachteten ihn.

Er sagte: »Ich glaube, ich habe Fisch noch nie richtig probiert.«

»Koste auch das Gemüse.«

Am Nachmittag war das Restaurant immer noch halb voll, obwohl die meisten von Whandalls Begleitern wieder an Land gerudert worden waren. Rordrays Gäste ließen sich gern Zeit. Viele mussten Werwesen sein, überlegte Whandall. Der große, mit geschmeidigen Muskeln bepackte Bursche *musste* einfach ein Werwal sein. Er hatte ganz allein zwanzig Taschenkrebse gegessen und saß für sich an einem Tisch für zehn.

Schnitzer und Whandall hatten sich auf den ersten Blick in die Dachstube verliebt, aber natürlich war sie viel zu klein ...

»Warte mal«, sagte Schnitzer. »Du zweifelst nicht daran, dass Rordray eine Karawane *verköstigen* kann, oder?«

»Nach einer solchen Mahlzeit? Und ich habe gesehen, wie groß seine Öfen sind. Aber ...«

»Zimmer? Die meisten Karawanenleute würden ohnehin bei den Wagen bleiben, um Geld zu sparen. Und er hat Lagerplatz in den anderen Gebäuden.«

»Ist dir aufgefallen, dass alles aus dem Meer kommt?«

»Gewürze. Er hat Gewürze von so weit her wie Beesh und auch verschiedene Wurzelgemüsesorten.«

Whandall sagte: »Karawanenpassagiere verlangen jegliche Kost, die es für Mensch und Tier nur geben kann. Da gibt es Vegetarier. Es gibt Dicke, die dünner werden wollen, und Dünne, die dicker werden wollen, Verrückte, die hinter Zauberei oder ihrer verlorenen Jugend her sind oder moralische Überlegenheitsspiele veranstalten wollen. Manche würden Fisch nicht anrühren. Manche halten Fisch für giftig ... Löwe!« Ihr Gastgeber kam gerade aus der Küche. Augenblick, Löwe war ein *Spitzname!* »Rordray, kannst du uns mit einer Minute deiner Zeit beglücken?«

Der Löwe blieb an ihrem Tisch stehen. Der Vogel auf Whandalls Schulter sagte plötzlich: »Morth von Atlantis grüßt dich, Rordray, und bittet um einen Gefallen.«

Rordray lachte. »Whandall Federschlange. Wie ich sehe, hat dich die Nachricht des Zauberers erreicht.«

Whandall sagte: »Ja. Schnitzer Seiler ist mein Partner. Grüner Stein, mein Sohn. Flieder ...«

»Schön, dich wieder zu sehen, Löwe«, sagte Flieder.

»Ist mir ein Vergnügen, Puma-Mädchen. Du bist ziemlich gewachsen.«

»Ist Morth hier?«, fragte Whandall.

Löwe – Rordray – lachte. »Unwahrscheinlich! Er war zweimal hier. Er liebt das Meer. Er blieb einen Tag zu lange vor neunzehn Jahren ...« Rordrays Augen stellten eine stumme Frage. Welche Geheimnisse konnte er hier verraten?

»Der Wassergeist«, sagte Whandall.

»Er ist hier auf uns losgegangen. Morth ist auf den Berg geflohen. Die Welle hat einen Teil des Restaurants fortgespült.« Ein Achselzucken. »Niemand von uns ist ertrunken. Also, was habt ihr Leute mir mitgebracht?«

Whandall zeigte ihm eine Auswahl der Gewürze, die er in einem Beutel bei sich trug. Rordray nahm Proben, roch daran, kostete, billigte sie. Schnitzer beschrieb den Rest. Gepökeltes Rehfleisch, lebender Bison, kein Mammut. Salbei. Seil. Branntwein. Danach hatte der Puma-Kundschafter nicht gefragt. »Natürlich könnt ihr morgen früh alles begutachten. Was können wir mit zurücknehmen?«

Sie redeten darüber. Rordray konnte ihnen Meersalz verkaufen. Morth brauchte ein Fischernetz. Whandall sollte dafür bezahlen – Rordray wusste nicht, warum. Rordrays Leute konnten niemals genug Seil bekommen. Ob der Bison-Stamm seine Lieferungen ausweiten könne? Die Pumas seien nachlässig geworden, weil der Markt sich verkleinert habe.

Vielleicht könne entlang der Hanfstraße ein Markt für Fisch entwickelt werden? Um frischen und frisch zubereiteten Fisch nach Osten zu befördern, sei noch eine Glücksbringerkiste nötig. Morth von Atlantis sei die einzig mögliche Quelle dafür. *Wir brauchen noch eine andere Handelsroute*, sagte Whandall sich. »Ist Morth schwer zu erreichen?«

»Ich würde es selbst nicht versuchen«, sagte Rordray. »Er hat sich auf dem Gipfel des Carlem dort drüben im Süden und Osten niedergelassen. Kein Wagen schafft es den Berg hinauf. Weiße Bergspitze kann euch führen, wenn ihr klettern könnt.«

Schnitzer lachte. »Was Whandall nicht kann: eine Herausforderung ablehnen.«

Rosmarin? Thymian? Der Bison-Stamm kannte keine Bezugsquelle für diese Gewürze. Aber vielleicht kannte Morth eine solche. Whandall waren diese Pflanzen nicht einmal bekannt. Rordray holte kleine Papiersäcke, entnahm ihnen Proben und zerrieb sie unter Whandalls Nase.

Flieder rief: »Thymian? Das kenne ich. Wir sind auf dem Weg hierher daran vorbeigekommen. Ich habe es in der Nähe des Steinnadellands gerochen.«

Fleisch von einem Schreckensvogel? Die Pumas kannten eine haarsträubende Geschichte, Whandall ebenfalls, aber das Wesentliche kam darin zum Ausdruck: Einen Schreckensvogel abzuschlachten war eine Sache des Zufalls ... auch keine Delikatesse, die man uneingeschränkt empfehlen konnte, höchstens als Kuriosität ... als Dörrfleischstreifen? Oder sich doch lieber unter der Last von Morths Glücksbringerkiste aus kaltem Eisen den Rücken kaputt machen?

»Die Hanfstraße führt vom Ödland unweit Condigeos nach Norden an Feuerwald gegenüber von Teps Stadt vorbei ins Große Tal und durch Weites Land bis nach Wegeende und zurück«, erklärte Schnitzer. »Jetzt wollen wir die Route ausweiten.«

»Dann seid ihr erfolgreich.«

»Bis vor kurzem«, sagte Schnitzer und Whandall ergänzte: »Um des Feuers *willen*, Schnitzer!«

Schnitzer funkelte ihn an. »Ja. Erfolgreich. Die Frage ist nur: Sollen wir die Route nach Westen bis Carlem Marcle und der Dachstube ausweiten oder lieber nach Nordosten, was wir dort auch vorfinden mögen? Die Gerüchte, die über Rordrays Dachstube im Umlauf sind, brächten uns von allein Kundschaft, aber das würde nicht reichen. Und man müsste eine Straße bauen.«

Rordray nickte, nicht überrascht. »Für so viele hätte ich unten nicht genug Platz, es sei denn, der Meeresspiegel sänke ein paar Etagen ab.«

Das war unwahrscheinlich. Oder nicht? Morth wüsste es. Ohne Morth gab es keine Handelsroute. Sie mussten mit dem Zauberer reden.

Ein Mann und zwei Frauen kamen aus der Küche, deren Statur an Rordrays eigene Heldenmaße erinnerte. Die ältere Frau griff an Schnitzer vorbei und stellte ein Tablett mit einem Krug und acht kleinen Bechern auf den Tisch. Rordray winkte. »Meine Frau und meine Tochter, Arilta und Estrayle. Thone habt ihr bereits kennen gelernt.« Sie zogen sich Stühle heran. Einen Augenblick zuvor war noch viel Platz am Tisch gewesen.

Schnitzer goss allen ein und kostete dann. Whandall nippte vorsichtig an seinem eigenen Becher. Es war der Branntwein, den sie vom Zantaar-Stamm mitgebracht hatten, und das Zeug war absolut tödlich.

Er sagte: »Siehst du, Schnitzer, die Prophezeiung erfüllt sich. Wir haben Beistand gefunden.« Er sah den funkelnden Blick seines Partners und beeilte sich, das Thema zu wechseln. »Rordray, als ich noch ein Kind war, habe ich gelernt, Neuigkeiten und Geschichten zu tauschen. Sollen wir über Morth reden? Wenn er einen Wassergeist zu euch geführt hat, überrascht es mich, dass ihr hier noch mit ihm befreundet seid.«

»Nun ja«, sagte der Löwe, »immerhin hatte Morth uns schon einmal so rechtzeitig gewarnt, dass wir noch die alte Burg in Minterl verlassen konnten. Könnt ihr euch erinnern, dass Atlantis eigentlich zweimal versunken ist?«

Die Karawanenleute sahen einander an. Die Gespräche unter den noch verbliebenen Gästen verstummten.

»Wo ihr wohnt, ist das vielleicht nie bekannt geworden. Der Boden bebt und hört dann auf zu beben? In der Nähe des Meeres nehmen wir Notiz davon«, sagte der Löwe. »In Minterl wussten wir natürlich von Atlantis. Wir wussten es, als das Land bebte und die Welle ganze Städte überflutete. Ich habe mein erstes Gasthaus in der Spitze eines versunkenen Turms der ehemaligen Burg Minterl eingerichtet.

Wir haben schon immer Handel mit Atlantis getrieben. Für *uns* stellt der Ozean natürlich kein Hindernis dar. Es gibt wenig Warenhandel, aber dafür machen Geschichten die Runde mit den Walen. Die Nachrichten von der anderen Seite der Welt erreichen uns mit einem halben Jahr Verzögerung. Wir hörten, dass die Ostseite der Insel betroffen gewesen sei und Strände und Küstenstädte auf einem Drittel der Strecke bis zur Insel überflutet worden seien. Das waren Fischereigemeinden, also gab es viele

Nixe, die Landbewohner retteten. Nur wenige Leute starben. Der König rief den Notstand aus und erhöhte die Steuern.

Das zweite Beben kam ein halbes Leben später«, sagte Rordray, »als niemand etwas anderes in Burg Minterl sah als Rordrays Dachstube.

In und um Atlantis wurde das Fischereigewerbe immer noch von Nixen betrieben, aber an Land verloren wir die Menschengestalt. Die Fischerei erfordert Boote, Häfen, Lagerhäuser, Wettervorhersagen und eine umsichtige Beeinflussung der Strömungen. Der Zauberer der dort ansässigen Fischer war ein Mann Ende Zwanzig namens Morth.

Die Nachricht kam mit einer großen Herde von Walen. Morth hatte eine Flutwelle vorhergesehen, die ganze Kulturen davonspülen würde. Morths Warnung erreichte natürlich nicht nur meine kleine Dachstube, aber jedenfalls sah er ihren Untergang.«

»Wusste er, dass die Ursache für die Flutwelle der Untergang von Atlantis sein würde?«

»Zauberer können ihr eigenes Schicksal nicht sehen. Aber *ich* habe es vermutet.«

»Also habt ihr euch abgesetzt.«

»Nein, nein. Wir kannten Morth ja kaum! Wir zogen einheimische Schamanen zu Rate und wirkten unsere eigenen Zauber. Wir sahen so viel, dass es uns überzeugte. Als das Beben und die Flutwelle kamen, schauten wir schon auf einen anderen Ozean.«

Der Löwe goss Zantaar-Branntwein nach. Whandall steckte seinen Becher in die Tasche. Der Löwe sagte: »Die Welle musste die Welt umkreisen, um uns hier in der Großen Adlerbucht zu erreichen. Dann kam Morth auf einem Schiff, das über dem Land schwebte, aber so tief, dass er den Bäumen ausweichen musste. Wir hießen ihn willkommen.

Er erzählte uns von dem magischen Ding, das ihn jagte. Ich erinnerte mich an die Stadt des Feuers. Wir beluden sein Schiff mit Vorräten, als ein Berg aus Eis auf uns zuschwebte. Morth segelte landeinwärts, das Eis segelte nach Süden und ein halbes Leben lang erfuhren wir nichts weiter.«

»Ich nehme an, er hat euch später alles berichtet«, sagte Whandall.

Rordray grinste. »Er behauptet, dass sein Gedächtnis löchrig geworden sei, nachdem er Flussgold gefunden hat. Für euch bleibt wahrscheinlich immer noch eine Menge zu erzählen übrig.«

Draußen war es dunkel geworden und es schien Geschichtenzeit zu sein. Ein spitzohriger Fischer bestellte eine Runde Bier für das ganze Haus. »Ich bin Omarn«, stellte er sich den Neuankömmlingen vor. »Beim Untergang von Atlantis hatte ich meine Delphingestalt angenommen und war nicht weit von Minterl entfernt. Ich sah, wie sich hinter mir Wasser auftürmte, und schwamm wie verrückt, und als mich die Welle erreichte, war ich schnell genug, um darauf zu reiten. Der Ritt meines Lebens! Ich ritt auf der Welle bis fast zu den Bergen. Ich sah, wie die alte Dachstube des Löwen in einem einzigen Augenblick völlig zerstört wurde. Nixe ertrinken nicht, aber wenn noch jemand darin war, Rordray, muss er von den Steinen erschlagen worden sein.«

»Nein, wir hatten uns alle abgesetzt«, sagte der Restaurantbesitzer.

Whandall fragte: »Soll ich erzählen, was Morth von Atlantis in Teps Stadt getan hat? Ich habe einiges davon erlebt.«

»Nicht so eilig, Whandall Federschlange«, sagte der Restaurantbesitzer. »Uns ist eine Geschichte über einen tätowierten Karawanenfürst zu Ohren gekommen, der nach Hause kam, wo er feststellen musste, dass man ihn für tot erklärt hatte und seine Frau von einer ganzen Schar von Freiern bedrängt wurde. Kannst du uns berichten, was in dieser Angelegenheit tatsächlich vorgefallen ist?«

Also wollte Rordray Geschichten mit einem Fremden

tauschen, sich die Geschichten aber selbst aussuchen. Whandall zögerte ... und sah sofort, wie man sein Zögern aufnehmen würde. Es durfte auf keinen Fall so aussehen, als versuche er Untaten zu verbergen.

Er sagte: »Ich habe einen Schutz benutzt. Wenn ich erzähle, was es war, fragt mich nicht, wo ich es aufbewahrt habe.«

Alle Aufmerksamkeit richtete sich jetzt auf ihn. Schnitzer und Grüner Stein kannten die Geschichte, aber alle anderen nicht. Weißspitze – so wurde Weiße Bergspitze von allen genannt – riet: »War es ein Dolch?«

»Nein, es war eine Handvoll Goldstaub. Unveredeltes Gold direkt aus einem Fluss. Vor langer Zeit habe ich es einmal benutzt, um uns vor ... nun ja, vor *Morth* zu retten. Unveredeltes Gold macht Morth verrückt. Ich habe immer unveredeltes Gold bei mir.«

Sie tranken und hörten zu.

»Das geschah neun Jahre nach meiner Heirat mit Weide Seiler und drei Jahre, seit ich zuletzt mit einer Karawane gefahren war. Ich hatte mein Leben so eingerichtet, dass ich zu Hause bleiben und meine Kinder aufziehen konnte. Von Zeit zu Zeit besuchte ich nahe gelegene Städte, und wenn jemand etwas von mir wollte, wusste er, wo er mich fand.

Brennendes Gras und Drei Zinken kamen zu mir, um mir zu sagen, dass Männer auf meinem Wagen sie betrogen hatten. Ich fragte herum und kam zu dem Schluss, dass es möglich war. Ich schilderte Weide den Fall und sagte ihr, ich müsse wieder mit der Karawane ziehen.

Zornige Gans betrieb ein Spiel, das mit einer goldenen Perle und drei Nussschalen gespielt wird, und zwei Freunde waren mit von der Partie, um ihn zu schützen. Es war Betrug. Ich warf sie hinaus und verteilte ihre Waren. Aber Gans und seine Männer hätten gar nicht erst für die Karawane zugelassen werden dürfen.

Es gab noch mehr Schwierigkeiten. Nachdem Schwarzer Kessel die Karawane hatte verlassen müssen, war alles lasch und nachlässig geworden. Ich sah sie in Überschwemmungsgebieten lagern. Ich sah, wie ein Mann Wirbelnde Wolke so lange zusetzte, bis sie eine Vorhersage änderte. Die Wachen hielten Spielrunden ab.

Ich sah, dass ich die ganze Route bereisen musste. Erst ein ganzes Stück südlich von Feuerwald am Ende der Route hatte ich alles wieder in Ordnung gebracht. Ich hatte ein paar Schrammen und Kratzer davongetragen. Karawanenbegleiter sind gute Kämpfer und vergessen offenbar leicht, dass ihnen die Dinge nicht gehören, die man ihnen anvertraut hat ...«

»Musstest du jemanden töten?«

»Nein.«

»Gut.«

»Da noch nicht. Ich verließ die Karawane in Grasmückenfeld. Ich blieb ein paar Tage bei Freunden, dann fuhr ich weiter nach Hüfthoher Sprung und heim nach Neuburg.

Am Tor kam mir mein Sohn Säbelzahn entgegen. Damals war er erst acht. Er erklärte mir in aller Ausführlichkeit, dass das Haus voller Männer sei, die Mutter heiraten wollten, und dass Mutter Angst vor ihnen habe.

Ich schickte Säbelzahn wieder hinein, um meine Frau zu finden und ihr, falls er mit ihr reden konnte, zu sagen, Vater habe gesagt, sie solle sich ein Versteck suchen. Dann solle er wieder kommen und mir sagen, wo sich alle aufhielten. Ich verriet ihm auch, wo ich sein würde.«

Whandall lachte und zeigte auf seine Wange und Schulter sowie seinen verwachsenen Arm. »Ich kann mich nicht mehr daran erinnern, wann ich zum letzten Mal erwogen habe, mich zu verkleiden. Es blieb mir nichts anderes übrig, als ohne Umschweife das Haus zu betreten, aber ich brauchte nicht zur Vordertür hineinzugehen. Ich nahm den Weg durch den Heuschacht ...«

Rordray lachte. »Wie, ist dein Haus gleichzeitig eine Scheune?«

»Ja. Also durch den Heuschacht ins Haus und den Bisons gut zugeredet, damit sie keinen Lärm machten. Ich war nicht sicher, ob Säbelzahn alles schaffen würde, also hatte ich nicht vor, sehr lange auf ihn zu warten. Aber er kam zur Heuraufe und sagte es mir. Weide werde sich mit den vier Jüngsten in der Geheimkammer verstecken. Vier Männer schüchterten das Küchenpersonal ein.

Ich gab Säbelzahn ein Messer und versteckte ihn im Heu. Ich ging rasch in die Küche. Vier Männer, richtig. Drei stammten vom Gürteltier-Wagen – Träge Taube und sein Vater und Onkel –, aber der Vierte war ein Fremder in der Rüstung eines Fürstenmanns.

Ich wollte sagen: ›Willkommen in Neuburg, meine Herren.‹ Aber sie griffen nach ihren Waffen, kaum dass sie mich erblickten. Ich wollte mich nicht umzingeln lassen und griff mit dem Messer an, und zwar diejenigen ohne Rüstung. Bussards Schatten ging zu Boden und bespritzte alles mit seinem Blut und ich schlitzte Taubes Messerarm auf. Dann trat der gerüstete Mann zwischen sie und mich. Die beiden anderen schnappten sich Bussards Schatten und zogen ihn an den Armen hinter sich her, da sie aus der Küche flüchteten, während der Fürstenmann auf mich losging.

Das war heikel. Aber die Rüstung eines Fürstenmanns bedeckt nicht alles. Ich bekam einen Hackklotz zwischen ihn und mich und fasste den Plan, es mit einem Angriff auf seine Knöchel zu versuchen. Aber er stieß den Hackklotz um und lief den anderen hinterher.

Ich ging nach draußen, vorsichtig, weil ich nicht in einen Hinterhalt geraten wollte. Sie liefen in die Seilerbahn. Die beiden Männer vom Gürteltier-Wagen trugen den dritten Mann, und der Mann in der Rüstung folgte ihnen rückwärts gehend, um ihren Rückzug zu decken. Ich fragte mich, wer von den Seilers in der Seilerbahn war, aber mit Sicherheit ließ sich das nur dadurch herausfinden, dass ich hinging und einen Blick hinein warf.

Rordray, die Familie meiner Frau lässt mich nicht dort hinein. Ich habe die Seilerbahn einmal gesehen, als sie neu und fast leer war. Sie sah nicht anders als eine Scheune aus.

Seitdem waren Jahre vergangen. Es stank nach heißem Teer. In der Seilerbahn lagen Seilrollen, jede so groß wie ein Mann, bis fast unter die Decke gestapelt. Die Seiler stapeln die Rollen hochkant, damit sie nicht wegrollen können. Zwischen den gestapelten Seilrollen war ein Gang frei, der tiefer hineinführte. Weiter hinten sahen mindestens fünf Gürteltier-Männer zu, dass zwischen ihnen und mir genügend Abstand blieb. Jemand brüllte wie ein Fürstenmann, der zu viel Wein getrunken hat. Es war Fuhrmann Seiler. Er lag auf dem Boden und wand sich. Ich nahm an, dass er gefesselt war.

Aber in erster Linie standen mir *drei* Männer in der Rüstung von Fürstenmännern gegenüber, und zwar in dieser Pose, wo sie ihre Schilde Rand an Rand halten. Ich habe das einmal auf einem Jahrmarkt in Teps Stadt gesehen. *Nichts* kann diesen Wall aus Schilden durchdringen.

Rordray, ich konnte auf keinen Fall gegen sie kämpfen. Ich konnte ihnen davonlaufen, auch rückwärts, aber sie hatten Fuhrmann. Doch dann kletterte ich an den Seilrollen hoch und sprang im hinteren Teil der Seilerbahn wieder zu Boden. Die Gürteltier-Männer hielten sich immer noch fern. Die Männer in der Rüstung liefen auf mich zu und stellten ihre Schilde wieder zusammen, als sie nah genug waren. Dadurch fand ich Zeit, Fuhrmann loszuschneiden und ihn die Rollen hinauf zu schicken. Er konnte ein Seil im Abzugsloch verankern, das aufs Dach führte. Er war ziemlich übel zugerichtet und konnte nicht sehr schnell klettern. Ich wartete, bis er auf dem Dach war, dann folgte ich ihm.

Dann warf ich meinen Goldstaub in die Seilerbahn hinab.

Ich hielt Fuhrmann fest, um ihn daran zu hindern, durch das Loch in die Seilerbahn zu schauen. Wir hätten außen hinabklettern können, aber Träge Taube stand unten mit einem langen Messer und erwartete uns. Er musste es allerdings in der linken Hand halten. Er brüllte zu uns hoch und drohte damit, die Seilerbahn niederzubrennen, falls wir uns nicht ergäben. Ich antwortete ihm, er solle vorher das Gerät zum Flechten des Seils hinausschaffen. Dieses Gerät ist die eigentliche Seilerbahn und war der wertvollste einzelne Gegenstand in ganz Neuburg.

Wir bekamen einen Teil der Geschichte aus ihm heraus, während wir einander hinhielten und die Entwicklung abwarteten.

Wie Taube die Geschichte erzählte, war das alles nur passiert, weil drei Fürstenmänner sich eingeschifft hatten, um vor den Fürsten in Teps Stadt zu fliehen. Taube kannte den Grund nicht. Sie nahmen ihre Rüstung mit. Sie erboten sich, den Gürteltier-Wagen auf der Hanfstraße zu schützen, aber Taube erzählte ihnen von einem Fürstensippler, der verschollen sei, also griffen sie stattdessen Neuburg an.

Der Gürteltier-Wagen hätte dies keinem anderen *außer* einem Fürstensippler angetan. Aber ich war seit neun Jahren verheiratet. Und jetzt war ich wieder auf Reisen. Fürstensippler kehren nicht zurück! Jeder weiß das. Also machten sich Träge Taube und sein Stamm auf, die verlassene Witwe zu heiraten. Weide Federschlange sollte festgehalten werden, bis sie ihr Einverständnis gab. Die Kinder wurden als Geiseln genommen. Taube behauptete, er habe sie niemals bedroht. Weide erzählte mir später das Gegenteil.

Nach und nach gelangten Fuhrmann und ich zu der Überzeugung, dass niemand aus der Seilerbahn herauskommen würde. Ich kletterte rasch über das Dach und glitt auf der anderen Seite hinunter, wo ich Kampfhaltung angenommen hatte, bevor Taube bei mir war. Er lief zu den Türen der Seilerbahn. Sie waren geschlossen. Fuhrmann und ich versperrten ihm den Weg, ließen ihn aber eine Tür öffnen und hineinschauen.

Er wich zurück und schwankte dabei wie ein Truthahn.«

Rordrays Familie nickte wissend. Nixe kannten sich mit Magie aus. Und Whandalls Familie kannte die Geschichte, aber Flieder stand das nackte Entsetzen in den Augen.

»Sie waren alle erdrosselt«, sagte Whandall. »Zu Gestalten verrenkt, wie sie sich kein geistig gesunder Mensch je hätte ausdenken können. Niemand außer Taube war übrig, um die Geschichte zu erzählen. Heute sitzt er am Südtor von Hüfthoher Sprung und warnt einen vor Hanf, auch wenn man gar nicht danach fragt. Hanf ist so, wisst ihr? Er will einen beruhigen, bis man einschläft und sich in Träumen verliert, und einen dann erwürgen. Und Hanfseil auf wilder Magie ist der Stoff, aus dem Albträume gemacht sind.«

Niemand schien diese Geschichte überbieten zu wollen. Mittlerweile war es vollkommen dunkel. Die verbliebenen Fischer gingen aufs Dach und Whandall hörte Wasser platschen. Dann führte Estrayle sie nach unten in ihre Zimmer.

Whandalls Zimmer war sauber, das Bett ein wenig klamm, aber behaglich. Zuerst konnte er nicht einschlafen und wusste nicht, warum.

Schließlich ging ihm auf, dass das Meer bei Nacht nicht ruhte. Das *Schhh,Sss* der Wellen hörte niemals auf ... und trug ihn schließlich davon.

54. Kapitel

Nach einem Festessen von zwei Tagen brachen sie zu Morths Berg auf.

Whandall war voller Pläne. »Wenn die Leute nach Wegeende kommen, sind sie müde und mögen sich bewirten lassen. Sie wollen Fisch aus Rordrays Dachstube. Sie wissen es nur noch nicht! Wenn es uns gelingt, dies nach

Wegeende zu bringen, haben wir Waren, mit denen wir handeln können.«

»Findet Morth«, sagte Rordray.

Sie nahmen einen der Wagen. Grüner Stein *musste* mitkommen, das wurde rasch deutlich, also ließ Whandall ihn fahren. Weißspitze konnte nicht fahren, weil die Bisons kein Vertrauen zu ihm hatten. Flieder ... Whandall wusste eigentlich nicht, warum sie Flieder mitnahmen. Er und Grüner Stein hatten es irgendwann letzte Nacht beschlossen. Jemand musste den Wagen bewachen, während die anderen den Berg erklommen. Warum ausgerechnet Flieder?

Weide würde ihm den Kopf abreißen.

Oder auch nicht. Flieder war vielleicht genau das richtige Mädchen – die richtige *Frau* – für Grüner Stein. Eine Verbindung zum Puma-Stamm würde einige Probleme für die Familie lösen und der Handel mit der Großen Adlerbucht würde sich zwar niemals sonderlich rege gestalten, aber guten Gewinn abwerfen.

Sie hatten kein Einhorn mitgebracht, aber jede Frau wusste, dass sie schließlich einem Einhorn begegnen würde.

Sie fuhren vier Tage lang und ließen sich Zeit. Sie gingen auf die Jagd und gestatteten den Bisons zu grasen, wo sie wollten, bevor der Boden so zerklüftet wurde, dass sie mit dem Wagen nicht mehr weiter fahren konnten. Weißspitze nahm sich noch einen weiteren Tag Zeit und führte sie um den Berg herum zum flacheren Osthang. Sie hielten an, wo die Bisons noch Nahrung finden konnten.

Der Carlem ragte in jener Nacht einschüchternd vor ihnen auf.

Sie brachen im Morgengrauen auf und überließen den Wagen Flieders Obhut. Sie trugen Hemden, Kilts und Rucksäcke. Als der Vogel sich auf Whandalls Rucksack setzte, verscheuchte Whandall ihn. Der Vogel erhob sich mit einem ärgerlichen Kreischen, fand einen Aufwind und stieg immer höher, bis er nicht mehr zu sehen war.

Grüner Stein trug eine flache Kiste aus kaltem Eisen, ein Rechteck mit abgeschnittenen Ecken und so flach, dass ein starker Mann sie tragen konnte. Diese Kiste war leer und noch nicht verzaubert. Whandall trug die schwerere Glücksbringerkiste, die mit Proviant aus der Küche der Dachstube gefüllt war. Das schwere Fischernetz hatten sie im Wagen gelassen. Falls Morth es aus irgendwelchen unerfindlichen Gründen brauchte, um vom Berg herunterzukommen, müsste jemand zurückkehren und es holen.

Die Rucksäcke enthielten Wasser, Decken und Kleidung. Warum so viel Kleidung? Weil Weißspitze darauf bestand.

Der Tag wurde heiß. Hemden wurden früh ausgezogen. Gegen Mittag ließ Weißspitze sie rasten und etwas trinken. Mittlerweile wusste Whandall, dass er ein alter Mann war, der den Zenit seiner Kraft längst überschritten hatte. Er war noch nie so geklettert. Andere trafen die Entscheidungen für ihn ... taten es seit Jahren, ohne dass es ihm überhaupt bewusst war ... und er fing gerade erst an, sich darüber zu ärgern.

Als Weißspitze und Grüner Stein weitergingen, zwang Whandall sich dazu, ihnen zu folgen. Er war kurz davor, seinem Sohn einen Tausch der Tragelasten vorzuschlagen ... aber jetzt wurde der Weg leichter.

Sie haben Kraftreserven gefunden, dachte Whandall, aber es wurde schnell lächerlich. Sie hatten sich einer Furcht einflößenden, fast senkrecht aufragenden nackten Felswand genähert. Die Neigung kam ihm jetzt geringer vor. Sie war flacher geworden. Aber der Horizont im Osten ragte aufwärts wie der Hut eines Fürsten! Es sah aus, als werde alles, was nicht niet- und nagelfest war, nach Westen ins Meer rutschen.

Grüner Stein sprach nicht darüber. Er musste glauben,

dass er den Verstand verlor. Weißspitze beobachtete beide mit seinem Puma-Grinsen.

Whandall rief: »Mooorth!«

Er hatte gerade einen Blitz in Menschengestalt erblickt, der mit erstaunlicher Schnelligkeit durch hohe Ansammlungen von Fürstenklingen raste, fast nackt, knorrig und mit wehenden roten Locken. »Whandall Ortsfeste!« Gerade erblickt und bereits da. »Du bist gekommen!«

Whandall betrachtete ihn von oben bis unten. Morth trug lediglich einen von der Sonne gebleichten Kilt und den Vogel, der jetzt auf seiner Schulter saß. Die Sonne hatte ihn fast schwarz gebrannt. Seine Füße waren nackt und schwielig. Der Morth von vor zwanzig Jahren hatte sich besser gekleidet, sich ansonsten aber kaum verändert. Er war hager und sehnig und die Rippen traten hervor. Hohe Wangenknochen. Lange, lockige rote Haare, gewaschen und zu Zöpfen geflochten. Er grinste und hechelte wie ein Hund ... und kam Whandall trotz allem nicht *wahnsinnig* vor.

Whandall sagte: »Ja. Weißspitze kennst du ja. Grüner Stein, das ist Morth von Atlantis. Morth, mein zweiter Sohn. Weides zweiter Sohn.«

Der Zauberer nahm die Hand des Jungen. »Grüner Stein, es freut mich sehr, dass du kommen konntest! Darf ich mir deine Handfläche ansehen?«

Der Junge sah seinen Vater an, nahm ein Nicken wahr und ließ zu, dass Morth seine Hand umdrehte, sodass die Innenseite nach oben wies. Morth sagte: »Das habe ich nicht mehr getan seit ... Eine frühe Ehe. Die schnell zu Kindern führt. Zwillinge, beides Mädchen.« Der Zauberer machte mit dem ungepflegten Fingernagel eine Bewegung. »Nein, nicht zwinkern, du kannst deine eigene Zukunft nicht sehen. Später gibt es vermutlich noch mehr Kinder, aber dein weiterer Weg verschwimmt ...« Morth sah zufrieden auf. »Kommt. Ich lebe auf dem Gipfel.«

»Kannst du nicht mit uns hinauffliegen?«

»Whandall, diese Zeiten gehören längst der Sage an!

Aber ich habe einen Zauber gewirkt, der das Klettern erleichtert, sodass mich die Leute des Löwen besuchen können.«

Während sie den Berg erklommen, schwatzte er munter weiter. »Es ist mir peinlich, wie ich dich und die Kinder verlassen habe. Natürlich war ich vom Goldfieber verwirrt und musste den Wasserelementar von euch weglocken ...«

»Das haben wir gesehen.«

»... also bin ich einfach in die Berge geflohen. Dort gibt es Manna, das noch von keinem Zauberer berührt wurde, aber auch wilde Magie, jungfräuliches Gold. Ich habe keine Ahnung, wie lange ich außer mir war, aber schließlich landete ich auf einer riesigen Erhebung im Vedasirasgebirge, wo es kein Gold rings um mich herum gab, sondern nur einen magischen Ort mit Blick auf die halbe Welt. Eigentlich war es dort so wie hier, nur noch weiter von ergiebigen Jagdgründen entfernt. Bis ich schließlich wieder alle meine Sinne beisammen hatte – warum sagt man das so? Mir fehlte kein Sinn, keine Wahrnehmung war mir versperrt, es war genau umgekehrt: Ich konnte mich einfach nicht auf eine einzige Sache konzentrieren, wie zum Beispiel darauf, zu essen, zu baden, eine Latrine auszuheben, einen Unterschlupf zu bauen oder eine Wunde zu versorgen. Ich war unkonzentriert. *Das* hat mich so verrückt gemacht.

Wo war ich? Ich saß auf einem Berggipfel fest, geistig gesund, aber halb verhungert und von der Sonne gegerbt wie Shebaleder. Nur meine Zauber erhielten mich am Leben. Talwärts fand ich Fleisch und Feuerholz und brachte einige Zeit damit zu, mich zu erholen. Dann fertigte ich mir einen Glücksbringer an, um mich durchzubringen, und brach nach Norden zur Großen Adlerbucht auf.«

»Das hat uns Rordray erzählt.«

»Ich dachte, ich sei den Geist los. Das wilde Gold hätte ihn eigentlich vollkommen verwirren müssen. Ich war achtlos. Als sich die Welle bildete, floh ich einfach auf den nächsten Berg, so schnell ich konnte. Seitdem sitze ich hier fest.«

Sie zogen sich wieder die Hemden an. Es war kalt geworden. Morth schien es nicht zu bemerken.

Den Berggipfel bildete das fantastische Filigranmuster einer steinernen Burg. *Nicht zu verteidigen*, war Whandalls erster Gedanke. Jeder Trupp Fürstensippler hätte das Gebilde mit bloßen Händen einreißen können. *Was hält es aufrecht?*

Er hielt vergeblich nach Stützpfeilern Ausschau. Nirgendwo war Holz zu sehen. Es war so, als sei Stein geschmolzen und an Ort und Stelle geflossen. Es gab keine Ecken, keine geraden Linien. Räume, Kammern und Flure lagen über-, unter- und nebeneinander wie die Innereien eines unachtsamen Messerkämpfers und erhoben sich zu einem Ballon aus durchsichtigem Glas, dem wunderbaren Ausguck eines Zauberers.

Morth führte sie hinein.

In einer geräumigen Kammer im Erdgeschoss umgaben die Felswände ein Feuer, um das Stühle standen. Vier Personen, vier Stühle und eine hohe Stange, auf der ein Vogel hocken konnte. Im Kamin brannten dunkle Steine.

Weiße Bergspitze stellte beide Glücksbringerkisten ab. Er öffnete sie nicht. Die Vorräte der Dachstube waren allein für Morth bestimmt. Doch Morth hatte eine Mahlzeit für vier vorbereitet, einen Eintopf aus Bergziegenfleisch, Kräutern und Wurzeln. Whandall merkte plötzlich, wie ausgehungert er war. Er sah Grüner Steins Blick und bedeutete ihm zuzugreifen.

Als sie ihren Hunger ein wenig gestillt hatten, sagte der Zauberer: »Ihr seid auf meinen Wunsch gekommen. Ich kann meine Schuld jetzt bezahlen – mit veredeltem Gold.« Er zeigte auf den Kamin. »Nehmt euch, so viel ihr wollt.«

Hatte Morth wilde Magie benutzt? Aber das Gold, auf das er zeigte, war aus dem Kamin geflossen und hatte eine flache Pfütze gebildet, bevor es erstarrte. Weißspitze und Grüner Stein lösten es vom Boden, teilten es mit einem scharfkantigen Stein in zwei ungefähr gleich große Brocken und verstauten es in den Rucksäcken.

»Energie will Wärme sein«, sagte Morth. »Das Einfachste, was man mit jeder Art von Manna anstellen kann: ihm dabei zu helfen, sich in Wärme zu verwandeln. Ich kann Golderz schmelzen, ohne mir dabei weh zu tun, und das flüssige Gold läuft einfach heraus.«

Whandall nickte. *Aha.*

Der Zauberer zeigte auf Whandalls Schritt. »Was ist das?« Morth riss sich zusammen. »Ein Geheimnis?«

»Es sollte ein Geheimnis sein. Es überrascht mich nicht, dass *du* es siehst.« Whandall zog eine flache Metallflasche aus einer geheimen Tasche über dem Schritt. »Wie sieht das für dich aus?«

»Wie eine tote Stelle. Ich kann dir zeigen, wie man den Splitter im eigenen Auge sieht, aber das ist etwas offensichtlicher. Nichts sieht aus wie kaltes Eisen.«

Whandall hielt die Flasche hoch, ohne sie zu öffnen. »Unveredeltes Gold direkt aus einem Flussbett. Du erinnerst dich wohl nicht mehr daran, wie ich die verzauberten Ponys mit Gold beworfen habe? Aber ...« Whandall winkte ab, als Morth erneut Anstalten machte, sich zu entschuldigen. »Aber es hat den Bann gebrochen. Also habe ich unveredeltes Gold bei mir, für alle Fälle, und es hat mich einmal gerettet.«

»Das muss eine bemerkenswerte Geschichte sein«, sagte Morth, »aber ich will eine andere hören. Whandall, erzähl mir von deiner letzten Gewalttat.«

Whandall sah ihn an. »Gewalttat?«

»Wir haben uns seit einundzwanzig Jahren nicht mehr gesehen. Ich kann mich nicht mehr genau erinnern, aber ich glaube, ich versuchte dir ein Mädchen zu stehlen, das du für dich wolltest. Ich glaube, du hast versucht, mich zu töten«, sagte Morth.

»Nein. Nicht versucht. Ich dachte, mir bliebe vielleicht keine andere Wahl.«

»Jetzt höre ich Geschichten über einen Wagenmeister, dessen Zeichen eine gefiederte Schlange ist. Er hält seine Eide und sorgt mit einem Messer aus verzauberter Bronze für Ehrlichkeit. Whandall, ich muss wissen, wer du bist.«

»Ich soll dir von meiner letzten Gewalttat erzählen.«

»War es jene Geschichte?«

Alle warteten. Whandall sagte: »Nein, meine letzte Gewalttat beging ich bei meiner letzten Begegnung mit Tras Preetror. Erinnerst du dich noch an ihn?«

»Er war der Erzähler.«

»Es ist sechs Jahre her. Ich war mit meinen Söhnen zu Hause und reparierte gerade das Dach. Ein Bediensteter kam, um mir sagen, dass ein Besucher auf mich warte.

Es waren Tras Preetror und ein großer Mann, der Teile der Rüstung eines Fürstenmanns trug, hinter Tras stand und schwieg. Sie waren an den Wachen vorbeigekommen. Weide servierte ihm Tee. Ich nahm sie auf die Seite und sie verlangte von *mir* eine Erklärung, was er hier täte.«

»Gastfreundschaft«, sagte Morth.

»Er hatte nicht um Nahrung, Feuer und Unterkunft für die Nacht gebeten«, sagte Whandall. »Dessen hatte ich mich vergewissert. Er war einfach hereingeplatzt, hatte sich selbst eingeladen, als gehöre er dazu.

Ich trank Tee mit ihm. Er erzählte uns seine Geschichte. Er ist ein *guter* Erzähler. Morth, du erinnerst dich sicher noch. Er war mit einem Schiff zur Großen Adlerbucht gesegelt, um Geschichten von den Nixen in Rordrays Dachstube zu hören. Die Karawanen hatten mir von dem Ort berichtet, aber Tras erzählte uns viel mehr.

Er habe Gerüchte von den Puma-Wagen über einen neuen Karawanenführer gehört. Er sei den Geschichten über eine Schlangentätowierung nachgegangen, überall im Osten und Süden. Morth, ich *muss* wissen, dass ein Reisender mich erreichen kann, falls meine Wagen ihn betrogen haben sollten. Die Karawanenstämme führten Tras direkt zu meinem Haus.

Und dann erwartete er *meine* Geschichte. Ich zeigte ihm meine kleine Flasche aus kaltem Eisen, öffnete sie und blies ein wenig Goldstaub auf ihn und seinen Begleiter. Ich sah keine Veränderung, Morth, aber ich *hasse* deinen verfluchten Schleichzauber und dachte, er habe ihn vielleicht benutzt, um an meiner Torwache vorbeizukommen.

›Unveredeltes Gold‹, sagte ich zu ihm. ›Es verzerrt alle Zauber.‹«

Morth lachte schallend.

»›Es hat mir einmal das Leben gerettet.‹ Und ich erzählte ihm gerade so viel über den Kampf mit den Leuten vom Gürteltier-Wagen, dass er am Haken hing. ›Komm mit, wenn du willst, dann zeige ich dir, wo die Leichen begraben sind.‹ Und ich stand auf und führte ihn nach draußen, während ich weiterhin auf ihn einredete. ›Tras, jedes Mal, wenn ich glaube, ich habe der Gewalt ein für alle Mal entsagt, ergibt sich irgendetwas.‹ Das machte ihm Beine und sein Mann sprang auf und ging voran.

Er schien die Sprache der Einheimischen nicht zu beherrschen. Ich wechselte auf Condigeanisch. Tras' Mann kannte auch diese Sprache nicht, aber ich hatte sie schon lange nicht mehr gesprochen und die Übung tat mir gut. Ich beendete gerade die Geschichte von den Freiern, als wir am Friedhof ankamen.

›Hier begraben wir alle unsere Toten‹, sagte ich und zeigte ihnen die Gräber.

Die Geister der Toten vom Gürteltier-Wagen kamen zum Spielen heraus. Natürlich konnten sie uns nicht berühren, aber sie versuchten *mich* anzugreifen. Tras war Geister gewöhnt. Er vergaß jedoch, dass dies auf seinen Fürstenmann nicht zutraf. Der Fürstenmann zitterte, wimmerte und wollte auf seiner Flucht durch einen Felsen kriechen. Tras versuchte einen der Geister zu befragen. Ich zog mich hinter drei Bäume zurück, die dicht beieinander wuchsen, kletterte hinauf und versteckte mich.

Ich sprach durch die Baumwipfel. ›Tras, ich sollte dir etwas sagen, das du für mich übersetzen musst.‹

›Wo bist du?‹

›Hinter dir, Tras, immer hinter dir. Wir wissen, wie man schleicht. Tras, erinnerst du dich noch, einmal einen Aufruhr angestiftet zu haben? Ich versuchte noch, dich zum Schweigen zu bringen ...‹

›Nein, Whandall Federschlange, dafür kannst du mir nicht die Schuld geben!‹ Und er lachte.

Sein Fürstenmann hatte sich mittlerweile wieder beruhigt. Tras redete mit ihm und er machte sich auf die Suche nach mir. Nach kurzer Zeit wusste er, wo ich mich versteckte. Er holte weitere Teile der Rüstung aus seinem Rucksack, Schienbeinschützer und solche Sachen. Morth, ich glaube, in Teps Stadt hat es einen Umschwung oder so etwas gegeben. Es schwirren zu viele Rüstungen in der großen weiten Welt herum. Die Sammler vom Gürteltier-Stamm hatten auch Rüstungen.

Ich sagte: ›Stellen wir dein Gedächtnis gleich noch einmal auf die Probe. Du weißt, in welchem Zustand Fürst Samortys Männer mich zurückgelassen haben. Erinnerst du dich noch?‹

›Auch das ist nicht meine Schuld!‹

›Tras, wenn ich mit dir fertig bin, wirst du in demselben Zustand sein. Wenn du deinem Mann jetzt sagst, dass er dich beschützen soll, wird es später keinen lebendigen Menschen mehr geben, der dich wegträgt. Dann begrabe ich dich hier auf dem Friedhof. Wenn du ihm sagst, dass er sich heraushalten soll, kann er dich anschließend zur Pflege deiner Verwundungen wegbringen!‹«

Morth fragte: »Hast du wirklich geglaubt, er ließe sich darauf ein?«

Whandall zuckte die Achseln. »Ich wollte ihm zumindest die Gelegenheit dazu geben. Ich weiß nicht, was er zu seinem Mann gesagt hat. Als ich vom Baum sprang, ging der Mann jedenfalls auf mich los. Ich dachte, ich müsse ihn töten. Er fing sich ein paar Schrammen und Kratzer ein, dann zog er sich vorsichtig zurück und floh, als er sich weit genug entfernt hatte. Tras war verschwunden.

Ich spürte Tras in der Krypta auf und, nun ja, ich hielt mein Versprechen. Dann ohrfeigte ich ihn, bis er wieder bei sich war, gab ihm etwas Wasser und sagte zu ihm, falls sein Mann nicht bis Sonnenuntergang des nächsten Tages komme und ihn abhole ... nun ja. Falls er es aber doch tue, gäbe es Geschichten, die ich niemals hören wolle. ›Wenn ich jemals jemanden erzählen höre, wie mein Haushalt beschaffen ist, welchen Tee ich serviere, wenn ich je etwas über eine Flasche mit Goldstaub höre«‹ – Whandall zeigte auf seinen Schritt –, »»werde ich wissen, von wem der Betreffende es erfahren hat.‹ Ich sagte ihm, zwischen Condigeo und der Großen Adlerbucht werde ich alles bereisen – natürlich belog ich ihn. Ich sagte ihm, die Leute hätten ein Recht auf Privatsphäre und manche seien bereit, dafür zu töten. Ich weiß nicht, ob er irgendetwas davon gehört hat, Morth. Ich tobte. Dieser kranke Gaffer war in mein Heim eingedrungen. Niemand außer dem Gürteltier-Stamm hat dies je getan. Frag ihre Geister.«

Morth schwieg.

»Tras war nicht schlimmer zugerichtet, als mich damals Fürst Samortys Männer zurichteten, aber natürlich ist er älter. Ich weiß nicht, ob er wieder gesund geworden ist. Bei Sonnenuntergang des nächsten Tages war er jedenfalls verschwunden.«

Und es war ihm gleichgültig, was Morth von ihm dachte. Hierher zu kommen, war schließlich nicht Whandalls Einfall gewesen.

Die Nacht war kalt, Feuer oder nicht. Sie trugen die Umhänge, auf deren Mitnahme Weißspitze bestanden hatte. Morth legte ein beeindruckendes Gewand an.

Weiße Bergspitze durchbrach das Schweigen. »Ich weiß, wie es sich zugetragen hat, dass der Ort Gute Gelegenheit verlassen wurde.«

»Das ist eine gute Geschichte, aber sie ist nur zum Teil wahr«, sagte Morth. »Ich spüre ein Stammesgeheimnis in ihrem Kern. Und *das* wirst du nicht verraten. Was mich betrifft, meine Geschichte hat sich noch gar nicht ereignet. Meine Geschichte ist die, dass ich den Wassergeist vernichten muss, der mein Leben will. Das Leben hier auf dem Berg macht mich wahnsinnig.«

»Geh landeinwärts«, sagte Weißspitze in einem Tonfall, als sei er es leid, sich ständig zu wiederholen.

»Bei meiner Ankunft bin ich vor einer Welle davongelaufen. Ich habe einfach den Berg erklommen, weil ich dachte, Wasser könne keinen so steilen Hang hinauf fließen. Das muss Wasser auch gar nicht! Eine Welle ist keine sich bewegende Wassermasse, sondern ein Muster, das sich im Wasser fortbewegt. Der Geist kann fließen wie eine Welle. Er ist durch das Grundwasser zu mir gekommen. Er lebt unter mir. Wenn ich zur Quelle gehe, dann beeile ich mich. Ich zeige es euch morgen, wenn ihr wollt.«

Grüner Stein fragte: »Ist das gefährlich?«

»Oh, ihr könnt von oben zusehen. Euch einen Überblick über die unmittelbare Gefahr verschaffen. Whandall, ich bitte dich und deine Karawane, mich mitzunehmen. Bring mich ins Inland, damit er mich nicht mehr erreichen kann. Bring mich zur Hanfstraße.«

»Du willst dich dort niederlassen?« Weide wäre begeistert!

»O nein«, sagte Morth. »Ich will die Sache *zu Ende bringen*. Ich werde den Wassergeist töten. Ich glaube, ich muss in die Stadt des Feuers zurückkehren, um das zu bewerkstelligen.«

Whandall sagte: »Du warst zwanzig Jahre lang auf einem Berg gefangen. Dieses Wesen jagt dich seit über vierzig Jahren und jetzt hast du beschlossen, es umzubringen. Ist es das im Wesentlichen?«

Morth grinste im gelblichen Licht brennenden Goldes. »Ich kann euch nicht alles erzählen.«

»Morth, du kannst mir nicht einmal einen *Teil* erzählen. Du steigst nicht einmal von diesem Berg hinunter!«

»Das schaffe ich vielleicht gerade noch. Ich muss nur

schneller sein als der Elementar. Der natürliche Weg des Wassers ist bergab. Ich könnte mich zu Tode laufen. Aber mit einem Transportmittel, das mich weiter befördert, könnte ich es schaffen.«

»Und dann könntest du vielleicht glauben, du hättest alles geschafft, was ein Mann schaffen kann!«

»Vor langer Zeit glaubte ich, ich könnte Yangin-Atep das Leben rauben. Das Manna des Feuergotts stehlen.«

Niemand außer Whandall lachte. Die anderen hatten kaum von Yangin-Atep gehört. Sie kannten seine Macht nicht. Whandall fragte: »Was hat dich davon abgehalten?«

»Ich habe in jedem Jahrzehnt weniger Anzeichen für die Anwesenheit des Gottes gesehen. Yangin-Atep scheint mittlerweile fast nur noch Legende zu sein und ich könnte niemals die Stelle finden, wo sein Leben zentriert ist. Aber die Hoffnung hat mich viel länger dort gehalten, als ich hätte bleiben sollen.«

Whandall wusste, dass er Morth anstarrte. »Warum hast du nicht *gefragt?* Yangin-Atep lebt in den Herdfeuern!«

Und er wusste, wie Schnitzer ihn jetzt angesehen hätte: angewidert und belustigt zugleich. Whandall hatte es nie verstanden, mit Neuigkeiten Wucher zu treiben.

Morth erbleichte. »In den Feuern. Ich bin ein Dummkopf. Ich habe niemals die Diebe gefragt!«

Sie stritten sich immer noch, als ihnen die Augen schon zufielen. Whandall erinnerte sich nicht mehr, ob er Stein fließen sah, aber am nächsten Morgen waren die Steinstühle alle Steinsofas.

55. Kapitel

Morth blieb vor einer flachen Vertiefung stehen, die der Regen in den Fels gespült hatte und die auf dem Boden feucht war, und hob einen Eimer auf. Dann führte er sie an den Rand eines jähen Abhangs. Er zeigte nach unten, eine kahle Felswand entlang.

»Seht ihr den Streifen, wo der Fels die Farbe wechselt? Das ist Überschuss von der Quelle.«

»Richtig«, sagte Weißspitze.

Morth sprang in die Tiefe.

Whandall hätte sein Gewand festhalten können – und hätte es auch getan, wäre er ein Kind oder ein Freund gewesen. Aber Morth fiel nicht. Er lief den Berghang hinab und wand sich dabei durch das Geröll. Früher hätte Whandall nicht geglaubt, was er sah. Morth lief so schnell, wie ein Mann gefallen wäre, rannte im Zickzack dem glitzernden Wasser entgegen, das zur Quelle gehörte. Er lief daran vorbei und zog den Eimer hinter sich her und einen Augenblick später rannte er schon wieder bergauf und lachte dabei wie ein Irrer.

Wasser spritzte ihm hinterher. Morth blieb vor dem Wasser, schneller als jeder gewöhnliche Mensch, doch Whandall fiel auf, dass Morth sich gestern noch schneller bewegt hatte.

Die Männer warfen sich nach hinten, als die Welle über den Kamm schlug. Morth lief über die Senke, leerte den Eimer hinein, drehte sich um und gestikulierte. Die Welle brandete in die Senke.

Morth keuchte schwer, als sie bei ihm anlangten, aber er lachte auch. Die Senke war zur Hälfte mit Wasser gefüllt. Das Wasser lag beinahe still, kräuselte sich nur ein wenig, als ginge ein starker Wind.

Weißspitze fragte: »Hättet ihr nicht auch zu gern zugeschaut, als er dies zum allerersten Mal versuchte?«

»Habe ich Recht – du kannst den Geist nicht festsetzen?«, fragte Whandall Morth.

»Nein, nicht einmal dadurch, dass ich die Quelle verzaubere. Ein Wasserelementar ist etwas Fundamentales und außerordentlich schlüpfrig.«

»Also gut. Wenn das klappt, stehst du in der Schuld des Puma-Stamms und meiner Familie. Die Pumas kannst du in veredeltem Gold bezahlen«, sagte Whandall. »Stimmt's, Weißspitze?«

Weißspitze nickte. »Aber frag Flieder. Wir ändern Eide nur in gegenseitigem Einvernehmen.«

»Meine Familie verlangt vielleicht andere Dinge«, sagte Whandall. »Zum Beispiel Tätowierungen. Wenn wir dich bis nach Wegeende bringen, wird Neuburg drei Dinge von dir verlangen.«

»Ich glaube nicht, dass ich diese Tätowierung kopieren kann.«

Grüner Steins Enttäuschung war ihm überhaupt nicht anzumerken. Der Junge war der geborene Händler. Whandall sagte: »Uns fällt schon etwas ein. Du bezahlst mit Magie. Drei Wünsche.«

»Ich habe einen angeboten.«

»Und habe ich angenommen? Wir sind gestern eingeschlafen, bevor wir uns auf etwas einigen konnten.«

Morth schaute in Whandalls Grinsen und beschloss, nichts Gegenteiliges zu behaupten. Er sagte: »Einen Wunsch, wenn ich den Berg hinter mir habe. Einen in Wegeende. Einen, wenn der Geist Legende ist.«

»Morth, du hast keinen Grund zu der Annahme, du könntest einen Wasserelementar überleben!«

Morth schwieg.

Dann blieben also zwei Wünsche übrig. »Abgemacht. Es ist ... Vormittag? Und der Geist wird uns nicht am Abstieg hindern? Weißspitze?«

»Er hindert nur Morth. Ich hatte nur einmal Schwierigkeiten«, sagte der Puma, »als ich an der Quelle Rast machen wollte, um etwas zu trinken. Wagenmeister, ich glaube immer noch, du hättest Gold nehmen sollen. Zauberer, wir werden vor Anbruch der Nacht unten ankommen. Der Wagen wird im Morgengrauen losfahren, zuerst nach Norden zum Weg und dann nach Osten. *Wir halten nicht an.*«

»Wenn ich nicht lebend hinunter komme, gehört die Glücksbringerkiste mit allen Vorräten darin euch. Ich habe den Zauber darauf erneuert. Ich werde auch noch diese Kiste verzaubern, bevor ich nach unten gehe.«

Whandall sagte: »Dann wäre dies geregelt. Jetzt sag dem Vogel ... Seshmarls?«

»Hilf mir, Whandall Seshmarl ...«

»Guter Vogel. Morth, sag den Wagen ...«

»Whandall, ich will dir zeigen, wie du den Vogel dazu bringen kannst, eine Nachricht für dich zu befördern.«

Whandall hörte gut zu. Er nannte den geheimen Namen des Vogels und sprach ein paar Worte. Der Vogel sah ihn angewidert an.

Whandall murmelte: »Meine Kinder haben es ohne Anweisung herausgefunden. Warum kann ich es nicht?«

»Von allen Menschen, die mir je begegnet sind, bist du derjenige mit dem geringsten magischen Talent«, sagte Morth. »Erstaunlich, dass deine Kinder dieses Unvermögen nicht teilen.«

»Unvermögen.«

Morth grinste. »Du bist eine Leere, die jeder Gott ausfüllen kann. Du kannst sie einfach nicht draußen halten. Das Gasthaus *Zur Federschlange!* Und natürlich wirst du nie ein Zauberer werden. Aber dies kannst du lernen.«

Whandall übte den geheimen Namen des Vogels, indem er die Silben mit aufgeblasenen Wangen förmlich herauspustete und dann die Zunge für den schrillen Pfiff einrollte, der den Namen beendete. Er sagte seine Botschaft: »Sag den Puma-Wagen, sie sollen nach Gutdünken zurückkehren. Weiße Bergspitze hat Gold, um sie für ihre Mühe zu bezahlen. Rordray wird seine Kisten später bekommen. Später und mit rotem Fleisch beladen – Mammut, wenn wir es bekommen können, andernfalls Elch, Antilope oder Bison. Mit Gewürzen. Vielleicht finden wir welche im Steinnadelland ...«

»Fasse dich *kurz* bei deinen Nachrichten«, sagte Morth.

»Und war das ...«

»Es wurde zu lang. Sag ›Botschaft beendet. Seshmarls, los.‹«

»Botschaft beendet. Seshmarls, los.«

»Meine Hoffnung liegt in deinem Schatten«, sagte der Vogel und flog los.

Whandall und die anderen begannen mit dem Abstieg. Je eher sie unten waren, desto besser.

Flieder fuhr. Überall wuchsen Sträucher und das Land war uneben. Sie musste außerordentlich vorsichtig sein, bis sie ebenes Gelände erreichten, und danach immer noch aufmerksam. Sie würden die Handelsstraße erst nach dem Mittag erreichen. Ein Mann zu Fuß konnte im Kreis um sie herumlaufen, schätzte Whandall, von einem Zauberer ganz zu schweigen.

Sie sahen eine Säule aus Nebel den Berg herunterschweben und versuchten das Rätsel des Wasserfalls darin zu lösen.

Als sie sich dem Fuß des Berges näherten, entdeckte Flieder einen Punkt, der sich gerade so viel bewegte, dass er ihr auffiel. Whandall sagte: »Weißspitze? Vielleicht braucht er Hilfe.«

»Soll ich seine Hand halten, während er ertrinkt?«

Whandall schwang sich vom Wagen.

»Ich werde gehen. Kümmere dich um deinen Wagen.«

Weiße Bergspitze landete neben ihm und trabte davon. Whandall verlor ihn in irgendeinem Gebüsch aus den Augen und danach war er schwerer zu erkennen und bewegte sich schneller.

Werwesen hatten etwas an sich, überlegte Whandall. Gelang ihre Magie – vielleicht *jede* Magie – besser, wenn niemand zuschaute? Es musste Dinge, Vorgänge geben, die ein Beobachter nicht betrachten konnte, ohne sie zu verändern ...

Morth mochte es wissen. Whandall lief zum Wagen zurück.

Einige Zeit später tauchte Weißspitze mit Morths Rucksack auf. Er verstaute ihn und lief dann wieder davon.

Erst am späten Nachmittag war Whandall sicher, dass

sie die Handelsstraße erreicht hatten. Er war mehrmals versucht, Flieder zum Anhalten aufzufordern. Je näher Morth kam, desto sichtbarer bewegten sich die Punkte wie zwei Krüppel.

Keine Gefahr tauchte auf. Doch Whandall konnte sich mühelos vorstellen, wie Wasser aus dem Boden und über den Wagen sprudelte, die Bisons ersäufte, Flieder und Grüner Stein ersäufte ... Sie hätten einen Nix mitnehmen sollen. Ein Nix konnte auch unter Wasser noch handeln.

Sie kamen näher. Morth stützte sich schwer auf Weiße Bergspitze. Dem Puma bereitete dies offenbar Verdruss. Morth wirkte wie ein alter Mann, der an Überanstrengung starb. Schmutzig graue Haare und Barthaare, eine Haut wie gehärtetes Leder, die Augen zu müde, um aufzuschauen. Er lief immer noch schneller, als der Wagen fuhr, aber genug war genug. Whandall sagte zu Flieder, sie solle anhalten und die Bisons grasen lassen.

Sie legten Morth auf die Ladefläche.

Die Sonne ging unter, aber am Horizont war ein voller Mond aufgegangen. Whandall erinnerte sich an einen Bach, den sie erreichen konnten, wenn sie bei Nacht fuhren.

Sie versuchten, Wasser zu erreichen, während sie vor einem Wasserelementar flohen. Whandall entging nicht die Ironie in dieser Feststellung. Menschen konnten Wasser transportieren, aber Bisons brauchten Wasserlöcher oder Bäche. Der Weg zur großen Adlerbucht folgte den Stellen, wo es Wasser gab.

Er musste Morth fragen ... Morth sah schon besser aus, aber er ließ ihn besser schlafen.

56. Kapitel

Rordrays mächtiges Essen sättigte sie alle im Laufe des nächsten Tages. Morth aß nicht viel. Seine Kraft kehrte langsam zurück, obwohl er *irgendetwas* in die zweite

Kiste aus kaltem Eisen gepackt hatte. *Ein Talisman*, sagte er. *Seht nicht hin.* Von Zeit zu Zeit griff er hinein.

In jener Nacht schlief er wie ein Toter.

Am nächsten Tag knisterte er vor Energie. Flieder zeigte ihm, wie man ein Bisongespann lenkte, um ihn zu beschäftigen. Später ging er mit Weißspitze auf die Jagd. Sie kehrten mit einem halben Dutzend Hasen zurück.

Sie kampierten und brieten die Hasen, solange es noch hell war. Morth nahm eine Weinflasche mit Tonverschluss, den Rest dessen, was Rordray eingepackt hatte, und reichte sie herum.

Whandall sagte: »Nicht für mich. Morth, wir sollten mehr über unseren Verfolger wissen. Wer hasst dich so sehr? Woher besitzen sie etwas so Mächtiges?«

»Ach, *das* war leicht. Sie haben lediglich den nächsten Wassergeist abgelenkt und ihm den Auftrag erteilt, mich umzubringen. Er schob einen Eisberg...« Morth lachte über ihre Verblüffung. »Die Brunnen in Atlantis sind schon vor tausend Jahren ausgetrocknet. Wir haben immer Elementare nach Süden geschickt, die Eisberge abbrachen und sie nach Atlantis brachten, damit wir frisches Wasser bekamen. Das Südland besteht praktisch nur aus Eis und unberührtem Manna, weil Zauberer dort nicht überleben können. Elementare erlangen unglaubliche Kraft.

Aber das ist die eigentliche Frage, nicht wahr? *Warum*? Sie waren wütend. Sie waren seit fast einem Jahr wütend. Wir alle waren es.«

»Warum?«

»Das lag an der Königsgabe.« Morth zerbrach vorsichtig den Tonkorken und trank, bevor er fortfuhr.

»Wir waren die Fürsten der Magie. Unser Wohlstand machte uns zur Zielscheibe für jeden Barbaren, der Geschichten über uns gehört hatte, und sogar das Land unter uns versuchte ins Meer zurückzukehren. Alle zwanzig, dreißig Jahre verloren wir so viel Küstengebiet, wie ein Mann an einem Tag abschreiten kann. Falls Atlantis je seine magischen Fähigkeiten verlöre, wäre alles vorbei.

König Tranimel kam zu dem Schluss, dass die Macht der Magie grenzenlos sei. Das ist genauso verrückt wie der Glaube, ein Stamm von Banditen könne sich bis in alle Ewigkeit gegenseitig bestehlen – nichts für ungut, Whandall.«

Whandall sagte: »Schließlich *sehen* wir nicht, wie Reichtum entsteht. Er ist einfach da, immer in den Händen anderer. Wir brauchen ihn nur zu sammeln.«

»Du sagst immer noch *wir*?«

»*Wir Fürstensippler*. Es ist lange her. Also kam der König zu dem Schluss …?«

»Wenn die Zauberer Atlantis während der ganzen Jahre über den Wellen gehalten hatten, mussten wir alles bewerkstelligen können. Der König beschloss, die Vollkommenheit zu erbringen.«

Whandall hörte ihn mit den Zähnen knirschen. Dann: »Nichts ist jemals vollkommen, aber Atlantis kam diesem Zustand näher als jedes andere Land auf dieser Erde. Eines Tages würde ein König von Atlantis die Vollkommenheit erreichen. Dieser König würde Tranimel sein.

Wir Zauberer lernen, Zauber zu benutzen, die ihren Zweck ohne auffällige Begleiterscheinungen erfüllen. Im Laufe der Zeit erlischt die Wirkung von Zaubern«, erklärte Morth. »Ein Palast muss sich nicht in einem farbenprächtigen Lichtgewitter aus der Erde erheben. Bessere Pflüge und regelmäßiger Fruchtwechsel machen Fruchtbarkeitszeremonien wesentlich wirkungsvoller. Versteht ihr? Weniger bringt mehr, wenn man es richtig macht. Aber Magie sieht immer zu einfach aus!

Der König war zwar bereit einzuräumen, dass Wasser bergab fließen muss, schien aber niemals zu begreifen, dass es in diesem Fall auch eines Tages das Meer erreicht. Er verabschiedete Gesetze, die uns keine Möglichkeit ließen, *jedweden* Akt der Magie zu verweigern, der das allgemeine Wohlergehen steigern würde.

Unsere erste Tat bestand darin, den Obdachlosen von Atlantis Obdach zu geben. Tausende von Architekten, Zauberern und königlichen Aufsehern schufen Häuser rings um ein ganzes Gebirge: die Königsgabe. Sie brauchten *jeden*. Zum ersten Mal in meinem Leben hatte ich genug Geld, um zu leben, sogar Geld für ein wenig Überfluss. Ich fing an, mich mit einem Mädchen zu treffen. *Ah*.«

»Ah?«

»Mir ist nur gerade etwas klar geworden. Es ist jetzt dreißig Jahre her und ich ...« Morth blinzelte, trank einen Schluck Wein und begann von Neuem.

»Whandall, was der König beabsichtigte, verbrauchte dasselbe Manna, das uns über dem Wasser hielt. Zu viel davon zu verbrauchen, würde Atlantis zum Untergang verurteilen. *Es ist so einfach*. Warum vermochten die besten Zauberer im ganzen Land nicht zu erklären, was der *Fehler* an der Königsgabe war? Mir ist erst jetzt gerade klar geworden, dass wir uns gar keine große Mühe gegeben haben. Die Königsgabe gab allen Beschäftigung. Zauberer wurden reich, Architekten wurden reich, jeder vom Hof ernannte Aufseher hatte einen Neffen, der Arbeit brauchte.«

»Du gehörtest tatsächlich nicht einmal zu den besten Zauberern, nicht wahr, Morth?«

»Was? Nein. Ich war im Fischereibetrieb an der Südostküste beschäftigt. Die Nixe fangen den ganzen Fisch. Sie treiben die Schwärme in die Netze, die dann an Bord von Fischerbooten gezogen werden. Die Männer bringen den Fisch an Land und lagern ihn. Andere Männer verteilen ihn. Wir werden gebraucht, um Wettermagie zu wirken und den Elementaren zu gebieten, und der Zauber, der ein Schiff über dem Wasser schweben lässt, muss manchmal erneuert werden. Das steht alles in Büchern, die tausend Jahre alt sind. Es bringt nicht viel ein. Die Soldaten des Königs ließen einem wohlgemerkt keine Wahl, aber sie boten das Doppelte dessen, was ich bekam.

Wo war ich? Wir haben die Königsgabe gebaut. An der Nordküste von Atlantis versanken ein paar Bauernhöfe und ein paar Docks und Lagerhäuser sanken unter den Meeresspiegel. Aber die Obdachlosen hatten jetzt Obdach, mehr, als sie je benutzen konnten, so dachten wir. Und wenn eine obdachlose Person oder auch ein Dieb einem Bürger in die Quere kam, wurde sie dorthin umgesiedelt.

In der Siedlung, wie die Gabe genannt wurde, entstand eine kriminelle Schicht, binnen weniger Stunden, wie es schien. Vergewaltigung, bewaffneter Raubüberfall, Erpressung, Totschlag, alle diese Vergehen blühten und gedeihten in den dunklen Ecken und Nischen. Schlimm genug, aber die Bewohner der Siedlung beließen es nicht dabei! Sie weiteten ihre Jagdgründe auf alle aus, die in der Umgebung wohnten.

Der König konnte das nicht zulassen! Er verfügte, dass Licht werde. Whandall, ich hätte mein Heim ohne diese magischen Projekte verloren. Glinda hätte mich verlassen. Ich hielt den Mund. Ich beteiligte mich am Wirken des Zaubers, der jede Außenmauer in der Siedlung leuchten ließ.«

»Manchmal habe ich Schwierigkeiten, wie ein Sippenloser zu denken«, gestand Whandall. »Warum glaubte der König, Licht könne einen Sammler aufhalten?«

»Diebe, Vergewaltiger, Mörder – *Fürstensippler*«, sagte Morth, »begehen ihre Verbrechen nicht bei Tageslicht, wenn sie glauben, dass man sie dabei beobachten und bestrafen könnte. Aber der König stellte die Bestrafungen ein. Er wollte seinen Untertanen kein Leid antun. Das war Bestandteil der Königsgabe.

Die Siedlung lehrte sie, dass sie keine Dunkelheit brauchten, um zu tun, was sie wollten. Danach wandten sie das Gelernte landauf, landab in ganz Atlantis an und zogen sich immer in die Siedlung zurück, bevor jemand etwas gegen sie unternehmen konnte. Der König konnte das nicht zulassen!«

»Beruhige dich, Morth.«

»Manchmal vermisse ich mein Heim.« Morth nahm Weißspitze die Flasche Wein aus der Hand und trank.

»Es liegt unter Wasser, nehme ich an.«

»Für Steuern verpfändet. Der König bezahlte schleppend. Er nahm die Steuern nicht schnell genug ein und wenn wir bezahlt wurden, mussten wir natürlich einen Teil davon als Steuern abgeben. Wir bekamen es nie zu sehen. Die Nixe bezahlten immer in Fischen, aber wenigstens kam ich dazu, den Fisch zu essen! Die Männer des Königs, die uns bezahlten, wollten uns außerdem noch erklären, wie wir unsere Arbeit zu tun hätten! Und alles, was wir taten, mussten wir in aberwitzigen Einzelheiten aufschreiben! Und wir mussten auf die Bezahlung warten, bis auch der Letzte von ihnen zufrieden war!

Ich schämte mich dafür, dass ich mich mit Glinda traf. Von ganzem Herzen wünschte ich, ich hätte niemals Geld vom König angenommen! Es war zu spät. Wir waren in seinem Bann. Und jetzt hatte der König wieder einen Einfall.

Wir wurden zusammengerufen, um einen gewaltigen, wunderbaren Zauber zu wirken: einen Zwangszauber, so einfach, dass ihn ein Anfänger wirken konnte, aber von außerordentlicher Wirksamkeit.

Jeder gewalttätige Verbrecher – *nicht* jeder Dieb. Ein mutiger Zauberer wies den Ratgeber des Königs mit Recht darauf hin, dass kein Zauber den feinen, undeutlichen Unterschied zwischen einem Dieb und einem Steuereinnehmer machen könne. An einem guten Tag erweise ich ihm die Ehre. An einem schlechten Tag wünsche ich, Diebe und Steuereinnehmer wären alle zusammen verzaubert worden.«

»Du schwafelst.«

»Aber es hätte Spaß gemacht.« Morth gab Grüner Stein die Weinflasche und trank aus dem Wassereimer. »Wir wirkten den Zauber, Whandall. An einem Morgen, neun Tage vor dem Heben des Steins, ging jeder gewalttätige

Gesetzesbrecher zur Stadtwache, um ein Geständnis abzulegen. Und an diesem Morgen war es so, als hätte die Hölle ihre Tore geöffnet und alle Insassen in den Urlaub geschickt.

Jede Wachstation war umzingelt. Die Verbrecher aus der Siedlung waren der Stadtwache zahlenmäßig vierzig zu eins überlegen. Keine natürliche Regung hätte sie zu so einem gemeinschaftlichen Unternehmen vereinigen können, doch nun waren sie da und es gab nichts zu essen, zu trinken und zu stehlen, aber auch niemanden, der es gewagt hätte, sich mit ihnen anzulegen. Allein der Lärm der Geständnisse übertönte jeden Hilferuf. Nachdem sie dem Geständniszwang nachgekommen waren, taten sie, wonach ihnen gerade war ... und ihnen war danach, die Türen aufzubrechen und die Stadtwachen zu ermorden.

Im Morgengrauen fand sich jedes Paar Wachen von zwei Dutzend ... *Fürstensipplern* umgeben, die zuerst ihre Verbrechen in blutigen, widerlichen Einzelheiten herausbrüllten, im Grunde mehr prahlten als gestanden. Eine der Wachen hat mir das erzählt. Dieser Mann entkam, weil er besser klettern konnte als jeder Einbrecher. Am Nachmittag war außerhalb der eigentlichen Wachstationen kein einziges Mitglied der Stadtwache mehr am Leben. Der König war sehr böse mit den Zauberern.« Morth hob mit übertriebener Vorsicht die Flasche Wein auf und trank.

»Und da hast du dich abgesetzt?«

»Wie hätten wir uns absetzen können? Wir mussten noch das Geld eintreiben, das der König uns schuldete. Aber zuerst mussten wir das Übel beseitigen, das wir angerichtet hatten. Die Männer des Königs hatten nicht die leiseste Vorstellung, wie das zu bewerkstelligen sein mochte, aber sie wüssten, dass es geschafft war, wenn der König sich zufrieden zeigte. Andererseits sollte in sechs Tagen das Heben des Steins stattfinden und die attische Flotte bereitete einen Angriff vor ...«

»*Spätestens da* hätte sich jeder Fürstensippler abgesetzt!«

»Das habe ich auch getan.«

»Du hast es getan?«

»Sehe ich *dumm* aus?«

»Frag mich, ob du *betrunken* aussiehst.«

»Ich sah doch, was kam. Wir konnten den König niemals zufrieden stellen, aber jeder Zauberer, der nicht wenigstens beim Versuch beobachtet wurde, würde auf der Strecke bleiben. Beim Versuch beobachtet werden – das bedeutete, dass auch die Ratgeber des Königs zusahen, was wiederum bedeutete, dass wir Manna benutzen mussten, welches wir gar nicht erübrigen konnten. Für das Heben des Steins ist Manna nötig. Dieses Manna würde nicht mehr da und die Zauberer würden erschöpft sein. In diesem Jahr würde das Heben des Steins einfach nicht funktionieren.

Sie hatten mir mein Haus weggenommen und außer Glinda gab es nichts zu retten. Ich besuchte sie. Ich deutete an, was mir vorschwebte. Ihre Brüder warfen mich hinaus. Sie hielt sie nicht davon ab.

Ich ging zum Hafen. Arbeit zu finden, war leicht. Alle anderen Zauberer arbeiteten für den König. Die *Wasserpalast* lag seit Wochen im Hafen ...«

»Ein Schiff?«

»Genau, eines von den alten Schiffen, die noch über dem Wasser schwebten. Sie können über Land fahren und die höchsten Wellen überwinden, aber in den Boden sind Fenster und Frachtluken eingelassen, also vermögen sie ohne den gelegentlichen Segen nirgendwohin zu fahren. In den nächsten vier Tagen überzeugte ich Kapitän Trompeter, mich an Bord zu behalten und vor der attischen Flotte zu fliehen. Ich segnete das Schiff auf See. Wäre die Angriffsflotte etwas schneller gewesen, wären wir mühelos entkommen. Ich war eine halbe Welt weit weg, bevor ich erfuhr, was die Priester mir angetan hatten.«

Über viele Tage hinweg erschöpften sie alle ihren Vorrat an Geschichten. Es gab nur wenige Gemeinden und die Geschichten, die sie erzählten, gehörten alle zum regionalen Klatsch. Ein paar Erinnerungen ragten heraus:

Bauern brieten ein in der Grube getötetes Mammut und eine Ernte Frühjahrsgemüse. Sie waren erpicht darauf zu teilen. Dem Geruch nach zu urteilen, war das Fleisch mittlerweile ziemlich gut abgehangen. Morth erzählte ihnen, sie seien Zauberer, die sich für ein Ritual reinigten. Niemand von ihnen könne Fleisch essen, nur ihr Fahrer (auf dessen Wunsch). Als Whandall Weiße Bergspitze dabei beobachtete, wie er eine Mammutniere verschlang, kam ihm der Gedanke, dass der Puma etwas von einem Aasfresser an sich haben musste.

Ein Elch griff ihren Wagen an. Sie erlegten ihn und verfrachteten ihn dann mühsam auf die Ladefläche. An jenem Nachmittag übergaben sie ihn einer losen Gemeinde von hundert Bauern. Bis zum Anbruch der Nacht war ein Fleisch-und-Gemüse-Eintopf gar. Eine Witwe erzählte vom jahrelangen Duell ihres verstorbenen Ehemanns mit einem Werbär. Flieder tauschte Kindergeschichten mit der Gruppe alter Frauen. Whandall erzählte die Geschichte von Jack Takelfürst und der Frau aus Waluu.

Für Whandall war es eine lange Zeit der Trägheit. Die Verantwortlichkeiten waren eng begrenzt. In einem Dorf brachte Whandall das Angebot einer Frau in Versuchung. Traum vom Fliegen war bezaubernd im Feuerschein, aber er stellte sich vor, wie Grüner Stein sich fragte, wo sein Vater schlief, und dann zu Flieder ging, um sie zu fragen ... und er sagte Traum, seine Frau sei eine mächtige Schamanin und eine Gedankenleserin noch dazu. Sie antwortete, dass dies viele Ehemänner von ihren Frauen glaubten. Er pflichtete ihr bei. Der Augenblick verstrich. Am nächsten Morgen erfuhr er, dass jedem von ihnen ein Angebot gemacht worden war.

Ein guter Ort, den man noch einmal besuchen sollte.

In einer anderen Nacht erzählte Weiße Bergspitze, wie es kam, dass die Stadt Gute Gelegenheit verlassen war ... und stellte fest, dass alle Einheimischen ihm dabei helfen wollten, die Geschichte zu erzählen. Zuerst redeten alle durcheinander, dann lösten die Erzähler einander einfach ab ...

Sie hoben eine Grube aus, um ein Mammut zu fangen.

Sie hoben sie ein ganzes Stück weit von der Stadt entfernt aus. Kein Mammut würde sich einer Siedlung nähern, und wenn doch, ließ sich kaum absehen, welchen Schaden dies verursachen mochte.

Sie hoben die Grube so tief aus, dass der Sturz das Tier töten würde, dann deckten sie die Grube mit Rotholzzweigen ab und kehrten nach Hause zurück.

Doch noch vor Morgengrauen hörten sie einen gewaltigen Lärm und spürten den Boden erzittern. Als sie nach draußen gingen, um nachzusehen, stellten sie fest, dass sich Behemoth den Fuß in dem Loch eingeklemmt hatte!

Häuser stürzten ein, als die riesige Bestie sich loszureißen versuchte. Behemoth sah die Menschenmenge, die sich zum Zuschauen versammelt hatte, drehte sich um und brüllte sie an. Seine Nase wurde immer länger, bis sie einen Tagesmasrch lang war, und schleuderte die Dorfbewohner nach rechts und links.

Sie liefen in einem Tohuwabohu einstürzender Häuser davon und kamen nie wieder, sagte Weißspitze. Zwei Jungen seien später noch einmal zurückgekehrt, behauptete ein anderer. Die ganze Gesellschaft stritt darüber, was sie dort vorgefunden hatten.

Diese Bauern hatten nur selten Gäste. Zauberer waren noch seltener. Sie entlockten Morth die Geschichte, wie er den Kontinent überquert hatte ...

»Wir waren sicher auf See, als die See brüllte und sich eine Welle unter den Fenstern der *Wasserpalast* auftürmte. Als wir Land erreichten, gab es keine Küste, an der noch Menschen lebten. An Land zu gehen, wo die ungeheure Welle so viele getötet hatte, wäre nicht klug gewesen.

Also segelte die *Wasserpalast* landeinwärts. Wir reisten

viele Tage lang und landeten schließlich bei der Stadt Neuwraseln an einem nach Süden weisenden Strand. Wir lagen dort weniger als einen Tag, bevor ich die *Wasserpalast* stahl.«

Ein Murmeln erhob sich unter den Bauern. »Sammelte«, sagte Whandall.

»Nein, ich habe sie alle gerettet! Ich sah eine Welle aus Nebel vom Meer kommen und erkannte einen Eisberg in dem Nebel und den Elementar im Eis. Ich lief zum Schiff. Ich hatte keine Zeit, Leute von der Besatzung mitzunehmen. Ich segelte nach Westen, um den Elementar von der Stadt wegzulocken, und dann nach Norden, landeinwärts.

Schließlich fiel mir ein Ort ein, den ich ansteuern konnte. In einem Traum hatte ich gesehen, wie eine riesige Welle die alte Dachstube zerschmettert hatte und links und rechts über das Land hereingebrochen war, so weit mein Auge reichte. Ich kannte die Dachstube aus den Beschreibungen der Nixe ...«

Whandall sagte: »Du hast sie gewarnt. Rordray hat es mir erzählt.«

»Ihr werdet glauben, ich hätte mir den Rest denken können. Aber ich kann mein eigenes Schicksal nicht vorhersehen. Der Untergang von Atlantis hat mich vollkommen überrascht. Aber ich träumte, wo Rordray sich in der Großen Adlerbucht niederlassen würde, und segelte dorthin. Letzten Endes verwiesen sie mich zur Stadt des Feuers, wo es keine Magie gibt und wo ein Wasserelementar nicht überleben kann.«

»Und ein Zauberer auch nicht«, sagte Whandall, doch Morth zuckte nur die Achseln.

57. Kapitel

Am Abend des achtundzwanzigsten Tages lagerten sie in Reichweite eines Bachs, der so schmal war, dass man ihn mit einem einzigen Schritt überqueren konnte.

Seit Morth den Carlem ein Wasserfall hinunter gefolgt war, hatte der Wasserelementar sich nicht gezeigt. »Er zieht das Meer vor, vermute ich«, sagte Morth. »Die Zeit im Berg muss sehr unangenehm für ihn gewesen sein.«

Seit mehreren Tagen näherten sie sich einem flacheren Gebirge. Whandall kannte die Gegend. Sie würden sich nördlich dieses Gebirges halten und in acht bis zwölf Tagen zu Hause sein. Jetzt waren sie bereits so nahe, dass sie die Spitzen sahen, die dem Ort seinen Namen gegeben hatten.

Im Steinnadelland leuchtet nachts das Manna, sagte der Zauberer, aber nur er konnte es sehen.

Sie setzten ihre Reise im Morgengrauen fort. Whandall fuhr.

Morth rührte sich. Er kroch auf der Ladefläche umher. Runzlig um die Augen, weißer Bart, grauweiße Haare, bis er in die Kiste aus kaltem Eisen griff. Dann ... nun ja, es veränderte sich nicht viel. Der Talisman, den er auf dem Carlem gemacht hatte, musste sich langsam dem Ende zuneigen.

Am Vormittag keuchte Flieder plötzlich »Behemoth!« und zeigte auf die Steinnandeln. Auf den entfernten nebligen Höhen vor ihnen und zur Rechten war nichts zu sehen.

Morth streckte den Kopf nach draußen in die Sonne. »Wonach hältst du Ausschau?«

»Ich habe ihn gesehen! Behemoth!« Ein wenig kläglich fuhr sie fort: »Ich habe ihn noch nie zuvor gesehen.«

Weiße Bergspitze, der neben der Fahrerbank ging, weil die Bisons dann ein wenig schneller zu laufen schienen, schaute nach hinten. »Wagenmeister, du solltest dir das vielleicht auch ansehen.«

Whandall stellte sich auf die Bank und schaute über das Wagenverdeck.

Punkte hinter ihnen, sieben oder acht Männer, über die ganze Straße verteilt, beobachteten den von Bisons gezogenen Wagen. Jetzt trabten zwei von ihnen in entgegengesetzte Richtungen davon.

»Das könnten Bauern sein, die ihrer Arbeit nachgehen«, sagte Weißspitze. »Es könnten auch Banditen sein. Ein einsamer Wagen ist ein verlockendes Ziel.«

Sie waren zu weit entfernt und zu langsam, um die Bewegungen genau zu erkennen, aber der Staub in der Luft zeigte an, dass die Fremden dem Wagen folgten.

»Sie werden eine Weile brauchen, bis sie uns einholen, nicht wahr?«

»O ja. Sie lassen sich Zeit. Bis Sonnenuntergang. Wir haben nichts zu essen, Morth.«

Sie konnten nicht jagen, wenn ihnen Banditen auf den Fersen waren.

Weißspitze fragte: »Du weißt einiges über Banditen, nicht wahr, Whandall Federschlange?«

»Ja, Weiße Bergspitze. Die erste Regel lautet: Sondere nie einzelne Wagen ab oder lass zu, dass sie abgesondert werden.«

»Gehen wir besser gleich zur zweiten Regel über.«

Whandall stellte sich hin, um einen Blick auf die Straße hinter ihnen zu werfen. Männer folgten, weit zurück und nicht in Eile. Die anderen, die davongetrabt waren, würden Verstärkung holen oder Waffen oder gespeicherte Magie, vielleicht einen Schleichzauber.

»Führ nie einen halben Krieg«, sagte er. »Was meinst du? Wenn ein Puma mit einem Rucksack und ein durch die Tätowierung eines verrückten Zauberers scheußlich verunstalteter Mann zurückliefen, um gegen sie zu kämpfen, würden sie dann fliehen? Könnten wir mit ihnen fertig werden, bevor sie Verstärkung bekämen? Sie töten, verjagen oder dafür bezahlen, dass sie uns in Ruhe lassen?«

Weißspitze sagte: »Ich glaube, sie können fast so schnell laufen wie du. Wenn ich vorauslaufe, trete ich allein gegen sie an. Gemeinsam würden wir sie nicht vor Einbruch der Nacht erreichen, und wenn sie Freunde haben, wären sie bis dahin bei ihnen. Und wenn sie Freunde vorausschicken, wer soll dann den Wagen verteidigen?«

»In Ordnung. Mein dritter Plan sieht vor, dass ich mein Hemd ausziehe, wenn sie nahe genug sind.«

»Oh, *das* müsste ihnen Angst einjagen ... Nun ja, vielleicht tut es das wirklich«, räumte Weißspitze ein. »Vielleicht haben sie von dir gehört.«

Morth sagte: »Bringt mich zu den Steinnadeln, bevor sie uns erreichen, und überlasst mir den Rest.«

»Das wird knapp«, sagte Whandall.

»Versucht es.«

Bis zum Mittag waren aus den fünf Verfolgern ein Dutzend geworden. Weiße Bergspitze verschwand im Gebüsch und blieb verschwunden. Etwaige Kundschafter der Banditen mochten auf einen Puma stoßen, wo sie am wenigsten damit rechneten. Aber ein Puma konnte kein Dutzend Bauern angreifen!

Am Nachmittag lagen die Steinnadeln nicht mehr vor ihnen, sondern ein Sechstel eines Kreises zur Rechten. Die Bande, die dem Wagen folgte, war auf zwanzig Personen angewachsen. Sie waren so nahe, dass Whandall Hacken und Sensen und andere, unbekannte bäuerliche Werkzeuge erkennen konnte.

Es blieb Zeit, darüber zu reden. Wenn sie jetzt trotz des stark zerklüfteten Bodens vom Weg abbogen, verrieten sie den Banditen sofort, wohin sie fahren wollten. Wenn die Banditen losliefen und kurz vor den Steinnadeln angriffen, würden sie keuchend und außer Atem ankommen und noch bei Tageslicht kämpfen – keine gute Taktik, aber sie würden dennoch gewinnen.

Flieder fuhr. Whandall, der die Banditen beobachtete, hörte sie sagen: »Ich habe ihn wieder gesehen!«

Morth rief: »Ich auch!« Whandalls Kopf fuhr herum.

Behemoth stand durch Nebel und Entfernung nur verschwommen sichtbar auf halber Höhe der Steinnadeln. Berge hätten unter ihm einstürzen müssen. Behemoth war noch größer, als Whandall ihn vor zweiundzwanzig Jahren gesehen hatte, ganz zerfurcht und kantig, als sei er halb verhungert. Stoßzähne, um den Mond damit aufzuspießen. Das zottige Haar, das überall herabhing, war schneeweiß, nicht braunscheckig.

»Das ist nicht derselbe Behemoth«, sagte Whandall. »Es *muss* zwei geben. Mindestens zwei.«

Morth sagte: »Ich spüre keinen Gott. Irgendein niederes Wesen.«

Es stand sicher und solide auf Beinen wie Bergkuppen und musterte den winzigen Wagen. Der lange, knochenlose Arm seiner Nase hob sich zur Begrüßung oder als Zeichen des Erkennens.

Flieder lenkte die Bisons so, dass sie geradewegs auf Behemoth zuhielten.

Whandall beobachtete sie dabei. Sie sah keinen ihrer Begleiter an, schien sich jede Bemerkung zu verbitten.

Whandall stand hoch aufgerichtet auf der Fahrerbank. Er zog sein Hemd aus, sodass er bis zur Taille nackt war, und stand eine Weile da. Im nahezu waagerecht einfallenden Licht des späten Nachmittags war er über das Wagendach hinweg von hinten gut zu sehen.

Die Banditen waren schwarze Schatten jenseits jeder Reichweite, die einen Kampf gestattet hätte. Ihre Körpersprache zeigte, dass sie sich aufgeregt miteinander unterhielten, aber sie folgten dem Wagen immer noch.

Whandall setzte sich. »Ich glaube, du hast ein Familiengeheimnis«, sagte er zu Flieder. »Und das ist gut so, aber ist es bedrohlich für uns?«

»Nein.«

Whandall schloss halb die Augen. So konnte er sich noch ein klein wenig länger entspannen.

Flieder sagte: »Aber wir wären vielleicht sicherer, wenn ich es jemandem erzählen könnte.«

»Sprich.«

Nichts.

»Weiß Weiße Bergspitze Bescheid?«

»Das wäre möglich. Er gehört einer anderen Familie an.

Wir haben noch nie darüber gesprochen«, sagte sie. »Aber ich könnte es meinem Ehemann sagen.«

Grüner Stein fuhr zusammen, als hätte er einen Messerstich in die Rippen bekommen. »Wenn du einen Ehemann hast ...«

»Nein! Nein, Stein.«

Stein nahm den Rest seines gesunden Menschenverstandes zusammen. »Soll ich fahren?«

Flieder schüttelte heftig den Kopf.

»Grüner Stein, ich glaube, ich sollte jetzt für uns sprechen«, sagte Whandall. »Flieder, willst du meinen Sohn zum Ehemann nehmen? Als Wagenmeister kann ich euch für verheiratet erklären.«

»Ja, vorbehaltlich gewisser Kleinigkeiten, die mit der Aussteuer zu tun haben.«

»Bevor wir uns *damit* befassen ... bringst du uns dahin, wo du uns haben willst?«

Flieder lächelte. Grübchen bildeten sich in ihren Wangen. Sie hatte sich nicht umgeschaut. Sie konnte nicht genau wissen, wie nahe die Banditen waren. Sie hielt direkt auf die Berge zu. »Ich dachte, Behemoth könnte ihnen Angst einjagen. *Du* hast das auch versucht.«

Whandall erhob sich und warf einen Blick zurück. »Nun ja, es kann sein, dass sie etwas langsamer geworden sind. Du hast eine Aussteuer?«

»Natürlich besteht sie hauptsächlich aus Waren. Wir sind nicht sehr wohlhabend, Wagenmeister.« Sie beschrieb einen Besitz im Wert von einem Paar guter Bisons und einem Einhorn. »Wenn du noch – etwa das Dreifache – dazu legst, könnten wir einen Wagen kaufen.«

»Oder ich könnte einen Wagen für Grüner Stein kaufen. Wenn du ihn verlassen würdest, hättest du immer noch genug, um davon leben zu können.«

»Aber ich hätte keinen Wagen«, sagte sie kühl.

Auf dem Berg über ihnen hatte Whandall eine imaginäre Linie gezogen. Wäre diese Linie einmal überquert, könnte Behemoth den Wagen mit einem Schritt zermalmen, aber sie hatten die Linie noch nicht erreicht.

»Unsere *Kinder* und ich hätten keinen Wagen«, sann sie.

Er sagte: »Flieder, es ist nicht leicht, einen Preis für dein Familiengeheimnis festzusetzen, bevor du es beschrieben hast. Im Übrigen haben deine anderen Freier auch Familien, die so willig sind wie meine? In ungefähr zwölf Tagen erreichen wir Wegeende. Du könntest herumfragen. Die Wagen kehren erst in ungefähr fünfzig Tagen aus Feuerwald zurück, aber du bekämst ein Gespür dafür, welches Angebot dich erwartet. Dann komm zu mir.«

Er sagte nicht: *Hast du noch andere Freier?* Er sagte nicht: *Und wir werden sehen, was das Einhorn sagt.*

Doch Flieder funkelte ihn wütend an. »Ist dir vielleicht auch der Gedanke gekommen, dass ein Einhorn *meine* Verhandlungsposition verbessern könnte?«

Die Wahrheit lautete: nein. Whandall spürte, wie gern Grüner Stein etwas gesagt hätte. Er sah seinen Sohn nicht an. »Ich kann euch unter zwei Eiden verheiraten. Der eine oder der andere wäre für uns alle bindend, je nachdem, was das Einhorn sagt.«

»Haben wir *Zeit* dafür?«

So groß er auch war, Behemoth schien unruhig von einem Fuß auf den anderen zu treten. Der Wagen hatte die imaginäre Linie überfahren und befand sich in seiner Reichweite. Whandall erhob sich und warf einen raschen Blick zurück. Die Banditen waren auf der Straße stehen geblieben.

Er fragte: »Kennst du den Ausdruck *Illusion*? Äußerer Schein, der durch Magie verändert oder erst erschaffen wird? Manche Frauen können instinktiv eine Illusion wirken, ohne je eine entsprechende Ausbildung erhalten zu haben. Andere werden dieser Fähigkeit fälschlich beschuldigt. Aus diesem Grund verhandeln Liebende nicht für sich selbst, wenn sie eine Familie haben.«

»Du weißt, dass ich keine Illusion gewirkt habe! Nach siebzig Reisetagen? Sieh mich doch an!«

Flieder war eine gut aussehende Frau und keine Illusion mit dem Straßenschmutz unter den Fingernägeln und in den Haaren. Hätten sie in den vergangenen vierzig Tagen nicht alle solche Angst vor Wasser gehabt ... verflucht! Sie wären alle bessere Händler gewesen!

»Angenommen, ich mutmaße«, sagte er, »dass Mammuts auch Illusionen wirken können. Sie sind ohnehin riesig, können aber eine Illusion ihrer Gestalt wirken, durch die sie noch viel größer erscheinen. Im Tod verlieren sie diese Kraft. Ein lebendes Mammut, das in eine Grube fiele, könnte so aussehen wie Behemoth, der sich bemüht, seinen Fuß zu befreien ...«

Sie starrte stur geradeaus, die Miene versteinert.

»Aber auch ein Mammut könnte diesen Wagen zerschmettern, und wenn es so nahe wäre, wie es entfernt zu sein scheint ... Hast du etwas gesagt?«

»Wo sind die Banditen?«

Er stand auf und sah sich um. »Sie beobachten uns nur.« Und in Fahrtrichtung. »Wie Behemoth. Flieder, ich nehme deine Bedingungen an.« Schließlich wollte er bei diesem Streit gar nicht gewinnen. Die Federschlange-Wagen konnten es sich nicht erlauben, billig auszusehen! »Ich kaufe dir einen Wagen. Deine Familie kann dir das Gespann kaufen. Du bist ein guter Händler.« *Obwohl du Federschlange nicht täuschen konntest!*

»Danke.« Sie lächelte: wieder die Grübchen. Hinter ihnen stieß Grüner Stein einen Jubelruf aus.

»Aber jetzt würde ich die Handelsroute *wirklich* sehr gern ausdehnen. Wir werden langsam zu verdammt viele.«

Morth sprang vom Wagen. »Wir sind hoch genug.« Er straffte sich und war größer, als er es eigentlich hätte sein dürfen. Behemoth wich einen Schritt zurück und neigte ein Ohr, um sich anzuhören, was Morth ihm in kehligem Atlantisch zurief.

Dann entrollte sich der Arm der Gott-Bestie, reckte sich über den Wagen hinweg und nach unten.

Die Banditen stoben auseinander und stolperten dabei einer über den anderen. Ihre Schreie wurden von den Bergen zurückgeworfen.

Morth tanzte auf dem Berghang. »Ja! Seht ihr das, ihr Banditen-Anfänger! Ich bin wieder ein Zauberer!« Er sah, dass seine Gefährten ihn anstarrten. Er sagte: »Ich habe der Bestie eingeredet, dass diese ländlichen Fürstensippler Preiselbeersträucher seien.«

Der riesige biegsame Arm hob sich und zog sich zurück mit ... einem Strauch, der mit den Wurzeln ausgerissen war – oder mit der Illusion eines solchen Strauchs. Jedenfalls war es keiner der unglücklichen Banditen. Die hatten sich über die ganze Breite des Weges verteilt und flohen nach Westen.

Behemoth stopfte sich den Strauch ins Maul, kaute, fand nichts in seinem Mund, trompetete und griff wieder nach den fliehenden Banditen.

Etwas rief von weit oben: eine weit entfernte Trompete, wehklagend von einem Verrückten gespielt.

Behemoth drehte sich um und antwortete. Whandall hielt sich die Ohren zu. Die Trompete eines Irrsinnigen hallte durch seinen Schädel, ein Geräusch wie das Ende der Welt oder das Ende aller Musik. Behemoth wandte sich ab, dem Gipfel entgegen, und kletterte hinauf.

58. Kapitel

Es gab Wasser, aber kein Bach war so nahe, dass er eine Gefahr bedeutet hätte. Es schien ein vernünftiger Lagerplatz zu sein.

Morth öffnete eine der Glücksbringerkisten und nahm etwas heraus, schneller, als Whandall die Augen abwenden oder schließen konnte. »Verbraucht«, sagte er. »Ich kann den Zauber nicht einmal erneuern.«

Flieder schaute ebenfalls. Die Puppe war primitiv, ihre menschliche Gestalt kaum zu erkennen. Sie hatte einen wirren weißen Bart und lange weiße Haare, die zu Zöpfen geflochten waren, blaue Perlen als Augen und eine Farbe, die an Morths Haut erinnerte.

Whandall fragte: »Verliert sie Magie, wenn sie von zu vielen Leuten gesehen wird? Wolltest du sie deswegen nicht zeigen?«

Morth antwortete nicht.

»Oder war es dir einfach nur peinlich?«

Morth lachte. »Ich bin kein Künstler.« Er warf die Puppe weg. »Morgen mache ich eine neue.«

Bei Sonnenuntergang beschlich fast unbemerkt ein Tier das Lager. Und dann stand Weiße Bergspitze zwischen ihnen.

»Du kommst gerade recht«, sagte Whandall und erklärte dann vor den Versammelten Grüner Stein Federschlange und Flieder Puma für verheiratet. An diesem Punkt forderte er seinen ersten Wunsch bei Morth ein und der Magier belegte die Ehe mit einem Segenszauber.

Anschließend sagte er zu Whandall. »Du weißt, dass der Zauber nur in der Einöde wirkt, nicht wahr?«

»Dann wissen sie, wohin sie ziehen müssen, falls die Dinge sich einmal schlecht entwickeln sollten. Hätten Weide und ich *das* doch in unserem ersten Jahr gewusst ...«

Morgen. Morth sprang von seiner Decke auf, hager, knochig und flink wie ein Schlangenmensch, und heulte vor Freude. Weiße Bergspitze erwachte schlagartig und mit einem haarsträubenden Knurren. Grüner Stein und Flieder kamen angelaufen, um nachzusehen, was vorging. In der letzten Nacht hatten sie sich ihre Lagerstatt etwas abseits zwischen einigen Gebüschen bereitet.

»Keine Gefahr«, rief Whandall. »Morth freut sich nur ...«

»Whandall! Siehst du das? Rosmarin.« Morth zeigte auf die Pflanze, die er meinte.

Flieder rief: »Wir sammeln etwas, Zweiter Vater!« Und sie liefen los.

Morth sagte: »Ich gehe höher. Komm mit mir. Vielleicht finden wir auch noch Thymian.«

Whandall schaute nach oben. Der Berg schien unendlich hoch aufzuragen, und diesmal würde es keine Magie geben, die das Klettern erleichterte. »Wie hoch?«

»Nicht weit. Dieser Berg strahlt geradezu vor Manna. Ich bin vor Mittag wieder zurück.« Morth sprang umher wie ein glücklicher Zehnjähriger. Seine Begleitung bei einer Kletterpartie würde zu einer Qual werden.

»Wenn du Thymian findest, sag es uns. Ich pflücke, was hier so wächst.«

Der Zauberer lief los. »Augenblick noch, Morth«, rief Whandall ihm nach und zeigte auf eine Pflanze. Sie schien überall zu wachsen, kniehoch und blässlich weiß. »Was ist das? Wie kann eine Pflanze leben, wenn kein Grün an ihr ist?«

»Das weiß ich nicht.« Morth pflückte ein Blatt und knabberte daran. »Es kann keine Pflanze sein, die Rordray haben will, aber ich spüre Magie.«

Whandall füllte einen Rucksack zur Hälfte mit Rosmarin. Es war nicht nötig, Gewürze in einer Glücksbringerkiste aufzubewahren. Er bezweifelte nicht, dass Grüner Stein und Flieder in ihrer reichlichen Freizeit mehr sammeln würden. Vielleicht würde er es beim Kochen ausprobieren. Sie würden mehr sammeln, als Rordray brauchte.

Von Zeit zu Zeit stieß er auf eine Felsnadel. Es gab sie hier überall und hangaufwärts standen sie dichter.

Es wurde Mittag und Morth war noch nicht zurück.

Dies war nicht die wilde Magie, die Morth wahnsinnig machte. Hier gab es kein Gold. Oder doch? Es sah hier nicht so aus wie an den Orten, wo er Gold gesehen hatte.

Whandall fing an zu klettern. Vielleicht hatte Morth sich verirrt oder etwas war auf ihn getreten.

Die Aussicht war herrlich. Die Luft in seinen Lungen

fühlte sich rein und dünn an. Er war von Felsnadeln umgeben. Alles zusammen hatte selbst für einen Mann ohne jeden Sinn für Magie eine berauschende Wirkung.

Er rief: »Morth! Morth von Atlantis, hast du dich verirrt?« Doch nie mit ehrlicher Besorgnis. Er glaubte nicht, dass irgendetwas einem Zauberer, der bei vollen Kräften war, hier gefährlich werden konnte ... abgesehen davon, dass jedes andere magische Wesen *auch* bei vollen Kräften wäre. Behemoth zum Beispiel – oder der Trompeter der letzten Nacht, der ein anderer Behemoth sein mochte.

Tausend gewaltige Felsnadeln ragten aus dem Boden. Sie sahen nicht wie natürliche Formationen aus. Hier und da erhob sich ein Felsenkamm und sah fast so aus wie der Brustkasten eines seit Äonen toten Wesens. Überall wuchsen primitiv aussehende knochenweiße Sträucher. Auch Salbei und Rosmarin. Whandall pflückte etwas Salbei.

Einmal schaute er nach unten und nahm entsetzt zur Kenntnis, wie hoch er geklettert war. Doch der Gipfel lockte ihn immer weiter nach oben.

Der Weg wurde beschwerlicher. Dann über alle Maßen beschwerlich. Whandall kletterte weiter. Der Gedanke an eine Umkehr kam ihm überhaupt nicht. Je höher er gelangte, desto schöner wurde der Berg. Jetzt fand er Tritt an den unzugänglichsten Stellen, Stufen, die scheinbar wahllos in den nackten Fels gehauen waren. Nein, nicht gehauen: Der Fels war *geschmolzen*.

Ein Mann beobachtete ihn von hoch oben.

Die Sonne hatte ihn schwarz gebrannt ... wie Morth auf dem Berg, dachte Whandall. Obwohl Bart und Haare golden glänzten und er überhaupt keine Kleidung trug. Der Steinnadelmann beobachtete ihn stumm, und Whandall fragte sich, wie er sich wohl anhören mochte.

»Thymian!«, rief er nach oben. »Es gibt eine Pflanze, die Thymian genannt wird, aber ich weiß nicht, wie sie aussieht.«

»Wer bist du?« Der Steinnadelmann klang heiser und

ungeübt, eine Stimme, die lange nicht benutzt worden war.

Whandall erzählte es ihm. Sein Name allein schien nicht ausreichend zu sein, also erzählte er mehr: Doch wo er mit seiner Geschichte auch begann, er musste den Anfang immer weiter nach hinten verlegen – Morth, die Hanfstraße, die Karawane, Feuerwald –, bis er etwas von sippenlosen Waldläufern zwischen den Rothölzern rings um Teps Stadt plapperte. Beim Klettern redete er, und es dauerte nicht lange, bis er keuchte. Der Mann beobachtete ihn und hörte zu.

Selbst aus der Nähe konnte Whandall sein Alter nicht schätzen, war nicht einmal sicher, ob er ein Mensch war. Etwas Merkwürdiges an seiner Nase oder seiner Miene. Vielleicht war er ein Werwesen.

»Thymian«, sagte der alte Mann, »ist da«, und zeigte mit der Nase in eine Richtung. »Hinter dem Feld mit der Drachenminze.«

»Das ist das weiße Zeug?« Whandall musste wieder ein wenig tiefer klettern, um es zu erreichen.

»Ich könnte sie auch Mammutminze nennen. Mammuts mögen es auch. Thymian ist graugrün und wächst dicht über dem Boden. Ja, das. Zerreib ein Blatt zwischen den Fingern und riech daran. Vergiss diesen Geruch niemals.«

»Angenehm.«

»Ich habe mein Gulasch damit gewürzt. Komm und iss.« Der alte Mann kletterte noch höher. Einmal drehte er sich um und sagte: »Ich will *dein* Essen.«

»Einverstanden.«

»Ich bin Ziege langsam leid. Zwar wechsle ich ständig die Gewürze – aber Ziege bleibt Ziege. Was hast du dabei?«

»Nichts.«

Der Mann bedachte ihn mit einem Blick, der Verblüffung und Zorn ausdrückte. Whandall schämte sich ein wenig. »Ich wusste nicht, dass ich immer weiter klettern würde«, sagte er und das brachte ihn ins Grübeln. *Wo wähnen mich die anderen wohl?* Er musste etwas unternehmen. Der Wagen befand sich unglaublich tief unter ihm und die Sonne hatte bereits drei Viertel ihres heutigen Weges hinter sich gebracht.

Aber sie waren auf das Dach der Welt geklettert, und hier gab es einen ordentlichen kleinen Garten, eine Feuerstelle und einen Unterschlupf aus Tierfellen, die auf Stangen gespannt waren. Ein Gulasch köchelte. Whandall überfiel ein jäher Heißhunger.

Morth lag neben dem Feuer. Er sah tot aus.

Der Steinnadelmann nahm das Gulasch vom Feuer. »Warte noch mit dem Essen. Du würdest dich nur verbrennen.«

»Morth?« Whandall kniete sich neben den Zauberer. Morth schnarchte. Whandall schüttelte ihn. Er hatte zu große Ähnlichkeit mit einer Leiche.

»Was ist mit ihm?«

»Er ist neugierig geworden. Hast du einen Teller? Einen Becher? Gut.« Der Steinnadelmann nahm Whandalls Becher und füllte ihn mit Gulasch. Whandall blies auf das Essen, um es abzukühlen. Kostete.

»Gut!« Fleisch, Karotten, Mais, Paprika, noch etwas anderes.

»Salbei und Petersilie diesmal. Bis auf die Gewürze ist es immer dasselbe. Die Petersilie muss ich selbst ziehen. Alles andere wächst wild.« Und der alte Mann kicherte.

»Ich habe das Gefühl, dich schon seit einer Ewigkeit zu kennen«, sagte Whandall. »Ich habe versucht, mich an deinen Namen zu erinnern.«

»Mein Geburtsname war Cath – nein, *Catlony*. Die Barbaren nannten mich Cathalon. Später nannte ich mich Löwenzahn. Ich ließ mich einfach treiben und folgte dem Manna. So bin ich hier gelandet. Du kannst mich Eremit nennen.«

»Ich war Whandall Ortsfeste und Seshmarl. Jetzt bin ich Whandall Federschlange. Was ist mit Morth passiert?«

Beim Klang seines Namens erhob Morth sich aus seinem Schlaf. »Hunger!«, sagte er. Er füllte sich einen Teller mit Eremits Eintopf. Whandall versuchte mit ihm zu reden, doch Morth beachtete ihn nicht.

Eremit sagte: »Er ist heute Morgen hier herauf gekommen. Wir haben uns unterhalten. Er ist ein Angeber.«

»Er kann mit vielen Dingen angeben.«

»Weißt du, ich bin vielleicht der am wenigsten gefährdete Mensch auf der ganzen Welt. Der älteste Liebeszauber der Welt ist Petersilie, Salbei, Rosmarin und Thymian. Die Petersilie ziehe ich selbst und der Rest bedeckt den ganzen Berg. Wir sind hier mitten in einem Liebeszauber.«

Whandall sah sich überrascht um. »Und außerdem ist die Aussicht herrlich!«

»Ich habe nie gelernt, mich mit Leuten zu unterhalten. Das war einer der Gründe, warum ich immer weiter gezogen bin. Ich habe die Leute nie gemocht, denen ich begegnete. Und sie mochten mich auch nicht. Jeder, der mich hier oben besucht, ist willkommen.«

»Ich hatte Glück, dass du mich nicht zurückgeschickt hast, damit ich dir etwas von meinem Essen hole«, sagte Whandall. »Ich wäre gegangen.«

Das Gesicht des alten Mannes verzerrte sich. »Narr. Du würdest unterwegs verhungern! Und im Dunkeln zu klettern!«

»Ha! Du bist auch mitten in einem Liebeszauber!«

Der Eremit starrte ihn mit entsetzt geweiteten Augen an. Whandall lachte herzlich. Er fragte noch einmal: »Was ist mit Morth passiert?«

»Hunger!«, sagte Morth. »Hab mir den Mund verbrannt. Verwünscht!« Er aß weiter.

»Morth von Atlantis wollte Manna«, sagte der Eremit. »Und Essen. *Sein* Mittagessen *hatte* ich gegessen, also setzte ich das Gulasch auf. Aber er wollte Manna, also sagte ich: ›Klettere auf einen der Finger und berühre die Spitze. Hol dir eine ordentliche Portion.‹«

»Finger?«

Eremit zeigte auf eine zwölf Fuß hohe Felsnadel. »Morth hievte sich dort hinauf. Als er wieder herunterschwebte, nahm ich das Manna wahr, das in ihm leuchtete. Er sagte: ›Ja! Darin wohnt ein Gott. Darunter. Ich bin etwas schläfrig.‹ Und dann rollte er sich zusammen und ist bis eben so liegen geblieben.«

»Finger? Was geht hier vor?« Argwohn ... wollte sich nicht einstellen.

»Ein Riese mit zehntausend Fingern. Ich habe versucht, seine Gedanken zu erfühlen, aber ich kann nicht. Zu ichbezogen. So war ich, als ich hierherkam, und das ist schon so lange her. Wenn ich die Verbindung mit dem Manna hier verlöre, würde ich austrocknen wie eine ägyptische Mumie.«

»Aber unter der Erde lebt ein Gott?«

»Federschlange, bist du von einem Gott berührt worden? In deiner Aura ist eine Spur davon zurückgeblieben.«

»Von Yangin-Atep und Kojote.«

»Also brächte dich eine weitere Berührung nicht um.«

Ein Riese unter der Erde?

Argwohn wäre sinnvoll gewesen, aber der Steinnadelmann hätte nicht zugelassen, dass Whandall sich Schaden zufügte, nicht wahr? Er konnte es nicht glauben. Whandall erklomm den Steinfinger und legte die Handfläche auf dessen Spitze.

Das Land lag im Koma des Hungertods.

Einst hatten diese Felder mit dem narkotisierenden weißen Kraut Drachen aus dem Himmel und auf die Kämme gelockt, wo sie davon essen konnten. Dann hatten die Steinfinger sie umschlossen und sie waren verloren gewesen. Die Knochen der Drachen waren erhalten geblieben, versteinertes Gebein.

Aber jetzt gab es keine Drachen mehr. Zehntausend riesige Finger reckten sich aus dem Boden und suchten eine Beute, die längst zur Legende geworden war.

Fleisch allein reichte nicht aus, um einen Beinahe-Gott zu ernähren. Mammuts waren groß genug und hatten ebenfalls Magie in sich, aber sie aßen die Drachenminze und wichen den Fingern aus. Die lange Nase eines Mammuts war dafür bestens geeignet.

Der Riese lag seit ewigen Zeiten im Sterben, in einem Schlaf so tief wie der Tod.

»Schlafen«, sagte Whandall, als er zurück zum Feuer stolperte. »Hunger«, als ihm der Geruch des Gulaschs in die Nase stieg. Er löffelte noch mehr Gulasch aus dem Topf, wobei er Morths Händen auswich und kaum zur Kenntnis kam, dass sie selbst beide brannten. Er aß und schlief dann.

»Ich kann mich noch erinnern, dass Drachenminze früher höher wuchs«, sagte Eremit. Es war Morgen und vermutlich würde ihn niemand unterbrechen. Morth und Whandall aßen. »Vor tausend Jahren. Ich glaube, sie lernte, so klein zu bleiben, dass die Drachen sie nicht mehr ausrupfen konnten. Pflanzen wehren sich, müsst ihr wissen.«

Der Topf war leer. Whandall leckte seinen Teller ab. Er fragte sich, ob er sich ungehobelt benahm, aber der Eremit benahm sich ganz erstaunlich ungehobelt – und überhaupt: warum nicht?

Morth fragte: »Was hast du den anderen erzählt?«

»Nichts«, erwiderte Whandall.

»Sie werden ziemlich beunruhigt sein. Ich schicke ihnen besser eine Nachricht.«

Die regenbogenfarbene Krähe erschien, als er sie rief. Sie ließ sich auf seiner Schulter nieder, lauschte seiner geflüsterten Botschaft und flog dann davon.

Morth sagte: »Wir sollten uns langsam auf den Weg machen.« Er stand nicht auf.

Eremit hob ein ausgehöhltes Widderhorn auf. Er fragte: »Wollt ihr nach unten reiten?«

»Reiten?«

Eremit blies in das Horn. Morth und Whandall fuhren unter dem Geräusch zusammen, dem Geräusch des schreienden Behemoth. Aus der Tiefe antwortete ein Echo. Nein, Augenblick, es war kein ...

Hinter einer Granitmasse, die zu schmal war, um ihn zu verbergen, trat Behemoth hervor und *griff* zu. Whandall warf sich flach unter Nüstern, die groß genug waren, um einen ganzen Wagen einzusaugen. »Ich glaube, ich gehe lieber zu Fuß ...«

»Ja, in der Tat«, brabbelte Morth, »aber trotzdem *vielen* Dank für das Angebot ...«

»Kommt mich jederzeit besuchen«, sagte Eremit. »Mich besuchen tatsächlich Leute. Es kommt nie vor, dass sie mir weh tun oder mich berauben. Der Trick besteht darin, sie wieder loszuwerden. Sie haben mich gezwungen, ungehobelt zu sein.«

»Das haben sie nicht«, sagte Morth sofort.

Eremit kicherte. »Nun ja. Nein, aber ich werde es leid. Die verwünschte *Sprache* ändert sich alle paar Jahre und dann muss ich sie wieder ganz neu lernen. Aber mit der Zeit fühle ich mich schon sehr einsam. Kommt wieder.«

Der Wagen war in Sicht und Grüner Stein war noch näher und kletterte ihnen entgegen. Morth sagte: »Es waren nicht nur andere Sitten. Er ist verrückt.«

Whandall lächelte. »Aber liebenswert. Er verschenkt viele Sachen. Jeder, der wegen der Gewürze hierherkommt, *muss* vermutlich klettern und ist dann froh, es getan zu haben.«

Dann wollte Grüner Stein, der zu stark keuchte, um reden zu können, dennoch von ihnen wissen, wo sie in den letzten zwei Tagen und Nächten gesteckt hatten.

Drei von Bisons gezogene Wagen erschienen weit vor ihnen auf der Straße.

Als Whandalls Wagen die Ebene erreichte, waren sie noch näher gekommen. Seine eigenen Bisons waren froh, innehalten und grasen zu können, solange sie warteten.

Weißspitze lief nach Westen, um Verbindung mit ihnen aufzunehmen.

Bis Sonnenaufgang waren Federschlanges anderer Wagen und zwei Puma-Wagen bei ihnen angelangt. Schnitzer sagte zu ihm: »Wir haben uns Sorgen gemacht. Ein sprechender Vogel ist keine Nachricht, die wir bestätigen konnten.«

»Seid ihr von Banditen belästigt worden?«

»Nein. Dieses letzte Dorf, es war verlassen. Du hast nicht ...«

»Ich habe sie nicht angerührt! Sie sind einfach geflohen. Sie haben wohl gedacht, ihr würdet Behemoth auf sie herabrufen.«

59. Kapitel

Die beiden Puma-Wagen rollten an Neuburgs Tor vorbei. Die Federschlange-Wagen hielten an. Grüner Stein half Flieder herunter. Whandall winkte Morth zurück, bevor dieser ihnen folgen konnte.

Wo waren sie alle? »Wir haben den verwünschten Vogel geschickt«, sagte er.

»Wir kümmern uns darum«, sagte Grüner Stein. »Fahr weiter, Vater.«

»Sag Weide, dass ich Morth von Atlantis mitgebracht habe und ihn noch nach Wegeende bringe. Er kommt nicht mit hinein.«

»Gut.«

Whandall setzte seinen Wagen in Bewegung. Als er sich umdrehte, sah er, dass Schnitzers Wagen ihm folgte. Sie hatten eine beträchtliche Menge an Ladung Grüner Steins Obhut überlassen. Er hatte nicht die Absicht, für dies alles Steuern und Lagerungskosten zu bezahlen!

Alle fahrbereiten Wagen waren aus Wegeende verschwunden. Die beiden Puma-Wagen lagen auf der Seite, ihrer Abdeckungen und Räder beraubt. Pumas bewachten Warenstapel. Schnitzer machte sich auf die Suche nach der Reparaturmannschaft. Häuptling Weites Lands Männer mussten gefunden werden, damit sie die Lagerhäuser öffnen konnten ...

»Das könnte ich auch übernehmen«, sagte Morth.

»Besser, sie erfahren nichts davon. Hallo, das ist ...«, rief Whandall. »*Wirbelnde Wolke!*«

»Whandall Federschlange!« Wirbelnde Wolke kam zu ihnen, aber sie hinkte. Zwei Jungen liefen ihr voraus. »Du bist zeitig zurückgekehrt!«

»Ja, aber warum bist du nicht bei der Karawane?«

»Ich habe mir den Knöchel gebrochen. In einem Schlammloch, das noch nicht getrocknet war. Jetzt ist er fast verheilt, aber als die Karawane aufbrach, konnte ich überhaupt nicht stehen. Ich musste Schlaues Eichhörnchen schicken.« Ihre Tochter, Kojotes Tochter. Whandalls Tochter, würden manche behaupten. Eine Verpflichtung, wenn Wirbelnde Wolke es so sehen wollte, aber das hatte sie bis auf den Wagen, den Whandall ihrer Tochter gekauft hatte, nie getan. »Der Wagen gehört ihr und sie ist jetzt alt genug.«

»Sie ist schon alt genug geboren worden. Wirbelnde Wolke, das ist Morth von Atlantis, über den du Geschichten gehört hast. Ihr seid beide Zauberer ...«

»Ja, ich sehe das Leuchten«, sagte Wirbelnde Wolke.

»Und ich sehe es bei dir. Es hat etwas Vertrautes. Ähnlich wie bei Whandall. Ein Gott war in dir?«

Sie errötete. »Nun ... ja.«

Die Jungen sahen und hörten aufmerksam zu. Jungen wurden nicht vorgestellt, bis sie ihre Namen entdeckten ... so wie Grüner Stein Malachit in einer Höhle gefunden oder wie seines Vaters Geschichten über die Schwarze Grube Säbelzahns Träume gestaltet hatten.

»Seid ihr gekommen, um euch der Karawane anzuschließen?«, fragte Wirbelnde Wolke.

Morth sagte: »Ja, um in die Stadt des Feuers zu gelangen.«

»Ich fürchte, Morth hat an unveredeltem Gold geschnüffelt ...«, bemerkte Whandall.

»Whandall, ich kann dir nicht mehr sagen! Dein Geist steht zu vielen Göttern offen und die Götter des Feuers, der Gaunerei und des Betrugs scheinen alle miteinander verwandt zu sein.«

»Aber die Wagen sind alle schon längst weg!«, warf Wirbelnde Wolke ein.

Whandall sagte: »Ja, Morth, sie sind zum selben Zeitpunkt wie wir aufgebrochen, sobald die Hanfstraße passierbar war. Du wirst bist zum nächsten Frühjahr hier bleiben. So hast du fast ein Jahr Zeit, um wieder zur Vernunft zu kommen!«

»Und dann fährt die Karawane auch nur bis Feuerwald«, ergänzte Wirbelnde Wolke.

»Verwünscht«, fluchte Morth. »Ich verliere sämtliche Kräfte, die ich auf dem Berg gesammelt habe.«

Whandall fiel auf, dass die Menge rings um die Puma-Wagen zahlreicher geworden war. »Ich muss noch einiges erledigen«, sagte er.

»Ich mache uns etwas zu essen«, erbot sich Wirbelnde Wolke.

»Hier, ich habe ein paar Gewürze mitgebracht.«

Die Männer von Häuptling Weites Land erstellten sorgfältige Listen, während Whandall seine Waren verstaute. Sie kassierten einen Bruchteil des geschätzten Werts. Den meisten Händlern und Whandall war es das wert, wenigstens bis zu einem gewissen Punkt. Neuburg war die einzige Feste in dieser Gegend, die als sicherer galt als das Hauptquartier des Häuptlings.

Außerdem *bestand* Häuptling Weites Land – wie die Gefleckten Kojoten und die Toronexti in Teps Stadt – auf der Abgabe.

Zweifellos wusste der Häuptling – und *sehr* wahrscheinlich auch seine Sekretäre –, dass nicht alles, was Whandall nach Hause brachte, so weit kam. Er hatte nie

Aufhebens deswegen gemacht und Whandall nutzte sein Vorrecht auch nicht schamlos aus.

Whandall traf alle Vereinbarungen in Bezug auf Reparaturen an seinen eigenen Wagen. Die Pumas waren zuerst eingetroffen, also würde man ihre Wagen auch zuerst reparieren. Er überreichte ihnen Morths Frischhaltekiste, die mit Whandalls Gewürzen gefüllt war, damit sie sie zur Großen Adlerbucht brachten. Sie würden vor dem Einsetzen des Herbstregens wieder zurück sein.

Er kehrte zu Wirbelnde Wolkes Feuer und einem mit Rosmarin abgeschmeckten Bisongulasch zurück.

Morths Jugend, im Steinnadelland wiederhergestellt, war einem rüstigen mittleren Alter gewichen. Wirbelnde Wolke hatte seit ihrer Begegnung mit Kojote einiges an Gewicht zugelegt und außerdem sechs Kinder geboren, von denen vier noch lebten. Immer noch eine gut aussehende Frau, hatte sie ein rundliches Gesicht, das für das Lachen geboren zu sein schien.

»Die Stämme begreifen es einfach nicht«, gluckste sie. »Sie glauben, ich hätte es voraussehen und das Schlammloch umgehen müssen!«

»Es ist so, als wolle man die eigene Nasenspitze betrachten«, pflichtete Morth ihr bei. »Die eigene Zukunft ist völlig verschwommen. Ich habe die große Welle gesehen, die der Untergang von Atlantis hervorrief, aber nichts vom eigentlichen Untergang!«

»Aber du konntest dich noch rechtzeitig absetzen.«

»Glück. Schicksal. Hat Whandall es dir erzählt? Aber es gibt Dinge, die er nicht gewusst haben kann ...«

In Straßenende gab es drei Gasthäuser: flache Gruben mit darüber gespannten Zelten. Sie wurden von Brünstiges Reh und Bergkatze geführt, die auch in einem der Zelte wohnten. In Abwesenheit ihres Wagens benutzte auch Wirbelnde Wolke eine solche Unterkunft. Ihre Jungen hatten Morths Gepäck in das dritte Zelt gebracht, während Whandall sich um das Geschäftliche gekümmert hatte.

Jetzt umtanzten die Zauberer einander mit Worten, wollten in Erfahrung bringen, was der andere wusste, und forderten sich zum Austausch von Geheimnissen heraus. Whandall versuchte ihrer Unterhaltung zu folgen, aber das Gefühl, ausgeschlossen zu sein, verstärkte sich immer mehr. Schließlich legte er sich auf sein Lager und schlief ein.

60. Kapitel

Ohne Wagen und Gespann war es nur ein vierstündiger Marsch nach Hause. Whandall und Schnitzer beeilten sich nicht. Der Abend kam und mit ihm eine lange Dämmerung. Vielleicht war es der letzte Frieden, den sie für lange Zeit erlebten.

Der Warenstapel vor Neuburgs Tor war nicht mehr zu sehen. Dort trennten sie sich. Schnitzer ging weiter zur Seilerbahn, Whandall trat durch das Tor.

Neuburg war ein Haushalt, der durch die unerwartete Eheschließung in Unordnung geraten war. Weide hatte Grüner Stein und Flieder im Gästehaus untergebracht. Steins Zimmer war zu klein für zwei und der Lärm ... nun ja, von Frischverheirateten *erwartete* man, dass sie Lärm verursachten. Es dauerte Stunden, bis Whandall und Weide sich zurückziehen konnten.

Der Vogel war zu Weide zurückgekehrt. »Er ist ein guter Bote«, sagte sie, »aber beim nächsten Mal sprichst *du* ihm die Botschaft vor. Wenn ich Morths Stimme höre, überläuft es mich immer noch kalt.«

»Das tue ich. Und wir haben noch einen Wunsch frei.« Whandall grinste in der Dunkelheit. »Ja, wir haben noch einen Wunsch bei einem Zauberer frei. Eigentlich waren es zwei, aber einen habe ich schon verbraucht. Bist du noch wach?«

»Erzähl.«

Er begann seine Geschichte. »Morth hat Flieder und Grüner Steins Ehe gesegnet«, schloss er. »Jetzt haben wir Wegeende erreicht, also schuldet er uns einen zweiten Wunsch. Er wird einen anderen finden, der ihn nach Teps Stadt bringt. Dort wird er vermutlich sterben. Wir sollten unseren Wunsch einlösen, bevor er nach Süden zieht, aber das wird nicht vor dem Frühjahr geschehen.«

»Was sollen wir uns denn wünschen?«

»Etwas für Säbelzahn? Wäre er verlobt, würde ich keinen Augenblick zögern, aber wir haben jetzt eine verheiratete Tochter. Wir können den Wunsch auch Adler im Flug oder ihrem Erstgeborenen überlassen. Ein Jammer, dass wir unseren dritten Wunsch nie bekommen werden.«

»*Unser* Leben ist vollkommen?«

»Ja.«

»Ich frage ja nur.« Weide regte sich in seinen Armen. »Ich dachte daran, Morth zu bitten, unsere Familie für immer in Ruhe zu lassen.«

»Das ist einfache Magie.«

»Verschwendung. Irgendein Geschenk für unsere Enkelkinder? Frag ihn, ob er das kann.«

Adler im Flug war nie glücklicher gewesen als bei der Planung ihrer Hochzeit. Nach mittlerweile siebenwöchiger Ehe war sie erfahren in diesen Dingen. Sie und Weide begannen mit den Planungen für eine offizielle Hochzeit von Grüner Stein und Flieder, als die Karawane zurückkehrte.

Die Feiernden wurden nur bei den Mahlzeiten gesehen. Whandall beschäftigte sich.

Die Bisons waren gut gepflegt worden, brauchten aber Bewegung. Die Männer, die in Neuburg arbeiteten, warteten mit Klagen auf, die sie Weide nicht vortragen wollten. Er musste sich alles anhören und Urteile fällen. Zwei mussten verheiratet werden. Zwei brauchten die Aufmerksamkeit eines Schamanen (und sechs *glaubten*, sie brauchten sie). Eine Frau musste auf die Straße gesetzt werden. Ihr Mann schloss sich ihr an und jetzt brauchten sie einen neuen Schmied.

Whandall ging am Tag auf den Friedhof, um Unkraut zu jäten und die Blumen zu pflegen. Weide besuchte die Bienenstöcke in der Nähe. Whandall begleitete sie nicht. Weide musste die Verhandlungen mit den Bienenköniginnen führen. Mit Männern kamen sie nicht gut zurecht.

»Aber du bist nicht gestochen worden?«

»Nein«, sagte Weide. Sie zeigte ihm Bienen, die immer noch ihre Hände erforschten.

»Es gibt Gerüchte, die besagen, die Bienen aus Teps Stadt seien in diesem Jahr über Erste Pinien gesichtet worden. Sie paaren sich mit einheimischen Königinnen und dann wachsen allen Arbeitsbienen kleine Giftdolche. Wirbelnde Wolke nennt sie *Mörderbienen*.«

Um Mitternacht ging er noch einmal auf den Friedhof, um seinen Frieden mit den Toten zu halten, damit sie nicht ruhelos wurden. Es war immer wieder eine Überraschung, wie viele Tote sich im Lauf eines Menschenlebens ansammelten. Alte Freunde. Zwei Kinder. Keine anderen Familienangehörigen und das gab es selten.

Whandall redete mit ihnen, schwelgte in Erinnerungen, während sie ihn umschwebten. Es war schwierig, ihre Gedanken von den eigenen zu trennen.

Die verirrten Geister der Angehörigen des Gürteltier-Wagens hatten noch mehrere Jahre nach den Vorfällen in der Seilerbahn gegen ihn gewettert. Heute Nacht ließen sie sich nicht blicken. Geister lösten sich nicht in Luft auf ... aber vielleicht waren die Narren seinen Spott endlich leid.

Drei Tage, dann schloss Flieder sich ihrer zukünftigen Mutter und Schwester an. Die Frauen der Bediensteten wurden ebenfalls in diesen Kreis einbezogen. Ihre Männer und Grüner Stein zeigten dasselbe Gefühl der Verlassenheit, und Whandall spürte, dass er allmählich die Fassung verlor.

»Der Zauber vergeht«, sagte er zu Grüner Stein. Sie

waren dort, wo die Frauen sie nicht hören konnten. »Das ist das große Geheimnis des Alters.«

Grüner Stein sagte: »Die Flitterwochen... Wir sagen einander, dass der Zauber bereits nachlässt. Vater, es ist zu früh geschehen.«

»Vielleicht hat es bei euch früh angefangen? Ich frage nicht«, sagte Whandall, »ich denke nur laut.«

Grüner Stein schwieg.

»Hör zu, Neuburg wird auch ohne uns überleben. Ich sollte die Reparatur der Wagen überwachen. Drei Tage. Willst du mitkommen?« Dabei konnte er den Bisons Auslauf verschaffen. Alle sechs vor einen Wagen spannen.

Die Puma-Wagen standen wieder aufrecht und sahen fast wie neu aus und bereit zum Aufbruch. Es waren keine Bisons in der Nähe und auch keine Stammesmitglieder der Pumas. Sie würden unterwegs sein, um neue Bisons zu fangen und zu zähmen.

Zwei Angehörige der Reparaturmannschaft waren da. Er hatte damit gerechnet, mehr als nur zwei vorzufinden. Sie versuchten ihn hochzunehmen, weil er sechs Bisons vor seinen Wagen gespannt hatte. Whandall erfand eine Geschichte über einen Troll, der sich manchmal auf der Straße blicken lasse. Der Troll sei immer für ein Geschäft zu haben und tausche einen Bison gegen zwei Männer. Diesmal hätten sie ihn verpasst. Aber vielleicht begegneten sie ihm auf dem Rückweg.

Whandall verbrachte mehrere Stunden mit der Inspektion seiner Wagen, traf alle erforderlichen Reparaturanweisungen und nutzte die Gelegenheit, um Grüner Stein das eine oder andere beizubringen.

Dann ging er mit seinem Sohn zur Werkstatt von Weißer Blitz. Blitz wäre am Tage nicht wach, aber es war kurz vor Sonnenuntergang und die Tage wurden allmählich länger.

Die meisten Jungen fanden selbst einen Namen für sich, aber Weißer Blitz war nach dem Blitzschlag benannt worden, der seine schwangere Mutter fast ein Jahr lang blind und taub gemacht hatte. Das Kind, das sie gebar, hatte eine Haut so weiß wie Schnee. Der Junge erwies sich als guter Glashandwerker und war stark und geschickt, konnte aber nicht reisen. Die Sonne hätte ihn zu sehr verbrannt.

Weißer Blitz lugte durch die Schlitze einer gewässerten Ledermaske in ein weiß glühendes Kohlenfeuer. Stein und Whandall schlossen die Türmatte und warteten in sicherer Entfernung. Weißer Blitz zog einen Klumpen leuchtenden Glases am Ende einer langen Röhre aus dem Feuer. Er blies in die Röhre, um eine Kugel aus dem Klumpen zu machen, die er streckte und drehte. Aus der Kugel wurden zwei durch einen dünnen Hals verbundene Zylinder. Blitz tauchte sie vorsichtig in einen Kasten mit schwarzem Pulver und bestäubte sie damit. Dann hob er die schwarze Doppelflasche mit Holzgriffen auf und trug sie zu einem Ofen, in dem ein kälteres, dunkleres Feuer als das erste brannte, und schloss die Tür des Ofens.

»Geschickt«, sagte Whandall. »Du siehst gut aus.«

Blitz drehte sich ohne Anzeichen von Überraschung um. »Ich habe mich in meinem ganzen Leben noch nie besser gefühlt. Hallo, Whandall Federschlange. Ah ...«

»Grüner Stein ist jetzt ein verheirateter Mann.«

»Junge, ihr wachst alle so schnell heran, dass ich gar nicht mehr mitkomme. Federschlange, was brauchst du?«

»Lampen. Zwanzig, wenn du uns Mengenrabatt gibst.«

Blitz nahm die Maske ab. Sein Gesicht war weiß wie Kreide, aber es gab keine wunden oder verbrannten Stellen und seine Augen sahen gut aus. »Brauchst du sie vor dem Herbst?«

»Nein.«

»Gut, dann gebe ich dir acht für sieben.«

»Schön, dann nehme ich vierundzwanzig. Woran arbeitest du gerade?« Whandall sah, dass Blitz zögerte. »Erzähl mir keine Geheimnisse ...«

»Er hat nicht gesagt, dass es ein Geheimnis ist. Eine Flasche, aber sie muss vollkommen sein. Glas, mit Eisen überzogen. Zauberer! Aber er ist ein *großartiger* Medizinmann.« Blitz stellte sich auf die Zehenspitzen. »Die Gelenke schmerzen nicht mehr! Und ich kann wieder sehen!«

»Er will eine *schwarze* Flasche?«

»Du kannst sie dir ansehen, wenn ich sie aus dem Feuer nehme. Auf diese Weise bekomme ich zwei. Er kann sich eine aussuchen.«

Felsen brannten in einem Kreis aus Felsen. Morth von Atlantis saß mit dem Rücken zu einem kleinen Feuer, sodass sein Gesicht Wirbelnde Wolke zugewandt war. Die Medizinfrau saß so weit weg vom Feuer, dass ihr Gesicht im Dunkeln lag. Es sah merkwürdig aus. Stein und Whandall gesellten sich zu Morth, ebenfalls mit dem Rücken zum Feuer.

Whandall fragte: »Gold?«

»Genau«, sagte Wirbelnde Wolke. »Man hat mich seit Jahren mit Flussgold bezahlt. Die Zeit kommt, da wilde Magie gebraucht wird. Ich nehme an, es ist gut, einen Vorrat davon zu haben. Aber was soll ich sonst damit anfangen? Endlich ist jemand gekommen, der es mir veredeln kann.«

»Es ist mir ein Vergnügen«, sagte Morth.

Whandall konnte nicht ohne Umschweife nach Kojotes Tochter fragen. Als er Gelegenheit dazu hatte, fragte er Wirbelnde Wolke: »Wie macht sich der Wagen?«

»Das war Bergkatzes Arbeit, nicht wahr? Acht Jahre – und bis jetzt hatten wir nur einen Achsbruch und zwei zerbrochene Räder. Schlaues Eichhörnchen ist zum ersten Mal allein dabei, aber sie wird sich gut machen. Sie fährt den Wagen, seit sie fünfzehn ist«, erklärte ihre Mutter. »Ich fahre nur noch mit.«

»Es ist *ihr* Wagen. Ihre Aussteuer, die sie von Whandall bekommen hat«, sagte Wirbelnde Wolke zu Morth, »obwohl sie Kojotes Tochter ist. Federschlange, ich glaube nicht, dass sie heiraten wird.«

»Ach, sie wird schon einen Mann finden«, sagte Grüner Stein. Kojotes Tochter war seine etwas verdrehte Halbschwester. Sein Tonfall war besitzergreifend. »Sie ist nur ... neugierig. Es muss jemand sein, der nichts auf Einhörner gibt. Außerdem muss er Mut haben.«

Morth fragte: »Wagenmeister, hast du dir schon einen Wunsch überlegt?«

»Noch nicht. Wo finde ich dich, wenn es so weit ist?«

Morth warf einen Blick auf die Schamanin. »Ich bin im Gasthaus, solange ich hier noch zu tun habe. Dann kehre ich ins Steinnadelland zurück. Da gibt es reichlich Manna. Ich bringe Eremit ein paar Sachen mit, damit ich eine freundliche Aufnahme finde.«

»Das klingt nach einem faszinierenden Ort«, sagte Wirbelnde Wolke. »Vielleicht komme ich mit.«

»Du wirst Eremit *lieben*.«

Wirbelnde Wolke lachte. »Aber er ist sehr zuvorkommend, sagst du.«

»Ich werde dort auf den Frühling warten«, erklärte Morth. »Dann mit einer Karawane fahren, mich in Feuerwald von ihr trennen und Teps Stadt besuchen. Es wäre mir lieb, wenn du mich begleiten würdest, Whandall.«

Whandall schüttelte den Kopf. »Ich habe Weide vor langer Zeit ein Versprechen gegeben. Mir auch.«

»Sagtest du nicht«, fragte Morth, »du wolltest die Handelsroute ausweiten? Mehr Kunden finden, mehr exotischere Waren verkaufen, allen Kindern Arbeit verschaffen ...?«

»Ich halte Ausschau, das ist wahr. Aber meine Kinder sind tüchtig, Morth. Wir erziehen sie so. Sie werden eine andere Route finden oder eine neue erschließen.« Whandall sah Grüner Stein nicht an, aber der Junge hörte aufmerksam zu.

Morth sagte: »Der Weg zu Rordrays Dachstube gehört den Pumas. Da ist kein Platz für dich. Aber die Fürsten in Teps Stadt, was besitzen die, das du gern selbst besäßest?«

Whandall streckte die Arme aus. Der linke war kürzer als der rechte und auch ein wenig krumm. »Ich bin auf der Fürstenhöhe unerwünscht«, sagte er, »und sie haben mir dies angetan, um ihren Standpunkt klar zu machen.«

»Das ist lange her. Du würdest als Gaffer zurückkehren ...«

»Das habe ich alles schon einmal gehört.«

»Aber du wärst mehr als ein Gaffer. Du hast einen Ruf. Nach zwanzig Jahren und vielen Schiffen, die Erzähler an Bord hatten, sind die Geschichten auch an die Ohren der Fürsten und Sippenlosen gedrungen.«

»Sippenlose treiben keinen Handel mit Fürstensipplern!«

»Besitzen *Fürstensippler* denn etwas, das des Handelns wert wäre?«

»Nun ja, wenn man erlauben würde, dass es Sippenlose für uns tragen, aber du glaubst doch selbst nicht, dass Vielfraße, Eulenschnäbel oder Wasserteufel sich mit einem Mann vom Schlangenpfad einließen!« Whandall erwähnte die Todesfälle in seiner Familie nicht, das Pech, das Morth treu geblieben war. Morth *kannte* diese Gefahren. Whandall glaubte immer noch nicht, dass der Zauberer es ernst meinte. »Ich wäre verrückt, wenn ich tatsächlich zurückkehren würde. Du auch. Halte dich fern von diesem ...« Er zeigte hinter sich auf das Feuer aus Golderz. »Warte, bis du einen klaren Kopf hast. Und dann denk noch einmal darüber nach.«

»Gefällt dir deine Rückkehr ins häusliche Leben?«

»Sehr.«

»Aber hast du nicht noch Schulden in Teps Stadt?«

»Keine, die ich je bezahlen könnte«, sagte Whandall.

Grüner Stein meldete sich zum ersten Mal zu Wort. »Wie ist es dort?«

Morth erzählte, wie er ein Geschäft unter Sippenlosen und Fürstensipplern betrieben hatte. Irgendwann stellte Whandall fest, dass er die Geschichte erzählte, wie er mit den Geistern in der Schwarzen Grube gespielt hatte. Dann wieder Morth ... Whandalls Familie kannte seine Geschichten über Teps Stadt und hatte auch Weides Geschichten gehört, aber Morth redete über Dinge, die für Grüner Stein neu waren.

Es wurde sehr spät, bis sie schlafen gingen.

61. Kapitel

Am nächsten Tag waren Bergkatze und drei seiner Männer mit der Arbeit an den Wagen der Pumas beschäftigt. Whandall und Grüner Stein sahen eine Weile zu und unterhielten sich mit ihnen. Dann arbeiteten sie an den Federschlange-Wagen. Sie ließen beide Wagen aufgebockt und mit fehlenden Rädern stehen.

Whandall hatte drei neue Räder als Ersatz für die alten gekauft, nicht weil die alten unbrauchbar waren, sondern um Grüner Stein zu zeigen, wie ein Rad gewechselt wurde. Grüner Stein musste sich mit diesen Dingen auskennen!

Aber sie würden die Räder erst morgen anbringen. Wenn der verrückte Zauberer es sich in den Kopf setzen sollte, noch *heute Nacht* nach Teps Stadt aufzubrechen, könnte er dies jedenfalls in keinem Federschlange-Wagen tun.

Es kam nur selten vor, dass Whandall Federschlange an Teps Stadt dachte. Was würden seine Brüder sagen, wenn sie ihn dabei sähen, wie er einem Trupp Sippenloser bei der Arbeit zuvorkam, damit er ihnen weniger bezahlen musste?

Es blieb noch genug vom Tag, um auf Jagd zu gehen. Wenn keine Wagen in Wegeende waren, ließ es sich in der Umgebung besser jagen. Sie erlegten ein Reh, sammelten Zwiebeln und brachten alles als Abendessen zurück. Wirbelnde Wolke, ihre Jungen und Brünstiges Reh ergänzten das Mahl durch Kartoffeln, Mais und Paprikaschoten.

Es würde spät Essen geben, weil es seine Zeit dauerte, ein Reh zu braten. Während sie darauf warteten, erzählten sie sich Geschichten über Teps Stadt.

»Die Gaffer geben dem Feuergott die Schuld«, sagte Morth. »Die Sippenlosen geben den Sammlern und dem natürlichen menschlichen Verlangen nach dem Besitz anderer die Schuld. Ich glaube, der Fluch, der auf Teps Stadt liegt, ist mehr ein Muster von Gewohnheiten als die verderbliche Anwesenheit eines dem Tod geweihten Feuergottes.«

Grüner Stein fragte: »Was tut man, um solche Muster zu durchbrechen?« Als niemand eine Antwort darauf hatte, fragte er: »Wie sieht es dort aus? Stehen die Fürstensippler alle herum und warten darauf, dass jemand ein Feuer macht?«

»Komm mit und sieh selbst«, sagte Morth zu ihm. Dann zu Whandall: »Gab es Schätze, die du nicht mitnehmen konntest? Feinde, die einem Karawanenmeister nichts anhaben könnten? Wenn es je eine Gelegenheit gab, die Dinge in Teps Stadt gerade zu rücken, dann jetzt. Du wärst in Begleitung eines Zauberers. Und du hättest veredeltes Gold bei dir.«

Whandall fühlte sich immer unbehaglicher.

»Ich selbst würde dir Gold mitgeben«, sagte Wirbelnde Wolke. »Mir gefallen diese Handelsmöglichkeiten.«

»Darauf möchte ich wetten, Kojotes Frau.« Ihre Einstellung hatte etwas von Kojote! Alle Risiken wurden von Morth und Federschlange getragen, aber neue Handelswege würden vom Bison-Stamm und allen Wagen mit in Anspruch genommen, für die die Schamanin von Wegeende tätig war. Whandall fragte: »In Teps Stadt veredelt Gold sich von selbst, nicht wahr, Morth?«

»Ja ...«

»Die wilde Magie versickert einfach? Und deine Zauberei zeigt auch keine Wirkung. Was immer du also vorhast, vergiss das nicht. Das Essen riecht immer besser, Wolke ...«

Als Brünstiges Reh und die Jungen gingen, um das Essen zu holen, sprang sie ein leuchtendes Eidechsenwesen aus den brennenden Felsen an.

Whandall Federschlange bekam noch seine Klinge zwischen die Bedrohten und den Angreifer. Etwas wie ein Gilamonster richtete sich vier Fuß hoch auf und brüllte ihn an, und als es auf ihn losging, fragte Whandall sich, ob er nicht doch noch einen Bissen genommen hatte, an dem er sich verschlucken würde. Aber das Wesen versuchte sein Messer zu verzehren und starb daran.

»Ich habe überhaupt nichts gesehen!«, rief Brünstiges Reh. »Ach, verwünscht ...« Ein Rehviertel lag im Schmutz.

»Etwas, das von dem Gold verändert wurde. Eine Eidechse vielleicht«, mutmaßte Wirbelnde Wolke. »Reh, es ist nicht deine Schuld.«

Whandall dachte an die Arbeit, die ihn morgen erwartete. Wenn er jetzt zu Bett ging, konnte er früh aufstehen.

Whandall erwachte vor Morgengrauen. Grüner Stein lag nicht in seiner Decke. Stimmen, die von Wirbelnde Wolkes erlöschendem Feuer – Holz, denn das Gold war erschöpft – herüberwehten, ließen darauf schließen, dass sie die ganze Nacht geredet hatten.

Für Weißer Blitz musste es jetzt fast Bettzeit sein.

Er war noch auf. Mit einigem Stolz zeigte er eine schwarze Glasflasche herum. Er hatte sie noch einmal in Eisenpulver gewälzt und glasiert. In der schwarzen Schicht blitzte es immer wieder in allen Regenbogenfarben. Auf dieselbe Weise hatte er einen schwarzen Glasstöpsel angefertigt.

»Dann ist diese Flasche also nur zweite Wahl?«

Weißer Blitz lachte. »Ja, zweite Wahl für Morth! Er hat sich die andere ausgesucht. Warum, willst du sie kaufen?«

»Der Gedanke ist mir bisher noch nicht gekommen.«

Der Glasschmied gab sich mit einem Stück Gold, halb so groß wie sein Daumen, zufrieden.

Wenn er diese Flasche genauer untersuchte, erfuhr

Whandall vielleicht, was Morth vorhatte. Was verheimlichte Morth ihm? Sicher war nur, dass diese Flasche einen magischen Zweck erfüllen sollte.

Glas mit einem Überzug aus kaltem Eisen. Wie nähme Morth die Flasche wahr? Für einen Zauberer musste dies ein Loch sein, eine Leerstelle. Wenn er sie unter Gold verbarg – sogar unter veredeltem Gold –, sähe ein Zauberer nur das Gold.

Morth und Grüner Stein beluden einen der Puma-Wagen.

»Ich dachte, du bleibst länger«, wandte Whandall ein.

»Ich hatte eine Eingebung«, erklärte Morth. »Vielleicht ist sie nichts wert. Leb wohl, Whandall Ortsfeste. Wenn du weißt, was du willst, findest du mich im Steinnadelland, wo ich wieder stark werde.«

»Für uns wird es auch Zeit, dass wir wieder nach Hause fahren. Komm, Grüner Stein.«

Unterwegs verdunkelte sich der Himmel. Wolken zogen auf, aber es roch nicht nach Regen. Der Wind verursachte seltsame Geräusche, die wie Weinen klangen.

Grüner Stein begriff zuerst. Er warnte Whandall nicht. Er verließ beiläufig seinen Platz auf der Fahrerbank und kroch zum Schlafen unter das Dach.

Es regnete weißen Dung.

Es war unmöglich, Bisons zur Eile anzutreiben. Whandall hörte gedämpftes Gelächter unter dem Wagendach. Wagen, Bisons und Fahrer waren von einer weißen Schicht bedeckt, als die Bisons unter einem Sonnenuntergangshimmel voller Wandertauben durch Neuburgs Tor fuhren. Aber zweimal im Jahr überflogen Vögel das Land ...

Niemand begrüßte sie bei ihrer Rückkehr. Männer, Frauen und Kinder waren überall draußen unterwegs und schwangen Schleudern, säten einen Hagel von Steinen und ernteten Vögel. Grüner Stein und Whandall trafen gerade rechtzeitig ein, um sich am Rupfen zu beteiligen.

Der Abend wurde damit verbracht, die Tauben zu rupfen, zu braten und zu essen. Alle schlemmten und alle gingen sehr spät zu Bett.

Das späte Frühstück bestand aus gebratener kalter Taube. Whandall und Weide redeten über alltägliche Dinge.

Grüner Stein war Tage lang von seiner neuen Braut getrennt gewesen. Es gab keinen Grund, *sie* zu stören. Was die Hochzeit betraf, so hatten greifbare Pläne Gestalt angenommen: Die Streitereien waren zum größten Teil beigelegt worden. Da die Karawane unterwegs war, konnte nicht viel zur Vorbereitung unternommen werden. Hätte Adler im Flug doch nur damit aufgehört, immer neue Einfälle vorzutragen!

Morth würde sie bis zum nächsten Frühjahr nicht belästigen. »Er wird auf einem Berg sein«, sagte Whandall. »Wenn uns ein Wunsch einfällt ...«

»Ist irgendetwas?«

»Mm?«

Weide sagte: »Du hast erzählt und dich dann einfach mitten im Satz unterbrochen.«

»Ich kann ihn im Steinnadelland finden, ›wenn ich weiß, was ich will‹, hat Morth zu mir gesagt. *Vielleicht* hat er damit den Wunsch gemeint, den er uns noch schuldet. Aber *vielleicht* glaubt er auch immer noch, dass ich ihn begleite.«

»Das wirst du nicht tun.«

Sie sah so beunruhigt aus, dass Whandall lachen musste. »Er hat vor, einen Wasserelementar in *meiner* alten Heimat zu bekämpfen, aber das geht schon in Ordnung, denn schließlich hat er einen *Plan*, den er *mir* aber nicht verraten kann, weil er dem Feuergott nicht gefallen wird!«

»Also wirst du nicht ...«

»Aber wenn ich bereit wäre, mir die Mühe zu machen, könnte ich *neben ihm* stehen, wenn das alles passiert!«

»... nicht gehen.«

»Liebste, ich werde nicht gehen. Das Versprechen eines Fürstensipplers. Also, was sollen wir uns wünschen? Ein Wunsch, dessen Erfüllung man von einem Magier erwarten kann? Nichts Unverschämtes.«

»Wir haben noch fast ein Jahr Zeit ...«

»Das glaube ich nicht. Seine Stimme hatte einen gewissen Unterton. Weide, er wird nicht warten. Ihm ist irgendetwas eingefallen. Vielleicht weiß es Stein.«

»Warum sollte er es Grüner Stein erzählt haben?«

»Nun ja, wir haben in der Regel mit Morth und Wirbelnde Wolke gegessen und Geschichten erzählt.«

»Wir sehen ihn beim Abendessen«, sagte Weide. »Und nun, Fürstensippler, wirst du nach draußen gehen, um die Sippenlosen ein wenig bei ihrer Arbeit zu ermuntern.«

»Im Traum«, sagte Whandall. Er ging nackt hinaus. Für die Arbeit war es angemessen und draußen war es warm.

Dort, wo die Wandertauben geflogen waren, wurde jede menschliche Hand gebraucht, um alles vom Taubenkot zu säubern. Die Frauen arbeiteten drinnen, die Männer draußen. Whandall Federschlange hatte in seiner Jugend das Klettern gelernt. Er verbrachte den Tag damit, neben den wenigen, die keine Angst vor der Höhe hatten, die Dächer zu säubern.

Die Männer und Jungen von Neuburg trafen sich am Abend im Teich, wo sie versuchten, einander zu säubern.

Aber Grüner Stein war nicht dabei.

62. Kapitel

Der Haushalt befand sich wieder in Aufruhr. Whandalls Unduldsamkeit verflog, als er die Gesichter von Flieder und seiner Frau sah.

»Ich wäre ihm beinahe allein gefolgt«, sagte Flieder. »Wir haben Bisons und einen weiteren Wagen, warum also nicht? Aber ich weiß nicht genug. Er hat mir zu erklären versucht, es sei für die Kinder! Ich habe ihm gesagt, dass er ein Narr ist, und er hat gepackt und ist gegangen. Zweiter Vater, was ist in Wegeende vorgefallen?«

»Für die Kinder? *Was* ist für die Kinder?«

»Er ist unterwegs zu diesem Zauberer! Morth von Atlantis fährt zur Stadt des Feuers und Grüner Stein begleitet ihn!«

»Whandall, *was ist in Wegeende vorgefallen?*«, wollte Weide wissen.

»Ah.«

So, wie sie ihn ansahen, hatte sein Ausruf sich angehört, als hätte er einen Schlag in den Magen bekommen. Und jetzt bestand die Schwierigkeit darin, seinen Fehler zuzugeben.

»Grüner Stein war die ganze Zeit bei mir. Morth will, dass *ich* mit ihm nach Teps Stadt zurückkehre. Ob ich dort nichts zurückgelassen hätte? Unerledigte Rechnungen, Familienmitglieder, Schulden, Groll, vergrabene Schätze, noch lebende Feinde? Irgendein unstillbares Verlangen nach Dingen, die der Wagen eines Händlers tragen kann? Er verrät mir nicht, warum er mich braucht. Erzählt mir nichts von seinen Plänen. Ich soll ein paar Wagen nach Teps Stadt bringen und einen Weg finden, reich zu werden, und Morth will mich begleiten. *Sicher.*

Weide, ich war ein Narr. Er hat die ganze Zeit mit Grüner Stein geredet!«

Flieder sagte: »Wir holen ihn zurück!«

»Er ist ein erwachsener Mann.« Er redete immer noch mit Weide. »Wenn ich ihn zum Bleiben zwinge, ist er ein Sippenloser.«

»Was könnte Morth ihm angeboten haben?«

Denk nach! »In Wegeende hat er genug erfahren, um seine Pläne zu vervollständigen. *Dann* hat er versucht, mich zu gewinnen ... Bleibt hier. Ich will euch etwas zeigen.«

Mittlerweile brauchte er eine Laterne.

Das mit Kot bedeckte Wagendach war abgenommen

und eingeweicht worden. Im Wagenboden gab es keine Falltür, aber wenn der Wagen leer war, ließen sich die Bodenbretter herausschieben. Whandall stellte die Taschen mit Gold im Geheimfach ab, nahm die schwarz glasierte Flasche mit dem Stöpsel und brachte sie ins Haus.

»Kaltes Eisen«, sagte er. »Die Flasche muss für die Aufbewahrung von etwas Magischem gedacht sein. Morth hat eine Flasche mitgenommen, die genauso aussieht wie diese.«

Sie betrachteten zuerst die Flasche, dann ihn.

»Er ist nach Wegeende gegangen. Er brauchte einen Glasbläser. Ich habe keine Ahnung, wofür er ihn braucht. Also schön, nehmen wir einfach an, dass Morth mich ebenfalls braucht. Vor dreißig Jahren hat er meine Handlinien gelesen. Er hat sich auch Steins Handlinien angesehen ...«

Flieders harte Hand schloss sich um seinen Arm. »*Was hat er gesehen?*«

»Frühe Heirat, zwei Mädchen, Zwillinge, dann nichts mehr. Verschwommen.«

Sie umklammerte seinen Arm noch fester. »Zwillinge? Aber warum sollte Steins Zukunft verschwommen sein? Bedeutet das *Tod*?«

»Nein! Nein, Schwiegertochter. Ein Zauberer kann keine Lebenslinie klar lesen, die sich mit seiner eigenen Lebenslinie verbindet. Verwünscht! Er hat wirklich vor ... er könnte auch mit unveredeltem Gold arbeiten. Das kann eine Weissagung auch verderben.«

Ich kenne niemanden, der so wenig magisches Talent hat wie du, hatte Morth einmal zu Whandall gesagt. War *das* der Grund dafür, dass der Zauberer ihn bei sich haben wollte?

»Also gut. Morth hat meinen Sohn. Hat er ihn, weil ich dann mitkäme, um ihn zu beschützen?«

»Liebster, du musst«, sagte Weide.

»Habe ich dieses Lied nicht schon mit einem ganz anderen Vers gehört?«

»Whandall Federschlange!«

»Ich weiß. *Verwünschter* Morth!«

»Warum stehen wir noch da? Wir müssen ihn *einholen*!«

»Immer mit der Ruhe, Flieder. Es ist zu dunkel, um einen Wagen zu beladen und um aufzubrechen. Ist irgendetwas als Abendessen vorbereitet?«

»Wir haben Tauben gebraten«, sagte Weide. »Letzte Nacht.«

»Natürlich habt ihr das getan. Also können wir erst morgen früh fahren, Flieder, und damit hat Stein einen Tag Vorsprung vor uns. Aber *das* spielt keine Rolle, weil Stein zu Fuß unterwegs ist. Er wird Morth einholen. Morth ist uns *zwei* Tage in einem Wagen voraus, der von Bisons gezogen wird. Du willst ihnen doch wohl nicht zu Fuß hinterherlaufen? Aber Bisons ziehen einen Wagen immer gleich schnell. Wir wären immer noch zwei Tage hinter ihm, wenn unser Wagen das Steinnadelland erreicht.«

Sie gingen hinter das große Haus und zum Bach, wo ein ganzer Schwarm gebratener Tauben im Schlamm vergraben worden war.

Sie berieten sich beim Essen. Schließlich sagte Whandall: »Ich glaube, wir sollten ihnen gar nicht folgen.«

Die Frauen warteten.

»Geben wir Grüner Steins Verstand Gelegenheit zu arbeiten. Er hat seine Frau verlassen, mit der er seit, ah, zwanzig Tagen verheiratet ist. Eine Ehe, die von einem Zauberer gesegnet wurde. Er hat fünfzig, sechzig Tage, um darüber nachzudenken, und dann kommen alle, die er kennt, nach Hause und finden heraus, was er getan hat. Du bist schwanger, Flieder, und wenn ihm das bisher noch nicht klar war, wird Morth es ihm sagen.

Was immer Morth in Teps Stadt vorhaben mag, wenn er es mir nicht sagen kann, *muss* er es Stein sagen. Lasst Stein ein paar Tage Zeit, um Morths Absichten einer genaueren Prüfung zu unterziehen. Vielleicht sind sie ganz einfach verrückt.

Insbesondere soll Grüner Stein bei der Gelegenheit spüren, wie die Vernunft in seinen Verstand zurückkehrt, wenn er sich aus dem Bannkreis eines Liebeszaubers entfernt, der so groß wie ein Berg ist. Das ist unvergesslich. Wenn er mit Morth oben auf dem Berg steht, wird er alles glauben, was man ihm erzählt, aber sobald er zum Wagen zurückkehrt ... *du meine Güte!* Flieder, du bist auch dort gewesen.«

»Ja, Zweiter Vater. Es war mir nicht klar. Ich hatte nur ein Gefühl ... als wären wir seit einem Tag verheiratet. Und würden uns auf einem Bett aus zerriebenen Kräutern lieben«, fügte Flieder mit einem sinnlichen Lächeln hinzu, das schon wieder verblasst war, als die anderen es erwiderten. »Aber man kann ruhig versuchen, die Decke mit ihm zu teilen; wenn er sich einrollt, liegt niemand außer ihm darin. Und du hast mir mehr als nur einen Wagen gegeben, Schwiegervater.«

Weide fragte: »Flieder, ist es vernünftig, was Whandall sagt?«

»In diesem Fall schon.«

»Noch eine Sache«, sagte Whandall. »Wir können mit ihnen reden. Wir haben den Vogel.« Whandall hob einen Arm. Der Vogel ließ sich darauf nieder. Whandall sagte: »Wir sollten uns überlegen, was wir sagen wollen.«

»Einerlei, Hauptsache er hat Erfolg!«

»Meine Hoffnung liegt in deinem Schatten«, sagte der Vogel.

63. Kapitel

Jede Nachricht wurde erst nach erheblichen Streitereien losgeschickt. Es half, dass Weide schreiben konnte.

»Ich will nicht, dass sie *Angst* haben, hierher zu kommen«, sagte Weide, »weil sie glauben, alle warteten nur darauf, über ihn herzufallen.«

»Machen wir es ihnen nicht zu leicht. Verwünscht, der Junge hat mich auch hintergangen. Belassen wir es einfach dabei, dass Grüner Stein auf einer Reise ist und wir die Einzelheiten noch ausarbeiten. Und fass dich *kurz.*«

»Liebster, stört es dich, dass er nicht gehorcht?«

Whandall starrte seine Frau an und lachte dann laut. »Weide, siehst du denn nicht, dass ich immer noch Schwierigkeiten habe, ›mein Sohn‹ zu sagen? Nein, Säbelzahn ist ein *guter* Wagenmeister, und ich kann die Federschlange-Wagen nicht aufteilen, wenn es keine zwei Richtungen gibt, in die ich sie schicken kann! Was bleibt also für meinen zweiten Sohn? Er sollte tatsächlich versuchen, etwas für sich zu finden.«

Sie lächelte. »Stört es dich, dass er sich die Stadt des Feuers ausgesucht hat?«

»Ja.«

»Dann übernimm du das Reden und rede nur mit Morth, ja? Wir Frauen reden nicht mit Grüner Stein. Wir sind erzürnt. Du, du redest so sachlich.«

Seshmarls, überbring meine Worte. Morth, mein Sohn ist in deiner Obhut. Wir müssen wissen, was du beabsichtigst. Brichst du noch in diesem Jahr nach Teps Stadt auf? Ende der Botschaft. Seshmarls, los.

Der Vogel kehrte zwei Tage später mit Morths Antwort zurück: *Das hoffen wir.*

Whandall schickte: *Rückkehr noch vor seiner Hochzeit im Herbst?*

Drei Tage später: *Sind zuversichtlich.*

Plant Aufenthalt in Neuburg ein. Frau und Mutter des Jungen machen sich Sorgen.

Vier Tage später: *Habe mein Beförderungsmittel verloren! Warten vielleicht auf das Frühjahr. Kommen nach Neuburg, was immer auch geschieht.*

»Das ist gut!«, rief Weide und ließ den Vogel die Worte wiederholen.

Whandall sagte: »Lass uns den Druck aufrechterhalten.«

Ich erinnere dich, du hast diese Ehe gesegnet. Diesen Zauber zu brechen könnte gefährlich sein.

»Liebster, könnte er das als Drohung auffassen? Ach, du meinst es im *magischen* Sinn!«

»Ich meinte beides, Morth sei verwünscht!«

Vier Tage später: *Verstanden. Was wir vorhaben, wird die Zukunft von Grüner Steins und Flieders Kinder für die nächsten hundert Jahre sichern. Stein sagt, Behemoth wohnt auf der Hanfstraße?*

»Ich habe Behemoth einmal gesehen«, sagte Weide. »Aber warum will Morth etwas über Behemoth wissen? Und der Behemoth im Steinnadelland, war der nicht *weiß*?«

»Dieser Narr. Dieser Obernarr. Ach, *verwünscht*.« Die Frauen starrten ihn an. Whandall sagte: »Flieder, Stein wird jetzt nicht mehr umkehren.«

Sollen wir Proviant bereitstellen? Kannst du einen zweiten Wunsch erfüllen?

Der Vogel kehrte nach drei Tagen zurück. Sie waren offenbar unterwegs. *Ich kann deinen zweiten Wunsch nicht vorbereiten, wenn du ihn nicht beschreibst. Wir brauchen ...* Es folgte eine kurze Proviantliste.

Whandall sagte: »Morth hält das Gewicht niedrig.«

»Sag ihm, er soll uns unseren Mann zurückgeben!«

»Hätten wir einen Sippenlosen als Sohn gewollt, hätten wir ihn so erziehen können, Flieder. Sohn und Ehemann, aber kein Sklave. Grüner Stein trifft seine eigenen Entscheidungen.«

»Dann fass den zweiten Wunsch so ab, dass er beschützt wird, bis wir ihn wiedersehen!«

»Zauber wirken nicht in Teps Stadt ...«

»Doch, sie können wirken«, widersprach Weide. »Du hast Geister in der Schwarzen Grube gesehen! Und es gibt Magie fast überall entlang der Hanfstraße ...«

»Dann versuchen wir es damit: *Wirke einen Glückszauber für Reisende unter dem Federschlange-Zeichen.*«

Abgemacht. Erwartet uns in sechs Tagen.

»Eines kann ich noch versuchen«, sagte Whandall, »aber wir dürfen uns nicht darauf verlassen. Weide, wenn Stein trotzdem geht, soll ich ihn dann begleiten?«
»Ja!«

Der Wagen war eine gute Stunde vor seinem Eintreffen zu sehen. Morth und Stein hielten unter dem Schild mit dem Federschlange-Zeichen an und bereiteten dort ein kurzes Ritual vor. Kaum hatte Whandall erkannt, dass er Zeuge einer magischen Handlung war, trat er hinter das Haus und wartete dort, bis er die Klingel hörte.

Grüner Stein führte die Bisons durch das Tor. Whandall machte keine Anstalten, sie aufzuhalten oder willkommen zu heißen. Dies war Thema vieler Diskussionen gewesen. Aber als sie unzweifelhaft auf seinem Grund und Boden waren, hob Whandall die schwarze Glasflasche und zeigte sie wortlos Morth.

Grüner Stein reagierte mit lautem Gelächter. »*Ja!* Vater, es war wunderbar! Du hättest es sehen sollen! Morth behauptete, du wüsstest nicht ...«

Morth sagte: »Ich hätte beide Flaschen kaufen sollen. Verwünscht, warum nicht? Eine hätte ja zerbrechen können!«

»Ja, schon, aber worum geht es eigentlich? Doch wenn es eine gute Geschichte ist, spart sie euch für die Frauen auf.« Whandall führte sie hinter das Haus zu einem Tisch mit Stühlen unter einem großen Baum. Weide und Flieder warteten dort und Bedienstete hatten ein Mahl vorbereitet.

Weide hatte keine Möglichkeit gesehen, mit ihrem Sohn zu reden, ohne Morth von Atlantis Zutritt zu Neuburgs Land zu gewähren. Aber er sollte auf keinen Fall das Haus betreten!

Whandall stellte die Flasche auf den Tisch, wartete, bis Morth sich gesetzt hatte, und setzte sich dann selbst. Grüner Stein stand immer noch und sah Flieder an. Flieder erwiderte den Blick.

»Ich *musste* mich fragen, warum du nach Wegeende gekommen warst«, sagte Whandall zu Morth. »Niemand außer Weißer Blitz kann so etwas wie diese Flasche herstellen. Ich nehme an, du wolltest Magie transportieren. So etwas wie eine Glücksbringerkiste, eine Flasche mit einem Überzug aus kaltem Eisen, damit kein gottähnliches Wesen die Magie aussaugen kann.«

Morth sagte: »Sehr gut ...«

»Vater, wie haben eine ganze Wagenladung davon!«, jubilierte Grüner Stein.

Morth verbiss sich ein Knurren. Grüner Stein sah es ... doch Morth winkte, *Erzähl*, und das tat Grüner Stein.

»Vater, in der achten Nacht schlug wir unser Lager am Bach auf, an einem schönen breiten Strand aus sauberem weißem Sand. Am Morgen erklomm der Zauberer den Berg. Ich wartete zwei Tage lang ...«

»Ich wollte mir Behemoth ausborgen«, sagte Morth. »Eremit hätte es auch getan, aber ich erkannte, dass der weiße Behemoth Eremits einziger Freund ist.«

Flieder hielt es nicht mehr aus, immer nur zu Boden zu starren. »Behemoth *ausborgen*?«

»Das mochte ich ihm nicht antun«, sagte Morth zu ihr. »Aber ich konnte es wenigstens mit den Flaschen versuchen ...«

Grüner Stein unterbrach ihn. »Morth hatte einen Klumpen Gusseisen bei sich, der wie ein Herz geformt und *schwer* war. Den begruben wir halb im Sand und stellten die Flasche darauf. Dann kehrten wir zum Wagen zurück.

Die Nacht brach an. Wir hatten Morths Flasche hinter einer Hecke gelassen. Lichter tanzten darüber am Himmel wie tausend kleine Wasserstrudel. Morth wollte mich nicht gehen und nachsehen lassen. Als wir am nächsten Morgen hinkamen, standen mehr Flaschen da, als ich zählen konnte. Sie hatten nicht alle dieselbe Größe. Sie verloren sich in Bögen und Spiralen und kleinen Knoten und wurden immer kleiner. Die Kleinsten waren an der Spitze nicht größer als ein Sandkorn. Wir ließen die meisten dort. Ich weiß nicht, nach welchen Gesichtspunkten Morth entschied, welche wir mitnehmen sollten.«

Morth zuckte die Achseln. »Ich habe die größten Flaschen genommen.«

»Das Eisen war völlig verschwunden. Es war nur ein Loch in Form eines Herzens übrig.«

»Also«, sagte Whandall, »brauchst du eine *Menge* ... wovon?«

»Unveredeltes Gold«, sagte Morth.

»*Wilde* Magie?«

»Ich kann dir nicht mehr sagen. Mir wäre es lieber, du wüsstest nicht bereits so viel! Aber ich kann mich unveredeltem Gold nicht nähern, also brauche ich Hilfe, um es zu sammeln.«

»Ja«, sagte Whandall. »Ich habe diese Flasche untersucht. Dann habe ich mir überlegt, was ich nicht denken soll, wenn *Yangin-Atep* dort hineinschaut.«

»Du willst mitkommen?«

Er ließ den Blick kurz zu Grüner Stein hinüber huschen. »Ich muss wohl.« Sollte der Junge sich den Rest zusammenreimen.

»Wie oft hast du die Hand des Feuergottes gespürt?«, fragte Morth.

»Yangin-Atep hat mich ungefähr zur selben Zeit verlassen wie du. Nur das eine Mal. Glaube ich.« Und früher? Der Wahnsinn mit Traumlotus? Es war leicht, dem Gott die Schuld dafür zu geben, aber er wusste es besser. »Nur das eine Mal, jedenfalls bei Yangin-Atep. Eine Jahreszeit später hat dann Kojote für ein paar Stunden Besitz von mir ergriffen. Beide haben mir mehr Gutes getan, als Schaden zugefügt.«

»Wir sollten dich als Gasthaus vermieten. Alle Götter unter dem Schild der Geflügelten Schlange willkommen.«

Also stimmte es. Whandall mit in die Stadt der Flammen zu nehmen, mochte dem Feuergott zu viel verraten. Wenn Morth sich weigerte, Whandall mitzunehmen, mochte er Grüner Stein auch hier lassen ... und Whandall erkannte jetzt, dass das nicht gelingen würde. Er wagte nicht, Grüner Stein allein gehen zu lassen.

Er sagte: »Wenn das Gerücht vom Federschlange-Zeichen Teps Stadt erreicht hat, bist du sicherer, wenn ich dabei bin.«

»Ja, wenn du als rechtmäßiger Händler gehen kannst! Dein Sohn und ich haben das besprochen. Die Karawane muss Feuerwald beinahe erreicht haben. Wir treffen uns mit ihr und stellen ein paar Wagen zusammen. *Das* wird leichter sein, wenn du dabei bist ...«

Sie hatten aufgegessen. Jetzt wäre der rechte Augenblick gewesen, Morth einzuladen, über Nacht zu bleiben, aber das würde natürlich nicht geschehen. »Ich weise ein paar Männer an, deinen Wagen zu beladen«, sagte Whandall.

»Gut. Whandall, dich mit nach Teps Stadt zu nehmen, könnte mittlerweile zu gefährlich sein.«

»Das tut mir Leid.«

»Aber ich brauche dich, um ... verwünscht. Verwünscht! Komm. Wir sollten weiter nach Wegeende fahren. Vielleicht bleibt uns nicht mehr viel Zeit.«

Flieder sagte: »Ich begleite euch bis dahin. Stein und ich müssen reden. Ich laufe zurück.«

»Nimm den Vogel«, sagte Weide.

Sie gingen ins Haus, um den Vogel zu holen. Weide fragte: »Was hast *du* vor?«

»Wie Morth gesagt hat. Ein paar Wagen von der Karawane holen, jeden mitnehmen, der uns begleiten will, und die Wagen mit Waren beladen, die wir den Fürsten in Teps Stadt verkaufen können. Und zumindest mit Teer für deine Brüder zurückkehren.«

»Dann gehst du also.«

»Verstehst du denn nicht? Morth hat Grüner Stein

einen Ritt auf dem Braunscheckigen Behemoth angeboten! *Kein* neunzehnjähriger Junge könnte das ablehnen.«

Sie sagte: »So wenig wie ein dreiundvierzigjähriger Junge.« Seshmarls hüpfte auf ihren Arm und wanderte dann weiter bis auf Whandalls Schulter. »Lass mich wissen, was los ist.«

»Gewiss.«

Teil Zwei · Goldfieber

64. Kapitel

Whandall fuhr und Morth saß neben ihm. Flieder und Grüner Stein unterhielten sich hinten, und was sie sich auch an Vorwürfen und Gegenbeschuldigungen an den Kopf warfen, blieb für sie unverständlich. Blau in der Ferne, schlenderte ihnen eine Gestalt vom Anbeginn der Welt entgegen.

Morth sagte: »Behemoth muss mittlerweile ganz in der Nähe von Wegeende sein. Hätte ich Wirbelnde Wolke doch nur warnen können.«

»Weißt du, das ist das Verrückteste, was ich je getan habe«, sagte Whandall.

»*Ich* bin *nicht* verrückt. Verrückt wäre, darauf zu warten, dass mich ein Wasserelementar findet. Ich weiß nicht, was der Geist tut. Ich habe *nie* herausgefunden, wie weit er ins Inland vordringen kann. Ich muss in Bewegung bleiben!«

Reparaturen, Beladen, Wiederaufbau der Lagerhäuser, all das war unterbrochen worden, während Wirbelnde Wolke und vier Männer des Häuptlings Behemoths Nahen beobachteten. Die Männer gafften ehrfürchtig. In Wirbelnde Wolke brach sich die Freude mit wildem Gelächter Bahn.

Die Schamanin erblickte Morth. »Zauberer, ist das dein Werk? Behemoth sollte bis zum Morgen hier sein.«

»Ich wünschte, es ginge schneller.«

»Die Schmeicheleien eines Zauberers?«

»Der Sarkasmus einer Medizinfrau? Ich spüre den kalten, nassen Atem des Elementars im Nacken.«

Behemoth trieb Wegeende entgegen wie eine Gewitterwolke. Wirbelnde Wolke beobachtete ihn. »Es sieht so aus, als überwinde er drei Meilen mit jedem Schritt, aber das tut er nicht. Zauberer, wie ruft man Behemoth herbei?«

»Wie man ein Kaninchen zum Essen herbeiruft. Du musst die Beute im Geist kennen. Ich habe Grüner Steins Geschichten über Behemoth und seine Beschreibung eines toten Mammuts. Wie du siehst, hat das gereicht.«

Flieder und Grüner Stein würden heute Nacht in einem der Gästehäuser Gelegenheit haben, Frieden zu schließen. Die Zauberer würden sich ein weiteres Gästehaus teilen müssen. Gerüchte besagten, Wirbelnde Wolke habe Männern schon vor Jahren den Rücken gekehrt. Aber sie schien mit Morth recht gut auszukommen und Whandall machte sich seine Gedanken ... Aber wer hätte das nicht getan?

Im Licht des Morgengrauens sah es so aus, als schmiege sich Wegeende an den Fuß eines haarigen kleinen Bergs. Behemoth war immer noch einen Morgenspaziergang bergauf entfernt und würde nicht näher kommen.

Morths Flaschen und einige der Waren, die Whandall an sich genommen hatte, befanden sich bei Flieder, Wirbelnde Wolke, Morth, Whandall und Grüner Stein auf dem Wagen. Die Bisons marschierten direkt auf das riesige Tier zu. Die Illusion von Behemoth war *zu groß*, um sie zu beunruhigen.

Je näher sie Behemoth kamen, desto kleiner schien er zu werden.

Als sie unter ihm standen, war er das lebendige Abbild eines Mammuts. Nicht klein! Er stank wie eine ganze Herde wilder Bisons. Sein Rüssel nahm Morths dargebotene Hand und Morth sagte etwas auf Atlantisch. Dann hob das Tier Morth auf seinen Rücken.

Morth fing an zu singen und zu tanzen. Der Sinn seiner Handlungsweise wurde klar, als tote Dinge aus Behemoths Fell regneten: Parasiten in ungeheurer Vielfalt, angefangen von Milben, die zu klein waren, um wahrgenommen zu werden, bis hin zu Krustentieren von der Größe eines Daumenglieds. Morth fegte noch mehr unter den großen Schlappohren des Tiers hervor.

Morths Anweisungen folgend, gürteten sie den Rumpf des Tiers mit dem Fischernetz, das sie aus der Großen Adlerbucht mitgebracht hatten.

Das Tier hob die Reisenden einen nach dem anderen auf. Whandall gelang es, nicht zu schreien. Grüner Stein hob die Arme und *drückte* den Rüssel. Das Tier hob das Gepäck zu ihnen herauf und sie banden jeden Gegenstand sorgfältig in das Fischernetz ein, während der Vogel sie in weiten Kreisen umflatterte und Flüche kreischte. Schließlich befahl Morth den Vogel mit einer Geste zu sich. Behemoth wandte sich den Bergen zu.

Das Tier erklomm steten Schrittes einen Hohlweg und schob dabei kniehohe Büsche und Bäume beiseite, bis es die Kammlinie erreichte. So hoch oben war der Wind kalt. Whandall tat es Morth nach: Er legte sich flach auf den Rücken des Tiers und hielt sich in den Maschen des Netzes fest. Es war wie der Ritt auf einem Backofen.

Verglichen mit Holzrädern, die über eine unebene Straße holperten, war dieser Transport wunderbar ruhig. Sie spürten die Bewegung kaum. Whandall genoss die Ehrfurcht und die Erregung, wenn auch nicht als Herr, so doch zumindest als Gast auf einem wandelnden Berg zu reiten. Hatte Wanshig an Bord eines Schiffes ähnlich empfunden?

Kamen sie schneller voran als mit einem Bisongespann?

So hoch über der Hanfstraße zu reisen, erschwerte das Wiederfinden landschaftlicher Orientierungspunkte ... aber *das da*, bereits hinter ihnen, war Häuptling Weites Lands höchster Gipfel und Aussichtspunkt, von dem er eine Karawane auf dem Heimweg zuerst erblickte. Die Landschaft zog viel schneller vorbei, als dies in seinem Bisonwagen je möglich gewesen wäre. Behemoth war *schnell*.

Morth fragte Grüner Stein: »Hast du eine Ahnung, wo wir Gold finden können? Hier muss es doch überall Flüsse geben ...«

Grüner Stein schüttelte den Kopf.

»Ich kenne einen Berghang, der mit unberührtem Gold bedeckt ist«, sagte Whandall. »Falls wir ihn finden und falls das Gold noch nicht abgebaut wurde. Ich habe den Hang im Dunkeln erklommen. Auf dem Rückweg war Kojote in meinem Kopf. Aber der Hang liegt südlich von Erste Pinien. Und jetzt sag mir, ob wir nahe genug an Erste Pinien vorbeikommen, um den Ort wiederzuerkennen. Stein, du hast Erste Pinien sogar öfter gesehen als ich.«

»Ich frage Behemoth.« Morth schob sich vorwärts und sprach dem Tier etwas ins Ohr.

Grüner Stein winkte in südliche Richtung. »Da sind die Pinien, da drüben, wo das Land abfällt. Es sieht so aus, als wolle Behemoth darüber hinwegsteigen.«

Morth kehrte zurück. Er sagte: »Behemoth glaubt, dass er nach eigenem Willen die Richtung wählt, aber da irrt er sich. Er kann Orte mit wenig Manna gar nicht *sehen*. Das sind Löcher in seiner Karte. Er meidet die Nähe von Städten.«

»Auch gut.«

Grüner Stein sagte: »Wenn wir also keine Pinien mehr sehen, steigen wir einfach ab und holen uns das Gold, ja, Vater? Wir haben bereits einen Tagesmarsch hinter uns, zwei Tage mit dem Wagen. Morth, wolltest du auch in der Nacht reisen?«

»Besser nicht.«

Sie lagerten auf dem Kamm. Pinien wuchsen von der Baumgrenze in die Schlucht hinunter und verbargen sie und die Hanfstraße.

Morth rief ein einjähriges Reh herbei, das sie zum Abendessen brieten. Der Vogel jagte sich sein eigenes Futter. Behemoth machte sich über die Wipfel junger Bäume her und drückte ältere nieder, um an das höher gelegene Blattwerk zu gelangen.

Am nächsten Nachmittag wurden die Pinien immer spärlicher. Mittlerweile konnten sie in die Schlucht schauen. Eine hellbraune Spur war die Hanfstraße, die fast parallel zum blauen Band eines kleinen Flusses verlief, aber höher gelegen war. Der zerklüftete Hang des nächsten Hügels und der große Bach, der durch die Schlucht floss, kamen ihm bekannt vor. Die Karawane kam zweimal im Jahr an dieser Stelle vorbei, aber Whandall hatte sich niemals genötigt gefühlt, den Hügel noch einmal zu erklimmen.

An den Wald schloss sich der Ort Erste Pinien an.

Morth und Whandall luden Gepäck vom Rücken des Mammuts. Grüner Stein schaute vom dicht bewachsenen Berghang in die Schlucht hinunter und betrachtete dann Morths Tasche voller Flaschen. »Die sollen *alle* mit *Gold* gefüllt werden?«, fragte er.

»Ja.«

Sein Sohn hatte sich das Ausmaß der Arbeit nicht richtig vorgestellt! Whandall grinste. »Wir sind so weit von der Stadt entfernt, dass ihre Bewohner uns nicht behelligen werden. Banditen könnten uns gefährlich werden. Wir sind hier mehr als einmal angegriffen worden. Wir sollten heute Nachmittag unseren ersten Ausflug unternehmen. Dann schlagen wir heute Abend unser Lager auf dem Lagerplatz der Karawanen auf, achten auf Banditen ...«

»Nein! Kommt wieder hierher zurück. Schlaft hier«, verlangte Morth. »Kein Bandit wird sich mit Behemoth anlegen.«

Bei Behemoth schlafen – natürlich, das klang sicher. »Wenn es überhaupt Gold gibt, werden wir dann also ein paar Tage brauchen. Wirbelnde Wolke kennt diesen Ort ebenso lange wie ich. Vielleicht hat sie irgendwelchen Leuten davon erzählt.«

»Woran erkenne ich Gold?«, fragte Grüner Stein. »Und wie unterscheide ich unberührtes von veredeltem?«

Whandall wusste es auch nicht genau. Golderz war nicht immer strahlend gelb. Er fragte: »Kommst du mit, Morth?«

Morth war hin und her gerissen. »Du hast selbst erlebt, wie ich bin, wenn ich unberührtes Gold anfasse. Braucht ihr mich wirklich?« Hoffnungsvoll. Abwehrend.

Whandall sagte: »Du weißt doch, dass ich es nicht spüren kann.«

»Ja, ich weiß. *Ah!* Nimm den Vogel mit«, sagte Morth. »Haltet euch an Seshmarls.«

65. Kapitel

Stein und Whandall machten sich auf den Weg, während der Vogel über ihren Köpfen kreiste. Sie hatten ihre Rucksäcke zur Hälfte mit Flaschen gefüllt. Leer wogen sie nicht viel, aber auf dem Rückweg würden sie schwer sein.

Der Aufwind war nach Seshmarls' Geschmack. Die Regenbogenkrähe glitt mit starr ausgebreiteten Flügeln dahin und gab vor, ein Adler zu sein. Sie musste aber öfter mit den Flügeln schlagen, als dies ein Adler getan hätte.

Ohne den Vogel wären sie vielleicht unbemerkt gekommen und wieder gegangen.

Sie erreichten den Boden der Schlucht und wurden von Kindern umringt, die alle unter dem Vogel herumhüpften und wissen wollten, wem er gehörte, oder schworen, er müsse Whandall Federschlange gehören.

Whandall stellte sich, seinen Sohn und den Vogel vor. Als er fragte, woher sie stammten, zeigten sie das Tal entlang in Richtung Erste Pinien.

Sie durchquerten das Tal und den Bach in einem Kreis von Kindern und einer Flut von Fragen. Beim Klettern erzählte Whandall Geschichten über den Banditenangriff und von Kojotes Besitzergreifung.

Die Kleineren konnten nicht mehr mithalten und kehrten um. Ein älteres Mädchen begleitete sie und beklagte sich bitterlich darüber, was sie alles versäumen würde. Grüner Stein entschuldigte sich. »Wir können nicht warten. Wir müssen vor Einbruch der Dunkelheit fertig sein.«

Von den ursprünglichen fünfzehn waren jetzt noch zehn Kinder übrig.

Er wusste es einfach nicht. Sie mochten aus Erste Pinien stammen und die Kinder von Kunden und Freunden sein. Sie mochten die Kinder von Banditen sein oder vielleicht gab es auch Gelegenheitsbanditen in Erste Pinien. Andererseits war es ein schöner Tag für eine Bergwanderung in Begleitung unentwegt plappernder Zehn- und Zwölfjähriger, da das strahlende Licht der Mittagssonne ihnen den Weg um die bösartigen Pflanzen wies, die ihm in einer dunklen Nacht vor vielen Jahren die Haut in Fetzen gerissen hatten.

»Oh, seht doch nur!«, rief ein schwarzhaariger Junge und zeigte nach oben.

Der Vogel trug einen Revierstreit mit einem Falken aus. Was den Falken so verwirrte und was den Junge so erregte, waren die strahlend bunten Farben, die über Seshmarls' Federn huschten. Das Hinsehen war schmerzhaft für die Augen.

»Wilde Magie«, murmelte Whandall und Grüner Stein nickte. Sie orientierten sich, merkten sich ihren Standort und kletterten dann weiter.

Der Bach verlief rechts von ihnen. Das Geplapper der Kinder hatte sich gelegt, aber ein Junge – etwa dreizehn Jahre alt, mit glatten schwarzen Haaren, roter Haut und einer Hakennase – trieb sie vorwärts. Whandall spann ihnen ein Garn über einen Zauberer aus Atlantis, der vor einem magischen Schrecken auf der Flucht war. Er erwähnte das Gold mit keiner Silbe. Er ließ sich vom Vogel den Berg hinauf führen.

Gold fände sich nicht dort, wo Seshmarls seine gewöhnlichen Farben behielt. Wo die Farben in vibrierenden Bändern und Wirbeln über das Federkleid des Vogels huschten und die Augen schmerzten ... nun, es schien so, als folgten sie einer Überschwemmung, wie sie sich nur ein- oder zweimal im Leben eines Menschen ereignete. Gold folgte der Überschwemmung.

»Oh, seht doch!«

Der Vogel sank tiefer zum Bach und sein Gefieder wurde dabei immer dunkler. Die Kinder liefen, so schnell sie konnten.

Das Grün wurde immer dichter und versperrte ihnen den Weg. Stein und Whandall bahnten sich mit Gewalt einen Weg hindurch. Und dort im Wasser, von acht Kindern umringt, lag das Skelett eines Menschen. Seshmarls hockte auf seinem Schädel. Sein Gefieder war kohlschwarz.

Whandall sagte zu ihnen: »Hier ruht Hickatane, der Schamane des Bison-Stamms, der so viele Jahre lang verschollen war.«

»Gold«, sagte Grüner Stein und hob zwei gelbe Klumpen auf, die die Größe von Fingergliedern hatten. Er steckte einen in seinen Beutel und gab den anderen dem ältesten Jungen. »Hier«, sagte er und zeigte auf matter glänzende Goldklumpen, welche die Kinder einsammeln konnten, bis jedes einen Klumpen Gold hatte und sie sich über das Bachbett verteilten. Grüner Stein und Whandall versuchten Gold an Stellen zu finden, die ein Kind übersehen würde, und füllten auf diese Weise ihre Gürtelbeutel.

Der Tag neigte sich dem Ende entgegen. Whandall gab dem ältesten schwarzen Mädchen eine winzige schwarze

Glasflasche. »Wartet drei Tage«, sagte er, »dann zeigt das euren Leuten und sagt ihnen, wo sie Braunscheckiger Behemoth den Schamanen finden können.«

Alle zogen gemeinsam ins Tal und trennten sich dort.

Whandall und Grüner Stein folgten den letzten Sonnenstrahlen hinauf zum Kamm und zu Behemoth. »Das war schlau«, sagte Whandall.

»Danke, Vater. Ich war nicht sicher.«

»Nein, es war wirklich großartig! Das Gold hier braucht Morth nicht. Es ist veredelt. Natürlich wertvoll, aber Kojote hat das gesamte Manna darin verbraucht. Aber es wird sie anlocken.«

Morth hörte sich ihre Geschichte an und fragte dann: »Werden die Kinder warten?«

»Wissen wir nicht. Wie wir auch nicht wissen, ob es Kinder aus Erste Pinien oder Banditen sind. Aber das ist gleichgültig. Es ist gleichgültig, ob sie es ihren Eltern sagen oder selbst gehen. Um das veredelte Gold in der Umgebung des Skeletts des Schamanen zu finden, müssen sie bachaufwärts gehen. Wir überqueren den Bach morgen weiter unten und holen uns das unberührte Gold auf den Hängen. Wir wissen jetzt, wo es ist.«

Der Vogel ließ sich auf Morths Arm nieder. »Da fällt mir ein«, sagte Grüner Stein, »behalte den Vogel morgen bei dir, Morth. Er erregt zu viel Aufmerksamkeit ... ja, das wird reichen«, als der Vogel auf Morths Unterarm glänzend schwarz wurde.

66. Kapitel

Sie durchquerten das Tal im Morgengrauen. Eine einsame schwarze Krähe kreiste über ihnen. Sie sahen keine Kinder.

Sie füllten ein paar Flaschen mit Wasser. Wasser nach oben, Gold nach unten. Sie wuschen ein wenig Gold im

Bach. Hier war es nur eine Art Staub. Sie hielten wieder am Fuß des uralten Schlammflusses inne. Whandall meinte, Farbe im Schlamm zu sehen, kein Gelb, aber doch hier und da gelbliche Sprenkel.

Und er spürte den Druck verstohlener Blicke auf sich ruhen.

Sie kletterten weiter. Whandall sah sich um, merkte sich alles, suchte Muster. Er suchte nach keinem Gesicht im Schilf. So spürte man keinen Schleicher auf.

Der Vogel kreiste über ihnen ... und erstrahlte plötzlich in heller Farbenpracht.

Die Vegetation war niedrig und spärlich und bot einem Mensch nur wenige Versteckmöglichkeiten. Die Überschwemmung hatte ganze Bachbetten auf diese Hänge geschwemmt. Dann hatte jahrelanger Regen die leichtesten Bestandteile des Schlicks fortgespült und nur die schwersten übrig gelassen. Und das musste immer wieder geschehen sein. Überall fand sich Gold.

Auf den Spuren des Feuervogels begann Whandall mit dem Einsammeln kleiner Klumpen. Grüner Stein konnte das Gold erst wahrnehmen, nachdem sie es bereits eine ganze Weile gesammelt hatten, aber dann hatte er sich den Blick dafür rasch angeeignet.

Seshmarls flatterte in einer langgezogenen Spirale den Hang hinauf. Er war wieder schwarz. Suchte er die verrückte Magie im Gold oder nur seine nächste Mahlzeit? Der Vogel wurde immer kleiner, bis sie ihn fast aus den Augen verloren hatten. Dann sahen sie das Aufflackern seiner Regenbogenfarben und folgten ihm.

Jetzt verschwendete Whandall keinen Gedanken mehr an verstohlene Blicke und auch an nichts anderes mehr als Gold. Als ihre Gürtelbeutel voll waren, füllten sie das Gold in ihre Rucksäcke. Bis Sonnenuntergang schmerzten alle Muskeln. Die leeren Bäuche schrien nach Nahrung.

Ein Halbmond spendete ihnen ein wenig Licht. Es war gut, dass sie Wasser mitgebracht hatten, aber das war jetzt verbraucht. Da sie nicht mehr genug sahen, um noch mehr Gold zu sammeln, füllten sie den Goldstaub im Dunkeln in die Flaschen um.

Als der Mond unterging, waren die meisten Flaschen voll. In den Rucksäcken war kein Gold mehr und die Dunkelheit war fast vollkommen.

Grüner Stein hob seinen Rucksack auf. »Ist der schwer!«

»Stell ihn ab. Wir können nicht im Dunkeln marschieren.«

»Morgen früh ist er auch nicht leichter. Ich friere und habe Hunger. Vater, was tun wir hier?«

»Goldfieber. Wir hätten uns schon vor Stunden auf den Weg machen müssen. Jetzt müssen wir hier übernachten.« Nun, da ihr Gold von kaltem Eisen umgeben war, kamen Whandall schwerste Bedenken. Er vermutete, dass seine Vernunft zurückgekehrt war.

Grüner Stein sagte: »Ich wünschte, Morth wäre hier. Er riefe etwas zu essen herbei.«

»Gold treibt Morth in den Wahnsinn! Wir würden es ohnehin nicht wagen, ein Herdfeuer anzuzünden.«

»Nun, immerhin holen wir ihm sein Gold.«

»Wofür braucht Morth das Gold?«

»Das darf ich nicht verraten.«

»Nichts, was Morths Pläne anbelangt, aber hast *du* einen Plan? Oder bist du nur mitgekommen, weil du auf Behemoth reiten willst?«

»Vielleicht finde ich mein Glück in Teps Stadt oder kann es dort erringen. Vielleicht ist es auch nur mein Blut, das mich ruft.«

»Ich will dir etwas über dein Blut erzählen«, sagte Whandall Federschlange, »und auch über *Morth*.«

Und sie unterhielten sich.

Whandall hatte Morth von Atlantis zuerst von Fürst Samortys Balkon aus gesehen, als er gelernt hatte, wie man spionierte ...

Eines Nachts während ihrer gemeinsamen Suche nach

Morth war Grüner Stein unter Flieders Decke gekrochen und hatte sich eine lange, hitzige Predigt über Einhörner, Gerüchte, Sitten und Gebräuche und die Rechte der Eltern anhören müssen. Flieder war immer noch erbost darüber, dass sein Vater etwas anderes angedeutet hatte. Das galt auch für Grüner Stein ...

Whandalls Vater war bei dem Versuch gestorben, Morth von Atlantis zu berauben. Die Männer der Ortsfeste waren gestorben, weil ...

Als das Goldfieber Stunden später tatsächlich abklang, versuchte Whandall sich an die lange, verrückte Nacht des Schreckens und des Gelächters zu erinnern. Wie viel von alledem hatte er wirklich *laut ausgesprochen*? Dinge, die er noch *nie* erzählt hatte.

Aber er *hatte* seinem Sohn erzählt, wie die Männer der Ortsfeste gestorben waren, während Whandall sich aufgehalten hatte, um eine sippenlose Frau zu sammeln und den Mann zu verstümmeln, der sie zu erwürgen versuchte. Hatte ihm davon erzählt, wie er über die Ortsfeste geherrscht hatte, bis Mutter mit Freethspat nach Hause kam. Wie Mutters Liebhaber ihn zum Mörder gemacht hatte. Wie Whandall Freethspat dazu gebracht hatte, Abfall zu tragen ... wie ein Sippenloser ... und warum das so komisch war ...

Grüner Stein schnarchte leise.

Whandall drehte sich herum, bis er mit seinem Sohn Rücken an Rücken und Kopf an Fuß lag, durch Rucksäcke getrennt, die mit Flaschen vollgestopft waren. Vor sich hin dösend, erinnerte er sich plötzlich wieder an das Gefühl, beobachtet zu werden.

Sein Arm schlug einen Bogen über den Rucksäcken. Seine Hand prallte gegen einen dünnen Unterarm und schloss sich darum. Der Arm versuchte sich ihm zu entwinden. Er folgte der Bewegung des Arms, griff über, ließ los, um einem möglichen Messerstich zu entgehen, und packte die andere Hand, die ein Messer hielt. Da riss Grüner Stein den Kopf des Angreifers herum.

»Lass ihn leben«, sagte Whandall rasch. Die sich wehrende Gestalt erstarrte.

Whandall nahm dem Angreifer das Messer ab. »Lass mich zuerst reden«, sagte er. »Du bist ein sehr guter Schleicher. Darüber reden wir noch. Wir brauchen dieses Gold für uns, doch ich kann dir etwas anbieten, das du *niemals* ablehnen würdest. Aber ich bin noch nicht sicher, ob ich es überhaupt will. Lass ihn reden, Stein.«

Ein Junge von zwölf oder dreizehn Jahren rief voller Wut und Entsetzen: »*Wen hast du getötet?*

»Was?«

»Du bist Whandall Federschlange!«

»Dein Gesicht«, sagte Grüner Stein zu seinem Vater. »Es leuchtet.«

»Das ist falsch. Ich habe schon seit sechs Jahren niemanden mehr getötet!«

»Muss am unberührten Gold liegen«, sagte Grüner Stein.

»Ja. Ich töte nicht leichtfertig, Junge. Wie heißt du?«
Schweigen.

»Erfinde einen Namen. Schon gut. Wir werden dich Schleicher nennen. Bist du ein Bandit?« Er sagte nicht *Sohn eines Banditen*. Er wollte dem Jungen die Würde lassen.

Schleicher sagte: »Ja. Braucht ihr alle diese Flaschen?«

»Wenn der Zauberer mit mir *reden* würde, wüsste ich darauf vielleicht eine kluge Antwort. Grüner Stein?«

»Vater, Morth *weiß nicht,* wie viele er braucht.«

»Bleib bei uns, Schleicher«, sagte Whandall. »Ich lasse dich jetzt los. Morgen früh reden wir weiter. Wenn wir dich nicht brauchen, schicke ich dich mit der kleinsten dieser Flaschen und einer Geschichte nach Hause, die dich berühmt machen wird. Aber wenn wir dich brauchen, wirst du mit uns auf Behemoth reiten. Ich lasse dich jetzt los.«

Er ließ los.

Der Junge sank auf den Bauch und wich zurück. Damit

hatte Whandall gerechnet. Er hätte ihn festhalten können. Der Junge zog sich hinter ein Dornengebüsch zurück und war verschwunden.

Whandall und sein Sohn streckten sich wieder aus, Kopf an Fuß und Rücken an Rücken. Grüner Stein sagte: »Er hat alles gehört.«

»Ja.«

»Ich weiß nicht genau, was du eigentlich gesagt hast. Einiges davon muss ich geträumt haben. Goldfieber. Hast du jemals Mutter irgendetwas davon erzählt?«

»Nein! Du wirst es auch nicht tun, klar?«

»Klar. Warum willst du Schleicher?«

Whandall fragte sich, ob der Banditenjunge noch irgendwo dort draußen steckte. »Ich habe nachgedacht. Wenn wir jemals in Teps Stadt Handel treiben wollen, müssen wir etwas wegen der Toronexti unternehmen ...«

Bis zum späten Nachmittag hatten sie jene Furcht erregend schweren Rucksäcke zurück zu Morth und Behemoth geschafft. Den Rest des Tages und den größten Teil der Nacht schliefen sie.

Dann auf und beim ersten Licht los, hinunter zum Bach und auf der anderen Seite den Abhang hinauf, bevor Seshmarls' Farben aufleuchteten. Der Goldrausch hatte sie wieder erfasst. Sie hätten mehr Gold tragen und etwas Platz sparen können, wenn sie den Goldstaub einfach in die Rucksäcke gefüllt hätten. Whandall überzeugte Grüner Stein davon, dass sie das in den Wahnsinn treiben würde: Sie würden versuchen, eine irrsinnige Goldlast zu tragen, und das würde sie umbringen.

Wiederum überraschte sie die Dunkelheit und wiederum füllten sie im Mondlicht die Flaschen.

Der Mond ging unter. Sie legten sich Rücken an Rücken, das Gold zwischen sich.

Aus der Dunkelheit jenseits der Reichweite eines Messers ertönte Schleichers Stimme. »Ich glaube, du lügst, was das Reiten auf Behemoth betrifft.«

»Wie du meinst«, sagte Whandall.

»So groß ist er gar nicht«, sagte Schleicher, »aber er könnte einen Mann mit dem Fuß oder der Nase zerquetschen.«

»Wie nahe warst du?«

»Ich habe sein Hinterbein angefasst.« Als sie nicht sofort antworteten, fügte Schleicher hinzu: »Seine Haut ist rau. Sein Geruch ist sehr stark. Er hat ein Auge geöffnet, ich habe ihn angelächelt und er hat mich bei meinem Rückzug beobachtet. Ihr habt etwas um seinen Bauch gewickelt, und zwar ...«

»Warum hast du ihn angefasst?«

»Ich war eben nahe genug. Wollt ihr das denn nicht?«

Das war scharfsichtig. »Ich brauche einen Mann, der alles sieht und selbst nie gesehen wird. Hat Morth dich gesehen?«

»Nein. Ihr habt mich auch nicht gesehen.« Schleicher lachte. »Wenn du dich in Sicherheit wähnst, schläfst du auf dem Rücken, die Füße auseinander, die Arme unter dem Kopf. Hast du Mühe beim Atmen?«

»Jetzt nicht mehr, aber es gab einmal eine Zeit.« Geschichte um Geschichte trug Whandall seine Erinnerungen vor. »Ich heilte die Verletzungen aus, die mir von den Fürstenmännern beigebracht worden waren. Gebrochene Rippen, ein gebrochener Arm, überall Prellungen und Schrammen ... an den Knien, in den Nieren ... sie haben mir Nase und Wange gebrochen und ein paar Zähne ausgeschlagen. Da musste ich durch den Mund atmen. Ich habe versucht, auf der Seite zu schlafen, und bin dann immer aufgewacht, weil ich kurz vor dem Ersticken war, und wenn ich mich umzudrehen versuchte, tat mir alles weh. Also habe ich gelernt, auf dem Rücken zu schlafen. Hörst du zu, Grüner Stein? Ich wollte dorthin, wo ich nicht erwünscht war. Es ist *gefährlich* in Teps Stadt. Schleicher, es ist *gefährlich*. Du könntest hier bleiben und begäbst dich nicht in Gefahr.«

»Was bietest du mir an?«

»Du wirst den Federschlange-Wagen dienen.«

»Das ist *alles*?«

»Was hast du jetzt? Wenn dir das gefällt, was du hast, was du bist, dann geh nach Hause.«

Am Morgen war Schleicher da. Sie kannten ihn: ein dreizehnjähriger Junge, das älteste der Kinder, die ihnen auf den Hängen begegnet waren. Glatte schwarze Haare, braune Augen, rötlichbraune Haut, Hakennase. Er ginge weder als Fürst noch als Fürstensippler oder Sippenloser durch.

Auf dem Rückweg durch das Tal und wieder hinauf trug Schleicher seinen Teil goldgefüllter Flaschen. Unterwegs erkundigte Schleicher sich bei Whandall: »Was hat es mit diesen Tornex auf sich?«

»Toronexti. Das sind Sammler, die sich zwischen mich und meine Pläne stellen, zwischen mich und die Stadt des Feuers.« Whandall erzählte ihm, woran er sich erinnerte. Er konnte eine verbale Karte vom Rehpiesel, dem Keil und dem Wächterhaus am Engpass zeichnen. Aber die Toronexti ... »Wenn die Gefleckten Kojoten niemals dafür gäben, was sie nehmen, wenn sie sich nähmen, was sie wollten, und es keine Möglichkeit gäbe, ihnen auszuweichen, dann wären sie so, wie die Toronexti sind. Keiner von uns hat sie jemals gut gekannt. Ich glaube, sie waren immer eine Familie, wie die Ortsfeste ... meine Familie. Sie haben sich bewegt und geredet wie Fürstensippler. Aber Fürstensippler haben kein eigenes Vermögen. Wo kaufen sie ein? Woher bekommen sie ihre Ehepartner? Es sieht einem Fürstensippler nicht ähnlich, die Decke zurückzuschlagen, aufzustehen und zum Wächterhaus zu gehen, weil es *Zeit* ist. Ob er noch müde ist oder geil und eine Frau in der Nähe, ob er einen wunden Hals hat und seine Nase läuft und irgendein Narr nur darauf wartet, ihm ins Gesicht zu brüllen – ein Sippenloser geht, weil sein Fürst es von ihm erwartet. Fürsten tun das auch. Ein Junge auf dem Dach tut es, wenn Käfer auf den Pflanzen sind, und ein Toronexti tut es auch. Sie sind seltsam. Schleicher, ich brauche jemanden, der sie ausspioniert.«

»Und warum sollte ich mit euch kommen?«

»Du kannst uns ohnehin nur dann begleiten, wenn Morth dich billigt. Behemoth hat es bereits getan, sagst du?«

Schleicher wartete.

»Wenn du überlebst, hast du Geschichten zu erzählen, die dein Stamm niemals glauben und niemals vergessen wird. Du wirst gemeinsam mit Whandall Federschlange auf Behemoths Rücken reiten. Ein feuerfarbener Vogel kreist über dir und wartet darauf, deine Botschaften zu überbringen. Du lernst, was Whandall Federschlange dir beibringen kann. Du wirst sehen, wie ich mit deiner dringend benötigten Hilfe den mächtigsten Banditenstamm in der Stadt der Flammen vernichten werde. Du wirst dem letzten Zauberer von Atlantis dabei helfen, einen Wasserelementar zu vernichten. Außerdem wirst du reich, wenn alles glückt. Ich habe noch nie erlebt, dass alles geglückt ist. Kommst du mit?«

67. Kapitel

Schleicher hatte das Fischernetz umklammert wie ein Toter in der Leichenstarre. Sein Gesicht war tief in einem Büschel glatter und verfilzter brauner Haare vergraben. Doch Behemoth bewegte sich geschmeidig und allmählich beruhigte sich Schleicher und sah auf.

Nach und nach setzte er sich immer aufrechter hin. Dann zeigte er auf landschaftliche Orientierungspunkte.

Als sie an jenem Abend anhielten, verschwand Schleicher.

Whandall machte sich daran, das Lager aufzuschlagen. Er versuchte wie ein Hanfstraßenbandit zu denken. Er hätte gern gewusst, wie weit sie gekommen waren. Sie hatten ein ordentliches Wegstück zurückgelegt ... *viel-*

leicht so viel, dass ein Banditenkind keine Verbündeten mehr fand. Fürchteten Banditen Whandall Federschlange immer noch? Oder war er bereits zur Legende geworden?

Es würde keine Rolle spielen. Ob die Geschichten über ihn wahr oder falsch waren, ob Erste Pinien Banditen im Austausch für einen Beuteanteil Unterschlupf gewährte, niemand würde einen Angriff auf Whandall Federschlange ohne die Zusicherung wagen, dass die Geschichte dieses Überfalls niemandem jemals zu Ohren käme.

Doch Schleicher kehrte unbemerkt mit ein paar Kaninchen, einem fetten Eichhörnchen und einem Kojoten zurück, der nur betäubt war. »Manche Leute halten sich an ein Kojote-Totem«, sagte er.

Ein gutes Argument. »Lass ihn laufen«, sagte Whandall. Das Tier hinkte davon.

Morth beschwor. Waschbären kamen. Die Waschbären dabei zu beobachten, wie sie den anderen Tieren das Fell abzogen, beraubte Schleicher seines Appetits, der aber mit dem Geruch nach gebratenem Fleisch zurückkam.

»Sprachen«, sagte Whandall. »Wenn wir in Teps Stadt Handel treiben wollen, brauchen wir mehr Leute, die auch die dortige Sprache beherrschen. Morth, kannst du sie Grüner Stein und Schleicher beibringen?«

»Ja, aber was würde das nützen? Magie wirkt nicht in Teps Stadt. Das Wissen um die Sprache würde verblassen wie ein Traum.«

»Aber wenn du sie ihnen hier beibringst und sie sie üben? Sie werden sich an das Geübte erinnern, auch wenn die Magie verfliegt.«

Morth nickte weise. »Gut überlegt. Das müsste gelingen. Wir brauchen einen sicheren Ort.«

»Sicher?«

»Ihr müsst alle drei schlafen«, sagte Morth. »Du musst wissen, dass es unvorhersehbare Folgen haben könnte. Vielleicht übernehmen sie nicht nur deine Kenntnis der Sprache, sondern sammeln auch andere Erinnerungen.«

»Du kennst die Sprache doch auch«, sagte Whandall. »Nimm dich als Modell.«

»Niemals, aus demselben Grund.«

»Oh.« Whandall dachte nach. »Also gut.«

Und danach unterhielten sie sich auf ihrer Reise nach Süden nur noch in der Sprache von Teps Stadt, aber merkwürdigerweise nicht wie Fürstensippler und auch nicht wie Sippenlose. Sie klangen wie Fürsten ... beinahe.

Stein und Schleicher sprachen so, wie der elfjährige Whandall Ortsfeste Fürsten hatte reden hören. »Dein Verstand weigert sich, diese beiden als Fürstensippler zu sehen«, mutmaßte Morth. »Ha! Aber wofür wird man sie halten?«

»Nicht für Fürsten, nicht für Sippenlose, nicht für Fürstensippler. Für Gaffer. Schleicher, Grüner Stein, ihr wisst genug, um zu tauschen, und könntet euch sogar als Erzähler ausgeben. Kurzum, redet Condigeanisch.«

Der Kamm hatte abwärts geführt, aber die auf Behemoths Rücken hockende Gesellschaft schaute immer noch von oben auf den Ort Feuerwald hinab.

Mehrere neue Häuser waren aufgetaucht, seit Whandall Ortsfeste aus jenem Wald gekommen war. Sechzig Häuser, zur Hälfte aus Lehmziegeln, zur anderen Hälfte aus Holz, alle im Hinblick auf Masse und Dauerhaftigkeit gebaut und einander zum Verwechseln ähnlich, wie eine Kunstform, *geplant*, standen aufgereiht beiderseits dreier paralleler, staubiger Straßen. Eingezäunte Höfe. Blumengärten. Für einen Fürstensipplerjungen alles sehr beeindruckend.

Alle Städter hatten sich am Nordende der Stadt versammelt, wo fünfzehn überdachte Wagen einen weiten Kreis bildeten. Zelte waren errichtet worden. Hundert Hände zeigten nach oben, auf Behemoth.

Schleicher flüsterte: »Glaubt ihr, sie sehen *uns* als Riesen?«

Whandall sagte: »Morth?«

»Ich weiß es nicht. Frag sie.«

Das Feuerwaldrad drehte sich.

Eigentlich war es nicht viel mehr als eine breite flache Scheibe, die waagerecht aufgehängt war. Zwanzig Kinder drängten sich darauf. Erwachsene und andere Kinder drehten es.

»Die ersten Karussellräder haben sich von allein gedreht«, sagte Morth.

»Aber wofür ist das gut?«, fragte Schleicher.

»Für einen veränderten Bewusstseinszustand«, erklärte der Zauberer. »In den alten Zeiten konnte *jeder* Magie spüren. Sie war überall, sprechende Tiere, Götter in jedem Tümpel und auf jedem Baum. Sterne und Kometen veränderten ihre Stellung, um den Ereignissen auf der Erde zu folgen. Unsere Vorfahren vermissten dieses Gefühl, also erfanden sie Wein und Bühnenmagie und die Pulver und den Fingerhut, die ich in Teps Stadt verkauft habe, und auch das Karussellrad. Jetzt ist zu viel von der Magie nicht mehr da. Auf einem solchen Rad wird uns nur noch schwindlig.«

Sie sahen zu. Die Leute unter ihnen erwiderten die Blicke. Das Rad wurde langsamer. Grüner Stein sagte: »Es wird niemand heraufkommen und uns dabei helfen, das ganze Zeug nach unten zu schaffen, nicht wahr?«

Das Rad hatte Whandall beinahe hypnotisiert. Er konnte sich fast erinnern ...

Er schüttelte sich. »Morth, bleib hier bei Behemoth. Wir gehen nach unten und holen Leute, die uns tragen helfen.«

Eine gemischte Menge aus Händlern und Städtern beobachtete ihr Nahen. Derweil wurde das Rad wegen ihrer Unaufmerksamkeit immer langsamer.

Whandall rief: »Das ist Schleicher! Er gehört zu mir.« Er

ging gerade so schnell durch die Menge, dass niemand ihn ansprechen konnte, und er und Grüner Stein hatten Schleicher in die Mitte genommen. Sie schlugen einen leichten Trab an, um den Rand des Rads einzuholen, und fingen an zu schieben. Schleicher erwischte einen Handgriff und schob ebenfalls.

Kinder sprangen auf und krochen weiter nach innen zu den gepolsterten Handgriffen. Andere nahmen den leichteren Weg, indem sie unter das Rad krochen und in dem Loch in der Mitte und rings um die Nabe wieder auftauchten. Sie versuchten sich festzuhalten, und sei es aneinander, um nicht ins Gras geschleudert zu werden, bis ihnen zu schwindlig war oder die Erwachsenen keine Kraft mehr hatten.

Whandall lief und schob und protzte so mit seiner Kraft. *Dreiundvierzig, aber kein bisschen gebrechlich.* Doch eine Erinnerung überfiel ihn mit schrecklicher Traurigkeit und er sagte: »In Teps Stadt war auch eines von diesen ...«

Er erzählte es zwischen keuchenden Atemzügen. *Whandall und die anderen Angehörigen des Schlangenpfads trafen ein, während die Fürstenmänner das Rad verankerten. Sippenlose waren bereits dort. Fürstenmänner setzten Körperfülle und Muskelkraft ein, um das Rad in Bewegung zu setzen. Kinder sprangen auf. Die gerüsteten Fürstenmänner kehrten zu ihren Wachaufgaben zurück, während ältere Kinder und Eltern an der Außenseite des Rads im Kreis liefen und es anschoben.*

Jetzt konzentrierten die Kinder vom Schlangenpfad ihre Bemühungen auf den Taschendiebstahl von Geldbörsen, weil es ihnen schlecht ergangen wäre, wenn sie es nicht getan hätten. Aber der Tag schleppte sich dahin, die Sippenlosen achteten auf ihre Geldbörsen, und das Rad sah aus, als mache es Spaß.

Alles ging ganz schnell: Die Fürstensippler-Kinder sprangen auf und scheuchten die sippenlosen Kinder vom Rad.

Und das Rad wurde langsamer und blieb stehen.

»Ich war eigentlich nicht verwirrt«, keuchte Whandall. Das Feuerwaldrad drehte sich so schön. »Sie haben es geschoben.« Städter schauten immer noch zu Behemoth bergauf, aber ein paar fingen schon wieder an zu schieben. »Die Fürsten ließen uns in dem Glauben, Magie treibe das Rad an, und überhaupt war ich noch ein kleiner Junge. Aber die Sippenlosen schoben nicht, wenn keine Sippenlosen auf dem Rad waren. Wenn niemand schiebt, bleibt es stehen! Wir hatten kaum Zeit, einen Eindruck davon zu bekommen, wie es war. Also machten wir weiter mit dem Taschendiebstahl – und die Sippenlosen nahmen ihre Kinder und gingen weg.«

Mittlerweile drehten viele Hände das Rad. Unter jenen, welche außer Atem waren und aufhörten, suchte Whandall sich eine massige Frau von den Federschlange-Wagen aus. »Verborgene Würze, wo ist Säbelzahn?«

Sie wollte reden. Er beharrte auf Antwort. Sie zeigte in eine Richtung.

Da war Säbelzahn ... und alle wollten reden. Schwer zu sagen, was die Aufmerksamkeit der Menge mehr beanspruchte: Behemoth, der plötzlich in ihrer Mitte aufgetauchte Whandall Federschlange oder der Banditenjunge. Sie bahnten sich einen Weg hindurch.

Über den Lärm hinweg wollte Säbelzahn wissen: »Vater, wie kommst du hierher? Und *warum*?«

»Ich bin hier, um deinen Bruder zu beschützen. Grüner Stein ist hier, weil er Morth von Atlantis folgt. Mein Sohn, was der Zauberer tut, ist der eigentlich wichtige Teil. Aber ... du hast mich über neue Märkte reden hören? Ich glaube, ich habe endlich eine Möglichkeit gefunden.«

»Vater, du willst doch nicht etwa ...«

»Wir reden noch. Vielleicht komme ich wieder zur Vernunft. Vielleicht kommt auch dein Bruder wieder zur Vernunft. In der Zwischenzeit brauche ich ein paar kräftige Männer, Säbelzahn. Sechs von deinen Leuten sollen den Berg erklimmen und die Stelle aufsuchen, wo du Behemoth siehst. Sie sollen tun, was ein rothaariger Zauberer ihnen sagt. Sie werden schwer beladen zurückkehren. Ich brauche diese Flaschen heil und unversehrt. Sie sind aus Glas, und ihr Inhalt ist gefährlich, also dürfen sie nicht hinfallen. Dann können wir uns unterhalten, aber das hat Vorrang und diese Flaschen sind äußerst wertvoll.«

»Ich gehe selbst.«

»Danke. Und wo ist Schlaues Eichhörnchen?«

Säbelzahn winkte. »Siehst du die Einhörner?«

»Schon gut.« Die Einhörner drängten sich alle in einer Ecke der Koppel. »Ich muss mit ihr reden. Schleicher, Grüner Stein, kommt mit.«

»Die Einhörner wollen nicht in ihrer Nähe sein.« Grüner Stein lachte. »Du musst wissen, Schleicher, sie ist *Kojotes Tochter*. Etwas Besonderes. Als kleines Mädchen hat sie die Einhörner kennen gelernt. Die jungen Hengste hielten sie für ihre ältere Schwester. Eines Morgens, als sie fünfzehn war – sie ist ein Jahr älter als Säbelzahn und zwei Jahre älter als ich –, ging sie auf die Koppel und die Einhörner wurden wild. Sie ist nicht zurückgewichen, sondern auf sie losgegangen. Sie ducken sich vor ihr. Es gefällt ihnen nicht, aber wenn sie auf einem der Tiere reiten will, trägt es sie. *Hallo, Hörnchen!*«

»Stein! Bist du auf Behemoth geritten? Zweiter Vater, das überrascht mich nicht, aber Steine?«

»Ich kann auf Behemoth reiten und du nicht!«, krähte Grüner Stein. Sie umarmten einander, dann wandte das Mädchen sich an die anderen.

»Schlaues Eichhörnchen, das ist Schleicher«, sagte Whandall.

»Ich heiße Nicht Zu Sehen«, sagte der Banditenjunge schüchtern.

Schlaues Eichhörnchen hatte ihr Reisezelt aufgebaut, wobei ihr Aussteuerwagen eine der Wände bildete und die Kisten mit Handelswaren die übrigen. Sie hatte sogar ein kleines Feuer entzündet und setzte einen Teekessel auf, während Schleicher ihr zur Hand zu gehen versuchte.

Sie finden Gefallen aneinander, dachte Whandall. Sollte er sich in irgendeiner Weise einmischen? Sie sollten wenigstens etwas voneinander wissen.

Also. »Hörnchen, *uns* wollte er seinen Namen nicht nennen. Nicht Zu Sehen, wie bist du zu deinem Namen gekommen?«

»Ich wurde der beste Schleicher im Rote-Schlucht-Stamm.« Er erzählte Eichhörnchen, wie er Whandall Federschlange und den Zauberer ausspioniert hatte, die Behemoth ritten. Er verriet einen Bruchteil der Dinge, die er in jener ersten Nacht belauscht hatte. Darüber war Whandall froh.

Eichhörnchen fragte: »Vater, was *tust* du hier?«

»Im Moment warte ich auf Säbelzahn und Morth von Atlantis. Wir reisen in die Stadt des Feuers, um festzustellen, ob wir einen Wasserelementar töten und eine Handelsroute einrichten können.« Ihre Miene erhellte sich und er sagte: »Nein, ich kann die Karawane nicht ihrer Medizinfrau berauben und ich *habe* einen Zauberer.«

»Zweite Mutter Weide wird dich umbringen.«

»Wir haben darüber geredet.«

Sie musste die Stimme vor dem anschwellenden Gemurmel im Hintergrund erheben. Ihr Reisezelt war vom größten Teil der Karawane und der Hälfte der Städter umgeben, und alle fragten sich gegenseitig, was Whandall und Grüner Stein Federschlange *hier* wollten, noch dazu auf dem Rücken *Behemoths*! »Zurück in die Stadt des Feuers? Mit Stein, aber ohne *mich*?«

»Tut mir Leid. Wenn ich tatsächlich eine Handelsroute errichten kann ...«

»Zeig mir deine Hand. Verwünscht! Stein? *Verwünscht!* Die Linien verschwinden alle!«

»Dann gehen wir tatsächlich!« Grüner Stein war überglücklich. Er musste Zweifel gehegt haben.

»Nun denn, wie ist es denn so, Behemoth zu reiten, Stein?«

Grüner Stein sagte: »Man spürt nichts von den Unebenheiten des Geländes.«

»Wir mussten anhalten, um unberührtes Gold zu sammeln«, sagte Whandall. »Ich habe keine Ahnung, wozu der Zauberer es braucht, aber was mich mehr beschäftigt, ist die Frage, warum es noch dort lag? Deine Mutter wusste seit der Nacht deiner Empfängnis, wo dieses Gold zu finden war.«

Angesichts des lauten Stimmengewirrs draußen vor den Kistenwänden senkte Schlaues Eichhörnchen nicht einmal die Stimme. »Ich antworte dir, wenn du mir über diese Nacht erzählst. *Alles* über diese Nacht.«

»Abgemacht.«

Sie lachte. »Mutter erzählt allen, dass sie den Ort nie wiedergefunden hat. Dass sie außer sich vor Ekstase war. Das Gold habe es ohnehin nie gegeben. Die ganze Geschichte sei erfunden.

Mir hat sie etwas anderes erzählt. Sie hat versucht, unberührtes Gold zu veredeln. Manchmal bekommt sie etwas als Bezahlung für eine Heilung oder eine Prophezeiung. Aber sie hat nie gelernt, sich zu schützen vor dem Fluss dieses ... Chaosmannas?« Whandall nickte. Schleicher hörte nur zu und sie sprach weiter. »Das Goldfieber verändert Mutter. Am Ende landet sie immer in den Armen eines Mannes.«

Whandall sagte: »Das ...« Doch dann spürte er im Geist, wie Weides Fingerspitzen über seine Lippen huschten und sie versiegelten.

Zu spät. Kojotes Tochter lachte und sagte: »Ja, das erklärt, wie ich zu fünf Geschwistern komme! Fünfmal hat sie Gold veredelt und sie hat fünf Kinder und mich. Eine Frau, die Bescheid weiß, kann sich einen Mann nehmen, ohne ein Kind zu bekommen, aber nicht, wenn Gold in der Nähe ist, und nicht Mutter! Selbst in ihrer Blutzeit verändert sie das Gold. So hat sie

Haariges Ei bekommen. Nachdem Vater uns verlassen hatte ...«

Nicht Zu Sehen starrte Whandall an.

Schlaues Eichhörnchen lachte. »Nein, nein, nicht Zweiter Vater hier«, sagte sie. »Ich meine Wilder Hirsch. Er wusste, dass Mutter mich vor ihrer Heirat empfangen hatte, aber niemand wagte ihn wegen Kojotes Kind zu verspotten! Aber meine anderen Geschwister waren zu viel für ihn. Und nach seinem Verschwinden hat Mutter die Männer dann endgültig aufgegeben.

Kannst du dir vorstellen, was passiert wäre, wenn Mutter einen Mann auf diesen mit goldbedeckten Hang geführt hätte? Es gibt Geschichten, die nur die Männer erzählen, aber *ich* kenne sie. Jetzt erzähl mir von meiner Zeugung.«

»Ich habe diesen Hang zuerst im Dunkel der Nacht gesehen, als deine Mutter lief, so schnell sie konnte, und mich hinter sich herzog«, begann Whandall. *Hörst du auch zu, Schleicher? Ich übernehme keinerlei Verantwortung für missachtete Ratschläge. Sie ist Kojotes Tochter und auch Federschlanges Tochter! Behandle sie gut und mit Vorsicht.*

68. Kapitel

Säbelzahn und fünf starke Männer kamen mit schweren Taschen vom Berg herab. Morth war bei ihnen. Sie brachten die Taschen in Schlaues Eichhörnchens Zelt und dann schickte Säbelzahn die anderen weg.

Oberhalb des Dorfs kam Behemoth wieder zu sich, schüttelte den großen Kopf und kehrte in die Berge zurück.

»Vater, du musst mit ihnen reden«, sagte Säbelzahn. Er brauchte nicht zu erklären, wen er meinte. Die Menge draußen wurde ständig größer.

»Wie lange seid ihr schon hier?«, fragte Whandall.

»Wir sind gestern Vormittag angekommen.«

Mittlerweile war es Mittag. »Ihr errichtet gerade den Markt?«

Säbelzahn nickte.

»Gut. Macht alles so weit fertig, spannt das Drahtseil und sorgt dafür, dass deine Schwester für die Vorstellung bereit ist. Errichte eine kleine Bühne, auf der man reden kann. Sag allen, dass sie in zwei Stunden kommen sollen. Morth, kannst du ihnen Behemoth noch einmal zeigen?«

»Zeigen? Ja, natürlich«, sagte Morth. »Solange niemand auf ihm reiten will!«

»Gut. Noch eine Sache. Ich bezweifle, dass jemand versuchen könnte, Schlaues Eichhörnchen zu bestehlen ...«

Sie lächelte. Es gab Geschichten aus der Zeit, als sie fünf, sechs und acht Jahre alt gewesen war.

»Für alle Fälle sollen ein paar zuverlässige Männer sich gleich hier neben die Taschen setzen. Hörnchen, können wir uns hier zum Abendessen treffen? Gut. Sobald der Markt schließt. Und jetzt wollen wir diesen Bauerntölpeln eine ordentliche Vorstellung bieten.«

»Was wirst du ihnen erzählen, Vater?«, wollte Säbelzahn wissen.

»Ich werde ihnen gar nichts erzählen«, erwiderte Whandall. »Du wirst ihnen erzählen, dass wir mit der größten Schau aller Zeiten gekommen sind.«

»Aber was wirst du tun?«, fragte Säbelzahn.

»Warum sollte ich irgendetwas tun? Es ist dein Wagenzug und deine Veranstaltung«, sagte Whandall. »Ich sage dir etwas. Ich werde den Fänger für deine Schwester spielen. Dafür bin ich immer noch stark genug. Du erledigst den Rest.«

Brennender Turm war gewachsen in den Monaten, seit Whandall sie zuletzt gesehen hatte. Das Schreckensvogelkostüm, das Weide für sie angefertigt hatte, saß enger, und was es enthüllte, waren nicht mehr die Formen eines kleinen Mädchens. Whandall stand unter ihrem Drahtseil, das höher gespannt war, als Weide es je gewagt hatte, und hoffte, sie werde nicht fallen. Er war sich der Blicke aller jungen Männer bewusst, sowohl der Angehörigen des Wagenszugs als auch der Städter.

Sie würden mehr Arbeitsmöglichkeiten brauchen! Keine Frage.

Ihre Mutter war eine gute Lehrmeisterin gewesen. Vorwärtsüberschläge, Rückwärtssaltos und ein großes Finale, das ein spiralförmiges Hinabgleiten am linken Stützpfosten und eine Landung auf einem Bein beinhaltete, den Rücken durchgebogen, das andere Bein bis über die Stirn erhoben. Dann lief sie ins Umkleidezelt.

Morth tauchte in einer Nebelwolke auf dem Podest auf. Er deutete auf die Berge. Behemoth tauchte über dem Kamm eines weit entfernten Hügels auf, größer als dieser und ebenso groß wie der Berg dahinter. Er bäumte sich hoch auf, dann stellte er sich auf ein Bein und warf das andere in einer absurden Nachahmung von Brennender Turms Abgang in die Höhe. Die Menge wurde beinahe verrückt ...

Das Abendessen bestand aus einem Gulasch vom hiesigen Esel mit Gewürzen aus dem Steinnadelland. Whandall bestand darauf, dass sie ihre Mahlzeit beendeten, bevor sie sich unterhielten. Dann schickte er alle bis auf die Familienmitglieder sowie Morth und Schleicher hinaus.

Säbelzahn war entspannt und lächelte. »Ich glaube, wir haben hier in Feuerwald noch nie solche Gewinne gemacht«, sagte er.

Brennender Turm grinste. »Morgen, wenn sie alle wieder kommen, um herauszufinden, welche von den Geschichten stimmt, die wir heute erzählt haben, werden wir ihnen noch mehr verkaufen ...«

»Wenn überhaupt eine stimmt«, warf Schleicher ein.

Whandall erhob sich. Vorsichtig öffnete er eine der Taschen und breitete mit den Fingern schwarze Glasflaschen aus. Schlaues Eichhörnchen keuchte.

»Du erkennst den Inhalt der Flaschen?«, wollte Morth wissen.

»Das Eisen auf *der* Flasche ist sehr dünn«, sagte Eichhörnchen. Sie stellte sie beiseite. »Und ich habe gesehen, wie schwer sie sind.«

Morth schaute besorgt drein.

»Was enthalten die Flaschen, Hörnchen?«, wollte Säbelzahn wissen.

Sie lachte. »Gold! Unveredeltes Gold, in dem Magie und Chaos brodeln!«

»Gold?« Säbelzahn schaute auf die Taschen. »Das alles? Kein Wunder, dass mir die Arme schmerzen! Vater, das ist mehr, als wir in zwei Jahren verdienen können! In dreien, wenn die Ledermacher ihre Wagen auch weiterhin früher als wir los schicken! Gold!« Er griff nach der fehlerhaften Flasche.

»Warte, Sohn«, bat Whandall. »Hör mir zuerst zu. Ich habe eine Geschichte zu erzählen.« Er lachte und sagte: »Und ich kenne das Ende der Geschichte noch nicht! Ich weiß nicht einmal, was der Zauberer mit diesen verwünschten Flaschen vorhat, und du kannst es mir nicht sagen, Morth, richtig? Wir müssen das Ende noch herbeiführen.

Aber ich brauche Schleicher. Ich brauche den Zauberer und der Zauberer braucht *alle* dieser wunderbaren Flaschen.«

»Welches Geschäft ist die Gewinne von drei Jahren wert?«, wollte Säbelzahn wissen.

»Ich kann eine neue Handelsroute eröffnen«, sagte Whandall.

Säbelzahn runzelte die Stirn. »Wie diejenige nach Zitterpappel?«

Whandall lachte. »Ich gebe zu, das war teuer, aber das holen wir wieder herein.«

»In ungefähr sieben Jahren«, murmelte Säbelzahn. »Wohin soll es also diesmal gehen?«

»Zur Stadt des Feuers.«

Wenigstens war Grüner Stein so klug, den Satz *Ich gehe und du nicht!* unausgesprochen zu lassen, während Säbelzahn sich alles durch den Kopf gehen ließ. Schließlich stieß er einen leisen Pfiff aus. »Reisen mit der ganzen Karawane?«

»Machst du dir keine Sorgen wegen der Gewinne?«, fragte Brennender Turm unschuldig.

Säbelzahn rang mit seiner Würde, bevor er seiner Schwester die Zunge herausstreckte.

»Ich kann es nicht riskieren, mit der ganzen Karawane loszuziehen«, sagte Whandall. »Nicht dieses Mal. Ich brauche vier Wagen und, Sohn, ich kann dir veredeltes Gold hier lassen, damit du mehr Leute und Wagen anwerben kannst, aber ich brauche die besten Händler und Kämpfer, die du hast ... nein, nicht die besten. Die ehrgeizigsten.«

»Das sind dieselben Leute, verwünscht.«

»Wir brauchen Handelswaren, alles, was nicht mit dem Schiff nach Teps Stadt gebracht werden kann. Schreckensvogelfedern. Korn. Kochgeschirr. Nichts Magisches, nicht für Teps Stadt. Wir nehmen so viele Müllers und Seilers mit, wie wir bekommen können, weil sie dort Verwandte haben. Ich habe noch mehr veredeltes Gold und das ist in Teps Stadt weitaus wertvoller als hier.«

»Aber was besitzen die Harpyien, das wir brauchen können?«, wollte Säbelzahn wissen.

Brennender Turm grinste. »Wir sind auch Harpyien, Bruder!«

Säbelzahn erwiderte das Grinsen. »Sicher, aber es ist trotzdem eine gute Frage.«

»Das weiß ich nicht«, sagte Whandall. »Was wir auch kaufen, wir werden eine Menge Stauraum haben, nachdem wir Morths Flaschen los sind ...«

Danach redeten alle auf einmal.

69. Kapitel

Spät in jener Nacht entließ Whandall die anderen und betrat Säbelzahns Zelt. Sie saßen auf kostbaren Teppichen in einer Wagenhöhle aus poliertem Holz.

»Natürlich willst du diesen Wagen haben«, sagte Säbelzahn.

»Nun ja ...«

»Es ist dein Wagen, Vater. Ich habe meinen eigenen.«

»Wer fährt ihn?«

»Hammer Müller.«

»Ist sein Wagen hier?«

»Ja, er hat ihn einem Verwandten seiner Frau geliehen.« Hammer hatte ein Mädchen aus einer Ortschaft im Paradiestal geheiratet und war zufrieden damit, Vormann in einem Wagenzug zu sein.

»Das ist kompliziert«, sagte Whandall. »Glaubst du, Hammer käme gern mit nach Teps Stadt?«

»Ich glaube, du müsstest ihn an eine Wagendeichsel binden, um ihn daran zu hindern.«

»Und dich auch?«

Säbelzahn schwieg.

»Sohn, ich hätte dich lieber bei mir«, sagte Whandall, während ihm aufging, dass dies stimmte. »Aber das Federschlange-Unternehmen kann dich nicht entbehren. Es kann mich entbehren ...«

»Vater!«

»Es ist so, solange du das Kommando hast«, sagte Whandall. »Und das weißt du auch. Du bist ein besserer Händler, als ich es je sein werde.«

Säbelzahn antwortete nicht. Sie wussten beide, dass es stimmte.

»Also könnte mir etwas zustoßen, und Grüner Stein könnte etwas zustoßen, aber das Federschlange-Unternehmen würde darunter nicht leiden. Deine Mutter würde trauern, aber sie würde nicht verhungern, ebenso wenig wie deine Schwestern und deren Verwandte. Nummer Eins, wir brauchen dich genau hier.«

Säbelzahn blieb lange Zeit stumm. Schließlich sagte er: »Vater, ich führe die Karawane weiter nach Condigeo. Wenn sich neue Möglichkeiten auftun, sind die alten deswegen nicht weniger wert. Ich wollte schon immer Federschlanges Wagenführer sein. Die meisten erleben die Erfüllung ihrer Träume nicht einmal im hohen Alter, geschweige denn in so jungen Jahren wie ich.« Er seufzte. »Ich wollte auch immer Teps Stadt sehen, aber das kann warten. Du ziehst los. Wir fahren leicht beladen nach Condigeo und sind vielleicht wieder hier, wenn du aus Teps Stadt zurückkehrst. Wenn wir noch nicht da sind, kannst du hier auf uns warten.«

»Guter Plan. Was bringt ihr nach Condigeo?«

»Mohnsamen aus Marsyl. Hanf aus Gorman. Ein paar schlechte Teppiche, die immer noch besser sind als alles, was es so weit südlich gibt.«

Whandall nickte im Stillen. Die Federschlange-Wagen fuhren nur dann den ganzen Weg nach Süden, wenn sie Waren hatten, für die man in Condigeo auch bezahlte, und wenn sie genug Zeit hatten, um noch vor dem ersten Schnee wieder in Wegeende einzutreffen. Stürme und Gewitter hinderten sie in zwei von drei Jahren daran, bis nach Condigeo zu ziehen.

»Und Zibetkatzendrüsen«, sagte Säbelzahn. »Zwei Krüge voll.«

»Einen davon nehme ich«, sagte Whandall.

»Ist deine Nase an Altersschwäche gestorben? Oder wird in Teps Stadt Parfüm hergestellt?«

»Nicht, dass ich wüsste«, erwiderte Whandall. »Ist nur so eine Idee. Ich brauche keinen ganzen Krug. Zwei Tassen von der Brühe reichen. Sorg dafür, dass sie fest verschlossen sind.«

Säbelzahn rümpfte die Nase. »Mach dir deswegen keine Sorgen!«

»Also«, sagte Whandall, »wir fahren mit meinem und mit Hammer Müllers Wagen. Wen nehme ich sonst noch mit?«

»Vier, hast du gesagt?«

»Vier Wagen, wenn ich so viele haben kann.«

Säbelzahn goss Tee ein. Trank einen Schluck. »Jedenfalls nicht Kämpfende Katze Fischadler«, sagte er. »Seine

Mutter ist mittlerweile ziemlich alt geworden und rechnet auf jeden Fall mit seiner Rückkehr.«

»Wie geht es ihr?«

»Ich glaube, sie ist betrübt, dass sie sich zur Ruhe gesetzt hat«, sagte Säbelzahn. »Aber sie war zu alt, um noch ständig unterwegs zu sein!« Er brütete, da er über die erste harte Entscheidung nachdachte, die er als Wagenmeister hatte treffen müssen: eine der ältesten Freundinnen seines Vaters auszuschließen. Das Schlimmste daran war, dass Whandall diese Entscheidung schon vor Jahren selbst hätte treffen müssen, es aber nicht getan hatte.

»Wer also?«

»Unverschämte Eidechse«, erklärte Säbelzahn bestimmt.

Whandall nickte. Kesselbauchs vierter Sohn. Zuverlässig und geschickt, wenn er manchmal auch den Mund ein wenig zu voll nahm. »Dann also noch einer.«

»Ihr braucht einen Schmied«, sagte Säbelzahn. »Ich kann für eine Weile einen anderen anwerben. Nimm Große Hand. Er würde dir überallhin folgen.«

Sternuntergang Seilers Bruder, nicht ihr Vater. Der Sohn hatte den Namen des Vaters angenommen, als der erste Große Hand vor sechs Jahren gestorben war, ein geschickter Riese bis zum letzten Tag. Er war kein Blutsverwandter, aber doch ein Verwandter. »Gut. Ich rede mit ihnen, nachdem wir diese Stadt hinter uns gelassen haben.«

Säbelzahn nickte zustimmend. Je weniger die Städter von Familienangelegenheiten wussten, desto besser gefiel es ihm.

»Bist du sicher, dass es dir keine zu großen Umstände macht, mir diesen Wagen zu überlassen?«

»Die Wahrheit ist, Vater, dass mir mein eigener besser gefällt. Dieser ist das schönste Reisezelt auf der Straße, aber ...«

»Aber du hast deinen selbst entworfen und gebaut«, beendete Whandall den Satz für ihn. »Ich weiß. Schön, dann zum Proviant.«

»Das wird so sein, als wolle man ein Rudel Schlangen hüten. Wir müssen vier Wagen aussondern, alle für Condigeo bestimmte Fracht abladen, dann alles aufladen, was du mit nach Teps Stadt nehmen willst, und die Stadt verlassen, ohne ein Lager aufzuschlagen, bevor die verwünschte Ledermacher-Karawane uns einholt und alles sieht!«

»Zweifellos bist du tüchtig ...«

Säbelzahns Miene nahm einen durchtriebenen Ausdruck an. »Das wird ziemlich heikel und heikel ist teuer.«

»Ich wusste gar nicht, dass ich mit meinem eigenen Sohn feilschen muss«, sagte Whandall.

»Sicher wusstest du das.« Säbelzahn schaute nachdenklich drein. »Es ist Morth, der das Gold in den Flaschen braucht.«

Whandall nickte.

»Ich verstehe eigentlich nicht, warum wir Morth brauchen.«

»Es gibt mich, es gibt Morth und kein anderer Teilnehmer an diesem Unternehmen weiß auch nur das Geringste über Teps Stadt.«

»Und wir brauchen ihn so sehr? Ich könnte alles verkaufen, was wir haben, und hätte immer noch nicht so viel Gold.«

Whandall seufzte. »Sohn, das ist wildes Gold. Unveredeltes.«

»Aber es ist geschützt. Es gibt Zauberer in Condigeo, die mehr als erfreut wären, wenn sie es für uns veredeln könnten.«

»Es gehört mir nicht. Morth hat dabei geholfen, es zu sammeln. Und wir haben unser Wort gegeben«, sagte Whandall.

»Ach so. Ich nehme an, es handelt sich hier von vorn bis hinten um ein Federschlange-Unternehmen.«

»Ja, wenn wir es schaffen, dass es so bleibt.«

»Tu, was du kannst«, sagte Säbelzahn.

70. Kapitel

Jeder Wagenbesitzer erwartete, in Whandall Federschlanges Wagenzelt bestellt zu werden, um seine Empfehlung zu machen und ein Glas vom besten Wein oder Tee oder beides zu bekommen, um den Zauberer kennenzulernen, der Whandalls Gast war, um zu erfahren, warum Whandall Federschlange einen Jungen aus einer Banditenfamilie als Gast bei sich hatte, und um sich im Feilschen zu messen: Hatte das Stadtleben Whandall Federschlange verweichlicht?

Kämpfende Katze Fischadler begrüßte Whandall mit einem Freudenschrei. Rubin Fischadlers Sohn war vier Jahre älter als Whandall und seine Ohren zeigten noch eine Spur der sippenlosen Ahnenschaft seiner Mutter.

»Richte deiner Mutter meine wärmsten Empfehlungen aus«, sagte Whandall.

»Besuchst du sie denn nicht selbst?«

Verwünscht. »Vielleicht nicht. Auf dieser Reise komme ich nicht weiter als bis zu den Quellen«, erklärte Whandall. »Tee oder Wein?«

»Beides, bitte, aber nur wenig Wein. Die Quellen? Also glaubst du den Geschichten über Goldvorkommen in den Bergen?«

»Schleicher, mach uns einen Tee.« Whandall hatte es ihm beigebracht. Wenn man eine Peinlichkeit überspielen wollte, war es am besten, wenn man etwas zu tun hatte. Und Brennender Turm war zwar erpicht darauf, die Gastgeberin für ihren Vater zu spielen, aber Whandall hatte sie mit einem Auftrag fortgeschickt. Sie war zu eifrig in ihrem Bedürfnis zu helfen.

»In Condigeo werden die Leute langsam weich«, sagte Kämpfende Katze. »Ich habe einen Teppich aus Marsyl, gebraucht, für sieben Meerschildkrötenpanzer verkauft.«

»Ein guter Preis. Gibt es mittlerweile so viele Meerschildkröten?«

Kämpfende Katze grinste. »Gewiss nicht mehr als sonst auch.«

Whandall witterte eine Geschichte. »Wie hat sich das zugetragen?«

»Ich rede nicht so viel.«

Whandall grinste und wartete ... und Kämpfende Katze erwiderte das Grinsen. Whandall sagte: »Her*vor*ragend!«, Und sie sprachen über Dinge, die Whandall brauchte, nämlich zwei Radreparaturen, Wasserkrüge, Wurzelgemüse und getrocknetes Fleisch.

Als Kämpfende Katze ging, sagte Whandall zu Schleicher: »Auf meiner ersten Fahrt hatte die Karawane soeben herausgefunden, dass wir eine Wagenladung veredeltes Gold besaßen. Ich komme also an Kämpfende Katzes Wagen vorbei und er zieht mich am Arm in sein Reisezelt. Zeigt mir eine Kette, die hinreißend an Weides Hals ausgesehen hätte. Ich bestaunte sie gebührend. Er wollte neun Daumengewichte Gold dafür. Viel zu viel, aber es war wirklich eine wunderschöne Kette, und ich war ... ich war sehr darauf bedacht, Weide eine Freude zu machen. Er zeigte mir jeden einzelnen Türkis, blau, also zu Weides Augen passend, und mit winzigen goldenen Sprenkeln. Er wies auf die Abwesenheit von Sprüngen und darauf hin, dass es keine gelben oder grünen Einschlüsse gab, was Fehler gewesen wären, aber das wusste ich damals noch nicht.

Ich konnte den Blick nicht losreißen. Es war klar, dass ich sie haben wollte, aber das Gold gehörte mir nicht allein – wir hatten es noch nicht geteilt –, und ich sagte auch nichts. Er erzählte mir die Geschichte der Kette. Bot mir an, noch drei Figuren aus Schaum dazuzulegen, immer noch für neun Daumengewichte. Du ...« Schleicher hörte nicht mehr richtig zu, da er sich allmählich langweilte.

Manche Dinge erzählt man, weil sie später verstanden werden. »Ich wusste bereits, dass mich niemand zwingen konnte, etwas zu kaufen, ohne tatsächlich ein Messer zu zücken. Also ließ ich mich unterhalten. Er zeigte mir alles, was er hatte, und ich lächelte und bewunderte alles und sah zu, wie er von neun Daumengewichten auf zwei und ein halbes herunterging. Weide gefiel die Kette außerordentlich. Und ein Jahr später erzählte ich Kämpfende Katze, was er falsch gemacht hatte.«

Teil Drei ·
Das Jahr der zwei Brennen

71. Kapitel

Sie verließen Feuerwald im Morgengrauen des dritten Tages. Gegen Mittag stießen sie auf eine Nebenstraße, die steil bergab und nach Westen führte.

Ein Trupp Einheimischer hatte hoch erfreut festgestellt, dass es in den Federschlange-Wagenzügen plötzlich Arbeit gab. Mit einiger Verblüffung sahen sie, dass sich an der Wegegabelung vier Wagen aus dem Zug lösten.

Gefallener Wolf war angeworben worden, um einen Wächter zu ersetzen, der Whandall begleiten sollte. »Dort habt ihr vor über zwanzig Jahren das Flussbett verlassen«, sagte er. »Ihr habt ein paar Bäume gefällt. Ziemlich große.«

Whandall erinnerte sich. Zwei Bäume hatten den Weg versperrt. Sie hatten den ganzen Tag gebraucht, um sie zu fällen, und damals war er viel jünger und stärker gewesen. »Ich würde es nur sehr ungern noch einmal so machen«, sagte er.

»Mein Onkel Schlechtes Wasser hat sie gefunden«, erklärte er. »Ihr hattet eigentlich schon mit einer Straße begonnen. Onkel hat noch mehr Bäume gefällt und seitdem gibt es dort eine Holzfällerschneise.«

Whandall runzelte die Stirn. »Reicht die Schneise etwa bis Teps Stadt?«

»Großer Kojote, nein!« Gefallener Wolf war entsetzt. »Bis hinunter zum Fluss und ein Stück an ihm entlang und auf der anderen Seite des Hügels wieder hinauf, da stößt man dann auf die ersten Kletterpflanzen. Kletterpflanzen, Ranken und andere Pflanzen, die einen umbringen wollen!«

»Und niemand ist weiter vorgedrungen?«

Der Blick von Gefallener Wolf huschte zwischen Whandall und Säbelzahn hin und her. Er dachte nach. »Schön, ihr habt mich angeworben, also habt ihr auch mein Wissen angeworben. Vor neun Jahren, als ich sechzehn war, stieg starker Rauch aus dem Tal der Dünste auf. Viel mehr als sonst. Drei Freunde von mir und ich, wir haben uns Ledersachen angezogen, Äxte und Proviant mitgenommen und versucht, das Dickicht zu durchdringen.

Die Kletterpflanzen waren schlimm genug. Mittlerweile werden sie noch schlimmer sein. Wir haben uns vor drei gerüsteten Männern verborgen, die uns entgegenkamen. Vier Tage lang haben wir uns einen Weg durch dichtes Gestrüpp gebahnt. Ihr werdet froh sein, dass es nicht mehr da ist. Dann haben wir eine Mauer gesehen. Ein großes Steinhaus. Maskierte Männer in Lederkleidung, mit Speeren bewaffnet. Wir haben sie gerade noch rechtzeitig bemerkt. Sind geflohen. Sie haben uns verfolgt. Auf der Flucht sind wir dann mit Dingen in Berührung gekommen, denen wir auf dem Hinweg noch ausgewichen waren. Wir sind entkommen, aber ich will ganz sicher nicht noch einmal dorthin! Es hat einen Monat gedauert, bis das Jucken weg war.«

»Willst du jetzt mit uns kommen?«, fragte Whandall.

»Geht ihr alle?«

»Nur vier Wagen«, sagte Whandall. »Mit mir.«

»Es stimmt also.«

»Was stimmt?«, wollte Säbelzahn wissen.

»Eine verrückte Alte in der Stadt hat davon geplappert,

dass Whandall Federschlange heimkehrt«, sagte Gefallener Wolf. »Hört mal, ich wollte schon mein Leben lang im Federschlange-Wagenzug arbeiten, aber wenn es euch nichts ausmacht, bleibe ich lieber beim Hauptzug. Es gefiele mir gar nicht, wenn ich gleich bei meiner ersten Fahrt getötet würde!«

Kämpfende Katzes Wagen kam vorbei. »Nicht weiter als bis zu den Quellen?«, rief er. »Wie ich sehe, hast du nichts von deinen Fähigkeiten eingebüßt.«

»Nicht weiter nach *Süden*. Danke.«

»Und viel Glück. Könnte ich dich doch begleiten! Mutter erführe zu gern alles.«

»Ich besuche sie anschließend.«

Kämpfende Katze fuhr weiter. Er rechnete nicht mit Whandalls Rückkehr. Er hatte sein ganzes Leben lang Geschichten über Teps Stadt gehört.

Von einunddreißig Freiwilligen lehnte Whandall fünf ab. Damit blieben ihm achtundzwanzig Kämpfer, sich selbst und Grüner Stein eingerechnet, ein Spion – er betrachtete Schleicher besser nicht als Kämpfer – und ein Zauberer.

Sie hatten vier Wagen. Er nahm Ledersachen, Äxte und lange Stangen mit, um Schnitter daraus zu machen. Morth sammelte Kräuter, um Arzneien gegen Rührmichan und Dornen herzustellen.

Sie hatten Waffen bei sich, aber nicht zum Verkauf. Eine bunt gemischte Vielfalt von Handelswaren, deren Auswahl auf alten Erinnerungen beruhte. Diese Erinnerungen besagten, dass Töpfe aus Ton und Metall am besten wären, aber sie hatten nur wenige bei sich, weil es dafür auch entlang der Hanfstraße gute Märkte gab. In erster Linie hatten sie alles bei sich, was sich irgendwo gut hätte verkaufen müssen, es aber nicht getan hatte.

Säbelzahn stand am Wegesrand, als Whandalls Kolonne in die Schneise einbog. »Lebt wohl. Gute Geschäfte.«

Whandall winkte. Dann wurde seine ganze Aufmerksamkeit von der Aufgabe in Anspruch genommen, die Bisons über die alte Straße zu lenken. Als er sich einmal umschaute, waren Säbelzahn und der Federschlange-Wagenzug verschwunden.

Sie erreichten den Fluss am Abend und lagerten oberhalb der Böschung. »Beim letzten Mal hat er dich in drei Tagen erreicht«, sagte Whandall zu Morth. »Wie lange, bis er dich findet?«

Morth schüttelte den Kopf. »Wer weiß das schon? Aber ich bliebe hier nicht sehr lange.«

»Das habe ich auch nicht vor.«

Im Morgengrauen schickte er Schleicher und Hammer Müller voraus, um den alten Weg bergauf auszukundschaften, gefolgt von einem Trupp mit Äxten und Schnittern, um den Weg freizumachen. Gegen Mittag setzten sich die Wagen in Bewegung und holperten durch das alte Flussbett.

»Eine große Überschwemmung hat viele Felsbrocken beiseite geräumt«, sagte Whandall. »Ich nehme an, es war deine Überschwemmung, Morth?« Es ließ sich nicht mit Gewissheit sagen, aber die Bisons brachten sie so schnell den Fluss aufwärts, wie die Einhörner sie seinerzeit abwärts geführt hatten. Als es dunkelte, waren sie bereit, die Uferböschung zu erklimmen, und Whandall ließ Fackeln anzünden. Er wollte sie erst lagern lassen, wenn sie sich hoch über dem Wasser befanden.

Und er erinnerte sich daran, was er gelernt hatte, als er der Älteste in der Ortsfeste war: Jeder beklagt sich beim Fürst, und zwar ständig.

Sie fanden die ersten Ranken Rührmichan gleich jenseits des Hügelkamms. Der Weg, den Whandall durch den Wald gebrannt hatte, war frei von großen Bäumen, aber Ranken waren hinein gewachsen. Eine raschelte leise, als die Bisons sich näherten. Die Bisons blieben stehen. Konnten sie Gefahr wittern? Oder spürten sie Whandalls Gedanken?

Aber der Weg machte gar keinen so schlechten Eindruck. Es gab mehr Kriechpflanzen als alles andere. Hier und da waren die bunten Farben von Fürstensipplerskuss und das mattere Lavendel der Kriechpflanzen zu sehen, aber in erster Linie verteidigten die Pflanzen lediglich die großen Bäume. Der Weg, den sie befahren würden, wand sich zwischen den Stämmen hindurch. Ein paar Rothölzer waren nachgewachsen und jetzt ein Dutzend oder noch mehr Jahre hoch, doch immer noch klein unter den Riesen. Rings um ihre Stämme wuchsen kleine Armeen davon.

Es würde mühsam werden, aber es war nicht unmöglich.

Whandall ließ den Wagenzug anhalten und versammelte alle um sich.

»Ich habe euch allen schon vom Rührmichan erzählt. So sehen sie aus.«

»Erwürgen sie einen?«, fragte Schleicher.

»Nein, aber ihr Gift hat eine solche Wirkung, dass man es sich wünscht«, sagte Whandall. »Und sie müssen auch nicht einfach so dastehen. Sie können einem folgen. Dort drüben, das ist Fürstenkuss. Haltet euch davon fern. Eidechse, lass das Werkzeug verteilen und Klingen an den Stangen befestigen, die wir mitgebracht haben. Ich zeige euch, wie man mit Fürstenkuss umgeht.

Ich weiß nicht, wie Bisons auf diese Pflanzen reagieren, ich will es auch gar nicht wissen. Wir sollten auf jeden Fall mit keinem Bison in Berührung kommen, der die Pflanzensäfte im Fell hat. Vergesst das nicht, wenn ihr den Weg frei macht.

Dies« – er schlug mit der Handfläche gegen einen schlanken Baumstamm – »ist ein Apfelbaum. Die Früchte sind essbar. Es gibt noch mehr essbare Dinge hier, aber die meisten sind giftig! Fragt Morth oder mich. Morth kann Gift sehen.«

»Ja, Vater ...«

»Brennender Turm, du solltest doch bei Säbelzahn bleiben!«

»Habe ich ja gesagt?«

Natürlich hatte sie niemals ihr Einverständnis bekundet, und jetzt war es zu spät, sie zurückzuschicken. Whandall sah ihr triumphierendes Lächeln und erinnerte sich an Weides Albträume.

In jenem ersten Jahr hatte er sich daran gewöhnt, in Weides Griff aufzuwachen. Wenn sie aus einem Albtraum erwachte, wickelte sie sich auf der Suche nach Wärme und Geborgenheit um ihn. *Ja, du bist da. Ich bin nicht mehr in der Stadt, ich bin frei.* Im zweiten und dritten Jahr wurden die Albträume seltener ... und sie stellte sich den alten Schrecken, als sie ihrem dritten Kind den Namen gab.

Wenn Brennender Turm etwas zustieß, würde Weide nur schwer über diesen Verlust hinwegkommen. Dasselbe galt für Whandall.

»Benutzt Harken«, sagte Whandall. »Berührt sie niemals mit den Händen und reinigt das Werkzeug mit den gelben Decken, die wir mitgenommen haben. Tragt die Ledersachen und berührt sie nicht, wenn ihr sie aus- oder anzieht. Wenn es euch irgendwo juckt, geht zu Morth und schiebt es nicht auf.«

»Vergesst nicht, dass wir es auf dem Rückweg möglicherweise eilig haben und schwer beladen sind und dass Feinde uns verfolgen«, erinnerte sie Grüner Stein. »Also legt *jetzt* einen ebenen, breiten Weg an. Und lasst uns jetzt anfangen.«

Zuerst fühlte es sich gut an, wieder eine Axt zu schwingen. Er überließ die Kriechpflanzen den jüngeren Männern und Frauen und machte sich mit Große Hand daran, den ersten Baum zu fällen, der ihnen den Weg versperrte. Es war ein kleines Rotholz, höchstens zehn Jahre alt oder noch jünger. Mit Sensen beseitigten sie den Abwehrring der Pflanzen. Große Hand trat mit seiner Axt vor.

»Warte«, sagte Whandall. Er näherte sich dem Baum und verbeugte sich. »Es tut mir Leid, dass du uns im Weg stehst«, sagte er. Er verbeugte sich noch einmal. »Jetzt.«

Große Hand durchtrennte den armdicken Stamm mit einem einzigen Hieb.

Als Brennender Turm eine Ansammlung von Himbeersträuchern entdeckte, rief sie ihn. Er war unsagbar erleichtert. »Lasst alle eure Waffen hier fallen«, sagte er zu den versammelten Arbeitern. »Ja, die Messer auch. Jetzt seht sie euch an.« Sie traten vorsichtig näher an die Sträucher heran. Dann erfasste sie die Magie und sie eilten vorwärts. Sie schlemmten, kämpften wie die Kinder um die Beeren und ließen nur leere Zweige zurück.

Stunden später hielt er sie von einigen Sträuchern mit dunkleren Beeren fern. »Gift«, sagte er zu Brennender Turm, während er die Stimme hob, damit ihn auch die anderen hören konnten. »Die Kriechpflanzen wickeln sich um eure Knöchel und halten euch fest, während ihr an dem Gift sterbt. Sie wollen eure Leichen als Dünger. Die einzigen, die diese Beeren essen können, sind ganz bestimmte Vögel. Diese da.« Sie waren klein und gelb und hatten rote Flügel, mit denen sie zwischen den Sträuchern umherflatterten. »Achtet auf die Sprengervögel. Sprenger und Dornenbeeren haben vor langer Zeit einen Pakt geschlossen. Die Sprenger schlucken die Samen und bringen sie ...«

»Vater? Woher weißt du das?«

Ja, woher eigentlich? »Von Kojote«, sagte er. »Kojote hat den Pakt geschlossen. Er kann die Dornenbeeren auch essen.« Würde das Whandall schützen? Höchstwahrscheinlich nicht, lautete sein Urteil.

Sie kampierten in den Wagen, auf einer Lichtung, die sie gesäubert hatten. Sie war nicht breit genug, um ihnen das Ausladen der Kisten zu gestatten. Whandall war hungrig. Holz zu schlagen und Ranken zu durchtrennen, war schwerere Arbeit, als er sie gewöhnt war.

Doch das Abendessen verzögerte sich.

»Vater!«, rief Brennender Turm. »Alle Feuer sind erloschen! Ich kann die Kohlenpfanne nicht anzünden.«

»Verwünscht. Natürlich kannst du es nicht«, sagte Whandall. Er rief Große Hand. »Du musst ein Feuer für uns anzünden. Tu es draußen. Ab hier brennt in einem Haus oder Heim kein Feuer mehr und unsere Wagen müssen für Yangin-Atep zu große Ähnlichkeit mit Häusern haben.«

»Vielleicht steckt noch etwas anderes dahinter«, vermutete Morth.

»Hast du eine Vision?«

»Nein. Aber hat Yangin-Atep eine Vision? Ich habe mein Wahrnehmungsvermögen zum größten Teil eingebüßt, Whandall.«

Die Toronexti erwarteten sie bereits.

Kurz nach Anbruch des fünften Tages bog der Wagenzug um eine Kurve und stieß auf einen dicken Keil aus Gras, der von Sträuchern und Ranken befreit war und wie ein Trichter zu einem Wächterhaus aus Ziegelsteinen führte. Sieben Männer in Lederkleidung, die ausgefallene Hüte mit Troddeln trugen, welche auf groteske Weise über ihren Ledermasken thronten, standen in einer Reihe vor dem Wächterhaus. Auf dem Dach waren noch mehr von ihnen zu sehen, und Whandall glaubte, dass sich im dichten Gestrüpp beiderseits der Straße weitere Männer versteckten. Die sieben waren bewaffnet, hatten ihre Waffen aber nicht gezückt. Whandall konnte die Männer im Wächterhaus nicht sehen. Jenseits des Wächterhauses kümmerten sich vier Männer um ein großes Herdfeuer, über dem ein großer eiserner Topf hing.

Während der letzte Wagen um die Kurve bog, löste Schleicher sich vom Wagenzug.

»Bist du sicher, dass du uns wiederfindest?«, fragte Whandall.

»Ich kenne die Sprache. Wie kann man einen Wagenzug verstecken?«, fragte Nicht Zu Sehen vernünftigerweise. »Heute Nacht oder morgen.«

»Ich kann mich an dieses Verhalten bei ihnen nicht

erinnern«, sagte Hammer. Er marschierte jetzt neben Whandall, da andere ihre Wagen fuhren. Seine Schleuder war kaum verborgen und er hatte einen Beutel mit Steinen bei sich.

»Ich auch nicht. Zeigt ihnen unsere Stärke noch nicht.«

Die Toronexti schienen mit einem Ritual beschäftigt zu sein. Einer trat mit einem Lederstreifen vor. Etwas stimmte nicht mit der Hand, die ihn hielt. Zwei Finger fehlten, die unmittelbar an der Handfläche abgetrennt waren.

Weil er unter Maske und Ledersachen verborgen war, gab es keine andere Möglichkeit, ihn zu erkennen.

Er entrollte den Lederstreifen und hielt ihn beim Sprechen vor sich. »Seid gegrüßt, Fremde. Dies ist Teps Stadt. Wir sind die Toronexti, Sprecher und Diener der Fürstenzeugen von Fürstenhöhe, Fürstendorf und Teps Stadt. Seid willkommen. Eure Handelswaren sind hier sicher.

Wir bedauern, dass eine geringe Gebühr für diesen Schutz und eine weitere für den Durchzug durch unser Land erhoben werden muss. Unsere Inspektoren werden diese Gebühren in Abhängigkeit von den Waren festsetzen, die ihr bei euch habt.

Unterwerft ihr euch der Autorität der Fürstenzeugen?«

»Habt ihr etwas, das eure Autorität belegt?«, fragte Morth trocken.

Der Sprecher der Toronexti strahlte. »Das haben wir! Wir haben eine Urkunde von den Fürstenzeugen.«

»Ah.« Morth schien grenzenlos belustigt zu sein. »Darf ich sie sehen?«

»Wozu das, um alles in der Welt?«, wollte Whandall wissen.

Morth zuckte die Achseln.

Halbe Hand wandte sich an seine Kameraden. Sie traten zusammen und beratschlagten leise. Schließlich trat der Sprecher wieder vor und sagte: »Einer von euch darf sich der Urkunde nähern. Sie wird im Wächterhaus aufbewahrt.«

»Drinnen«, sagte Whandall zu Morth. »Damit sie nicht verbrennen kann? Nur eine Vermutung.«

»Eine vernünftige Vermutung«, bestätigte Morth. »Beachte das Herdfeuer. Offenbar soll es Yangin-Atep beschwichtigen.« Lauter sagte er: »Ich werde mich nähern. Ich bin Morth von Atlantis, Zauberer im Wagenzug von Whandall Federschlange, dessen Ruhm allen vier Winden bekannt ist.«

Morth ging hinein. Whandall beriet sich mit Hammer und Unverschämte Eidechse. »Hat jemand sie letzte Nacht bemerkt?«

Eidechse sagte: »Ich dachte, ich hätte etwas auf der Straße gehört, aber niemand ist näher gekommen, und ich könnte schwören, dass niemand durch den Wald gekommen ist.«

»Also wussten sie, dass Wagen kommen, aber nicht, wie viele«, sagte Whandall. »Vielleicht sind sie nicht in voller Stärke angerückt ...«

Große Hand rief: »He, Harpyie!«

Im Wagenzug brodelte es vor Betriebsamkeit. Jeder bewaffnete Mann kam heraus. Die Frauen zogen alle Planen zu. Hammer und Unverschämte Eidechse liefen bereits zu Große Hands Wagen, bevor Whandall auf den traditionellen Hilferuf eines Wagenlenkers reagieren konnte.

Zwei Toronexti standen da, von Große Hand und seinem Hammer bedroht. Vier weitere hatten ihr Schwert gezogen und ein fünfter hielt einen Speer in der Hand. Große Hand schrie, die Toronexti schrien und niemand verstand auch nur ein Wort ...

»Was geht hier vor?«, wollte Whandall wissen.

»Wir sind Inspektoren der Toronexti und dieser Mann widersetzt sich«, erklärte einer der Toronexti.

»Halt dich zurück, Große Hand«, sagte Whandall. »Wenn du so nett wärst.« Zu den Toronexti sagte er: »Unser Zauberer wirft einen Blick auf eure Dokumente. So lange werdet ihr doch wohl noch warten können.

Kehrt bitte in euer Wächterhaus zurück und wartet auf Anweisungen eurer Offiziere!«

Erstaunlicherweise taten sie genau das.

»Das sind keine Fürstensippler«, sagte Hammer. »Jedenfalls keine, wie ich sie in Erinnerung habe.«

»Das ist ein altes Rätsel.« Fürstensippler würden keine Autorität von Offizieren anerkennen und sich erst gar nicht um eine wie auch immer geartete Urkunde sorgen. Aber er kannte die Toronexti nur vom Standpunkt des Fürstensipplers her.

Whandall versammelte seine Wagenbesitzer um sich. »Das könnte heikel werden. Achtet darauf, was ich tue, und seid vorsichtig. Wir wollen *nicht* kämpfen. Stein, sieh nach, wo Morth bleibt.«

Grüner Stein kehrte ein paar Minuten später zurück. »Er sieht sich einen riesigen Pergamentstapel an«, sagte Stein. »Sie lassen nicht zu, dass er die Pergamente anfasst, aber einer von ihnen, ein verrückt aussehender Bursche in einem Gewand und mit einem komischen Hut auf dem Kopf, breitet das Zeug für ihn auf dem Tisch aus. Auf einem der Blätter steht in riesigen Buchstaben ›Zeugen‹ und dann noch etwas anderes, das ich aber nicht erkennen konnte, weil ich zu weit weg war.«

»Du kannst es lesen?«, fragte Große Hand.

Weide hatte allen Kindern das Lesen der Sprachen beigebracht, die entlang der Hanfstraße gebräuchlich waren, aber ...

»Sicher, es ist in dieser Sprache abgefasst, die Mutter und Vater benutzen, wenn sie nicht wollen, dass wir Kinder sie verstehen«, sagte Stein. »Morth hat sie mir beigebracht. Und die Buchstaben sind dieselben, die wir benutzen.«

»Hat Morth gesagt, wie lange er noch braucht?«

»Er sagte, wir sollten ihm noch eine Viertelstunde geben, aber es machte keinen großen Unterschied. Was immer das zu bedeuten hat. Vater, da war noch etwas anderes in großen schwarzen Buchstaben an die Decke gekritzelt. ›Ich habe meine Frau Saphir umgebracht. Ich habe mein Haus verbrannt, um ihre Leiche zu verstecken, aber Yangin-Ateps Zorn hat mich überkommen und ich habe noch mehr verbrannt. Feuer umgab und tötete mich. Aber ich gehöre nicht Yangin-Atep! Ich bin sippenlos!‹«

Irgendeine alte Erinnerung klopfte an seinen Schädel und verlangte einzutreten, aber dafür war einfach nicht die richtige Zeit. »Also gut. Es wird Zeit, dass wir uns bereit machen. Wir müssen zulassen, dass sie die Wagen untersuchen«, sagte Whandall. »Als Einziges müssen wir das Gold verstecken, und das haben wir so geschickt wie möglich getan.«

»Die Flaschen sind aber gar nicht versteckt«, wandte Hammer ein. »Eine ganze Wagenladung!«

»Überlass das mir.«

Morth kehrte leise lachend zurück. »Es ist tatsächlich eine Urkunde. Und es gibt Vorschriften. Darüber, was sie einbehalten dürfen und was nicht. Theoretisch sind sie auf den zehnten Teil von allem beschränkt, wenn man davon absieht, dass sie neun von zehn Teilen von jedwedem Teer behalten können, der eingeführt wird.«

»Niemand brächte Teer nach Teps Stadt«, protestierte Whandall.

Grüner Stein sagte: »Ein Teil von zehn ist gar nicht so schlecht ...«

»*Dann* gibt es noch die Ausnahmen«, sagte Morth. »Whandall, der Umfang dieses Dokuments scheint in den letzten fünfzig Jahren zugenommen zu haben, als Teps Stadt noch Handel mit der Außenwelt trieb.«

»Ich kann mich nicht erinnern, dass es jemals einen Überlandhandel gegeben hat«, protestierte Hammer.

»Ich auch nicht – und auch sonst keine lebende Person«, sagte Morth. »Aber es gibt immer noch Regeln und Vorschriften, und die laufen darauf hinaus, dass sie sich nehmen können, was sie wollen, wenn sie alles sorgfältig genug gelesen haben.«

»Und das haben sie mit Sicherheit getan«, sagte Whandall.

»Nein, eher nicht«, widersprach Morth. »Sie können nicht lesen. Abgesehen von diesem merkwürdigen Burschen in dem Gewand, der ständig über alte Verbrechen plappert. Egon Forigaft.«

»Forigaft.« Der Name eines Fürstensipplers. Wiederum ließen die alten Erinnerungen Whandall im Stich.

»Er scheint ihr Sekretär zu sein. Sie behandeln ihn mit erlesener Hochachtung, die er nicht verdient hat, aber er ist der Einzige von ihnen, der lesen kann. Ich glaube, ihnen ist gleichgültig, was in der Urkunde steht. Sie werden so viel nehmen, wie es ihnen angemessen erscheint.«

»Vielleicht tragen sie deshalb diese Kostüme und zeigen uns die Urkunde«, sann Whandall. »Weil sie nie Handel mit der Außenwelt getrieben haben. Finden wir es doch heraus!«

Er ging rasch zum Wächterhaus. »Edle Toronexti«, sagte er. Er hatte schon vor langer Zeit gelernt, dass Schmeicheleien eine billige Ware waren. »Wir sind die Ersten unserer Art seit vielen Jahren. Andere werden kommen und viele Waren bringen: Kochtöpfe, Geschirr bester Machart, Felle exotischer Tiere. Pelze, Federn und Juwelen, die eure Frauen schmücken, all das können wir mitbringen, aber nichts davon wird bei euch ankommen, wenn wir nicht zufrieden zurückkehren.«

Der Toronexti-Offizier grinste hinter seiner Maske. »Und was bringt ihr diesmal?«

»Wenig von Wert, denn dies ist ein Erkundungsunternehmen. Aber wir haben dies als Geschenke für eure Offiziere.« Er winkte, und einer der Jungen brachte einen billigen Teppich, legte ihn auf den Boden und entrollte ihn. Drei Bronzemesser kamen zum Vorschein, dazu ein halbes Dutzend auffälliger Ringe mit Schmucksteinen aus Glas, wie Whandall sie immer an die Kinder entlang der Hanfstraße als Geschenke verteilte.

Die Toronexti nahmen alles begierig an sich, auch den

Teppich. Der Offizier beäugte Whandalls Messer. »Deines ist noch schöner ...«

»Nimm es, wenn du es haben willst.« Der Toronexti war bereits auf dem Weg zu ihm, als Whandall sagte: »So habe ich es bekommen.«

Der Toronexti-Offizier blieb stehen. Er beäugte Whandalls Ohren, dann seine Tätowierung. »Du warst schon früher hier.«

Whandall schwieg.

»Eine gute Methode, ein Messer zu bekommen«, sagte der Toronexti. »Was habt ihr sonst noch mitgebracht?«

»Auf dem Rückweg werden wir mehr von Wert haben«, sagte Whandall.

»Wenn ihr gute Geschäfte macht.«

»Das werden wir.« Whandall seufzte. »Ich zeige euch das Wertvollste, was wir haben.« Er winkte wieder und Grüner Stein brachte einen anderen billigen Teppich. *Verwünscht*, dachte Whandall. *Ich hätte berücksichtigen müssen, dass es hier keine richtigen Teppiche gibt. Sie werden alle einen haben wollen!*

Stein entrollte den Teppich. Zwölf schwarze Glasflaschen ruhten in einem Holzgestell.

»Ich weiß, dass die Einwohner von Fürstenstadt gut für diese Dinge zahlen werden«, sagte er. »Denken wir gründlich nach. Die Sippenlosen aus Fürstendorf werden mir für diese Flaschen mehr geben, als sie euch gäben. *Viel* mehr. Weil ich nicht für die Fürsten arbeite.« Whandall beobachtete das Gesicht des Zöllners. War das immer noch eine Beleidigung? Und würde der Mann darüber hinwegsehen und erkennen, dass Whandall Recht hatte?

»Mit«, sagte der Zöllner. »Mit den Fürsten, nicht für die Fürsten. Zeig mir diese beiden.« Er zeigte auf die beiden kleinsten Flaschen.

»Die kleinen?«

»Die sind feiner gearbeitet.«

Whandalls Miene veränderte sich nicht, als ihm aufging, dass die Toronexti keine Glasflaschen kannten.

Draußen waren sie weit verbreitet, aber er hatte noch nie eine Glasflasche in Teps Stadt gesehen! Offenbar waren sie nicht Bestandteil des Seehandels.

Und sie mochten die kleinsten. Whandall erinnerte sich an Grüner Steins Geschichte über die Entstehung der Flaschen. Sie hatten *tausende* von Flaschen zurückgelassen, die kleiner waren als diese! Was mochten sie hier wert sein?

Später. Vorsichtig hob Whandall die beiden Fläschchen hoch. Als er dem Toronexti eine in die Hand gab, zwinkerte er Morth zu.

Whandall konnte nicht erkennen, ob der Zauberer irgendetwas unternahm, aber die Flasche löste sich zu einer Sandpaste auf und eine stinkende Flüssigkeit lief dem Offizier über die Finger.

»Verwünscht!«, rief Whandall.

»Ja, verwünscht. Was *ist* das?«, wollte der Toronexti wissen.

»Ein Extrakt aus den Drüsen der Zibetkatzen«, sagte Whandall. »Daraus wird Parfüm gemacht.«

»Parfüm? Daraus?« Er griff nach der anderen Flasche, die sich ebenfalls in Gestank auflöste.

Whandall starrte mit weit aufgerissenen Augen auf den Schaden und stieß einen unterdrückten Schrei aus, als ersticke er. Dann legte er dem Zöllner eine dritte Flasche auf die schlaffe Hand. Wiederum löste sich das Glas in Sand und stinkende Flüssigkeit auf. Der Toronexti warf sie mit einem lauten Fluch weg. Der andere Zöllner brach in lautes Gelächter aus. »Magie? Magie wirkt hier nicht, ihr Narren!«

Morth sagte: »Es tut mir Leid, Federschlange! Die magischen Flaschen lösen sich in dieser verwünschten Stadt bei der geringsten Berührung auf. Sie müssen über einem Becken geleert werden!«

»Ihr behauptet, die Sippenlosen von Fürstenstadt werden dafür bezahlen? Um Parfüm daraus zu machen?«, wollte der Toronexti-Offizier wissen.

»Nun, so geschieht es jedenfalls in Condigeo!«

»Dann sollen sie es tun! Wir wollen dieses Zeug jedenfalls nicht. Und diese Flaschen ...«

»Ein andermal«, sagte Morth. »Sie lassen sich auch ohne Magie herstellen. Mir war die Rückständigkeit dieses Ortes nicht klar.«

»Rückständig? *Wir*?« Aber der Toronexti lachte. »Also, was habt ihr sonst noch?«

»Wenig, weil wir dachten, dies ließe sich am besten verkaufen.«

»Warum habt ihr das gedacht?«, fragte der Toronexti verschlagen.

»Wir reden mit Schiffskapitänen«, sagte Whandall. »Wir lernen. Wollt ihr etwa alle Geheimnisse eines Meisterhändlers ergründen?« Er grinste breit.

Hinter ihm hatten sich seine Gefährten aufgereiht. Große Hand stützte sich auf ein zweihändiges Schwert, dessen Spitze nach unten wies. Hammer und einige der jüngeren Sippenlosen spielten beiläufig mit Schleudern und Steinen. Grüner Stein hielt eine Axt in den Händen und trug ein großes Fürstensipplermesser. Sie alle lächelten und hörten ihrem Wagenmeister zu. Und standen in Bereitschaft.

Whandall konnte mühelos den Überlegungen des Toronexti-Anführers folgen.

Die Wagenführer mochten die Wahrheit sagen – wenn dieser Wagenzug unversehrt zurückkehrte, kamen vielleicht immer größere Wagenzüge. Sie waren dreißig Bewaffnete und damit der heutigen Wachmannschaft der Toronexti zahlenmäßig überlegen. Bei der Ausreise würde der Wagenzug wertvoller sein als jetzt bei der Einreise und die Ausreise würde zu einem Zeitpunkt erfolgen, wenn sie in voller Stärke aufmarschieren konnten.

»Habt ihr noch mehr von diesen Ringen?«

»Ein Dutzend als Geschenk«, sagte Whandall.

»Essen?«

Whandall warf eine Kiste mit getrocknetem Bisonfleisch vom Wagen.

Der Toronexti grinste. »Ihr könnt passieren, Freunde.«

72. Kapitel

Der Weg kreuzte den Rehpiesel ein letztes Mal. »Jetzt ist es so weit«, sagte Whandall zu Grüner Stein. »Wir sehen Teps Stadt, sobald wir an diesem Gehölz vorbei sind.«

Die Stadt lag vor ihnen am Fuß eines flachen Abhangs. Dreißig Bewaffnete in der Rüstung von Fürstenmännern versperrten die Straße. Sie standen in Habachtstellung da, nicht drohend, aber doch so, dass kein Weg um sie herum führte.

»Banditen!«, rief Grüner Stein.

Whandall stellte sich auf die Fahrerbank und machte den nachfolgenden Wagen heftige Zeichen: beide Hände flach ausgestreckt und leer, mit Bewegungen, als drücke er etwas zu Boden. *Legt die Waffen nieder!* Grüner Stein sah die Dringlichkeit im Mienenspiel seines Vaters. Er eilte zu den anderen zurück und forderte sie eindringlich zur Besonnenheit auf.

Whandall sprang vom Wagen. Er trat vor, das große Messer mit den Gravuren für alle sichtbar in der Scheide. »Heil.«

»Heil.« Der Sprecher war ältlich, das Gesicht unter Helm und Rüstung verborgen, aber die Stimme klang vertraut. »Whandall Federschlange. Wir haben die Geschichten gehört.« Er drehte sich um und redete mit jemandem hinter sich, mit einem Mann, den die Reihe der Wachmänner verbarg. »Er ist es, Fürst. Whandall Ortsfeste, zurückgekehrt.« Er drehte sich wieder um, betrachtete die Karawane und wandte sich wieder nach hinten. »Und reich, reich ist er zurückgekehrt.«

»Friedensstimme Wassermann«, sagte Whandall.

»Meister Friedensstimme Wassermann für Euch, mein

Herr!« In seiner Stimme lag ein wenig Belustigung, aber keine Böswilligkeit. »Es überrascht mich nicht, dass Ihr Euch noch an mich erinnert. Mein Herr.«

»Hat dann also Fürst Samorty das Sagen?«

»Nein, mein Herr, Fürst Samorty ist seit fünf Jahren tot, mein Herr.«

Irgendwie war er überrascht. Aber auch Fürsten starben. Es hatte nur den Anschein, als lebten sie ewig. »Dürfen wir passieren? Wir sind gekommen, um zu handeln«, sagte Whandall.

»Das liegt beim Kommandant, mein Herr!«

Mit großer Geduld sagte Whandall: »Dann reden wir doch mit dem Kommandanten ...«

Wassermanns Miene veränderte sich nicht. Er drehte sich um und rief: »Whandall Ortsfeste wünscht mit dem Kommandanten zu reden, Fürst!«

Der verborgene Fürst erwiderte etwas mit leiser Stimme. »Der Fürst sagt, in einer Viertelstunde, Meister Friedensstimme!«, rief ein Wachmann.

»In einer Viertelstunde, mein Herr!«, wiederholte Wassermann. Er nahm wieder eine starre Habachtstellung an. Als klar war, dass er nichts mehr tun oder sagen würde, kehrte Whandall zu den Wagen zurück.

Morth grinste. »Bemerkenswert.«

»Warum?«

»Sieh doch.« Morth streckte den Arm aus. Ein Wägelchen, das von einem der großen Pferde gezogen wurde, welche die Fürsten benutzten, fuhr hinter den Reihen der Wachen vor. Drei Arbeiter nahmen ein kleines Zelt von dem Wagen und stellten es auf. Ein anderer lud einen Holzkohleofen ab. Aus der Art, wie er ihn hielt, ging hervor, dass darin ein Feuer brannte, und selbstverständlich stellte er einen Teekessel darauf. Ein anderer Arbeiter brachte einen Tisch, dann zwei Stühle. Er verschwand für eine Weile und kehrte mit einem dritten Stuhl zurück.

Die sippenlosen Arbeiter trugen alle schwarz-gelbe Hemden. Whandall erinnerte sich an Samortys Gärtner, aber das waren nicht dieselben Farben. Morth runzelte die Stirn. »Quintana«, sagte er.

»Wie bitte?«

»Das sind Quintanas Farben«, sagte Morth. »Und seinem Alter nach zu urteilen, würde ich sagen, dass es Fürst Quintana persönlich ist. Er muss jetzt siebzig Jahre alt sein und hat keine Magie, die ihm hilft. Und er ist persönlich gekommen. Whandall, sie nehmen dich ganz gewiss ernst.«

»Ist das gut?«

Morth zuckte die Achseln.

Ein Korporal kam zu ihnen. »Whandall Federschlange, Fürst Erster Zeuge Quintana wünscht Eure Gesellschaft beim Tee«, sagte er förmlich. »Und bittet Euch, dem Weisen Morth von Atlantis zu gestatten, Euch zu begleiten.«

Morth Grinsen gefror ein wenig, aber er sagte: »Es ist uns ein Vergnügen. Komm, Whandall.«

Jetzt grinste Whandall.

Ein Diener stand hinter Quintana und hielt seinen Stuhl, als Quintana sich erhob. »Whandall Federschlange, ich bin entzückt, Euch kennenzulernen. Morth von Atlantis, es ist schön, Euch wiederzusehen. Ihr seht jünger aus als bei unserer letzten Begegnung.«

»Tatsächlich bin ich auch jünger, Fürst Quintana.«

Quintana lächelte schief. »Ihr könnt mir vielleicht etwas verkaufen, das bei mir dasselbe bewirkt?«

»Nicht, solange Ihr darauf besteht, in dieser verderblichen Gegend zu wohnen, die Ihr Fürstenhöhe nennt«, sagte Morth.

»Aha. Und anderswo?«

»Nirgendwo vor den weit entfernten Bergen«, sagte Morth. »Ich habe einen *wundervollen* Ort gefunden, und zwar hundert Tagesmärsche nordwestlich ...«

Quintana nickte. »Kaum überraschend. Nehmt doch bitte Platz, Wagenmeister, Weiser. Ich kann euch Tee anbieten.«

Schwacher Hanftee mit einem rauchigen Beigeschmack

nach Teer. Morth trank und äußerte sich anerkennend. Whandall lächelte: Der Fürst versuchte nicht, sie unter Drogen zu setzen.

»Darf ich offen sein?«, sagte Quintana. »Wagenmeister, welche Absichten habt Ihr?«

»Wir bringen Handelswaren«, sagte Whandall. »Einiges davon ist auch für Fürsten von Wert. Wenn sich alles gut anlässt, schicken wir weitere Wagen mit weiteren Waren. Ich hatte gehofft, in Fürstendorf lagern zu können.«

»Dort gibt es keine geeigneten Unterbringungsmöglichkeiten für euch alle«, sagte Quintana. »Wir können Euch und dem Weisen eine Unterkunft in Fürstendorf anbieten, aber für euch alle ist dort kein Platz, und ich bin sicher, Ihr zieht es vor, dass alle zusammenbleiben.«

»O ja.« *Getrennt werden? Hier?*

»Also. Willkommen in Teps Stadt«, sagte Quintana.

Morth gluckste.

»Ihr seid belustigt, Weiser?«

»Gelinde«, sagte Morth. »Und neugierig, warum der Erste Zeuge persönlich kommt, um einen Händler zu begrüßen.«

Quintanas Miene veränderte sich nicht. »Wir erhalten nicht oft Besuch von reichen Karawanen.«

»Dennoch vermute ich, dass dies die erste ist, die Ihr persönlich empfangt.«

»Es ist außerdem die erste, die ich zu Gesicht bekomme, was Ihr wissen müsstet. Und ich werde älter. Ich langweile mich«, seufzte Quintana. Er erhob sich unvermittelt. »Ich werde alt und gebrechlich. Meister Friedensstimme Wassermann wird euch zu einem geeigneten Lagerplatz führen. Vielleicht darf ich euch dort besuchen. Willkommen in Teps Stadt!«

Whandall lud Wassermann ein, neben ihm auf dem Wagen zu fahren.

»Habe nichts dagegen, mein Herr«, sagte Wassermann. »Werde auch nicht jünger.«

»Habt Ihr in letzter Zeit einmal wieder irgendwelche Jungen verprügelt?«, fragte Whandall im Plauderton.

»Ein paar«, sagte Wassermann. »Das bringt der Posten so mit sich. Ich konnte mir nicht denken, dass Ihr das vergessen würdet. Mein Herr.«

»Die Wahrheit ist«, sagte Whandall, »das war eine kluge Einschätzung. Hier.« Er schob den Ärmel des linken Arms hoch. »Ich kann nicht vergessen, nein, aber ich kann noch Dinge aufheben. Ich frage mich, ob Ihr den Erzähler Tras Preetror wohl in letzter Zeit gesehen habt.«

»Seit zehn Jahren nicht mehr. Natürlich kommt er nicht nach Fürstendorf, aber ich achte auf so etwas. Warum?«

Whandall erzählte die Geschichte, während sie langsam weiter fuhren. »Also war ich auf beiden Seiten dieses Zauns, Meister Friedensstimme.«

Ein paar Minuten lang schwiegen sie beide. »Fürst Quintana hat etwas verschwiegen«, sagte Whandall.

»Ja, mein Herr, das hat er«, sagte Wassermann durchaus bereitwillig. »Ihr seid immer noch nicht auf der Fürstenhöhe willkommen.«

»Aber – Fürst Samorty ist tot?«

»O ja.«

Wassermann – Quintana – die Fürsten hielten ein Versprechen, das sie einem Toten gegeben hatten. Weil er tot war, konnte der Befehl nicht geändert werden. Fürsten waren merkwürdig. Whandall hatte nicht gewusst, wie merkwürdig.

»Diese Toronexti«, sagte Wassermann.

Hm? »Was ist mit ihnen?«

Wassermann schwieg. Warum hatte er sie überhaupt zur Sprache gebracht? »Arbeitet Ihr für die Toronexti?«, hakte Whandall nach.

Wassermann sog Luft durch die Zähne, ein hässliches Geräusch. »Warum diese Frage?«

»Nichts für ungut. Die Toronexti haben Euch einen Boten geschickt«, sagte Whandall. »Er muss gerade so lange gewartet haben, bis er« – er strich sich über seine tätowierte Wange – »*mich* sah, und dann wie der Wind gelaufen sein. Und Ihr seid gekommen. Mit Fürst Quintana und einem Großteil Eurer Armee.«

»Nicht mit dem Großteil«, sagte Wassermann. »Mit einem Teil. Was die Toronexti angeht – was Ihr über sie zu wissen glaubt, ist wahrscheinlich falsch.«

»Bitte fahrt fort. Wir tauschen gern Geschichten.«

»Und jetzt bin ich an der Reihe?« Wassermann grinste. »Die meisten Fürstensippler halten sie nur für eine Bande. Ein paar glauben, dass sie für die Fürsten arbeiten.«

»Tun sie das denn nicht?«

»Früher einmal«, sagte Wassermann. »Sie haben Steuern und Zölle eingetrieben und natürlich einen Teil davon selbst einbehalten. Sie haben die Sippenlosen an der Flucht gehindert und sich um die für die Fürsten bestimmten Handelswaren gekümmert. Aber dann kamen keine Handelswaren mehr durch den Wald, hat mir der Vater meines Vaters erzählt, und dann gab es immer *mehr* Toronexti, die immer mehr von dem behielten, was sie an Steuern und Abgaben erhoben.« Wassermann spie seitlich auf die Straße. Er sagte: »Was sie sammelten. Vielleicht erfüllen sie ja immer noch einige ihrer Pflichten. Manche Waren kommen tatsächlich aus dem Wald in die Stadt. Und sie haben tatsächlich einen Boten geschickt, der uns von Euren Wagen berichtete. Aber in erster Linie arbeiten sie jetzt für sich selbst.«

»Wir wussten nie, wo sie wohnten, wie sie lebten, was sie mit ihrem Reichtum anfingen. Wer ihre Nachbarn waren. Wenn sie Fürstensippler waren, wo ist dann ihr Revier? Wenn sie Sippenlose waren ... sind sie sippenlos?«

»Ich weiß, wie sie angefangen haben«, sagte Meister Friedensstimme. »Unsere Vorfahren haben sich einen Weg durch den Wald gebrannt und Teps Stadt erobert. Das wisst Ihr. Aber Fürsten und Fürstensippler wollten nicht miteinander leben. Nachdem sich alles beruhigt hatte, gab es – so hat man mir berichtet – genau sechzig

Jungen und Mädchen, die einen Fürst als Vater und eine Fürstensipplerin als Mutter hatten.«

»Niemals andersherum?«

»Nein.«

Oft war Schweigen die Essenz des Takts.

Wassermann sagte: »Es musste ein Platz für sie gefunden werden. Sie bekamen den Auftrag, den Weg durch den Wald zu bewachen. Die Sippenlosen dürfen nicht fliehen, sie könnten mit Verbündeten zurückkehren. Aber die Steuereinnehmer und Zöllner lebten dort im Wald und bauten sich Häuser am Ufer des Rehpiesel. Das war ihre Pflicht.«

»Jetzt gibt es dort keine Häuser mehr«, erinnerte sich Whandall. »Nur das Wächterhaus und den Schlagbaum. Der große Mittelabschnitt ist aus Stein, den müssen Sippenlose gebaut haben. Die Flügel sind primitive Arbeit und auch jüngeren Datums. Aus ihnen sind keine Sippenlosen geworden.«

Wassermann schwieg.

Whandall fragte. »Was denkt Ihr, wenn Ihr über die Toronexti nachdenkt?«

Sie hatten den Stadtrand passiert und fuhren durch das Blumenmarkt-Revier. Die Straßen sahen leer aus, bis Whandalls Sinne sich umgestellt hatten. Dann ... da war das Löwenmaul-Zeichen, das unbeholfen auf eine bröckelnde Mauer gemalt worden war. Eine Bewegung auf dem Dach: ein ungeschickter Schleicher ... ein ganzer Trupp davon. Bewegung hinter Fensterschlitzen. Ein Publikum beobachtete die Parade.

Wassermann hatte nicht geantwortet.

Whandall fragte: »Warum habt Ihr mir das erzählt?«

Wassermann starrte stur geradeaus.

Sie rollten in einer Stille dahin, die man als vertraut hätte bezeichnen können. Whandall wartete. Manche Geheimnisse mussten verborgen bleiben, aber manche ließen sich vielleicht teilen ...

Die Karawane folgte einer Straße, welche die Grenze

zwischen Blumenmarkt und Schlangenpfad bildete. Whandall erinnerte sich noch an die Straße. Fürstensippler verließen ihre Häuser, um sie anzugaffen. Niemand versuchte von Wagen zu sammeln, die von marschierenden Fürstenmännern begleitet wurden.

Ein Stück weiter lag ein freier Platz. Ein großes rechteckiges Gebäude musste dort gestanden haben und noch eines dahinter, doch jetzt waren beide verschwunden. Vor ihnen lag eine Mauerruine, die Überreste eines ausgebrannten Hauses, und davor ...

Ein Feld, das früher einmal mit Kopfstein gepflastert gewesen war. Gras und Senfpflanzen sprossen in den Fugen zwischen den Steinen. Alle Mauern rings um das Feld waren Ruinen und gehörten zu Häusern, die schon vor langer Zeit ausgebrannt waren.

In der Mitte stand ein Springbrunnen. Wasser rieselte heraus ...

»Aber das ist ja der Friedensplatz!«, rief Whandall.

Wassermann nickte mit verschlossener – belustigter? – Miene. Amüsierte er sich? Whandall konnte es nicht sagen. »Das ist er. Mein Herr. Fürst Quintana hat angeordnet, dass ihr hier lagern sollt. Die Straßen sind gut, es gibt genug Platz für einen Markt, und das Wasser fließt zwar spärlich, aber doch reichlicher als fast überall sonst. Er hält dies hier für eine gute Stelle.«

Whandall starrte auf die Ruinen. »Nun gut, es scheint so zu sein Hier mag es möglich sein. Meister Friedensstimme, mir will scheinen, dass Ihr mir auch *darüber* etwas hättet erzählen können. Wo wir unseren Markt errichten sollen und warum und was sich hier in den vergangenen zweiundzwanzig Jahren ereignet hat. Ich war lange weg. Aber Ihr habt beschlossen, über die Toronexti zu reden. Nimmt man an, *ich* wüsste etwas über sie? Ich bin nie in die Nähe des Rehpiesel gekommen, bis ...«

... bis Wanshig in die Weinherstellung verwickelt worden war.

Eine Frage drängt sich auf. Er wartet auf sie. Whandall

fragte: »Hat Fürst Quintana Euch aufgetragen, die Toronexti zur Sprache zu bringen?«

»Ich sage nicht ja, ich sage aber auch nicht nein«, antwortete Wassermann.

»Was täten die Fürsten, wenn die Toronexti eines Tages einfach ... verschwänden?«

»Sie würden jemanden beauftragen, ihren Platz einzunehmen«, sagte Wassermann. »Jemanden, der vernünftiger wäre, und nicht so viele. Ich meine, ich könnte diese Arbeit mit zehn Männern erledigen.«

»Söhne? Neffen?«

»Das ist ein Gedanke.«

73. Kapitel

Whandall hob die Hand über den Kopf und ließ den Arm kreisen. »Bildet einen Kreis mit den Wagen!« Da es aber nur vier waren, bildeten sie ein Quadrat.

Am anderen Ende des Platzes standen Wagen – kleine Pritschenwagen ohne Dach nach Art der Sippenlosen. Wassermann trat zu ihnen. Whandall spannte gerade die Bisons aus, als Wassermann mit einem jungen Mann im Schlepptau zurückkehrte. Er war glattrasiert, nicht tätowiert und höchstens zwanzig, vielleicht jünger. Aufgrund der Kleidung war es schwierig, sein Alter zu schätzen. Er trug ein dunkles Gewand und eine eng sitzende Kappe, die tief in die Stirn reichte und die Ohren bedeckte.

»Zeugensekretär Sandry«, sagte Wassermann. »Ich mache Euch mit Wagenmeister Whandall Federschlange bekannt. Wagenmeister, Sekretär Sandry ist zu Eurer Unterstützung hier. Falls Ihr Fragen oder Wünsche habt, wird er Euch behilflich sein.«

»Vielen Dank, Meister Friedensstimme.« Während Wassermann wieder zu seinen Leuten zurückkehrte, betrachtete Whandall den jüngeren Mann. Er war größer, als Whandall die Zeugensekretäre in Erinnerung hatte, und natürlich war Whandall damals jünger und kleiner gewesen. Sein Körper wurde größtenteils durch das weite Gewand verborgen, aber wo etwas von seinen Armen zu sehen war, schienen sie muskulöser zu sein als die eines Sekretärs. Seine Kappe war nicht neu, passte ihm aber nicht besonders gut. Whandalls Miene veränderte sich nicht. »Willkommen, Sekretär Sandry.«

»Einfach nur Sandry reicht, mein Herr.«

»In Ordnung. In nehme an, Ihr könnt lesen.«

»Ja, mein Herr, ich kann lesen und rechnen.«

»Gut. Sucht einen Platz, wo wir die Bisons einpferchen können. Dann müssen wir irgendwo Futter für sie kaufen. Bisons essen viel, Sekretär Sandry. Mehr, als Ihr glauben würdet. Wir brauchen eine ganze Wagenladung Heu oder Stroh.«

»Wie Ihr wünscht, mein Herr«, sagte Sandry. Er beobachtete das aus dem Springbrunnen tröpfelnde Rinnsal. »Dürfte ich außerdem einen Wasserwagen vorschlagen? Mein Herr.«

»Was wird uns der kosten?«

»Das finde ich heraus, mein Herr. Aber nicht so viel, wenn es Flusswasser ist. Es eignet sich natürlich nur für Tiere.«

Whandall erinnerte sich an das stinkende Wasser der Flüsse in Teps Stadt. Einmal war er sehr froh über dieses Wasser gewesen. Jetzt war er Besseres gewöhnt und bei der Erinnerung an dieses Wasser kam es ihm hoch. Das Wasser aus dem Springbrunnen war nicht gut, aber mit Sicherheit besser als das Flusswasser.

»Leitet bitte alles Nötige in die Wege.«

»Ja, mein Herr.«

Grüner Stein kam und sah Sandry nach, als dieser über den Platz ging. Whandall erklärte es ihm.

»Wer ist er deiner Meinung nach, Vater?«, fragte Grüner Stein.

Whandall schüttelte den Kopf. »Ich habe nie besonders viel über Fürsten, Zeugen und Sekretäre gewusst. Vielleicht ist er, was er zu sein behauptet, aber ich bezweifle es. Vergiss nicht, dass er lesen kann. Lass nichts herumliegen, was er nicht sehen darf.«

»Das tue ich nie«, sagte Stein.

»Natürlich nicht.«

»Hübscher Junge«, bemerkte Brennender Turm hinter ihm.

»Zu alt für dich, Flämmchen«, sagte Grüner Stein.

»Tja, vielleicht«, seufzte Brennender Turm. »Und vielleicht nicht.«

»Habt ihr nichts zu tun?«, fragte Whandall Ortsfeste Federschlange.

Am anderen Ende des Platzes errichteten sippenlose Arbeiter ein Lager für Wassermann und dessen Fürstenmänner. Einer der Sippenlosen, ein Junge von ungefähr fünfzehn Jahren, kam zu Whandall. Er nahm seine Mütze ab und trat von einem Fuß auf den anderen. Whandall starrte ihn verwirrt an, dann kehrten peinliche Erinnerungen zurück. Ein Sippenloser, der mit einem Fürstensippler reden wollte, sich aber fürchtete.

»Sprich mit mir.«

»Meister Friedensstimme Wassermann hat mir aufgetragen zu fragen, ob Ihr Arbeiter braucht, die Euch bei der Errichtung Eures Lagers helfen.«

»Nein, danke. Wir sind daran gewöhnt, es selbst zu tun.«

Der sippenlose Junge sah zu, wie Whandalls Leute die Kisten aus den Wagen luden. Er machte einen verblüfften Eindruck.

Natürlich. Da war Grüner Stein mit seinen Fürstensipplerohren, der eine Kiste zusammen mit einem der Müller-Jungen trug. Die Müllers sahen alle wie Sippenlose aus bis auf jene, die wie Angehörige des Bison-Stammes aussahen, und Mutter Wachtel, die Tochter eines Bisonmannes und des jüngeren Müller-Mädchens, eine exotische Mischung, deren Schönheit ans Übernatürliche grenzte. Brennender Turm sah wie ein schmächtiges junges Fürstensipplermädchen aus. Und alle arbeiteten miteinander.

»Feuerholz«, sagte Whandall. »Wir bezahlen für Feuerholz.«

Der sippenlose Junge nickte. »Wir können euch etwas bringen.« Er schien zu zögern.

»Nur heraus damit, Junge«, sagte Whandall.

Der Junge zuckte zusammen.

»Nun komm schon – was gibt es?«

»Ich heiße Adz Weber.«

»Weber. Aha. Dann bist du mit meiner Frau verwandt?«

»Es stimmt also? Ihr habt Weide Seiler *geheiratet*?«

»Schon vor über zwanzig Jahren«, sagte Whandall. »Stein!«, rief er. »Grüner Stein ist unser zweitgeborener Sohn. Stein, das ist Adz Weber. Er muss so etwas wie dein Vetter sein.«

Stein hob zur Begrüßung die Hand. Whandall nickte beifällig. Es war eine auf der Hanfstraße übliche Geste, die in Teps Stadt nicht benutzt wurde, aber hier in Teps Stadt gab es ohnehin keine Geste, mit der ein Fürstensippler einen Sippenlosen gegrüßt hätte.

Adz Weber sah sich um, offenbar im vollen Bewusstsein der Tatsache, dass ein Haufen Fürstensippler auf der Schlangenpfad-Seite des Friedensplatzes zusah. »Du bist hier willkommen«, sagte Whandall. »Aber es ist vielleicht besser, du kommst wieder, wenn wir die Wände errichtet haben. Es hat keinen Sinn, die Aufmerksamkeit von Fürstensipplern zu erregen. Und wir brauchen tatsächlich Feuerholz.«

»Jawohl, mein Herr«, sagte Weber. Whandall lächelte im Stillen. Adz Weber hatte den Tonfall angeschlagen, mit dem Sippenlose einen älteren Verwandten anredeten, nicht den unterwürfigeren Tonfall, der für Fürstensippler reserviert war.

Ein Fortschritt.

Lange bevor das Lager für die Fürstenmänner errichtet war, hatten sie die Kisten abgeladen, die Teppiche ausgerollt, die Markisen gespannt und die Bisons auf einem nicht weit entfernten leeren Platz eingepfercht. Sandry tauchte mit Sippenlosen auf, die eine Wagenladung Heu und einen zweiten Wagen mit einem Wassertank brachten. Whandall erkannte darin einen der Feuerbekämpfungswagen, den die Sippenlosen benutzten. Weitere Sippenlose brachten Feuerholz. Als Stein einem Sippenlosen den winzigsten Goldklumpen, den sie besaßen, als Entgelt für das Feuerholz anbot, war offensichtlich, dass es viel zu hoch war. Whandall feilschte um zusätzliche Muscheln und war zufrieden: Sie kauften mehrere Beutel mit Muscheln, zu viele, um sie zu zählen, für einen Goldklumpen.

Sie würden hier gute Geschäfte machen.

Whandalls Reisezelt war in zwei Räume unterteilt. Der innere war schmuckvoller als die Räume der meisten anderen, wie es sich für einen wohlhabenden Handelsbaron ziemte. Weide hatte sich deswegen Sorgen gemacht, also waren die Außenseiten von Whandalls Kisten verschrammt und nicht poliert und der äußere Raum war sehr schlicht gehalten. Im inneren Raum war das Holz poliert und mit dem Panzer von Lackkäfern eingerieben worden, bis es glänzte. Zwei Spiegel hingen einander gegenüber und die Kinder wurden der Magie eines Blicks in einen dieser Spiegel nie müde. Die Wolle für seine Teppiche stammte von Hochlandschafen, die nach einem besonders harten Winter geschoren worden waren, und seine Kissen waren mit Wolle und Daunen gefüllt. Außen herrschte Armut, aber drinnen besagte alles in dem Zelt: ›Ich kann es mir leisten, Euer unzureichendes Angebot abzulehnen.‹

Das Abendessen bestand aus einheimischem Huhn mit einheimischem Gemüse. Nach allem, was die Toronexti sich genommen und was sie hier verkauft hatten, war ihnen weder getrocknetes Bisonfleisch noch Obst geblieben. Whandall hatte seinen Teller gerade zum zweiten

Mal gefüllt, als Stein in sein Zelt trat. »Ein alter Mann will dich sprechen.«

»Du solltest genauer sein«, sagte Whandall. »Ist er Sippenloser? Fürstensippler? Fürstenmann? Zeuge? Oder sogar Fürst? Nicht einfach nur ein Mann!«

»Ich kann sie nicht unterscheiden«, sagte Stein geduldig. »Er hat ein Messer.«

»Also ein Fürstensippler«, sagte Whandall. »Alt?«

»Viel älter als du, Vater. Keine Zähne, wenig Haare.«

»Ich komme hinaus.«

Alt beschrieb ihn. Der Fürstensippler hielt sich immer noch gerade und stolz und trug sein großes Messer auf trotzige Weise, aber Whandall fand, er solle besser Söhne bei sich haben, wenn er in Teps Stadt einen längeren Spaziergang machen wollte.

Whandall streckte die Hand aus, Fürstensippler unter sich. Sie schlugen sich auf die Handflächen. Die Augen des alten Mannes funkelten. »Du kennst mich nicht mehr, oder, Whandall?«

Whandall runzelte die Stirn.

»Weißt du irgendwas über Wein?«

»Alferth!«

»Genau.«

»Komm herein. Trink einen Tee«, bat Whandall. Er führte den Alten in den Außenraum. Es hatte keinen Sinn, zu viel zu verraten ...

Alferth sah sich um und lachte. »Tarnisos sagte, du hättest jetzt einen sippenlosen Wagen, und ich habe gehört, du hast eine Sippenlose geheiratet. Und jetzt lebst du wie einer?« Er grinste. »Du musst reich sein.«

»Das bin ich«, gab Whandall zu. »Wie geht es Tarnisos?«

»Er ist tot. Fast jeder, den du kanntest, ist tot. Whandall.«

Fürstensippler brachten einander um. Sogar Männer, die hier lebten, vergaßen das.

»Eines habe ich mich die ganzen Jahre gefragt«, sagte

Alferth. »Tarnisos erzählte, du seist vollkommen von Yangin-Atep besessen gewesen. Hättest ihm eine Fackel direkt aus der Hand gebrannt! Hat er gelogen?«

»Nein, das habe ich wirklich getan.« Whandall versuchte sich daran zu erinnern. Alferth und die anderen hatten einen sippenlosen Mann – Weides Vater! – zu Brei geschlagen. Die Wut, die ihn erfüllt und durch seine Finger geflossen war ... war nicht mehr zu spüren. »Ich habe uns einen Weg durch den Wald gebrannt.«

»Ich habe immer gehofft, dass es stimmt«, sagte Alferth. »Mir ist das nie widerfahren. Ich habe mich über Yangin-Atep lustig gemacht und so getan, als wäre ich von ihm besessen, obwohl es gar nicht so war.« Er zuckte die Achseln. »Jetzt bin ich wohl zu alt. Warum sollte Yangin-Atep Interesse an einem alten Mann haben?«

Er sieht zwanzig Jahre älter aus als ich, dachte Whandall. *Aber es können nicht mehr als fünf sein.*

»Hungrig?«, fragte Whandall.

»Fast immer«, gab Alferth zu.

Whandall klatschte in die Hände. »Stein, sag Brennender Turm, sie soll meinem Freund etwas zu essen bringen. Alferth, dies ist mein Sohn, Grüner Stein.«

Alferth starrte ihn an.

Sohn, dachte Whandall. *Ich habe Sohn gesagt und Alferth ist kein Verwandter.*

Alferth riss sich zusammen und nickte zum Gruß. Er betrachtete eingehend Grüner Steins Ohren. Natürlich tat er das. Nun ja, die Fürstensippler konnten sich ruhig schon einmal daran gewöhnen!

Brennender Turm kam mit dem Gulaschtopf. Alferth hakte einen Holzbecher aus seinem Gürtel und hielt ihn ihr hin. Sie füllte ihn und gab sich dabei nicht die geringste Mühe, ihre Neugier in Bezug auf diesen seltsamen Mann zu verbergen, der als Freund in ihres Vaters Zelt saß.

»Ist es keine gute Zeit mehr?«, fragte Whandall.

»Nicht mehr seit dem Jahr, in dem wir zwei Brennen hatten.«

»In einem Jahr?«

»Ja. Das ist jetzt neun Jahre her. Das erste Brennen hat Spaß gemacht, aber das zweite war schlimm. Wir haben Dinge verbrannt, die wir brauchten. Dabei hat es den Friedensplatz getroffen und mit ihm die halbe Stadt.«

»Wie hat es angefangen?«

Alferth zuckte die Achseln. »Das weiß ich nicht, Whandall, weil ich nie wirklich an Yangin-Atep geglaubt habe. Aber damals bei diesem zweiten Brennen waren *alle* besessen! Sie liefen herum, zeigten auf etwas, die Feuer loderten und wir alle hatten nur Sammeln im Kopf. Ich bin in ein Feuer gelaufen und mit einer Ladung brennender Handtücher wieder herausgekommen! Es hat ein halbes Jahr gedauert, bis die Brandwunden verheilt waren. Auf dieser Seite werde ich nie wieder einen Bart haben. Pelzed hat gebratenes Fleisch gerochen. Er rannte in eine brennende Metzgerei und kam mit einer Ochsenhälfte herausgetorkelt. Sein Herz hat versagt.«

»Dann ist Fürst Pelzed also tot?« Whandall war nicht sonderlich überrascht.

»Sicher – hör zu, Whandall, dein Bruder ist jetzt Fürst vom Schlangenpfad.«

»Shastern?«

Alferths Gesicht verzog sich. »Shastern? Ach, der, nein, der ist tot seit ... wie lange jetzt? ... fünfzehn Jahren. Nein, der ältere, Fürst Wanshig, der ist jetzt Fürst vom Schlangenpfad. Um ehrlich zu sein – und daher bin ich hier –, ich soll mich vergewissern, ob du es wirklich bist.«

Und sehen, woher der Wind weht, dachte Whandall. »Sag meinem Bruder – sag Fürst Wanshig, dass ich mich freue. Und dass ich ihn gern sähe, hier oder wo er will.«

Alferths Gesicht verzog sich zu einem Grinsen. »Das dachte ich mir.« Er sah sich inmitten der schlichten Kisten um. Er beugte sich näher zu Whandall und flüsterte: »Ich könnte dir helfen, etwas Besseres zu finden, um ihn zu empfangen.«

Whandall stand auf. »Lass es mich zuerst versuchen«, sagte er. Er schob einen Kistenstapel beiseite, der sich als dünne Wand aus zusammengenagelten Brettern erwies, und führte Alferth in den Innenraum.

»Bei Yangin-Ateps Augen! Du lebst tatsächlich in Pomp und Prunk«, staunte Alferth. »Also stimmen alle Geschichten – du bist fortgegangen und reich geworden!«

»Es gibt viel mehr«, sagte Whandall. Er zeigte nach Osten. »Dort draußen. Ich kann mehr heranschaffen. Aber ich kann es eben *doch* nicht.«

»Hmm?«

»Die Toronexti. Sie haben uns viel von dem abgenommen, was wir mitgebracht haben. Wenn wir wieder gehen, werden sie sich noch mehr nehmen.« Versuchsweise sagte Whandall: »Ich brächte sie alle um, wenn ich könnte.« Alferth hatte einmal ebenso empfunden.

»Daran habe ich selbst schon gedacht«, sagte Alferth. »Ich habe Toronexti angeworben, um Fürst Quintanas Trauben zu bewachen und seinen Wein zu transportieren, den er in meine Obhut gab. Sie ließen zu, dass einer unserer Wagen von irgendwelchen Fürstensipplern gesammelt wurde, *genau* das, was sie eigentlich verhindern sollten. Zwei von ihnen waren tot und der Rest schrie *mich* an. Die beiden Fürstensippler, das waren du und Freethspat, stimmt das nicht, Whandall?«

»Sicher.«

»Und wir alle fanden uns damit ab, Quintana, die Toronexti und ich, und beließen es dabei. Aber, weißt du, so stark, wie sie angeblich waren, hätten sie es nicht so rasch dabei bewenden lassen sollen. Ich hätte es wissen müssen. Aber ich behielt meine Toronexti und bezahlte ihnen einen bedeutenden Anteil von meinem Verdienst, und als diese *Welle* von Sammlern aus Teps Stadt kam, flohen sie. Sie ließen die Meute in den Weinberg und zu den Fässern. Manche von ihnen waren sogar Teil der Meute! Quintana hatte ein Jahr lang einen Preis auf meinen Kopf ausgesetzt und hat nie wieder mit mir geredet. Sicher brächte ich die Toronexti gern um, aber man kann nicht gegen die Fürsten kämpfen.«

»Die Fürsten beschützen die Toronexti? *Welche* Toronexti?«

»Alle. Whandall, alle wissen das. Sie *kassieren* für die Fürsten. Nun, vielleicht weißt du es nicht«, räumte Alferth ein. »Aber jeder, der jemals versucht hat, etwas Eigenes auf die Beine zu stellen, weiß es. Wenn du in ihrem Revier herumschnüffelst, interessieren sich die Fürsten plötzlich sehr für dich.«

»Toronexti haben ein *Revier*? Weiß das auch jeder? Wir haben nur gewusst ...«

Alferth hielt ihm seinen leeren Becher hin. Whandall klatschte in die Hände und wartete, bis Brennender Turm seinen Becher erneut gefüllt hatte. Er sagte: »Wir haben nur gewusst, dass sie am Rehpiesel warten und ein Wächterhaus haben. Wir wussten nicht, wo sie wohnten.«

Alferth sagte: »Sie reden nicht. Aber ich *wusste*, dass sie ein Revier haben. Sie *mussten* eins haben. Sie verbergen ihre Gesichter. Die Ledermasken, die sie immer tragen, müssen eine Tätowierung verbergen. Es *musste* einen Weg geben, ihnen Schaden zuzufügen. Worüber hätte ich sonst nachdenken sollen, während ich mich versteckt hielt? Ich fragte herum und dachte nach. Dann suchten sie gründlicher nach mir, und ich musste aufhören, mich umzusehen. Ich musste den Schlangenpfad verlassen. Ich lebe am Strand im Meeresklippen-Revier und dort weiß niemand etwas.«

»Das klingt ...«

»Aber bevor sie mich kaltstellen konnten, habe ich noch einiges erfahren. Der Fuß vom Granithöcker. Das gehört ihnen.«

»*Ihnen*? Alferth, nein. Die Vielfraße haben ihr Revier nicht in der Nähe vom Rehpiesel.«

»Ich wette meinen Streifen trockenen Sand gegen den Rest von diesem Gulasch.«

Keine unmäßige Wette. Whandall dachte zurück. Er war nie im Revier der Vielfraße gewesen. Den Kindern schärfte man ein, es zu meiden. Es lag drüben am Wald vor einer mit Dickicht bewachsenen Erhebung aus Granit, nicht abgeschottet, aber leicht zu verteidigen, zu Fuß fast zwei Stunden vom Rehpiesel entfernt. Niemand ging ohne Einladung dorthin und es wurden kaum Einladungen ausgesprochen.

Man sah Vielfraße Überfälle veranstalten und sammeln, aber selten und nur in großen Gruppen. Seltsam, dass sich niemand darüber wunderte ... aber nur ein Kaufmann würde sich je fragen, wie so große Banden genug sammeln konnten, um davon zu leben. Als täten sie es nur, um zu kämpfen, nur zum Üben ...

Vielfraß-Revier. »Du vermutest es mehr oder weniger«, sagte Whandall.

»Whandall, erinnerst du dich noch an die Verrückten, die *lesen* konnten? Auf deinem Fest schnupften sie zu viel von deinem Pulver ...«

»Und gingen auf einen Friedhof. Hatten den Kopf voller Geister. Pelzed tauschte sie bei den Vielfraßen für eine Wagenladung Orangen ein. Das ließ mir keine Ruhe. Wie hat er jemanden dazu gebracht, sie überhaupt aufzunehmen?«

Ein träges Grinsen, vier Zähne darin. Alferth fragte: »Warum sollten die Vielfraße Leute haben wollen, die lesen konnten und zu verrückt waren, um sich Geheimnisse merken zu können?«

»Die Forigafts.«

»Genau.«

Die Brüder Forigaft. Egon, der Jüngste, war an die Vielfraße verkauft worden und jetzt Sekretär der Toronexti! Ich bin dir etwas schuldig, Alferth. »Willst du eine Orange? Gönn deinem Magen etwas Abwechslung.«

»Ja!«

»Wohnt mein Bruder in Pelzeds altem Haus?«, fragte Whandall.

»Er hat es Pelzeds Frauen überlassen«, antwortete Alferth. »Fürst Wanshig wohnt in dem großen Steinhaus, aus dem du stammst. Ich glaube, seine Frau Wess wollte nicht ausziehen.«

Wess. Whandall spürte ein Zucken in den Lenden. Wess lebte noch. Sie war vermutlich die Erste Frau der Ortsfeste. Aber darüber wusste Alferth vermutlich nichts.

Sie redeten bis weit nach Einbruch der Dunkelheit. Als Alferth ging, sah Whandall, dass vier junge Fürstensippler unter einer Fackel warteten. Alferth ging zu ihnen. Sie löschten die Fackel und verschmolzen gemeinsam mit den Schatten.

Dann wurde aus einem der Schatten Schleicher.

Schleicher glitt mit fast übernatürlicher Lautlosigkeit herein, aber langsam, seitwärts und vornüber gebeugt. Ein Arm war rot und violett angeschwollen. Whandall kannte diese Male. Er fasste sie nicht an. Er ließ Schleicher auf einer Jutebahn Platz nehmen und schickte nach Morth.

Morth sah uralt aus, schlimmer als Alferth. Als er ins Zelt kam, stützte er sich schwer auf Sandrys Arm. Der Zauberer untersuchte Nicht Zu Sehen, ohne den Jungen anzufassen. Er murmelte Worte in einer Sprache, die keiner von ihnen kannte. Sie sahen zu, da niemand ihn unterbrechen wollte.

Morth knurrte: »Ich habe fast dreißig Jahre lang Salben gegen Pflanzengifte verkauft! Jetzt muss ich schon wieder eine anrühren! Sekretär Sandry, ich brauche *irgendeine* Sorte Belladonna. Tomaten, Paprika, Kartoffeln, Chilischoten ...«

Sandry reagierte zögernd ... als sei er nicht daran gewöhnt, Befehle entgegen zu nehmen. Dann: »Sofort, Weiser.«

Sie hörten, wie er rasch mit jemandem draußen redete. Morth führte sie aus dem Zelt. Unter der Markise draußen setzte er einen Topf mit Wasser aufs Feuer und brachte es zum Kochen, fügte klein geschnittene getrocknete Wurzeln und einige Blätter aus dem Wald hinzu, weichte ein sauberes Hemd darin ein. »Wasch dich, wenn du dich wach halten kannst. Was wolltest du im Dickicht, Junge?«

Schleicher sah Whandall an. *Kann ich vor dem Zauberer frei sprechen?* Whandall sagte: »Nur zu.«

»Whandall hat mir aufgetragen, die Zöllner zu beobachten.« Schleicher sprach schleppend. »Ein Wagen kam aus dem Wald, ein winziger Wagen mit einem winzigen Pony als Zugtier. Ich habe versucht, ihm nach Hause zu folgen. Sie fuhren direkt in den Wald. Ein Weg war kaum zu sehen. Ich *weiß*, dass der Wagen breiter war als ich, und *er* ist auch durchgekommen, aber er hat auch nicht versucht, sich gleichzeitig zu verstecken.« Er wusch seinen Arm, vorsichtig. »Als mein Arm anschwoll, war ich tief im Wald und mir wurde schwindlig. Hier, da hat mich auch noch etwas gekratzt, bevor ich nach draußen kam.« Drei geschwollene parallele Linien auf der Hüfte. »Ich schwöre, es hat nach mir *gegriffen*.«

»Wasch das auch, du Narr!«, fauchte der Zauberer. »Zieh deine Sachen *aus*. Wir müssen sie vergraben.«

Whandall sagte: »Sie greifen tatsächlich aus. Erinnerst du dich noch, was ich euch auf dem Weg durch den Wald erzählt habe? Das ist dasselbe Zeug. Es *will* dich umbringen. Es war schlau von dir, nicht sehr weit hineinzugehen.«

»Und ich hatte auch Glück«, sagte Schleicher. »Aber ich habe sie verloren.« Er klang angewidert.

Sandry kehrte mit zwei Händen voll Paprika zurück. Morth machte sich an die Arbeit.

»Sie hatten einen großen Stapel von dem Zeug bei sich, das Morth sich in ihrem Wächterhaus angesehen hat«, sagte Schleicher. »Sie haben es auf den Wagen geladen, und vielleicht zehn von ihnen haben den Wagen begleitet, als sei es ihr wertvollster Besitz.«

»Was haben sie damit gemacht?«, fragte Whandall.

»Das weiß ich nicht. Ich sagte doch schon, sie sind mir entwischt.« Schleichers Stimme wurde immer leiser.

»Was glaubt Ihr, haben sie damit gemacht, Sekretär Sandry?«, fragte Whandall.

Sandrys Gesicht war eine Maske, die Whandalls Miene beim Feilschen gleichkam. »Ich habe keine Ahnung, mein Herr. Nicht die geringste Ahnung.«

»Ich verstehe.« Whandall wandte sich wieder an Schleicher und sagte leise: »Vielleicht habe ich das andere Ende entdeckt.«

Schleicher wirkte weniger verwirrt als vielmehr so, als sei ihm schwindlig. Aber Whandall zeichnete bereits Karten im Geist. Würde sie später auf Pergament übertragen, überprüfen ...

Niemand war die Strecke je abmarschiert, aber die Strecke von Alferths Weinberg den Rehpiesel entlang und darüber hinweg ins Revier der Vielfraße musste ein Weg von annähernd zwei Stunden sein ... wenn man den Straßen folgte. Diese Straßen führten um einen mit Dickicht bewachsenen Hügel herum. Das Dickicht verdichtete sich zu einem kleinen Wald, aber bei Licht betrachtet ...

Wie hatte er Staxirs Rüstung und Kreeg Müllers Ledersachen sehen und nie die Verbindung herstellen können? *Sie gehen in den Wald. Sippenlose Waldläufer können das und ich kann es auch. Die Toronexti müssen es, um beiseite zu schaffen, was sie sich nehmen!*

»Welchen Weg haben sie genommen?«, fragte Whandall. »Zeig es mir auf einer Karte.« Er verlangte nach Laternen und Pergament.

Während sie darauf warteten, wickelte Morth mit Salbe bestrichene Tücher um geschwollene rote Streifen auf Nicht Zu Sehens Arm und Bauch. »Und trink das.«

Schleicher nippte. Er protestierte: »Mann, das ist *Kaffee*.«

»Tut mir Leid. Wenn ich Honig hätte ... ach, trink ihn einfach.«

»Ich lasse Honig besorgen«, versprach Sandry.

Wir haben Condigeisch gesprochen. Sandry hat mit keinem Wort erwähnt, dass er diese Sprache beherrscht, dachte Whandall. »Danke.«

Von Stein, Morth und Sandry umringt, zeichnete Whandall Karten von Teps Stadt. Whandall konzentrierte seine Bemühungen auf das Revier der Vielfraße, den Rehpiesel und die Straßen, die um eine Ausbuchtung des Waldes herum führten. Der Weg durch den Wald war erheblich kürzer, aber man musste ihn auch langsamer beschreiten, wenn man vermeiden wollte, einen grässlichen Tod zu sterben.

Morth konzentrierte *seine* Bemühungen hingegen auf das Gebiet zwischen der Schwarzen Grube im Westen und dem Meer, insbesondere aber auf einen Weg, der zwar einen Bogen um die Fürstenhöhe machte, ansonsten aber dem tiefer gelegenen Land folgte.

Als Sandry sich weigerte, ihnen bei der Darstellung Fürstendorfs zu helfen, protestierte Morth. »Die Karten müssen exakt sein. Ich brauche sie später noch. Und mindestens zwanzig Fürstensippler, Whandall ...«

»Ich bin deine Andeutungen allmählich leid. Karten helfen auch nicht«, sagte Whandall. »Morth, kein Fürstensippler kennt sich mit Karten aus.« Er wandte sich an den sippenlosen Jungen, der am äußersten Rand der Gruppe kauerte. »Adz Weber, verstehst du, was Karten sind.«

»Nein, mein Herr. So etwas kenne ich nicht«, sagte der junge Sippenlose. »Aber ich habe zugesehen. Ich glaube, ich habe eine Vorstellung. Ihr zeichnet ein Bild davon, wo wir sind?«

Whandall war verblüfft. »Ja! Komm her und hilf uns dabei.«

Sie sahen Adz dabei zu, wie er in das Gebiet der Sippenlosen Einzelheiten einzeichnete.

Und es passte alles wunderbar zusammen. »Wenn er so rasch lernt, können das andere auch«, sagte Morth.

Whandall nickte. Wenn Sippenlose lernen konnten,

dann auch Fürstensippler. Fürstensippler waren schlauer als Sippenlose. Er sagte: »Nicht Zu Sehen.«

Schleicher erhob sich schwerfällig. Er beugte sich über die Karte und stützte sich dabei auf seine Arme. »Ist das hier das große Steinhaus, das den Weg in den Wald versperrt? Sie sind hierher gefahren, den Rehpiesel entlang. Ungefähr hier haben sie die Straße verlassen und sind bergauf gefahren. Und zuletzt habe ich sie hier gesehen, wo das Gestrüpp dichter wird ...«

Whandall grinste. »Gut.«

»Gut? Ich habe sie verloren!«

»Den Berg hinauf und darüber hinweg!« Whandalls Fingerspitze strich durch den gezeichneten Wald bis in die Randbezirke von Granithöcker.

»Ich gehe los und sehe nach.«

»Warte bis zum Morgengrauen.«

»Nein«, beharrte Schleicher.

Stein hätte ihn aufgehalten, aber Whandall schüttelte den Kopf. Für Schleicher war es eine Frage der Ehre. Sollte er gehen ... »Nicht *in* den Wald, verstanden? Ich will nur wissen, wo sie aus dem Wald kommen.«

Schleicher nickte und war kurz darauf verschwunden.

Sie arbeiteten die ganze Nacht an den Karten.

74. Kapitel

Eine Stunde nach Sonnenaufgang kam Meister Friedensstimme Wassermann mit zwei seiner Männer zu Whandalls Wagen. »Eine Botschaft, mein Herr!«, sagte Wassermann. »Fürstin Shanda wünscht Euch zu sehen, heute zur sechsten Stunde, mein Herr.«

Shanda. »Wer ist Fürstin Shanda, Meister Friedensstimme?«

Wassermanns Miene veränderte sich kaum. »Die Erste Dame von Fürstenstadt, mein Herr.«

»Dann ist sie mit Quintana verheiratet?«, fragte Whandall.

Wassermann war entsetzt. »Nein, mein Herr. Sie ist mit Fürst Quintanas Neffen verheiratet, und da Fürst Quintana Witwer ist, fällt ihr die Rolle der offiziellen Gastgeberin in seinem Haushalt zu, mein Herr.« Sein Tonfall enthielt einen Anflug von Zurechtweisung, als hätte Whandall es besser wissen müssen.

»Ihr mögt sie, nicht wahr, Meister Friedensstimme?«

»Jeder mag Fürstin Shanda, mein Herr. Stimmt das nicht, Korporal Fahrer?«

»Ja, Meister Friedensstimme.«

Bemerkenswert. Zur sechsten Stunde. In fünf Stunden also. Sie musste bereits auf halbem Weg hierher sein. »Schickt Fürstin Shanda bitte Nachricht, dass es uns ein Vergnügen wäre, sie zur sechsten Stunde bei uns zu empfangen«, sagte Whandall. Eine konventionelle Phrase, die für ihn persönlich in diesem Fall sogar der Wahrheit entsprach. Shanda.

Der Markt war noch vor dem Mittag errichtet. Ein Drahtseil, hoch gespannt, wie Brennender Turm es mochte. Hammer Müller und ein sippenloser Junge standen unter dem Seil, um sie im Fall eines Sturzes aufzufangen. In Teps Stadt täte dies weder Fürstensippler noch Fürst und im Augenblick war es besser, wenn Whandall Federschlange seine Würde bewahrte, auch wenn es ihm nicht gefiel.

Alles glückte. Brennender Turms Vorstellung verlief fehlerlos. Und Sekretär Sandry stand mit offenem Mund da und sah ihr fasziniert dabei zu, wie sie spiralförmig halb an der Haltestange hinunterglitt und sie dann geschickt wieder erklomm.

»Hingerissen«, hörte Whandall Grüner Stein hinter sich sagen. »Von meiner Schwester.«

»Und dazu hat er allen Grund«, sagte Whandall leise.

»Von Flämmchen hingerissen zu sein? Ja, sicher, sie ist wirklich gut auf diesem Seil.«

»Ich habe noch einen anderen Grund im Hinterkopf«, sagte Whandall.

Erst als Brennender Turm ihre Vorstellung beendet und sich ins Umkleidezelt zurückgezogen hatte, machte Sandry sich daran, ihnen einen weiteren Wagen mit Heu und einen mit Wasser für die Bisons zu besorgen. Wie Whandall vermutet hatte, hätte sich niemand in Teps Stadt träumen lassen, dass Tiere so viel essen konnten.

Oder so viel Dung produzierten, den die Sippenlosen beseitigen mussten ...

Shanda traf in einem kleinen Wagen ein, der von vier Fürstenpferden gezogen wurde. Ein jugendliches Mädchen begleitete sie. Zwei Streitwagen, einer vor ihr, einer hinter ihr, holperten mit ihrem Wagen dahin. Die Streitwagen waren mit jeweils einem gerüsteten Mann besetzt. Wenn sie ihn damit von Shandas Wichtigkeit überzeugen wollten, war ihnen das gelungen.

Er wusste, dass sie jünger war als er, aber sie sah aus, als sei sie in Whandalls Alter. Er hätte sie nicht wiedererkannt. Die Selbstsicherheit, an die er sich erinnerte, war da, aber das kleine Mädchen war königlich geworden, begehrenswert, nicht schön, aber unglaublich reizvoll. Sie trug einen kurzen Rock aus dünner Wolle, einen Gürtel mit einer verschnörkelten Schnalle aus Silber und eine Brosche mit blauen und bernsteinfarbenen Steinen. Ihre Haare waren auf dem Kopf zu Kringeln zusammengelegt, und obwohl sie den ganzen Tag in einem Wagen unterwegs gewesen sein musste, sah sie kühl und frisch aus.

Das Mädchen in Shandas Begleitung trug einen großen Pinienzapfen. Shanda lächelte dünn. »Wie ist es draußen?«, fragte sie.

Es dauerte einen Augenblick, bis Whandall sich erinnerte. »Lässt man Euch immer noch nicht hinaus?«, fragte er.

Sie lachte. »Ihr erinnert Euch noch.« Sie zeigte auf den Pinienzapfen. »Und haltet Eure Versprechen.«

»Ist das wirklich derselbe?«

»Nein, natürlich nicht«, sagte sie. »Das ist meine Tochter, Roni. Roni, ich darf dich mit Whandall Ortsfeste Federschlange bekannt machen, einem Handelsbaron und sehr alten Freund deiner Mutter.«

Whandall verbeugte sich. »Und das sind Grüner Stein, mein Sohn, und Brennender Turm, meine Tochter. Die Mädchen werden wohl im selben Alter sein. Wollt Ihr hereinkommen, Fürstin Shanda? Wir haben Tee.« Er führte sie in den Innenraum.

Shanda staunte. »Ihr habt es zu etwas gebracht. Zwei Spiegel! Und ich wüsste zu gern, wie Ihr Holz dazu bringt, so zu glänzen.« Sie starrte bewundernd auf die Teppiche. »Ihr habt es in der Tat zu etwas gebracht, Whandall Federschlange.«

»Vielen Dank, Fürstin. Und haben sich die Dinge für Euch auch gut entwickelt?«

»Nicht so gut, wie wir es gern hätten«, erwiderte Shanda, wobei ihre Miene vorübergehend einen ernsten Ausdruck annahm, bevor ihr Lächeln zurückkehrte. »Aber doch gut genug.«

»Ist die neue Wasserleitung je fertig gestellt worden?«

Ihr Lächeln verblasste erneut. »Noch nicht. Wir hoffen immer noch darauf.«

»Der Friedensplatz«, sagte Whandall. »Ich war entsetzt.«

Sie nickte, wartete, bis Brennender Turm Tee eingeschenkt hatte, trank und nickte erneut. »Danke. Whandall, wir waren alle entsetzt über dieses zweite Brennen.«

»Was ist passiert?«

»Fürst Chanthor hat immer gehofft, Drachenknochen kaufen zu können«, erklärte Shanda.

»Ich erinnere mich noch daran. Wir haben uns auf Shandas Balkon versteckt«, sagte Whandall zu seinem Sohn. Grüner Stein und Brennender Turm kannten die Geschichte, aber Roni sah ihre Mutter mit großen Augen an. »Irgendein Kapitän hat Chanthor Steine in einer prunkvollen Kiste verkauft. Er ließ den Mann töten.«

»Ja. Und ein anderer hatte sie ihm versprochen, konnte aber nicht liefern, aber er nahm kein Geld. Chanthor versuchte es immer wieder. Eines Tages kamen sie. Drachenknochen! In einer Kiste aus Eisen. Unvorstellbar teuer.

Eigentlich konnten wir sie uns gar nicht leisten, aber, nun ja, wir hatten uns so viel für die Leute vorgenommen!«, sagte Shanda. »An den richtigen Stellen Regen zu machen, um die Wasserwege zu säubern und die Abfälle ins Meer zu spülen. Häuser zu reparieren. Die Kranken zu heilen. Die Wasserleitung zu bauen! Es wäre den Preis wert gewesen.« Sie redete mit Grüner Stein ebenso wie mit Whandall. Vielleicht lag es an den Ohren. Konnte Grüner Stein ihr die Absolution erteilen, indem er für die Sippenlosen sprach? Ihr die erdrückende Last der Steuern verzeihen, mit denen diese Katastrophe erkauft worden war?

Resalet hatte eine Kiste aus kaltem Eisen geöffnet ...

»In dem Haus, das früher dort stand, hatten die Zeugen ein Büro.« Shanda zeigte durch die Türöffnung auf einen Platz, wo kein Gebäude stand. Verkohlter schwarzer Boden. »Fürst Chanthor hat die Kiste dorthin gebracht, um sie registrieren zu lassen. Dann gingen sie mit unserem Zauberer zum Springbrunnen, wo alles für die Zeremonie vorbereitet war.« Sie zeigte auf den geschwärzten Springbrunnen, den die Hitze fast gesprengt hatte und aus dem kaum noch Wasser sprudelte. »Wir versuchten Morth von Atlantis zu finden. Er war verschwunden wie Rauch nach einem Brennen. Jahre später hat man uns berichtet, er sei mit Euch gegangen, Whandall! Also warben wir den Zauberer von dem Schiff an, das die Drachenknochen gebracht hatte, und der öffnete die Kiste auf dem Springbrunnen ...« Sie verstummte.

»Und das Letzte, was seine Augen je sahen?«

Sie starrte ihn an.

»Yangin-Atep nahm sich die Magie«, setzte Whandall für sie fort.

Shandas Tochter Roni sprang auf. »Ja!«, rief sie. »Er hat völlig Recht, nicht wahr, Mutter? Wir waren zu Hause und warteten. Mutter war so aufgeregt – all das Gute, das wir bewirken konnten –, und sie hielt nach dunklen Gewitterwolken Ausschau, nach Regen, und plötzlich stieg überall schwarzer Rauch auf. Ein Brennen«, sagte Roni. »Wir erlebten gerade ein Brennen!«

»Es war schrecklich, Whandall«, flüsterte Shanda. »Sie haben so viel verbrannt! Den Platz, die neue Seilerbahn, für deren Bau wir nach dem Verlust der Seiler-Familie so viel bezahlt hatten! An Euch haben wir sie verloren, hat man uns berichtet! Ihr habt die Seilers aus Teps Stadt geführt. Ich glaube, das habe ich Euch nie ganz verziehen.«

»Ich wusste nicht, wer sie waren, als wir uns auf den Weg durch den Wald machten«, erklärte Whandall. »Und ich wusste auch nicht, was Seiler tun. Aber ich hätte diese Kinder trotzdem befreit, Shanda.«

»Was? Ja. Ja, natürlich«, sagte Shanda und errötete heftig. »Whandall, ich wäre fast nach draußen gegangen. Mein Stiefvater erwog, mich mit einem Handelsbaron aus Condigeo zu verheiraten, und ich hätte in Condigeo gewohnt. Aber er hat es doch nicht getan – vielleicht hat der Mann den Mut verloren – und dann habe ich Qu'yuma kennen gelernt.« Stimme und Miene veränderten sich und für einen Augenblick beneidete Whandall Qu'yuma.

Grüner Stein fragte: »Yangin-Atep hat das Manna aus den Drachenknochen für sich genommen. Wie aus frischem Gold.«

»Und erwachte schlagartig«, ergänzte sein Vater. »Und ergriff Besitz von allen, derer er habhaft würde.«

»Und danach ist die Stadt nie wieder die alte geworden«, sagte Roni.

Er dachte: *Wirklich nicht?* Seine Erinnerungen sagten ihm etwas anderes.

Shandas Miene hellte sich auf. »Aber jetzt seid Ihr gekommen! Ihr könnt helfen.«

»Wie?«, fragte Whandall.

»Durch Handel. Wir können einen Aufschwung des Handels gebrauchen«, sagte Shanda.

»Es ist schwer für Wagen, mit Schiffskapitänen zu konkurrieren«, gab Whandall zu bedenken.

Roni wollte etwas sagen, sah ihre Mutter an und schwieg stattdessen. Whandall tat nichts, um die Stille zu unterbrechen. Sie war quälend, aber er war Whandall Federschlange und sein Sohn sah ihm zu. Besser, er setzte sich durch und war später großzügig, als dass irgendjemand glaubte, er werde geprellt.

»Jetzt kommen nicht mehr so viele Schiffe«, sagte Shanda in dem Versuch, locker zu wirken. Sie trank schwachen Hanftee. »Natürlich sind sie immer wegen des Seils gekommen.« Die Worte sprudelten aus ihr heraus, fast gegen ihren Willen. »Sie sind *nur* deswegen gekommen. Vater hat es mir erklärt. Als die Seilerbahn verschwand, mussten wir ein anderes System importieren, und der betreffende Kapitän hat uns gewaltig geschröpft. Er nahm jede Münze, die wir aufbringen konnten, und dann ist die neue Seilerbahn bei den zwei Brennen verbrannt! Es kommen immer noch Schiffe, wegen des Teers, aber jetzt versandet der Hafen«, erklärte sie. »Es ist schwierig, in den Hafen einzufahren, und wir haben nicht mehr das Handelsaufkommen wie früher. Es gibt nur noch die kleine Seilerbahn; also gibt es nicht viel Seil für die Schiffe.«

»Teer«, sagte Whandall. »Teer ist immer wertvoll.«

»Und wir haben eine Menge davon, ja«, sagte Shanda. »Aber ich will aufrichtig sein. Man hat irgendwo südlich von hier Teer gefunden, in irgendeiner Lagune zwischen Teps Stadt und Condigeo. Sie ist schwer zu erreichen, aber wenn wir für den Teer das verlangen, was wir eigentlich verlangen müssten, fahren die Schiffe selbst dorthin. Ihr werdet uns helfen, nicht wahr?«

»Warum sollte er?«, wollte Grüner Stein wissen.

Whandall machte eine beschwichtigende Bewegung. Dies war nicht der rechte Zeitpunkt für Rollenspiele. Oder?

»Es ist seine Heimat«, sagte Shanda schlicht.

»Nein, Fürstin«, widersprach Grüner Stein. »Nicht mehr. Whandall Federschlange lebt in Neuburg in der Nähe von Straßenende. Das weiß jeder entlang der Hanfstraße!«

Brennender Turm sah ihren Bruder bewundernd an.

Das stimmt zwar alles, aber dies war *meine Heimat*, dachte Whandall. *Gut oder schlecht, es war meine Heimat.* »Ich werde mein Möglichstes tun«, versprach Whandall. »Wir müssen sehen, was es hier reichlich gibt und was gleichzeitig auf der Hanfstraße wertvoll ist. Es muss etwas geben. Und wie leicht oder schwer diese neuen Teerfelder auch erreichbar sein mögen, für mich ist Teps Stadt am günstigsten. Setzt einen Preis für Teer fest. Danach entscheide ich, ob ich wiederkomme.«

Draußen wieherte ein Pony. Whandalls Miene veränderte sich nicht, als er daran dachte, wie wertvoll ein Pony wäre, wenn es sich außerhalb von Teps Stadt in ein Einhorn verwandelte. Er sagte: »Ponys vielleicht. Es gibt Orte an der Hanfstraße, wo man vielleicht ein Pony kauft. Es muss noch mehr von diesen Dingen geben, magische Gegenstände und Tiere, die aufgrund von Yangin-Ateps Anwesenheit verkümmert sind. Wir werden sehen. Aber es gibt eine Schwierigkeit«, fuhr Whandall fort. »Die Toronexti machen den Händlern das Leben schwer.«

»Darüber haben wir mit ihnen geredet«, sagte Shanda. »Aber ich fürchte, sie gehen ihren eigenen Weg, wie dies auch die Fürstensippler tun. Und sie haben eine Urkunde.«

»Ausgeschabte Häute?«, fragte Whandall. »Die mit schwarzen Zeichen bedeckt sind?«

»Ich habe sie nie gesehen«, antwortete Shanda. »Schriften, ja, bezeugt von Fürsten in jeder Generation, die ihnen Privilegien gewähren. Versprechen, die vor langer Zeit gegeben wurden.«

»Von Toten.«

Sie zuckte die Achseln. »Es bleiben Versprechen, aufgeschrieben und bezeugt.«

Bestell sie her und verlang ... aber es ist Teps Stadt. »Und wenn sie diese Urkunde verlören?«

Ihre Augen funkelten, nur ein wenig, wie bei dem kleinen Mädchen, das er einst gekannt hatte, wenn es sein Kindermädchen schikaniert hatte. Niemand sonst bemerkte es. »Das wird nie geschehen. Es wäre so – es wäre so, als hätte es die Urkunde nie gegeben, nicht wahr?«

»Wie geht es Fräulein Batty?«, fragte Whandall plötzlich.

»Sie hat einen ranghohen Wachmann geheiratet«, erwiderte Shanda. »Aber das habe ich erst Jahre später erfahren. Samorty hat sie entlassen, nachdem wir ...« Sie warf einen Blick auf ihre Tochter und sagte es dann trotzdem. »... die Nacht im Wald verbracht hatten.«

»Sie führen ein Geschäft in Fürstendorf«, sagte Roni. »Ihre Tochter lernt Kindermädchen. Für meine Kinder, wenn ich erst einmal verheiratet bin.« Roni wirkte sehr ernst.

»Und Serana?«

Roni lächelte. »Sie ist Erster Koch, was bedeutet, dass sie nicht mehr arbeitet, sondern nur noch alle herumkommandiert.«

»Sogar mich«, sagte Shanda.

»Gut. Sagt ihr, dass ich mich noch an ihren Pudding erinnere. Wartet. Hier ...« Er fand es unter einer Schale des Eulen-Stammes. Rosmarin in einem kleinen Pergamentbeutel. »Sagt ihr, sie soll es zerreiben und rotes Fleisch vor dem Braten damit einreiben. Bison, Ziege oder Schreckensvogel. Und dass ich ihr mit der nächsten Karawane ein paar Gewürze schicke.«

»Oh, gut. Ihr kommt also wieder?«, fragte Roni.

»Wenn sich alles so fügt. Shanda, ich werde Hilfe brauchen. Streitwagen. Ich brauche mindestens zwei – drei wären besser – mit Fahrern. Fürstenpferde, keine Ponys! Wenn ich meine Leute aussende, damit sie sich nach geeigneten Handelswaren umsehen, müssen sie schneller sein als Sammler.« Und weil er gesehen hatte, dass Morth einen Weg in die Karte eingezeichnet hatte, der einen Tagesmarsch lang war!

»Ich lasse nach Fahrern schicken«, sagte Shanda. »Die Sippenlosen lassen sich anwerben, aber es ist besser, wenn Eure Leute von einem Fürstenmann begleitet werden. Weniger Probleme – ich weiß. Roni, dein Vetter Sandry und seine Freunde. Glaubst du, sie haben Lust dazu?«

»Sandry?«, fragte Whandall.

»Wir kennen einen Sandry«, sagte Grüner Stein. »Meister Friedensstimme Wassermann hat ihn gebracht. Um uns zu helfen. Er sagte, er sei Sekretär.«

Shanda lächelte dünn. »Ich hoffe, Ihr seid nicht wütend?«

Whandall grinste. »Ich hatte mir schon gedacht, dass er mehr als ein Sekretär ist«, sagte er. »Was ist mit den anderen? Werden sie sich als Fahrer zur Verfügung stellen?«

»Sandry wird es tun«, sagte Roni. »Bei den anderen bin ich nicht sicher.«

»Wir schicken mehrere«, sagte Shanda. »Whandall kann sich diejenigen aussuchen, die ihm am besten gefallen. Bis morgen früh sind sie hier. Und ich rede mit Meister Friedensstimme Wassermann über Täuschungen.«

Und was wirst du ihm sagen? »Stell dich beim nächsten Mal schlauer an?« »Danke. Etwas anderes: Wer verkauft mir Teer?«

»Wir«, sagte Shanda. »Die Schwarze Grube gehört den Fürsten. Eine sippenlose Familie kümmert sich für uns darum. Roni, nimm das bitte in die Hand. Finde heraus, wie viele Krüge Whandall haben will, und sorg dafür, dass sie gefüllt, versiegelt und hierher gebracht werden. Es wird Zeit, dass du Einblicke in diesen Bereich der Stadtverwaltung gewinnst, glaube ich.«

»Das ist Männerarbeit, Mutter.«

»Natürlich, aber wenn Frauen nichts von diesen Dingen verstehen, wie sollen wir dann dafür sorgen, dass die Männer sie richtig machen?« Sie grinste Whandall an, für einen Augenblick wieder ganz die alte Shanda. »Ich bin sicher, dass unser Handelsbaron das versteht«, fügte sie hinzu.

»Und wenn nicht, wird Weide es mir erklären. Das ist meine Frau«, sagte er, falls sie es zuvor überhört hatte. Wir haben geheiratet und Kinder. Richtig? Richtig.

Er wollte gerade zu Bett gehen, als Morth hereinkam. »Ich bin auf dem Beobachtungshügel gewesen«, sagte er. »Früher war ich oft dort. Diese Ruinen auf der Kuppe, das war einmal eine alte Festung der Sippenlosen. Ich kann das Meer von dort aus sehen, weit entfernt. Ich konnte ihn nicht *sehen*, aber mit meinem Talisman habe ich den Elementar gespürt.«

»Talisman? Wieder eine Puppe?«

»Ja. Sie wird sich nicht lange halten. Whandall, der Elementar hat mich auch gespürt. Ich sollte hinausgehen und selbst nachsehen. Nach Meeresklippen.«

»Nimm einen schnellen Streitwagen. Morgen bekomme ich mehrere davon.«

75. Kapitel

Zwei Stunden nach Tagesanbruch polterten sieben Streitwagen auf den Friedensplatz und hielten in einer Reihe vor dem Lager der Fürstenmänner. Neben jedem Wagen stand ein ernster junger Fahrer in der Rüstung eines Fürstenmanns. Einer davon war Sandry, der keine Sekretärskappe mehr trug. Die Pferde waren große Graue, gleichfarbige Paare vor jedem Streitwagen. Sie waren gut gestriegelt und standen gut im Futter. Die Streitwagen boten zwei Erwachsenen Platz. In jedem Streitwagen war zwischen Fahrer und Beifahrer eine Lederscheide mit einem langen Speer und zwei kurzen Wurfspießen darin angebracht.

Die Wagen waren kleiner, als Whandall sie in Erinnerung hatte. In seiner Vorstellung waren sie groß genug für ein halbes Dutzend Männer. Wenn sie auf einen zu rollten, sahen sie auch so groß aus, aber natürlich war das albern. Nicht einmal die großen Fürstenpferde konnten solch eine Last ziehen.

Meister Friedensstimme Wassermann marschierte die Reihe auf und ab und inspizierte jedes Pferd und jeden Fahrer. Er murmelte etwas und einer der Fahrer schnippte sich den Staub von der glänzenden Rüstung. Ein anderer straffte das Zaumzeug seines Pferds. Als Wassermann zufrieden war, schritt er forsch zu Whandalls Zelt. »Streitwagen und Fahrer erwarten Eure Begutachtung, mein Herr!«

Morth und Whandall überquerten den Platz und traten zu der wartenden Reihe. Whandall rückte näher zu Wassermann. »Ich kenne mich mit Streitwagen nicht so gut aus«, vertraute er ihm an.

»Das überrascht mich nicht«, sagte Wassermann. »Man muss die Beine spreizen und einen Fuß gegen die Seitenwand stemmen. In den Boden ist eine Stütze eingebaut, gegen die man den Fuß stemmen kann. Dann beugt man die Knie, damit sie etwas abfedern können, andernfalls verliert man den Halt, wenn man durch ein Schlagloch oder über einen Buckel fährt. Streitwagen sind schnell, aber die Pferde ermüden sehr schnell.«

»Sind diese Pferde müde?«, fragte Morth.

»Nicht allzu sehr, mein Herr. Man hat sie beim ersten Tageslicht hergebracht, ohne Ladung. Die Pferde, die die Streitwagen aus Fürstendorf herangeschafft haben, ruhen sich aus. Morgen früh werden alle wieder frisch sein.«

»Gut. Wer ist der beste Fahrer?«

»Für welchen Anlass, mein Herr?«

Morth dachte nach.

Hier die richtige Antwort zu finden, war nicht leicht. »Schnelligkeit. Entfernung«, sagte Whandall. »Vielleicht müssen wir die ganze Stadt durchqueren. Vielleicht sogar kämpfen.«

»Der beste *Kampffahrer* ist der junge Heroul dort.«

Whandall betrachtete den Streitwagenlenker. Jung, klare Augen. Polierte Rüstung. Seine Haltung zeugte von Ungeduld. »Ist er zuverlässig?«

»Das hängt davon ab, worum es geht«, antwortete Wassermann. »Er wird alle Befehle befolgen. Und er hat die schnellsten Pferde in der Truppe.«

»Und wer wäre es, wenn es nur um Schnelligkeit und Entfernung ginge?«

»Das wäre nicht Heroul. Er *siegt* gern«, sagte Wassermann. »Ihr könnt Euch auf den jungen Sandry hier verlassen. Er ist Fürst Samortys Enkel und der beste Offiziersanwärter in der Truppe.«

»Fürst Rabblies Sohn?«

Wassermann bedachte ihn mit einem merkwürdigen Blick. »Ich schätze, so wurde Fürst Rabilard genannt, als er noch ein Junge war. Ja, mein Herr, das ist sein Vater.«

Und die Fürsten reden immer noch mit Fremden über die Familie. Brüsten sich sogar damit. Anders als die Fürstensippler. Als *wir*.

»Dann ist er also solide und zuverlässig?«

»Ich würde ihm vertrauen«, sagte Wassermann. »Ihr braucht ihm nicht zu erzählen, dass ich das gesagt habe. Die Brust eines Anwärters muss nicht noch breiter werden.«

»Danke, Ihr braucht uns nicht vorzustellen.«

»Das hatte ich auch nicht erwartet, mein Herr«, sagte Wassermann.

»Morth, dann fährst du mit Sandry ...«

»Nein, ich will den Schnellsten«, sagte Morth. »Ihr sagtet, dass der da der Schnellste ist?«

»Ja, mein Herr.«

»Dann nehme ich Heroul. Und lasst ein Paar Handschlaufen an dem Streitwagen anbringen. Wenn Ihr nicht wisst, wie, erledige ich das. Ich besaß so etwas in Atlantis.«

Whandall stand unsicher auf Sandrys Streitwagen. Es war schwer genug, das Gleichgewicht auf der Straße zu halten. Die Schlaglöcher schüttelten ihn in diesem Eimer auf Rädern kräftig durch. Querfeldein musste es erheblich schwerer sein. Falls Sandry bemerkte, dass Whandall Mühe hatte, das Gleichgewicht zu halten, erwähnte er es jedenfalls mit keinem Wort.

»Kann man in diesen Wagen auch einen alten Mann transportieren?«, fragte Whandall.

Sandry nickte. Er brauchte seine gesamte Konzentration, um einem jungen Fürstensippler auszuweichen, der auf die Straße gelaufen war. Dann antwortete er: »Ja, Wagenmeister. Wir können einen Stuhl an der Stelle befestigen, wo Ihr steht, und einen Mann darauf festschnallen. Aber Ihr haltet Euch prächtig.« *Für einen Anfänger*, fügte er nicht hinzu.

»Ich meine nicht mich«, sagte Whandall, »sondern Morth.«

»Er kommt mir gar nicht so alt vor.«

»Er kann sehr schnell älter werden.«

»Oh. Tante Shanda sagt, sie kennt Euch schon sehr lange«, sagte Sandry.

»Ja, über dreißig Jahre.« Er betrachtete Sandry und traf eine Entscheidung. »Kennt Ihr ein Bedienstetenmädchen namens Traumlotus? Eine Sippenlose aus der Seilerbahn-Gegend?«

»Nein, aber ich kann fragen«, erwiderte Sandry. »Ist es wichtig?«

»Nicht besonders. Ich wüsste es nur gern. Hier biegen wir rechts ab.«

Die Straßen waren in sehr schlechtem Zustand, und es gab mehr verbrannte Häuser, als Whandall in Erinnerung hatte. »Jetzt links.« Vor ihnen lag das Versammlungshaus des Schlangenpfads. Verwünscht, es hatte ein Dach! Und einen neuen Zaun. Übergroße Kaktuspflanzen wuchsen am Zaun. Zwei Sippenlose harkten den Hof, obwohl er nicht so aussah, als müsse er geharkt werden. *Ordentlich*, dachte Whandall. *Wanshig war nach seiner Zeit auf See immer ordentlich.*

Die Ortsfeste sah ebenfalls ordentlich aus. Zu Whandalls Zeiten hatte ein halb verfallenes Haus am Ende des Blocks gestanden. Dieses Haus war verschwunden, der Platz mit Kohl bepflanzt, der von Sippenlosen gepflegt wurde, und hinter dem Kohlbeet stand eine kleine Hütte.

Whandall zeigte auf die Eingangstür der Ortsfeste. »Haltet da an und wartet auf mich. Ihr dürft wahrscheinlich nicht hinein.«

Sandry nickte. Er sah aus, als sei er froh über die Rüstung, die er trug. »Seid Ihr sicher, dass Ihr willkommen seid?«

»Nein«, sagte Whandall.

»Und der schnellste Weg hier heraus?«, fragte Sandry.

Whandall lachte kurz. »Geradeaus und dann am Ende des Häuserblocks links. Und haltet Euch in der Mitte der Straße.«

»Ihr kennt Euch aus.«

Jungen lungerten am Eingang herum. Sie hatten sich nicht verändert. »Sagt Fürst Wanshig, dass Whandall ihn sprechen will.« Er redete so leise, dass Sandry ihn nicht verstehen konnte. »Whandall Ortsfeste.«

Zwei der Jungen liefen ins Haus. Ein anderer blieb an der Tür stehen und starrte auf Whandalls Tätowierung.

Die Tür stand einladend offen. Whandall grinste in sich hinein. Wahrscheinlich hielten sich mehrere bewaffnete Erwachsene dort drinnen auf und einer von ihnen wartete hinter der Tür auf unerwünschte Besucher ...

Ein Mädchen von vielleicht fünfzehn Jahren kam an die Tür. Sie trug ein buntes Kleid, zu ausgefallen für Hausarbeit. »Sei willkommen, Whandall«, sagte sie so laut, dass jeder in der Nähe es hören musste.

»Danke ...«

»Ich bin Feuergabe, Onkel Whandall. Meine Mutter ist Wess.«

Und dass sie mich Onkel nennt, bedeutet, dass ich als ein Mann der Ortsfeste anerkannt worden bin, aber nicht, dass sie Wanshigs Tochter ist, dachte Whandall. Vielleicht war sie es, aber sie würde es nie von sich behaupten. Sie würde nur ihre Mutter nennen. Die Sitten der Fürstensippler fielen ihm wieder ein, aber mehr wie ein halb vergessener Traum.

»Fürst Wanshig wartet oben.«

Wanshig saß am Ende des großen Versammlungssaals, der voller Leute war, doch Whandall erkannte niemanden wieder. Außer Wess. Sie stand an der Tür des Eckzimmers, in dem er eine Zeit lang – mit ihr – gewohnt hatte, als Whandall Ortsfeste der älteste Mann in der Ortsfeste war. Das lag ein ganzes Leben zurück.

Sie war immer noch hübsch. Nicht so hübsch wie Weide, aber für Whandall war keine Frau jemals so hübsch gewesen. Aber Wess war immer noch eine schöne Frau! Feuergabe trat zu ihrer Mutter und blieb neben ihr stehen. Seite an Seite sahen sie sich ähnlicher als zuvor, als sie getrennt waren.

»Heil, Bruder«, sagte Wanshig.

»Fürst Wanshig.«

Wanshig lachte laut. Dann stand er auf und trat zu Whandall, schlug ihm auf die Hände und umarmte ihn mit hartem Griff, was zeigte, dass Wanshig nichts von seiner Kraft eingebüßt hatte. Whandall aber auch nicht – und so standen sie eine Minute lang da und umarmten sich nicht nur, sondern stellten sich damit auch gegenseitig auf die Probe.

»Es ist lange her«, sagte Wanshig.

»Das ist wahr. Du hast es zu etwas gebracht in der Welt.«

Wanshig sah sich das verzierte Messer an, das Whandall trug. »Du aber auch.«

»Das ist nichts«, sagte Whandall. Er schnallte Messer und Scheide ab und darunter wurde eine schlichtere und praktischere Klinge sichtbar. »Ein Geschenk«, sagte

Whandall und reichte ihm das kunstvoll verzierte Messer. »Eines von vielen. Ich bin reich, Bruder.«

»Das ist schön ...«

»Ich kann die Ortsfeste reich machen«, versprach Whandall. »Aber dabei brauche ich Hilfe. Tatsächlich brauche ich den Schlangenpfad und die Ortsfeste gemeinsam.«

»Nach dem Essen erzählst du mir alles«, sagte Wanshig. Mit einer Geste entließ er die Männer und Frauen im Zimmer. »Ihr werdet Whandall später noch kennen lernen«, sagte er. »Lasst mir etwas Zeit, mich mit meinem Bruder zu unterhalten.«

Bruder. Wir hatten dieselbe Mutter. Nicht notwendigerweise denselben Vater und in unserem Fall sogar ganz gewiss nicht denselben. Fürstensippler!

Die anderen verließen den Saal oder zogen sich in die Ecken zurück.

»Wir werden hier essen«, sagte Wanshig. Er führte Whandall in das große Eckzimmer. Ein Tisch war dort gedeckt und Feuergabe brachte etwas zu essen sowie Tee. »Du erinnerst dich noch an Wess. Sie ist jetzt meine Frau. Die Erste Frau der Ortsfeste«, sagte Wanshig.

Whandall schwieg.

»Was? Ach so. Stimmt ja. Du wirst dich noch an Elriss erinnern«, sagte Wanshig.

»Und an Mutter.«

Wanshig nickte. »Tot, Bruder. Gestorben, zusammen mit Shastern. Vor fünfzehn Jahren ...«

»Sechzehn«, verbesserte Wess. »Feuergabe ist fünfzehn.«

»Vor sechzehn Jahren. Bei dem Brennen, das Tarnisos angefangen hat.«

»Tarnisos hat unsere Familie getötet?«

»Nein, er hat das Brennen angefangen. Es war ein Muttertag. Die Frauen waren zum Friedensplatz gegangen. Damals haben die Fürsten an Muttertagen noch Geschenke verteilt. Erinnerst du dich?«

»Ja.«

»Shastern ist mit ihnen gegangen. Sie hatten die Geschenke eingesammelt und waren auf dem Rückweg, als das Brennen begann.« Wanshig schüttelte den Kopf. »Wir machten uns auf die Suche nach ihnen. Fanden sie tot, zusammen mit zwei toten Ochsenziemern. Natürlich waren sämtliche Geschenke gesammelt worden. Später gingen Pelzed und Freethspat zu den Ziemern, um die Rechnung zu begleichen, aber die Ziemer behaupteten, ihre Leute hätten Shastern geholfen und seien dabei ebenso ums Leben gekommen wie er. Vielleicht hat es sich sogar tatsächlich so abgespielt. Jedenfalls war es möglich.«

»Wer war es ihrer Meinung nach?«, wollte Whandall wissen.

Wanshigs Miene wurde düster. »Glaubst du, du könntest die Rechnung jetzt begleichen, nachdem du sechzehn Jahre weg warst, kleiner Bruder? Glaubst du, ich hätte es nicht versucht?«

»Entschuldige. Natürlich hast du es versucht.«

Wanshig nickte grimmig.

»Was war mit Freethspat?«

»Er hat es auch versucht. Mutter war seine Frau. Die beiden standen sich wirklich nahe. Näher als Elriss und ich zu der Zeit, glaube ich. Eines Tages ging er nachsehen. Und ist nie zurückgekehrt.«

»Und Wanshig wurde Ältester der Ortsfeste«, sagte Wess. Und sagte nicht, dass Feuergabe ein paar Monate später geboren worden war, aber das war auch so offensichtlich.

»Also. Wie können wir dir helfen, kleiner Bruder?«, fragte Wanshig.

»Auf zwei Arten, wenn du mit mir arbeiten kannst«, sagte Whandall.

»Es ist möglich«, räumte Wanshig ein. »Auf welche zwei Arten?«

»Zuerst räuchere die Vielfraße aus.«

»Das ist schwer, kleiner Bruder. Sehr schwer. Du weißt, wer sie sind?«

»Das hoffe ich doch. Ich habe keinen Streit mit den Vielfraßen. Aber Alferth sagt, dass sie die Toronexti sind. Ich habe Grund zu der Annahme, dass er Recht hat.«

»Ich auch«, sagte Wanshig. »Und die Toronexti arbeiten für die Fürsten.« Seine Miene wurde nachdenklich. »Und du? Du hast einen Streitwagen und einen Fürstenmann als Fahrer. Haben dir die *Fürsten* gesagt, dass du die Toronexti ausräuchern kannst?«

»Eigentlich schon«, erwiderte Whandall. »Sie werden uns nicht helfen, aber wenn es dazu käme, wären sie nicht böse. Es gäbe keinen Blutkrieg. Falls es einen Blutpreis gäbe, könnte ich ihn bezahlen.«

»Ich muss darüber nachdenken. Und die zweite Art?«

»Morth von Atlantis braucht Hilfe. Wir erklären es später. Aber dafür brauchen wir zuverlässige Leute. Er braucht einen Waffenstillstand mit den Meeresklippen, zumindest um einen Streitwagen dorthin zu fahren. Und ich könnte auch draußen Hilfe gebrauchen, außerhalb von Teps Stadt, falls es jemanden gibt, der gehen will.«

Wanshig starrte ihn an. »Draußen?«

»Da draußen gibt es eine ganze Welt.«

»Vor zwanzig Jahren wäre ich mitgegangen«, sagte er. »Aber jetzt nicht mehr, und ich brauche alle Männer, die ich habe, in der Ortsfeste und im Schlangenpfad. Es herrschen harte Zeiten, kleiner Bruder.«

»Es gefällt uns hier«, erklärte Wess besitzergreifend. »Aber ich habe einen Sohn, Shastern.« Sie nickte, als Whandall sie ansah. »Er wurde nach deinem jüngeren Bruder benannt. Er ist ein wilder Junge. Ich glaube, dass er hier nicht lange leben wird. Nimm ihn mit.«

»Wie alt ist er?«

»Zehn«, sagte Wess.

»Er kann mitkommen. Aber, Wess, wenn er mit uns kommt, wird er kein Fürstensippler mehr sein. Er wird eine andere Lebensweise kennen lernen und annehmen. Ich bezweifle, dass er je zurückkommen kann.«

»Du hast es auch getan«, gab Wess zu bedenken.

»Whandall, es gibt einige, denen das Abenteuer gefällt«, sagte Wanshig. Er seufzte. »Und ich bin immer noch ein Fürstensippler und sie werden mich nie wieder auf ein Schiff lassen. Es sei denn, du besitzt Schiffe, kleiner Bruder.«

»Das ist nicht der Weg, den ich eingeschlagen habe. Ich werde es dir zeigen, großer Bruder. Hast du in deiner Zeit auf See mit Karten Bekanntschaft gemacht?«

»Mit Karten? Wir wussten, dass es Karten gab. Aber ich habe nie welche gesehen. Sie waren in der Kapitänskajüte eingeschlossen.«

»Karten haben den Sinn, ein Bild davon zu machen, wo man gerade ist und wohin man will und von den Dingen, die man unterwegs sieht. Orientierungspunkte.« Whandall fing an, auf den Tisch zu zeichnen. Teps Stadt als kleinen schwarzen Fleck, Feuerwald als getrocknete Chilisamen, die Hanfstraße in Holzkohle. Wess sah die Unordnung, die er anrichtete, warf einen Blick auf Wanshig und beschloss, sich nicht einzumischen.

»Dorthin sind wir gefahren, ich und ein Wagen, in dem Kinder verborgen waren wie Wein. *Hier* hat die wildeste Schlacht meines Lebens stattgefunden. Meine Tätowierung leuchtet auf, wenn ich töte, jedenfalls da, wo es noch Magie gibt.« Bei Erste Pinien ging ihm der Platz aus. »Ich muss es kleiner zeichnen.«

»Das also hat es mit den Karten auf sich!«

»Soll ich es deinen Leuten beibringen? Im Hof? Es wäre etwas, das man zurückgeben kann«, sagte Whandall. Jeder, der in den Karawanen arbeitete, müsste sich irgendwann mit Karten auseinandersetzen. Wen sollte er auswählen? Wen konnte er nehmen? Am besten fand er heraus, wer Talent dafür besaß! Am besten fand er heraus ...

»Großer Bruder, weißt du noch, wie ich versucht habe, dir etwas über Messer beizubringen?«

Wanshig verzog das Gesicht. »Ja.«

»Darf ich es noch einmal versuchen? Es ihnen allen zeigen? Morgen. Heute Karten.«

Wanshig musterte sein Gesicht.

»Du bist älter und schlauer. Ich bin ein besserer Lehrer. Hol deine besten Messerkämpfer. Beobachte mich. Beobachte sie. Diesmal wirst du es begreifen.«

»Du hast es wirklich ernst gemeint.«

Whandall gab keine Antwort.

»Ja, ich will mir das ansehen«, sagte Wanshig. »Wir hören uns an, was dein Zauberer zu sagen hat, und ich schicke ein Geschenk zu den Meeresklippen. Gib mir einen Tag, um die Nachricht zu verbreiten – Whandall vom Schlangenpfad ist wieder da und in der Ortsfeste willkommen. Deine Frau natürlich auch.«

»Sie ist nicht hier.« Whandall stellte sich vor, wie Weide eine Fürstensippler-Burg betrat. »Sie ist draußen.«

Sie kehrten zum Friedensplatz zurück und fanden dort einen tobenden Morth vor.

»Er ist ein Wahnsinniger!«, rief Morth. Er zeigte auf Heroul, der grinsend auf seinem Streitwagen stand. Es sah seltsam aus, da keine Pferde vor den Wagen gespannt waren. Dann jauchzte er: »Aber er ist *da!*«

»Die Welle.«

»Heroul hat mich nach Meeresklippen gefahren. Die Welle hob sich und brandete uns entgegen, aber sie war natürlich viel zu niedrig. Brach sich so heftig an den Klippen, dass wir das Beben in den Füßen spürten! Und dann ist dieser Wahnsinnige nach unten an den Strand gefahren!«

»Heroul, ist alles in Ordnung?«, fragte Sandry.

Der junge Wagenlenker grinste breit. »Es war wunderbar!«, sprudelte es aus ihm heraus. »Das Wasser hat sich aufgetürmt und ist uns dann entgegen gekommen! Echte Magie! Nichts wie Quirintys tanzende Tassen ...«

»Und dieser Verrückte hat damit *gespielt!*«, sagte Morth. »Er ist den ganzen Weg über dicht davor geblieben ...«

»... durch die Tote-Robben-Senke. Als es bergauf ging, wurde die Welle langsamer«, berichtete Heroul. »Ich sah, dass sie langsamer wurde, und wollte die Pferde nicht überanstrengen! Also wurde ich auch langsamer und die Welle rollte weiter bis fast zur Spitze des Kamms. Dann sank sie zusammen und lief zurück zum Meer. Wie Wasser, meine ich. Sie ist nicht etwa geflohen.«

»Ihr habt sie geneckt!«

»Vielleicht ein wenig, mein Herr. Und wir haben die Pferde dennoch erschöpft.« Heroul zeigte auf zwei Streitwagenpferde, die von Wassermanns Leuten gestriegelt wurden. »Für morgen besorge ich andere, sollen diese sich einen Tag lang ausruhen.«

»Nicht für mich, auf keinen Fall. Ihr seid ein Verrückter!«, sagte Morth.

Whandall grinste. »Jungfürst Heroul kann mich morgen fahren«, sagte er. »Sandry, wollt Ihr so gut sein und diesen uralten Zauberer durch die Stadt führen?«

»Gewiss, mein Herr.«

Morth bedachte sie mit einem mürrischen Blick. »Dieser Wassergeist hat mich mein halbes Leben lang gejagt, und heute war er so dicht wie noch nie davor, mich einzufangen.«

»Aber er hat es nicht geschafft«, sagte Heroul. »Mein Herr.«

Teil Vier · Helden und Mythen

76. Kapitel

Im Morgengrauen des nächsten Tages kam ein halbes Dutzend Sippenlose auf den Friedensplatz und begann mit der Arbeit an den Ruinen eines Lehmziegelhauses an einer Ecke. Whandall konnte sich daran erinnern, dass das Haus einem Fürstensippler von den Ochsenziemern gehörte. Oder vom Blumenmarkt? Aber der große Fürstensippler, der die Sippenlosen begleitete, trug eine Schlangentätowierung, die sich vom linken Auge bis zur linken Hand zog.

Nach einer Stunde hatten sie den Vorgarten geräumt und ein Herdfeuer errichtet. Eine weitere Stunde später hatten sie Tische und Stühle aufgestellt und ein Schild aufgehängt, das mit einem Becher und einem gebratenen Hühnerschenkel bemalt war. Eine Teestube auf dem Friedensplatz. Ein weiteres Schild wurde aufgestellt: eine Schlange, und zwar am Rand des freien Platzes, gleich an der Ecke. Das Schild vor der Teestube war zusätzlich mit einem Fächerpalmwedel gekennzeichnet, dem Zeichen des Friedens, um anzuzeigen, dass jeder willkommen war.

Pelzed hatte davon geträumt, noch eine Seite des Friedensplatzes einzunehmen, aber er hatte es nie gewagt. Natürlich war der Platz jetzt nicht mehr so viel wert ...

Whandall ging zu einer Begutachtung hin. Sandry – Jungfürst Sandry – folgte ihm. Die sippenlose Kellnerin war über dreißig, gut gekleidet und ausgesucht höflich. »Ja, Fürsten. Willkommen.«

Whandall hob die Hand zur Begrüßung. Es war eine sinnvolle, nützliche Geste, eine Art, höflich zu sein, ohne Ansehen zu verlieren. Der große Fürstensippler vom Schlangenpfad trat aus dem Haus. Er war jung und trug seine Tätowierung noch nicht lange. »Lagdret«, sagte er. »Du musst Whandall sein. Willkommen.« Er zeigte auf die Rückseite des Hauses. »Ich werde hier wohnen, bis die Bäckers das Haus nebenan eingerichtet haben. Fürst Wanshig sagt, wenn du mich brauchst, ruf mich.« Er kehrte in die Stube zurück, ohne darauf zu warten, Sandry vorgestellt zu werden.

»Höflich«, sagte Whandall.

Sandry schaute zweifelnd drein.

»Er hat Euch nichts zu sagen und wird Eure Zeit nicht in Anspruch nehmen. Er ist nur hier nach draußen gekommen, um mir zu sagen, was er gesagt hat, weil Wanshig ihn darum gebeten hat. Seine Arbeit – sagt nie *Arbeit*. Sie besteht nur daraus, wozu er sich bereit erklärt hat – dieses Haus zu beschützen. Was er davon hat, ist ein neues Haus, das von den Sippenlosen, die er beschützt, in Schuss gehalten wird.« Whandall lächelte dünn. »Wahrscheinlich ist es sein erstes Haus. Jetzt kann er eine Frau auf sich aufmerksam machen.«

»Ich sollte mehr über Fürstensippler in Erfahrung bringen«, sagte Sandry.

Whandall lächelte. »Bei uns ist es Brauch, Nachrichten und Geschichten zu tauschen.«

»Aha.«

»Ich habe noch nie viel über die Fürsten gewusst«, sagte Whandall. »Nicht mehr, als ich durch Beobachtungen aus der Ferne erfahren konnte.«

»Manchmal wart Ihr ihnen auch näher«, sagte Sandry. »Was wollt Ihr wissen?«

»Auf der Hanfstraße gibt es Banditen. Manchmal tun sich genügend viele zusammen, gründen eine Stadt und kassieren Zölle. Schön, alle Städte verlangen auf die eine oder andere Art Zoll, aber die meisten geben etwas dafür zurück. Sie halten die Straßen instand, stellen etwas zu essen zur Verfügung, verjagen Sammler, halten eine gute Stelle als Marktplatz frei. Banditenstädte nehmen nur. Wenn das passiert, tun sich alle Wagenzüge zusammen und räuchern sie aus.

Sandry, Eure Tante Shanda will, dass wir den Wagenhandel nach Teps Stadt bringen.«

»Das wollen wir alle.«

»Dann erzählt mir von den Toronexti.«

Sandry sah ihn überrascht an. »Ich kann mich ganz deutlich daran erinnern, dass Fürst Quintana Wasserman den Auftrag erteilt hat, mit Euch über die Toronexti zu reden.«

»Vielleicht hat er nicht genug über sie geredet.«

»Sie haben eine Urkunde«, sagte Sandry. »Versprechen, die ihnen im Laufe der Jahre gemacht wurden. Einige davon waren schlechte Versprechen, dumme Versprechen, aber sie haben die Erlasse behalten, jeden einzelnen, und wenn wir etwas dagegen unternehmen wollen, können sie ein Versprechen vorweisen, unterzeichnet und besiegelt, welches besagt, dass wir das nicht dürfen.«

»Sind Fürsten groß darin, ihre Versprechen zu halten?«

»Förmliche, niedergeschriebene, unterzeichnete und besiegelte Versprechen? Selbstverständlich.«

»Haben die Fürsten versprochen, ihnen zu helfen?«

»Gegen alle Feinde von außen«, sagte Sandry.

»Aber nicht gegen Fürstensippler?«

»Nein! Das würden sie nie verlangen. Wenigstens haben sie das nie getan, und wenn sie es jetzt täten, nun ja, es wären drei Vollversammlungen aller Fürsten nötig, um überhaupt eine Ausweitung der Toronexti-Urkunden in Betracht zu ziehen. Aber das würde nicht geschehen. Die Urkunde besagt, dass *sie uns* vor Revolten schützen.«

Whandall trank Tee. Es war schmackhafter Wurzeltee, kein Hanftee. Die Stube verlangte drei Muscheln für eine Tasse, ein hoher Preis, aber die Preise zogen immer an, wenn der Wagenzug in der Stadt war. »Sandry, fürchtet Ihr Euch vor Meister Friedensstimme Wassermann?«

»Tätet Ihr das nicht auch?«

»Nun, vielleicht, aber wenn es so wäre, müsste ich mich vor Große Hand dem Schmied fürchten«, sagte Whandall. »Aber Wassermann ist ein Fürstenmann und Ihr seid ein Fürst.«

»Ein Jungfürst«, korrigierte Sandry. »Ein Lehrling, wenn Ihr so wollt. Wassermann würde meine Befehle befolgen, wenn ich so dumm wäre, ihm welche zu erteilen oder mich ihm zu widersetzen. Dann erführe mein Vater davon. Wagenmeister, Ihr tragt Eurem Schmied auf, *was* er schmieden soll, aber Ihr sagt ihm nicht, *wie*.«

»Ich wüsste auch gar nicht, wie.«

»Und ich wüsste nicht, wie man Männer ausbildet.«

»Oder sie dazu bringt, dass sie kämpfen«, sagte Whandall.

»*Der* Teil ist leicht. Man nennt es Führungskraft«, sagte Sandry und errötete ein wenig. »Sie dazu zu bringen, *gemeinsam* zu kämpfen, damit sie alle gleichzeitig dasselbe tun und nicht einer nach dem anderen, das ist schwierig.«

Wie zu lernen, mit dem Messer zu kämpfen, dachte Whandall. *Aber wenn man eines nach dem anderen lernt, kann man hinterher alles zusammensetzen.* Er dachte an ihre Kämpfe mit Banditen. Kesselbauch hatte ihm beigebracht, so viele Männer wie möglich zusammenzufassen und sie dazu zu bringen, zusammenzubleiben und zusammen zu kämpfen. Zwanzig gegen drei gewannen immer und meist ohne dass einer der zwanzig verwundet wurde.

Und die Fürsten wussten das und die Fürstensippler nicht und ...

»Was tun wir heute also?«, fragte Sandry.

»Ich schicke Euch mit Morth los, aber wartet zunächst noch ab.« Whandall dachte nach. »Ihr könnt mir also nicht verraten, wie man die Toronexti bekämpft.« Er bekam ein bestätigendes Nicken als Antwort. »Aber was könnt Ihr mir über den Umgang mit den Vielfraßen sagen, die ihr Revier unter dem Granithöcker haben?«

Sandry lächelte. »Danach habe ich mich letzte Nacht erkundigt. Kämpfe zwischen Fürstensipplern gehen mich nichts an. Ich werde Euch nicht dabei helfen, gegen sie zu kämpfen, aber ich kann Euch alles sagen, was Ihr über die Vielfraße wissen wollt.«

Und Whandall war jetzt sicher. Die Toronexti waren die Vielfraße. Aber was nützte dieses Wissen?

Es war bekannt, dass er die Absicht hatte, ein paar Leute aus dem Schlangenpfad mitzunehmen, nach draußen mitzunehmen. Einige waren bereit, ihm bei der Auswahl zu helfen.

Mehrere Fürstensippler versuchten ihm Versprechen abzuringen. Nimm meinen Neffen, er passt nicht hierher ... meine Tochter schläft mit den falschen Männern ... mein Sohn hat einen Mächtigen ermordet ... mein Bruder wird immer wieder zusammengeschlagen. Whandall versprach nichts. Niemand kann einen zum Kauf zwingen, ohne ein Messer zu ziehen ... und das geschah nur einmal.

Fubgire war einer von Wanshigs Wachen, Ende zwanzig, kräftig und behende. Whandall zog sich aus dem Zimmer, in dem Fubgire ihm gegenübertrat, in den Hof zurück, und dort machte er aus dem Zusammenstoß eine Lehrstunde im Messerkampf.

Sippenlose und Fürstensippler kamen zu ihm, getrieben von der Abneigung gegen die Bräuche der Stadt des Feuers. Einigen wenigen von ihnen würde er ein Angebot machen. Er beauftragte einige Sippenlose mit der Anfertigung von Karten.

Am Tag zuvor war der Hof mit Karten bedeckt gewesen, die in Sägemehl gezeichnet worden waren. Heute zeichneten Morth, Wanshig und ein paar Besucher aus anderen Revieren Karten im Haus.

Vom Kampf mit Fubgire oder von Wanshigs wunderbarem neuem Messer, durch Gerüchte oder einfache Neugier angelockt, warteten fast vierzig Männer im Morgengrauen darauf, von Whandall Ortsfeste im Messerkampf unterrichtet zu werden. Natürlich waren das viel zu viele. Einer von ihnen war Fubgire, älter als die meisten, mit Verbänden versehen und entschlossen, aus seinen Fehlern zu lernen. Sollte er sich auch einmal mit den Karten versuchen?

Whandall begann mit seiner Lektion. Weitere Männer strömten herbei, bis auf dem Hof der Ortsfeste sechzig Personen versammelt waren.

Viele meinten, sie wüssten bereits, wie man kämpfte, und kein Fremder könne ihnen etwas beibringen. Sie äußerten sich entsprechend oder zeigten es mit höhnischem Gelächter. Diese Männer verließen nach und nach den Hof.

Manche blieben dabei. Manche blieben, um über die anderen zu lachen, und dazu hatten sie auch allen Grund. Deswegen hatte er heimlich geübt – weil es komisch aussah. Als Wanshig schließlich gegen Mittag nach draußen kam, waren noch dreißig übrig.

Der Sinn der Messerübungen, wie Whandall sie lehrte, bestand darin, jede von mehreren Bewegungen einzeln zu üben, bis der Geist nur noch Gelee war. Whandall hielt nach jenen Ausschau, die eine Stunde lang bei der Sache bleiben und eine Bewegung vervollkommnen und dann zur nächsten übergehen konnten, ohne den Tag damit zu beenden, jeden anzuschreien, der ihnen über den Weg lief.

Ihnen und denjenigen, welche mit Karten arbeiten konnten und trotzdem nicht jeden anschrien, würde er ein Angebot machen.

Es waren zu viele. In die meisten setzte er kein Vertrauen. Das Verwünschte war, dass man einen Fürstensippler keiner Prüfung unterziehen konnte, weil er sich einfach nicht damit abgab. Aus welchem Holz ein Fürstensippler geschnitzt war, erfuhr man, wenn man ihn beobachtete, manchmal jahrelang.

Whandall hatte nicht jahrelang Zeit.

Sein Bett wartete, aber Morth auch. Der Zauberer fragte: »Wie fühlst du dich?«

»Erschöpft. Ich habe Fürstensippler im Messerkampf unterrichtet. Wie würdest du dich fühlen? Willst du einen Schluck Tee?«

»Ja, bitte. Whandall, machen dich diese Fürstensippler wütend? Du warst lange weg.«

»Verlegen. Ich war früher einmal wie sie. Ich habe mich den ganzen Tag lang beherrscht.«

»Ich hatte damit gerechnet, dass du bei den Toronexti die Beherrschung verlörst.«

»Morth, das ist ein Tanz. Sie sind unbeholfen im Feilschen. Dieser Flaschentrick hat Spaß gemacht.«

»Hat dich kürzlich etwas in Wut gebracht?«

»Geht es hier um Wut, Morth?«

»Ja.«

Whandall dachte nach. »Keine Wut. Ich war entsetzt. Diese ... Wildnis war früher der Friedensplatz. Hier haben unsere Mütter nicht nur gesammelt, was wir zum Leben brauchten. Es ... herrschte Ordnung. Ordnung, wo wir wohnten, wie in den Häusern auf der Fürstenhöhe.«

»Du bist also entsetzt, aber nicht wütend.«

»Nun ja, ich ...«

»Ich habe nicht gefragt. Whandall, Yangin-Atep hat dich in diesen drei Tagen nicht angesehen, keine Spur. Ich *weiß* es und das ist der Grund. Du wirst nicht wütend. Wenn ich dich mit einem Beruhigungszauber belegen würde, müsste ich dir später davon erzählen. Aber hältst du das auch durch?«

»Händler werden nicht wütend, Morth. Gute Händler tun nicht einmal so, als ob.«

»Dann ... könnte es gelingen. Ich sage dir jetzt, was ich brauche.«

Whandall hörte zu. Schließlich fragte er: »Warum?«
Und dann: »Warum sollte ich?«

»Ach, such dir den passenden Grund. Was hat der Wasserelementar je für dich getan?«

»Er hat mir Wasser zu trinken gegeben, als ich noch ein Junge war.«

»Ich dachte, das sei ich gewesen, aber von mir aus. Yangin-Atep?«

»Hat ... meine Familie verbrannt. Ja, ich verstehe. Morth, das ist die verrückteste Idee, die ich je gehört habe, sogar von dir, aber ich ... ich glaube, ich sehe, wie sich das ausnutzen ließe. Ich meine, für die Karawane. Für meine Familie. Für Federschlange. Wenn du es auf *meine* Art machst.«

»Ja?« Und Morth hörte zu.

Am nächsten Tag fand das Kartenzeichnen im Speisesaal hinter verschlossenen Türen statt. Whandall verbrachte einige Zeit im Hof, wo er die Messerkämpfer bei ihren Übungen unterwies, und einige Zeit mit der Karte.

Die Möwen aus den Meeresklippen hatten Morth nicht auf der Klippe über sich tanzen sehen. Sie wussten nur, dass sich eine gewaltige Woge aufgetürmt und vier Häuser zerstört hatte, bevor sie gegen die Klippe gebrandet war. In drei Häusern wohnten Sippenlose, aber in dem größten der vier Häuser hatten drei oder vier Fürstensippler in jedem Zimmer gewohnt. Zwei waren ums Leben gekommen. Neun waren obdachlos.

Jetzt erhielten sie eine Nachricht von Wanshig vom Schlangenpfad. Ihre Leute seien ersäuft und ihre Häuser zerstört worden, und zwar von einem Wasserdämon. Wanshigs Boten berichteten den Möwen, was sie heimgesucht hatte, wer den Dämon töten konnte und was dafür nötig war.

Der Weg des Geistes ins Inland würde dort beginnen.

»Die Meeresklippen gehören uns und die Möwen haben uns auch die Tote-Robben-Senke gebracht. Jetzt willst du hier überall Leute aufstellen«, sagte Wanshig. »Wenn du nicht willst, dass sie angegriffen werden, erfährt besser niemand, was du ihnen gibst, und wir brauchen trotzdem noch einen Waffenstillstand für die gesamte Dauer des Unternehmens. Dies ist Oger-Revier. Die sind verrückt. Mit denen handeln wir keinen Waffenstillstand, und wenn es uns doch gelänge, könnten wir dem Pakt nicht trauen. Warum umgehen wir das Gebiet nicht?«

»Wir bekämen niemals eine Welle dort hinauf. Es ist zu hoch.«

»Fürst Wanshig?« Es war Artcher, ein Begleiter Wanshigs, wahrscheinlich ein Neffe. Er hatte einiges Geschick mit den Karten an den Tag gelegt. Jetzt fragte er: »Und wenn wir die Linie hier verlaufen lassen? Das ist die Lange Allee. Die Straße nimmt diesen Verlauf, weil das Wild den tiefer gelegenen Weg benutzt, und von da ab wären wir bis hierher ständig im Wiesel-Revier. Die Wiesel halten einen Waffenstillstand auch ein.«

»Sie nehmen verwünscht große Geschenke für einen Waffenstillstand!«

»Ich glaube, ich höre meinen zweiten Vornamen«, lachte Whandall. Ein verziertes Messer, ein paar Glasperlen, Honigbonbons – und die halbe Strecke war sicher.

Während sie die Route festlegten, schickte Wanshig Boten aus. Die Klingen, die Whandall für die Fürsten mitgebracht hatte, bekamen jetzt Fürstensippler, aber das war in Ordnung. Die Fürsten wollten und brauchten ihn und seine Karawane viel mehr, als er erwartet hatte.

»Die Strecke verläuft schön niedrig. Schwarzer Manns Tasse?«

»Ochsenziemer«, sagte Wanshig.

»Sag nicht so etwas!«

»Freethspat war gut, kleiner Bruder, aber er hat anderer Leute Versprechen nicht gehalten. Jetzt ist Schwarzer

Manns Tasse wieder eine Müllkippe. Aber Schwarzer Manns Tasse ist bestens, sofern die Ziemer nicht glauben, ich wolle mir das Gebiet auf diese Weise wieder zurückholen.«

»Biete ihnen an, das Gebiet für zwei Ballen Hanf vollständig zu säubern. Sag ihnen, wir hätten einen Zauberer. Wenn sie die Gerüchte gehört haben, wissen sie, dass das stimmt. Sag ihnen, sie können bei Lieferung bezahlen.«

Boten trafen mit Antworten ein. Die Lange Allee stand unter Waffenstillstand. Die Ochsenziemer waren einverstanden, wenn der Schlangenpfad bereit war, ein halbes Jahr auf seinen Hanf zu warten. Jetzt noch einen glaubhaften Boten geschickt, um die Sippenlosen aus Schwarzer Manns Tasse zu vertreiben! Sie konnten keine Einzelheiten nennen, weil sie vielleicht etwas durchsickern ließen, aber die Botschaft war klar: *Verschwindet!*

Die Schmutzfinken waren kein Problem, da sie auch nach all den Jahren noch ihre Verbündeten waren.

Die Einfältigen Kaninchen schlossen keinen Waffenstillstand. Sie *mussten* das fragliche Stück Land haben. Sie schickten einen Boten mit einem neuen Angebot, aber vermutlich müssten sie Leute schicken, die Whandalls Auserwählte beschützen würden.

An jenem Abend versammelte Whandall seine Auserwählten im Speisesaal, der mittlerweile als Kartenraum diente. Er hielt eine kurze Ansprache und verteilte die Flaschen.

»Dies betrifft alle, die Teps Stadt verlassen wollen: Hier habt ihr eine mit kaltem Eisen überzogene Flasche. Öffnet sie heute Nacht auf gar keinen Fall!«

Die Messerübungen und das Kartenzeichnen führten ihm Männer zu, die sich beherrschen konnten. Auf die Müllers und Seilers achtete er ganz besonders. Diese Frau konnte lesen. Jene kochte einen schmackhaften Eintopf aus wahllos gesammelten Nahrungsmitteln. Grüner Stein sah zu, wie Kinder auf dem Dachgarten der Ortsfeste Unkraut jäteten, und wählte drei aus. Freethspats Junge, Whandalls mit dreißig Jahren jüngster Halbbruder, war einen Blick wert. Er hatte Kartenzeichnungen und Messerübungen abgelehnt, bekam aber dennoch eine Flasche.

Jeder seiner Auserwählten sollte sich einen Partner nehmen, wenn er ging.

Keinem wurde gesagt, was sie beabsichtigten. Yangin-Atep mochte sonst Besitz von jedem von ihnen ergreifen.

Draußen auf dem Friedensplatz schritt Whandall zu Morths Quartier, um seine Fluchtkleidung auszuwählen. »Such dir irgendetwas Buntes aus, etwas Auffälliges. Hast du denn nichts, das nicht grau oder schwarz ist, Morth?«

»Ich habe deinen bunt zusammengewürfelten Haufen gesehen. Keiner von denen ist wie der andere gekleidet! Neben diesen Fürstensipplern vom Blumenmarkt sieht Seshmarls geradezu farblos aus! Und du willst etwas Auffälliges?«

Whandall seufzte. »Sandry, kennt Eure Base Roni keine Näherin?«

»Sehr wahrscheinlich kennt sie eine, mein Herr.«

»Grüner Stein, schreib. ›Roni, Morth braucht bis *morgen Abend* ein Magiergewand. Ein Gewand, das man an einem bewölkten Tag auf einem Berggipfel sieht. Geht bitte mit meiner Nachricht zu Eurer Näherin. Das ist ihr Lohn.‹ Whandall wählte eine Bahn vom besten Stoff der Karawane aus, lavendelfarben mit verschiedenen Schattierungen. Und dann grüne und goldene Stoffbahnen. »Und dies ist für Morths Gewand.«

77. Kapitel

Die Flaschen waren am Abend verteilt worden. Der darauf folgende Tag stand wieder ganz im Zeichen von Messerübungen und dem Anfertigen von Karten. Nach dem

Abendessen versammelten sich alle, um letzte Anweisungen zu erhalten.

Morth trug ein leuchtend grünes Gewand, das mit großen goldenen Sternen besetzt war. Whandall gaffte. Die verwünschte Robe war vollkommen, einfach vollkommen. Auf einem Berggipfel an einem bewölkten Tag zu sehen. Das hatte er gesagt. Er durfte nicht lachen, aber ...

»Morth, du siehst *wirklich* wie ein *Zauberer* aus.«

»Ach, sei still!« Morth warf den spitzen Hut zu Boden. »Wie soll ich den auf dem Kopf behalten? Hast du gedacht ...«

»*Das ist Morth!*«, brüllte Whandall und winkte erhaben. »*Seht ihn euch an, damit ihr in wiedererkennt, wenn ihr ihn seht!*« Es gab Gelächter, laut und unbändig. Schließlich handelte es sich bei diesen Leuten um Fürstensippler. »Gut. Morth, jetzt musst du alle Flaschen aussortieren, die geöffnet worden sind.«

Das Gelächter ebbte ab, als Morth zwischen die kichernden Leute trat und hierhin und dorthin zeigte. Wanshigs Muskelmänner folgten ihm und sorgten dafür, dass gewisse Männer und Frauen gingen.

»Ich hatte die Flaschen nur für einen kleinen Augenblick geöffnet.«

Morth nahm den Stöpsel ab. »Nichts. Veredelt. Behalt sie, aber geh.«

Noch einer beklagte sich. Morth zog den Stöpsel heraus und drückte ihn rasch wieder hinein. »Da ist noch einiges übrig. Wie lange war die Flasche geöffnet?«

»So lange, wie Tarcress brauchte, um ein paar Schollen zu braten. Lange genug, um ein wenig auszugießen und zu der Überzeugung zu gelangen, dass es Gold ist, und ... alles wieder in die Flasche zu füllen.«

»Bleib hier.« Morth öffnete eine weitere Flasche. »Das ist kein Gold. Dummkopf! Behalt die Flasche und verschwinde.«

»Das Gold ist von meinem Bruder gesammelt worden!«

»Trottel!«

Wanshig fragte über den Lärm hinweg: »Bist du sicher? Sie behalten die Flaschen?«

»Wenn sie ohne Widerspruch gehen. Fünfzehn von meinen Helden fehlen, mit Flasche und allem. Aber die hier sind gekommen«, erklärte Whandall.

»Meiner Zählung nach fehlen nur elf.«

Morth schickte fünf aus einer Traube von sechsen weg. Der sechste Junge sah den anderen nach. Whandall fragte ihn: »Was ist passiert?«

»Wir wohnen alle in der Ortsfeste, im gleichen Zimmer. In der letzten Nacht hat Flaide seine Flasche geöffnet und eine Handvoll Gold ausgeschüttet. Er hat es uns anderen erzählt.«

»Warum hast du deine nicht geöffnet?«

Schweigen.

»Gut. Du heißt? Sadesp, habt ihr alle nebeneinander gesessen? Verwünscht, Whandall, diese anderen Flaschen sind alle nicht geöffnet worden.«

»Augenblick, Morth, ich kenne einige von diesen Leuten gar nicht.« Fünfzehn waren nicht erschienen, aber vier waren durch fremde Gesichter ersetzt worden. Die Frau sah ihn an. »Habe ich dir diese Flasche gegeben?«

Stolz und Furcht. »Nein, Federschlange. Ich nehme Ledermacher Müllers Platz ein.«

»Wo ist er?«

»Er hat letzte Nacht neben mir geschlafen. Ich bin Saphir Zimmermann und weiß mehr über Liebe als jede andere Frau in der Innenstadt.«

Wanshig sagte: »Sie sagt die Wahrheit. Saphir, du *gehst*?«

»Morth, sieh sie dir genauer an.«

»Sie ist sauber. Keine Krankheiten, keine Flüche. Ein paar Flöhe. Sie hat die Flasche nicht geöffnet. Saphir, kannst du werfen?«

»Ja. Ledermacher hat mir gezeigt, wo sein Platz ist. Ich habe seine Karte.«

Sie hatte die Flasche mehrere Stunden lang ungeöffnet bei sich getragen.

»Dann nimm deinen Platz ein«, sagte Morth. »Und, Saphir, wenn du glaubst, dass du jedes Vergnügen kennst, das ein Mann und eine Frau miteinander haben können, sollten wir uns einmal unterhalten.«

Drei weitere hatten schwarze Flaschen bei sich, die sie nicht von Whandall bekommen hatten. Drei Männer hatten gekniffen, sich betrunken, berauscht oder waren um ihres Platzes willen getötet worden. Jetzt war es zu spät, Nachforschungen anzustellen. Einen schickte Whandall mit einem Goldklumpen, aber ohne Flasche weg, weil ihm das Gesicht nicht gefiel. Bei den anderen müsste er es darauf ankommen lassen.

Er nickte Wanshig zu. Wanshig entriegelte eine Tür und sie traten hindurch. »Passt auf, wohin ihr tretet!«, rief Whandall und folgte ihnen mit Grüner Stein.

An dieser Karte hatten sie den ganzen Tag unter Verwendung von Holzkohle und Requisiten gearbeitet.

Whandall sagte: »Grüner Stein, übernimm.« Der Junge war seit Monaten mit den Grundzügen des Plans vertraut. Er glaubte, wo Whandall der Glaube ein wenig fehlte. Und – Whandall konzentrierte sich besser auf etwas anderes. Ein neugieriger Feuergott warf vielleicht trotz allem einen Blick in Whandalls Geist.

Händler waren daran gewöhnt, ihre Stimme über das Rauschen von Flüssen, über Gewitterdonner und über das Geschrei von Banditenüberfällen zu erheben. Grüner Stein setzte seine Karawanenstimme ein. »Ihr seid die Auserwählten. Ihr habt in eurem Leben gerade genug Magie gesehen, um zu wissen, dass es sie wirklich gibt. Ihr werdet die mächstigste Zauberei erleben, die diese Stadt je erlebt hat, und sogar selbst daran teilnehmen. Jene, die zurückbleiben, werden nie wieder etwas Vergleichbares sehen. Spielt eure Rolle, und ihr werdet Teps Stadt verlassen und Dinge zu sehen bekommen, wie ihr sie euch nie hättet träumen lassen.

Diejenigen unter euch, die Karten lesen können, werden erkennen, worum es sich hier handelt. Dies«, Wanshigs goldenes Salzfass, vor langer Zeit gesammelt und schon lange leer – »ist die Ortsfeste. Hier die Schwarze Grube.« Ein dunkler Fleck auf dem Boden, uraltes Blut. Dort hatten sie mit der Karte begonnen. »Dies ist die Fürstenhöhe. Der Wald. Der Rehpiesel und der Keil und hier die Toronexti.« Eine Messingmünze.

»Diese gezackten Linien weit draußen sind Küstenlinien, hier in den Meeresklippen, hier im Hafen Gute Hand. Dabei hat uns übrigens ein Wasserteufel geholfen. Wir wissen nicht, was dazwischenliegt. Weitere Küste.

Jenseits der Meeresklippen warten der Ozean und ein Wasserelementar. Morth von Atlantis kann euch mehr darüber berichten. Der Elementar versucht Morth schon seit dem Untergang von Atlantis umzubringen. Morth hat die Absicht, den Elementar zu töten. Das ist noch nie zuvor versucht worden. Der Elementar wird sich als Berg aus Wasser zeigen. Er wird Morth verfolgen. Morth – seht ihr diese Doppellinie? Eine rot, eine grün, über die ganze Karte hinweg? Morth wird der grünen Linie von den Meeresklippen durch die Tote-Robben-Senke, dann weiter bergauf und die Lange Allee entlang zu Schwarzer Manns Tasse folgen – seht ihr? Und weiter landeinwärts. Die Welle wird ihm über das Flachland folgen. Wir werden an der roten Linie verteilt stehen, über allem, und alles beobachten.

Wir wollen Flaschen vor die Welle werfen. Wenn Morth vorbei ist, zieht den Stöpsel heraus und werft die schwarze Flasche. Werft sie gegen etwas Hartes, zum Beispiel gegen einen Felsen! Sie muss zerspringen!« Zieht den Stöpsel heraus *oder* zerbrecht sie – beides würde gelingen –, aber es waren Fürstensippler: sie vergaßen es vielleicht.

»Yangin-Atep nimmt die Magie auf, alle Magie auf einmal, wenn die Flaschen zu früh zerbrechen. Du – Sintothok? –, du hast deine Flasche geöffnet, aber nicht so lange, dass Yangin-Atep alles Manna aus dem Gold sammeln konnte. Aber wenn ihr sie vor der Welle zerbrecht, wird der Elementar die Magie aufnehmen. Und das ist der Sinn der Sache. Die Welle wird ins Meer zurückfließen, wenn wir ihr nicht die Kraft geben, weiterzufließen. Die wilde Magie wird sie in Bewegung halten, bis sie *hier* ankommt. *Hier* an der Schwarzen Grube, wo Morth sie fangen wird, wo es kein Manna mehr gibt, das sie bewegen könnte, und keine Möglichkeit, Manna zu bekommen, und dort wird Morth den Elementar töten.

Danach treffen wir uns alle auf dem Friedensplatz ... Fragen?«

Fürstensippler heben nicht die Hand und warten. Sie brüllen einfach los. Grüner Stein zeigte auf jemanden und sagte: »Heda! He! Du.«

»Ich habe Wellen gesehen. Sie sind schnell. Euer Zauberer ist *irre*.«

»Morth ist schneller als der Blitz. Ich habe es selbst gesehen. Ihr werdet es auch sehen. Wenn ihr es verpasst, wird euch das für den Rest eures Lebens Leid tun. *Du* ...«

»Ihr wollt die Welle *bergauf* locken?«

»Hier und hier muss die Welle bergauf fließen, ja. Hier werden mehr von euch stehen, weil wir dort das Gold *wirklich* brauchen.«

Und weil ein paar von euch nicht werfen werden, dachte Whandall, *aber ihnen kann man nicht sagen, dass wir einigen von ihnen nicht vertrauen*. »Corntham? Was ist?«

»Wie tötet man einen Wasserelementar?«

Morth sagte: »Das ist die Schwierigkeit.«

Grüner Stein erklärte: »Morth hat uns für unseren Anteil an der Sache Geschenke gemacht. Unsere Geschenke an euch sind die Freiheit von Teps Stadt, wie wir euch versprochen haben. Ihr werdet einen Platz in den Karawanen auf der Hanfstraße einnehmen oder sogar etwas Besseres finden. Whandall Ortsfeste war einer von euch. Seine jetzige Stellung erlaubt ihm, bedeutender als ein

Fürst zurückzukehren. Mein Vater.« Grüner Stein sah die anderen bei seinem letzten Wort zusammenzucken und grinste.

78. Kapitel

Jene Flaschenwerfer, die den weitesten Weg zu ihren Posten hatten, mussten sich in der Nacht auf den Weg machen. Sie gingen als Gruppe, mit Begleitschutz. Die Meeresklippen würden sie aufnehmen.

Die Übrigen schlugen ihr Lager für den Rest der Nacht in der Ortsfeste auf. Die Karawane musste allein zurechtkommen. Whandall und Grüner Stein brauchten ihren Schlaf.

Wegen des Verkaufs auf dem Friedensplatz wären die sippenlosen Quartiere fast völlig leer. Fürstensippler, die nichts von Morths Plan wussten, kämen ihm nicht in die Quere, sondern würden leere Häuser ausräumen, während die Sippenlosen unterwegs waren oder auf dem Markt Gewinn zu machen versuchten ... jedenfalls hoffte Whandall das.

Morth und Whandall stiegen zu Sandry und Heroul auf die Streitwagen.

Wanshig hatte das Kartenprinzip nicht richtig durchschaut und in seinem Alter war das auch kein Wunder. Die Söhne zweier Schwestern durchschauten es dafür umso besser. Sie fuhren mit Wanshigs Streitwagen und brachten die Flaschenwerfer in Schwarzer Manns Tasse südöstlich von der Schwarzen Grube in Stellung.

Whandall fuhr nach Westen.

Seine Auserwählten standen nicht neben Freunden, die sich nur gegenseitig abgelenkt hätten. Jeder sah nur seinen Nachbarn auf beiden Seiten. Die Entfernung zwischen den einzelnen Flaschenwerfern war so gering, dass eine laute Stimme sie ohne weiteres überwinden konnte.

Abgesehen von ... jener klaffenden Lücke. Fünf von sechs Jungen waren nicht mehr da und Sadesp stand ganz allein. Whandall fuhr langsamer, um die Leute gleichmäßiger zu verteilen.

Morth war ihm jetzt weit voraus. Sein Streitwagen fegte durch das Unkraut in Schwarzer Manns Tasse, während Whandall und Heroul ihm über den Kamm folgten. Whandall konnte nicht tief genug ins Dickicht schauen, um zu sehen, ob sich dort noch sippenlose Pferde oder die Gehege der Hanfbauern aufhielten. Sie waren gewarnt worden. Entweder sie hatten sich abgesetzt oder nicht.

Der Strand kam in Sicht. Sandry hielt seinen Streitwagen auf dem Kamm über der Tote-Robben-Senke an, und Morth stieg aus und ging zu Fuß weiter.

Der letzte Flaschenwerfer, eine Frau aus den Meeresklippen, studierte ihre Karte, um ihren Platz zu finden. Ihr Mann hatte seinen Platz bereits eingenommen. Whandall postierte Heroul zwischen den beiden. Er schritt langsam zum Rand.

Er wäre weiter zur Klippe über dem Meeresklippenstrand gefahren. Von dort hätte er alles gesehen. Von hier war Morth bereits nicht mehr zu sehen. Aber Whandalls Streitwagen brauchte den Vorsprung, wenn seine Erinnerung keine Einbildung war.

Eine Welle mit weißer Schaumkrone erhob sich und brandete vorwärts, wobei sie sich immer höher auftürmte. Wo war Morth? Bereits auf der Flucht?

Da, ein grüngoldener Punkt, unverwechselbar – *sieh doch nur, wie der Mann rennt!* Die Welle folgte ihm zu langsam und verlor an Boden, aber dafür türmte sie sich mit jedem Augenblick höher auf. *Wirf*, dachte Whandall, sprach seinen Gedanken aber nicht laut aus. Daran würde er seinesgleichen erkennen, ob sie warfen oder nicht.

Whandall sprang auf den Streitwagen. »Los. Vorwärts!«

Heroul benutzte die Zügel. Die Pferde setzten sich in Bewegung und mit ihnen der Streitwagen.

Irres Gelächter erhob sich über dem Tosen der Welle, und Whandall fragte sich, warum er es mit einer Verzögerung hörte, als Morth die erste Steigung halb geschafft hatte.

Die Frau warf. Ihr Mann ebenfalls. Flaschen flogen und zerplatzten, ein Wasserberg wälzte sich vorbei und erzeugte Donner und Gischt unter den wirbelnden Rädern von Whandalls Streitwagen.

Die großen Pferde machten einen verstörten Eindruck. Heroul war in Hochstimmung. So weit unterhalb stellte die Welle keine Gefahr für sie dar. Morth war fast nicht mehr zu sehen und verschwand Augenblicke später gänzlich im Dickicht, wo die Tote-Robben-Senke landeinwärts anstieg.

Morth blieb stehen, als wäre er vor eine Wand gelaufen.

Die Welle wälzte sich weiter vorwärts. Whandall fuhr an einem älteren Sippenlosen vorbei, der sich die Ohren zuhielt und sich schluchzend krümmte, die Flasche vergessen vor sich. Wrinin vom Blumenmarkt warf ihre Flasche. Sie zerbrach beim Aufprall nicht und rollte weiter, hinterließ jedoch eine Spur aus gelbem Gold. Saphir Zimmermann wartete, bis er sie deutlich sehen konnte, und erzielte einen wunderbaren Wurf. Die Flasche zersplitterte genau unter der Welle.

Morth torkelte jetzt beim Rennen und die Welle holte auf. Sein Kopf war fast kahl, nur ein dünner weißer Haarkranz war noch zu sehen. Er bleckte die Zähne und knurrte vor Anstrengung, während er sich für einen Augenblick umdrehte. Als er den Regen aus Gold und Glassplittern sah, grinste er. Und die Welle erhob sich höher und verbarg ihn, aber Sandry wartete mit dem Streitwagen und half Morth beim Aufsteigen.

Jetzt rollte die Welle bergauf und verlor dabei Wasser, verlor Masse. Whandalls Streitwagen überholte sie. Unter ihnen kamen der Zauberer und Sandry wieder in Sicht. Der Fürstensohn fuhr, wie Weißer Blitz einen Klumpen geschmolzenes Glas bearbeitete: vorsichtig, sich der Gefahren bewusst, nichts überstürzend, seine Arbeit verrichtend.

Swabotts Mutter war Erste Frau vom Blumenmarkt. Sie hatten den Waffenstillstand mit Blumenmarkt *gebraucht*, um ihre Flaschenwerfer aufzustellen. Whandall hatte ihn gut vorbereitet. Swabott kniete mit der Flasche in der Hand, den Stöpsel bereits gezogen, während die Welle auf ihn zu raste.

Auch auf diese Entfernung erkannte Whandall, dass er vor Angst zitterte. Als er sich erhob, um zu werfen, wackelte die Flasche in seiner Hand und Gold regnete auf ihn herab. Die Welle war Whandall hier ein Stück voraus ... und jetzt schoss sie an Swabott vorbei und der hatte nicht geworfen.

Er drehte sich zu Whandall um und sein Gesicht verriet heiter-gelassene Freude. Er zitterte nicht mehr. Er sah sich alles ganz genau an. Sein Lächeln verbreitete sich zu einem irren Grinsen ...

Bevor Whandall einen Muskel rühren konnte, rannte Swabott neben Whandalls Pferd her! Das Pferd lief mit voller Kraft, aber als Swabott sich auf seinen Rücken schwang, schrie das Pferd und beschleunigte noch mehr. Swabott bohrte ihm die Fersen in die Weichen und johlte. Whandall war bereit, ihn mit dem Speer zu durchbohren, als er warf.

Die Flasche landete genau vor der Welle und zersplitterte.

Whandall drehte den Speer und hieb Swabott leicht auf den Hinterkopf. »Mach, dass du von meinem Streitwagen kommst!« Swabott sprang vom Pferd, rollte sich ab, und war schon wieder auf den Beinen und lief, wobei er wie ein Verrückter lachte. Goldfieber ... und er hatte sich seinen Platz verdient.

Der Weg beschrieb hier eine Kurve und wurde zu Schwarzer Manns Tasse.

Padanchi der Ast hatte immer noch einen brauchbaren Arm. Seine Flasche zerbrach vor der Welle. Dann legte die Welle sich in die Kurve, um Morths Streitwagen zu folgen, und die schaumige Krone fegte Padanchi von der Klippe.

Kencchi von der Langen Allee erstarrte bei ihrem Anblick. Er hörte seine Frau nicht, die ihn anschrie, er solle werfen. Whandall hörte sie auch nicht. Er sah nur ihren weit aufgerissenen Mund, sah, wie die Lippen sich bewegten, die Bewegungen der Kehle. Doch als sie an der Reihe war, warf sie. Kencchi nicht.

Entscheide später.

Morths stark verängstigtes Pferd zog ihn schnell durch Schwarzer Manns Tasse und folgte dabei einem Pfad aus niedergetrampelten Pflanzen. Die Welle wogte weiter, so ungeheuerlich wie zuvor, und ernährte sich dabei von der wilden Magie in den zerschmetterten Flaschen.

Hier fehlten mehrere seiner Auserwählten ... die Welle flachte ab ... und vor ihr kämpften Leute.

Vier von Whandalls Flaschenwerfern hatten es geschafft, sich zusammenzuschließen, und kämpften jetzt Rücken an Rücken gegen sechs Männer aus dem Nordviertel. Das Nordviertel hatte den Waffenstillstand gebrochen! Whandall gab Heroul ein Zeichen, und der Jungfürst steuerte den Ring der Angreifer an, der sich um die vier Werfer geschlossen hatte.

Sie sahen Whandall kommen. Eine Flucht würde nicht helfen. Sein erster Gegner bereitete sich darauf vor, den Angriff abzuducken. Whandall erriet sein Vorhaben und trieb dem Mann die Klinge tief in den Bauch. Er hielt den Speer fest, und der Mann wurde halb herum gerissen, bevor Whandall die Klinge frei bekam, alles vor einem Hintergrund aus irrem Geschrei. Der Ring der Sammler war durchbrochen und auf der Flucht. Whandalls langer Schaft zuckte vorwärts und der Speer erstach einen weiteren Sammler.

Heroul suchte ein neues Ziel.

»Wir müssen weiter!«, rief Whandall. Die Welle verringerte den Abstand zu Morth. In ihrem dunkelgrünen Gesicht waren Gegenströmungen zu sehen, Interferenzmuster.

Vor ihm wurde es flacher und Whandalls Höhenvorteil schwand. Er hatte keinen Grund zu der Annahme, dass dieser geistlose Wasserelementar seine Aufmerksamkeit an ihn verschwenden könnte, aber ... *aber*. Whandalls Weg war unebener geworden und die Welle hatte ihn überholt. Hinter sich sah er den von ihr hinterlassenen nassen schwarzen Boden.

Morth mochte bei diesem verrückten Unternehmen sterben. Whandall würde nicht lange um ihn trauern. Sein Versprechen band ihn, aber dies gab ihm außerdem Gelegenheit auszuwählen, wen er vielleicht aus der Stadt des Feuers rettete. *Wenn* Whandall überlebte. Er mochte bei der Rettung des verrückten Zauberers *sterben*.

Morth war fast unter der Welle, fast nicht mehr zu retten.

Morth öffnete eine schwarze Flasche und berieselte sich mit Gold. Sandry drehte sich überrascht um. Morths Haare leuchteten ziegelrot auf und er *lief*.

Er ließ den Streitwagen samt Pferd und allem einfach stehen und im nächsten Augenblick wurde das Gespann von der Gischt verschluckt. Doch Morth lief auf der senkrechten Klippe, während er den zappelnden Wagenlenker hoch über dem Kopf hielt. Er setzte Sandry auf der Spitze der Klippe ab und rannte dann unter irrem Gelächter ins Tal zurück.

Der Wagenlenker richtete sich hustend auf Hände und Knie auf und übergab sich. Whandall winkte Sandry zu, wurde aber nicht langsamer. Dann stolperte das Pferd und Heroul *musste* die Fahrt verlangsamen.

Pferd und Fahrer – er konnte nichts mehr aus ihnen herausholen.

Whandall sprang ab und lief weiter, schwankend, da sein Gleichgewichtssinn während der Fahrt gelitten hatte. Heroul folgte ihm und rief: »Wohin? Herr, wo sind wir ...?«

»Folgt Morth!« Er passierte gerade den letzten Flaschenwerfer – Reblay von den Einfältigen Kaninchen, der mit gespreizten Beinen auf dem Boden saß, da er seine Flasche geworfen hatte. Er lief jetzt über ebenen Grund, an einem beschädigten Streitwagen und drei Männern vorbei, die auf dem Rücken lagen und nach Luft schnappten. Wanshig und seine beiden Neffen ...

Das waren nicht die Neffen, mit denen er losgefahren war.

Whandall lief weiter. Wenn er überlebte, würde er die Geschichte hören. Vor ihnen lag die Schwarze Grube. Whandall sah bereits den krausen Glanz ihrer Oberfläche: Wasser, das den schwarzen Teer bedeckte, eine in der Sonne glänzende Todesfalle.

Morth wurde wieder langsamer, war jetzt grau vor Erschöpfung. Er schaute sich um und seinem Augenausdruck nach sah er den Tod hinter sich.

Das Manna in dem unveredelten Gold hatte den Wasserelementar mit Energie erfüllt und in den Wahnsinn getrieben. Die Welle war Morth und einer Spur wilder Magie tief in das Herz der Stadt des Feuers gefolgt. Jetzt war sie an einem Ort gestrandet, wo es keine Magie mehr gab. Und jetzt lag nur noch veredeltes Gold hinter ihr. Die Welle türmte sich immer noch höher auf als das höchste Haus jenes Zeitalters. Mit einer weißen Schaumkrone und seltsam verdrehtem Gekräusel auf dem grünen Gesicht wogte sie dem schwankenden, keuchenden Zauberer entgegen.

Reblay war *nicht* der letzte Flaschenträger. *Hier* hätte Freethspats Sohn stehen müssen, hier, wo eine schwarze Flasche lag, nicht größer als Whandalls Faust. Whandall hob sie auf und lief weiter. Er näherte sich Morth, zog den Stöpsel und warf.

Gold und Glassplitter spritzten dem Zauberer um die Beine. Morth stieß einen Jubelschrei aus und lief los, sprang mit einem Satz über den Zaun und jagte dann so schnell über das dunkle Wasser, dass er nicht darin versank, sprang auf die andere Seite der Schwarzen Grube und über den Zaun.

Ein Berg aus Wasser wälzte sich in die Schwarze Grube, verschlang das Wasser und wuchs.

Der Teer ging in Flammen auf.

Whandall spürte kaum, wie seine Haare und Augenbrauen zu Asche verbrannten. Für einen Augenblick, der eine Ewigkeit zu dauern schien, nahm er wahr, was Yangin-Atep wahrnahm ...

79. Kapitel

Yangin-Atep, Loki, Prometheus, Moloch, Kojote, die Herdfeuer der indoeuropäischen Stämme, unzählige Feuergötter waren eins und viele. Er, sie, alle hatten die Aspekte/Kräfte der gleichzeitigen Gegenwart und des gemeinsamen Verstandes. Schmerz und Vergnügen sickerten aus allen Ländern hervor, in denen ein Herr über Feuer und Unfug entweder verehrt oder aber gequält wurde.

Jedes Herdfeuer war ein Nervenende für Yangin-Atep. Whandall spürte die Gestalt des Gottes, die schrecklich kalte Wunde in seinem Herzen, die tauben, empfindungslosen Stellen, wo Teile der Stadt leer standen und keine Feuer entzündet wurden, der lang nachhängende Schwanz durch den Feuerwald. Er spürte etwas, wo die Armeen der Fürsten und Fürstensippler marschiert waren, den Pfad von Whandalls Flucht und auch den seiner Rückkehr.

Yangin-Atep rührte sich nur selten. Es war nur seine Aufmerksamkeit, die sich regte ... aber worauf Yangin-Atep seine Aufmerksamkeit richtete, dort geschah etwas. Feuer erloschen, wenn Yangin-Atep ihre Energie aufnahm. Er löschte Waldbrände. Herdfeuer gestattete er. Wenn er sie zu früh erstickte, waren sie nicht von Nutzen.

In den Häusern brannte kein Feuer. Yangin-Atep in Whandalls Verstand erinnerte sich auch an den Grund dafür. Ein alter Häuptling hatte einen Handel mit Yangin-Atep geschlossen, hatte einen Zauber gewirkt, um sein Nomadenvolk daran zu hindern, je in Häusern sesshaft zu werden.

Herdfeuer verliehen ihm Leben.

Doch selbst im Feuer gab es nicht genug Magie. Alle paar Jahre fiel Yangin-Atep in einen todesähnlichen Schlaf. Dann wüteten unbeherrschte Feuer, sogar in den Häusern. Yangin-Ateps Hunger-Wahnsinn legte sich auf empfängliche Verehrer und das nannten die Leute ein Brennen. In seinem Koma mochte Yangin-Atep tagelang nicht auf das Brennen reagieren, doch seine Auserwählten spürten das Nachlassen seines Hungers und seine wachsende Stärke. Ihr eigener Kummer wurde durch die Feuer gelindert.

Wenn Yangin-Atep zum Leben zurückfand, ging alles ganz schnell. Er löschte die Feuer, wo sie am heißesten brannten, und wenngleich ein paar Narren vielleicht fortfuhren, Fackeln zu werfen, war das Brennen vorbei.

Doch jetzt verrann das Rinnsal des Lebens in Yangin-Atep und ein Streifen blutender Leere kroch ihm vom Meer entgegen. Es war Wasser, Wasser, das gekommen war, um ihn herauszufordern. Das Manna, welches einen Wasserelementar am Leben erhielt, war das Leben Yangin-Ateps.

Die Aufmerksamkeit des Feuergottes jagte durch die Stadt des Feuers und richtete sich auf die Schwarze Grube.

Teer und Öl.

Das Wasser, das die Schwarze Grube bedeckte, war in der größeren Masse des Elementars aufgegangen. Teer lag nackt und bloß da. Yangin-Ateps Aufmerksamkeit entzündete ihn. Flammen hüllten den Elementar ein. Der Geist tanzte wie ein Wassertropfen auf dem Boden einer heißen Bratpfanne und wollte sich vom Feuer zurückziehen.

Uralte tote Tiere spielten in den Flammen. Säbelzahnkatzen hieben mit ihren Pranken auf die Luft ein und hackten nach dem Wasser über ihnen. Große brennende Vögel kreisten. Ein Mastodon bildete sich und *wuchs* dann, bis es den Geist überragte. Behemoth stampfte mit beiden Vorderfüßen auf ... und war verschwunden, der Geist unversehrt.

Als Kind hatte Whandall diese Geister als Löcher im Nebel gesehen. Jetzt waren sie Flammen ... aber Whandall nahm noch mehr wahr. Yangin-Atep rief sie, um ihr Manna aufzunehmen. Der Feuergott verzehrte die Geister.

Morth lag schlaff auf der anderen Seite der Grube. Whandall folgte dem Zaun zu Morth hinüber, den Speer vergessen in den Händen haltend. Es war ein langer Weg um den Zaun herum. Er konnte kaum etwas sehen, hören und fühlen, da die Wahrnehmung des Feuergotts in seinem Kopf tobte.

Der Elementar wusste, was er wollte, und Yangin-Atep spürte es auch. Yangin-Atep ließ Flammen auflodern, um dem Elementar den Weg zu seinem Opfer, zu Morth von Atlantis, zu versperren. Der Elementar konterte mit einem Strahl wilder Magie, Goldmagie, nahezu dem letzten Vorrat. Wenn Whandall auch keine Magie spürte, der Feuergott spürte sie umso besser. Yangins-Ateps Aufmerksamkeit erlosch und loderte gleich darauf wieder auf.

Und Morth, der halb tot neben dem Zaun der Schwarzen Grube lag, erwachte ruckartig und stark, in Manna gehüllt. Er nahm seinen Rucksack ab, entkleidete sich bis zur Hüfte und bestrich sich Arme und Brust mit weißer Farbe, alles in großer Eile. Er wandte sich der Grube zu und wedelte mit den Armen.

Für Whandall sah es so aus, als dirigiere er Musiker oder Tänzer. Tatsächlich tanzten die Feuerbestien auf sein Geheiß hin, obwohl eine Bestie nach der anderen erlosch.

Der Krieg war halb zu sehen, halb zu spüren und halb verborgen. Whandall nahm ihn überhaupt nicht wahr. In Momenten der Klarheit näherte er sich Morth.

Morth drehte ihm den Rücken zu. »Bleib einfach nur weg«, sagte er, ohne sich umzudrehen. Goldringe funkelten an jedem Finger.

»Kann ich nicht irgend etwas tun?«

»Weg!« Morth tanzte weiter.

Dann hatte Whandall keine Sinne mehr außer Yangin-Ateps.

Wasser wollte Feuer löschen. Feuer wollte Wasser verbrennen. Yangin-Atep umgab den Elementar wie der Eierbecher das Ei. Wasser zischte. Feuer trübte sich. Beide starben.

In der Schwarzen Grube steckte noch ein wenig Kraft, um den Geistern der alten Tiere Nahrung zu geben, und diese Kraft wurde jetzt verbraucht. Yangin-Atep tastete nach mehr, kam jedoch nicht über den Zaun hinaus. Doch er hatte genug.

Der Elementar starb in einer Wolke aus lebendigem Dampf.

Whandall bedeckte das Gesicht mit den Armen und fiel auf den teerigen Boden. Hitze verbrühte ihm die Hände. Morths Arme setzten keinen Augenblick mit ihren Bewegungen aus, aber Whandall hörte sein Schmerzgeheul.

Yangin-Atep jagte. Hätte es noch eine Spur des Wasserelementars gegeben, hätte Yangin-Atep das Manna darin verzehrt. Aber das Wasserwesen war tot, Legende, verschwunden. Yangin-Atep griff weiter aus.

Außerhalb der Schwarzen Grube gab es *nichts* mehr.

Jetzt empfand Whandall beengendes Entsetzen, ein jähes Gefühl des Schrumpfens. Nachdem er zuvor die ganze Weite des Tals in Anspruch genommen hatte, von Wald und Meer umgeben und von Herdfeuern gefüttert worden war, stellte Yangin-Atep jetzt fest, dass er jenseits der Grenzen der Schwarzen Grube empfindungslos und gelähmt war. Irgendein Feind wob eine Mauer – *hatte* sie bereits gewoben!

Yangin-Atep zuckte im Rhythmus des Zaubers, suchte dabei einen neuen Feind und fand ihn zu spät. Whandall erkannte Morth von Atlantis, seine tanzenden Arme und Finger, aber die Mauer war vollendet und Morth befand sich außerhalb davon, war unerreichbar. Manna floss dünn von den Sternen, aber Yangin-Atep spürte es nicht mehr. Morth hatte einen Deckel für die Schachtel gewoben.

Yangin-Atep stemmte sich dagegen. Whandall hörte Morths gequälten Aufschrei wie aus weiter Ferne, aber er *spürte* die Qualen des Feuergotts. Die magische Barriere war jämmerlich dünn, bestand aber aus Wassermagie.

Yangin-Atep jagte mit der Wildheit eines Fürstensipplers und fand ... einen Fürstensippler.

Dann waren Whandall und Yangin-Atep zwei Teile des Feuergotts. Der Feuergott griff nach unten und hob seinen Speer auf.

Whandall Federschlange ließ ihn wieder fallen.

Yangin-Atep bückte sich, um ihn wieder aufzuheben, bückte sich und streckte den Arm aus, beugte die Knie und streckte den Arm aus, versuchte verzweifelt, den Körper zu Bewegungen zu veranlassen. *Beweg dich!* Warum wollte sich der Fürstensippler nicht *bewegen*?

Morth tanzte wie eine Marionette, drehte ihm weiterhin den Rücken zu. Whandall Federschlange stand im Einklang mit sich da, während der Gott in seinem Verstand wütete. Whandall kannte sich mit den harten Gesetzen des Verkaufens aus. Jeder Händler auf der Welt glaubt, er kann einen zum Kauf veranlassen, aber so ist es nicht. Hör zu, nicke, genieß die Unterhaltung. Biete Tee an. Wenn der Preis stimmt, kauf.

Whandall spürte, wie das Feuer ihn erfüllte, wie es über seine Arme tanzte. Kleine Flammen leckten an seinen Fingernägeln. Feuer ließ seinen Verstand auflodern. *Die Toronexti! Wir räuchern sie aus! Häuser, Wäch-*

terhaus, Waldwege, Männer, wir brennen sie alle nieder! Nehmen die Kinder als Geiseln, um die Frauen gefügig zu machen. Danach die Ochsenziemer ...

Was du anbietest, hat natürlich einen Wert, aber wie könnte ich so viel aufs Spiel setzen? Wenn ich verliere, werden meine Leute hungern, meine Familie, alle, die Federschlange vertrauen. Nein, dein Preis ist zu hoch.

Flammen leckten an seinen Fingerspitzen. *Wüte!*

Schändlich hoch. Feuer, das kann nicht dein Ernst sein.

Brenne!

Beherrsch dich. Entspann dich. Bleib stehen. Atme.

Es war kein Manna mehr übrig. Yangin-Atep verblasste zu einem erlöschenden Funken.

Nicht hier an der Oberfläche, aber tief unten, unter dem Teer, wo kein Zauberer je gewesen sein konnte, fand der letzte Rest des Feuergottes einen letzten Funken Manna. Der Feuergott versank, verblasste und war Legende.

Yangin-Atep war Legende.

Whandalls Gesicht schmerzte. Kleidung hatte den übrigen Körper bedeckt, aber seine Hände und die linke Seite des Gesichts und der Kopfhaut waren heiß und schmerzten. Seine tastende Hand fand keine Augenbrauen, keine Wimpern, keine Haare auf dieser Seite.

Morth war ein Strichmännchen, kahl wie ein Ei. Seine Kleidung war auf der Vorderseite schwarz verkohlt, seine Arme wedelten immer noch und dirigierten unsichtbare Musikanten. Whandall wagte nicht, sich einzumischen. Es gab jetzt keine Spur mehr von den Geistern uralter Tiere und jedes Feuer war erloschen.

Morth senkte die Arme, verbeugte sich und fiel aufs Gesicht.

Whandall wälzte ihn auf den Rücken. Morths Augen waren halb geöffnet, sahen aber nichts mehr.

Whandall sagte: »Der Geist ist tot, Morth.«

Morth sog Luft ein. *Lebendig.* »Das kannst du nicht wissen.«

»Morth, ich habe ihn eigenhändig erwürgt und jede Spur von ihm verzehrt. Er ist *tot*. Entschuldige, sagte ich, *ich*? Ich war Yangin-Atep.«

»Das Gasthaus *Zur Federschlange*.«

»Alle Götter willkommen. Ich will das nicht mehr, Morth.«

»Wird nicht wieder vorkommen. Was noch von Yangin-Atep übrig ist, habe ich tief in den Teer eingebunden. Was immer der Feuergott dieser Stadt auch angetan haben mag, es ist vorbei. Die nächsten zehntausend Jahre, vielleicht länger, vielleicht für immer, schläft Yangin-Atep unter dem Teer. Vielleicht kannst du daraus etwas machen. Ich bin verbrannt. Bring mich ans Meer, des Mannas wegen. Wasch mich mit Salzwasser. Du bist sicher, der Geist ist ...«

»*Tot*.«

»Gut.«

Teil Fünf · Federschlange

80. Kapitel

Sandry und Brennender Turm fuhren vor, die Pferde schaumbedeckt. Heroul war mit Grüner Stein unmittelbar hinter ihnen.

»Vater!«, rief Brennender Turm.

»Es geht mir gut.«

Seine Kinder sahen ihn sich genauer an. Sie schienen zwischen Entsetzen und Gelächter hin und her gerissen zu sein. Whandall sagte: »Morth ist es, der Hilfe braucht. Sandry, könnt Ihr ihn ans Meer bringen?«

»Er wirkt nicht stark genug für die Fahrt in einem Streitwagen«, gab Sandry zu bedenken.

»Ich hole einen Wagen«, sagte Heroul. »Wollt Ihr mitkommen?«, fragte er Grüner Stein.

»Kümmert Euch darum«, sagte Whandall. »Schafft Morth *ins* Wasser.«

»Das werde ich tun!«, rief Heroul. Er jagte auf dem unebenen Gelände davon und trieb die Pferde zu größter Eile an.

»Wir bleiben bei dir«, versprach Whandall Morth.

Brennender Turm kniete neben dem betagten Zauberer nieder.

»Bleib da«, bat Morth. »Manche sagen, im Lächeln

eines jungen Mädchens liege Magie. Whandall! Wir haben es geschafft!«

Heroul kam mit einem Sippenlosen in den Farben Quintanas zurück, der einen Vierspänner fuhr. Whandall und Grüner Stein hoben den Zauberer auf den Wagen und legten ihn auf die dort ausgebreiteten Decken.

Whandall fragte: »Morth, wie lange noch?«

Morth grinste zahnlos. »Schafft mich ins Meer«, murmelte er halbwegs deutlich. »Das Meer ist überall magisch. Wenn es schnell genug geht, überlebe ich vielleicht.«

Der Wagen fuhr mit Herouls Streitwagen als Begleitschutz los.

»Sollten wir ihn nicht begleiten?«, fragte Brennender Turm.

»Er ist in guten Händen«, sagte Whandall. »Jetzt mache ich mir mehr Sorgen um die Karawane. Sandry, kann dieses Ding auch drei tragen?«

»Wenn einer der drei so leicht ist wie sie«, sagte er.

»Ich kann auf der Wagendeichsel fahren«, sagte Brennender Turm. »Seht her!«

»Flämmchen – Brennender Turm, das ist gefährlich«, mahnte Sandry.

»Nicht so gefährlich wie ein Drahtseil. Fahr einfach.«

Es war der letzte Verkaufstag für die Karawane. Anpreiser riefen es ständig. »Letzter Tag. Alles muss raus! Tiefstpreise!«

Brennender Turm sprang vom Streitwagen, bevor er angehalten hatte. Sie lief zu dem Schild vor Whandall Federschlanges Marktstand, zog ein Stück Holzkohle aus dem Feuer und kritzelte große schwarze Buchstaben über das ordentlich beschriftete Schild. Nicht Zu Sehen kam aus dem Zelt und starrte auf das Schild, als könne er lesen.

»Schleicher, geht es dir wieder besser?«

Der Banditenjunge sah fast gesund aus, obwohl an

manchen Stellen noch Schwellungen zu sehen war. »Federschlange, sie betrügen mich wie einen Sippenlosen.« Das musste er von einem Kunden erfahren haben. *Seht ihr, ich spreche eure Sprache!* »Du siehst halb gekocht aus. Wo ist der Zauberer? Erzähl mir eine Geschichte!«

»Später. Zurück an die Arbeit.« Sandry erstickte fast an seinem Gelächter. So hatte Whandall ihn noch nie erlebt. »Was steht darauf?«, wollte er wissen.

Sandry sah Whandall an. Es war klar, was er sah: einen tätowierten Mann, an dem jedes Körperhaar verbrannt war und der Brandwunden und Blasen an Armen und Händen sowie auf einer Wange aufwies. Sandry rang mit seinem Gelächter und verlor. »Mein Herr, da steht *BRANDVERKAUF*.«

»Ihre Mutter hätte ihr niemals Lesen und Schreiben beibringen dürfen«, knurrte Whandall. »Ich brauche ein neues Hemd. Und dann wollen wir einmal sehen, ob ich etwas verkaufen kann.«

Der Verkauf war ein voller Erfolg, da Sippenlose und Fürstensippler gleichermaßen kamen, um zu sehen, was die Händler von draußen brachten und was man kaufen konnte.

Heroul und Grüner Stein kehrten am späten Nachmittag zurück. Whandall verkaufte einen Teppich aus seinem eigenen Wohnzelt. Die Teppiche waren ihm schon früh ausgegangen. Zwei Fürstenmänner bezahlten mit einem Menschengewicht Teer und Juwelen. Der Fürst wartete stumm hinter ihnen. Whandall fragte: »Ist der Zauberer tot?«

»Morth ist wohlauf«, erwiderte Grüner Stein.

Whandall sah sich um. »Ihr habt ihn allein gelassen?« Einen Verbündeten im Stich zu lassen, war etwas ganz anderes, als einen Toten zu verlassen.

»Er ist nicht allein.« Obwohl es sie halb umbrachte, warteten beide, bis Whandall den Verkauf abgeschlossen hatte. Dann platzte es förmlich aus Grüner Stein heraus.

»Wir sind direkt zum Hafen Gute Hand gefahren. Ein paar Sammler der Wasserteufel hätten wohl den Wagen angehalten, nicht aber Herouls Streitwagen. Sie sind uns gefolgt. Im Hafen liegt ein Schiff, das größer ist als alle Schiffe, die wir in der Adlerbucht gesehen haben, und überall waren Matrosen zu sehen. Aber es gibt einen Strand. Wir wollten ihn nicht transportieren, also fuhren wir den Wagen geradewegs ins Wasser. Ich bin auf den Wagen geklettert und habe Morths Kopf über Wasser gehalten.

Seemänner und Wasserteufel wollten unsere Geschichte hören. Sie sahen dasselbe wie wir. Morth lag da, sah ertrunken aus, grinste zahnlos und prahlte in kehligem Flüsterton mit unseren Taten. Er hat schwere Verbrennungen, aber ein paar Blasen verheilten, noch während wir zusahen. Haare wuchsen nach, nur ein paar Stoppeln blieben an den Stellen zurück, wo er am wenigsten verbrannt war, aber es waren *rote* Stoppeln. Und ihm wuchsen Zähne. Er fing an zu lachen.«

Heroul sagte: »Als ich ihn zuletzt sah, stand er bis zum Hals im Meerwasser und bat die Matrosen um etwas zu essen. Er sagte, er könne bezahlen. Und wollte wissen, ob das Schiff einen Zauberer brauche. Ein Matrose ist zum Kapitän gelaufen.«

»Ein Zauberer in seinem Element«, sann Whandall. »Hat er gesagt, wann er zurückkommt?«

»Vater, er versuchte nicht einmal, an Land zu gehen«, sagte Grüner Stein. »Er sagte, er könne das Meer in den nächsten Wochen nicht verlassen.«

»Wir können aber nicht noch Wochen bleiben!«

»Vater, er hat seinen Teil erledigt!«, gab Grüner Stein zu bedenken.

»Du siehst besorgt aus«, bemerkte Brennender Turm.

»Ach, Stein hat Recht, Flämmchen, aber jetzt müssen wir uns ohne Zauberer an den Toronexti vorbeikämpfen!«

»Oh. Aber wir haben Sandry.«

»Wir geben euch Begleitschutz«, versprach Sandry.

Brennender Turm entging sein Tonfall nicht. »Sandry? Ihr werdet nicht *kämpfen?*

»Wir können uns verteidigen, wenn sie uns angreifen. *Vielleicht* sind sie so dumm.«

»Und vielleicht reicht das«, sagte Whandall.

Grüner Stein betrachtete die Menge. »Gute Geschäfte«, sagte er.

»Ja, aber keiner scheint es zu wissen, Stein«, sagte Brennender Turm. »Yangin-Atep ist zur Legende geworden und sie wissen es nicht!«

»Morth meinte, es werde eine Weile dauern«, berichtete Grüner Stein. »Es gibt wenig Manna und keine Zauberer. Die sind schon vor Jahrhunderten ausgewandert. Woher sollen die Leute also wissen, dass Magie wieder lebendig ist?« Er rieb sich die Hände. »Vater. Wir kommen durch. Wir treffen uns mit Säbelzahn und kehren mit Schlaues Eichhörnchen und jedem Schamanen zurück, den wir anwerben können! Überlegt euch doch nur, was sie hier für Regen bezahlen werden! Wir räumen hier auf.«

»Du denkst wie Säbelzahn«, sagte Brennender Turm zu ihrem Bruder.

»Das wird auch Zeit«, seufzte Whandall.

Auf dem Friedensplatz ging es zu wie in einem Bienenstock und der Handel war rege. Mit einigen Fürstensipplern war zu rechnen und Whandall hatte um die zwanzig gezählt. Sie beobachteten nur und sammelten nicht viel. Die Händler mussten ihnen frühzeitig Benehmen beigebracht haben ... doch Whandall behielt eine Gruppe von ihnen im Auge, da er Ärger voraussah und sich fragte, wann sie sich wohl trennen und mit dem Sammeln beginnen würden.

Der Schlangenpfad wäre *eingesickert* und nicht als Trupp gekommen. Andere hatten die Gruppe ebenfalls bemerkt. Händler wie Kunden nahmen einen drohende Haltung an.

Whandall fragte sich, ob es vernünftiger war, die Toronexti zu bezahlen. Die Stadt verlassen, dann in zwei Wochen mit Waffen und Magie zurückkehren ... und mit Pflanzengift auf Schnitterklingen ...

Nein. Zu spät im Jahr. Nachdem die Zöllner sie gerupft hatten, hätten sie draußen keinen Reichtum mehr vorzuweisen. Sie könnten nicht genügend kampfkräftige Männer mitbringen, und ein paar Scharmützel zu gewinnen, hülfe ihnen nicht, wenn sie den Winter über bleiben mussten. *Nein.*

Der Trupp aus einem Dutzend Fürstensipplern, die er beobachtet hatte, überquerte jetzt den Friedensplatz zu Hammer Müllers Wagen. Die Männer fingen an, die Waren zu sammeln. Als Hammer nach draußen kam, um dafür zu kassieren, verpasste ihm einer eine Ohrfeige und fing an zu lachen.

»He, Harpyie!«

Einen Moment lang glänzte der ganze Platz. Der Ruf »He, Harpyie!«, erhob sich im Chor. Whandall sprang auf den Verkaufstisch, ein Messer in der Hand.

Zu seiner Überraschung sah er Sandry und Heroul die Streitwagen wenden, den Schauplatz des Kampfes verlassen und in rasender Fahrt zum Lager der Fürstenmänner fahren. Aber der Rest der Geschehnisse folgte einem bekannten Muster.

Die Sippenlosen gingen in Deckung.

Die meisten Fürstensippler kamen zu dem Schluss, dass es sie nichts anging, und zogen ebenfalls die Köpfe ein. Ein paar, die erzürnt darüber waren, bei angenehmen Beschäftigungen gestört zu werden, machten sich zum Kampf bereit. Aber die Harpyien verhielten sich wie Vielfraße: Sie standen Rücken an Rücken auf dem freien Platz, ließen sich Raum zum Kämpfen und niemanden in ihre Nähe.

Die Männer der Karawane bewaffneten sich und trabten den Harpyien entgegen. Der Steinhagel, von Schleudern abgefeuert, überraschte die Harpyien. Sie bemerkten nicht, was bei den Fürstenmännern vorging. Whandall sah es selbst kaum, wurde aber langsamer in seinem Tun, die eigenen Messerkünste mit denen der Harpyien von Teps Stadt zu messen.

Wassermann hatte alles beobachtet. Als sie beiden Streitwagen sich dem Lager näherten, gesellten sich drei weitere zu ihnen.

»Beifahrer aufsitzen!«, rief Wassermann.

Männer liefen aus ihren Zelten und nahmen ihre Plätze neben den Streitwagenfahrern ein. »Schnappt sie Euch! Mein Herr!«, rief Wassermann.

Sandry zeigte auf den Trupp Harpyien. »Im Schritt! Im Trab!«

Er nahm den langen Speer in die rechte Hand. Die anderen Fahrer folgten seinem Beispiel. Die Beifahrer hielten Kurzspeere bereit.

»Sturmangriff!«

Fünf Streitwagen rasten in einer Reihe über den Platz. »Werft!« Fünf Kurzspeere flogen und vier der sammelnden Fürstensippler gingen zu Boden. Die anderen flohen und ließen dabei ihre Beute fallen, alles, was sie trugen. Nur einer drehte sich um und hob trotzig sein großes Fürstensipplermesser. Dafür bekam er Herouls Speer mitten in die Brust. Die Wagenlenker hielten an.

Auf der anderen Seite des Platzes formierte Wassermann immer noch seine Fußtruppen, aber das war gar nicht mehr nötig. Heroul stellte den Fuß auf eine Leiche und zog seinen Speer heraus. Drei der Sammler waren tot. Zwei andere würden wahrscheinlich nicht überleben, nicht wenn *das* die Pflege war, die man ihnen angedeihen ließ.

Whandall trat zu einer toten Harpyie und drehte den Mann mit dem Fuß um.

Ein stilisiertes langnasiges Tier war auf den Oberarm tätowiert. Der Stil hatte sich in den letzten zwanzig Jahren verändert, aber ... »Vielfraße«, murmelte Whandall.

»Ich bin froh, dass es vorbei ist«, sagte Brennender

Turm. Sie stand da, betrachtete gebannt den Toten und warf ab und zu Sandry einen Blick zu. Der schien einerseits zufrieden mit sich zu sein, andererseits aber auch erstaunt darüber, dass sich seine Ausbildung bezahlt gemacht hatte – daß alles sich genauso abspielte, wie seine Lehrer ihm erzählt hatten ...

»Es ist noch nicht vorbei«, sagte Whandall. Er zeigte auf etwas.

Lagdret vom Schlangenpfad lag tot vor der Teestube der Müllers. Die hübsche Kellnerin hinter ihm blutete aus einer Stichwunde an der Schulter.

Wanshig traf eine halbe Stunde später ein. Er beauftragte zwei seiner Leute damit, sich um Lagdrets Leiche zu kümmern. »Bringt ihn nach Hause«, befahl er.

Wanshig begutachtete die toten Vielfraße. »Die hier?«

Whandall sagte: »Die hier oder diejenigen, welche entkommen sind. Auf jeden Fall Vielfraße.«

»Spielt keine Rolle.«

»Nicht?« Whandall war erstaunt über die kalte Stimme seines Bruders.

»Spielt keine Rolle«, wiederholte Wanshig. »Vielfraße haben meinen Mann getötet. Einen Mann der Ortsfeste auf neutralem Boden. Führ niemals einen halben Krieg. Whandall, ist das wahr? Wir haben *Yangin-Atep* schlafen gelegt?«

»Ja.«

»Ich musste es ausprobieren. Ich habe eine Fackel in ein Haus getragen. Natürlich ist das immer ...« Wanshig sah sich um. Fürstensippler und Sippenlose kamen aus ihrer Deckung und beobachteten einander wachsam. Wanshig fuhr leise fort: »... bei einem Brennen gelungen.«

»Zehntausend Jahre, hat Morth gesagt.«

»Aber Fackeln brennen jetzt auch in Häusern und die Vielfraße wissen es nicht«, sagte Wanshig. »Nun, sie werden es früh genug erfahren. Bis morgen Mittag wird es jeder Einzelne von ihnen wissen.«

»Hast du genug Leute, um die Vielfraße anzugreifen?«, fragte Whandall. »Sie sind stark.«

»Das sind wir auch«, sagte Wanshig. »Whandall, ich habe mein Bestes gegeben, um mich aus allen Kriegen herauszuhalten. Bündnisse geschmiedet. Gefälligkeiten erwiesen. Jetzt fordere ich jeden Gefallen ein, den man mir noch schuldet. Blumenmarkt und Ochsenziemer werden niemanden schicken wollen, aber sie können mich nicht daran hindern, die Nachricht zu verbreiten, dass wir auf reichem Gebiet sammeln werden, dass wir genug Platz für jeden haben, der Beute machen will.

Kann ich ihnen sagen, dass die Fürstenmänner gegen die Vielfraße gekämpft haben, wenn ich über das Sammeln rede?«

»Sie haben *hier* gekämpft, ja, aber sie belassen es vielleicht dabei. Versprich den Leuten nichts. Wir brechen morgen früh auf«, sagte Whandall. »Die Toronexti werden uns mit Sicherheit beobachten. Wir können nicht vor dem Mittag bei ihrem Wächterhaus eintreffen.«

»Sie werden dort einen Großteil ihrer Leute versammeln«, vermutete Wanshig. »Ihr verheißt reiche Beute. So reich wie noch nie zuvor in ihrem Leben! Und sie werden nicht damit rechnen, dass ich sofort gegen sie losschlage. Sie haben einen Mann geschickt, der mir Blutgeld anbieten wollte.«

Whandall sah seinen Bruder an.

Wanshig grinste. »Er hat mich nicht angetroffen. Kann mich auch nirgendwo antreffen. Er ist zum Versammlungshaus des Schlangenpfads gekommen. Dort hat man ihm erzählt, ich sei zur Ortsfeste gegangen. In der Ortsfeste wird man ihn zu Pelzeds altem Hauptquartier schicken. Und jedes Mal wird er mich ganz knapp verpassen. Verwünscht, du hast einige Aufregung mitgebracht, Whandall! Ich habe nie den richtigen Zeitpunkt gefunden, um uns Schwarzer Manns Tasse zurückzuholen. Aber ich habe mich vertraglich verpflichtet, die Gegend zu säubern, richtig? Sie ist so sauber wie ein Flussbett. Und die Ochsenziemer wollen nicht zahlen.«

»Wann wirst du also ins Gebiet der Vielfraße eindringen?«, fragte Whandall.

»Eigentlich hatte ich vor, es gleich morgen früh als Erstes zu tun, aber morgen Mittag ist noch besser. Etwa um die Zeit, wenn sie euch sehen, wird ihr ganzes Revier brennen.« Wanshig lachte. »Führ niemals einen halben Krieg. Ich habe meinen Leuten beigebracht ...«

»Ich meinen auch.«

»Whandall, Wess bringt ihren Jungen morgen früh vorbei. Du passt gut auf ihn auf, nicht wahr?«

»Das werde ich tun. Wanshig? Das Gold liegt immer noch dort unten. Unter dem Wasser, überall auf der Langen Allee.«

»Aha.« Wanshig richtete sich auf. »Es war sehr lehrreich, Dall. Und vielleicht sehe ich dich wieder, vielleicht auch nicht.«

»Ich dich auch, Shig. Ich komme wieder.«

»Ich glaube, du wirst kommen. Vielleicht bin ich dann auch noch hier.«

81. Kapitel

Es war kaum hell, als Wess kam. Wess' Sohn hatte nicht die geringste Ähnlichkeit mit Shastern. Er war ein kleiner Junge mit großen Augen und einem nachdenklichen Blick. »Wie ich dich in Erinnerung habe«, sagte Wess. »Aber er ist kleiner, als du es warst. Pass gut auf ihn auf, Whandall.«

»Hier wird sich vieles verändern«, sagte Whandall. »Vielleicht ...«

»Nicht so bald, jedenfalls nicht so viel«, schränkte Wess ein. »Bitte.«

»Er kann mit uns kommen, Wess, aber wir müssen an den Toronexti vorbei. Wenn das misslingt ...« Er dachte kurz nach. »Wenn das misslingt, schicke ich ihn mit einem der Fürstenmänner nach Hause. Sandry ist schon einmal zur Ortsfeste gefahren. Er kann ihn dir bringen.«

»In Ordnung.« Wess küsste ihren Sohn. Er sah zuerst sie mit großen Augen an, dann Whandall. »Auf Wiedersehen.« Sie drehte sich um und lief los.

»Brennender Turm, das ist Shastern«, sagte Whandall. »Halt ihn von allem Ärger fern. Shastern, du bleibst bei ihr.« *Und nur vielleicht*, dachte Whandall, *kann ich euch damit beide aus dem Kampf heraushalten.*

Siebenunddreißig von Whandalls erprobten Flaschenwerfern kamen im Morgengrauen. Zehn waren sippenlos. Alle hatten einen großen Sack bei sich, alle ihre Habseligkeiten, die sie mit nach draußen nehmen würden. Sie unterhielten sich eifrig über ein neues Leben.

»Wer fehlt?«, fragte Whandall. »Ich dachte, alle kämen.«

Fubgire hatte den Messerunterricht ertragen und seine Flasche geworfen. Er sagte: »Wanshig war ziemlich überzeugend. Sie sind mit ihm gegangen, um am Granithöcker zu sammeln. Die Übrigen sind hier, Fürst.«

»Ich bin kein Fürst. Wir haben keine Fürsten. Ich bin Wagenmeister.«

»Für mich reicht das, Fürst.« Aber Fubgire lachte.

»Bleibt alle zusammen«, befahl Whandall. »Grüner Stein wird euch sagen, was ihr zu tun habt.«

Ein paar Fürstensippler murrten.

»Gewöhnt euch daran!«, schnauzte Whandall. »Bei uns arbeiten heißt, Anweisungen befolgen. Einen Kampf gewinnt man, indem man zusammenbleibt und gemeinsam handelt. Grüner Stein spricht eure Sprache. Hört ihm zu!

Ihr werdet neben dem letzten Wagen marschieren. Haltet eure Waffen bereit. Versteckt sie nicht, aber bedroht niemanden. Wenn ihr die Waffe heben müsst, benutzt sie auch. Wir werden sehen, ob die Fürsten uns mit Worten an den Toronexti vorbeibringen. Ich rechne nicht damit.«

»Dann müssen wir also kämpfen?«, fragte Hammer Müller.

»Ich glaube schon, Hammer. Du nicht?«

»Doch.« Er wandte sich an die zehn Sippenlosen, die mit nach draußen kommen sollten. »Ihr habt alle eine Schleuder.« Es war keine Frage und sie hatten tatsächlich Schleudern: Die Zeremonienschlingen, die jeder von ihnen um den Hals trug, wurden rasch abgenommen.

»Deckt euch mit einem ordentlichen Vorrat an Steinen ein.«

Die Fürstensippler runzelten die Stirn. Sippenlose ohne Schlingen, Sippenlose mit Waffen.

Der Wagenzug brach auf, als das Licht ausreichte, damit man etwas sah, aber Wassermann hatte seine Männer noch vor ihnen auf der Straße. Die Fürstenmänner marschierten voraus. Whandall sah Schleicher und Shastern im letzten Wagen und dachte nicht mehr an sie. Er hatte größere Sorgen.

Sie wurden von sieben Streitwagen begleitet, die von Sandry und seinen Freunden gefahren wurden. Jeder Streitwagen war mit einem Fahrer und einem Speerwerfer bemannt. Die Streitwagenfahrer versuchten beim Wagenzug zu bleiben, aber Pferde hassten es, sich den Schritten von Bisons anzupassen. Sie ließen sich in regelmäßigen Abständen zurückfallen, um dann vorzupreschen und den Wagenzug wieder einzuholen.

Der Begleitschutz bewirkte, dass niemand Ärger wollte. Die Nachricht hatte sich verbreitet: Vielfraße hatten die Wagen angegriffen und die Fürstenmänner hatten Vielfraße getötet. Lasst den Wagenzug in Ruhe! Selbst der dümmste Fürstensippler verstand das. Die Bisons zogen die Wagen langsam durch täuschend ruhige Straßen.

Gegen Mittag humpelte ein alter Mann aus dem Schatten des größten Baums. Er stützte sich schwer auf einen Riesen. Der Riese war schon älter, neigte zur Fettleibigkeit und sein Lächeln war mehr dümmlich als herausfordernd. Dennoch, ein Riese. Sie näherten sich ohne

Furcht. So gebückt und entstellt, wie der Herr war, gab Whandall dessen gleichermaßen dümmliches Grinsen zu denken. Wie das Lächeln eines Fürstensipplers, der eine Falle zuschnappen lässt?

Dann erkannte Whandall ihn. »Tras!«

»Whandall Federschlange. Immer für eine Überraschung gut. Diese hier ziehe ich deiner letzten doch sehr vor.«

»Ich ...«

»Soll ich dir erzählen, wie ich lebend deinen Besitz verlassen habe? Nachdem ich wieder in die Krypta gekrochen war, verlor ich das Bewusstsein. Als mein Leibwächter Hejak ...«

»Augenblick, Tras. Arshur?«

»Arshur der Herrliche«, bestätigte der Riese. »Ich bin nicht sicher, ob ich mich an dich erinnere. Hast du was zu trinken?«

»Ich war mit Alferth zusammen, als du hier deinen ersten Becher Wein getrunken hast. Die Prügel, die du bekommen hast, waren der Anfang des Brennens vor über zwanzig Jahren. Ich war davon überzeugt, du würdest die Stadt mit dem nächsten Schiff verlassen.«

»Es gefällt mir hier.«

Sie folgten der letzten Kurve. Die Toronexti erwarteten sie bereits.

Die Karawane zog ihnen entgegen. Whandalls Händler bauten sich vor den Wagenrampen im Heck auf, zum Absprung bereit. Die neuen Rekruten scharten sich um Grüner Stein. Sie würden in wenigen Minuten am Wächterhaus eintreffen.

Tras hielt Schritt mit den schwer beladenen Bisons, indem er, den Stock in der einen und die andere Hand auf Arshurs Arm gestützt, neben Whandalls Wagen her humpelte. »Hejak wollte nichts mehr mit mir zu tun haben und machte sich davon, als ich herausgekrochen kam, aber ich ...«

Whandall sagte mit einiger Hast: »Tras, ich bin im Moment zu beschäftigt, aber kannst du auf einen Baum klettern?«

Tras Preetror starrte ihn verständnislos an. »Sehe ich so aus ...?«

»Er kann auf einen Baum klettern«, sagte Arshur. »Oder ich kann ihn auf einen Baum werfen. Soll ich das tun?«

»Das gilt für euch beide.« Arshur hatte viele Schläge auf den Kopf einstecken müssen. Die Behandlung schien einen dauerhaften Schaden angerichtet zu haben.

Jetzt sah Tras Preetror die gerüsteten Toronexti vor ihnen. »Dieser Mann – ich weiß, wie er sich die Hand so zugerichtet hat.«

»Das kümmert mich nicht mehr.«

»Drei Fürstenmänner wollten mit ihren Rüstungen Teps Stadt verlassen. Die Zöllner versuchten sie aufzuhalten. Sie wollten eine Rüstung.«

»Tras, ihr zwei werdet gleich sehen, wie sich eine wirklich gute Geschichte vor euren Augen abspielt.«

»Jetzt sind sie vorsichtiger. Willst du damit sagen ...« Endlich sah auch Tras die Gefahr. »Geschichte. Darf ich sie ›Whandall Federschlanges Tod‹ nennen?«

»Wenn du es siehst, solltest du es auch erzählen, aber sieh es dir aus der Höhe an, Tras, und aus einem Versteck. Wenn du es überlebst, *bist du mir etwas schuldig.*«

Die sippenlosen Ponys wurden größer, und ihnen wuchsen Hörner, als sie sich dem Wald näherten. Beim letzten Mal war es dazu erst viel später gekommen, nämlich als sie sich weiter von Teps Stadt entfernt hatten, erinnerte sich Whandall. Yangin-Atep war Legende. Wer die Konsequenzen zuerst erkannte, würde ein Vermögen verdienen.

Wassermann war vor ihnen. Sein Trupp bestand aus fast fünfzig Männern, die in drei Kolonnen marschierten. Hinter ihnen war ein Offizierszelt errichtet worden. Whandall kannte den Fürsten nicht, aber Sandry verhielt kurz neben Whandalls Wagen. »Mein Vater«, sagte er. Er gab den Pferden die Peitsche, um zum Zelt seines Vaters zu fahren.

Die Wagen erreichten das Tor der Toronexti.

Der massige Toronexti-Offizier mit der entstellten Hand wartete bereits. Er war in Begleitung anderer maskierter und gerüsteter Zöllner, fünfzig an der Zahl, die Whandall sehen konnte, weitere im Wächterhaus, wahrscheinlich noch mehr dahinter. Whandall wartete.

Sandry fuhr mit seinem Streitwagen voran. »Lasst sie passieren.«

»Warum sollten wir das tun?«, wollte Halbe Hand wissen.

»Befehle vom Fürst Erster Zeuge. Dieser Wagenzug passiert, ohne Zoll zu entrichten.«

»Tatsächlich? Erster Sekretär!«

Die mit einem Laden gesicherte Tür im ersten Stock des Ziegelhauses öffnete sich. Dort stand Egon Forigaft und hinter ihm war eine Andeutung von uralten dunklen Wandteppichen zu sehen. Er beugte sich weit über die zehn Fuß tiefe Leere unter sich, damit genug Licht auf das Pergament in seinen Händen fiel. Ein Toronexti hielt ihn an seiner Schärpe fest.

»Erlass von Fürst Erster Zeuge Harcarth: Die Toronexti sollen das Recht der Zollerhebung auf alle Waren haben, welche die Stadt durch den Wald verlassen. Da steht noch mehr.«

»Ich glaube, das reicht«, sagte der verstümmelte Offizier. »Jungfürst, wir haben eine Urkunde. Bezeugt und unterzeichnet, Jungfürst. Bezeugt und unterzeichnet.«

Sandry zuckte hilflos die Achseln. Toronexti traten vor.

Whandall sagte: »He, Harpyie!«

Die Kämpfer des Wagenzugs sprangen zu Boden und gesellten sich zu den Fürstensipplern und Sippenlosen, die neben den Wagen marschierten. Gemeinsam bildeten sie eine beachtliche Streitmacht. Frauen übernahmen die Zügel und schlossen alle Lücken in den Wagenabdeckungen.

»Ihr wollt unsere Waren? Kommt und holt sie euch!«, rief Whandall.

»Ein Erlass!«, rief Egon Forigaft. »Die Fürsten werden den Toronexti helfen, wenn sie von Fremden angegriffen werden.«

»Wer ist hier ein Fremder?« Whandall sprang auf ein Wagendach und zog sein Hemd aus.«Ich bin Whandall vom Schlangenpfad! Wer wagt es zu behaupten, ich sei kein Fürstensippler?«

Niemand rührte sich. Sandry lachte. »Was steht über Fürstensippler in der Urkunde, Sekretär?«

Egon fand die Stelle. »Die Toronexti sollen die Fürsten und ihre Mittelsmänner vor zivilen Unruhen schützen.«

Sandry sagte: »Wir schulden euch keinen Schutz vor Fürstensipplern. *Ihr* schützt *uns*, ihr niederträchtigen Kobolde!«

Einer der Toronexti warf einen Stein. Er traf Sandrys Speerwerfer in den Bauch. Der Speerwerfer krümmte sich und würgte.

Sandry grinste breit und hob seinen Speer.

»Eine Proklamation von Fürst Qirinthal dem Ersten!«, rief Egon aus seinem Obergeschoss. »Zwischen den Fürsten und den Toronexti soll Waffenruhe herrschen, solange diese Urkunde existiert. Sollte ein Toronexti eine Hand oder eine Waffe gegen einen Fürstenmann erheben, soll dieser Toronexti den doppelten Schaden erleiden, zwei Augen für eines, zwei Hände für eine, zwei Leben für eines, und wenn die Schuld bezahlt wird, soll die Waffenruhe andauern!«

»Wir bezahlen!«, rief der Toronexti-Offizier. »Bringt mir diesen Mann!« Er zeigte auf das Fenster, obwohl der Mann, der den Stein geworfen hatte, mittlerweile verschwunden war. Zwei Toronexti schleiften ihn nach draußen. Der Offizier schlug ihn mit aller Kraft in den Magen, einmal, dann noch einmal. »Verlangen die Fürsten, dass noch ein Mann bestraft wird?«, rief er.

Sandry wandte sich angewidert ab.

»Es ist dieser Stapel mit alten Pergamenten, nicht wahr?«, fragte Whandall.

Sandry nickte.

»Was ist, wenn sie verbrennen?«

Sandry grinste.

»Gut! Stein! Lenk sie ab, während ich das Papier hole!«, rief Whandall. Die Toronexti würden die Sprache der Hanfstraße nicht verstehen.

Stein führte seinen Trupp zu den Toronexti. Whandall stürmte vorwärts, um in das Wächterhaus einzudringen, aber jemand im Haus erkannte seine Absicht. Die Tür des Wächterhauses wurde mit lautem Krachen zugeschlagen.

»Große Hand! Brich die Tür auf!«

Große Hand hatte ein Schwert in der einen und einen Hammer in der anderen Hand. Er lief los. Whandall lief mit ihm, den Umhang um einen Arm gewickelt, um sie beide zu beschützen. Er parierte einen Hieb und spürte, wie eine scharfe Klinge durch den Umhang schnitt. Ein Toronexti wollte ihnen entgegentreten, wurde aber von Hammer Müllers Schleuder zu Boden geschickt. Ein Dutzend Schleuderer benutzte jetzt die Waffen und auf die Toronexti ging ein Steinhagel nieder. Sie hoben die Arme, um den Kopf zu schützen. Zwei weitere stürzten.

Zwanzig der Zöllner kamen um das Haus gelaufen. Sie hielten Schilde hoch und schützten sich damit vor dem Steinhagel der sippenlosen Schleuderer. Sie rückten zwischen die anderen Toronexti und die Schleuderer.

Whandalls beherzte Fürstensippler eilten vorwärts, blieben aber nicht zusammen, obwohl Grüner Stein tat, was in seinen Kräften stand. Sie kamen einzeln und paarweise; einzeln und paarweise wurden sie niedergemacht. Whandall sah ein Dutzend seiner Männer und nur halb so viele Feinde am Boden liegen.

»Rauch!«, rief einer der Toronexti aufgeregt und zeigte in eine Richtung. Eine schwarze Rauchwolke erhob sich über dem Granithöcker. »Rauch! Das sind unsere *Häuser*!«

Whandall lächelte grimmig.

»Bleibt standhaft!«, rief Halbe Hand. »Das ist nur eine

Finte! Der Rauch soll uns nur weglocken! Bleibt standhaft!«

Große Hand schlug mit dem Hammer gegen die Tür. Die Tür gab nicht nach. »Ich brauche eine Axt!«, rief er.

Hammer Müller rannte zu einem Wagen und holte eine Axt. Auf dem Rückweg zu Große Hand wurde er von einem Zöllner verfolgt. Hammer schwang die Axt. Der Toronexti duckte sich und stach mit seinem Messer zu. Hammer sank zu einem formlosen Haufen zusammen.

»Seht, Jungfürsten, wie wir euch beschützen!« Mit einer energischen Geste hetzte der Toronexti-Offizier zehn Gerüstete auf Whandall, Große Hand und vier andere Männer an der Tür. Einer der Neuankömmlinge nahm Hammer Müller die Axt ab, lief los und ging unter einem Toronexti-Messer zu Boden. Große Hand stieß einen erzürnten Schrei aus und lief zur Axt. Rings um ihn tobte der Kampf. Vier Männer stürmten heran. Große Hand fuhr herum und schlug zwei Männer mit seinem Hammer nieder, bevor er selbst in die Knie ging. Weitere Toronexti traten Whandall entgegen. Sie blieben zusammen und bewegten sich vorsichtig und bedächtig ...

Der Vorhang von Whandalls Wagen öffnete sich und Brennender Turm sprang heraus.

Auch das noch! Whandall hatte ihr Shastern aufgehalst, aber sie hatte den Jungen an Nicht Zu Sehen übergeben, sodass sie jetzt mit einer brennenden Fackel in der Hand der Linie der Toronexti entgegenstürmen konnte. Sie sprang auf den Rücken eines Bison, über dessen Kopf und auf den Boden. Bevor ein paar lachende Toronexti sie einfangen konnten, erreichte sie den Flaggenmast vor dem Wächterhaus und erklomm ihn. Von seiner Spitze sprang sie in die offene Tür, wo Egon Forigaft stand. Sie schwenkte triumphierend die Fackel.

Der Toronexti-Offizier brach in schallendes Gelächter aus. »Fackeln im Haus, hier, auf Yangin-Ateps Rückgrat!« Sein Lachen ging in einen Entsetzensschrei über, als Brennender Turm die Fackel an die dünnen Pergamente in Egon Forigafts Händen hielt. Sie gingen in Flammen auf. Sie schwenkte die Fackel hin und her und uralte Zeremonien-Wandteppiche brannten. Überall loderten Flammen auf.

»Da!«, rief sie. »Wo ist eure Urkunde jetzt? Jetzt lest uns daraus vor!« Sie trat brennendes Pergament aus der Tür. »Sie ist verbrannt. Sandry!« Dann kletterte sie behende auf das Dach, von zwei Toronexti verfolgt.

Sandry rief: »Wassermann!«

»Mein Herr!«

»Beseitigt dieses Ungeziefer!«

»Mein Herr! Schilde verkanten! Speere hoch! Vorwärts!«

Die Reihe der Fürstenmänner setzte sich in Richtung der Toronexti in Bewegung.

Sandry nahm von einem verletzten Speerwerfer den Wurfspeer ab. Er schraubte sich hoch. Der Toronexti auf dem Dach schrie auf und fiel. Brennender Turm stand auf dem Dach und rief: »Guter Wurf, Sandry!«

Und sechs weitere Streitwagen stürmten den Reihen der Toronexti entgegen. Wurfspeere flogen und dann gab es nur noch Whandall und den Anführer der Toronexti mit der verstümmelten Hand. Halbe Hand wich zurück. Whandall fintierte hoch und jagte dem Mann seine Messerklinge genau unter die Linie seiner Lederrüstung ins Fleisch. Sie drang bis zum Heft ein.

Als er sich umdrehte, sah er, dass ihn alle anstarrten.

»Dein Gesicht«, sagte der zehnjährige Shastern voller Ehrfurcht. »Es hat aufgeleuchtet!«

»Zum letzten Mal«, sagte Whandall. »Hoffe ich.« Was hatten sie *gesehen*?

Es gab elf Tote, vier davon Angehörige des Wagenzugs. »Sechs weitere werden es wahrscheinlich nicht überleben«, sagte Grüner Stein. »Dreimal so viel, wenn wir nicht schnell einen Heiler finden. Schade, dass wir Morth nicht bei uns haben.«

675

»Wir fahren«, sagte Whandall. »Der Weg ist frei. Ladet alles auf.«

»Soll ich mitkommen?«, fragte Sandry.

»Werdet Ihr hier nicht gebraucht?«

Sandry warf einen Blick auf die gestapelten Leichen. »Jetzt wird alles anders. Ja, mein Herr, vielleicht werde ich gebraucht. Aber ...«

»Sie kommt wieder«, sagte Whandall. »In einem Jahr. Wenn Ihr Euch dann noch an sie erinnert ...«

»Er wird sich erinnern«, sagte Brennender Turm hinter ihm. »Und ich auch!«

»Das werden wir nächstes Jahr erfahren«, sagte Whandall. »Stein, sind wir so weit?«

»Wir sind so weit.«

»Dann führ sie hinaus.« Whandall sah sich um. Teps Stadt war von hier aus nicht zu sehen, aber über der Erhebung unterhalb des Granithöckers stand dunkler Rauch. Nicht viele der Toronexti würden nach Hause zurückkehren, um das Revier der Vielfraße zu verteidigen.

Anderswo erhob sich ebenfalls Rauch. Das war nicht Wanshigs Werk und die Zeit der Brennen war vorbei. Aber ...

Teps Stadt fand gerade erst heraus, dass Feuer jetzt auch im Haus brannte.

Da den Sippenlosen der Glaube an den Feuergott fehlte, war es nicht ihre Art, leicht entzündlichen Müll herumliegen zu lassen. Fürstensippler taten das. Seeleute nicht. In ein paar Tagen war die Ortsfeste vielleicht die einzige Festung, die nicht in Flammen aufgegangen war.

Und es war nicht Federschlanges Sorge. »Führ sie hinaus, Stein. Das ist jetzt dein Karawanenweg. Und es ist nicht zu früh, dass du die Verantwortung dafür übernimmst. Ich kehre heim.«

Nachwort

Im Lauf der Jahrtausende breitete sich die Hanfstraße von Condigeo weiter nach Süden aus, durch den Isthmus und tief in den südlichen Kontinent hinein. Als die Zeit der Karawanen vorbei war, blieb die gefiederte Schlange ein Symbol der Zivilisation.

Die ›eingeborenen‹ Amerikaner, welche vor vierzehntausend Jahren von Sibirien aus zu den amerikanischen Kontinenten vorstießen, stellten fest, dass sie die dort heimischen Mammuts und Pferde als Fleisch verwerten konnten. Letzten Endes rotteten sie diese Tiere aus. Als später die Europäer nach Amerika vorstießen, gab es keine geeigneten Reittiere, von deren Rücken aus man hätte kämpfen können.

In der *Los Angeles Times* stand: »... In Grube 91 [der Teergruben von La Brea] entdeckte fossile Rothölzer lassen darauf schließen, dass diese riesigen Bäume, die es jetzt im Allgemeinen nur noch in den Bergwäldern Nordkaliforniens zu bewundern gibt, früher auch dort gestanden haben, wo heute der Wilshire Boulevard verläuft.« (28. Juli 1999)

Als es die Rothölzer nicht mehr gab, zerfiel auch das Bündnis des Waldes. Das kalifornische Dickicht hat viel von seiner Bösartigkeit verloren, aber einige Pflanzen haben sich ihre Klingen, Nadeln und Gifte bewahrt. Hanf beruhigt immer noch, lenkt ab und erstickt seine Opfer dann bei jeder Gelegenheit.

Die Mörderbienen von Teps Stadt haben schließlich jeden Bienenstock auf dieser Erde mit vergifteten Waffen bestückt. Bienen verhandeln schon lange nicht mehr.

Fingerhut – Digitalis – hat viel von seiner Kraft verloren. Die hübsche kleine Blume macht immer noch euphorisch und ist immer noch ein Gift.

An den Wahnsinn, der aus der Berührung von Flussgold erwächst, erinnert man sich noch in Deutschland, in der *Nibelungensage*, und in den Vereinigten Staaten, nämlich in Filmen wie *Der Schatz der Sierra Madre*.
 Die Legende vom verlorenen Gold eines Verrückten kursiert immer noch.

Eltern erzählen auch weiterhin die Geschichte eines charismatischen Mannes, der sich bereit erklärte, das Ungezieferproblem einer Stadt zu lösen. Als die Stadtfürsten sich weigerten, ihn zu bezahlen, führte er nicht nur das Ungeziefer der Stadt weg, sondern auch alle Kinder. Schließlich wurde aus seiner Geschichte die des *Rattenfängers von Hameln*.

Die Geschichte von Jispomnos' Morden, die über die Erzähler den Weg von Teps Stadt nach Condigeo fand und dann als Oper nach Teps Stadt zurückkehrte, breitete sich immer weiter aus. Schließlich fiel sie in die Hände des Stückeschreibers William Shakespeare, der daraus *Othello* machte.

Yangin-Atep ruhte fast vierzehntausend Jahre lang untätig, begraben in Ölteer, bis zwei Männer kamen, um in den Teergruben von La Brea nach Öl zu bohren.
 Die beiden hießen Canfield und Doheny. Yangin-Ateps Ruf und die Gier nach kostbarem Metall gingen eine Verbindung mit dem Goldfieber ein, unter dem sie litten. In den Teergruben von La Brea versuchten sie mit Spitzhacken eine Ölquelle anzugraben! Sie hörten erst auf, als sie in einer Tiefe von hundertsechzig Fuß angelangt waren, wenige Zoll oberhalb des Erstickungstods. Unter ihren Spitzhacken platzten Blasen eines nicht atembaren

Gases. Unter dem Einfluss der Dämpfe wurde ihnen schwindlig und übel. Schließlich suchten sie sich einen Partner, der etwas von Rohren verstand. Und dann weckten sie den Feuergott und errichteten ein Reich auf der Grundlage des Öls.

1997 stellten die Autoren fest, dass der Nationalpark Pinnacles genauso ist wie beschrieben. Salbei, Rosmarin, Thymian und blasse Drachenminze wachsen immer noch dort und die Finger der Riesen und die Rippen der Drachen sind ebenfalls noch an Ort und Stelle.

Yangin-Atep füttert die Feuer, die eine Milliarde Autos und eine Million Flugzeuge überall auf der Welt antreiben.

Nicht nur Herdfeuer, sondern auch Autos und Dieselmotoren sind Nervenenden Yangin-Ateps. Die Nervenbahnen des Gottes erstrecken sich über die Autobahnen, über Wege, die einst durch Wälder führten, welche damals Yangin-Ateps Schwanz waren und es auch heute noch sind. Von Zeit zu Zeit regt sich die Aufmerksamkeit des Gottes und dann gibt es wieder ein Brennen.

Manche Leute spielen gern mit dem Feuer.

Handelnde Personen

GÖTTER

    YANGIN-ATEP (TEP, FEUERBRINGER)
    ZOOSH
    KOJOTE
    BEHEMOTH
    LOKI
    PROMETHEUS

FÜRSTENSIPPEN

Ortsfeste

    WHANDALL ORTSFESTE (Seshmarl)
    POTHEFIT: Whandalls Vater
    SHASTERN: Whandalls jüngerer Bruder
    MUTTERS MUTTER: Dargramnet
    WANSHIG: Whandalls älterer Halbbruder
    RESALET: Whandalls Vaters Bruder und Anführer der Ortsfeste
    WESS: ein Mädchen in Whandalls Alter
    LENORBA
    VINSPEL
    ILYESSA: Whandalls Schwester
    THOMER
    TOTTO
    TRIG: Whandalls Bruder
    ELRISS
    RUBINBLUME
    ILTHERN
    SHARLATTA
    FREETHSPAT

Schlangenpfad

    FÜRST PELZED
    GERAVIM
    TUMBANTON
    TRAZALAC
    STANT CORLES

Schlangenpfad	DUDDIGRACT
	RENWILDS
	COSCARTIN
	SHEALOS
	DIE BRÜDER FORIGRAFT
	KRAEMAR
	ROUPEND
	CHAPOKA
	MIRACOS
	HARTANBATH
Andere Sippen	BANSH
	ILTHER
	ALFERTH
	TARNISOS
	ILSERN: eine zähe athletische Frau
	HÄUPTLING WULLTID
	IDREEPUCT
	FALKEN: von den meisten Schmutzfinken genannt, aber nicht in ihrer Gegenwart
	STAXIR
Sippenlose	KREEG MÜLLER
	TAKELMEISTER
	WEIDE SEILER
	SCHNITZER SEILER
	FUHRMANN SEILER
	HAMMER MÜLLER
	IRIS MÜLLER
	HYAZINTHE MÜLLER
	OPAL MÜLLER
	TRAUMLOTUS GASTWIRT
Fürsten	FÜRST ERSTER ZEUGE SAMORTY
	FÜRST CHANTHOR
	FÜRST QIRINTY: ein von der Magie faszinierter Fürst
	FÜRSTIN RAWANDA: Samortys Gemahlin
	FÜRST JERREFF
	SHANDA

	RABBLIE (FÜRST RABILARD)
	FÜRST QUINTANA: wird später Fürst Erster Zeuge
	MORTH VON ATLANTIS
	FÜRST QUIRINTHAL DER ERSTE
	ROWENA
	FÜRSTIN SIRESEE
Ihre Bediensteten	SERANA: eine Köchin, später Erster Koch
	ANTANIO
	BERTRANA (FRÄULEIN BATTY): Gouvernante
	FRIEDENSSTIMME WASSERMANN
Reviere	ORTSFESTE
	SCHLANGENPFAD
	FRIEDENSPLATZ
	OCHSENZIEMER
	FALKENNEST: normalerweise Schmutzfinken genannt
	DER KEIL: die Wiese am Oberlauf des Rehpiesel
	CONDIGEO
	FÜRSTENDORF
	FÜRSTENHÖHE
	VIELFRASSE
	TEPS STADT (TAL DER DÜNSTE, Stadt des Feuers)
	WASSERTEUFEL
	SANVINSTRASSE: windet sich über die niedrigen Hügel zwischen Schlangenpfad und Hafen
	DIE SCHWARZE GRUBE
	ATLANTIS
	BARBARENBERGE
	TOROW
	IRRGARTENLÄUFER
	OSTBOGEN
	HAFEN GUTE HAND
	EULENSCHNÄBEL
	BLUMENMARKT

Reviere	SCHLANGENSTRASSE
	KALTWASSER
	SCHWARZER MANNS TASSE
	TOTENRUH
	DIE TORONEXTI
	LÖWES DACHSTUBE
	GERADE STRASSE
	WINKELSTRASSE
Gaffer	TRAS PREETROR
	ARSHUR DER HERRLICHE
Seeleute	JACK TAKELFÜRST
	ETIARP
	MANOCANE
	SABRIOLOY
Wasserteufel	LATTAR

Jenseits von Tep's Stadt

Reviere	FEUERWALD
	WALUU
	DIE HANFSTRASSE
	DER FREUDENBERG
	DAS PARADIESTAL
	STEINNADELLAND
	GORMAN
	DAS GOLDENE TAL
	LETZTE PINIEN
	MARSYL
	ORANGENDORF
	KOJOTENBAU
	GROSSE ADLERBUCHT
Stammesmitglieder und andere	GEFLECKTE KOJOTEN
	RORDRAY
	SCHWARZER KESSEL (KESSELBAUCH)
	NUMMER DREI
	NUMMER VIER

HAJ FISCHADLER
RUBIN FISCHADLER
ORANGENBLÜTE
BISON-STAMM
MIRIME
EINSAME KRÄHE
GROSSE HAND: der Hufschmied
HICKATANE
REHKITZ
BERGKATZE
STERNUNTERGANG
BRÜNSTIGES REH
WIRBELNDE WOLKE
WILDER HIRSCH

ZWEITES BUCH

Reviere

WEGEENDE
TOTE-ROBBEN-SENKE
GRANITHÖCKER
LANGE ALLEE
NORDVIERTEL
NEUBURG
HOHE PINIEN
DAS GROSSE TAL
RORDRAYS DACHSTUBE
BERG CARLEM
WEITES LAND
STEINNADELLAND
MINTERL
BURG MINTERL
HÜFTHOHER SPRUNG
VEDASIRASGEBIRGE
GUTE GELEGENHEIT
DIE SIEDLUNG
CARLEM MARCLE
NEUWRASELN
ZITTERPAPPEL

Travelers	WHANDALL FEDERSCHLANGE
	GRÜNER STEIN
	LERCHENFEDERN
	SÄBELZAHN
	HÄUPTLING WEITES LAND
	ADLER IM FLUG
	WOLF-STAMM
	BERGKATZE
	SESHMARLS DER VOGEL
	SCHRECKENSVÖGEL
	FLIEDER
	WEISSE BERGSPITZE genannt WEISSSPITZE
	PUMA-STAMM
	WANDERTAUBE
	THONE
	KÖNIG TRANIMEL
	GLINDA
	TRAUM VOM FLIEGEN
	WEISSER BLITZ
	STEINNADELMANN (CATLONY, EREMIT)
	VERBORGENE WÜRZE
	SCHLAUES EICHHÖRNCHEN (HÖRNCHEN)
	SCHLEICHER (NICHT ZU SEHEN)
	STERNUNTERGANG SEILER
	KÄMPFENDE KATZE FISCHADLER
	BRENNENDER TURM (FLÄMMCHEN)
	UNVERSCHÄMTE EIDECHSE
	GEFALLENER WOLF
Rückkehr	HALBE HAND
	EGON FORIGAFT
	MEISTER FRIEDENSSTIMME WASSERMANN
	FÜRST ERSTER ZEUGE QUINTANA
	FÜRSTENSEKRETÄR SANDRY
	ADZ WEBER
	FUBGIRE
	RONI
	HEROUL

FEUERGABE
EINFÄLTIGE KANINCHEN
SADESP
LEDERMACHER MÜLLER
SAPHIR ZIMMERMANN
SWABOTT
REBLAY VON DEN EINFÄLTIGEN
 KANINCHEN
HEJAK
LAGDRET

Robert N. Charrette

Hochkarätige Abenteuer-Fantasy vom Spitzenautor der SHADOWRUN-Romane

Die Schattenkrieg-Trilogie
1. Prinz des Dunkels
06/9090

2. König des Unheils
06/9091

3. Ritter des Zwielichts
06/9092

Die Chronik von Aelwyn
1. Der Turm der Zeit
06/9113

2. Das Schlangenauge
06/9114

3. Der magische Pakt
06/9115

06/9090

HEYNE-TASCHENBÜCHER